Valerio M. Manfredi
Das Reich der Drachen

PIPER

Zu diesem Buch

Anatolien, 260 nach Christus. Tapfer hält die römische Stadt Edessa der Belagerung durch das Heer des persischen Großkönigs Schapur stand. Bis Kaiser Valerian einem Hinterhalt zum Opfer fällt und mit zehn seiner tapfersten Männer in Gefangenschaft gerät. Darunter Marco Metello Aquila, Kommandant Adler genannt, einer der mutigsten Helden des Reiches. Nach Monaten unter unwürdigsten Bedingungen gelingt den Soldaten die Flucht. Sie treten in die Dienste eines geheimnisvollen Mannes, um diesen ins mythische Land der Seide, das weit entfernte China, zu begleiten. Eine abenteuerliche Reise durch die Wälder Indiens, die Berge des Himalaya und die asiatischen Wüsten beginnt, an deren Ende der »Adler« sich an der Spitze eines diabolischen Heeres der entscheidenden Schlacht stellt.

Valerio M. Manfredi, geboren 1943 bei Modena, lehrt klassische Archäologie an der Universität von Mailand und hat zahlreiche Ausgrabungen im Mittelmeerraum geleitet. Inspiriert durch seine wissenschaftliche Arbeit, schrieb er zahlreiche Bestseller, die in über zwanzig Sprachen übersetzt wurden. 2007 kam die aufwendige Verfilmung seines Bestsellers »Die letzte Legion« ins Kino. Zuletzt erschienen von ihm »Der Tyrann von Syrakus« und »Das Reich der Drachen«.

Valerio M. Manfredi

Das Reich der Drachen

Historischer Thriller

Aus dem Italienischen von
Claudia Schmitt

Piper München Zürich

Mehr über unsere Autoren und Bücher:
www.piper.de

Von Valerio M. Manfredi liegen bei Piper vor:
Der Tyrann von Syrakus
Die letzte Legion
Das Reich der Drachen

Ungekürzte Taschenbuchausgabe
März 2010

Titel der italienischen Originalausgabe:
»L'Impero dei Draghi«

Umschlaggestaltung: semper smile, München
Umschlagabbildungen: George Steinmetz / Corbis (unten, Schatten), Robert Harding Wold Imagery / Jupiterimages (Maske), Harald Sund / getty images (Hintergrund)
Autorenfoto: Raphael Gaillarde
Satz: Filmsatz Schröter, München
Papier: Munken Print von Arctic Paper Munkedals AB, Schweden
Druck und Bindung: CPI – Clausen & Bosse, Leck
Printed in Germany ISBN 978-3-492-25759-6

Für Mirella und Danilo

Wer die Welt nehmen
und sie formen wollte,
würde scheitern.
Sie ist ein geistig Ding,
das man nicht formen kann.

LAOTSE, *Tao Te Ching,*
Das Buch vom Sinn und Leben.

Viele, die den Namen Kaiser Valerian auf einem Grab lesen, denken, die Perser hätten den Leichnam jenes Valerian zurückgegeben, den sie gefangen genommen hatten …

TREBELLIUS POLLIO,
Historia Augusta, XXII, 8

Das Römische Reich
zur Zeit des Gallienus (260 n. Chr.)

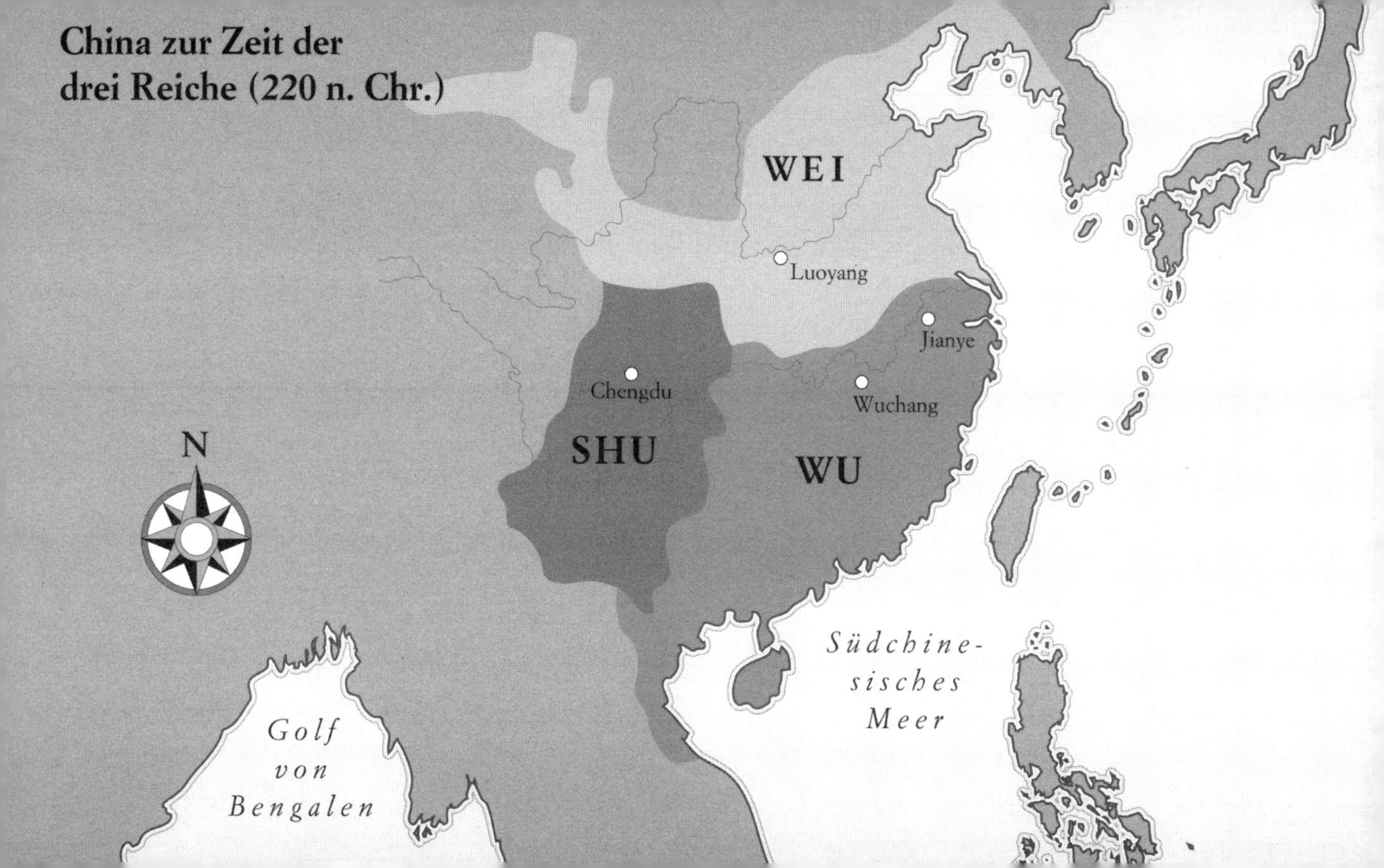
China zur Zeit der
drei Reiche (220 n. Chr.)
WEI
Luoyang
Jianye
Chengdu
Wuchang
SHU
WU
N
Südchinesisches Meer
Golf von Bengalen

Danksagung

Mein Dank gilt in erster Linie meinem Freund Lorenzo De Luca, der mich zu diesem Buch inspiriert und mir die Idee dafür gegeben hat. Beim Schreiben stand er mir als Kenner verschiedener Kampfkünste mit seinem Rat zur Seite. Ohne ihn wäre dieses Buch wahrscheinlich nicht zustande gekommen. Ein besonderes Dankeschön auch an Aurelia De Laurentiis, die an diese Geschichte vom ersten Moment an geglaubt hat, und an die Sinologin Rosa Casino, die mir – die Geschichte spielt ja im China des dritten nachchristlichen Jahrhunderts – bei den Schauplatzschilderungen behilflich war. Danke auch Marcus Lucchetti von »Soldiers«, der für mich gründliche Nachforschungen über das römische Heer und seine Waffen zur Zeit der Kaiser Valerian und Gallienus angestellt hat. Die Freiheiten, die ich mir hinsichtlich seiner gründlich recherchierten, geschichtlichen Rekonstruktionen herausgenommen habe, sind rein erzähltechnischer Natur.

Ferner möchte ich Laura Grandi, Stefano Tettamanti und Franco Mimmi dafür danken, dass sie ihre wertvolle Zeit dafür geopfert haben, mein Manuskript immer wieder geduldig und mit großer Aufmerksamkeit gegenzulesen. *Last but not least* ein besonders herzliches Dankeschön an meine Frau Christine, die möglicherweise die strengste meiner Leserinnen und Leser ist. Ihre konsequente und zugleich kreative Unterstützung hat wesentlich zum Entstehen dieses Buches beigetragen.

V. M. M.

1

Die ersten Strahlen der aufgehenden Sonne beschienen die Gipfel des Taurus. Die verschneiten Bergkuppen färbten sich rosa und funkelten wie Juwelen über dem Tal, das noch im Schatten lag. Dann begann sich das Licht wie ein leuchtender Mantel allmählich über die Schluchten und Hänge der großen Gebirgskette auszubreiten. Die Sterne verblassten, das Leben in den Wäldern erwachte.

Ein Falke stieg als Erster aus dem Nest empor, um die Sonne zu begrüßen. Seine spitzen Schreie hallten von den Felswänden und aus den Schluchten wider, aus den schroffen Klammen, in denen schäumend der vom Schmelzwasser genährte Korsotes dahinschoss.

Schapur I. von Persien, der »König der Könige«, »König von Iran und Nicht-Iran«, der Weltenherrscher, hob, von den Schreien des Vogels aus seinen Gedanken gerissen, den Blick und ließ ihn dem Herrn der Lüfte auf seinem Fluge folgen, bevor er auf den prächtig gezäumten Vollblutaraber zutrat, den sein Schildträger in diesem Moment zu ihm führte. Ein Diener beugte vor ihm das Knie, damit er den Fuß darauf setzen und sich in den Sattel schwingen konnte, zwei weitere reichten ihm seinen Bogen und den Krummsäbel in der goldenen Scheide, und ein Fähnrich stellte sich mit dem königlichen Banner – einer langen rotseidenen Fahne mit dem goldenen Antlitz Ahura Mazdas – neben ihn.

Die persischen Offiziere erwarteten ihren König, gerüstet und gewappnet, im Zentrum des Lagers auf den Rücken ihrer Pferde, die mit kostbaren Schabracken und silbernen Stirnplatten geschmückt waren. Ardavaschd, der oberste Heerführer, begrüßte ihn wie alle seine Untertanen mit einer tiefen Verneigung. Auf ein Zeichen des Königs hin drückte er seinem Pferd die Fersen in die Weichen und ritt los. Die übrigen Offiziere formierten sich fächerförmig zur Rechten und

Linken Schapurs, und dann ritt man gemeinsam den Hügel hinab.

Das Sonnenlicht hatte unterdessen das Talende erreicht und beschien die Türme von Edessa, das im rauen Wüstenwind hoch oben auf dem Steppenplateau lag.

Ein Hahn begrüßte die aufgehende Sonne wiederholt mit einem lang gezogenen Kikerikiii.

Im Innenhof seines Hauses stand Marcus Metellus Aquila, Legat der Legio II Augusta; er war schon lange auf den Beinen und hatte auch bereits seine Rüstung angelegt.

Obwohl er ursprünglich aus Süditalien stammte, hatte Metellus während seiner langjährigen Dienstzeit schon an allen Grenzen des Römischen Reichs gekämpft und ausreichend Gelegenheit gehabt, Knochen und Muskeln zu stählen. Seine Stimme war tief und heiser vom Befehlebrüllen auf dem Schlachtfeld, seine Art zu sprechen ruppig. Die hohen Wangenknochen, das markante Kinn und die schnurgerade Nase verrieten zwar, dass er dem Ritterstand angehörte, aber der schlichte, beinahe etwas primitive Haarschnitt und der nie ganz sauber rasierte Bart deuteten darauf hin, dass er das karge Leben eines an Härte und Entbehrungen gewöhnten Soldaten führte. Aufgrund seines Nachnamens, aber auch wegen des bernsteinfarbenen Schimmerns seiner Augen, die – besonders vor einer Schlacht – wie die eines Raubvogels blitzten, war er bei allen Heereseinheiten südlich des Taurus als »Kommandant Adler« bekannt.

Marcus Metellus hakte in diesem Moment den *gladius*, sein zweischneidiges Kurzschwert, am Schulterriemen fest. Die alte Waffe war das Erbstück eines ehrwürdigen Geschlechts, und Metellus hatte sich immer geweigert, sie als Dekorationsobjekt an die Wand zu hängen und gegen eine Dienstwaffe einzutauschen. Am Sattel seines Pferdes war sogar noch ein zweiter *gladius* befestigt, und man sagte ihm nach, dass er mit diesen beiden Waffen gegen die längsten Schwerter ankam.

»Es ist ein gutes Zeichen, wenn in einer belagerten Stadt noch Hähne krähen«, sagte er, während ihm sein Bursche den roten

Umhang über die Schultern legte, den er als Zeichen seines Ranges trug. »Denn solange sie die Hungersnot lebend überstehen, tun wir es auch.«

Metellus trat vor den Hausaltar und opferte den verstorbenen Ahnen eine Handvoll Zweikornmehl – ein kleines, scheinbar unbedeutendes Opfer, das in Hungerzeiten jedoch enorm an Wert gewann. Daraufhin schickte er sich an, das Haus zu verlassen.

Die Stimme seiner Gemahlin hielt ihn zurück. »Marcus.«

»Clelia. So früh schon auf den Beinen?«

»Wolltest du etwa gehen, ohne mir auf Wiedersehen zu sagen?«

»Ich wollte dich nicht wecken. Letzte Nacht hast du lange wachgelegen und schlecht geschlafen, wie mir schien.«

»Ja, weil ich mir Sorgen mache. Stimmt es, dass unser Kaiser die Perser treffen möchte?«

Marcus Metellus lächelte. »Unfassbar, wie ihr Frauen es immer wieder schafft, gerade das zu erfahren, was wir euch am meisten verheimlichen wollen.«

Auch Clelia lächelte. »Der Kaiser hat eine Gemahlin, die Gesellschaftsdamen hat, und die wiederum haben Freundinnen und …«

»Ja, ja …«

»Also, ist an dieser Nachricht etwas dran?«

»Ich fürchte, ja.«

»Und du meinst, der Kaiser wird sich persönlich zu diesem Treffen begeben?«

»Höchstwahrscheinlich.«

»Aber warum?«

»Er ist der Ansicht, dass es sich lohnt, sein Leben für den Frieden aufs Spiel zu setzen.«

»Und du versuchst nicht, ihn davon abzubringen?«

»Ich werde meine Meinung äußern, sofern er mich danach fragt, und in diesem Fall werde ich ihm abraten. Aber wenn sein Entschluss bereits feststeht, ist mein Platz an seiner Seite.«

Clelia neigte den Kopf.

»Vielleicht möchte der Kaiser nur Zeit gewinnen. Gallienus ist in Antiocheia. In wenigen Tagen Gewaltmarsch könnte er mit vier Legionen hier sein und die Stadt von den Belagerern befreien.« Er hob ihr Kinn und sah, dass sie Tränen in den Augen hatte. »Clelia … seinen Gatten mit Tränen zu verabschieden bringt Unglück, weißt du das nicht?«

Clelia tupfte sich die Tränen rasch aus den Augen. Im selben Moment hörte man das Trippeln kleiner Füße, die eilig die Treppe herunterkamen. »Vater! Vater!«

»Titus! Was tust du denn hier? Geh sofort wieder ins Bett!«

»Aber du hast mir versprochen, dass du mich heute in die *palaestra* mitnimmst.«

Marcus Metellus kniete vor dem Kind nieder und sah ihm in die Augen. »Der Kaiser hat mich gerufen. Er ist unser aller Vater, mein Sohn, und wenn er uns ruft, müssen wir eilends zu ihm. Geh wieder ins Bett und versuch, noch ein bisschen zu schlafen.«

Der Kleine machte plötzlich ein sehr ernstes Gesicht. »Du ziehst bestimmt mit dem Kaiser weg und kommst nicht mehr zurück.«

Marcus Metellus' Miene verdüsterte sich. »Aber was redest du denn da?«, sagte er. »Natürlich komme ich zurück. Ich verspreche dir, dass ich noch vor heute Abend wieder daheim sein werde. Und du weißt ja, dass ein Römer immer Wort hält.« Metellus küsste seine weinende Frau und verließ das Haus.

Auf der Straße, rechts und links von der Haustür, warteten auf ihn bereits seine Feldadjutanten, die Zenturionen Helius Quadratus und Sergius Balbus. Helius stammte aus Privernum in Italien, Sergius war Spanier und kam aus Saragossa. Ihre Gesichter waren gezeichnet von den Jahren und von den unzähligen Schlachten, an denen sie schon teilgenommen hatten, und zwar in allen Ecken des Reichs. Es waren kantige Soldatengesichter mit buschigen Augenbrauen und stacheligen Stoppelbärten. Quadratus hatte extrem kurz geschorenes Haar, schüttere Schläfen und war groß und vierschrötig. Balbus hingegen war etwas kleiner und dunkelhäutig, hatte aber stahlblaue

Augen; sein krummes Nasenbein verriet, dass er ein leidenschaftlicher Faustkämpfer war.

Metellus setzte seinen Helm auf, zog den Riemen unterm Kinn fest, warf den beiden Männern einen Blick zu und sagte: »Lasst uns gehen.«

Eilig durchquerten sie die stillen und noch völlig menschenleeren Gassen der Stadt, jeder in seine eigenen Gedanken versunken und doch alle mit bedrücktem Herzen.

Noch einmal erscholl das Krähen des Hahns, und dann überflutete die Sonne die Straße, auf der sie langgingen, brachte die schwarzen Basaltsteine zum Glänzen und zog die Schatten der drei Männer in die Länge, sodass sie bis zum Ende der Häuserschlucht zurückreichten.

An einer Kreuzung stießen sie auf eine weitere Gruppe von Offizieren, die offensichtlich dasselbe Ziel hatten wie sie.

Marcus erkannte seinen Freund und Kollegen und grüßte ihn. »*Salve*, Lucius Domitius.«

»*Salve*, Marcus Metellus«, grüßte der andere zurück.

Gemeinsam marschierten sie weiter. Beim Forum, das sie überqueren mussten, um zum Hauptquartier zu gelangen, hatten sie freie Sicht auf den Wehrgang der Stadtmauer, wo gerade die Wachablösung stattfand: Gleichschritte, das metallene Geräusch von Speeren, die auf Schilde klopften. Salutieren. Trockene Befehle.

»Die letzte Wachablösung«, sagte Marcus Metellus.

»Für heute«, fügte Lucius Domitius rasch hinzu.

Metellus nickte. »Für heute.« Wie abergläubisch Lucius Domitius doch war.

Im Hauptquartier wurden sie von Cassius Silva, dem örtlichen Statthalter, erwartet, der ein langjähriger Freund und Waffenbruder Gallienus' war, dem Sohn des Kaisers.

Die wachhabenden Prätorianer präsentierten ihre Waffen bei Ankunft der drei Legaten und ließen sie ein. Die Zenturionen und die übrigen, rangniedrigeren Offiziere hingegen mussten draußen bleiben.

Kaiser Licinius Valerianus empfing sie höchstpersönlich. Auch er war schon ausgehbereit.

»Mein Beschluss steht fest: Ich werde mich mit Schapur treffen«, teilte er ihnen mit. »Bereits gestern Abend habe ich eine Abteilung Reiter, rund fünfzig Mann, ins Niemandsland am rechten Korsotes-Ufer geschickt. Etwa ebenso viele persische Reiter kontrollieren das jenseitige Ufer, wo das Treffen stattfinden soll.

Dies ist, wohlgemerkt, keine improvisierte Begegnung: Unsere Abgesandten haben die Themen, über die wir verhandeln wollen, bereits festgelegt und uns damit den Weg geebnet.

Schapur scheint bereit, die Belagerung aufzuheben, auch wenn ihm viel an Edessa liegt. Kein Wunder, unsere Stadt ist ein blühendes Handelszentrum und liegt an einem strategisch wichtigen Punkt, genau zwischen Anatolien und Syrien. Aber offenbar ist ihm noch mehr an einem Generalabkommen zwischen unseren beiden Reichen und an einem dauerhaften Frieden gelegen. Er hätte wohl gern, dass wir ihm dafür territoriale Zugeständnisse machen, Land in Adiabene und Kommagene abtreten, aber eine zwingende Voraussetzung scheint das nach Auskunft unserer Gesandten nicht zu sein. Jedenfalls ist er bereit zu verhandeln, und ich finde, das ist ein gutes Zeichen. Ich habe also beschlossen, mich zu diesem Treffen zu begeben.«

»Eine weise Entscheidung, Caesar«, pflichtete Cassius Silva ihm bei.

Lucius Domitius Aurelianus hatte bis zu diesem Augenblick mit düsterer Miene zugehört und dabei fest den Griff seines Schwerts umklammert. Er war ein fabelhafter Soldat; im Laufe mehrerer Feldzüge hatte er eigenhändig fast neunhundert Feinde getötet, und ebenso viele Kerben hatte er in den Schaft seines Speeres geritzt. Er verstand es, das Schwert so schnell aus der Scheide zu ziehen, dass seine Männer ihn *manus ad ferrum* – »Eisenfaust« – nannten.

Er bat ums Wort. »Ich habe gehört, dass sich dein Sohn Gallienus mit vier Legionen in Antiocheia befindet, nur fünf Tagesmärsche von hier entfernt. Warum nicht auf ihn warten? Warum Risiken eingehen?«

»Weil unsere Lebensmittelvorräte nur noch für zwei Tage reichen«, warf Silva ein.

»Wir könnten sie rationieren und die Zeit irgendwie überbrücken. Ein bisschen Hunger hat noch keinen umgebracht.«

»Es geht nicht nur um Lebensmittel«, erwiderte der Kaiser. »Wer garantiert uns, dass Gallienus wirklich nur fünf Tage braucht, ja, dass er überhaupt nach Edessa durchkommt? Unsere Kundschafter berichten, dass Schapur mehrere Kavallerieeinheiten entlang der Straße nach Antiocheia aufgestellt hat. Warum, ist klar – er will unsere Verbindungswege unterbrechen und uns vom Nachschub abschneiden. Nein, es führt leider kein Weg daran vorbei: Ich muss ihn treffen, und sei es nur, um hinter seine Absichten zu kommen. Wenn es uns dann noch gelingt, die Grundlagen für ein stabiles Abkommen zu schaffen, umso besser. Aber selbst wenn wir lediglich ein paar Tage Zeit gewännen und einen massiven Angriff auf die Stadt wenigstens so lange verhindern könnten, bis Gallienus eintrifft, so wäre das schon ein gutes Ergebnis. Im Übrigen lässt mich der Umstand, dass Schapur es war, der dieses Treffen vorgeschlagen hat, auf einen günstigen Ausgang hoffen.«

Valerian wandte sich Metellus zu. »Und du sagst nichts, Marcus Metellus? Wie lautet deine Meinung?«

»Geh nicht, Caesar.«

Der Kaiser sah ihn mehr überrascht als erzürnt an. »Warum?«, fragte er.

»Weil mir diese Geschichte überhaupt nicht gefällt. Das stinkt meilenweit nach einer Falle.«

»Ich habe alle nur denkbaren Vorsichtsmaßnahmen getroffen: Begegnung auf neutralem Boden, ringsum nur freies Gelände, fünfzig Mann Geleitschutz pro Seite … Es kann nichts passieren. Nein, Männer, es bleibt dabei – ich gehe zu dem Treffen. Außerdem soll Schapur nicht denken, der römische Kaiser hätte Angst vor ihm.«

Mit diesen Worten verließ Valerian, gefolgt von seinen Offizieren, das Gebäude.

Metellus trat an seine Seite. »Wenn es so ist, komme ich mit dir, Caesar.«

»Nein«, entgegnete der Kaiser. »Du bleibst besser hier.« Er beugte sich zu ihm hinüber, bis seine Lippen fast Metellus' Ohr berührten. »Ich möchte sichergehen, dass ich das Stadttor bei meiner Rückkehr offen vorfinde.«

»Dann lass Lucius Domitius in Edessa zurück. Er ist der treueste Soldat, den ich kenne, hat ein ausgezeichnetes Verhältnis zu den Truppen und war schon oft in ähnlichen Situationen. Ich hingegen wäre dir dort draußen bestimmt nützlicher.«

Der Kaiser sah zuerst Metellus und dann Lucius Domitius an, der ein paar Schritte weiter hinten ging, und nickte. »Gut, dann machen wir es so. Du kommst mit mir, und Lucius Domitius bleibt in der Stadt. Möge der Himmel geben, dass das die richtige Entscheidung ist …«

Cassius Silva lächelte. »Was macht es schon für einen Unterschied, wer mit dir kommt, Caesar? Spätestens zum Mittagessen treffen wir uns alle wieder hier – es sei denn, Schapur möchte uns in sein nobles Zelt einladen.«

Ein Stallknecht brachte dem Kaiser sein Pferd, und auch Marcus Metellus ließ sich sein Ross bringen. Wie gewohnt, hatte der Adjutant bereits den zweiten *gladius* am Sattelknopf befestigt.

Lucius Domitius blickte zu den Mauerzinnen auf. Auf dem Wachturm stand ein Soldat und schwenkte ein rotes Tuch – einmal, zweimal, dreimal. »Das ist das Signal«, sagte Lucius Domitius, »es ist alles bereit …«

Auf dem Wehrgang der Mauer wurde ein weißes Tuch geschwenkt, einmal von rechts nach links und einmal von links nach rechts.

»… und die Lage ist ruhig. Nichts Verdächtiges in Sicht.«

»Ausgezeichnet«, sagte Valerian. »Dann lasst uns losreiten.«

Clelia hatte es geschafft, den Kleinen noch einmal ins Bett zu stecken, und sie ging gerade nach oben auf die Dachterrasse, in der Hoffnung, von dort zu sehen, was sich draußen, vor der Stadtmauer, abspielte, als sie plötzlich ein Geräusch vernahm.

Sie spitzte die Ohren, hörte aber nichts mehr. Wahrscheinlich hatte sie sich getäuscht. Sie stieg also die Treppe weiter hinauf, aber da war das Geräusch wieder, diesmal untrüglich und sogar ziemlich laut – es schien aus dem Keller zu kommen.

Clelia nahm eine Kerze vom Wandbrett, entzündete sie an der Flamme einer Öllampe und ging ins Erdgeschoss hinunter. Sie fürchtete sich, schließlich war ihr Mann fort und sie so gut wie allein im Haus. Was mochte das sein?

Sie versuchte, dem Geräusch nachzugehen: Es kam mit Sicherheit von unten. Sie öffnete die Tür zum Keller und stieg mit hoch gehaltener Kerze die Treppe hinab.

»Wer ist da?«, rief sie laut.

Eine Art Röcheln antwortete ihr.

»Wer ist da?«, rief sie noch einmal.

Sie lauschte angestrengt und vernahm hinter einer kleinen Eisentür schleppende Schritte. Soweit sie wusste, befand sich hinter der Tür der Zugang zum Tunnel einer alten Thermenanlage, der aus der Stadt hinausführte; seit sie in dem Haus wohnte, war der Tunnel aber noch nie geöffnet worden. Sie presste das Ohr gegen die Tür und hörte erneut Geräusche, die in dem leeren Gang hallten. Ohne noch lange zu überlegen, schob sie den Riegel zurück und zog, so fest sie konnte, an der Tür, indem sie deren Rand mit beiden Händen umklammerte. Die Tür ächzte und quietschte, bevor sie unversehens nachgab. Clelia fuhr mit einem entsetzten Aufschrei zurück.

Vor ihr stand ein blutüberströmter halbnackter Mann, der sie einen Moment lang anstierte und dann röchelnd zusammensackte.

Clelia begriff sofort, dass von diesem Elenden keinerlei Gefahr ausging, denn er lag im Sterben. Sie rollte ihn auf die Seite, legte ihm ihren gefalteten Schal unter den Kopf und holte ihm einen Becher Wasser.

Der Mann trank und begann zu sprechen. »Wir wurden … verraten. Musst warnen … Musst ihn warnen …«

»Wer bist du?«, fragte Clelia. »Wer bist du?«

Der Mann war fast am Ende seiner Kräfte. »Sie haben uns überfallen und niedergemetzelt … Warne den Kaiser … Er darf nicht … Er darf die Stadt nicht verlassen … Das ist ein Hinterhalt … ein …« Sein Kopf fiel zurück. Er war tot.

Clelia schauderte. Ihr war sofort klar, was da vorgefallen war und was jeden Moment passieren konnte, wenn es ihr nicht gelang, die tödlichen Pläne der Perser zu vereiteln.

Sie hastete die Treppe hinauf, durchquerte den Innenhof und stürzte hinaus auf die Straße. Die Gassen waren immer noch menschenleer, während sie atemlos zum Stadttor rannte.

Die Wachen öffneten das schwere Tor, das aus der Stadt führte, und ließen den Kaiser und sein kleines Gefolge passieren. Die Sonne stand inzwischen ziemlich hoch am Himmel und rief in dem mit Amarant- und Terebinthesträuchern übersäten Ödland um die Stadt herum heftige Helldunkel-Kontraste hervor. Ein gutes Stück weit folgten sie dem Lauf des Korsotes zu ihrer Linken, bevor der Fluss eine Biegung nach Westen machte und dabei ihren Weg kreuzte.

Der Reitertrupp, der die Nacht über die Furt bewacht hatte, erwartete sie im Niemandsland unweit des Flusses; er würde sie ans andere Ufer geleiten, wo das Treffen mit Schapur stattfinden sollte. Als sich der Kaiser und sein Gefolge ihm bis auf hundert Fuß genähert hatten, hob der Zenturio des Trupps den Arm zum Zeichen des Grußes und ritt seinerseits mit rund fünfzig Reitern auf die Furt zu.

Auf einmal fiel Metellus etwas auf, und seine Miene verdüsterte sich. Er gab Balbus ein Zeichen.

»Was ist, Kommandant?«, fragte Balbus ihn leise.

»Weiße Beine.«

»Was?«

»Sieh selbst. Die Männer dort haben bis gestern lange Hosen getragen. Das sind keine Römer, das sind Perser!«

»Verflucht noch mal! Und wo sind unsere Leute?«

»Vermutlich getötet. Gib dem Kaiser Bescheid. Ich muss versuchen, Lucius Domitius in der Stadt ein Zeichen zu geben. Noch können wir uns retten, noch ist es nicht zu spät.«

Balbus ritt neben den Kaiser und flüsterte ihm etwas ins Ohr.

Metellus reflektierte mit seinem Schild die Sonnenstrahlen derart, dass sie von der Stadtmauer aus als blitzende Leuchtsignale zu erkennen waren.

Lucius Domitius, der auf der Mauer stand und gespannt verfolgt hatte, wie sich der Kaiser und sein Trupp der Furt näherten, zuckte zusammen, als er das Blitzen sah. »Wei–ße Bei–ne«, entzifferte er. »Weiße Beine!«, schrie er einen Moment später. »Perser! Verrat! Sie wollen den Kaiser in einen Hinterhalt locken. Trompeter – Alarm, Alarm! Raus mit den Reitern! Schnell, schnell – öffnet das Tor!«

Die wachhabenden Legionäre öffneten das Stadttor, und der Trompeter stieß in seine *bucina*, um eine Reitereinheit herbeizurufen, deren Quartier sich in unmittelbarere Nähe, beim Palast des Kaisers, befand.

Innerhalb weniger Momente hatten sich rund hundert Reiter vor dem Tor versammelt, und noch einmal so viele drängten nach, doch da erschien Cassius Silva an der Spitze eines Prätorianertrupps und gebot Einhalt. »Seid ihr wahnsinnig geworden? Wer hat diesen Ausfall befohlen? Still stehen, habt ihr gehört? Hier rührt sich keiner vom Fleck!«

»Ich habe den Ausfall befohlen!«, rief Lucius Domitius von der Mauer herab. »Der Kaiser ist in Gefahr, die Perser wollen ihn in einen Hinterhalt locken. Ich selbst werde mit diesen Männern zu ihm hinausreiten, und zwar auf der Stelle!«

»Kommt nicht infrage!«, gab Silva zurück. »Der Einzige, der hier Befehle erteilt, bin ich als Statthalter von Edessa, und ich halte es für puren Wahnsinn, ausgerechnet jetzt, da Verhandlungen abgehalten werden sollen, einen Ausfall zu befehlen. Wenn wir die Perser in Wut versetzen, liefern wir ihnen die Unseren ans Messer. Nein, es gibt überhaupt keinen Grund zur Annahme, dass der Kaiser in Gefahr wäre. Die Lage ist völlig entspannt. Schließt das Tor wieder!«

Lucius Domitius lief die Treppe nach unten. »Was redest du da? Das ist Verrat! Für diese Entscheidung wirst du einstehen müssen!«

Silvio gab den Prätorianern, die ihn begleiteten, ein Zeichen. »Der Legat Lucius Domitius steht bis auf Weiteres wegen Befehlsverweigerung unter Arrest. Nehmt ihn fest! Und ihr«, sagte er dann zu den Soldaten des Wachtrupps, »ihr schließt jetzt das Tor!«

Die Prätorianer umringten Lucius Domitius, nahmen ihm sein Schwert ab und führten ihn davon, während sich die Soldaten daranmachten, die schweren Torflügel wieder zuzudrücken.

Clelia, die unterdessen völlig außer Atem beim Wachtposten angelangt war, hatte die Szene mitbekommen und verzweifelte fast. Ihr Mann war dort draußen, vor dem Tor, und hatte von nichts eine Ahnung, während drinnen in der Stadt ganz offensichtlich eine Verschwörung stattfand!

Sie sah sich Hilfe suchend um, entdeckte einen Stallburschen, der ein Pferd am Zügel führte, und zögerte keinen Moment. Sie riss sich das Gewand unterhalb der Knie ab, stieß den Stallburschen zur Seite, sprang auf das Pferd und sprengte auf das Stadttor zu.

Das Tier bäumte sich vor dem inzwischen nahezu geschlossenen Tor auf, donnerte mit den Hufen dagegen, sodass es sich wieder einen Spaltbreit öffnete, und preschte nach draußen.

Der kaiserliche Trupp hatte unterdessen fast die Furt erreicht, und die falsche Eskorte näherte sich ihrerseits dem Flussufer. Noch schien alles friedlich, aber Valerians Entschluss stand fest. »Sobald sie überm Fluss sind, drehen wir um und reiten zur Stadt zurück. Ich denke, wir haben genügend Vorsprung, um uns in Sicherheit zu bringen.«

»Vorausgesetzt, es öffnet uns jemand das Tor«, sagte Balbus. »Wenn sie unsere Botschaft erhalten haben, begreife ich nicht, warum sie uns noch nicht zu Hilfe eilen.«

Da rief Quadratus: »Schaut, sie müssen begriffen haben, was hier los ist: Dort kommt jemand von der Stadt auf uns zu geritten. Aber ... aber das ist ja eine Frau!«

Marcus Metellus wandte den Kopf und fiel aus allen Wolken. »Das ist Clelia, mein Weib!«, schrie er.

Die falsche Eskorte durchquerte unterdessen die Furt.

Der Kaiser gab Metellus ein Zeichen. »Reite!«

Und Metellus sprengte los. Er sah, dass Clelia in rasendem Galopp auf ihn zukam und dabei etwas schrie. Sie war fast auf halbem Wege zwischen ihm und der Stadtmauer von Edessa und ritt immerzu weiter. Aber plötzlich stieg von der Mauer etwas in den Himmel hinauf, beschrieb einen großen Bogen und fiel zurück zur Erde: Pfeile!

Pfeifend jagten sie durch die Luft. Der erste Pfeil und auch der zweite bohrten sich in die Erde, doch der dritte traf, und Clelia stürzte zu Boden.

Metellus raste zu ihr, sprang vom reitenden Pferd und schloss sie in die Arme. Sie atmete noch. Der Pfeil war ihr in den Rücken eingedrungen und hatte ihren Brustkorb durchstoßen; ihr Gewand war blutdurchtränkt.

Metellus weinte vor Wut und Schmerz, während er sie an sich presste, ihre blutleeren Lippen, ihre Stirn, ihre Haare küsste.

»Es ist eine Falle«, murmelte Clelia. »Unsere Eskorte wurde getötet ... Silva ist ... ist ... Bitte, rette dich, geh zu unserem Kind. Er ist allein ...«

»Ich gehe zu ihm, das verspreche ich dir.«

Clelia ließ den Kopf sinken und hauchte ihr Leben aus. Marcus Metellus hatte in diesem Augenblick das Gefühl, mit ihr zu sterben.

Er hob den Blick und schaute hin zum Tor von Edessa, das hartnäckig geschlossen blieb, zur Stadtmauer, auf der in diesem Moment ein roter Umhang sichtbar wurde – es handelte sich mit Sicherheit um Silva. Dann wandte er den Kopf zur Furt und sah, dass dort bereits gekämpft wurde, dass der Kaiser umzingelt war!

Bei diesem Anblick gab sich Metellus einen Ruck und fand zu

seiner Kaltblütigkeit und Entschlossenheit zurück. Er warf eine Handvoll Staub auf die Leiche seiner Frau, um sie wenigstens symbolisch zu bestatten, schluckte die Tränen hinunter, schwang sich in den Sattel und ritt in höllischem Galopp zum Ufer des Korsotes zurück.

Ein Schwert in jeder Hand, brach er in den falschen Geleittrupp aus persischen Kriegern ein, stieß die ersten beiden, rechts und links, ins Wasser und fiel danach wie ein Rasender über die anderen her. Blindlings schlug er um sich, durchbohrte und verstümmelte, zerschmetterte Knochen und zertrümmerte Schädel und bahnte sich einen blutigen Weg zu dem umringten Valerian.

Unterdessen strömten von allen Seiten weitere Perser herbei, und Metellus war klar, dass ihm nur wenige Augenblicke Zeit blieben, um dem Kaiser einen Fluchtweg zu eröffnen. Doch als er den Kopf wandte, sah er, dass Valerian vom Pferd gerissen wurde und in den Fluss stürzte, wo mehrere Feinde über ihn herfielen. Er schrie: »Rettet den Kaiser!«, und stürmte wie ein Widder nach vorn.

Bevor er vom Pferd sprang und sich auf die Feinde warf, rief er seine Männer herbei: »Balbus, Quadratus – zu mir!«

Die beiden Zenturionen flankierten ihn wie Bluthunde, bauten sich wie Türme neben ihm auf und schlugen mit ihren Schilden jeden nieder, der sich ihnen näherte; ihre Schwerter durchstießen diejenigen, die von vorn kamen, und ihre genagelten Schuhe trampelten auf denen herum, die zu Boden stürzten, bevor sie ihnen mit den unteren Rändern ihrer Schilde die Kehlen aufschlitzten.

Valerian verteidigte sich hartnäckig und mit einer für sein Alter wahrhaft erstaunlichen Energie, doch er musste sich nicht nur gegen den Feind behaupten, sondern auch gegen die reißende Strömung des Flusses. Irgendwann verlor er das Gleichgewicht. Ein Perser hob seinen Speer und wollte ihn schleudern, als sich Metellus von hinten auf ihn stürzte und ihm mit blitzartigen Schwerthieben hintereinander beide Arme abhackte.

Dann stieß er ihn wie einen gefällten Baum ins Wasser und stellte sich rasch neben den Kaiser. Von Balbus und Quadratus gedeckt, half er Valerian wieder auf sein Pferd, und als er dem Tier mit der flachen Seite seines Schwerts auf die Flanke schlug, stob der Vollblüter wie der Wind in Richtung Edessa davon.

Valerian ritt, als wären die Dämonen der Hölle hinter ihm her. Er wusste, dass sich seine Männer für ihn opferten, und er war fest entschlossen, alle nur verfügbaren Truppen in Edessa zu mobilisieren, um ihnen zu Hilfe zu eilen und dem Perser seine Falschheit heimzuzahlen.

Doch plötzlich sah er zu seiner Rechten einen Trupp Feinde hinter der Uferböschung des Korsotes auftauchen und in westliche Richtung reiten, um seinen Weg zu kreuzen und ihn von der Stadt abzuschneiden.

Er riss sein Pferd herum und ritt in die entgegengesetzte Richtung, in der Hoffnung, auf einen seiner Vorposten entlang der Straße nach Nisibis zu stoßen. Doch auch dort traf er auf ein Hindernis, eine Linie Fußsoldaten, die wie aus dem Nichts auftauchte und sich ihm in den Weg stellte.

Anstatt erneut sein Ross zu zügeln, sprengte er direkt auf die Soldaten zu und setzte mit einem eleganten Sprung über sie hinweg. Auf der andern Seite angekommen, trieb er sein Pferd zu noch schnellerem Tempo an. Schon glaubte er sich gerettet, schon malte er sich aus, wie er seine tapferen Kämpfer rächen würde – als auf der Kuppe des vor ihm liegenden Hügels eine riesige Schar Reiter und Fußsoldaten erschien.

Schapur persönlich ritt inmitten von wehenden Purpurbannern an der Spitze des persischen Heeres, das eine immens breite Front bildete.

Valerian wusste, dass dort kein Durchkommen war und dass er jede Hoffnung auf Flucht endgültig begraben konnte. Also wandte er sein Pferd und ritt zur Furt zurück, um mit dem Schwert in der Hand, Schulter an Schulter mit seinen Männern, zu sterben und so ein vorbildliches Leben mit einem würdigen Tod zu beschließen.

Doch just als er sich in das wilde Getümmel am Fluss stürzen wollte, erschollen Trompeten; die persischen Soldaten zogen sich auf dieses Kommando hin allesamt zurück und bildeten einen weiten Kreis, in dessen Zentrum sich die Römer befanden.

Keuchend, erschöpft, mit Wunden übersät und blutbedeckt, empfingen die Soldaten des kleinen Trupps den Kaiser, dem es nicht gelungen war zu entkommen.

Marcus Metellus Aquila watete aus dem Fluss und ließ seine Männer in einer Reihe entlang des Ufers Aufstellung nehmen, auf dass das Schicksal seinen Lauf nähme.

2

Schapur drückte seinem Pferd die Fersen in die Weichen und ritt im Schritttempo auf die kleine Schar zu.

Valerian, der inzwischen abgestiegen war, bedeutete seinen Soldaten zurückzubleiben und ging seinem Gegner allein entgegen. Der Perser trug eine Hose aus durchscheinender, reich bestickter Seide, die Enden seines langen Schnurrbarts waren nach oben gezwirbelt, auf dem Kopf hatte er eine kunstvoll gestaltete Mitra, die mit Straußenfedern geschmückt war, und an seiner Seite trug er ein Schwert in einer goldenen Scheide, die mit Edelsteinen bestückt war. Der Römer war mit Staub und Morast bedeckt, seine Rüstung voller Kratzer und Kerben, die Tunika zerrissen, und Arme und Beine wiesen tiefe Schnittwunden auf, aus denen das Blut rann.

Auf einen Wink Schapurs hin stürzten zwei seiner Leibwächter auf den römischen Kaiser zu, drückten ihn zu Boden und zwangen ihn zu einem Kniefall.

Metellus stürzte brüllend nach vorn: »Feiglinge! Lasst ihn sofort los! Kämpf mit mir, Barbar, wenn du den Mut dazu hast! Los, komm runter von deinem Gaul! Ich reiß dir deine Federn einzeln aus, Hundesohn, Bastard!« Da sauste ein Netz durch die Luft und fiel auf ihn, sodass er hilflos war wie ein gefangener Löwe. Die Übrigen wurden umringt und entwaffnet.

Schapur würdigte sie kaum eines Blickes. Er gab seinen Männern ein Zeichen und entfernte sich, die Reihen seiner Soldaten durchquerend, in Richtung des persischen Lagers, von dem er im Morgengrauen aufgebrochen war.

Marcus Metellus gewahrte durch die Maschen des Netzes hindurch eine seltsame Gestalt: einen Mann, dem Körperbau nach vielleicht auch ein Junge, der Kleider trug, wie er sie noch nie gesehen hatte, und der sich zudem noch ein schwarzes Tuch um den Kopf gewickelt hatte, das lediglich die Augen frei ließ – schräg geschlitzte, pechschwarze Augen.

Sie musterten einander mit einem flüchtigen, aber eindringlichen Blick, bevor sich die mysteriöse Gestalt unter Schapurs Gefolge mischte und verschwand.

Die Römer wurden zu einem verfallenen Bauernhaus geschleppt, an Armen und Beinen gefesselt und in Ketten gelegt, allen voran Valerian. Der Anblick seines Kaisers in Ketten war für Metellus kaum zu ertragen und trieb ihm die Tränen in die Augen. Später wurden sie auch noch untereinander angekettet, und der Erste in der Reihe, der Zenturio Balbus, wurde an den Sattel des letzten der Reiter gebunden, die sie verschleppen sollten.

Sie waren insgesamt zwölf Mann: der Kaiser und der Kommandant Metellus, die beiden Zenturionen Helius Quadratus und Sergius Balbus, ein *optio* namens Antoninus Salustius sowie die sieben Legionäre Lucianus, Severus, Rufus, Septimius, Publius, Emilius und Marzianus.

Die Gefangenen mussten den ganzen Tag in der glühenden Sonne gehen und bekamen dabei weder zu essen noch zu trinken. Erst nach Sonnenuntergang durften sie rasten und erhielten jeder einen Brocken Brot, ein paar Datteln und etwas Wasser. Mit Einbruch der Dunkelheit streckten sie sich zwischen den Steinen auf dem nackten Boden aus; eine Decke oder etwas Ähnliches, um sich gegen die beißende Kälte der Nacht zu schützen, bekamen sie nicht.

Dem Kaiser war kein einziges Wort über die Lippen gekommen, seit man ihn zum Kniefall vor seinem Feind gezwungen hatte. Er kauerte etwas abseits, den Rücken an einen Felsbrocken gelehnt, auf der Erde.

Auch Marcus Metellus war am Boden zerstört; er konnte den Verlust seiner geliebten Frau noch immer nicht fassen und litt fürchterlich unter dem Gedanken, den kleinen Titus womöglich niemals wiederzusehen. Noch nie war er so verzweifelt gewesen, und doch – beim Anblick des Kaisers, der sein Leben lang nur Staat und Volke gedient hatte, dieses Mannes, der sich an diesem Tag trotz seines fortgeschrittenen Alters noch mit unglaublicher Tapferkeit geschlagen hatte und vom Feind dafür auf so niederträchtige Weise gedemütigt worden war – beim Anblick dieses Menschen und seines elenden Zustandes vergaß er den eigenen Schmerz und empfand nur noch Mitleid.

Er kroch zu ihm hin, um ihm Trost zu spenden. »Du hast dir nichts vorzuwerfen, Caesar. Im Gegenteil, du bist dieses Risiko einzig um des Friedens willen eingegangen. Das Schicksal hat es anders gewollt und uns verraten, aber das hätte jedem passieren können.«

Valerian wandte langsam den Kopf, zeigte ihm die gefesselten Hände mit den aufgescheuerten Gelenken und sagte: »Glaubst du wirklich, das ist das Werk eines widrigen Schicksals?«

Metellus antwortete nicht.

»Glaubst du wirklich, niemand hat uns von der Stadtmauer aus gesehen?«

»Doch, ich glaube, man hat uns gesehen, Caesar.«

»Und es wundert dich nicht, dass uns keiner zu Hilfe geeilt ist? Dass man uns nicht die Reiterei zur Unterstützung geschickt hat?«

»Doch, das wundert mich allerdings«, erwiderte Metellus. »Eine Erklärung habe ich dafür nicht, aber ich bin mir sicher, dass derjenige, der so entschieden hat, nicht aus freien Stücken gehandelt hat, dass seine Entscheidung erzwungen war …«

»Ich dagegen meine, dass uns jemand ganz bewusst unserem Schicksal überlassen hat. Und dass dieser Jemand sicher sein konnte, für diese Entscheidung niemals zur Rechenschaft gezogen zu werden«, entgegnete Valerian düster.

»Urteilst du jetzt nicht etwas vorschnell, Caesar? Aus der Ferne betrachtet mutet vieles schlimmer an, als es ist. Es kann alles Mögliche passiert sein. Beispielsweise könnte unsere Lage, von den Wachtürmen aus betrachtet, so aussichtslos erschienen sein, dass man beschlossen hat, die Truppen vorerst zu schonen. Sie sind von der langen Belagerung eh schon erschöpft und unterernährt; vielleicht wollte man sie nicht sinnlos in den Untergang schicken, in dem hoffnungslosen Versuch, uns zu retten. Aber ich bin felsenfest überzeugt, dass unsere Leute bereits in ein paar Tagen auftauchen werden, um uns zu befreien. Ich kenne Lucius Domitius – der fürchtet nichts und niemanden. Wenn er die Stadt, aus welchem Grund auch immer, heute nicht verlassen hat, so wird er es morgen oder übermorgen tun. Dieser Ausfall wird stattfinden, glaub mir. Vielleicht lauern sie sogar schon hinter den Felsen dort drüben.«

Valerian sah ihn bekümmert an. Sein Gesicht wirkte ausgemergelt von den Entbehrungen und Strapazen, die er hinter sich hatte, seine Miene war wie versteinert. »Hinter diesen Felsen lauert niemand, Kommandant Metellus«, sagte er. »Und es wird auch niemand kommen, um uns zu helfen – genau das ist ja der Grund, weshalb ich dich gebeten hatte, in Edessa zu bleiben.«

Metellus senkte getroffen den Kopf. »Wie kannst du das so sicher behaupten, Caesar?«

»Weil Cassius Silva die Befehlsgewalt in der Stadt innehat, deshalb.«

»Ich weiß, was du meinst. Ich hatte ihn nicht erwähnen wollen, weil ich weiß, dass er ein Freund deines Sohnes Gallienus ist, aber meine Frau Clelia hat im Sterben seinen Namen genannt.« Bei diesen Worten bekam Metellus wieder feuchte Augen. Zu schwer war der Verlust, zu frisch die Wunde, die Clelias Tod in seinem Herzen hinterlassen hatte, als dass er die Tränen hätte zurückhalten können.

Valerian seufzte. »Deine Frau hat ihr Leben geopfert, um uns zu retten. Leider völlig umsonst. Wenn die Götter mich erhören und uns gestatten, zurückzukehren, errichte ich ihr ein Denkmal, wie sie den alten Heldinnen unserer Geschichte errichtet wurden, das schwöre ich dir. Aber leider sind wir im Augenblick nichts als namenlose Sklaven. Und das werden wir wohl auch bleiben. Silva hat uns dem Schicksal überlassen und womöglich noch weit Schlimmeres angerichtet. In diesem Moment werde ich nicht einmal den Verdacht los, dass mein eigener Sohn Gallienus dieses unglückselige Treffen mit den Persern, diese Infamie, eingefädelt hat.«

Metellus wusste nicht, was er sagen sollte. Was hätte er auch einem Mann zur Antwort geben können, der bis vor wenigen Stunden Herr über die halbe Welt gewesen und auf einmal einem heimtückischen und grausamen Feind auf Gedeih und Verderb ausgeliefert war? Was hätte er diesem in Ketten liegenden, von Kälte und Wunden geplagten Mann sagen können, der zu allem Übel auch noch befürchten musste, vom eigenen Sohn verraten worden zu sein?

Schließlich war es Valerian, der als Erster das Schweigen brach. Vielleicht tat es ihm leid, Metellus' Versuch zunichte gemacht zu haben, ihm über die Demütigung, die diese Gefangenschaft für ihn darstellte, hinwegzutrösten. »Sie fehlt dir sehr, nicht wahr?«, fragte er ihn leise.

»Ja. So sehr, dass ich lieber an ihrer Seite gestorben wäre, als ohne sie weiterleben zu müssen«, erwiderte Metellus. »Wir haben uns ineinander verliebt, als wir noch Kinder waren, und später sind wir zusammen geflohen, um nicht den Mann und die Frau heiraten zu müssen, die unsere Familien für uns ausersehen hatten.«

»Verstehe«, sagte der Kaiser, »und ich weiß, dass es nichts gibt, was dich für diesen Verlust entschädigen könnte. Aber wir müssen uns zusammennehmen und dem Schicksal die Stirn bieten, wie es sich für römische Soldaten gehört. Unsere Henker sollen sich nicht obendrein an unserer Verzweiflung weiden und in der Gewissheit sonnen, uns beschämt zu haben.«

Metellus nickte müde. »Es gibt noch etwas, was mich quält und mir keine Ruhe lässt.«

»Was?«, fragte Valerian.

»Mein kleiner Sohn Titus. Was soll aus ihm werden? Wer wird ihn beschützen? Lucius Domitius wohl kaum – ich fürchte, der hat in der Stadt nicht mehr viel zu sagen, andernfalls wäre er uns zu Hilfe geeilt –, und meine Frau ist tot.« Er seufzte verzweifelt. »Es ist einfach entsetzlich: Ich kann nicht einmal mehr den Menschen beschützen, den ich am meisten auf der Welt liebe. Denk dir, ich habe Titus versprochen, noch vor dem Abend wieder zurück zu sein. Und ich habe mein Wort noch nie gebrochen, kein einziges Mal in meinem ganzen Leben.«

»Dieses Versprechen war vor allem eine Hoffnung, mein Freund«, sagte der Kaiser, »und dass eine Hoffnung in Erfüllung geht, hängt leider nur zu einem winzigen Teil von uns selbst ab. Aber nimm es als Gelübde. Du weißt, die Gelübde der Gerechten werden von den Göttern erhört. Siehst du den Soldaten dort?« Valerian deutete auf einen jungen Legionär mit schwarzem Kraushaar. »Er hat sich gerade das Kreuzzeichen gemacht. Auch er legt ein Gelübde ab und betet zu seinem christlichen Gott, er möge uns retten und nach Hause zurückführen. Es soll ja ein sehr mächtiger Gott sein, mächtiger als unser Jupiter, der es wahrscheinlich müde ist, sich die Torheiten der Menschen vom Himmel herab mit anzusehen, und das schon seit Jahrhunderten.«

Metellus betrachtete den Soldaten. Er hieß Emilius und gehörte seiner Legion an. Ein tüchtiger Bursche, der nicht nur einer seiner besten Schwertkämpfer war, sondern auch ein guter Läufer und obendrein ein ausgezeichneter Schwimmer.

Es ist gut, in der Not tüchtige Männer und keine Faulpelze um sich zu haben, dachte Metellus und ging zu ihm hinüber. »Wie geht's, Soldat?«

»In Anbetracht der Umstände eigentlich ganz gut, Kommandant.«

»So gefällst du mir. Es hätte ja auch schlechter ausgehen können, das dürfen wir nicht vergessen. Immerhin sind wir am Leben, alle beisammen, und der Kaiser ist fürs Erste auch gerettet. Denkt immer dran, Soldaten: Solange der Imperator lebt und in unserer Mitte weilt, sind wir das Zentrum der Welt.«

Septimius stützte sich auf die Unterarme. »Unsere Kameraden werden uns befreien, nicht wahr, Kommandant?«

»Das hoffe ich, aber sicher ist es nicht. Wir befinden uns in Feindesland, und unsere besten Kampfverbände sind im belagerten Edessa eingeschlossen«, erwiderte Metellus. »Aber sag, woher kommst du eigentlich?«, fragte er dann den blonden Mann mit den blauen Augen.

»Aus Condate, in Gallien.«

»Männer wie dich sollte man an die Nordfront schicken. Hier zu Lande verbrennt ihr euch nur die Haut, und die Hitze macht euch sicher sehr zu schaffen.«

»Ich hab mich daran gewöhnt, Kommandant, aber um ehrlich zu sein ... Also, ich hoffe schon, eines Tages wieder nach Hause zurückzukönnen. Ich meine, wenn wir aus diesem Schlamassel hier raus sind ...«

»Ich setzte alle Hoffnungen auf Lucius Domitius Aurelianus. Er wird nichts unversucht lassen, um uns und den Kaiser zu befreien – sofern ihm keiner Steine in den Weg legt.«

»Eisenfaust?«, sagte Marzianus, ein Legionär der Siebten Legion, die man auch »Die Eiserne« nannte. »Das ist ein Mann! Ein Kämpfer, wie es ihn nur einmal gibt. Der lässt uns nicht im Stich, darauf könnt ihr Gift nehmen, der lässt seine Leute nie im Stich. Ich hab ihn mehr als einmal seine Haut riskieren sehen, um einen Verletzten in Sicherheit zu bringen, ja, sogar um Gefallene zu bergen.«

Weder Balbus noch Quadratus, die beiden Zenturionen, sagten ein Wort. Sie waren Männer fortgeschrittenen Alters, die durch Dick und Dünn gegangen waren und gelernt hatten, sich keine Illusionen zu machen. Sie hielten sich abseits, beide den Kopf an einen Felsen gelehnt, und schienen zu schlafen. Aber Metellus wusste, dass sie wach waren und ihnen nichts von dem entging, was geredet wurde.

»Rückt zusammen!«, sagte er abschließend. »Kauert euch aneinander und wärmt euch gegenseitig. Es wird eine kalte Nacht werden, und diese Bastarde geben uns mit Sicherheit keine Decken.«

Marzianus fand tatsächlich noch den Mut zu scherzen. »Mich an einen Zenturionen kauern?«, entgegnete er. »Eigentlich würde ich mich lieber an ein hübsches Mädchen kauern, eins von diesen kleinen Nutten mit den prallen Brüsten aus Antiocheia. Aber man kann nicht alles haben im Leben.«

»Wenn du weiter keine Klagen hast, ist es ja gut«, meinte Metellus mit einem wehmütigen Lächeln. »Aber du hast schon recht: Besser scherzen, als den Kopf hängen lassen. Und das gilt für euch alle! Merkt euch, ab sofort sind wir völlig auf uns selbst gestellt, und wir müssen überleben, Männer, wir müssen *um jeden Preis* überleben. Das ist für den Augenblick unser einziges und oberstes Ziel. Keiner von uns wird seinem Schicksal überlassen, jeder Einzelne wird auf die Hilfe aller zählen können. Gemeinsam können wir es schaffen, glaubt mir. Aber eins muss euch klar sein: Als Mitglieder der kaiserlichen Leibgarde haben wir dem Caesar Treue geschworen, und an diesen Schwur müssen wir uns halten – heute mehr denn je. Keiner geht, wenn der Caesar nicht mitkommt – oder anders ausgedrückt: Jeder Fluchtversuch wird als Fahnenflucht betrachtet und entsprechend bestraft, und ich persönlich werde das Urteil vollstrecken.« Bei diesen Worten hielt Metellus seine Handgelenke hoch und spannte die Kette, mit der sie gefesselt waren.

Dann kauerte er sich neben den Stamm einer vertrockneten Tamariske, bedeckte sich Arme und Beine mit Sand und versuchte, ein wenig zu schlafen.

Doch bei jeder Bewegung, die er selbst oder einer seiner Männer machte, rasselten die Ketten, und dieses Geräusch trieb ihn gleich in zweierlei Hinsicht zur Verzweiflung: Erstens weil es ihn am Einschlafen hinderte, und zweitens weil es ihn an seine elende Lage erinnerte, daran, dass er Gefangener und Sklave war, und so sehr er sich auch bemühte, nicht zu verzagen, das Gesicht der sterbenden Clelia und das Bild des Sohnes, den er nie mehr wiedersehen würde, wollten ihm nicht aus dem Sinn und erfüllten sein Herz mit unendlicher Wehmut.

Er betete zu den Ahnen, auf dass sie ihm ein Zeichen ihrer Gunst zukommen ließen, er betete zu Jupiter Optimus Maximus, er möge wenigstens den Kaiser, der sein Vertreter auf Erden und oberster Priester seines Kults war, retten. Aber es antwortete ihm nur das Heulen der Schakale, die auf der Suche nach Aas in der Steppe umherstreiften.

Am Ende siegte aber doch die Erschöpfung über Kummer und Schmerz, und er wurde vom Schlaf übermannt.

Einer der Bewacher weckte sie mit Fußtritten, ein Diener teilte eine Handvoll Datteln an sie aus, und dann ging der Marsch weiter.

Sie zogen an der Südseite des Taurus entlang in Richtung

Osten und kamen dabei durch die rauesten und unwirtlichsten Gegenden, die man sich nur vorstellen kann. Anscheinend wollte man sie tief ins Innere der Persis verschleppen.

Das Wasser wurde zuerst an Pferde und Kamele ausgeteilt und erst dann an die Gefangenen, sofern noch etwas übrig war. Sie marschierten ohne Rast, und wer langsamer wurde, bekam augenblicklich die Peitsche zu spüren. Keinem schien etwas daran zu liegen, dass sie überlebten, ihr Leben hatte nicht einmal mehr den lausigen Verkaufswert eines Sklaven oder Zwangsarbeiters, das war offensichtlich.

Am zweiten Marschtag stieß eine weitere Gruppe von Gefangenen zu ihnen, die vermutlich aus dem Süden stammten: Sie waren dunkelhäutig, hatten schwarzes Kraushaar und trugen nichts als Lendenschurze aus grobem Leinen. Im Zentrum des Zugs gingen die mit dem Proviant und Wasserschläuchen bepackten Kamele, rechts und links davon die Gefangenen, und ganz außen ritten ihre Bewacher. Es folgte ein kleiner Trupp von etwa hundert Reitern, unter denen Metellus in einiger Entfernung die rätselhafte Person mit den Mandelaugen entdeckte, die er schon am Vortag gesehen hatte.

Der Mann schien frei zu sein, denn er ritt die Kolonne vor und zurück, wie es ihm beliebte, und doch entging Metellus nicht, dass die persischen Soldaten ihn keinen Moment aus den Augen ließen.

Am dritten Tag nahmen die Bewacher ihnen die Fußfesseln ab, und das war eine große Erleichterung, einerseits, weil das Marschieren dadurch leichter wurde, andererseits wegen der wunden Stellen, die sich darunter gebildet hatten und die scharenweise Mücken und Bremsen anzogen.

»Das ist ein gutes Zeichen«, sagte Metellus zu seinen Gefährten. »Vielleicht können sie uns doch noch zu etwas gebrauchen. Wahrscheinlich wollen sie uns irgendwo arbeiten lassen und erhalten uns deshalb am Leben.«

»Schaut mal dort«, sagte irgendwann Septimius, »unsere Waffen und Rüstungen.« Er deutete auf den einzigen Karren im Zug, der von zwei Mauleseln gezogen wurde.

»Sie haben sie also nicht weggeworfen«, sagte Emilius. »Kein Wunder – das sind erstklassige Klingen und gute Panzer.«

»Und für die Perser obendrein Trophäen«, setzte Quadratus hinzu. »Die Waffen des Kaisers sind auch dabei.«

»Wenn wir nur irgendwie an die Dinger rankämen«, meinte Lucianus, der halb Grieche und halb Römer war und aus Nikomedeia stammte. »Wir könnten diesen Bastarden immer noch eine Lektion erteilen.«

»Spar dir deine Kräfte besser für später auf«, entgegnete Balbus, »wenn wir unser Ziel erreicht haben. Ich fürchte, dort erwartet uns nichts Gutes, vorausgesetzt, wir kommen überhaupt lebend an.«

Der Kaiser bewahrte trotz aller Nöte eine bewundernswerte Haltung und bewies große Würde. Er ging aufrecht, trug den Kopf hoch und blickte jedem, der ihn ansah, fest in die Augen. Sein schlohweißes Haar kontrastierte mit der sonnenverbrannten Haut, und seine unglaublich würdevolle Haltung nötigte selbst den Soldaten, die sie bewachten und aller Wahrscheinlichkeit wussten, wer er war, einen gewissen Respekt ab. Er sprach kaum, war meistens nachdenklich und in sich gekehrt, als habe er sich eine Art innere Einsamkeit auferlegt.

Auch wenn er viele Stunden weder gegessen noch getrunken hatte, stürzte er sich niemals gierig auf die Nahrung oder das Wasser, die man ihnen abends anbot, sondern wartete darauf, dass seine Männer ihm etwas davon brachten, was diese mit besonderer Ehrerbietung taten, um ihn die Strapazen dieses wahrhaft höllischen Marsches wenigstens vorübergehend vergessen zu lassen.

Wenn die Wärter ihn mit ihren Peitschen oder Lanzenschäften traktierten, erlitt er stoisch den Schmerz, ohne einen Klagelaut von sich zu geben oder ihnen sonst wie zu zeigen, dass sie ihm wehtaten. Es schien, als gehe es ihm gar nicht mehr um sein Leben, sondern nur noch um die Aufrechterhaltung seiner Würde und Ehre.

Sie waren gut einen Monat marschiert, hatten auf Pontonbrücken den Tigris überquert, als sich die Hügel des östlichen

Mesopotamiens und wenige Tage später die Gipfel einer hohen Gebirgskette vor ihnen abzeichneten.

»Sie bringen uns nach Persien«, sagte Metellus.

»Woher weißt du das, Kommandant?«, wollte Quadratus wissen.

»Das sind die Berge von Elam«, erwiderte Metellus, »sie begrenzen die persische Hochebene, die sich eintausendfünfhundert Meilen weit bis an die baktrische Grenze erstreckt.«

»Warst du denn schon einmal in dieser Gegend?«

»Nein, natürlich nicht, aber ich habe die Feldzüge des Crassus nach Mesopotamien, die Feldzüge Marc Antons nach Armenien und vor allem die Alexanders studiert.«

Valerian drehte sich zu ihm um. »Sie verschleppen uns in die Mitte ihres Reichs, von wo aus eine Flucht nahezu unmöglich ist.«

»Stimmt«, bestätigte Metellus, »aber du wirst sehen, dein Sohn Gallienus hat bestimmt schon Verhandlungen mit ihnen aufgenommen. Nicht lange, und wir werden diesen Weg wieder zurückgehen müssen. Wenigstens du, Caesar.«

Valerian warf ihm einen strengen und zugleich bekümmerten Blick zu und sagte: »Du weißt, dass das nicht stimmt. Und allein würde ich sowieso niemals zurückkehren.«

Zwei Wochen lang quälten sie sich steile Gebirgspfade empor, überquerten die Schluchten und Klammen des Zagrosgebirges, kamen durch nahezu unwegsames Gelände und halb verlassene Steinbrüche, in denen wilde Nomaden hausten. Aus der Ferne sahen diese Leute zu, wie die Karawane langsam vorüberzog; das Hufgetrappel der Pferde und das Klirren der Ketten, mit denen die Gefangenen gefesselt waren, konnten sie wohl nicht hören.

Je höher sie kamen, desto klarer wurde die Luft, sodass man weit blicken konnte: Das unter ihnen liegende Mesopotamien nahm sich aus wie eine weite, gelbliche Ebene, die mit einem milchigen Schleier bedeckt war. Die Vegetation änderte sich mit fast jeder Biegung des Weges: Die Palmen wurden immer kleiner und rarer, bis sie gänzlich verschwanden und den kargen

Boden Tamarisken-, Oleander- und Ginsterbüschen überließen, später auch Pinien und majestätischen Zedern. In den felsigen Klammen aus schwarzem Basalt oder weißem Kalkstein flossen Bäche, deren fröhliches Murmeln den Gefangenen leider falsche Hoffnungen machte und die durstigen Männer, deren Haut und Augen von der senkrecht herabstechenden Sonne verbrannt wurden, nur noch mehr quälte und sie fast um den Verstand brachte.

Und dann tat sich plötzlich die Hochebene vor ihnen auf – endlos, blendend hell, dürr und unwirtlich. Ein heißer Wind, von dem man Nasenbluten, rote Augen und rissige Lippen bekam, fegte unablässig über sie hinweg. Die Rastplätze waren vorgegeben; sie wurden von den raren Oasen diktiert, die sich in Geländemulden befanden, wo sich die Feuchtigkeit ansammeln konnte und ein wenig Grün sprießte. Dort wuchsen Zwergpalmen, Johannisbrotbäume und Dornensträucher aller Arten. Das Gras war sehr trocken und verströmte einen intensiven Duft, wenn die Pferde und Maultiere mit ihren Hufen darauftraten.

Am Abend, wenn die Wärter zur Rast in den Oasen aufriefen, atmeten auch die Gefangenen erleichtert, ja, beinahe genussvoll auf. Die Sonne ging wie ein riesiger Feuerball am Horizont unter, färbte den Himmel glutrot und übergoss die Tamarisken- und Akaziensträucher mit flüssigem Gold. Der Wind ließ nach oder verwandelte sich in eine laue Brise, die Luft war geschwängert mit dem Duft exotischer Pflanzen, die Wasseroberflächen der Brunnen kräuselten sich wie Purpurmäntel in den Böen, und der lang gezogene Ruf der Schakale beim Heraufziehen des Mondes klang wie ein wehmütiges Lied, das einem das Herz schwer machte.

In der Abenddämmerung dachte jeder von ihnen an seine Lieben, die er daheim zurückgelassen hatte: Frau und Kinder, Freunde, eine Verlobte, der er ein Versprechen gegeben hatte, die alten Eltern, die vergeblich auf seine Rückkehr warteten. Wenn aber die Nacht hereinbrach und Myriaden von Sternen am schwarzen Himmelszelt aufblinkten, dann wich dieser kurze

Glücksmoment der Erinnerungen stechendem Schmerz, düsteren Vorahnungen und einem Gefühl quälender Ohnmacht.

Wohl versuchten sie sich dagegen zu wehren, malten sich Zukunftsszenarien aus, die sich – wie hätte es anders sein können – um Flucht und Heimkehr drehten, oder erzählten sich immer wieder dieselben alten Geschichten, die sie tausendmal aus dem Mund betagter Zenturionen vernommen hatten, von denen man meinen konnte, sie wären mit Helm und Rüstung zur Welt gekommen.

»Habt ihr schon mal von der Verschollenen Legion gehört?«, fragte eines Abends Publius, ein aus Spoleto gebürtiger Soldat der Legio II Augusta.

»Ich schon«, antwortete Rufus, einer seiner Kameraden; er hatte rötliches Haar und galt im Speerwurf als unübertroffen, sei es in der Schlacht, sei es bei athletischen Wettkämpfen. »Aber ich hab das immer für ein Märchen gehalten. Wenn eine gesamte Heereseinheit ausgelöscht wird, behaupten sie immer, sie wäre irgendwo untergetaucht oder verschwunden, aber das ist alles Erfindung, um die Truppe nicht zu demoralisieren.«

»Nein, hier täuschst du dich«, warf Helius Quadratus ein. »Die Verschollene Legion gibt es wirklich – oder besser, es hat sie wirklich gegeben. Aber keiner weiß, was aus ihr geworden ist.«

»Ist das wahr, Kommandant?«, wollte Emilius von Marcus Metellus wissen, als erwarte er sozusagen von hoher Stelle eine Bestätigung dieser phantastischen Geschichte.

»Ja, scheint so«, entgegnete Metellus. »Als der Triumvir Licinius Crassus in Karrhai vom Heer der Parther eingekesselt wurde, soll es einer seiner Legionen gelungen sein, bei Nacht die feindlichen Reihen zu durchbrechen und dem Massaker zu entkommen. Angeblich haben sie es geschafft, sich in Sicherheit zu bringen, mit Adler und allem, was dazu gehört.«

»Und dann?«, fragte Antoninus.

»Dann ist die Legion verschwunden, wie vom Erdboden verschluckt. Man hat nie wieder etwas von ihr gehört. Und auch keiner von ihren Männern ist je wieder zurückgekehrt.«

Alles schwieg, und einen Moment lang hörte man nur das Rauschen des Windes in den Kronen der Johannisbrotbäume.

»Und was ist deiner Ansicht nach aus ihnen geworden?«, fragte Emilius schließlich.

Metellus zuckte mit der Schulter. »Da kann alles Mögliche passiert sein. Vielleicht sind sie in eine der Wüsten geraten, die es in Zentralasien geben soll, ausgetrocknete und mit Salz bedeckte Ebenen, die sich über Hunderte von Meilen erstrecken. In diesen Gegenden verliert man leicht die Orientierung aufgrund des blendenden Lichts und des feinen Salzstaubs, der alles einhüllt.

Sie könnten auch ins Territorium irgendeines wilden Volksstamms geraten und von diesem niedergemacht worden sein. Oder aber die Leute haben sie bei sich aufgenommen und als Bewacher irgendwelcher weit entfernter Grenzen eingesetzt, von denen sie nicht wieder zurückgekehrt sind … Die Wahrheit werden wir wohl nie erfahren.

So, und jetzt schlaft erst mal. Ich fürchte, der morgige Marschtag wird noch härter und beschwerlicher werden.«

Von Zeit zu Zeit berief der Kaiser seine Offiziere zu einer Art Generalstabssitzung ein – den Legaten Marcus Metellus Aquila, die beiden Zenturionen Sergius Balbus und Helius Quadratus und auch den *optio* Antoninus Salustio – aber die Punkte, die auf der Tagesordnung standen, waren immer dieselben: Hunger und Durst, die Schläge, die Niedergeschlagenheit der Männer, mögliche Fluchtvorhaben, die unbedingt vereitelt werden mussten, da sie unweigerlich mit der Ergreifung der Geflohenen und anschließenden grässlichen Folterqualen geendet hätten.

Diese Befürchtungen bestätigten sich eines Abends im Hochsommer, als ein erst kürzlich zu ihnen gestoßener nabatäischer Gefangener während eines Sandsturms zu fliehen versuchte, jedoch sofort wieder von den persischen Soldaten aufgegriffen wurde.

Die Wärter zogen ihn aus, fesselten ihn an vier in die Erde gerammte Pfähle, schnitten ihm die Augenlider ab und urinierten ihm daraufhin in die ungeschützten Augen. Danach überließen sie ihn Ameisen und Skorpionen.

Seine Schmerzensschreie waren noch viele Stunden lang zu hören, bis der Wind sie irgendwann davontrug.

Einmal hatte Metellus den Eindruck, der mysteriöse junge Mann, der ihm schon in Edessa aufgefallen war, wolle einen Fluchtversuch unternehmen, denn er sprengte plötzlich die Kuppe eines Hügels hinauf. Aber offensichtlich handelte es sich lediglich um einen kleinen Ausritt, jedenfalls gesellten sich wenig später zwei Reiter der königlichen Eskorte zu ihm, worauf alle drei eine Zeit lang dort oben blieben und den Sonnenuntergang zu bewundern schienen, um schließlich friedlich in ihre Zelte zurückzukehren.

Nach drei Monaten Marsch erreichten sie endlich ihr Ziel, und zwar alle miteinander, ohne Verluste. Sie waren stark abgemagert und am Ende ihrer Kräfte, aber sie waren am Leben, und allein das kam ihnen wie ein Wunder vor.

Das Ziel war eine Türkismine im Herzen der Persis, eine Hölle namens Aus Daiwa. Dort würden sie leben, solange es möglich war. Und dort würden sie sterben, einer nach dem andern – es sei denn, es geschah ein weiteres Wunder und änderte noch einmal den Lauf ihres Schicksals.

3

Schapur gab sich scheinbar zufrieden mit seinem überragenden Erfolg, denn er hob die Belagerung Edessas auf.

In der mittlerweile tausendjährigen Geschichte Roms gab es nur ein Ereignis, das mit dieser verheerenden Niederlage vergleichbar war: die Gefangennahme des Konsuls Attilius Regulus durch die Karthager während des Ersten Punischen Krieges fünfhundert Jahre zuvor. Aber Regulus war nur ein, wenn auch hochrangiger Magistrat der römischen Republik gewesen, ein Beamter, der für ein Jahr im Amt gewesen war und jederzeit hatte ersetzt werden können. Publius Licinius Valerianus hingegen war der Imperator, der Vater der Nation. Seine demütigende Gefangennahme stellte eine ungeheure Schmach für die Römer dar.

Gallienus zog erst einen Monat später in die Stadt ein und wurde von Cassius Silva mit allen Ehren empfangen, obwohl die Umstände jegliche Art von Feierlichkeit verboten. Der neue Herrscher ließ sich dennoch vom versammelten Heer bejubeln und schritt hernach, in den Purpurumhang gehüllt und das kaiserliche Diadem auf dem Haupt, die Reihen ab. Wie er so die Oberlippe über die Unterlippe stülpte, sah er aus wie ein bescheidener Provinzbeamter, doch diesem Eindruck widersprachen das *paludamentum,* der feierliche Mantel, den er trug, und der kriegerische Soldatenapparat, der ihn umgab. Er stieg aufs Podium und hielt seine erste öffentliche Ansprache.

»Soldaten!«, sagte er. »Ich bin traurig und zutiefst erschüttert über das, was geschehen ist. Die Gefangennahme meines Vaters ist Folge eines Verrats und der Falschheit unseres Feindes. Ihr und eure Kommandanten tragen nicht die geringste Schuld daran. Ich weiß, dass viele von euren Kameraden heimtückisch niedergemetzelt wurden und dass andere, darunter der Legat Marcus Metellus Aquila, im Gefecht gefallen sind oder zusammen mit meinem Vater gefangen genommen wurden. Ihr betrübliches Schicksal schmerzt uns nicht weniger als das des Caesars, um dessen Wohl wir zu den Göttern flehen. Selbstverständlich werden wir alles nur Erdenkliche für ihre Rettung unternehmen. Ich habe auch erfahren, dass die Frau des Legaten, die adlige Clelia, von persischen Pfeilen getroffen und getötet wurde, während sie zu ihrem Mann zu gelangen versuchte …«

»Von römischen Pfeilen!«, schrie jemand aus der Menge.

Gallienus fuhr ungerührt fort: »Damit hat sie ein Beispiel gegeben, das sie in die Tradition der großen römischen Heldinnen stellt. Ihr Sohn wird dem Schutz des Kaiserhauses unterstellt und auf Kosten des Staates versorgt und erzogen werden. Was die Befreiung meines Vaters betrifft, so werden wir augenblicklich entsprechende Verhandlungen mit den Persern aufnehmen. Keine Summe wird uns zu groß sein, um ihn freizukaufen …«

Er hatte noch nicht ausgesprochen, als im großen Hof der Wachkaserne eine Stimme ertönte: »Nicht mit Gold, sondern mit Eisen rettet man die Ehre Roms, Gallienus!«

Es folgte ein betroffenes Schweigen. Dieser von irgendeinem Unbekannten ausgerufene Satz, den erstmals ein republikanischer Held vor siebenhundert Jahren ausgesprochen hatte, war allen aus ihrer Kindheit und Schulzeit bekannt, und doch beeindruckte er die Versammelten zutiefst. Gallienus warf Cassius Silva einen fragenden Blick zu, der sich seinerseits suchend umsah, doch auch er konnte nicht erkennen, woher die Stimme gekommen war.

Da ertönte plötzlich ein anderer Ausruf inmitten des versammelten Heeres: »Gebt Lucius Domitius Aurelianus frei!«

Zunächst war es nur eine Stimme, doch zu ihr gesellten sich weitere und dann mehr und immer noch mehr, bis die gesamte Truppe ein einziger gewaltiger Schrei war, der beantwortet werden musste. Gallienus sagte etwas zu Silva, und dieser flüsterte ihm seine Antwort ins Ohr. Daraufhin hob der Mann, der sich als der neue Caesar gebärdete, Ruhe gebietend den Arm, und das Gegröle verebbte nach und nach.

»Der Legat Lucius Domitius Aurelianus wurde vorübergehend seines Amtes enthoben, um gefährlichen Machtkämpfen innerhalb des Kommandostabes vorzubeugen, zumal in einem so heiklen Augenblick. Allerdings ist dieser Moment nun überwunden, wenn auch auf höchst betrübliche Weise, und ich sehe daher keinen Grund, diese Vorsichtsmaßnahme zu verlängern. Lucius Domitius ist infolgedessen ab sofort wieder in seinen Rang und sein Amt als Kommandant der Zehnten Legion mit dem Beinamen ›Gemina‹ eingesetzt!«

Erneut erhob sich eine gewaltige Akklamation aus dem versammelten Heer. Kurz darauf erschien Lucius Domitius zwischen zwölf Prätorianern, und Gallienus gab ihm höchstpersönlich sein Schwert zurück. Der Legat hakte es, ohne ein Wort zu sagen, an seinem Schulterriemen fest, verneigte sich leicht, warf Cassius Silva einen vernichtenden Blick zu und stieg zu seinen Legionären hinab, um wie ein ganz einfacher Soldat seinen Platz in der Truppe einzunehmen.

Gallienus blieb noch zehn Tage in der Stadt und berief in dieser Zeit eine Versammlung all jener Kommandanten ein, die für die Verteidigung der Ostgrenze zuständig waren. Zu diesen gehörte unter anderen ein tüchtiger Offizier namens Septimius Odaenathus. Er stand der Garnison von Palmyra vor, einer großen Karawanenstadt östlich von Damaskus, sowie den syrischen und osrhoenischen Hilfstruppen, die in der Festung von Dura Europos am Euphrat stationiert waren.

Auch Lucius Domitius wurde einbestellt. Obwohl allgemein bekannt war, dass er und Cassius Silva einander hassten wie die Pest, hätte keiner gewagt, ihn auszugrenzen, denn er war bei den Truppen sehr beliebt. Freilich gab es auch andere, klügere Methoden, ihn aus dem Weg zu schaffen. So nahm es nicht wunder, dass Gallienus ihn mit seiner Einheit an die Donau abkommandierte, um einen Einfall der Sarmaten zu vereiteln, die dort über die Grenze drängten – eine schwierige und höchst riskante Aufgabe, denn die Barbaren waren zahlenmäßig weit überlegen.

Viele in der Stadt waren überzeugt, dass Gallienus die Idee zu diesem Einsatz von Silva hatte, der kurz darauf zum Präfekten des Prätoriums ernannt wurde und mit diesem Amt zum zweitmächtigsten Mann des Imperiums aufstieg. Lucius Domitius nahm den Befehl an, ohne mit der Wimper zu zucken, denn dass »Eisenfaust« einem Ruf zu den Waffen nicht Folge leistete, war natürlich undenkbar. Erst kurz vor seinem Aufbruch in den Norden bat er darum, von Gallienus empfangen zu werden.

Im Audienzsaal befanden sich auch Septimius Odaenathus, der Kommandant des Euphrat-Heeres, und seine Frau Zenobia, die im ganzen Orient für ihre Schönheit bekannt war; Odaenathus nahm sie in seiner Eifersucht überall mit hin.

Lucius Domitius sah der Frau einen Moment lang in die Augen, ohne dass sie den Blick gesenkt hätte, dann trat er vor Gallienus.

»Wisse, Gallienus, dass du für mich ausschließlich ein Regent *pro tempore* bist. Als solcher kannst du mir, solange dein Vater in Gefangenschaft ist – und wohlgemerkt: nur so lange –, Befehle erteilen. Mit ›Caesar‹ werde ich dich nicht anreden, denn dieser Titel ist in Abwesenheit deines Vaters sinnentleert; ich werde dich also lediglich bei deinem Namen nennen.«

Gallienus erwiderte nichts, aber sein Gesichtsausdruck verriet deutlich, wie verärgert und wütend er über diese Worte war, die eine offene Herausforderung darstellten. Allerdings war es ohnmächtige Wut, die er empfand: Sich an Lucius Domitius Aurelianus zu vergreifen hätte Aufstand bedeutet oder noch Schlimmeres.

Und so fuhr der Legat denn auch ungestört fort: »Ich werde kämpfen, wie ich es immer getan habe, und deine Befehle so treu wie möglich ausführen. Nur eins möchte ich mir von dir erbitten: Übertrage mir das Sorgerecht für Metellus' Sohn, den kleinen Titus. Er hat, wie es aussieht, beide Eltern verloren, die Mutter sogar durch heimtückischen Mord. Ich werde ihn aufziehen wie meinen eigenen Sohn, werde dafür sorgen, dass er so tüchtig wird wie sein Vater und so klug und mutig wie seine

Mutter, und ihn immer beschützen, zur Not unter Einsatz meines Lebens.«

Gallienus runzelte die Stirn. »Diesem Wunsch kann ich leider nicht entsprechen, Lucius Domitius. Die Front ist nicht der richtige Ort für einen kleinen Jungen. Außerdem ist deine Mission sehr gefährlich; das ist ja der Grund, weshalb ich dich dafür ausgewählt habe, denn ich weiß, dass du einer der besten Offiziere des ganzen Heeres bist. Der Junge aber braucht Fürsorge, Ausbildung und die besten Pädagogen des Reichs. Mithin, er muss behandelt werden, wie er es aufgrund der Tapferkeit seines Vaters und des Opfers seiner Mutter verdient hat. Ich danke dir für dein Angebot, es ist sehr großzügig und ehrt dich, aber verstehe, dass ich es nicht annehmen kann.«

Lucius Domitius biss sich auf die Unterlippe, wie immer, wenn er einen Wutanfall unterdrücken musste, dann sagte er: »Ich bin sicher, dass der Junge behandelt werden wird, wie er es verdient hat. Vergiss aber nie, was ich dir jetzt sage: Sollte ihm irgendetwas zustoßen, sollte er die Treppe hinunterstürzen, sich beim Spielen verletzen oder beim Baden ertrinken, sollte er schwer erkranken oder einen Zusammenbruch erleiden, und sei es nur, weil er zu viel gegessen hat ... Sollte irgendeine von diesen Möglichkeiten eintreten, Gallienus, so werde ich dich persönlich dafür verantwortlich machen und dich aufsuchen, wo immer du bist, um dich zur Rechenschaft zu ziehen.«

»Du wagst es, mir zu drohen?«, schrie Gallienus. »Du wagst es, deinem Kaiser Bedingungen zu stellen?«

»Mein Kaiser ist in persischer Gefangenschaft, und ich bin mir sicher, dass du ihn baldmöglichst zurückholst, dass du jede Summe für seinen Freikauf ausgeben wirst, wie du es angekündigt und feierlich versprochen hast. Wenn Valerian und sein Begleitschutz nicht innerhalb eines annehmbaren Zeitraums zurückkehren, werde ich dich auch dafür verantwortlich machen. Leb wohl.«

Mit diesen Worten drehte sich Lucius Domitius um und entfernte sich, noch bevor Gallienus irgendetwas erwidern konnte. Er schritt an den Prätorianern vorbei, den Helm unterm linken

Arm, die Rechte auf dem Griff seines Schwerts, wie man es von ihm kannte.

Am darauf folgenden Morgen brach er unter Trompetenschall und Fahnenschwenken mit seiner Legion auf, nahm zunächst die Straße nach Caesarea, zog von dort über Ankyra nach Byzantium und weiter bis nach Sirmium, wo das Generalquartier des Donauheeres stationiert war, dessen Kommandant Publius Festus als tüchtiger Offizier und guter Kämpfer bekannt war.

Gallienus und Silva atmeten erleichtert auf, als sie die Nachhut der Zehnten »Gemina« hinter der nächsten Biegung der Straße nach Norden verschwinden sahen. Tags darauf ließen sie drei Regimenter der Zweiten »Augusta« in Edessa zurück und begaben sich mit Metellus' Sohn Titus nach Antiocheia.

Es war nicht einfach, den Jungen mitzunehmen. Er schrie, sein Vater habe ihm versprochen wiederzukehren, und er wolle auf ihn warten, er wolle zu Hause sein, wenn er zurückkäme.

Einer von Gallienus' Dienern packte ihn am Arm und sagte: »Dein Vater kommt nicht mehr zurück. Er ist schon längst tot.«

Titus biss ihm in die Hand und versuchte wegzulaufen, aber der Mann griff ihn sofort wieder auf und schleppte den um sich schlagenden, weinenden und schreienden Jungen mit sich.

Mitte des Sommers ging es per Schiff von Antiocheia nach Ravenna weiter und von dort auf dem Landweg nach Mailand, wo Gallienus seine Residenz einrichtete.

Titus wurde dem Palastlehrer anvertraut; der sollte sich um seine Erziehung kümmern, aber der Junge war unglaublich widerspenstig. Er wies jede Speise zurück, redete mit keinem und versteckte sich unterm Bett, wenn jemand in sein Zimmer kam. Außerdem versuchte er so oft zu fliehen, dass man ihn schließlich tagaus, tagein bewachen ließ.

Gallienus wurde sehr von seinen Amtsgeschäften in Anspruch genommen, kümmerte sich aber dennoch um den Jungen, der von Tag zu Tag magerer und blasser wurde; er hatte die Warnung Lucius Domitius Aurelianus' nicht vergessen und wusste nur zu gut, dass »Eisenfaust« keine leeren Versprechungen machte. Also ließ er den Pädagogen, einen autoritären, alten Miesepeter, irgendwann durch ein Mädchen, eine fünfzehnjährige Sklavin, ersetzen.

»Wer bist du?«, fragte Titus, kaum dass er sie sah.

»Ich heiße Tillia und stehe dir auf Befehl des Kaisers zu Diensten.«

»Geh – ich brauche niemanden!«

»Aber ich brauche dich.«

Titus schielte sie von der Seite her an.

»Ich würde dich gern dazu bringen, etwas zu essen.«

»Ich hab keinen Hunger.«

»Der Appetit kommt mit dem Essen.«

»Ich hab keinen Hunger, hab ich gesagt!«

»Wenn ich dich nicht zum Essen bringe, werden sie mich schlagen und mir sehr wehtun. Der Palastlehrer ist ein gemeiner alter Kerl.«

»Da hast du recht.«

»Und er genießt es, anderen wehzutun.«

»Das glaube ich auch.«

Tillia trat auf ihn zu und setzte sich neben ihn. »Ich hab dir eine Tasse heiße Brühe gebracht. Die ist mit großer Sorgfalt zubereitet und wird dir bestimmt schmecken.«

Titus erwiderte nichts.

»Wenn du nicht isst, wirst du sterben. Und dein Vater, wenn er zurückkommt, vor lauter Kummer auch. Möchtest du das?«

»Sie haben mir gesagt, mein Vater wäre tot.«

»Das ist gelogen.«

Titus' Miene hellte sich schlagartig auf, und er öffnete den Mund, um Tillia zu fragen, woher sie das wisse. Das Mädchen nutzte die Gelegenheit, um ihm rasch einen Löffel Suppe in den Mund zu schieben.

»Wie schmeckt's?«

Der Junge antwortete mit einer Frage: »Warum haben sie deiner Meinung nach gelogen? Ich meine, was den Tod meines Vaters betrifft? Was weißt du darüber? Du bist doch nur eine Sklavin.«

Tillia gab ihm noch einen Löffel Brühe, bevor sie ihm antwortete: »Dein Vater ist der Kommandant Aquila, eine lebende Legende. Alles spricht über ihn. Und alle sagen, dass die Perser ihn zusammen mit Kaiser Valerian gefangen genommen haben. Man hat seine Leiche nicht gefunden, wohl aber die der andern, die an diesem Tag vor Edessa fielen.«

»Warst du denn dabei?«, hakte Titus nach.

»Nein. Ich bin erst später mit Gallienus' Gefolge zu der Stelle gekommen, zusammen mit den Köchen und Vorratsverwaltern, die das Heer begleitet haben. Aber die Schlacht hatte kurz zuvor stattgefunden, und es gab viele Soldaten, die nach dem Abzug der Perser an der Bergung der Gefallenen beteiligt waren und berichten konnten.«

»Trotzdem – was macht das schon für einen Unterschied? Wenn mein Vater gefangen genommen und versklavt wurde, sehe ich ihn ebenfalls nie wieder.«

»Das stimmt nicht. Gallienus hat versprochen, den Persern ein Lösegeld für die Freilassung des Kaisers zu zahlen, und wenn der Kaiser freikommt, kehren bestimmt auch dein Vater und die anderen gefangenen Soldaten zurück.«

»Und wann wird das sein?«

»Ich denke, schon bald. Die Verhandlungen haben jedenfalls schon begonnen.«

»Und wenn sie sich nicht einigen?«

»Die Mächtigen einigen sich immer.«

»Ich hoffe, du hast recht. Sicher, für eine Sklavin weißt du viel ...«

»Das ist ganz normal. Uns Sklaven betrachtet man nicht als Menschen, sondern als eine Art Einrichtungsgegenstand oder Statuen. Die Leute unterhalten sich in unserer Anwesenheit völlig ungeniert. Aber du musst jetzt zusehen, dass du wieder zu Kräften kommst, mein Junge, damit sich dein Vater freuen kann, wenn er dich wiedersieht.«

Titus trank seine Brühe aus, und als Tillia gegangen war, stellte er sich vors Fenster und legte das Kinn auf die Fensterbrüstung, sodass er das emsige Hin und Her der Diener und Soldaten unten im Hof beobachten konnte, der ihn an den Exerzierplatz in der Festung von Edessa erinnerte, wo er seinen Vater oft mit Schwert und Lanze hatte kämpfen sehen. Auch die Karawanen, die aus Dura und Damaskus, aus Palmyra und Thapsakos, aus Nisibis und Ktesiphon gekommen waren, hatten dort Halt gemacht. Titus erinnerte sich an die bunten Stoffe, die sie mitgebracht hatten, an die ziselierten Waffen, die Gläser und Schmucksteine, die hübsch verzierten Straußeneier, die Pfauenfedern und an die exotischen Tiere. Er hatte großes Heimweh und schreckliche Sehnsucht nach seinen Eltern, nach seiner Mutter, die er nie mehr wieder sehen würde, und nach seinem Vater, dem Helden, den er mehr als jeden anderen ihm bekannten Menschen auf der Welt bewunderte. Er hoffte inniglich, dass er am Leben war, und versuchte sich vorzustellen, wo er sich in diesem Moment befand, ob er unter Hunger, Kälte oder den Demütigungen seiner Kerkermeister litt.

Er sah, wie sich der Himmel im Osten verdunkelte, und versuchte sich die Entfernung vorzustellen, die ihn von seinem Vater trennte. Dann schloss er die Augen und malte ihn sich aus, wie er unter einer Palme saß oder hinter einem schaukelnden Kamel herging und die immensen Weiten ferner Länder durchquerte. Seine kindliche Empfänglichkeit war dabei bis zum Äußersten geschärft, denn er wollte, ja, er musste die Zuneigung seines Vaters spüren und wissen, dass auch er an ihn dachte.

Mailand war feucht und schwül, und die Dunstglocke, die über der Stadt hing, gab nur selten den Blick auf die fernen Alpengipfel frei. Wenn Titus mit einem seiner Lehrer oder Wächter ausgehen durfte, entdeckte er nichts, was ihn groß interessiert hätte, außer vielleicht den Marktständen auf dem Forum.

Im Laufe der Zeit wurde Tillia seine Freundin und einzige Vertraute, aber er durfte sie nur innerhalb des Palasts sehen. Wenn er ihn verließ, war er grundsätzlich in Begleitung von Männern, die ihn keinen Moment aus den Augen ließen.

Eines Tages – sie befanden sich im Palastgarten – fragte er das Mädchen: »Was ist eigentlich eine Geisel?«

Tillia sah ihn verblüfft an: »Wo hast du dieses Wort gehört?«

»Einer der Wächter hat es gesagt, als er mit meinem Lehrer sprach.«

»Aber sie haben wahrscheinlich nicht über dich gesprochen.«

»Doch, ich glaube schon. Warum, ist das ein hässliches Wort?«

»Nein, so hässlich nun auch wieder nicht. Es bezeichnet eine besondere Art von Gast. Einen … der gut behandelt wird, aber nicht gehen darf, wann es ihm gefällt.«

»Dann haben sie mit Sicherheit mich gemeint.«

»Ich fürchte, ja. Aber es gibt auch Schlimmeres, als eine Geisel zu sein, glaub mir.«

»Kann schon sein. Trotzdem sehne ich mich schrecklich nach meinen Eltern. Was glaubst du, wann ich meinen Vater endlich wiedersehe?«

Tillia blickte ihm in die Augen und las darin Gefühle, wie sie inniger nicht hätten sein können, vor allem Hoffnung. Eine Hoffnung, die so stark war, dass es grausam gewesen wäre, Titus zu enttäuschen, aber auch gemein, ihm Illusionen zu machen. »Schwer zu sagen«, erwiderte sie deshalb. »Keiner weiß, wo Kaiser Valerian und seine Leibgardisten gefangen gehalten werden. Wir wissen weder, wie weit sie schon gezogen sind, noch wie weit die Verhandlungen über seine Freilassung gediehen sind. Aber ich denke, du musst dich noch ungefähr auf ein halbes bis ein Jahr Wartezeit einstellen.«

»So lange?«, fragte das Kind.

»Die Zeit vergeht schnell, mein Kleiner. Und wir könnten schon von Glück sagen, wenn ich mit meiner Vorhersage richtig läge.«

»Weil die Verhandlungen auch schiefgehen könnten, das meinst du, nicht?«

Tillia streichelte ihm über die Wange. »Ja, das Schicksal kann es leider auch böse mit einem meinen. Sieh mich an: Ich wurde als Sklavin geboren und habe meine Eltern nie kennengelernt. Dennoch fehlen sie mir; du kannst dir gar nicht denken, wie sehr. Es vergeht kein Tag und keine Nacht, in denen ich mir nicht vorzustellen versuche, wie sie aussehen, wie ihre Stimmen klingen, wie sie heißen.«

Sie sah, dass die Augen des Jungen feucht wurden, während sie sprach, wie sein Gesicht einen ganz verzweifelten Ausdruck annahm, und der Gedanke an das, was ihm durch den Kopf gehen musste, betrübte sie zutiefst. Sie überlegte angestrengt, wie sie ihn ein wenig aufheitern, ihm Mut machen konnte.

»Aber man muss Vertrauen in die Götter und in die Größe der Menschen haben. Dein Vater ist zweifellos ein großer Mann, und der Kaiser soll es angeblich auch sein. Große Männer gehen Wege, die einem normalen Sterblichen verschlossen sind. Und weißt du was? Positive Gedanken bringen Glück. Kannst du dich nicht an irgendeine Episode erinnern, an irgendwelche Worte, die dein Vater zu dir gesagt hat und die Glück bringen könnten? Verstehst du, was ich meine?«

Der Junge tat einen tiefen Seufzer und schwieg eine Weile, bevor er sagte: »Ja, ich glaube, es gäbe da etwas.«

»Erzähl!«

»Mein Vater hat mir an jenem Morgen versprochen, dass er noch vor dem Abend zurück sein würde.«

»Das ist ein wundervolles Versprechen.«

»Schon, aber er hat es nicht gehalten.«

»Das ist egal, und es war ja auch nicht seine Schuld. Was zählt, ist der Wunsch, die Absicht – und diese Absicht ist sehr ermutigend, glaub mir.«

Mit diesen Worten nahm Tillia den Jungen an der Hand und führte ihn in den Palast zurück, wo sein Lehrer ihn zur Grammatikstunde erwartete.

Lucius Domitius Aurelianus gelangte Ende August nach Sirmium in Pannonien und quartierte sich mit seiner Legion in dem großen Lager ein, das die Römer am rechten Donauufer errichtet hatten.

Publius Festus, der Kommandant des Donauheeres, empfing ihn mit offenen Armen. »Nicht einmal in meinen kühnsten Träumen hätte ich zu hoffen gewagt, eines Tages so hochkarätige Unterstützung zu bekommen: einen der besten Kommandanten des Imperiums! Und die Zehnte Gemina – eine bislang ungeschlagene Legion! Ich werde mich bei dem, der diese Idee hatte, überschwänglich bedanken.«

»Das war Gallienus, auf Anraten von Cassius Silva.«

»Du scheinst nicht besonders glücklich über die Entscheidung. Antiocheia oder Alexandreia wären dir wahrscheinlich lieber gewesen, aber du wirst sehen, auch hier lässt es sich leben. Viel Abwechslung gibt es freilich nicht – die Abende kannst du bestenfalls mit irgendeinem Zenturionen beim Würfelspiel verbringen ...«

»Ich bin kein Spieler«, entgegnete Lucius Domitius.

»Stimmt, das hatte ich fast vergessen: Eisenfaust ist ein absolut integrer Soldat, ein Offizier vom alten Schlag. Du siehst, dein Ruf ist dir vorausgeeilt ...« Publius Festus lächelte. »Wie auch immer, die Frauen hier zu Lande sind hübsch und uns Römern durchaus nicht abgeneigt.«

»Die Frauen sind nicht das Problem. Wann greifen wir an?«

»Wie bitte?«

»Ich habe dich gefragt, wann wir angreifen. Ich würde diese Sache gern so rasch wie möglich hinter mich bringen und zu meinem Stützpunkt in Edessa zurückkehren. Ich habe dort unten zu tun.«

Publius Festus sah ihn völlig entgeistert an. »Legat, ich fürchte, dir ist nicht ganz klar, wie die Dinge liegen. Auf der andern Flussseite gibt es mehr als siebzigtausend Barbaren, die bis an die Zähne bewaffnet sind und sich prächtig darauf verstehen, in dieser grenzenlosen Ebene zu kämpfen, zumal ihre Pferde scheinbar unermüdlich sind. Wir können schon von Glück sagen, wenn sie nicht über den Fluss drängen und massenhaft über uns herfallen. Drei Legionen, mehr haben wir nicht, deine eingeschlossen. Eine Schlacht auf offenem Felde wäre unser sicherer Untergang.«

»Ich will nicht mit allen Streitkräften ausrücken. Ich bitte dich um Erlaubnis, die Angelegenheit im Alleingang bereinigen zu dürfen – im Alleingang mit *meiner* Legion, versteht sich.«

Publius Festus schüttelte ungläubig den Kopf. »Kommt nicht infrage. Das wäre der reinste Selbstmord! Und ich brauche dich und deine Männer für den Fall, dass es diesen Barbaren irgendwann doch noch einfällt, uns anzugreifen.«

»Ja, aber was tue ich dann hier? Däumchen drehen?«

»Abwarten, verehrter Legat, abwarten. Und hoffen, dass sie nicht über den Fluss kommen.«

Lucius Domitius sah seinem Kommandanten in die Augen. »Ich habe noch nie in meinem Leben gewartet«, sagte er, erhob sich, neigte leicht den Kopf und ging.

4

Die Mine von Aus Daiwa befand sich inmitten der persischen Hochebene, fernab jeglicher Zivilisation. Wohin man auch sah, da war nichts als trostloses Ödland, über das unablässig ein scharfer Wind pfiff, der sich nur gegen Abend ein wenig legte. Ein Brunnen, ein paar Baracken für die Minenarbeiter, ein Gebäude aus unverputztem Backstein für die Wachen – mehr hatte dieser Ort nicht zu bieten. Stand man allerdings in der Mitte des zentralen Versammlungsplatzes, so konnte man den riesigen Brecher sehen, mit dem das geförderte Mineral zertrümmert wurde.

Der Brecher wurde mit einer Winde betrieben, deren Seil über eine gewaltige Riemenscheibe verlief und von dieser in Spannung gehalten wurde. An der Scheibe selbst waren ein halbes Dutzend Balken befestigt, an denen jeweils vier Männer standen und schoben. Dadurch wanderte der Brecher, der die Form eines Gesenkhammers hatte und in einem Holzgerüst aufgehängt war, langsam nach oben. Wenn er den höchstmöglichen Punkt erreicht hatte, wurde der Dorn, der das Windenrad an seiner Achse blockierte, herausgezogen, das Rad begann sich rasend schnell rückwärts zu drehen, und der Hammer donnerte mit schrecklichem Getöse auf die am Boden angehäuften Felsbrocken herab und zertrümmerte sie. Danach nahm die Winde ihre Sisyphosarbeit ächzend wieder auf.

Die Küche des Lagers bestand aus einer einfachen Feuerstelle im Freien, auf der die Mahlzeiten für den Wachtrupp zubereitet wurden.

Unmittelbar nach Eintreffen der Karawane aus Edessa mussten sich die mitgeführten Gefangenen vor einer der Baracken aufstellen, wobei sie von einem Wachsoldaten mit Stößen und Fußtritten traktiert wurden. Als sie in einer Reihe standen, hielt der Soldat eine Art Ansprache auf Persisch, die Satz für Satz von einem anderen Gefangenen übersetzt wurde – einem bis auf die Knochen abgemagerten, zahnlosen Alten namens Uxal.

»Das ist der Ort, an dem ihr sterben werdet, egal wann, aber mit Sicherheit hier. Die Flucht aus diesem Lager ist noch keinem gelungen: Das nächste Dorf liegt, wie ihr wohl gemerkt habt, drei Tagesmärsche entfernt, das übernächste sieben.

Ausreißer werden innerhalb weniger Stunden von uns aufgegriffen und in der Mitte des Platzes gepfählt. Das macht euch klar, bevor ihr es versucht. Und noch etwas: Unser Henker versteht etwas von seinem Handwerk. Er kann einen Mann von unten bis oben mit seinem Pfahl durchbohren, ohne auch nur ein lebenswichtiges Organ zu verletzten; ihr bleibt also noch tagelang am Leben ...

Für Aufstände aller Art gibt es dieselbe Strafe. Einfacher Ungehorsam wird mit zehn Peitschenhieben oder drei Tagen Pfahl ohne Wasser und Brot bestraft. Dasselbe gilt bei Nichterreichen der vorgeschriebenen Fördermenge an Mineral: Fünfzig *libra* Rohgestein pro Tag und Mann. Bei Nacht seid ihr angekettet, tagsüber werden euch die Ketten abgenommen, damit ihr besser arbeiten könnt. Das Stroh in den Baracken wird einmal im Monat erneuert. Verreckt einer von euch, so muss seine Arbeitsgruppe den Kadaver in die Schlucht dort hinten werfen.

Das war alles, was ihr wissen müsst.«

Als der Soldat mit seiner Rede fertig war, ließ er eine der Baracken öffnen, worauf Uxal die Neuankömmlinge – dreiundzwanzig Männer, davon zwölf Römer – hineinführte.

Der Alte wies ihnen Strohlager zu und befestigte dann am rechten Fußknöchel eines jeden einen Holzklotz mit Eisenring; anschließend zog er eine Kette durch die Ringe und machte sie mit einem Schloss an einer in den Boden eingelassenen Öse fest. Zuletzt kettete er auch sich selber an und händigte den Schlüssel einem Wachsoldaten aus, der augenblicklich den Raum verließ und die Tür hinter sich verriegelte.

Uxal gab den anderen ein Zeichen, still zu sein, bis die Schritte des Soldaten verklungen waren, dann sagte er leise: »Jetzt könnt ihr sprechen, aber die dürfen uns draußen nicht hören. Wenn sie uns hören, werden wir bestraft, und ich kann euch versichern, dass das kein Vergnügen ist. Euer Leben ist hier weniger wert als nichts.«

»Wie kommt es, dass du unsere Sprache sprichst?«, fragte Metellus, der neben ihm hockte.

»Ich stand als junger Mann zehn Jahre im Dienst eines römischen Kaufmanns, der mit Edelsteinen handelte und eine Niederlassung in Buprasium am persischen Golf hatte.«

»Und wie bist du hier gelandet?«

»Der Kaufmann hat mich an einen persischen Adligen verkauft, um irgendwelche Schulden zu begleichen – dabei war ich ein freier Mann! Ich versuchte zu fliehen, denn ich konnte mich nicht damit abfinden, plötzlich ein Sklave zu sein. Leider wurde ich gefasst, und dann haben sie mich hierhergebracht.«

»Das heißt, man kann hier auch lange überleben«, meinte Lucianus. »Ich meine, du bist doch schon ziemlich alt, oder?«

»Mach dir keine Illusionen. Ich habe überlebt, weil sie mich brauchen«, erwiderte Uxal. »Wenigstens eins hat mir mein früherer Herr, dieser gemeine Schuft, beigebracht, nämlich wie man Türkis verarbeitet. Darauf verstehe ich mich ganz gut, und das ist der einzige Grund, weshalb ich bisher überlebt habe – sofern man das hier Leben nennen kann.

Aber jetzt hört zu, ich muss euch ein paar Dinge erklären. Fangen wir mit dem Essen an: Die Minenarbeiter bekommen ausschließlich Hülsenfrüchte und Fischmehl zu essen, die einmal am Tag, nämlich morgens, ausgeteilt werden. Zum Abendessen gibt es einen Napf dunkle Brühe, die ekelhaft schmeckt. Ich hab nie herausgefunden, woraus sie besteht, und das ist wahrscheinlich auch besser so. Wasser ist knapp und wird rationiert. Versucht tagsüber, wenn ihr schwitzt, so wenig wie möglich zu trinken. Trinkt lieber abends, wenn es abkühlt, dann kann der Körper die Flüssigkeit besser verwerten. Manchmal werden auch die Lebensmittel knapp, weil kein Nachschub kommt; das kann an einem Sandsturm liegen oder an anderen Gründen, die ich nicht kenne. In diesen Fällen isst nur das Wachpersonal, wir nicht. Um nicht zu verhungern, könnt ihr euch mit Küchenschaben behelfen. Mäuse tun es auch. Ich brate sie mir über dem Feuer der Schmiede, und glaubt mir, sie schmecken gar nicht so schlecht. Notfalls kann man sie auch roh essen. Man gewöhnt sich an alles.

Und jetzt ein paar Ratschläge, was das Verhalten betrifft: Vergesst am besten, dass ihr Menschen seid, dass ihr einen Namen habt, ein Heimatland, eine Familie. Und vor allem: Vergesst eure Ehre, euren persönlichen Stolz, wenn euch euer Leben lieb ist. Begehrt niemals auf, schaut einem Wärter nie in die Augen und helft auch nicht einem Kameraden, dem es schlecht geht. Jede Art von Solidarität innerhalb der Gruppe wird als Bedrohung gesehen, als mögliche Verschwörung.

Hier wird man wegen jeder Kleinigkeit härtestens bestraft, meistens nur, weil es unseren Bewachern, sollte etwas schieflaufen, nicht besser erginge als uns – im Gegenteil, die Perser sind unglaublich einfallsreich, was Qualen und Torturen angeht …«

»Ich weiß«, sagte Metellus. »Ich habe Ktesias' *Persika* gelesen.«

Uxal schüttelte den Kopf. »Kenne ich nicht.«

»Ktesias war ein griechischer Arzt und Geschichtsschreiber, der am Hofe Artaxerxes' II. gelebt hat.«

»Aha«, sagte Uxal lapidar. »Jedenfalls mache ich mir Sorgen um euch, vor allem um dich. Du bist ein Soldat, nicht wahr?«

»Das sind wir alle.«

»Aber du nimmst es damit besonders ernst. Dein Gesichtsausdruck ist eine ständige Herausforderung, dein Blick eine Provokation. Gewöhn dir das ab, sonst bist du ein toter Mann.«

»Ich muss aber leben«, erwiderte Metellus, »und meine Kameraden auch.«

»Gut, dann tut, was ich euch gesagt habe, und vielleicht haltet ihr ein wenig länger durch.«

Während Uxal gesprochen hatte, hatten sich die Mienen der Männer immer mehr verdüstert; Bestürzung stand auf ihren Gesichtern geschrieben, obwohl sie es doch seit Jahren gewohnt waren, sich den größten Gefahren zu stellen und unablässig ihre Haut zu riskieren. Aber die Aussicht auf ein Leben ohne jede

Hoffnung, die Vorstellung, gepeinigt und gedemütigt dahinvegetieren zu müssen, um früher oder später ohnehin eines schmählichen Todes sterben zu müssen, dies ließ bei vielen den Gedanken an Selbstmord aufkommen, ein Tod, der für einen Soldaten zweifellos noch ehrenvoller gewesen wäre.

Uxal schien zu erraten, was sie dachten, denn nach kurzer Unterbrechung fuhr er fort: »Morgen werdet ihr erleben, dass die Hölle keine Erfindung ist, dass es sie wirklich gibt. Aber denkt immer dran, dass es noch Schlimmeres gibt: Ich rede von der sogenannten dritten Ebene, den unterirdischen Schächten. Wer dort landet, wird zuerst gebrandmarkt und sieht ab da die Sonne nicht wieder. Und wenn er diese Stollen eines Tages verlässt, so nur als Leiche.

Einige von euch werden beschließen, sich umzubringen, das ist die Regel – für gewöhnlich zwei oder drei von zehn, hängt davon ab, um was für eine Art Männer es sich handelt. Euch kenne ich noch nicht genug, um eine Prognose abzugeben. Manche rennen mit dem Kopf gegen einen Felsen oder stürzen sich in einen Minenschacht, andere werfen sich in ihre Spitzhacken. Ich hab schon viel erlebt, und ich respektiere Leute, die sich zu diesem Schritt entschließen. Ich war selbst mehrmals nahe dran. Wenn ihr aber meinen Rat wollt, versucht, bei der Stange zu bleiben. Man kann nie wissen, was die Zukunft für einen bereithält. Und um ehrlich zu sein, ein paar sind auch schon freigekommen.«

»Wie viele?«, fragte Publius.

»Drei«, entgegnete Uxal. »In zwanzig Jahren.«

»Nicht gerade viel«, brummte Quadratus mürrisch.

»Kommt darauf an, wie man die Sache betrachtet«, erwiderte Uxal.

»Und weißt du auch, wie sie es geschafft haben?«, fragte Balbus.

»Nein, keine Ahnung.«

»Lösegeld?«, fragte Metellus.

»Kann sein. Aber sicher bin ich mir nicht.«

»Wir danken dir für deine Auskünfte und Warnungen«, sagte

Metellus schließlich, »aber ich glaube, jetzt legen wir uns besser schlafen. Morgen beginnt die Arbeit in der Mine.«

»Keine Ursache«, erwiderte Uxal. »Wir sitzen im selben Boot. Ich habe es für meine Pflicht gehalten, euch übers Nötigste aufzuklären. Aber noch eins: Traut keinem über den Weg, redet mit keinem, den ihr nicht kennt. Hier ist jeder ein Spitzel. Für einen Löffel Suppe mehr seid ihr im Handumdrehen verraten und verkauft.«

»Dann bist auch du ein Spitzel?«, fragte Metellus misstrauisch.

»Nein, ich nicht.«

»Warum nicht?«

»Weil ich mir meine Würde bewahrt habe. Und weißt du, wie? Indem ich sie nach außen hin nicht zeige. Nicht alle Menschen sind gleich. Das ist auch der Grund, weshalb ich mich bisher nicht umgebracht habe. Alles in allem habe ich doch einen Haufen interessanter Leute in diesem Loch kennengelernt. Viele von ihnen sind gestorben, die Glücklichen. Andere leben noch.«

»Danke für deine Ratschläge, Uxal. Und jetzt wollen wir versuchen, ein wenig zu schlafen, wenn du nichts dagegen hast.«

»Nur noch eine Frage ...«

»Lass hören.«

»Vor eurer Ankunft waren hier im Lager seltsame Gerüchte im Umlauf.«

»Ach ja?«

»Ja.« Uxal nickte. »Es hieß, einer von euch sei jemand sehr Bedeutendes, irgendeine hochgestellte Persönlichkeit ...«

Metellus schwieg.

Uxal hatte sich vorgebeugt und musterte die Neuankömmlinge einen nach dem andern. »Ich frage mich, wer von euch dieser vornehme Herr ist.«

Metellus sagte immer noch nichts.

Uxals Blick heftete sich auf das Gesicht Valerians. »Du!«, sagte er. »Kein Zweifel, das kannst nur du sein. Der römische Imperator ... Unglaublich.« Er grinste. »Wie absurd das menschliche Geschick doch ist. Völlig sinnlos. Bis vor Kurzem war dir die halbe Welt untertan, jetzt bist du weniger wert als dieser zahnlose Alte.«

Metellus, der ihm am Nächsten war, packte ihn an seinen Lumpen. »Das reicht, Alter. Noch ein Wort, und du bekommst es mit mir zu tun!«

Uxal grinste halbherzig. »Immer mit der Ruhe, General. Von mir hat dein Kaiser nichts zu befürchten. Es ist nur, dass ich noch nie im Leben einen Kaiser zu Gesicht bekommen habe. Und wäre ich gestern gestorben, hätte sich mir diese Gelegenheit nie geboten.« Er kauerte sich auf sein Strohlager und murmelte immer wieder: »Nicht zu fassen … nicht zu fassen.«

Metellus streckte sich ebenfalls aus. »Versucht zu schlafen, Männer. Und versucht zu überleben – um jeden Preis! Auch Selbstmord ist eine Art von Fahnenflucht. Vergesst das nie.«

Draußen war es noch dunkel, als man sie weckte und ihnen die Fußfesseln abnahm. Ein Wachsoldat gab ihnen Schaufeln und Hacken. Metellus fiel auf, dass in wenigen Schritten Entfernung die Wachtrupps mit gezogenen Schwertern das Austeilen der Werkzeuge verfolgten. Danach mussten sie, jeweils zu fünft, auf eine Plattform steigen, die an einem Flaschenzug befestigt war und sie unter Tag brachte, wo ein ganzes Labyrinth von Tunneln auf sie wartete. Jeder von ihnen erhielt eine Laterne, mit der er die engen Minenschächte notdürftig ausleuchten konnte.

Als die Neuen in dem ihnen zugeteilten Minenabschnitt versammelt waren, wandte sich Metellus an den Kaiser: »Caesar, du darfst dich nicht verausgaben. Wir sind zu elft und schaffen es auch ohne dich, das Soll an Gestein zu schürfen; das bedeutet nur einen winzigen Mehraufwand für jeden von uns. Außerdem ist dein Leben wertvoller als unseres. Es ist unsere Pflicht, dich zu schützen, wie es nur geht.«

Valerian antwortete ruhig, aber entschlossen: »Kommt nicht infrage. Ich werde genauso anpacken wie ihr alle. Hier drin sind wir alle gleich. Ihr braucht euch nicht für mich zu opfern, das wäre nicht gerecht.«

Die andern versuchten ihn zu überzeugen. »Aber, Caesar«, sagte Quadratus, »du musst deine Kräfte sparen bis zu dem Tag, an dem dein Lösegeld eintrifft. Du trägst die Verantwortung für das Reich, du bist der Vater der Nation, und als solcher musst du unbedingt zurückkehren, koste es, was es wolle.«

Valerian lächelte traurig. »Ich bin gar nichts mehr, meine Freunde. Nur noch ein Leidensgenosse. Tut mir leid, eure Hoffnungen zerstören zu müssen, aber wenn mein Sohn Gallienus Verhandlungen aufgenommen hätte, um uns zu befreien, dann wüssten wir das inzwischen. Kaiserliche Botschaften reisen schneller als wir mit unserer Karawane.

Und jetzt machen wir uns an die Arbeit. Die Zeit, die sie uns lassen, um unser Tagespensum zu erfüllen, ist sehr knapp bemessen.«

Mit diesen Worten packte er eine Spitzhacke und begann so kraftvoll auf den Fels einzuhauen, dass die abgelösten Brocken und Splitter nach allen Seiten spritzten.

Auch Metellus, Quadratus, Balbus und Antoninus nahmen ihre Pickel zur Hand und begannen mit der Arbeit. Die andern sammelten die Gesteinsbrocken ein, luden sie in Körbe und schleppten diese in den Hauptgang, wo sich die Lastenaufzüge befanden. Einer der Bewacher verzeichnete die Anzahl der pro Arbeiter abgelieferten Körbe und gab dann ein Zeichen, worauf sich die Aufzüge quietschend nach oben bewegten.

Die Luft in den unterirdischen Gängen war binnen weniger Stunden mit dickem Staub erfüllt, der die Minenarbeiter in weiße Gespenster verwandelte und ihnen das Atmen schwermachte. Die Atemnot wiederum schwächte sie, und die Hitze machte alles noch unerträglicher.

Der Tag wollte nicht zu Ende gehen, und als Metellus und seine Männer schließlich hustend und mit tränenden Augen wieder an die Erdoberfläche zurückkehrten, konnten sie sich kaum noch auf den Beinen halten. Die eklig stinkende Suppe kam ihnen in diesem Zustand fast wie eine Delikatesse vor und das Wasser, das ihre ausgedörrten Kehlen benetzte, wie Balsam.

»Alles ist relativ«, meinte Uxal, nachdem er das Essen ausgeteilt hatte. »Unter normalen Umständen würde dieses Zeug hier jeden zum Erbrechen bringen, aber nach einem Tag in der Hölle wie dem, der hinter euch liegt, schmeckt sie gar nicht so schlecht, was?«

»Du hast recht, Alter«, erwiderte Antoninus, während er das entsetzliche Gebräu mit geschlossenen Augen hinunterschluckte.

»Ab morgen müsst ihr euch Nase und Augen mit einem feuchten Tuch schützen«, fuhr Uxal fort. »Sonst kriegt ihr bald keine Luft mehr.«

Valerian trat neben ihn. »Du bist sehr um uns besorgt. Warum? Eigentlich solltest du uns Römer hassen, schließlich hat dich einer von uns zum Sklaven gemacht...«

Uxals zahnloser Mund verzog sich zu einem Lächeln. Er empfand es offensichtlich als große Ehre, sich mit dem römischen Imperator unterhalten zu dürfen, als stünden sie auf Du und Du. »Mein Patron war an erster Stelle kein Römer, sondern ein Hurensohn, und die gibt es überall. Warum helfe ich euch sonst noch? Ich weiß nicht. Vielleicht, weil ihr wie zivilisierte Menschen ausseht und auch so auftretet.«

»Auch wir haben unsere Minen, mit Sklaven, die genauso hart arbeiten müssen wie wir hier.«

»Auch Sklaven gibt es überall, und in der ein oder anderen Form wird es sie auch immer geben«, entgegnete Uxal. »Aber als ich durch eure Länder reiste, habe ich noch mehr gesehen: Tempel, Plätze, Bibliotheken, Brunnen, Aquädukte, Prachtstraßen, wie es sie sonst nirgendwo gibt, Thermen mit Kalt- und Warmwasserbecken... Einmal war ich in einer Stadt namens Lambaesis, mitten in der Wüste, mitten im Nichts. Und selbst dort gab es eine Bibliothek voller Bücher, einen Markt mit Beamten, die überprüften, ob die Gewichte der Waagen stimmten und die Messbecher für Öl und Wein nicht manipuliert waren. Ja, sogar Brunnen und Bäder gab es dort; sie wurden von einem Aquädukt gespeist, dessen Wasser aus Hunderten von Meilen Entfernung kam. Das muss man sich einmal vorstellen!«

Uxals Augen leuchteten. »Außerdem bin ich auf meinen Reisen jeden Abend an einem Ort untergekommen, an dem es etwas zu essen und ein sauberes Bett für mich gab und wo Soldaten darüber hinaus Diebe, Betrüger und Mörder fernhielten.«

Valerian betrachtete ergriffen den bescheidenen Mann, der als Reisender sein Reich erkundet hatte und ihm in Erinnerung rief, wie es in einem zivilisierten Land zuging – einem Land, das er während seiner Regierungszeit als Imperator wesentlich mit aufgebaut hatte. »Deine lobenden Worte machen mir Freude«, sagte er, »auch wenn du vielleicht etwas ungerecht urteilst, denn immerhin hast du von der persischen Welt nichts als diesen Ort des Elends kennengelernt. Hättest du Persepolis gesehen, Pasargarde, Babylonia oder Susa, dann würdest du wahrscheinlich genauso begeistert von diesen Städten berichten.«

»Schon möglich«, räumte Uxal ein, »aber so ist das nun mal mit den persönlichen Erfahrungen ... Soll ich dir etwas sagen? Es war immer mein Traum, römischer Staatsbürger zu werden, ob du es glaubst oder nicht.«

»Das glaube ich dir gern. Davon träumen viele«, entgegnete Valerian. »Dir kann ich diesen Traum sogar noch erfüllen – wenn dir das jetzt noch etwas nützt. Offiziell hat mich ja keiner meines Amtes enthoben, und damit bin ich, Licinius Valerianus Caesar, noch immer befugt, dir das römische Bürgerrecht zu verleihen, was ich hiermit tue, und zwar aufgrund der außerordentlichen Hilfsbereitschaft, die du meinen Gefährten und mir gegenüber bewiesen hast.«

Uxal sah sich verwundert um, dann starrte er erneut den Kaiser an. »Ich ... bin ... römischer Staatsbürger«, stammelte er. »Unfassbar. Das hätte ich nie geglaubt, selbst wenn es mir jemand prophezeit hätte. Und ... äh, was habe ich nun konkret davon?«

An diesem Punkt mischte sich Sergius Balbus ein: »Das gibt dir beispielsweise das Recht, Magistrate zu wählen sowie dein Vermögen und dein Bürgerrecht weitervererben zu dürfen. Wenn du angeklagt und verurteilt wirst, kannst du Berufung einlegen; wenn ein Todesurteil gegen dich ergeht, hast du Anrecht auf ein schnelles Ende durch Enthauptung ...«

»Hmmm ... so, wie die Sache aussieht, fürchte ich zwar, dass ich nie in den Genuss dieser Vorteile kommen werde, aber ich freue mich trotzdem und danke dir, Caesar.«

Valerian lächelte und nahm seine Ration Suppe aus dem gemeinschaftlichen Topf in Empfang.

Quadratus setzte sich neben Uxal. »Verrate mir eins, Alter, jetzt, da wir Landsleute sind: Ist es noch nie jemandem eingefallen, die Lagerwachen mit Schaufeln oder Spitzhacken um die Ecke zu bringen?«

»Vermutlich schon«, antwortete Uxal. »Aber versucht hat es noch keiner – zumindest seit ich hier bin.«

»Und warum, wenn man fragen darf?«

»Weil man nach einem Monat Schufterei in dieser Mine kaum noch die Kraft hat, abends aus der Grube zu krabbeln und sich zu seinem dreckigen Strohlager zu schleppen, geschweige denn, über gut genährte, bewaffnete Männer herzufallen, zumal wenn die zu zehnt sind.«

»Verstehe«, murmelte Quadratus.

»Gut. Dann legt euch jetzt hin, gleich kommt der Wärter, um uns anzuketten.«

Tatsächlich hörte man wenig später, wie der Türriegel zurückgeschoben wurde. Uxal legte den Finger auf die Lippen und bedeutete den andern, sich auf den Boden zu kauern. Der Wärter kam herein, zog die Kette durch die Ringe an den Fußgelenken der Männer – mit Ausnahme Uxals – und befestigte sie mit dem Vorhängeschloss am Boden. Dann ging er wieder hinaus und schloss die Tür hinter sich ab.

»Du bist diesmal nicht gefesselt. Wie kommt das?«, fragte Antoninus.

»Manchmal fesseln sie mich, manchmal nicht«, antwortete Uxal. »Die wissen, dass ich so oder so niemals versuchen würde zu fliehen. Sie spüren ganz genau, ob einer resigniert hat oder nicht. Und wohin sollte ich auch abhauen? Ich käme keine halbe Meile weit, bis sie mich schnappen, und ehrlich gesagt habe ich wenig Lust, auf einen Pfahl gespießt zu werden.«

Nach einer Weile schliefen alle, wenigstens schien es so, denn Metellus lag noch lange wach und dachte an Clelia und seinen Sohn Titus, die er jeden Tag mehr vermisste.

Er hatte sich noch nie in einer so verzweifelten Lage befunden und machte sich zum ersten Mal Gedanken darüber, wie verheerend der Einfluss des Schicksals auf das Leben eines Menschen sein konnte. An dem Morgen, an dem er an Valerians Seite aus der Stadt geritten war, um Schapur zu treffen, hatte er Gefahr gewittert, daran erinnerte er sich noch gut, doch er hätte sich niemals vorstellen können, dass sein Leben eine so radikale Wende nehmen würde, dass er sein Dasein in den Tiefen eines Minenschachts würde fristen müssen, in einem finsteren Loch, aus dem ihm keiner heraushelfen konnte.

Und doch bemühte er sich bei aller Bestürzung und Verzweiflung, nüchtern zu denken: Genauso radikal, wie das Schicksal sein Leben und den Lauf der Dinge einmal verändert hatte, konnte es das auch ein zweites Mal tun, aus Gründen, die im Moment noch gar nicht abzusehen waren. Die Hauptsache war, zu überleben und den Kaiser zu beschützen.

Er blickte nach oben und entdeckte durch eine Ritze in der Bretterdecke der Baracke einen Stern. Der Stern blinkte besonders hell, und Metellus überlegte, zu welcher Konstellation er wohl gehören mochte. Er zwang sich, seine Gedanken zu beschäftigen, nicht zu verzagen und vor allem über einen möglichen Fluchtweg nachzudenken, trotz allem, was Uxal gesagt hatte. Der Feind konnte ihm die Freiheit rauben, aber nicht die Intelligenz, nicht den Willen, nicht die Fähigkeit, über Lösungen nachzusinnen. Und das waren Kräfte, die in der Not erst richtig zum Tragen kamen, Waffen, die er vor seinen Kerkermeistern verbergen musste, um sie bei der ersten Gelegenheit nutzbringend anzuwenden.

Er hatte viele Jahre gekämpft, er war es gewohnt, Ungewöhnliches zu leisten und Schmerzen und Entbehrungen zu ertragen. Die Prüfung, die es in diesem Fall zu bestehen galt, war freilich härter als die blutigste Schlacht, anstrengender als der längste Marsch, schmerzender als die schlimmste Wunde, und er rief im Geiste seine Ahnen an und bat sie, ihm inmitten dieser unsäglichen Not beizustehen.

Als ihn irgendwann Müdigkeit und Erschöpfung übermannten, verfiel er in einen albtraumartigen Zustand, der weder Wachsein noch Schlaf war, weder Leben noch Tod.

5

Die Monate kamen und gingen, und ihre Tage glichen sich alle aufs Haar hinsichtlich der unmenschlichen Mühsal, der Entbehrungen und Demütigungen, denen sie ausgesetzt waren. Und mit den Monaten kamen und gingen die Jahreszeiten.

Doch das Einzige, was sich veränderte, war die Bahn der Sonne, die zum Winter hin flacher und zum Sommer hin steiler wurde, und die Temperatur in den Baracken, in denen bald klirrende Kälte, bald glühende Hitze herrschte, manchmal auch beides innerhalb derselben Jahreszeit, je nachdem, ob es Tag oder Nacht war.

Im Herbst und Winter kamen noch die Sandstürme hinzu, deren feiner Staub durch jede Ritze drang und alles mit dem gleichen Grau überzog, Menschen und Gegenstände.

Der Erste, der starb, war Emilius, der Christ. Er starb in einer Nacht im Spätherbst. Es war weniger die mörderische Arbeit in der Mine, die ihn zu Fall brachte, als die Gefangenschaft an sich, die Finsternis im Schacht, die Prügel und sonstigen Züchtigungen, denen er unablässig ausgesetzt war, weil einer der Wärter sich ihn – im Übrigen willkürlich – als Opfer ausgesucht hatte. Irgendwann war es ihm zu viel geworden, und er hatte aufgehört zu essen, hatte einfach beschlossen zu sterben, ganz allmählich, jeden Tag ein bisschen mehr.

Sein Gott aus Judäa war weder in der Lage gewesen, ihn zu befreien, noch sein Leben zu retten.

Für Metellus und die andern war es undenkbar, dass sich die Götter in die Angelegenheiten der Menschen einmischten, ihnen womöglich halfen. Für Emilius war es anders gewesen. Er war überzeugt gewesen, dass sein Gott ihn als Person liebte, dass er vor zweihundert Jahren bewusst beschlossen habe, sich unter dem Präfekten Pontius Pilatus dem Leiden zu unterwerfen, am Kreuz zu sterben, um die Schuld der gesamten Menschheit zu sühnen. Emilius hatte fest daran geglaubt, dass es nach dem Tod ein anderes Leben geben würde, ein Leben, in dem sein Gott ihn für alles entschädigte. Schön wär's, dachte Metellus, während er ihm in der Baracke die Augen schloss.

»Schlaf, Soldat«, sagte er, »dein Leiden hat ein Ende. Und wohin auch immer du gehst, ein Teil unserer Herzen gehört dir und begleitet dich.«

Dann wandte er sich an Uxal. »Ich möchte dich um einen Gefallen bitten.«

»Wüsste nicht, welchen Gefallen ich dir erfüllen könnte, aber sprich.«

»Würdest du unseren Oberwärter fragen, ob wir Emilius bestatten dürfen? Die Christen wollen, soweit ich weiß, beerdigt werden.«

»Vergiss es. Für die Perser ist das Erdreich heilig. Sie glauben, die Toten würden es verseuchen. Aus diesem Grund legen sie ihre Verstorbenen auf Türme wie den dort hinten, ›Türme des Schweigens‹, wie sie die Dinger nennen. Die Leichen werden dort oben von Geiern zerpflückt, und ihre Knochen zerfallen nach und nach unter dem Einfluss von Sonne, Regen, Schnee und Eis. Vielleicht ist das gar nicht mal so schlecht. Wenn du mich fragst, besser, als die Leute in der Erde zu verscharren. Aber egal wie, ihr habt gar keine Wahl. Werft ihn die Schlucht runter zu den andern – das macht keinen Unterschied.«

»Doch, das macht sehr wohl einen Unterschied!«, erwiderte Metellus. »Keiner meiner Soldaten ist gestorben, ohne dass ihm anschließend seine Kampfeinheit die letzte Ehre erwiesen hätte.«

»Dickkopf von einem Römer!«, brummte Uxal. »Merkst du denn nicht, zu was für Elendsgestalten ihr heruntergekommen seid? Was meinst du, wie du aussiehst? Ich würde dir zu gern einen Spiegel vorhalten. Du bist ein menschliches Wrack, mein Lieber, ein …«

»Ich brauche keinen Spiegel«, erwiderte Metellus. »Ich spiegle mich in den Augen meiner Männer, in ihrem Aussehen, in ihren Ausschlägen und Wunden. Ich spiegle mich in der Verfassung meines erniedrigten Kaisers.« Nach diesen Worten begann er, aus zwei Akazienästen und ein paar Pflanzenfasern eine notdürftige Totenbahre zu fertigen, und als er das erledigt hatte, befahl er seinen Männern, den toten Emilius daraufzulegen.

Sie wollten die Baracke schon verlassen, als ihnen Uxal in den Weg trat. »Wartet, verdammt noch mal! Wollt ihr, dass sie euch umbringen? Lasst mich wenigstens dem Wärter Bescheid geben. Ich sage ihm, dass ihr euren Freund bis zur Spalte begleiten wollt.«

Metellus gebot seinen Männern mit einem Zeichen zu warten.

Uxal kehrte kurz darauf zurück. »In Ordnung. Ihr könnt nach Einbruch der Dunkelheit losgehen, aber ja nicht in einer Reihe! Bildet einen ordnungslosen Haufen, und zeigt bloß keine Disziplin, nicht einmal ansatzweise. Die Bahre dürft ihr nicht auf den Schultern tragen, sondern unten, knapp über dem Boden. Und euer Anführer kommt besser nicht mit. Den lasst ihr hier.«

»Einverstanden«, erwiderte Metellus und wechselte einen einvernehmlichen Blick mit Valerian.

Sobald die Sonne am Horizont untergegangen war, verließen sie die Baracke mit dem Leichnam ihres Gefährten. Unter den zerstreuten Blicken der Wärter, die etwas abseits ihr Abendessen zu sich nahmen, durchquerten sie das Lager, wie Uxal es ihnen vorgeschrieben hatte.

Doch kaum waren sie außer Sichtweite, befahl Metellus vier von seinen Männern, die Bahre mit Emilius' Leiche auf die Schultern zu nehmen, und den übrigen, sich zu zwei und zwei aufzustellen und ihnen im Gleichschritt zu folgen. Bei der Schlucht angekommen, stellten sie die Bahre auf der Erde ab.

»Kennt jemand ein christliches Gebet?«, fragte Metellus.

»Ja, ich«, erwiderte Severus.

»Bist du auch Christ?«

»Nein. Aber ich war es.«

»Dann sag das Gebet. Wir andern hören zu.«

Severus neigte den Kopf und begann: *»Pater noster, qui es in coelis, sanctificetur nomen tuum …«*

Als er fertig war, sprach auch Metellus ein Gebet: »Gott der

Christen, nimm diesen tapferen Soldaten bei dir auf! Erquicke seinen Blick und schenke ihm Licht, denn die Dunkelheit hat ihn umgebracht, und die Dunkelheit würde seinen Tod in alle Ewigkeit erneuern.« Dann wandte er sich dem toten Soldaten zu: »Irgendwann werden wir dich beerdigen, wie du es verdient hast.«

Er sah sich um, überzeugte sich davon, dass sie nicht beobachtet wurden, nahm eine Handvoll Sand vom Boden auf und streute sie auf Emilius' Leiche, um ihn wenigstens symbolisch zu bestatten.

»Sit tibi terra levis, Aemili …«, murmelte er, und im gleichen Augenblick sah er sich selbst, wie er Staub auf das wächserne Gesicht Clelias gestreut hatte. Bei dieser Erinnerung kamen ihm unweigerlich die Tränen, aber er riss sich zusammen und gab seinen Männern ein Zeichen, worauf sie die Bahre zur Seite neigten und den Leichnam ihres Gefährten in den Spalt kippten.

Sie sahen, wie der leblose Körper, einer kaputten Puppe gleich, immer wieder an der schroffen Felswand aneckte und schließlich mit dumpfem Aufprall auf dem Boden landete.

Stumm blickten sie einander an, und jeder las in den geröteten und müden Augen des andern dieselbe Frage: Wer von ihnen würde wohl der Nächste sein, der von dieser Schlucht verschluckt wurde?

Während sie schweigend zum Lager zurückkehrten, ging Metellus neben Severus, der jünger war als er, gerade fünfunddreißig Jahre, von denen er fünfzehn im Dienste der Legion verbracht hatte – sehr ehrenvoll im Übrigen, denn er war mehrfach ausgezeichnet worden.

»Du bist also auch einmal Christ gewesen?«, fragte ihn Metellus.

»Ja, Kommandant, so ist es.«

»Wie kommt es, dass du es jetzt nicht mehr bist?«

»Weil ich fürchte, dass die christliche Lehre uns verändert, und zwar derart, dass wir über kurz oder lang nicht mehr in der Lage sein werden, zu kämpfen und uns zu verteidigen.«

»Und du meinst, man kann nicht gleichzeitig Christ und ein guter Krieger sein?«

»Theoretisch schon. Aber in der Wirklichkeit funktioniert es nicht. Ich glaube, im Grunde würde jeder von uns liebend gern auf den Gebrauch seiner Waffe verzichten, aber wer fängt damit an? Wer sich wie ein Schaf verhält, wird vom Wolf gefressen, heißt es bei uns.«

»Bei uns auch«, erwiderte Metellus nickend.

»Außerdem darf ein Christ nicht auf Rache sinnen, er muss seinem Feind vergeben. Weißt du, was das heißt, Kommandant? Das Einzige, was mich noch am Leben hält, ist mein Hass, den ich stündlich schüre, und ich wünsche mir nichts sehnlicher, als wenigstens einen von diesen Folterknechten eines Tages in die Finger zu bekommen, und sei es nur für einen kurzen Augenblick.«

»Das ist schon in Ordnung, Soldat«, erwiderte Metello. »Alles, was dich am Leben hält, ist in Ordnung. Du musst dein Leben mit Zähnen und Klauen verteidigen. Und irgendwann kommt bestimmt unsere Stunde, wir müssen nur hart genug, wagemutig genug und geduldig genug sein. Wir Römer haben eine Tugend, eine innere Kraft, um die wir von der ganzen Welt beneidet werden, weil wir mit ihr sämtliche Völker geschlagen haben, mit denen wir in Berührung kamen. Du kennst diese innere Kraft, sie heißt *virtus*. Nur wenn wir die verlieren, können wir besiegt werden.«

Sie gingen weiter, während das Gefangenenlager wieder in Sicht kam. Die Nachtwachen zu Pferd saßen bereits im Sattel und ritten die Gegend um das Lager herum ab.

Severus blieb einen Augenblick stehen. »Kommandant.«

»Ja?«

»Meinst du, es gibt für uns noch Rettung?«

»Wir sind jetzt seit über einem Jahr hier, und der Großteil von uns ist noch am Leben. Allein das finde ich schon eine großartige Sache. Ich glaube deshalb ... ja, ich glaube, es gibt für uns noch eine Zukunft.«

»Du meinst, sie werden uns freikaufen?«

Metellus sah ihm in die Augen. »Das nicht, fürchte ich. Dafür ist zu viel Zeit vergangen, Soldat. Hätte diese Möglichkeit bestanden, wären wir schon längst nicht mehr hier. Nein, wir müssen wohl zusehen, wie wir allein von hier wegkommen.«

Bei diesen Worten traten auch die anderen näher.

»Soll das heißen, du hast einen Fluchtplan, Kommandant?«

Metellus log seine Männer nicht gern an, er wusste, dass sie blindes Vertrauen zu ihm hatten, dennoch sagte er mit fester Stimme: »Ja, ich habe einen Plan.«

Als sie bei der Baracke ankamen, hörten sie schon von draußen ein Röcheln.

Der Kaiser lag auf seiner Strohunterlage, atmete nur noch schwer und hatte Schüttelfrost.

»Marzianus!«, rief Metellus.

Marzianus kam und kniete sich neben Valerian nieder. Er war zwar kein Arzt, hatte aber viele Jahre lang den Feldärzten assistiert. Er befühlte die Stirn des Kaisers und sagte: »Er hat hohes Fieber.«

»Das sieht man«, entgegnete Metellus besorgt.

»Das kommt von den großen Temperaturschwankungen. Tagsüber ist es brütend heiß und nachts eiskalt. Wir kommen schweißtriefend aus der Mine, und kaum verlassen wir den Schacht, fegt uns dieser verdammte Wind an, der einem die Glieder gefrieren lässt.«

»Was können wir für den Kaiser tun?«

»Er bräuchte eine Wolldecke, ein heißes Getränk. Er müsste inhalieren.«

Valerian schlug die Augen auf. »Sorgt euch … nicht um mich«, sagte er. »Für mich … wäre der Tod eine Erlösung. Versucht nicht, mein … mein Leben zu retten, damit würdet ihr nur meine Agonie verlängern.«

»Leider können wir unter den gegebenen Umständen gar nichts für dich tun, Caesar«, erwiderte Metellus. »Aber wenn wir dir helfen könnten, täten wir es, denn wir sind alle fest davon überzeugt, dass das Schicksal es letzten Endes gut mit dir meint.«

Marzianus tupfte ihm die Stirn ab, gab ihm ein wenig Wasser zu trinken, legte ihm das Ohr auf die Brust und lauschte eine Weile seinem pfeifenden Atem. »Versuch zu schlafen, Caesar«, sagte er, dann wandte er sich an seine Gefährten. »Wenn mir jeder von euch ein wenig Stroh von seinem Lager gibt, würde ich ihn damit zudecken, damit er es wenigstens ein bisschen wärmer hat.«

Die Männer begannen das Stroh einzusammeln und den Körper des Kaisers damit zu bedecken, aber Uxal hielt sie auf. Er öffnete einen Spaltbreit die Barackentür und lugte hinaus. »Bald kommen sie, um uns anzuketten«, sagte er. »Wenn sie mich nicht fesseln, schaffe ich es vielleicht, eine Decke aufzutreiben. Es ist gefährlich, aber ich versuche es.«

Inzwischen war wie jeden Abend ein eiskalter Wind aufgekommen, der durch die Ritzen der Bretterwände pfiff. Die Männer hüllten sich, so gut es ging, in ihre Lumpen, um sich vor der Kälte zu schützen.

Wenig später erschien tatsächlich der Wärter und zog die Kette durch die Ringe an den Füßen der Gefangenen, doch Uxal ließ er wie am Vortag frei. Der Alte war für die Perser inzwischen eine Art Helfer, weshalb sie ihm etwas Bewegungsfreiheit gewährten.

Als der Wärter wieder fort war, wartete Uxal noch, bis es völlig dunkel war, dann huschte er aus der Baracke. Wenig später kam er mit einem Schaffell zurück.

»Hier«, sagte er, »das wird ihn warm halten.«

»Danke«, entgegnete Metellus. »Das werde ich dir nie vergessen.«

Der Wind wurde stärker, und die Männer rückten unter lautem Kettenrasseln dicht zusammen, um sich gegenseitig zu wärmen.

Metellus lag neben dem Kaiser und legte ihm immer wieder die Hand auf die Stirn. Er hörte ihn mit den Zähnen klappern, spürte, wie er unter dem Fell zitterte, und litt innerlich, weil er so machtlos war und nicht das Geringste für ihn tun konnte.

»Wie es aussieht, wird es dieses Jahr einen besonders harten

Winter geben«, sagte er zu Uxal. »Meinst du, sie geben uns irgendetwas, um uns gegen die Kälte zu schützen?«

»Manchmal teilen sie Decken oder Felle aus, aber in eurem Fall bin ich mir nicht sicher. Ich habe keine Ahnung, was für Anweisungen sie hinsichtlich eurer Behandlung bekommen haben.«

»Willst du damit sagen, dass sie uns womöglich in diesem Elendsquartier erfrieren lassen?«

Uxal seufzte. »Ich kann es nicht ausschließen.«

Metellus dachte an sein Haus in der Ferne, an die Nächte, in denen er neben Clelia geschlafen hatte, an die Wärme ihres Körpers und den Duft ihrer Haare; er dachte daran, wie er abends seinen Sohn zugedeckt hatte, der im Nebenzimmer unter dem Schutz eines kleinen, an der Wand hängenden Goldamuletts schlief, und er spürte, wie es ihm bei dieser Erinnerung das Herz zusammenzog. Zum ersten Mal hatte er das Gefühl, dass seine Kräfte schwanden, dass die Mutlosigkeit die Oberhand gewann und ihm jegliche Lebensenergie raubte.

Severus' Stimme riss ihn aus seinen düsteren Gedanken: »Kommandant, du hast gesagt, dass du einen Plan hast. Stimmt das? Bringst du uns aus diesem Loch raus?«

»Lass ihn in Ruhe«, sagte Balbus. »Dem Kaiser geht es schlecht.«

»Ja, als Erstes müssen wir dafür sorgen, dass er wieder gesund wird«, erklärte Metellus. »Vielleicht kann Uxal erreichen, dass er ein bisschen menschlicher behandelt wird. Aber wenn der Moment gekommen ist – ja, dann bringe ich euch hier raus.«

»Du hast es versprochen«, sagte Rufus.

»Ja«, sagte Metellus. »Ja, ich habe es versprochen. Aber jetzt müssen wir uns um den Kaiser kümmern. Ohne ihn gehen wir hier nicht fort.«

Alle schwiegen, denn die letzten Worte ihres Kommandanten widersprachen in gewissem Sinne seinen ersten, machten sein Versprechen nutzlos oder undurchführbar. Denn wie konnte man mit einem Mann fliehen, der sich in einem solchen Zustand befand?

Valerian glühte und brabbelte im Fieberwahn, und mitunter war er auch bewusstlos. Sein Atem kam nur noch stoßweise. Es war ein qualvolles Pfeifen, das immer mehr dem Röcheln eines Sterbenden glich.

Als der Morgen anbrach, wandte sich Metellus' erneut an Uxal: »Dieser Mann ist nicht in der Lage zu arbeiten. Er kann sich nicht einmal auf den Beinen halten.«

»Das ist mir klar«, antwortete der Alte.

»Meinst du, sie lassen ihn ausruhen?«

»Das fragst du mich? Ich war noch nie in einer ähnlichen Situation.«

»Hilf mir. Sprich mit den Wärtern.«

»Ich versuche es, aber ich sehe offen gestanden schwarz. Wir wollen etwas von ihnen, ohne dass wir ihnen etwas dafür anbieten können. Warum sollten sie auf uns eingehen?«

»Ich weiß es nicht, verdammt noch mal! Aber du versuchst es trotzdem, hast du verstanden?«, brüllte Metellus.

Uxal brummte etwas vor sich hin, dann sagte er: »Du brauchst nicht zu schreien, damit erreichst du gar nichts. Ich hoffe bloß, dass mir etwas einfällt, bevor dieser Hundesohn reinkommt, um das Schloss zu öffnen.«

Er stand auf, näherte sich dem Kaiser und betrachtete ihn lange: Sein Gesicht war aschfahl, seine Augen dunkel umflort, sein Körper mit blauen Flecken übersät, die Haare schmutzig und mit Staub und Schweiß verklebt. Er seufzte.

In diesem Moment ging quietschend die Tür auf, und der Wärter trat herein. Er schrie etwas in seiner Sprache, öffnete das Schloss und begann die Kette aus den Ringen zu ziehen. Uxal sagte etwas auf Persisch, worauf der andere mit den Schultern zuckte. Uxal fügte noch etwas hinzu, in ruhigem, fast unbeteiligtem Ton, so, als erkläre er etwas.

Der Mann antwortete mit einer Art Knurren, drehte sich nach Valerian um, schielte ihn von der Seite an, wandte sich dann wieder Uxal zu und bellte ein paar Worte.

Metellus warf dem Alten einen fragenden Blick zu und sah ihn dann nicken.

Wenig später standen sie vor dem Eingang der Mine. Valerian war auf seinem Strohlager in der Baracke zurückgeblieben.

»Was hast du dem Wärter gesagt?«, wollte Metellus wissen.

»Dass er an Valerians Tod schuld sei, wenn er ihn zwingt, in die Mine zu gehen, und dass der Genius eines toten Kaisers sehr rachsüchtig und gefährlich wäre und ihn den schmählichsten Tod sterben lassen würde, den es für einen Perser gibt, nämlich lebend begraben zu werden, durch einen Einsturz in der Mine.«

»Und er hat das geglaubt?«

»Wohl eher nicht. Aber warum das Risiko eingehen? Im Grunde kostet es ihn nichts, und außerdem habe ich ihm garantiert, dass ihr euer Tagespensum auch ohne den Imperator schafft.«

»Vielen Dank, Uxal. Ich hoffe nur, dass wir dir eines Tages zurückzahlen können, was du für uns tust.«

»Nicht der Rede wert. Abgesehen davon finde ich die Vorstellung, einem Kaiser einen Gefallen erweisen zu können, sehr vergnüglich. Dazu bietet sich einem nicht alle Tage die Gelegenheit.«

»Nein, wahrhaftig nicht«, murmelte Metellus.

Balbus und Quadratus organisierten die Arbeit so, dass die Fördermenge am Abend die gleiche war wie immer, und das geschürfte Mineral war sogar von besonders guter Qualität. Sie schufteten ohne Pause durch, um im Moment des Wiegens keine Probleme zu bekommen und so schnell wie möglich in die Baracke zurückkehren zu können. Besonders Metellus dachte immer wieder an den Kaiser, der fiebernd und einsam in der elenden Hütte lag. Und an seinen Sohn.

Er versuchte sich vorzustellen, wo er war, was er anhatte, wer wohl bei ihm war. Er fragte sich, ob auch Titus an ihn dachte oder ihn längst für tot hielt. Allein dieser Gedanke verursachte ihm unbeschreibliche Pein.

Die schlimmsten Stunden waren die letzten, wenn die schmerzenden, verkrampften Muskeln kaum noch reagierten und jede Bewegung immense Anstrengung kostete.

Als es endlich so weit war, wieder an die Erdoberfläche zurückzukehren, verfolgten Metellus und seine Männer noch das Wiegen des Gesteinsmaterials; es stellte sich heraus, dass sie weit mehr als die verlangte Menge gefördert hatten und obendrein allerbeste Qualität. Deshalb hatte auch keiner etwas dagegen, dass sie früher in ihre Baracke zurückgingen. Im Gegenteil, Uxal entnahm den Kommentaren der Minenaufseher, dass sie sehr zufrieden mit ihnen waren, und damit stieg auch die Möglichkeit, dass seine Freunde überleben würden.

»War das ein Zufall, oder hattest du dieses Ergebnis bewusst geplant?«, fragte er Metellus später.

»Was meinst du?«

»Erzähl mir nicht, dass ihr euch euren Folterknechten zuliebe so plagt.«

»Nein. Ich versuche ihnen zu beweisen, dass es für sie von Vorteil ist, uns am Leben zu erhalten, weil wir mehr leisten als die andern.«

»Gute Idee – simpel, aber gut. Ich frage mich nur, wie lange ihr dieses mörderische Arbeitspensum durchhalten könnt.«

»Vielleicht fällt es ihnen ja ein, uns ein bisschen besser zu ernähren.«

»Das kannst du vergessen«, entgegnete Uxal.

Doch der Alte hatte sich getäuscht: An diesem Abend gab es etwas mehr Suppe, und sie schmeckte sogar eine Spur besser. Und zum ersten Mal bekam jeder von ihnen ein Stück Brot dazu.

Metellus versuchte, Valerian etwas von der Suppe einzuflößen, aber vergeblich. Der Zustand des Kaisers hatte sich weiter verschlechtert. Allein das Atmen bereitete ihm solche Mühe, dass er in kaltem Schweiß gebadet war; sein Puls raste und sein ganzer Organismus wirkte irgendwie überanstrengt.

Metellus beriet sich mit Marzianus: »Was meinst du?«

Marzianus schüttelte ratlos den Kopf. »Er könnte noch ein paar Tage durchhalten, aber genauso gut heute Nacht sterben ...«

Uxal unterbrach ihre Unterhaltung: »Wisst ihr was? Mir ist eine Idee gekommen. Eine Art Erleuchtung ...«

»Was soll das heißen?«, fragte Metellus unwirsch.

»Die Schlucht, in die wir die Toten werfen, du weißt schon ...«

»Wir waren erst gestern dort.«

»Eben. Die Sohle dieser Schlucht ist eigentlich ein Flussbett, das fast das ganze Jahr über ausgetrocknet ist. Ich kenne den Lauf des Flusses nicht, wahrscheinlich entspringt er in den Bergen. Jedenfalls füllt sich das Bett manchmal mit Wasser, wenn es in den Bergen regnet oder mit Winterende der Schnee schmilzt, und dann verwandelt sich diese dürre Klamm für wenige Tage, manchmal auch nur für ein paar Stunden, in eine dröhnende Schlucht, durch die brodelnd die Fluten schießen. Das Wasser jagt schäumend dahin und sucht sich seinen Weg zwischen den steilen Wänden und den großen Felsbrocken am Grund. Ihr könnt euch nicht vorstellen, was das für ein Getöse ist und was für eine Gewalt dieser Strom hat; er reißt alles mit sich. Wenn das Wasser abgeflossen ist, ist das Bett ganz sauber: Keine Leichen mehr, die in der Sonne vor sich hinfaulen, keine Knochen, keine Schädel, die dich aus leeren Augenhöhlen anstarren.«

Quadratus schnaubte ungeduldig. »Sag schon, worauf willst du mit deinem Gerede hinaus?«

»Auf gar nichts«, antwortete Uxal. »Nur dass mir während der letzten Überschwemmung unten in der Mine etwas aufgefallen ist, etwas, das uns vielleicht ...«

»Götter!«, fiel Metellus ihm ins Wort. »Dem Kaiser geht es schlecht!«

Valerians Atem war nur noch ein Röcheln. Wenn sich sein magerer Brustkorb hob, konnte man die Rippen einzeln zählen. Seine Augen wirkten gläsern, und er schien gar nicht mehr bei Bewusstsein zu sein.

Metellus rückte an ihn heran, so dicht seine Kette es ihm erlaubte, und merkte, dass der Kaiser ihm etwas sagen wollte. »Ich bin hier, Caesar«, sagte er und drückte seine Hand.

»Du musst zurück, Marcus Metellus ... Du musst zurück ...«

»Nicht ohne dich.«

»Nein, ich bin ... am Ende, das weißt du. Mein Sohn ... hat mich im Stich gelassen ...«

»Sag so etwas nicht. Von hier aus können wir das gar nicht

beurteilen. Und verlier nicht den Mut, du musst versuchen, gesund zu werden. Wir helfen dir dabei.«

»Ich bekomme keine Luft mehr, mein Sohn …«

Metellus erschrak über die liebevolle Anrede, die der Kaiser zum ersten Mal in all den vielen Jahren ihm gegenüber benutzte. Und er begriff, dass die Worte, die nun folgen würden, offene Worte sein würden, Worte schonungsloser Wahrheit.

»Hör zu«, fuhr Valerian flüsternd fort. »Gallienus hat nicht die Kraft, allein zu regieren. Er wird sich von den Christen beschwatzen lassen. Er wird es nicht schaffen, die Heerführer unter Kontrolle zu halten. Du musst zurückkehren und das Reich vor dem Zerfall retten. Versprich mir das … Versprich es einem Sterbenden.«

»Ich verspreche es dir, Caesar. Ich werde nichts unversucht lassen, um deinen Willen zu erfüllen.«

»Wirf meinen Körper in die Schlucht und sorge dich nicht weiter. Der Regen wird mich waschen und der Wind wird mich beerdigen …« Tränen rannen über seine ausgehöhlten Wangen. »Es ist alles meine Schuld«, stieß er keuchend hervor. »Ich hätte es besser wissen müssen. Aber das Herz eines Vaters ist blind, verstehst du?«

»Quäle dich nicht, Caesar. Dein Leiden hat bald ein Ende. Deine Ahnen sind bereit, dich in ihrem Kreis aufzunehmen. Befreie dein Herz von Mühsal, erhebe deinen Geist. Du bist dabei, ein Gott zu werden, und wir werden dir in der Heimat, unter dem Himmel Italiens, Opfer darbringen, das schwöre ich dir.«

Einen Moment lang hörte man nur das Pfeifen des Windes, der durch die Ritzen der Bretterwände drang, dann schien auch der Wind sich zu legen. Und inmitten der irreal anmutenden Stille ertönte die Stimme Marcus Metellus Aquilas: »Der Kaiser ist tot.«

6

Uxal verließ die Baracke noch vor dem Morgengrauen, um mit dem Oberaufseher zu sprechen. »Ihr Kaiser ist gestorben.«

»Wann?«

»Heute Nacht.«

»Woran?«

»An Erschöpfung, woran sonst? Wenn ihr nichts dagegen habt, bringen sie ihn jetzt zur Schlucht.«

»In Ordnung. Aber erinnere sie an die Regeln!«

»Die kennen sie in- und auswendig. Dumm sind sie nicht. Schick jemanden, der sie loskettet – sie wollen rechtzeitig zu Arbeitsbeginn zurück sein. Jetzt müssen sie ja auch noch für die beiden Ausgefallenen schuften.«

»Ich denke, das werden sie ganz gut hinbekommen ...«

»Ja, und weißt du, wie? Sie sind erstklassig organisiert. Jeder verrichtet nur die Arbeit, für die er aufgrund seines Körperbaus oder seiner Veranlagung am besten geeignet ist. Auf diese Weise wird keine unnötig Zeit und Kraft verschwendet. Wenn die ganze Mine so organisiert wäre, würden wir doppelt so viel produzieren.«

»Interessant. Vielleicht sollte ich mich mal mit dem Kommandanten der Römer unterhalten.«

»Wenn du möchtest, bringe ich ihn heute Abend zu dir.«

»Ich sag dir schon, wenn ich ihn sehen will.«

»Selbstverständlich, mein ehrenwerter Kommandant.«

»So – und jetzt verschwinde, lästige Laus!«

Uxal kehrte zum Lager zurück, in seiner Begleitung der Wärter, der die Schlüssel hatte und die Gefangenen auch sogleich von ihren Ketten befreite.

Metellus und die andern holten die Bahre heraus, die sie bereits für Emilius benutzt hatten, und legten den toten Valerian darauf. Am Himmel leuchteten noch die Sterne, nur die Gipfel der Berge im Osten färbten sich bereits im ersten Morgenrot.

Schweigend gingen sie den staubige Weg zur Schlucht entlang, allen voraus Uxal, der ihnen mit einer Laterne den Weg leuchtete.

Nach der nächtlichen Windstille fegten wieder eisige Böen übers Land. Sie brachten dürre Amarantbüsche von der Hochebene mit, die hier unten, wo das Klima etwas milder war, möglicherweise noch einmal Wurzeln schlagen würden.

Nach einer Weile fiel der Weg zur Schlucht hin ab, und damit kamen sie außer Sichtweite des Lagers. Da befahl Metellus seinen Männern, die Bahre auf die Schultern zu nehmen und im Gleichschritt zu marschieren, so als trügen sie noch die rote Uniform der Legion und gingen hinter ihrem Adler her.

Am Rand der Schlucht angekommen, befahl er, die Bahre abzusetzen, und sobald dies geschehen war, bedeutete er Balbus, Quadratus und Publius mit einem Wink, gemeinsam mit ihm ein paar vertrocknete Tamariskenbäumchen auszureißen und zu einem Scheiterhaufen aufzutürmen. Auch die anderen Männer halfen mit, während Uxal vergeblich versuchte, sie davon abzubringen.

»Was macht ihr da? Seid ihr verrückt geworden?«

»Keine Sorge, Alter. Keiner wird etwas merken. Der Wind bläst aus Norden und wird Rauch und Gerüche forttragen.«

»Aber warum? Warum wollt ihr unnötig euer Leben riskieren?«

»Der römische Kaiser muss ehrenvoll bestattet werden, das schulden wir ihm. Andernfalls werden ihn die Götter nicht bei sich aufnehmen. Seine Asche muss in eine Urne eingeschlossen werden.«

»Asche ist Asche!«, brüllte Uxal. »Ihr seid wahnsinnig! Ja, wahnsinnig! Ihr könnt doch nicht im Ernst an diesen Unsinn glauben!«

»Du wirst schon sehen«, erwiderte Metellus.

Der Scheiterhaufen war fertig; damit er besser Feuer fing, hatten sie zwischen die Stämme noch dürre Schlingpflanzen gesteckt. Ein kleines Tongefäß, das sie als Urne verwenden wollten, stand bereit.

»Gib mir die Laterne«, sagte Metellus zu Uxal.

»Ich denke nicht daran!«

»Entweder du gibst mir die Laterne, oder ich werfe auch dich in die Schlucht!«

»Das würdest du tatsächlich tun?«, fragte Uxal völlig entgeistert.

»Ohne auch nur einen Moment zu zögern. Los, her mit der Laterne!«, wiederholte Metellus in gebieterischem Ton und streckte die Hand aus.

Uxal reichte ihm kopfschüttelnd das Licht.

Metellus zog den Stöpsel heraus und goss das Öl der Laterne über die dürren Äste, dann hielt er den brennenden Docht an die Ranken. Sie fingen sofort Feuer, und wenig später brannte der ganze Haufen. Der scharfe Wind, der von der Hochebene herabblies, fachte das Feuer noch zusätzlich an.

»Männer!«, befahl Metellus. »Aufstellung!«

Die beiden Zenturionen teilten die Soldaten in zwei Reihen auf, von denen sich eine rechts und eine links von der Bahre aufstellte.

Daraufhin sprach Metellus, jedes einzelne Wort betonend, die vorgeschriebene Formel: »Ehre dem römischen Kaiser, Licinius Valerianus Augustus!«

Die Männer hoben die Hände, als umklammerten sie die Speere der Legion, und schrien: »Ehre!«

Uxal schüttelte verständnislos den Kopf. Er konnte es nicht fassen. Ausgerechnet, da sich die Dinge zum Besseren zu wenden schienen, da er dank seines geschickten, diplomatischen Vorgehens gewisse Vorteile, vielleicht sogar das eine oder andere Privileg für diese Leute herausschlagen konnte, ausgerechnet da mussten sie diese absurde und obendrein völlig sinnlose Zeremonie veranstalten, mit der sie alles wieder aufs Spiel setzten.

»Ich gehe«, sagte er. »Ich will nichts mit diesem Wahnsinn zu tun haben. Ihr könnt euch nicht vorstellen, was passiert, wenn sie euch entdecken.«

»Geh ruhig«, entgegnete Metellus. »Wir bleiben noch eine Weile und kommen später nach.«

Uxal ging zurück, und als er das Lager erreichte, versuchte er heimlich in die Baracke zu schlüpfen, aber einer der Bewacher sah ihn.

»Wo sind die andern?«, herrschte er ihn an.

»Die andern? Die kommen nach. Sie sind noch geblieben, um ihre Sprüche und Formeln herunterzuleiern. Du weißt ja, die Römer haben nicht ein, sondern Dutzende von Religionen, und jeder will seine eigenen Gebete aufsagen. Sie sind bestimmt gleich hier.«

Die Sonne war inzwischen hinter den Bergen zum Vorschein gekommen, und damit drehte der Wind und trug den Brandgeruch ins Lager.

»Aber das ist ja …«, sagte der Wärter alarmiert.

»Das Lagerfeuer des Wachttrupps. Es ist kalt heute Morgen«, behauptete Uxal, um den Perser abzulenken.

Aber dieser stieß ihn zur Seite, und zwar so heftig, dass er auf den Boden fiel, und rannte in Richtung der Schlucht. Uxal rannte ihm nach und schrie: »Wo willst du denn hin? Da ist nichts. Bleib stehen!«

Als der Wärter eintraf, war der Scheiterhaufen nahezu niedergebrannt und die Asche zu einem Kreis ausgebreitet. »Was macht ihr da?«, rief der Wärter.

»Er hat euch gefragt, was ihr macht?«, übersetzte Uxal, der ihm nach Atem ringend nachgerannt kam.

»Wir wärmen uns«, behauptete Metellus. »Wir kommen gleich zurück.«

Der Wärter sah sie der Reihe nach an und begriff sofort, dass diese Männer etwas zu verbergen hatten. Er stocherte mit der Spitze seines Schwerts in der Glut herum und entdeckte einen halb verkohlten Fetzen Stoff, an dem unverkennbar etwas Fleisch klebte.

»Ihr habt dieses Aas verbrannt!«, rief er aus. »Ihr habt das Feuer entweiht, ihr Verfluchten!« Mit diesen Worten drehte er sich nach dem Lager um und schrie: »Sakrileg! Sakrileg! Schnell! Kommt her!«

Metellus sprang ihn an, um zu verhindern, dass er weiterbrüllte. Er ging mit dem Wachmann zu Boden, und sie rollten kämpfend bis an den Rand der Schlucht.

»Nein! Was tust du?«, schrie Uxal.

Da kamen auch schon die anderen Wärter aus dem Lager angerannt und umringten die Sklaven. Es war nichts mehr zu machen.

Metellus ließ von seinen Gegner ab und stand keuchend auf.

»Er hat nichts damit zu tun«, sagte er und deutete auf Uxal. »Das waren wir.«

»Er hat gesagt, ich habe nichts damit zu tun«, übersetzte der Alte.

Sie wurden augenblicklich an Armen und Beinen gefesselt und auf den Platz im Zentrum des Lagers geführt.

»Was habt ihr bloß getan?«, stöhnte Uxal immer wieder. »Ich habe euch doch gewarnt. Jetzt kann uns nichts und niemand mehr retten.«

»Hör auf zu greinen, Alter«, fuhr Quadratus ihn an. »Wenn wir sterben müssen, dann sterben wir eben, und damit hat dieses Elend ein Ende.«

»Du weißt nicht, was du sagst«, jammerte Uxal, »du weißt nicht, was du sagst.« Und er zitterte innerlich bei dem Gedanken an die Torturen, die ihnen bevorstanden.

Der Hauptmann des Wachtrupps trat vor und schritt die Reihe der in Ketten gelegten Gefangenen langsam ab. Als er bei Metellus ankam, sah er ihm einen Moment lang in die Augen und schien weitergehen zu wollen, aber er überlegte es sich anders, fuhr urplötzlich herum und rammte Metellus seinen Stock in den Bauch, sodass sich der Römer vor Schmerzen krümmte. Noch bevor er sich wieder aufrichten konnte, bekam er einen Schlag ins Genick und brach vollends zusammen.

Als er die Augen wieder öffnete, sah er verschwommen eine Art rote Scheibe vor sich. Sobald er etwas klarer sah, wusste er, dass es sich um einen glühenden Eisenstempel handelte, den sie ihm in die Augen drücken wollten, um ihn zu blenden.

Das Bewusstsein, im nächsten Augenblick diese grässliche Folter über sich ergehen lassen zu müssen, fachte den letzten Funken Überlebenswillen an, der ihm geblieben war, und setzte ungeahnte Energien frei. Es ging um alles oder nichts, das war ihm klar.

Mit einem tierischen Schrei bäumte er sich auf, packte das glühende Eisen mit den nackten Händen, entriss es dem Peiniger, der sich bereits über ihn gebeugt hatte, ließ es ein paarmal durch die Luft wirbeln und stieß es seinem brüllenden Gegner in den Mund.

Der Schrei des Mannes erstickte im Zischen seines brennenden Fleisches.

Im nächsten Moment sauste das Eisen auch schon auf seinen Schädel herab und zertrümmerte ihn.

An diesem Punkt stürmten auch Balbus und Quadratus, ihre Ketten als Waffen benützend, nach vorn. Balbus schlug den Erstbesten mit der Faust nieder, schlang ihm die Kette um den Hals und erwürgte ihn, noch bevor er begriff, wie ihm geschah.

Quadratus sprang einen der Bewacher an – denjenigen, der die Schlüssel hatte –, warf ihn zu Boden, drückte ihm die Kette auf den Mund, als wäre es die Gebissstange eines Pferdes, und brach ihm sämtliche Zähne aus und dazu den Kiefer. Die Schmerzensschreie des Unglücklichen erstarben einen Moment später in einem Gurgeln, wurden zu einer Art bestialischem Jaulen.

Auch die anderen Gefährten stürzten sich mit der Kraft der Verzweiflung auf die Wärter, die sie umringten.

Balbus, Quadratus und Metellus hatten sich unterdessen der Waffen ihrer Gegner bemächtigt und schlugen damit wild um sich.

Marzianus machte sich inzwischen über den am Boden liegenden Mann mit den Schlüsseln her und befreite seine Gefährten und sich selbst von den Ketten, während zwei überlebende Wärter flohen, um Alarm zu schlagen und Verstärkung zu holen.

»Hierher!«, schrie Uxal. »Schnell, hierher! In die Waffenkammer!«

Die Römer rannten ihm hinterher, während man bereits den anrückenden Wachtrupp hörte. Quadratus sprengte mit einem Axtschlag den Riegel der Tür und betrat die Kammer als Erster, gefolgt von den andern. Dutzende von Pfeilen bohrten sich in die Holztür, kaum dass sie sie hinter sich geschlossen hatten.

Danach herrschte für einige Momente Ruhe, eine trügerische Ruhe, während der die Perser – rund dreißig bis an die Zähne bewaffnete Soldaten – in der dichten Staubwolke vorrückten, die sich während des kurzen Kampfes gebildet hatte. Als der Staub sich jedoch lichtete und sie fast bei der Waffenkammer angelangt waren, bot sich ihnen ein Bild, bei dem es ihnen die Sprache verschlug.

Vor ihnen standen, in voller Montur und mit gezogenen Schwertern, zehn römische Soldaten!

Die Perser waren noch nicht aus dem Staunen heraus, als sie auch schon angefallen wurden. Metellus und seine Männer schlugen sich wie Höllenfurien, wie Kriegsdämonen, mit wildem Zorn und eiserner Verbissenheit. Kein Schlag ging ins Leere, kein Gegner entrann dem Tod.

Marcus Metellus Aquila feuerte die Seinen mit lauten Zurufen an, wohl wissend, dass sie trotz ihrer übermenschlichen Leistungen bald schon wehrlos dem Feind ausgeliefert sein würden, wenn sie nur einen Einzigen am Leben ließen. Auch deshalb mussten alle sterben, bis zum letzten Mann. Und als sein Schwert schließlich durch die Luft kreiste, ohne noch irgendjemanden zu treffen, begriff er, dass ihnen das Unmögliche gelungen war.

Zehn Sklaven, zehn unterernährte Zwangsarbeiter hatten es geschafft, in einem kurzen Kampf dreißig Krieger zu besiegen, die wohlgenährt und bis an die Zähne bewaffnet gewesen waren.

Ungläubig, keuchend, mit Staub, Schweiß und Blut bedeckt sahen sie sich an. Metellus hob das Schwert und stieß mit letzter Kraft hervor: »Caesar ist gerächt!«

Dann sackte er ohnmächtig zusammen.

Und nach ihm gingen auch die Übrigen, einer nach dem andern, vor Erschöpfung zu Boden.

Selbst ein Kind wäre in diesem Moment mühelos mit ihnen fertig geworden. Um die Freiheit zurückzuerlangen, hatten sie ihr gesamtes Energiepotenzial bis hin zum letzten Funken erschöpft.

Uxal trat auf Metellus zu und rüttelte ihn. »He, ihr könnt doch jetzt nicht ausruhen. Los, steht auf. Wir müssen etwas tun.«

Metellus rappelte sich mühsam hoch und sah sich um. Die anderen Gefangenen des Lagers hatten einen Kreis um sie herum gebildet und das unglaubliche Spektakel sprachlos verfolgt.

»Sag ihnen, dass sie frei sind, dass sie sich uns anschließen sollen, damit wir von ihr verschwinden und uns in Sicherheit bringen können.«

Uxal schüttelte den Kopf. »Was glaubst du eigentlich? Von denen rührt sich keiner vom Fleck. Sie wissen, dass es von hier kein Entrinnen gibt, und sollte doch einem der Ausbruch gelingen, so wird er in Kürze wieder eingefangen und gepfählt.«

»Übersetze!«, herrschte Metellus ihn an. »Und ihr, Rufus, Marzianus und Severus, geht mit Balbus! Hängt euch persische Mäntel um und sorgt dafür, dass euch die ums Lager postierten Wachmänner sehen, sonst werden sie noch misstrauisch.«

Balbus nahm die genannten Männer mit und verteilte sie so, dass sie weithin sichtbar waren und also auch vom Rand des Lagers aus gesehen werden konnten. Danach kehrte er zurück.

Uxal übersetzte in alle Sprachen, die er beherrschte, was Metellus ihm zu sagen befohlen hatte, aber es kam genau, wie er vorhergesagt hatte: Die Blicke der Elenden glommen bei seinen Worten einen Moment lang wie irre auf, bevor sie einer nach dem andern resigniert den Kopf sinken ließen. Hier und dort wurde kurz gemurmelt, aber dann herrschte wieder tiefes Schweigen.

»Wusste ich es doch«, sagte Uxal. »Von denen traut sich keiner. Ein Vogel, der sein halbes Leben in einem Käfig verbracht hat, fliegt, auch wenn du ihm die Tür öffnest, nicht weg. Die Welt dort draußen macht ihm Angst. Außerdem sind wir hier von gut hundert bestens bewaffneten Männern umringt.«

»Nun gut, dann gehen wir allein.«

»Das kommt zwar einem Selbstmord gleich, aber du hast recht. Dies hier ist auch kein Leben mehr. Ihr seid Soldaten – wenigstens sterbt ihr mit dem Schwert in der Hand. Jetzt schließ aber schnell die Gefangenen ein, sonst fällt es einem von ihnen noch ein, uns zu verraten, um sich bei den Wärtern einzuschmeicheln.«

»Einschließen?«, fragte Metellus.

»Ja, was sonst? Das ist auch für sie das Beste. Sonst bezichtigt man sie noch der Meuterei.«

Metellus befahl Quadratus, Lucianus, Publius und Septimius, die Gefangenen zu ihren Baracken zu bringen, und während sie die Männer dort einschlossen, fiel ihm plötzlich wieder etwas ein. »Was hast du gesagt?«, fragte er, indem er sich ruckartig nach Uxal umwandte.

»Ich? Nichts.«

»Nicht jetzt – vorher, vorher!«

»Was redest du?«

»Gestern Abend, in der Baracke, als ich dich unterbrochen habe. Du hast von der letzten Überschwemmung erzählt und meintest, dir sei etwas aufgefallen. Was war das?«

»Ach ja, das. Also, ich war in einem der Schächte, drei Ebenen tief unter der Erde, um die Leichen von ein paar Gefangenen zu entfernen, da sah ich plötzlich, dass durch eine der Wände Wasser durchsickerte, ziemlich viel ...«

»Willst du damit sagen, dass diese Wand mit dem Flusstal in Verbindung stehen könnte?«

»Ja, so ungefähr. Es gibt keine andere Möglichkeit – woher sollte das Wasser sonst gekommen sein?«

»Und meinst du, dass dieser Berührungspunkt mit dem Flusstal außerhalb des bewachten Lagergeländes liegt?«

»Davon gehe ich aus, obwohl ich es natürlich nicht beschwören kann.«

»Würdest du die Stelle wiederfinden?«

»Ich denke schon.«

»Dann lass uns sofort dorthin gehen.«

Metellus rief Quadratus zu sich, der sofort zu ihm eilte. »Versammle die Männer, besorgt euch Schaufeln und Hacken und folgt mir in die Mine.«

Quadratus gehorchte, und wenig später ließ Balbus seine Gefährten mit dem Lastenaufzug in den Schacht hinab.

»Hier lang«, sagte Uxal. »Und macht euch darauf gefasst, dass ihr dort unten auf Leute stoßt, die keinen besonders erquicklichen Anblick bieten. Ihr wärt um ein Haar auch dort gelandet.«

Auf Rampen gingen sie bis in die zweite unterirdische Ebene hinab, und von dort gelangten sie über eine steile, direkt in den Felsen gehauene Treppe zu einer schweren Eisentür, die von außen verschlossen war. Die Tür hatte unten eine Klappe, möglicherweise eine Durchreiche für Essen und Wasser.

Uxal schob den Riegel zurück, aber es verlangte Quadratus einiges an Kraft ab, die Tür aufzudrücken. Daraufhin blickten sie in einen engen Gang, der direkt ins Erdinnere zu führen schien. Ein unerträglicher Gestank nach Exkrementen und Fäulnis verpestete die Luft, sodass man kaum atmen konnte.

Sie blickten sich entsetzt an, aber Uxal riss sie aus ihren Gedanken: »Was ist? Gehen wir oder wollt ihr hier über eure Zukunft nachdenken?«

»Los!«, befahl Metellus und betrat als Erster den Tunnel, wobei er die Laterne hochhielt.

Der Gang führte sie zu einer Art Höhle, die ein wahrhaft elendes Spektakel bot: Menschen, die nur noch Schatten ihrer selbst waren, kratzten im schummrigen Schein einiger Laternen mit Holzpickeln Gestein von den Wänden. Beim Erscheinen der Römer in ihren seltsam anmutenden Rüstungen unterbrachen die Zwangsarbeiter ihre Tätigkeit und starrten sie an.

Sie sahen aus wie Gespenster, hatten große schwarze Ringe um die Augen, ausgehöhlte Wangen, lange ungepflegte Bärte, kaputte Zähne und skelettartige Gliedmaßen. Sie husteten unentwegt und konnten sich kaum auf den Beinen halten. Wer von ihnen nicht schürfte, zertrümmerte in einem entlegenen Winkel das Mineral in einer Art Mörser und warf die so gewonnenen Türkise in einen Korb.

»Sie bekommen kaum etwas zu essen – die Menge richtet sich nach der Anzahl der Steine, die sie fördern. Man kann sich nur wundern, dass diese Elenden überhaupt noch leben. Die meisten sterben innerhalb weniger Monaten in dieser Hölle. Aber gehen wir weiter. Kommt, hier entlang.«

Uxal schritt auf einen schmalen Gang zu, der sich auf der gegenüberliegenden Seite der Höhle befand.

»Und was machen wir mit denen?«, fragte Quadratus und deutete auf die Zwangsarbeiter.

»Vergiss sie«, sagte Uxal. »Die kämen im Freien keine hundert Schritte weit. Die Sonne würde sie sofort blenden und ihre Haut heillos verbrennen. Lasst sie in Frieden sterben.«

Sie betraten den Tunnel und gingen ein Stück weit hinein, bis er sich gabelte. Uxal wählte den rechten Gang, der kurz darauf in einem Hohlraum von etwa fünf auf drei Schritten endete.

»Es war hier«, sagte Uxal. »Sofern mich die Erinnerung nicht trügt.«

»Das will ich doch hoffen«, stieß Publius erschrocken hervor.

»Was willst du? Dass ich hier war, liegt mindestens drei, wenn nicht gar vier Jahre zurück. Und wenn du's besser kannst, such du doch einen Fluchtweg.«

Metellus gebot allen zu schweigen und hielt die Laterne an die Wand. »Ja, es muss hier gewesen sein«, sagte er. »Die Wand ist an dieser Stelle immer noch eine Spur dunkler.«

Er stellte die Laterne auf den Boden, griff nach einem Pickel und begann zu graben, was relativ leicht ging, da es sich um ziemlich bröckeligen Sandstein handelte. Auch Septimius und Lucianus nahmen Pickel zur Hand und hackten abwechselnd auf die Wand ein, sodass sich rasch ein großer Haufen Geröll am Boden ansammelte.

Als die drei irgendwann keuchend und erschöpft innehielten, löste Publius denjenigen ab, der ihm am müdesten erschien, und auf diese Weise ging die Arbeit ohne Unterlass weiter.

Uxal betastete von Zeit zu Zeit die Steinbrocken auf der Erde und fand, dass sie immer feuchter waren, je tiefer das Loch wurde. Irgendwann aber erschienen sie ihm wieder trockener zu werden.

»Moment!«, rief er.

»Was ist?«, fragte Publius unter Husten und Japsen.

»Fasst einmal diese Sandsteinbrocken an und sagt mir, was ihr davon haltet – ich meine, welche ihr trocken und welche ihr feucht findet. Nicht dass die Einbildung mir noch einen Streich spielt.«

Metellus nahm die Fragmente entgegen, die Uxal ihm reichte, und das Gleiche taten Quadratus, Publius und Septimius.

»Der hier ist mit Sicherheit feucht«, sagte Metellus.

»Und der hier trocken«, stellte Quadratus fest.

»Und hier ist noch einer, der eher trocken ist«, setzte Septimius hinzu.

Uxal kratzte sich am Kinn. »Hm, wie erklärt ihr euch das? Hört mal, was ich davon halte: Die erste Schicht Sandstein war trocken, dann sind wir auf feuchten Sandstein gestoßen – das war die innere Schicht – und zuletzt wieder auf trockenen Stein. Meiner Ansicht nach bedeutet das, dass wir schon bald die Außenwand erreicht haben – sie geht aufs Flusstal hinaus, die Sonne scheint darauf und trocknet den Sandstein.«

»Ich glaube, du hast recht«, meinte Metellus.

»Dann müssen wir jetzt aufs Ganze gehen. Ihr grabt weiter, ich gehe zurück und lasse mich von Balbus nach oben ziehen. Wir besorgen Wasser und etwas Proviant und kommen dann wieder runter. Wenn meine Berechnungen stimmen, müsstet ihr bis dahin fast nach draußen durchgestoßen sein. Wartet's ab, mit ein bisschen Glück schaffen wir es, zu fliehen und vielleicht sogar zu überleben. Wenn wir allerdings innerhalb des bewachten Geländes nach draußen durchstoßen ... tja, dann sterben wir wenigstens mit vollem Bauch.«

»So könnte es funktionieren, Alter«, sagte Metellus. »Hoffen wir das Beste. Also, mach, was du gesagt hast, und wir graben derweil weiter!«

Uxal tastete sich im Dunkeln zurück, denn er hatte die Laterne den Römern gelassen, die ihre Arbeit sofort wieder aufnahmen. Freilich schwanden mit der Zeit ihre Kräfte, und sie mussten immer häufiger eine Pause einlegen.

»Hoffen wir, dass Uxal und die andern bald hier sind, oder wir sterben, bevor wir diese verdammte Wand durchstoßen haben«, sagte Septimius.

»Still!«, fuhr Metellus ihn an.

»Was ist?«

Metellus bedeutete seinen Männern, ruhig zu sein, und klopfte dann mit der Spitze seines Pickels die Rückwand des Lochs ab. »Hört ihr?«

»Klingt hohl«, sagte Septimius mit sich erhellender Miene. Er war so abgemagert, dass er aussah wie ein unterernährter Junge.

»Ja, ja, es klingt hohl. Los, macht weiter, haut rein!«

Sie gruben mit ihren Hacken weiter, und ihr Eifer wuchs mit jedem Brocken Sandstein, den sie aus der Wand brachen.

»Hört auf!«, gebot Metellus irgendwann. »Es wäre dumm von uns, aus purer Eile und Aufregung im letzten Moment alles zu verderben.«

Er drehte seinen Pickel um und durchstieß mit dem Schaft vorsichtig die dünne Schicht Sandstein, die noch geblieben war. Sogleich drangen durch die kleine Öffnung die ersten Sonnenstrahlen.

Die Männer sahen sich schweigend an, obwohl sie vor Freude am liebsten laut gejubelt hätten.

Metellus legte ein Auge an die Öffnung, vergrößerte sie dann noch ein wenig und streckte schließlich den Kopf hinaus. Als er ihn wieder zurückzog, hatte er Tränen in den Augen. »Wir haben es geschafft! Wir sind draußen!«

7

Der König der Könige, Schapur I., befand sich noch in seinen Privatgemächern zur morgendlichen Ankleidezeremonie, als ein Bote mit einer dringenden Nachricht zu ihm vorgelassen wurde.

Der Mann warf sich vor dem Herrscher nieder und drückte die Stirn auf den Boden, bis der Wesir ihm bedeutete, aufzustehen und zu sprechen. »Mein Herr«, begann er, »der Römer ist vor zehn Tagen gestorben. In der Türkismine von Aus Daiwa. Ich bin gekommen, um dir die Botschaft zu überbringen, wie du es angeordnet hast.«

Der König wirkte beeindruckt. »Wie ist er gestorben?«, fragte er und schob mit dem Arm den Barbier beiseite, der gerade dabei war, ihm den Bart zu kräuseln.

»Wie alle sterben, die in der Mine arbeiten. An Hunger, Fieber, Misshandlungen aller Art.«

»Hat er etwas gesagt, bevor er gestorben ist?«

Der Bote senkte verwirrt den Kopf. »Verzeih, großer Herr, aber er ist in der Nacht gestorben, und es war niemand bei ihm außer seinen Untertanen, den Römern, die du besiegt und mit der Kraft deines Arms in die Gefangenschaft geführt hast. Aber viel kann er nicht mehr geäußert haben – er war schon seit Langem mehr tot als lebendig.«

»Und als er noch lebte, hat er da auch nichts gesagt? Hat er nie um Erleichterung gebeten oder um Gnade gefleht?« Der Bote wollte gerade eine Antwort geben, von der er vermutete, dass sie dem König gefallen würde, aber dieser unterbrach ihn, noch bevor er den Mund aufmachen konnte, und sagte: »Die Wahrheit!«

»Nein, er hat nie ein Wort von sich gegeben. Er hat die ganze Zeit über geschwiegen – vom Tag seiner Ankunft bis zu seinem Tod.«

Schapur senkte einen Moment lang schweigend den Kopf, dann fragte er: »Was habt ihr mit seiner Leiche gemacht?«

»Sie wurde in die Schlucht geworfen, wie das Aas von allen deinen Feinden, die du im Arbeitslager für ihre Schuld büßen lässt.«

Schapur schritt, in einen Morgenmantel aus rotgoldener Seide gehüllt, nachdenklich in seinem Schlafgemach auf und ab. »Ich will seine Waffen in meinem Palast«, sagte er irgendwann. »Warum sind sie mir noch nicht gebracht worden?«

Der Bote zögerte.

»Ich habe dich etwas gefragt«, knurrte der König.

»Die Waffen und Rüstungen der Römer werden in der Waffenkammer des Arbeitslagers verwahrt. Bisher hat noch niemand im Königspalast danach verlangt.«

»Jetzt aber schon!«

»Du brauchst diesen Wunsch kein zweites Mal zu äußern. Sobald ich wieder im Lager bin, werde ich deinen Befehl ausführen und die Trophäe, die dir rechtmäßig zusteht, so schnell wie möglich hierherbringen lassen.«

Der Herrscher gab ihm durch einen Wink zu verstehen, dass er entlassen war, worauf der Bote buckelnd zur Tür zurückwich.

Schapur wandte sich daraufhin dem Wesir zu, einem alten Würdenträger aus edlem Geschlecht mit Namen Artabanos: »Er hat nichts gesagt, er hat nicht um Gnade gefleht, er hat nicht darum gebeten, dass ihm sein schweres Bündel abgenommen werde.«

»Hättest du ihn denn erhört, wenn er es getan hätte?«

»Vielleicht.«

»Wahrer Großmut ist der, um den man nicht erst flehen muss.«

»Willst du damit sagen, ich wäre nicht großmütig? Ich wäre kleinherzig?«, fragte Schapur gereizt. »Ich habe in meinem Reich die Verbreitung der griechischen und der indischen Kultur begünstigt, und jeder ist frei, seine Religion auszuüben. Ist das etwa kein Zeichen von Großmut?«

»Doch, das bestreite ich nicht. Aber mit Valerian empfindest du erst jetzt, da er tot ist, Mitleid. Und das möglicherweise nur, weil dir klar geworden ist, dass niemand völlig sicher ist: Selbst ein König kann von seinem Feind gefangen genommen werden und sterben. Und vielleicht fragst du dich auch, ob du es fertig gebracht hättest, wie er zu sterben, Elend und Demütigungen stumm zu erdulden und die Gewissheit zu ertragen, dass du von allen vergessen wurdest. Es ist nicht schwer, in einer Schlacht zu sterben, mit dem Schwert in der Hand, auf dem Höhepunkt des Kampffiebers und bei hellem Tageslicht. Etwas ganz anderes ist es, langsam und elend dahinzusiechen.«

»Er ist den Tod gestorben, den er verdiente. Die Römer sind unersättlich in ihrer Gier, die ganze Welt zu erobern.«

»Dasselbe wird uns nachgesagt.«

»Ach ja? Auf wessen Seite stehst du eigentlich?«

»Zweifle nicht an meiner Loyalität, Herr. Du weißt, dass ich dir mein Leben lang treu gedient habe. Aber es ist auch meine Pflicht, dir unangenehme Dinge zu sagen. Ich bin dein Minister, nicht irgendein kriecherischer Höfling. Und die Römer sind nicht immer so gewesen. Zur Zeit deines Vorgängers hat ihr Herrscher uns die Königstochter zurückgegeben, die seine Geisel war, ohne etwas dafür zu verlangen.«

»Hadrian«, sagte Schapur. »Ja, der hatte noch Größe.«

»Und er war nicht der Einzige. Was mir an dieser ganzen Geschichte missfällt, ist, dass Valerian von uns betrogen und in einen Hinterhalt gelockt wurde. Wäre ich in Edessa dabei gewesen, hätte ich dir davon abgeraten. Das war deiner nicht würdig. Wie es deiner auch nicht würdig war, ihn hinterher derart zu quälen. Im Grunde hat Valerian nicht das Geringste verbrochen. Er hat lediglich versucht, in einem Gebiet, das von jeher hart umkämpft ist, seine Grenzen zu sichern.«

»Ich musste ein Exempel statuieren. Seine Nachfolger sollen wissen, was sie erwartet, wenn sie sich mit den Persern anlegen. Du wirst sehen, dass Gallienus nicht einmal den schüchternen Versuch unternehmen wird, uns anzugreifen.«

Artabanos nickte ernst und sagte: »Gallienus ist nicht das Problem. Das Problem ist Septimius Odaenathus, der Anführer des römischen Ostheeres. Er wagte es, deinen Tross anzugreifen, als du auf dem Rückweg aus Edessa warst. Er hat deine Kriegsbeute und deine Konkubinen geraubt und dich verwundet.« Schapur runzelte unwillig die Stirn, aber Artabanos fuhr unbeirrt fort: »Seine Reiterei ist der unseren in nichts unterlegen, und sein Fußvolk ist sogar noch besser. Andernfalls wäre unser Heer mit ihm fertig geworden und hätte zurückgeholt, was er uns genommen hat.«

»Früher oder später werde ich ihn besiegen, und seine Strafe wird noch zehn Mal härter ausfallen als die seines Königs.«

»Mit Verlaub, aber das scheint mir keine gute Idee, mein Herr. Odaenathus ist nicht nur ein großer Krieger, sondern auch sehr ehrgeizig, und seine Frau, die schöne Zenobia, noch viel mehr. Meine Kundschafter berichten mir, dass Zenobia Druck auf ihren Mann ausübt. Sie will, dass er von Gallienus, der bekanntlich intelligent, aber schwach ist, abfällt und ein eigenes Reich gründet.

Sollte es tatsächlich dazu kommen, muss sich Odaenathus zwangsläufig mit uns verbünden, denn die Karawanen, die Palmyra, seinen Hauptstützpunkt, beliefern, müssen vorher durch unser Territorium. Da wäre es dumm von ihm, uns in einen Krieg zu verwickeln, und wenn du mich fragst, gilt das auch umgekehrt.

Du hast dem Römischen Reich die größte Demütigung aller Zeiten beigebracht. Verlange nicht zu viel vom Glück, mein Herr. Wenn sich Septimius Odaenathus von Gallienus lossagt, wie zu erwarten ist, wird Rom gewaltig geschwächt sein, und das Reich, das er im Alleingang aufbaut, wird niemals die Macht Roms erreichen. Wir müssen die persischen Interessen im Auge behalten: Solange es im Westen Leute gibt, die kostbare Waren aus dem Orient kaufen, kann das für uns nur von Vorteil sein. Die Könige wollen durch Kriege und Schlachten Ruhm erwerben, damit sich die Nachwelt an sie erinnert. Einem guten Minister aber muss daran gelegen sein, dass Handel und Verkehr blühen, auf dass Wohlstand und Reichtum im Lande herrschen.«

»Ich werde mir die Sache überlegen«, erwiderte der König. »Das kann einige Zeit dauern. Sammle inzwischen sämtliche Informationen, die uns nützlich sein könnten.«

Mit diesen Worten bedeutete er dem Barbier, weiterzumachen, worauf der Mann erneut auf ihn zutrat und mit der heißen Lockenschere seinen Bart zu kräuseln begann.

Der Wesir begriff, dass es für ihn an der Zeit war zu gehen, und so stellte er dem König die rituelle Frage: »Brauchst du mich noch, mein Herr?«

Schapur entließ ihn mit einem Wink, aber der Wesir zögerte.

»Was ist?«, fragte der König.

»Es gibt etwas, das du mir nie gesagt hast und das ich auch sonst nicht in Erfahrung bringen konnte …«

»Was meinst du?«

»Hat Gallienus eigentlich nie ein Lösegeld für seinen Vater angeboten?«

Schapur schob den Barbier mit seinem heißen Eisen erneut beiseite und sah dem Wesir in die Augen. »Warum interessiert dich das?«

»Aus purer Neugier. Auch ich bin Vater und war einmal Sohn. Deshalb wüsste ich gern, ob die Macht für jemanden so wichtig sein kann, dass er sich ihretwegen über die intimsten Gefühle und Werte – etwa im Zusammenhang mit verwandtschaftlichen Beziehungen – hinwegsetzt. Davon abgesehen kommt es mir seltsam vor, dass ich als Wesir nie davon in Kenntnis gesetzt wurde, ob Unterhandlungen stattgefunden haben oder nicht. Das ist immerhin eine Staatsangelegenheit, die mich direkt angeht.«

Schapur starrte seinem Minister weiterhin mit undefinierbarem Gesichtsausdruck in die Augen. »Einen Wesir, der glaubt, ein Herrscher könne sich bei seinen Entscheidungen von Gefühlen und verwandtschaftlichen Beziehungen leiten lassen, müsste ich eigentlich sofort entlassen. Unser oberstes Interesse ist und bleibt der Staat, und zwar grundsätzlich.«

»Ich bin aber kein König und kann es mir deshalb erlauben, auf meine Gefühle zu hören«, entgegnete der Wesir.

Schapur erwiderte seinen Einwand nicht, sagte aber: »Ja. Gallienus hat ein Lösegeld angeboten.«

»Wie hoch?«

»Er hat die Summe nicht begrenzt.«
»Und was hast du ihm geantwortet?«
»Nichts.«
»Warum nicht?«
»Das hat persönliche Gründe.«
»Hast du Valerian wissen lassen, dass sein Sohn ihn freikaufen wollte?«
»Nein.«
»Weil?«
»Weil ich wollte, dass er leidet. Und weil ich weiß, dass es für einen Vater keine schlimmere Tortur geben kann, als dass ihn der eigene Sohn verrät.«
»Dann haben Herrscher also doch Gefühle.«
»Ich habe es einfach ausprobiert.«
»Und es hat geklappt. Verstehe. Warum wolltest du eigentlich, dass er so grausam leidet? Hatte das auch persönliche Gründe?«
»Ja«, antwortete der König.
»Darf ich dich fragen, was das für persönliche Gründe waren?«
»Frag ruhig, aber du wirst keine Antwort erhalten.«
Artabanos nickte, ohne noch etwas zu sagen.
»Und jetzt kannst du gehen«, sagte Schapur und entließ ihn.
Der Wesir verbeugte sich und wich rückwärts gehend zur Tür zurück, während der König seine Wangen erneut dem Barbier überließ.

Artabanos begab sich in seine Gemächer und setzte sich an seinen Arbeitstisch. Die Tatsache, dass der König ihm nichts von Gallienus' Lösegeldangebot gesagt hatte, beunruhigte ihn gewaltig. Dass man ihm eine so wichtige Nachricht verheimlicht hatte, war kein gutes Zeichen hinsichtlich seines Verhältnisses zu Schapur und seiner Stellung bei Hofe. Theoretisch hätte er als Erster davon erfahren, ja, höchstpersönlich die Verhandlungen führen müssen.
Er dachte lange nach, vor allem über die Bemerkung des Königs hinsichtlich seiner persönlichen Gründe. Schapur wäre

nicht gezwungen gewesen, ihm gegenüber persönliche Gründe anzuführen, er hätte die Frage nach den Gründen für sein Verhalten ganz einfach unbeantwortet lassen können. Aber vielleicht hatte er ja damit zeigen wollen, dass er ihn, Artabanos, trotz allem schätzte, auch wenn er diese Angelegenheit allein lösen wollte – oder musste.

Artabanos seufzte. In einer so misslichen Lage hatte er sich noch nie befunden, so lange er Wesir war. Er beschloss, einen seiner Spitzel, den besten, einzubestellen – einen alten nubischen Eunuchen, der ihm treu ergeben war und seit vielen Jahren zu den engsten Vertrauten der Königinmutter, des Königs und wichtiger Persönlichkeiten aus deren Umfeld gehörte. Er hieß Ardashir, aber diesen Namen hatte man ihm bei Hofe gegeben. An seinen wirklichen Namen erinnerte er sich wahrscheinlich selbst nicht mehr.

Ardashir war schnell zur Stelle, und das verwunderte angesichts seiner ausgeprägten Fettleibigkeit, die für Kastraten freilich typisch war, aber auch von seiner Vorliebe für erlesene indische Gerichte rührte, die ein Meisterkoch aus Taxila mehrmals täglich mit großer Sorgfalt für ihn zubereitete.

»Wie geht es dir?«, fragte ihn der Wesir, kaum dass er eingetreten war.

Der Eunuch wischte sich den Schweiß von der Stirn, setzte sich auf einen Stuhl, zog einen Fächer aus Fasanenfedern aus der Tasche und begann sich Luft zuzufächeln. »Wie es einem armen Greis eben so geht«, erwiderte er. »Was möchtest du wissen, Durchlaucht?«

»Ich habe keine konkrete Frage, die ich dir stellen könnte, aber hier im Palast gehen Dinge vor sich, die man mir verheimlicht, und ich würde gern herausfinden, worum es dabei geht und wieso ich nichts davon erfahren darf.«

»Könntest du dich vielleicht etwas genauer ausdrücken?«, fragte Ardashir.

»Na ja, beispielsweise die Sache mit Valerian. Der König hat mir erst jetzt eröffnet, dass Gallienus, dessen Sohn, ihm vor einiger Zeit ein Lösegeldangebot unterbreitet hat. Schapur hat dieses Angebot abgelehnt, aus persönlichen Gründen, wie er sagt, dabei ist er Gallienus meines Wissens nie persönlich begegnet und seinem Vater vor dem Überfall in Edessa auch nicht. Kannst du dir vielleicht einen Reim darauf machen?«

»Hm … Ich weiß zwar nichts Genaues, aber der Instinkt sagt mir, dass diese Geschichte mit einer Frau zu tun haben könnte.«

Artabanos lächelte. »Schon häufig ist mir zu Ohren gekommen, dass ihr Eunuchen große Kenner der weiblichen Natur seid, und will man den Gerüchten glauben, auch die besten Liebhaber …«

Ardashir seufzte. »Tja, das war einmal, Durchlaucht, jetzt bin ich ein alter Mann. Aber sicher, wer als Kind auf so grässliche Weise verstümmelt wurde, der entwickelt eine ungewöhnliche Sensibilität, die Frauen zu schätzen wissen. Und unsere Zärtlichkeiten sind wohl auch angenehmer als die brutale Penetration eines liebestollen Mannes, der sich gebärdet wie ein brünstiger Eber. Um aber auf das Thema unserer Unterhaltung zurückzukommen: Ich weiß ehrlich gesagt nicht, was für ›persönliche Gründe‹ der König gemeint haben könnte. Gerade deshalb kam mir sofort der Gedanke, es könnte mit einer Frau zu tun haben, denn Frauen sind irgendwie immer im Spiel.«

»Und mehr fällt dir dazu nicht ein?«

»Na ja, am Hof kursiert seit einiger Zeit ein Gerücht …«

»Was für ein Gerücht?«

»Das Gerücht, der König habe im Laufe einer Verhandlung vor etwa zwei Jahren die Gemahlin von Septimius Odaenathus gesehen, Valerians General, der das römische Ostheer befehligt. Sie ist eine Syrerin namens Zenobia und soll unbeschreiblich schön sein.«

»Ich habe von ihr gehört.«

»Diese Zenobia muss eine solche Faszination auf die Männer ausüben, dass keiner, der sie zu Gesicht bekommt, sie je wieder vergessen kann. Das wenigstens habe ich gehört. Ich selbst hatte leider nie das Vergnügen.«

»Und was hat diese Frau mit meinem Problem und dem, was der König zu mir gesagt hat, zu tun?«

»Wahrscheinlich gar nichts. Aber sie ist das einzige… mh, Element, um es einmal so zu nennen, zu dem unser Herrscher, der edle Schapur, der König der Könige, irgendeinen persönlichen Bezug haben könnte.«

Artabanos sah den Eunuchen fragend an, worauf dieser mit betont geduldiger Stimme fortfuhr, so, als müsse er jemandem, der ein wenig schwer von Begriff war, etwas ganz Einfaches erklären: »Lass uns doch mal eine Möglichkeit durchspielen, nur so zum Spaß. Stellen wir uns vor, der König hätte sich in diese Frau verguckt und wäre den Gedanken an sie nicht wieder losgeworden. Stellen wir uns weiter vor, er hätte Gallienus auf seinen Lösegeldvorschlag hin einen Gegenvorschlag gemacht …«

»Du meinst, Zenobia statt einer Geldsumme?«

Ardashir lächelte. »Das hast du gesagt, Durchlaucht, nicht ich, und wohl gemerkt, es handelt sich lediglich um eine Hypothese. Aber nehmen wir einmal an, sie stimmt – es ließe sich doch einiges damit erklären, oder? Odaenathus selbst konnte der König diesen Vorschlag natürlich nicht unterbreiten, auch weil er gerade erst von ihm überfallen worden war – du weißt ja, dass er ihm seine gesamte Kriegsbeute und dazu noch einen guten Teil seines Harems geraubt hat. Gallienus aber konnte er den Handel sehr wohl vorschlagen – er hätte das Ganze lediglich als Entschädigung für den erlittenen Affront ausgeben müssen, als Wiedergutmachung für Odaenathus' unverfrorenen Überfall. Gallienus hätte daraufhin Odaenathus wohl zwingen müssen, seine Gemahlin abzutreten, und Schapur hätte Gallienus im Gegenzug den Vater zurückgegeben. Zenobia gegen den römischen Imperator – es versteht sich, dass dieses Abkommen ein Geheimnis der beiden Herrscher geblieben wäre.«

»Ja«, erwiderte Artabanos nachdenklich, »so könnte es gelaufen sein. Doch da Gallienus es nicht geschafft hat, seinen General zum Verzicht auf die eigene Gemahlin zu bewegen, scheiterten die Verhandlungen um Valerians Freilassung schließlich.«

»Eine Hypothese, die natürlich auf reiner Phantasie beruht«, beeilte sich Ardashir zu sagen. »Du weißt ja, wir Eunuchen sind immer auf der Suche nach großen Liebesgeschichten, gerade weil solche umwälzenden Erfahrungen uns selbst verwehrt sind.« Er schloss seinen Satz mit einem tiefen Seufzer.

»Ja, ja«, erwiderte der Wesir, »nichts als Phantasien und Gerüchte, das bedenke ich schon. Aber versteh, lieber Freund, dass ein Mann in meiner Position nichts außer Acht lassen kann, nicht einmal das Trillern der Vögel und das Säuseln des Windes im Palastgarten.«

»Das ist mir vollkommen klar«, sagte der Eunuch. »Wie auch immer, Durchlaucht, es war mir ein Vergnügen, mit dir zu plaudern. Wisse, dass ich jederzeit zu deiner Verfügung stehe.«

Sie verabschiedeten sich mit beidseitigem Wangenkuss, und der Eunuch ging zur Tür, wobei seine Fettmassen bei jedem Schritt schwabbelten.

Artabanos seufzte. Ardashirs Deutung der Vorgänge im Palast entsprach bestimmt der Wahrheit. Und so war ja auch Schapurs Schweigen zu erklären: Der König hätte vor niemandem, nicht einmal vor seinem treuesten Minister, eingestanden, dem Bann einer Frau verfallen zu sein und dass er wichtige Staatsangelegenheiten mit einer undurchsichtigen Geschichte verquickte, die nur ihm persönlich diente.

Es handelte sich also nicht um einen Mangel an Vertrauen ihm – Artabanos – gegenüber, sondern höchstens um eine Form von Scham oder Zurückhaltung, die ihm nicht im Geringsten schadete. Jedenfalls war er nach dem Gespräch mit dem Eunuchen ziemlich erleichtert und eigentlich sogar felsenfest davon überzeugt, die richtigen Informationen erhalten zu haben – wenn auch nur in Form von vagen Andeutungen, was anders gar nicht vorstellbar gewesen wäre. Ja, das Geheimnis war definitiv gelüftet und der Grund, weshalb Gallienus kein Lösegeld bezahlt hatte, offenkundig.

Artabanos lehnte sich genüsslich in seinen Stuhl zurück und ruhte einen Moment lang aus, dann beugte er sich über die Papiere, die ihm sein Sekretär auf den Tisch gelegt hatte, und begann die Korrespondenz durchzusehen, wobei er am unteren Rand der Blätter von Zeit zu Zeit stichwortartig festhielt, wie er sich das Antwortschreiben vorstellte.

Zur Mittagszeit unterbrach er kurz seine Tätigkeit, um einen Happen zu sich zu nehmen, danach arbeitete er in aller Ruhe weiter. Erst als es in seinem Zimmer dunkel wurde, bemerkte er, dass bereits der Abend anbrach und es Zeit fürs Abendessen war.

In Kürze würde ein Diener kommen und ihm sagen, dass aufgetragen sei, worauf ihm sein Sekretär noch einmal die Namen der geladenen Gäste in Erinnerung rufen würde und den Grund, weshalb sie geladen waren.

Doch es kam anders. Plötzlich stürzte, ohne auch nur anzuklopfen, einer von Schapurs Leibwächtern in den Raum und stieß hervor: »Du sollst sofort zum König kommen.«

Der Wesir hastete so schnell den Korridor entlang, dass er völlig außer Atem war, als er im Audienzsaal ankam, wo Schapur schon auf ihn wartete. Bei seinem Eintreffen fuhr der König herum. Artabanos genügte ein Blick, um zu begreifen, dass er schrecklich zornig war und einen Teil dieses Zornes mit Sicherheit an ihm auslassen würde.

»Verschwunden!«, schrie Schapur. »In Luft aufgelöst! Und keiner will etwas wissen ...«

»Verzeih, mein Herr, aber wer ist bitte verschwunden?«

»Die Römer! Diese verdammten Kerle sind spurlos verschwunden, wie vom Erdboden verschluckt! Wie ist das möglich?«

»Ich verstehe nicht ganz ... Haben wir denn nicht gerade erst erfahren, dass Valerian gestorben ist?«

Schapur versuchte sich zu beherrschen und wandte sich einem Mann zu, auf den Artabanos erst in diesem Augenblick aufmerksam wurde.

Der Mann trat aus dem Schatten, in den er sich zurückgezogen hatte, und begann auf einen Wink des Königs zu sprechen: »Freilich ist er gestorben, aber es waren noch zehn Männer bei ihm, und die sind plötzlich alle weg. Ich gehöre zum berittenen Wachtrupp, der das Gefangenenlager von außen bewacht. Wir sind in das Lager eingedrungen, weil es uns auf einmal seltsam ruhig erschien, und da haben wir entdeckt, dass ein

Großteil der Gefangenen in einer Baracke eingesperrt war. Nur die Römer fehlten, und mit ihnen ihre Rüstungen, die in der Waffenkammer aufbewahrt wurden. Wir haben sie überall gesucht, aber nicht gefunden. Sie sind spurlos verschwunden. Und mit ihnen ein alter Gefangener, der als Gehilfe der Wärter auftrat, weil er schon so lange im Lager ist.«

Artabanos trat auf den Mann zu: »Und was ist mit dem Wachpersonal, das im Lager Dienst hatte?«

»Tot. Umgebracht.«

»Nun, die Gefangenen haben es offensichtlich geschafft, an ihre Waffen zu gelangen, ihre Aufseher zu töten und zu fliehen. Was ist daran so ungewöhnlich?«, fragte Artabanos.

»Dass es sich bei den Aufsehern um dreißig Mann handelte«, erklärte der Mann, »bestens bewaffnet und wohl genährt, während die Gefangenen gerade mal zehn waren, erschöpfte, unterernährte Jammergestalten, die nicht einmal mehr aussahen wie Menschen. Davon abgesehen sind um das Lager herum gut dreihundert Berittene positioniert, die jeden Ausgang kontrollieren. Ich gehöre dazu, und keiner von uns hat etwas gesehen.«

»Ich glaube nicht an Wunder«, sagte Artabanos. »Irgendwo müssen sie ja hingegangen sein. Und ich rate euch, sie so rasch wie möglich aufzustöbern, sonst wird es dem Lagervorsteher übel ergehen …«

»Der Lagervorsteher ist unter den Getöteten«, erklärte der Bote, »aber der Anführer der äußeren Wachmannschaft hat bereits eine gnadenlose Jagd aufgenommen. Er hat die nächstgelegenen Garnisonen um Verstärkung gebeten und durchsucht die umliegende Gegend Schritt für Schritt ab. Das Gelände ist ausgetrocknet und größtenteils kahl, viele Möglichkeiten, sich zu verstecken, gibt es dort nicht. Wir werden sie finden, Herr, unser Kommandant ist felsenfest davon überzeugt. Dennoch wollte er dem König, unserm Herrn, mitteilen, dass nicht er diese Flucht verschuldet hat, sondern der Lagervorsteher – der muss die Widerstandskräfte dieser Römer unterschätzt haben. Aber wie auch immer, wahrscheinlich sind sie inzwischen längst wieder gefasst. Ich ritt schon kurz, nachdem wir die Flucht bemerkten, los und habe zehn Tage bis hierher gebraucht. Sollte mich nicht wundern, wenn in Kürze ein weiterer Bote einträfe, um die Gefangennahme der entflohenen Häftlinge zu melden.«

Schapur, der rot vor Wut war, schwieg – ein deutliches Zeichen, dass sich der Wesir dieser heiklen Geschichte anzunehmen hatte.

Artabanos bedeutete dem Boten, ihm zu folgen. »Komm mit. Du hast unsern Herrn und König mit deinem Geschwätz schon genug geärgert. Wir wollen versuchen, uns einen Reim auf dein unsinniges Geschwafel zu machen.«

Aber der Bote rührte sich nicht vom Fleck.

»Was gibt es noch?«, herrschte Schapur ihn an. »Sprich, bevor ich endgültig die Geduld verliere!«

»Oh, mein Herr, leider muss ich dir noch eine schlechte Nachricht überbringen. Auch der Gast mit den stechenden Augen ist geflohen.«

»Wie bitte?«

»Ja, beinahe zur selben Zeit«, erwiderte der Bote zitternd. »Er hatte darum gebeten, ein zoroastrisches Kloster besichtigen zu dürfen, und wurde von uns dorthin begleitet, aber dann war er plötzlich weg. Die Priester wussten von nichts, und die Bewacher haben sein Verschwinden erst bemerkt, als es schon zu spät war. Wir haben alle unsere Garnisonen von hier bis zum Ozean benachrichtigt. Es wird für niemanden ein Entrinnen geben.«

Schapur schien nicht einmal mehr die Kraft zu einem weiteren Wutanfall zu haben. Er brachte den Boten mit einer Handbewegung zum Schweigen und winkte Artabanos zu sich heran: »Schick so schnell wie möglich ein paar Boten aus, die unseren Freund warnen. Er soll sich in Acht nehmen, weil unser entflohener Gast völlig unerwartet bei ihm auftauchen könnte. Lass ihm ausrichten, dass diese Flucht mit Sicherheit auf ein Komplott zurückgeht, und dass er sich entsprechend hüten soll. Ebenso lässt du ihm ausrichten, dass wir natürlich intensiv nach dem Flüchtigen suchen und alles tun werden, seiner wieder habhaft zu werden. Wir können es uns nicht leisten, uns seine

Freundschaft zu verscherzen – in den kommenden Jahren werden wir noch oft mit ihm und seiner Regierung zu verhandeln haben, um Handelsverträge von unschätzbarem Wert an Land zu ziehen.«

»Keine Angst, Herr, ich werde dafür sorgen, dass unsere Boten noch vor jedem anderen bei ihm sind.«

»Ich verlasse mich auf dich«, knurrte der König. »Du bist der Einzige, zu dem ich noch Vertrauen habe ... Wie schreiten die Arbeiten in Persepolis voran?«

»Gut, Majestät, sie sind fast beendet. Ein phantastisches Kunstwerk, du wirst sehen. Auf dem riesigen Flachrelief sieht man Valerian, wie er kniend um Gnade fleht, während deine Majestät im Glanze ihres Ruhms vor ihm auf dem Ross sitzt. Und darunter wird eine Inschrift sein, die von deinen Heldentaten berichtet, auf Persisch, Parthisch und Griechisch.«

»Gut so. Aber jetzt geh. Wir dürfen keine Zeit verlieren.«

Artabanos verneigte sich tief, packte den Boten am Arm und zog ihn hinaus auf den Korridor.

Kaum hatten sie den Audienzsaal verlassen, stieß er ihn grob an die Wand und zischte: »So – und jetzt raus mit der Wahrheit, wenn du diesen Palast lebend verlassen willst!«

Der Mann schlug die Augen nieder. »Wir haben zwei Tage lang intensiv nach den Entflohenen gesucht, erst dann bin ich von Aus Daiwa aufgebrochen. Wir haben jede Handbreit Boden im Umkreis von sieben Parasangen abgeklopft, aber ...«

»Sieben Parasangen? So weit können sie in zwei Tagen unmöglich gekommen sein, zumal in ihrem Zustand!«

»Ein paar Suchtrupps haben sich sogar noch weiter vom Lager entfernt, aber auch nichts gefunden, keine Menschenseele, keine Spur, nicht den geringsten Hinweis.«

»Dann hatte der König also recht, und sie haben sich wirklich in Luft aufgelöst!«

»Ich weiß nicht, was ich sagen soll, Durchlaucht. Wir haben jeden Stein umgedreht, jede Karawane im Umkreis von sieben Parasangen kontrolliert, aber niemanden gefunden. Und die Männer, die den zweiten Bewachungsring um das Lager herum bilden, haben ihre Posten keinen Moment verlassen und ebenfalls niemanden gesehen.«

Der Wesir ließ ihn los und befahl ihm, in sein privates Büro mitzukommen. Dort sagte er zu dem Boten: »Wenn ihr die Entflohenen nicht in der Ferne findet, dann sucht sie gefälligst in der Nähe, hast du verstanden?«

»Wie meinst du das, Durchlaucht? Wir haben unzählige Male das ganze Lager abgesucht.«

»Habt ihr die anderen Gefangenen vernommen?«

»Natürlich. Sie sagen, die Römer hätten sie in der Baracke eingeschlossen und seien verschwunden – sie hätten keine Ahnung, wohin.«

»Dann hör mir jetzt gut zu, mein Lieber, wenn du nicht auf einem Pfahl enden willst. Reite auf der Stelle ins Lager zurück und lass noch einmal alles durchsuchen – über und unter der Erde, die Baracken, die Minenschächte, die Stollen. Sie können nicht verschwunden sein. Vielleicht halten sie sich ganz in der Nähe versteckt und warten nur, dass ihr die Suche aufgebt, um ihre Flucht wieder aufzunehmen. Finde sie und schaff sie mir bei, hast du gehört?«

»Ja, Durchlaucht.«

»Und gib mir Bescheid, sobald es Neuigkeiten von unserem Gast mit den stechenden Augen gibt, denn für ihn muss auch ich den Kopf hinhalten.«

»Sehr wohl, Durchlaucht.«

»Dann nichts wie los! Und sieh zu, dass du mir in beiden Fällen so bald wie möglich gute Nachrichten schickst.«

»Selbstverständlich, Herr«, stammelte der Bote kreidebleich und entfernte sich in aller Eile.

Wenig später sah ihn der Wesir vom Balkon seiner Privatgemächer aus, wie er im Galopp durch das südliche Palasttor sprengte und in einer Staubwolke verschwand.

Einen Augenblick später rief er den Kurierdienstleiter zu sich und überreichte ihm eine Botschaft, die in Windeseile an ihr Ziel gelangen musste.

8

Metellus wartete, bis die Gefährten mit dem Proviant zurückkamen und es draußen, in der Schlucht, dunkel war, bevor er die Öffnung in der Stollenwand so weit vergrößerte, dass er hinausschlüpfen konnte.

Draußen sah er zum Himmel hinauf, der mit funkelnden Sternen übersät war. Sogar die Milchstraße war zu erkennen; sie spannte sich hoch über ihm wie eine Lichterbrücke über die schmale Schlucht. Metellus spürte, wie ihm die Tränen kamen, wie sich seine Brust mit jedem Atemzug weitete, als wäre er ein neugeborenes Kind oder gerade zu einem zweiten Leben erwacht.

Er kniete nieder, vergrub die Hände im trockenen Sand des Flussbetts, zwischen den Kieselsteinen, die Wind und Wasser in unzähligen Jahreszeiten glatt geschliffen und gerundet hatten, sog den Duft einer Wasserminze ein und berührte die Blüten eines harten, kleinen Ginsters, der aus der Felswand wuchs. Ja, Metellus hatte das herrliche Gefühl, die Welt zum ersten Mal zu sehen und zu berühren.

Die entsetzlichen Strapazen der Gefangenschaft, der Verlust seiner Gemahlin, die Trennung von seinem Sohn, der Tod Emilius' und des Kaisers – all dies schien in diesem Moment sehr weit weg zu sein, überdeckt vom Duft der Freiheit.

Er wusste, dass ihm das Leben zurückgegeben worden war und dass er alles tun würde, um es zu verteidigen. Er hatte das Gefühl, vor Kraft und Energie zu strotzen, und war zutiefst davon überzeugt, nach einem solchen Wunder jede noch so harte Probe im Leben bestehen zu können, überzeugt, mit der Macht seines Glaubens und dank seiner eisernen Entschlossenheit den Lauf der Dinge bestimmen zu können.

Im Flussbett roch es, entgegen seiner Erwartung, nicht nach verwesten Kadavern. Launisch und allmächtig, wie die Natur war, hatte sie die Leichen bereits aufgelöst, ihre Substanz in andere Substanzen, in andere Seinsformen umgewandelt. Ein Stück weiter unten konnte er im Schimmer der weißen Kalkwände vereinzelte Knochen leuchten sehen. Die Knochen von unzähligen Elenden, die Knochen von Leidensgenossen, die an diesem trostlosen Ort den Tod gefunden hatten.

Metellus erlebte diese ersten Augenblicke der zurückerlangten Freiheit so intensiv, dass er jedes Zeitgefühl verlor, und als er irgendwann Quadratus' Hand auf der Schulter spürte, hatte er das Gefühl, aus einem Traum zu erwachen.

»Kommandant …«

Er drehte sich um und sah seine Männer an. Sie hatten bärtige Gesichter, waren abgemagert und an Körper und Seele gezeichnet von der unmenschlichen Gefangenschaft, die hinter ihnen lag. Aber in ihren Augen stand ein magisches, fast schon irres Leuchten, das selbst die Dunkelheit der Nacht durchdrang. Es war das Licht des Sieges über den Tod, über die Dämmerung, über die Verzweiflung.

Er umarmte sie einen nach dem andern, sah ihnen dabei in die geröteten Augen, und bei jeder Umarmung ertönte der metallene Klang ihrer Rüstungen, die zusammenstießen. Sie umarmten sich wie Soldaten, die Tod und Teufel nicht fürchteten, die neuerlich zu allem bereit waren, weil sie bereits alles durchgemacht hatten.

Doch im selben Moment kam Metellus zu Bewusstsein, dass sie sich keinen Augenblick länger dieser unbeschreiblichen Freude hingeben durften, wenn sie nicht riskieren wollten, alles Erreichte wieder zu verlieren. »Männer, als Erstes müssen wir das Loch in der Stollenwand tarnen. Du, Publius, bist der Magerste von uns, deshalb kletterst du noch einmal rein und verschließt die Öffnung von innen so weit, dass du gerade noch durchschlüpfen kannst. Den Rest erledigen wir dann von hier draußen. Aber jetzt lasst uns erst einmal essen und trinken, damit wir wieder zu Kräften kommen.«

»Langsam«, mahnte Marzianus, »wir sind es nicht mehr gewohnt, uns satt zu essen. Es kann gefährlich sein, den Magen allzu sehr zu belasten. In Pannonien haben wir mal einen Gefährten aus der Gefangenschaft befreit, der drei Monate lang ausschließlich rohe Rüben gegessen hatte. Er war so hungrig, dass er gierig einen ganzen Laib Brot mit gesalzenem Schweinefleisch verschlang. Und kurz darauf war er tot. Ihr müsst jeden Bissen so lange zerkauen, bis ihr nur noch Brei im Mund habt, erst dann dürft ihr ihn runterschlucken. Und auch das Wasser dürft ihr nur in winzigen Schlucken trinken. Wenn ihr satt seid, hört auf. Esst lieber weniger und dafür öfter. Sich im Heißhunger vollzustopfen wäre Selbstmord. Wenn ihr dagegen meine Ratschläge befolgt, bleibt ihr gesund und seid bald wieder bei Kräften.«

Uxal verteilte den Proviant, den er aus der Speisekammer des Lagers entwendet hatte: Gerstenbrot, Hülsenfrüchte, Nüsse. Und Wasser.

Publius machte sich gleich nach dem Essen an die Arbeit und verschloss die Öffnung in der Stollenwand zunächst von innen und dann von außen, wobei er sehr geschickt vorging. Als nur noch ein kleines Loch übrig blieb, durch das gerade seine Hand passte, strich er von außen ein letztes Mal den Lehm auf der Innenwand glatt, zog den Arm zurück und setzte einen Stein ein, der genau die richtige Größe hatte. Publius hatte viele Jahre lang bei den *murarii* gedient und verstand sich daher auf diese Art von Arbeiten.

Als das Loch perfekt getarnt war, hielten sie erst einmal Rat. Metellus wandte sich an Uxal, den Einzigen, der sich in dieser Gegend ein bisschen auskannte: »Wir haben dir unsere Freiheit zu verdanken, Uxal, und unser Leben liegt weiter in deinen Händen. Was sollen wir als Nächstes tun, wohin sollen wir uns wenden?«

Uxal antwortete mit einer gewissen Gewichtigkeit, eingedenk der Führerrolle, die er in diesem Moment innehatte. »Mein Rat ist, uns nicht von hier fortzubewegen.«

»Wie bitte?«

»Ja, ihr habt richtig verstanden. Sie werden eine Zeit lang jeden Mann auf uns ansetzen und uns in jedem Winkel, auf jeder Straße und auf jedem Sandpfad suchen. Sie werden sämtliche

Karawanen und Karawansereien im Umkreis von vielen Meilen auf den Kopf stellen. Wenn sie merken, dass sie außerhalb des Lagers nichts finden, werden sie das Lager noch einmal gründlich absuchen, aber auf die Idee, dass wir uns unter der Erde versteckt haben könnten, kommen sie bestimmt nicht. Und selbst wenn, hier entdecken sie uns nie. Irgendwann geben sie auf. Und genau das ist der Moment, in dem wir uns auf den Weg machen. Habe ich mich klar ausgedrückt?«

»Ja, das hast du. Und du meinst, so könnte es funktionieren?«, fragte Metellus.

»Weißt du etwas Besseres?«, fragte Uxal zurück.

»Nein, du hast recht. Etwas anderes bleibt uns gar nicht übrig.«

»Ich denke, hier sind wir einigermaßen sicher – die Schlucht der Toten ist für sie ein verseuchter Ort, der sie mit heiliger Scheu erfüllt. Und wir nützen die Wartezeit, um wieder zu Kräften zu kommen und uns für den langen Marsch zu stärken, der uns anschließend bevorsteht.«

»Was ist mit unseren Waffen?«, fragte Balbus. »Nehmen wir sie mit?«

»Das Erste, was mir einfällt, wäre eigentlich, sie hierzulassen und sie irgendwo im Gelände zu verstecken«, antwortete Uxal, »aber ob das auch die beste Lösung ist, weiß ich nicht. Bewaffnete flößen natürlich mehr Respekt ein und haben immer eine Möglichkeit, zu verhandeln oder sonst wie ihren Willen durchzusetzen. Günstigstenfalls können sie sogar ihre Dienste anbieten, etwa als Begleitschutztruppe …«

»In diese Lage werden wir kaum kommen, wenigstens nicht im Umkreis von mindestens zehn Meilen«, meinte Antoninus. »Aber unsere Rüstungen lassen sich in einzelne Segmente zerlegen und dadurch gut transportieren, und die Kettenhemden nehmen ohnehin nicht viel Platz weg. Wenn ihr mich fragt, müssen wir nur die Schilde zurücklassen, denn die sind wirklich zu sperrig. Alles andere nehmen wir mit.«

»Gut, dann machen wir es so«, sagte Balbus. »Alle einverstanden?«

Keiner erhob Einspruch.

»Bis zum Tag des Aufbruchs sollten wir uns nach Möglichkeit auch ein paar Lasttiere besorgen«, meinte Uxal. »Nicht weit von hier entfernt gibt es ein Wasserloch, das eine kleine Herde von Wildeseln als Tränke benützt. Ich hab sie oft gesehen, wenn ich Abfall wegwerfen gegangen bin. Wenn wir ein paar von ihnen einfangen könnten, hätten wir eine bequeme Transportmöglichkeit für unsere Vorräte und die Waffen.«

Metellus wandte sich an Septimius und Lucianus. »Ihr beide seid doch gute Jäger, stimmt's? Also, dann errichtet Fallen und fangt ein paar Esel.«

Die beiden nickten.

»Ich denke, es genügt, sie ein paar Tage anzubinden und ein wenig mit den Pflanzen zu füttern, die hier in der Schlucht wachsen«, sagte Uxal. »Danach werden sie lammfromm mitkommen. Saumzeug können wir aus den Fasern der Pflanze flechten, die dort zwischen den Felsen wächst.«

Metellus nickte Antoninus zu, der dem Korps der *fabri* angehört hatte, und Antoninus nickte zurück. »Und wenn es dann so weit ist?«

»Dann geht es los«, sagte Uxal. »Wir folgen immer der Schlucht, bis wir auf Wasser stoßen – es wird zunächst nur ein dünnes Rinnsal sein, aber irgendwann verwandelt es sich in einen Fluss, und an dem gehen wir dann bis zum nächsten Zufluss weiter. Es wird ein anstrengender Marsch werden, aber wenigstens sind wir in der Klamm vor Blicken geschützt, und berittene Späher könnten uns hier unten nicht verfolgen; ihre Pferde würden sich die Beine brechen. Wenn ich mich nicht irre, verläuft westlich von hier der Chaboras; er entspringt in einer herrlichen Oase, in der man sich leicht verstecken und sich vielleicht auch von irgendeiner Karawane als Eskorte anheuern lassen kann. Die Karawanen, die dort durchkommen, ziehen überallhin, bis nach Zentralasien. Wenn wir es schaffen, mit einer von ihnen wenigstens einen Tagesmarsch weit am Fluss entlangzuziehen, finden wir bestimmt eine Möglichkeit, uns einzuschiffen. Und dann geht's auf dem Wasserweg weiter bis zum

Ozean. Dort, denke ich, wären wir endgültig in Sicherheit, und jeder könnte seiner eigenen Wege ziehen.«

»Das ist ein wundervoller Plan, Uxal, und ich frage mich, wie wir dich bloß für all das entschädigen können, was du für uns tust«, sagte Metellus.

»Entschädigen? Während ich mit dir spreche, bin ich ein freier Mann, atme die Luft dieses schönen Abends und bin von Freunden umgeben – das ist für mich Entschädigung genug. Selbst wenn das meine letzte Nacht wäre, es hätte sich gelohnt. Aber warte lieber noch, bevor du mir dankst. Von hier bis zum Ozean kann noch viel passieren.«

»Stimmt«, bestätigte Quadratus, »aber es ist wirklich, wie Uxal sagt: Egal, wie es ausgeht, es hat sich gelohnt. Als freier Mann zu sterben ist genauso wichtig wie zu leben. Das ist mir erst in Aus Daiwa so richtig klar geworden.«

»Noch etwas«, fuhr Uxal fort. »Die Flucht muss natürlich ausschließlich bei Nacht stattfinden. Keine Spur darf von uns zurückbleiben. Der geringste Hinweis könnte uns verraten, und in diesem Fall bliebe uns wirklich keine andere Wahl als der Tod. Apropos – versprecht mir, dass in diesem Fall der erste Schwerthieb für mich ist. Wenn sie mich lebendig in die Finger kriegen, würden sie mich grenzenlosen Qualen aussetzen.«

Metellus drückte ihm die Hand. »Du hast mein Wort«, sagte er, »und das Wort eines römischen Offiziers ist mehr wert als ein Schwur.«

»Danke«, erwiderte Uxal. »Und jetzt lasst uns einen Unterschlupf für den Tag suchen. Zwei von euch gehen die Klamm rauf, zwei runter. Der Erste, der ein geeignetes Versteck findet, kehrt zurück und benachrichtigt uns. Und macht bloß keinen Lärm! Ihr dürft nicht einmal schnaufen, denn wenn sie euch entdecken, ist es für uns alle aus.«

Metellus schickte Quadratus mit Antoninus talaufwärts, Balbus mit Septimius talabwärts.

Es war Septimius, der eine schmale Spalte in der Felswand entdeckte, die gut hinter einer Kalkplatte verborgen lag. »Als Kind habe ich den Frühling immer bei meinem Onkel in den

Bergen verbracht«, erzählte er, »und dort bin ich dann herumgestrolcht und hab Höhlen gesucht. Mir ist keine entgangen. Los, kommt rein, die hier ist schön groß.«

Die Gefährten huschten wie Schatten hinter ihm her und zwängten sich einer nach dem anderen durch den schmalen Höhleneingang.

Der Boden war mit trockenem Sand bedeckt, auf dem sich alle sofort ausstreckten. Sie waren völlig erschöpft von der langen Anspannung, der harten Arbeit und den heftigen Gefühlen der letzten Stunden.

Metellus übernahm die erste Wache, und Uxal wollte ihm unbedingt Gesellschaft leisten.

»Was ist? Glaubst du, ich schlafe ein?«, fragte Metellus. »Du hast ja keine Ahnung, wie viele Nächte ich in der Legion durchwacht habe.«

»In der Legion warst du gesund, wohlgenährt und im Vollbesitz deiner Kräfte. Jetzt bist du nur noch ein Häufchen Elend und obendrein hundemüde.«

»Du etwa nicht?«

»Wir Alten schlafen wenig. Außerdem plaudern wir gern. Schöne Nacht, nicht wahr, Kommandant Aquila? Das ist doch dein Familienname, oder?«

»Ja.«

»Donnerwetter, ein echter Soldatenname. Was hättest du mit so einem Namen anderes werden können?«

»Bei uns sagt man *nomen est omen*: In deinem Namen steht dein Schicksal geschrieben.«

Uxal wechselte das Thema und schaute erneut zum Himmel hinauf. »Herrlich, dieses Sternenmeer. Dabei sind es dieselben Sterne, die wir auch im Lager über uns hatten.«

»Ja, aber wer hat sie dort gesehen? Wenn wir aus der Mine zurückkamen, waren wir so erschöpft, dass wir gerade noch dieses Gebräu in uns reinschütten konnten und dann umgefallen sind.«

Uxal betrachtete ein Skelett, das ganz in der Nähe zwischen

zwei Felsbrocken lag. »Wer das dort drüben wohl gewesen sein mag?«

»Ist doch egal. Einer von den vielen, die in dieser Hölle gestorben sind.«

»Jetzt hat sein Leiden ein Ende. Man könnte meinen, er lacht – mit all diesen bloßgelegten Zähnen. Ja, ich glaube, er lacht uns aus, weil wir uns den lieben langen Tag plagen und das Hirn darüber zermartern, wie wir dieses elende Leben noch einen Atemzug verlängern können. *Er* weiß, dass alle Mühe letzten Endes vergebens ist, weil irgendwann jeder sterben muss. Deshalb lacht er, meinst du nicht?«

»Kann sein, aber er hat unrecht«, entgegnete Metellus. »Es gibt keinen Moment im Leben, der es nicht wert wäre, gelebt zu werden. Selbst als ich im tiefsten Elend steckte, war es für mich noch wichtig, am Leben zu sein, meine Freunde um mich zu haben, die Sonne auf- und untergehen zu sehen, die Vögel singen und die Schakale bei Nacht heulen zu hören. Und Hoffnung zu spüren. Die stirbt nie. Beispielsweise die Hoffnung, meinen Sohn wiederzusehen.«

»Ah, dein Sohn …«

»In zehn Tagen hat er Geburtstag. Wenn ich bei ihm wäre, würde ich ein schönes Fest für ihn veranstalten. Ich würde ihm eine kleine Rüstung schenken, die ich bei einem tüchtigen Handwerker in Auftrag gäbe, und einen Umhang, wie die Militärtribune ihn tragen. Davon hat er immer geträumt! Er ist ein guter Junge, lernt fleißig, respektiert seine Lehrer, ist intelligent und liebevoll. Wenn ich abends aus dem Hauptquartier zurückkam, ist er mir entgegengelaufen, hat mir das Schwert losgegürtet und mir geholfen, die Beinschienen abzunehmen. Danach hat er mir saubere Handtücher fürs Bad gebracht, sich auf den Rand der Badewanne gesetzt und mir tausend Fragen gestellt.«

Uxal seufzte. »Es muss schön sein, Kinder zu haben.«

»Ja, wenn du Glück hast, ist es das. Hast du keine?«

»Nein. Wie auch? Um Kinder zu bekommen, braucht man eine Frau. Und wer heiratet schon einen wie mich? Manchmal frage ich mich, wie sie wohl ausgesehen hätten, wenn ich welche gehabt hätte. Deiner, zum Beispiel, wie sieht der aus?«

»Er ist ein hübscher Junge«, sagte Metellus. »Er hat tiefgründige schwarze Augen wie seine Mutter und eine samtene goldschimmernde Haut.«

»Und dir ähnelt er nicht?«

»O doch, das glaube ich schon. Vom Charakter, von der Art her. Er hat sogar meinen Gang geerbt.«

»Du wirst ihn wiedersehen«, sagte Uxal, »da bin ich mir sicher.«

Metellus antwortete nicht, senkte nur den Kopf und schwieg.

In diesem Moment hörten sie Geräusche, Pferdewiehern und Zurufe in der Ferne. Die beiden sahen sich erschrocken an.

Aber gleich darauf grinste Uxal mit seinem zahnlosen Mund. »Sie wissen nicht, wo sie uns suchen sollen!«

»Pscht!«, zischte Metellus. »Willst du, dass sie uns entdecken?«

»Kein Sorge, sie tappen völlig im Dunkeln. Und weißt du auch, warum? Weil sie sicher sind, dass die dritte Ebene unter Tag noch nie jemand lebend verlassen hat. Dabei sind wir ihnen genau dort durch die Lappen gegangen. Wahrscheinlich drehen sie in diesem Augenblick auf der Suche nach uns jeden Stein um, kehren in jeder einzelnen Baracke das Unterste zuoberst, durchwühlen jeden Abfallberg, jeden Heuhaufen, und die Gefangenen kontrollieren sie einzeln; sie werden sich entkleiden und nackt vor den Aufsehern aufstellen müssen. Ich hab das schon einmal erlebt, vor vielen Jahren. Schau!«, sagte er plötzlich. »Sie sind auf die andere Seite rübergeritten.« Uxal deutete auf Lichter, die sich auf der gegenüberliegenden Seite am Rand der Schlucht entlangbewegten. »Um dort hinüberzukommen, mussten sie einen Riesenumweg machen. Ich hab gehört, dass man die Klamm talaufwärts und talabwärts meilenweit nicht überqueren kann. Das ist ja auch der Grund, warum sie das Lager hier errichtet haben.«

Nach einer Weile wurden die Reiter auf der anderen Seite von der Dunkelheit verschluckt. Metellus prüfte den Stand der Sterne und sagte: »Zeit für die erste Wachablösung. Ich gehe Quadratus wecken. Du solltest jetzt auch ein wenig ausruhen.«

Als er sich endlich in der angenehmen Wärme der Höhle auf dem trockenen Sand ausstreckte, fühlte sich Metellus im Frieden mit sich selbst und mit der Natur, die ihn umgab und die ihm in dieser Höhle Schutz bot. Er schlief zwar nur kurz, aber sehr tief.

Geweckt wurde er von den ersten Strahlen der Sonne, die in die Höhle sickerten, und von Uxals Stimme: »Wollen wir uns rasieren, Kommandant?«

»Wie bitte?«

Der Alte stand mit einem kleinen Becken Wasser, einem Schwamm, Schere und Rasiermesser vor ihm.

»Wo hast du das denn her?«

»Als ich ins Lager zurückgegangen bin, um Lebensmittel und Wasser zu holen, sah ich, dass in den Vorratskammern auch sonst noch alles Mögliche herumliegt, und da habe ich mich bedient. So, wie ihr jetzt ausseht, sieht man euch auf hundert Fuß an, dass ihr entlaufene Zwangsarbeiter seid. Eine schöne Nassrasur, und ihr seht wieder aus wie vornehme Herren.«

Metellus unterwarf sich liebend gerne Uxals Torturen, obwohl ihm der Alte die Wangen mit einem Messer abschabte, das schon bessere Tage gesehen hatte, und seine Haare mit einer Schere zurechtstutzte, mit der man vormals wohl Schafe geschoren hatte.

Nichtsdestotrotz waren alle – Uxal an erster Stelle – von dem Ergebnis überzeugt und standen Schlange, um gleichfalls in den Genuss dieser Behandlung zu kommen. Der schlichte Ritus trug dazu bei, dass sie sich wieder halbwegs wie normale Menschen fühlten, ja, es war, als verhieße er ihnen die baldige Rückkehr in ein zivilisiertes Leben.

Im Hinblick auf einen längeren Aufenthalt in der Höhle und den anstrengenden Marsch, der sie danach erwartete, wurden die Nahrungsmittel rationiert, aber Publius und Lucianus, die früher in Palästina und Arabien Dienst getan hatten, entdeckten schon bald eine Pflanze, die kleine Knollen bildete, und Letztere schmeckten ähnlich wie Haselnüsse und waren sehr nahrhaft. Die beiden Soldaten gewöhnten es sich an, nach Einbruch der Dunkelheit auf die Suche nach den Knollen zu gehen, wobei sie sich vorher gründlich mit Staub einpuderten und danach kaum noch vom Gelände zu unterscheiden waren.

Etwas schwieriger gestaltete sich da schon die Jagd auf die Esel. Zuerst flochten die Männer aus Pflanzenfasern Seile, die zu Geschirren verknotet wurden, danach errichteten sie die Fallen, für die eine ganze Anzahl von den schmackhaften Knollen als Köder geopfert werden musste.

Drei Tage später waren drei Esel gefangen, zwei Stuten und ein junger Hengst, die sich höchst widerspenstig gebärdeten und wild mit den Hufen ausschlugen, während die Römer sie in ihren Unterschlupf zerrten. Dort aber gewöhnten sich die Tiere rasch an Metellus' Männer, zumal sie von ihnen gefüttert wurden.

Mit denselben Fasern, aus denen sie die Seile geflochten hatten, stellten die Soldaten auch noch Matten her, die sie im Moment nur zum Schlafen benützten, in der folgenden Zeit aber auch anderweitig gut würden gebrauchen können.

Eines Tages dachten Metellus und Antoninus sich einen Weg aus, wie sie die steile Felswand erklimmen konnten, und setzten ihren Plan noch in der folgenden Nacht in die Tat um. Vom Rand der Schlucht aus konnten sie zum Lager von Aus Daiwa hinüberspähen und sahen, dass es dort geschäftig zuging: Reitertrupps kamen und gingen, und in der endlosen Einöde ringsum blitzten immer wieder Leuchtzeichen auf. Man suchte sie also noch; die Perser hatten sich noch nicht mit ihrer Flucht abgefunden.

Metellus und die anderen beschlossen daher, den Aufbruch noch zwei Tage zu verschieben und den Neumond abzuwarten.

Als der Moment gekommen war, bandagierten sie die Fesseln der Esel, beluden die Tiere mit ihren Rüstungen, die sie zur Tarnung mit Matten abdeckten, und machten sich mit Verblassen der letzten Sonnenstrahlen auf den Weg.

Alle waren wieder gut bei Kräften. Der erzwungene Müßiggang und die nahrhaften Speisen, die sie während ihrer gesamten Gefangenschaft nicht zu sich genommen hatten, hatten ihre Wirkung getan.

Lautlos wie Geister huschten sie durch die Nacht, und da ihnen mehr daran lag, keinen Lärm zu machen, als rasch voranzukommen, hatten sie im Morgengrauen des nächsten Tages, als sie ihren Marsch unterbrachen, kaum mehr als eine Meile zurückgelegt. Ihre Lage war nun sehr kritisch, ohne Unterschlupf und noch viel zu nah am Lager. Es hätte nur ein Suchtrupp auf der Ostseite der Schlucht auftauchen müssen, und sie wären entdeckt worden.

Aus diesem Grund beschlossen sie, sich in drei Gruppen aufzuteilen, bis ein geeignetes Versteck gefunden war. Die einzelnen Gruppen marschierten jeweils etwa dreihundert Schritt voneinander entfernt. Auf diese Weise hätte man sie, wäre ein persischer Trupp aufgetaucht, wenigstens nicht alle gleichzeitig entdeckt.

Tatsächlich hörte der Zenturio Helius Quadratus, der die kleine Vorhut anführte, irgendwann Hufschlag im Gelände oberhalb der Schlucht. Er befahl seinen Männern, sich so dicht wie möglich an die Felswand zu ducken, und gebot Antoninus, der neben ihm ging, zurückzukehren und die anderen aufzuhalten.

Antoninus kam gerade noch rechtzeitig – einen Moment später, und die Gruppe von Balbus, Uxal und Lucianus wäre mit ihren Eseln ins Blickfeld der Perser gelaufen. Sie verharrten und hielten den Atem an, bis sie das Geräusch galoppierender Hufe vernahmen, die sich entfernten. Erst dann eilten sie den Gefährten nach, die bereits das Schlimmste befürchtet und sich darauf gefasst gemacht hatten, ihre Haut teuer zu verkaufen.

»Die Götter beschützen uns«, sagte Metellus. »Lasst uns weitergehen, etwas anderes bleibt uns nicht übrig.«

Sie legten noch rund eine Meile zurück, hin und wieder vom Schatten eines Felsvorsprungs geschützt, aber immer mit pochendem Herzen, aus Angst, entdeckt zu werden. Schließlich fanden sie aber doch einen Unterschlupf, der geräumig genug war, um sie und die Tiere vor Blicken von oben zu schützen.

Die jahreszeitlich bedingten Überschwemmungen hatten den Sandstein zwischen zwei Schichten Kieselerde ausgewaschen und eine Höhle gebildet, die ziemlich tief und hoch genug war, dass ein Mensch aufrecht darin stehen konnte.

Sie brachten sich in aller Eile in Sicherheit, zuerst die Esel mit ihrer Last, dann sich selbst. Als das geschafft war, konnten sie endlich ein wenig ausruhen und entspannen.

Metellus schickte Publius und Antoninus los, die Felswand zu erkunden und eine Stelle ausfindig zu machen, an der man hochklettern und über den Rand hinausspähen konnte, um zu sehen, was sich im Lager von Aus Daiwa tat, so dieses überhaupt noch zu sehen war.

Die beiden kletterten, mit nichts als ihren kurzen Tuniken bekleidet, bis zu einem Felsvorsprung knapp unter dem Rand der Schlucht. Dort hielten sie für den Rest des Tages Wache und gaben ihren Gefährten das beruhigende Gefühl, in einer relativen Sicherheit zu sein.

Als sie mit Einbruch der Nacht zurückkehrten, spürten sie, dass in der Höhle eine gewisse Aufregung herrschte, und dann sahen sie, dass Septimius und Lucianus mit ihren Speeren einen Steinbock erlegt hatten, den sie gerade häuteten.

»Bei Herkules!«, rief Antoninus aus. »Ich wusste nicht, dass ihr so gute Jäger seid.«

»Ich bin halber Kelte«, erklärte Septimius. »Bei uns lernt man schon als Kind Wildschweine jagen, noch vor dem Sprechen.«

»Und ich bin ein halber Grieche«, fügte Lucianus hinzu, »und esse für mein Leben gern geröstetes Fleisch. Ich kann es kaum erwarten!«

»Rösten kommt nicht infrage«, widersprach Metellus. »Wir sind noch viel zu nah am Lager. Der Rauch und der Duft könnten uns verraten. Nein, wir werden das Fleisch roh essen. Satt macht es uns so oder so.«

»Was – rohes Fleisch?«, rief Uxal. »Für einen Zahnlosen wie

mich ist das mit Sicherheit nichts. Egal, dann gibt's für mich eben Kichererbsenmehl und Wasser.«

Aber die Gefährten hackten ihm mit ihren Messern das Herz, die Leber und andere Innereien so klein, dass auch er sie mühelos schlucken konnte. Zum Schluss schnitten sie die übrig gebliebenen Teile zurecht und wickelten sie in die Matten ein, in der Hoffnung, sie so bald wie möglich braten oder räuchern zu können.

Alle Männer schienen gut gelaunt, trotzdem war die Atmosphäre angespannt, und man fühlte, dass jeder tief in sich Angst verspürte. Angst, die wiedererlangte Freiheit früher oder später erneut zu verlieren und womöglich nicht einmal die Zeit zu finden, sich selbst zu töten, bevor er den Verfolgern in die Hände fiel.

Ein Rudel Schakale begrüßte heulend die hauchdünne Mondsichel, und damit begann die erste Nachtwache, die der Zenturio Sergius Balbus und der Legionär Septimius übernahmen. Mit Messer und Schwert bewehrt, bezogen sie im Abstand von etwa zehn Schritt in der Mitte des ausgetrockneten Flussbetts hinter zwei großen Felsblöcken Stellung und wachten lautlos, achteten auf jeden Laut und durchbohrten mit ihren Blicken die Schatten der Nacht.

Von Zeit zu Zeit meldete sich Balbus bei seinem Gefährten. »Hey, Blonder! Bist du noch da?«

»Ja, Zenturio«, erwiderte Septimius. »Ich bin noch da.«

9

Zur zweiten Wachablösung nahmen sie ihren Marsch wieder auf, und nach einer Weile wurde das Gelände etwas besser begehbar. Der vormals schmale Grund der Schlucht wurde breiter, die Seitenwände waren nicht mehr ganz so hoch und steil, und der Untergrund aus glatt geschliffenen Kieselsteinen bot gleich einen doppelten Vorteil: Erstens war er ziemlich bequem zu begehen, zweitens hinterließ man auf ihm keine Spuren.

Das Kalkweiß der herumliegenden Felsblöcke und Wände reflektierte ein Minimum an Mondlicht, und das erlaubte es ihnen, sicher einen Fuß vor den anderen zu setzen. Noch vor dem ersten Morgenrot hatten sie – schweigend und nahezu lautlos – etwa drei Meilen zurückgelegt. An diesem Punkt war zu hoffen, dass auch der Rest des Marsches ohne weitere Probleme verlaufen würde, aber in Wirklichkeit traute keiner so recht dem Frieden.

Sie suchten und fanden erneut einen Unterschlupf, in dem sie sich bis zum Einbruch der Dunkelheit verbargen. Metellus schickte Lucianus und Septimius aus, die sich gut miteinander verstanden, die Umgebung zu erkunden und sich davon zu überzeugen, dass ihnen keine Perser auf den Fersen waren.

Den beiden Aufklärern bot sich in der völlig kahlen, nahezu flachen Gegend nicht viel zu erkunden, aber sie stellten doch immerhin eine Art Vorposten dar, der die Gefährten vor unliebsamen Überraschungen bewahren und das Herannahen von persischen Reitertrupps oder auch Karawanen melden konnte; Erstere hätten eine tödliche Gefahr dargestellt, Letztere die Rettung.

Auf diese Weise zogen sie noch vier Nächte weiter, bis sie ans Ende der Schlucht gelangten, die in einem Flussbett auslief; es war mit feinem und grobem Kiesel bedeckt und wurde von Dornbüschen und Gewürzkräutern gesäumt. Sie hielten an, um sich zu beraten.

»Ab hier ist unser Weg ungeschützt«, sagte Metellus. »Spähtrupps aus dem Lager würden uns sofort entdecken. Aber natürlich können wir nicht ewig im Schutz der Schlucht bleiben und umkehren schon gar nicht. Uxal kennt von uns die Gegend am besten, und seine Meinung ist deshalb wichtiger als die von jedem anderen.«

»Viel habe ich euch nicht zu sagen«, begann Uxal. »Ich denke, diesem ausgetrockneten Flussbett zu folgen ist unsere einzige Möglichkeit. Die Ufer sind ja immerhin ein wenig erhöht und bieten uns wenigstens ein Minimum an Schutz. Im Ernstfall werfen wir uns auf den Boden und warten, bis die Gefahr vorbeigezogen ist. Auch die Nacht verbirgt uns, obwohl der Mond immer heller wird. Wenn ich mich recht entsinne, sollten wir in zwei bis drei Tagesmärschen die Karawanenstraße erreichen, die zu den Oasen beziehungsweise zur Ozeanküste führt, und ab da wächst unsere Aussicht auf Rettung mit jedem Tag.«

»Bei den Göttern, an dir ist ein Stratege verloren gegangen«, meinte Balbus ironisch. »In Kürze übertriffst du noch unseren Kommandanten Metellus.«

»Wenn du eine bessere Idee hast, kannst du es ja sagen, keiner hindert dich daran«, entgegnete Uxal beleidigt. »Ich sage, was ich weiß, und ich schlage vor, was ich für richtig halte.«

»Balbus hat nur Spaß gemacht«, beschwichtigte Metellus. »Ich bin ganz deiner Meinung. Wir müssen nur hoffen, dass Fortuna uns weiter beisteht. Was mir am meisten Sorgen bereitet, ist die Verpflegung. In zwei, drei Tagen sind unsere Vorräte aufgebraucht, und Wasser bleibt uns dann auch nicht mehr viel. Ich denke, das wird unser Hauptproblem sein.«

»Auf Wasser sollten wir schon ziemlich bald stoßen«, war Uxal überzeugt. »Die Vegetation im Flussbett wird immer üppiger. Und was den Proviant betrifft, so hätte ich schon eine Idee, wie wir uns welchen beschaffen könnten – vorausgesetzt, wir erreichen die Chaboras-Oase. Schlimmstenfalls müssen eben die Esel daran glauben.«

»Tja, wenn es so ist«, meinte Metellus, »lasst uns weiterziehen, und möge uns das Glück beistehen. Wir sollten aber einen von uns als Aufklärer vorausschicken und einen als Nachhut zurücklassen, damit er uns den Rücken deckt. Mehr können wir nicht tun.«

Metellus wählte Antoninus als Vorhut und Quadratus als Nachhut aus und befahl ihnen, sich auf etwa eine halbe Meile Abstand zu der kleinen Truppe zu halten. Im Morgengrauen gesellten sich die beiden wieder zu ihnen und erstatteten Bericht.

Auf diese Weise legten sie zwei Nachtmärsche zurück, die in etwa zwei Parasangen oder sechs römischen Meilen entsprachen. Am Morgen der zweiten Etappe erschien Quadratus mit besorgtem Gesicht bei den andern.

»Was ist los?«, wollte Metellus wissen.

»Ich habe etwas bemerkt, Kommandant. Ich glaube, wir werden verfolgt.«

»Wie viele sind es?«

»Nur ein Einziger.«

»Ein Einziger? Das kommt mir seltsam vor.«

»Ich habe nur einen gesehen. Und ich bin mir ziemlich sicher, dass er allein ist.«

»Zu Pferd?«

Quadratus nickte.

»Die Perser sind nur in Gruppen unterwegs«, erklärte Uxal. »Dass einer allein umherzieht, ist so gut wie ausgeschlossen; ein Einzelner kann, wenn er jemanden entdeckt, nicht Meldung erstatten, ohne den Kontakt zu den Verfolgten zu verlieren.«

»Vollkommen richtig«, stimmte Metellus zu. »Aber wer kann dieser Reiter dann sein?«

»Keine Ahnung«, sagte Quadratus. »Ich hab ihn nur aus der Ferne gesehen, auf dem Kamm eines Hügels, zwei Mal, ganz kurz, dann ist er wieder verschwunden.«

»Wir haben nur eine Möglichkeit«, meinte Metellus. »Ihm entgegengehen und ihn womöglich überraschen, am besten kurz vor Sonnenaufgang. Nimm Publius mit, er ist schnell und wendig, und versucht herauszubekommen, wer der Mann ist und was er will. Aber begebt euch nicht in Gefahr, riskiert nichts. Er darf uns nicht entdecken, wir wollen lediglich seine Absichten erfahren.«

»Wir tun unser Bestes, Kommandant«, versprach Quadratus. »Verlass dich auf uns.«

»Ausgezeichnet. Ihr brecht noch heute Abend auf. Nehmt eure Schwerter und Messer mit. Beim geringsten Anzeichen von Gefahr haut ihr ab und versucht so schnell wie möglich zu uns zurückzukehren.«

»Verstanden, Kommandant.« Quadratus entfernte sich mit seinem Gefährten und nahm eine der Matten mit, um sich im Schatten eines großen Tamariskenstrauchs ein wenig aufs Ohr zu legen.

Gegen Ende der letzten Nachtwache nahmen sie ihre Waffen und gingen den Weg, den sie gekommen waren, zurück.

Sie bewegten sich mit größter Umsicht, wenn möglich immer im Schutz der spärlichen Vegetation, eines Felsbrockens oder einer Unebenheit des Geländes. Der fahle Schein der Mondsichel beleuchtete die Landschaft, und der Himmel war sternenklar. Plötzlich gab Quadratus seinem Gefährten einen Rippenstoß.

»Was ist?«

»Riechst du nichts? Da ist Rauch in der Luft.«

»Stimmt. Jetzt rieche ich es auch.«

»Bestimmt ein Lagerfeuer. Und gar nicht weit von hier entfernt.«

»Wollen wir mal nachschauen?«

»Ja. Aber lass uns kriechen. Wir dürfen nichts riskieren.«

In einem Abstand von wenigen Schritten zueinander bewegten sie sich auf allen vieren nach vorn, wobei sie ungeheuer Acht gaben, weder mit den Händen noch mit den Füßen Steine ins Rollen zu bringen und sich damit zu verraten. Nachdem sie auf diese Weise etwa eine halbe Meile zurückgelegt hatten, gab Quadratus seinem Gefährten ein Zeichen, indem er den Ruf einer Zwergohreule nachahmte, wie sie es auf Feldzügen immer getan hatten, wenn sie nahe am Ziel waren.

Publius antwortete ihm auf die gleiche Weise und schlich vorsichtig näher.

Quadratus deutete mit dem Finger nach vorn. Dort war ein erloschenes Lagerfeuer, von dem immer noch ein leichter Brandgeruch ausging. Die beiden sahen sich mehrmals um und huschten dann darauf zu.

Quadratus legte die Hände auf die Asche. »Sie ist noch warm. Er hat es nicht einmal für nötig befunden, das Feuer zu löschen.«

»Stimmt«, entgegnete Publius, der eine Handvoll Asche aufhob. »Vielleicht wollte er sein Wasser nicht vergeuden.«

»Unsinn. Um ein Lagerfeuer zu löschen, reicht ein bisschen Sand. Ich fürchte beinahe, er hat das absichtlich getan, um uns anlocken ode…«

Er brachte den Satz nicht zu Ende. Publius stieß ihn mit dem Ellbogen an und deutete mit dem Kinn nach vorn. Seine Augen verrieten Erstaunen und Angst.

Keine zwanzig Fuß von ihnen entfernt stand reglos ein Reiter vor ihnen. Er war im Mondschein recht gut zu erkennen. Sein schmaler Körperbau erinnerte an den eines Jungen, er trug eine Hose und einen Kasack und hatte sein Gesicht fast vollständig unter einem schwarzen Stoff verborgen, der an den Seiten an einer Kopfbedeckung aus Filz befestigt war, wie sie die beiden Römer noch nie gesehen hatten.

»Meinst du, er ist bewaffnet?«, flüsterte Publius.

»Ich fürchte, ja«, antwortete Quadratus. »Rühr dich nicht. Wir wissen nicht, was er vorhat.«

Der Reiter drückte seinem Pferd die Absätze in die Weichen und ließ es langsam um die beiden Männer herumtrotten, die vor ihm auf dem Boden kauerten. Es war vollkommen still ringsum, dennoch war der Hufschlag seines Pferdes kaum zu vernehmen.

»Man könnte meinen, er schwebt über dem Boden«, hauchte Publius, während er dem mysteriösen Reiter mit seinem Blick folgte und den Kopf dabei drehte.

»Beweg dich nicht«, zischte Quadratus. »Schau ihm nicht ins

Gesicht. In den Rücken fällt er uns sicherlich nicht. Und wenn wir uns umdrehen, meint er, wir haben Angst.«

»Was verdammt wahr ist«, stieß Publius zwischen zusammengebissenen Zähnen hervor, rührte sich aber nicht von der Stelle.

Der Reiter beendete seine kurze Umrundung der beiden reglos neben der Feuerstelle kauernden Römer und blieb neuerlich vor ihnen stehen. Dann erschien plötzlich ein Bogen in seinen Händen – mit angelegtem Pfeil und gespannter Sehne.

»Es ist aus«, murmelte Publius. »Leb wohl, Zenturio, wir sehen uns im Hades wieder!«

Quadratus erwiderte nichts, starrte nur wie gebannt auf die Pfeilspitze.

Der Reiter zielte eine Weile lang auf sie, dann lockerte er langsam die Spannung der Sehne, steckte den Bogen weg und stob davon. Einen Augenblick später war er bereits hinter der nächsten Bodenwelle verschwunden.

Die beiden Römer sahen sich sprachlos an und begaben sich dann eilends auf den Rückweg.

Als sie bei ihren Gefährten ankamen, graute bereits der Morgen. Sie erzählten, was ihnen widerfahren war, und alle hörten aufmerksam zu, besonders Metellus, der sich nach kurzem Nachdenken an Uxal wandte. »Was meinst du zu der Sache? Wer könnte das gewesen sein? Ein persischer Späher bestimmt nicht. Der hätte sie wohl kaum verschont.«

»Das denke ich auch. Außerdem wäre ein persischer Späher nicht allein gewesen. Alles, was dieser Mann will, ist, dass man ihm nicht zu nahe kommt. Wenn noch einmal einer von uns seine Wege kreuzt, wird er nicht zögern, seinen Pfeil abzuschießen.«

»Davon bin auch ich überzeugt«, sagte Quadratus. »Hätte er gewollt, dann wäre es für ihn ein Kinderspiel gewesen, uns zu erledigen. Aber er wollte offenbar nur klarstellen, dass wir ihn in Ruhe lassen sollen. Keine Frage, wenn er uns noch einmal dabei erwischt, wie wir hinter ihm herschnüffeln, schießt er uns ab.«

»Ihr habt gesagt, dass er eine Art schwarzen Schleier vor dem Mund hatte«, murmelte Metellus.

»Ja, und er war oben an einer seltsamen Kopfbedeckung festgemacht. Außerdem trug er eine Jacke mit einem Gürtel, der vorn überkreuzt war, und darunter eine Hose und Schuhe, die seine Füße vollständig bedeckten.«

Bei Metellus tauchte plötzlich ein Bild aus der Erinnerung auf: der verschleierte Reiter, den er in Edessa unter den Kriegern von Schapurs Gefolge gesehen hatte und später in der persischen Hochebene während ihres Marsches ins Lager von Aus Daiwa.

»Aber komisch ist dieser Mensch schon«, meinte Severus. »Folgt uns, erlaubt uns aber nicht, ihm zu folgen.«

»Wer sagt denn, dass er uns folgt?«, warf Balbus ein, der bis zu diesem Moment geschwiegen hatte. »Vielleicht hat er nur denselben Weg wie wir. Vielleicht flieht auch er vor irgendjemandem oder irgendetwas, genau wie wir.«

»Kann gut sein«, meinte Metellus, »und deshalb mache ich mir auch nicht allzu viel Sorgen. So, Männer, und wir setzten unseren Weg fort, und zwar so lange, wie es einigermaßen frisch ist. Sobald es heiß wird, rasten wir irgendwo, nach Möglichkeit im Schatten, und wenn es keinen gibt, machen wir uns selber einen mit den Matten. Also, es geht los!«

Mit diesen Worten machte er sich als Erster auf den Weg, gefolgt von Balbus und Quadratus, danach kamen Uxal, Septimius und Lucianus mit den Eseln, und den Abschluss des Zugs bildeten Antoninus, Severus, Marzianus, Publius und Rufus, der sich auch während des Marsches nie von seinem Wurfspeer trennte.

Das Morgenrot ließ nicht lange auf sich warten. Zuerst war es nur ein hellrosa Streifen zu ihrer Linken, dann ein immer größer werdender leuchtender Bogen, der die Sterne am Himmel einen nach dem anderen zum Erlöschen brachte. Als schließlich die Sonne zum Vorschein kam, verwandelte sich das endlose Ödland, das eben noch vom Dämmerlicht und dieser faszinierenden Mischung aus Nachtblau und Morgenrot plastisch geformt und mit tausend Farbschattierungen überzogen worden war, in eine blendende kalkweiße Ebene, eine riesige formlose Scholle, über der das Flimmern der glühenden Luft gefährliche Trugbilder hervorrief.

Metellus sah, dass seinen Männern der Schweiß herablief, und er gab den Befehl zu rasten und mit ein paar Stöcken und den Strohmatten ein Sonnendach zu errichten. Die Esel ließ man frei umherlaufen, damit sie sich an den Tamariskensträuchern und einer kugelförmigen Pflanze mit dunkelgrünen Blättern, die es schaffte, inmitten der riesigen Steinwüste zu überleben, gütlich tun konnten.

Nachdem sie den Sonnenschutz gebaut hatten, legten sich die Männer darunter, bedeckten sich die Gesichter mit einem Fetzen Stoff und versuchten zu schlafen. Die Wache übernahmen Rufus und Publius, der nicht aufhörte, den Horizont mit seinen Blicken abzusuchen.

»Da ist er!«, sagte er plötzlich.

»Wer?«

»Er. Der berittene Bogenschütze.«

»Ich sehe nichts.«

»Auf der Kuppe des Hügels dort drüben, neben der kleinen Staubwolke.«

»Du hast gute Augen. Jetzt sehe ich ihn auch. Aber was macht er dort?«

»Nichts. Sitzt mitten in der Wüste regungslos auf seinem Pferd.«

»Und das Gehirn trocknet ihm dabei nicht aus?«

»Das darfst du mich nicht fragen. Wer weiß, woher dieser Mensch kommt, wer er ist. Asien soll ja so groß sein, das es den gesamten Rest der Welt bedeckt. Es gibt Gegenden, in denen einbeinige Ungeheuer leben und Kreaturen, die statt eines Gesichts nur ein Auge mitten auf der Brust haben.«

»Und das glaubst du?«

»Ich weiß nicht, aber dieser Mann ist nicht wie wir, das kannst du mir glauben. Er ist urplötzlich, wie aus dem Nichts, vor uns aufgetaucht. Und wer weiß, was sich hinter seiner schwarzen Tuchmaske verbirgt. Der Zenturio Quadratus ist ja ein harter

Knochen, das weißt du, aber als plötzlich dieser unheimliche Reiter mit angelegtem Bogen im Mondlicht vor uns stand, da ist er kreidebleich geworden.«

»Im Mondlicht sind alle kreidebleich.«

»Könnt ihr jetzt endlich mal still sein?«, zischte Quadratus. »Ich würde gern ein, zwei Stunden schlafen, wenn das möglich wäre.«

Die beiden schwiegen, starrten aber weiter auf die kleine dunkle Gestalt, die immer noch reglos auf der Hügelkuppe stand.

»Wenn du mich fragst«, flüsterte Rufus irgendwann, »hat der Angst, uns zu überholen, und lässt uns vorausziehen, um keine bösen Überraschungen zu erleben.«

»Oder er hat keinen blassen Dunst, wo es langgeht, und folgt uns in der Hoffnung, dass wir den Weg kennen.«

»Ja, kann auch sein. Egal wie, ich glaube, der Kommandant hat recht. Lassen wir ihn in seinem eigenen Saft schmoren und kümmern wir uns um unsere Angelegenheiten. Früher oder später wird er schon wieder verschwinden.«

Tatsächlich verschwand der mysteriöse Reiter kurz darauf, und zwar so plötzlich, wie er erschienen war. Rufus und Publius hatten sich nur kurz von den Eseln ablenken lassen, die sich ein bisschen zu weit vom Lagerplatz entfernt hatten, und als sie wieder zu dem Hügel hinüberschauten, hatte sich der Mann im Flimmern der glühend heißen Luft aufgelöst.

Gegen Abend aß jeder eine Handvoll Datteln und ein paar Nüsse. Marzianus reichte in einer Holzschale die letzte Ration Wasser herum. Danach machten sie sich wieder auf den Weg, wobei sie weiterhin dem ausgetrockneten Flussbett folgten.

Sie marschierten die ganze Nacht und die darauf folgende ebenso, ohne Wasser und nahezu ohne feste Nahrung im Bauch. Allmählich waren sie wirklich der Erschöpfung nahe. Kein Wunder, die Strapazen und die unmenschliche Behandlung, der sie in Aus Daiwa anderthalb Jahre lang ausgesetzt gewesen waren, ließen sich nicht mit langen Gewaltmärschen und rationierter Nahrung wieder gutmachen. Allein ihr Überlebenswille und das ungewöhnliche Durchhaltevermögen, das sie sich unter diesen extremen Bedingungen angeeignet hatten, hielten sie noch halbwegs auf den Beinen.

Uxal war derjenige von allen, der am meisten Anlass zur Sorge gab. Sein fortgeschrittenes Alter, die immense körperliche Anstrengung und die seelische Anspannung während der abenteuerlichen Flucht schienen seinem schmächtigen Körper besonders zugesetzt zu haben.

Im Morgengrauen des dritten Tages nahm die Vegetation in dem Flussbett endlich etwas zu, ja, sie wurde mit jedem Schritt üppiger. Uxal fasste neuen Mut, er war plötzlich sogar so euphorisch, dass er die andern dazu drängte weiterzumarschieren, anstatt sich einen Lagerplatz für den Tag zu suchen.

»Warum so eilig?«, fragte Metellus. »Jetzt haben wir es so lange ausgehalten, da kommt es auf einen Tag mehr oder weniger auch nicht mehr an.«

»Ich bin mir sicher, dass wir es fast geschafft haben«, antwortete Uxal. »Siehst du diese Vögel? Das sind Buchfinken, und die brauchen jeden Tag Wasser. Du wirst sehen, es ist nicht mehr weit.«

Und er hatte sich nicht getäuscht. Zwei Stunden später sank die Temperatur spürbar, und das Flussbett war plötzlich ganz mit Grün bedeckt.

»Ich gehe allein vor«, bestimmte Uxal. »Man kann nie wissen. Wartet hier auf mich und lasst euch nach Möglichkeit vor niemandem sehen.«

Als er wenig später zurückkam, waren seine Haare und seine Kleider nass und der Mund zu einem Lächeln verzogen, das strahlend gewesen wäre, hätte er noch Zähne gehabt.

»Wasser«, sagte er.

»Wasser?«, wiederholte Metellus ungläubig.

»Und Datteln und Pistazien. Im Überfluss.«

Metellus erwiderte nichts, aber tief in seinem Herzen dankte er den Ahnen und dem wohlwollenden Genius Clelias, dass sie ihn bis zu diesem Moment beschützt hatten. Er folgte Uxal eine kleine Bodenerhebung hinauf und genoss den Anblick, der sich ihm bot. Es war die Rettung.

Seine Männer rannten auf einen Hain aus Palmen und üppig wuchernden Tamarisken zu, und er konnte kaum fassen, dass ein weiterer Schritt in Richtung Freiheit vollbracht war.

Wenn wir erst einmal wieder ordentlich gegessen und getrunken haben, werden wir auch wieder die Kraft und den Mut zum Weitermachen haben, dachte er, während auch er auf den Hain zuschritt. Ab jetzt kann es nur noch besser werden. Wir werden auf Siedlungen stoßen, auf Märkte und Karawanen, die uns immer weiter von diesem Inferno wegbringen …

Er musste an seinen Sohn denken und hatte das Gefühl, dass Titus' Gedanken, mit denen er bei seinem Vater war, und sein unerschütterlicher Glaube an dessen Rückkehr es waren, die ihm das Wasser geschickt hatten. Ja, Metellus war überzeugt davon, dass die freundlichen Gedanken der Menschen, die ihn liebten, die Ereignisse zu seinem und zum Vorteil seiner Gefährten beeinflussten.

Das Quellwasser sprudelte zwischen zwei Kalksteinen hervor, füllte ein großes natürliches Becken bis zum obersten Rand, floss von dort durch eine schmale Ritze und ergoss sich in einem plätschernden Wasserfall zu Boden, wo es sich zwischen leuchtenden Kieselsteinen und sauberem Sand als Rinnsal seinen Weg suchte.

Seine Männer hatten sich bis auf die Haut ausgezogen, standen in dem Becken, schöpften mit beiden Händen Wasser und bespritzten sich gegenseitig. Sie lachten und waren ausgelassen wie kleine Kinder, während sie sich die dicke Kruste aus Schweiß, Staub und Dreck vom Körper und aus den Haaren wuschen.

Auch Metellus gesellte sich zu ihnen, nachdem er zunächst seinen Durst gelöscht hatte, nahm an dem gemeinschaftlichen Bad teil und hatte das Gefühl, seine Kräfte und das Vertrauen in die Zukunft wiedergewonnen zu haben.

Als sie aus dem Becken stiegen, stand die Sonne im Zenit. Sie legten sich im Schatten auf den Boden, ließen ihre Haut an der

Luft trocknen und ruhten aus, während Marzianus am Rand der Oase Wache hielt.

Lucianus wies seine Gefährten auf die vielen Tierspuren hin, die rings um das Steinbecken im Sand zu sehen waren. »Hier kommen wir auch noch zu Fleisch«, sagte er. »Ihr werdet sehen, mit Einbruch der Nacht wimmelt es hier von Gazellen, Steinböcken und Antilopen, die zum Trinken kommen. Wir müssen ihnen nur auflauern, ein wenig Geduld haben und dann gut zielen.«

»Was meint ihr, können wir hier auch ein Feuer machen?«, fragte Severus.

»Ich denke, es spricht nichts dagegen«, sagte Uxal. »Die Gefahr ist vorüber, wir sind inzwischen weit genug von Aus Daiwa entfernt. Außerdem liegt unser Ausbruch viele Tage zurück; die haben die Suche nach uns bestimmt abgebrochen. Davon abgesehen befinden wir uns auf einer viel benutzten Karawanenstraße. Hier wundert sich keiner über den Rauch von Lagerfeuern, den man bei Nacht ja auch gar nicht sieht. Wenn ihr wollt, können wir das Feuer ja noch mit einem Sichtschutz abschirmen – die Matten, ein paar Palmenzweige, mehr braucht es dazu nicht.«

»Ich würde normalerweise davon abraten«, sagte Metellus, »aber wenn ihr alle einverstanden seid, riskieren wir es eben. Wir müssen uns stärken, und einem guten Stück Röstfleisch kann selbst ein Legionskommandant nicht widerstehen.«

Die Männer lachten und schliefen dann einer nach dem andern ein.

Den Rest des Tages verbrachten sie damit, Datteln zu sammeln, die noch nicht ganz reif, aber immerhin essbar waren, sowie Pistazien, die sie später über dem Feuer rösten wollten.

Gegen Abend schickten Lucianus und Septimius alle andern von der Quelle weg und legten sich auf die Lauer. Nur Rufus mit seinem Speer gesellte sich noch zu ihnen, dann warteten die drei die Dunkelheit ab. Die Esel ließen sie frei herumlaufen, um den Wildtieren durch ihre Anwesenheit Sicherheit einzuflößen.

Sie mussten sich länger als erwartet gedulden. Eine junge Gazelle näherte sich kurz nach Sonnenuntergang, witterte jedoch Gefahr und floh in großen Sprüngen. Etwas später kam ein Schakal, löschte in aller Ruhe seinen Durst und trottete wieder davon. Das größere Wild kam erst spät in der Nacht: eine Antilope und ein Paar Steinböcke.

Lucianus nützte den schwachen Mondschein aus, um mit seinem Bogen zu zielen, schoss und traf das Steinbockweibchen, das dennoch zu fliehen versuchte. Aber Rufus schleuderte ihr seinen Speer in die Flanke.

Das Tier stürzte und schlug mit den Hufen aus, während das Steinbockmännchen und die Antilope mit wenigen Sprüngen in der Dunkelheit verschwanden. Septimius versetzte dem sterbenden Tier mit dem Messer den Gnadenstoß, enthäutete es und schnitt es in Stücke.

Uxal versuchte unterdessen, nach Nomadenart ein Feuer zu entfachen, indem er von einem Maulbeerfeigenbaum ein hartes Stöckchen abbrach und dieses in der Aushöhlung eines dürren Tamariskenzweiges zwirbelte. Er ermüdete ziemlich rasch, wurde jedoch sofort durch Balbus und danach durch Quadratus ersetzt, die ihm zugeschaut und die Technik schnell begriffen hatten. Nach einer Weile begann der Tamariskenzweig durch die Reibung zu rauchen, und an einem Funken entzündeten sie einen Büschel trockenen Grases.

Es war die erste richtige Mahlzeit, die sie nach neunzehn Monaten Gefangenschaft zu sich nahmen, und Uxal gelang es sogar, das Fleisch mit einem salzigen Kraut zu würzen, das zwischen den Steinen wuchs.

»Stellt euch mal vor, wenn wir jetzt noch ein bisschen Wein hätten«, sagte Antoninus. »Ach, ich weiß nicht, was ich für einen Schluck Massico gäbe.«

»Wir haben Wasser, und schon allein das ist ein Wunder«, erwiderte Metellus.

»Was meinst du, Kommandant?«, fragte Rufus. »Jetzt könnten wir es doch schaffen, oder? Ich glaube jedenfalls nicht, dass sie uns immer noch suchen.«

Metellus riss einen Stängel wilden Hafer aus und drehte ihn einen Moment lang zwischen den Fingern, bevor er antwortete: »Du musst dich gedanklich immer in den Feind hineinversetzen. Was würdest du anstelle der Perser tun? Dich geschlagen geben?«

Antoninus erwiderte nichts.

»Nehmen wir es, wie es kommt«, sagte Metellus. »Jeder neue Tag ist ein gewonnener Tag. Wir können es schaffen, ja. Jede Stunde, die vergeht, bringt uns der Freiheit einen Schritt näher. Aber geschlagen geben sich die Perser nicht, das halte ich für ausgeschlossen. So, und jetzt lasst uns aufbrechen. Werft Sand auf das Feuer, verwischt die Spuren, beladet die Esel – und dann geht es los.«

Wenig später hatte die Dunkelheit den kleinen Konvoi verschluckt.

10

Am nächsten Tag tauchte auf dem Kamm eines Hügels drei, vier Meilen entfernt die erste Karawane auf. Sie setzte sich aus rund einem Dutzend Kamelen und einem kleinen Begleitschutz aus Reitern zusammen.

Da die Römer die Sonne im Gesicht hatten, konnten sie aus der Ferne nur schwarze Gestalten ausmachen, aber der Weg der Karawane schien mehr oder weniger parallel zu ihrem zu verlaufen, wobei sie freilich immer noch in dem tiefer gelegenen Flussbett gingen, um nicht gesehen zu werden.

Kommandant Metellus hatte sich wiederholt ein paar Hundert Schritte nach rechts oder links entfernt, um zu überprüfen, ob sein kleiner Trupp in dem Flusstal zu sehen war, doch er war jedes Mal beruhigt wieder zurückgekehrt; über die Ränder der Niederung ragten gerade mal die Köpfe seiner größten Männer hinaus, und selbst die hätte in der Dunkelheit niemand ausmachen können, der nicht von ihrer Anwesenheit wusste.

Metellus ordnete an, auch weiterhin ausschließlich bei Nacht zu marschieren, denn mit dieser Strategie hatten sie bisher Erfolg gehabt. Allerdings brachen sie bereits bei Sonnenuntergang auf und rasteten erst, wenn es wieder richtig hell war. Auf diese Weise brachten sie es auf bis zu sieben, acht Meilen pro Etappe.

Der Wasserlauf, dem sie folgten, wurde mit der Zeit immer breiter, bis er sich in ein richtiges kleines Flüsschen verwandelte. Dementsprechend üppig wurde die Vegetation, und auch Tiere trafen sie immer häufiger an, mitunter ganze Schwärme von Rebhühnern und Großtrappen, deren hochwertiges Fleisch willkommene Abwechslung in ihren Speiseplan brachte und sie immer mehr zu Kräften kommen ließ. Bis auf Uxal waren sie ja durchweg ziemlich junge Männer, und so sehr sie auch unter den Entbehrungen der Gefangenschaft gelitten hatten, ihr Organismus reagierte schnell und gut auf die nahrhaften, wenn auch spärlichen Speisen, die sie ihm zuführten.

Was ihnen freilich am meisten Kraft verlieh, waren ihre Begeisterung über die zurückerlangte Freiheit und der unerschütterliche Vorsatz, sie um keinen Preis wieder herzugeben.

In dieser körperlichen und seelischen Verfassung marschierten sie einen Tag um den anderen, stets im Verband mit der Karawane, die sie gesichtet hatten. Sie bestand, soweit man das aus der Ferne beurteilen konnte, aus Händlern und ihren Dienern nebst Kamelführern und Begleitschutz, die abends an den Ufern des Flusses rasteten, wo ein Feuer entfacht und die mitgebrachten Lebensmittel zubereitet wurden.

Gegen Mitte der zweiten Etappe nach Auftauchen der Karawane versickerte der Fluss plötzlich in der Erde und trat auch nach acht Meilen nicht wieder in Erscheinung. Einen Wasservorrat hatte man sich anlegen können, aber an fester Nahrung mangelte es bald wieder.

Eines Abends trat Quadratus neben Uxal, der auf einem glühenden Stein am Feuer etwas röstete. »Riecht gut«, sagte er. »Was ist das?«

»Eine Delikatesse«, antwortete Uxal. »Probier mal.«

Quadratus bediente sich, und die andern folgten seinem Beispiel.

»Verrat uns endlich, was das ist«, forderte schließlich Severus. »Das hab ich noch nie gegessen.«

»Larven«, erklärte Uxal seelenruhig.

»Du meinst doch nicht etwa … Würmer?« Severus machte ein angewidertes Gesicht.

»Nenn es, wie du willst. Hauptsache, wir essen«, meinte Metellus, der hinter ihnen stand. »Wir brauchen all unsere Kraft.«

Nachdem sie noch zwei Etappen zu je drei Parasangen gegangen waren, kam der Fluss endlich wieder zum Vorschein und begleitete sie für den Rest ihres Weges.

Am Ende der sechsten Etappe kam im Morgengrauen ein Palmenhain in Sicht. Der Fluss schlängelte sich mitten durch ihn hindurch und mündete dahinter in den Chaboras, einen stattlichen Strom, der schillernd das Tal beherrschte. Er hatte sich sein Bett in den Sandstein gegraben und floss zwischen niedrigen Ufern in nord-südlicher Richtung dahin.

Im Schatten der Palmen entlang der Ufer hatten zahlreiche Karawanen ihr Lager aufgeschlagen, und es kamen laufend neue hinzu. Auch ein Dorf aus Lehmziegelhütten war im westlichen Teil des ausgedehnten Hains auszumachen.

»Das ist die Oase am Chaboras!«, jubelte Uxal. »Was hatte ich euch gesagt?«

»Ich habe nie an deinen Worten gezweifelt«, versicherte Metellus und legte ihm die Hand auf die Schulter. »Wir sind dir unendlich dankbar, Uxal. Du bist der eigentliche Anführer dieser Expedition. Ohne dich hätten wir es nie bis hierher geschafft. Aber ich fürchte, jetzt kommt das Schwierigste. Orte wie dieser sind Durchgangsstationen, die jeder passieren muss, egal, woher er kommt. Und das weiß bestimmt niemand besser als unser Feind. Ich bin überzeugt, dass sich persische Spitzel unter die Karawanen gemischt oder in den Häusern des Dorfes versteckt haben, wenn nicht gar verkleidete Soldaten.«

»Was ist also zu tun, Kommandant?«, fragte Quadratus.

»Ich schlage vor, wir schicken Uxal und Septimius mit zwei Eseln voraus. Uxal versucht, eine Karawane zu finden, die uns mitnimmt, Septimius tut, als wäre er sein Diener, so braucht er nicht zu reden. Außerdem kann er nachts zurückkommen und uns berichten, wie weit sie mit den Verhandlungen gekommen sind. Sobald Uxal eine entsprechende Karawane gefunden und die Bedingungen ausgehandelt hat, verlassen wir unser Versteck und setzen unsere Reise fort – in der Hoffnung, der Gefahr endgültig zu entrinnen.«

»Die Idee gefällt mir. Und wann sollen Septimius und ich aufbrechen?«, fragte Uxal.

Metellus schielte zur Sonne hinauf. »Leute, die nichts zu verbergen haben, reisen bei Tage, und deshalb meine ich, ihr solltet gegen Abend in der Oase ankommen. Ihr müsst euch also noch eine ganze Weile gedulden.«

Die Männer suchten sich einen Platz im Schatten der Palmen

und gingen dann verschiedenen Beschäftigungen nach, um die Zeit totzuschlagen: Der eine wusch seine Kleidung im Fluss, der andere schnitzte sich einen Wanderstab, ein paar wetzten ihre Schwerter und Messer, und wieder andere flochten aus Weidenruten Körbe.

Publius ging mit seinem Kameraden Rufus etwa eine halbe Meile weit das Flussbett zurück.

»Denkst du immer noch an den Bogenschützen?«, fragte ihn Rufus.

»Ja. Kennst du das Gefühl, wenn dir eine Stechmücke um den Kopf surrt und du nichts anderes denken kannst, als ›Gleich sticht sie mich, gleich sticht sie mich‹? So geht es mir mit diesem Reiter.«

»Das kann ich gut nachempfinden«, gestand Rufus.

»Ich würde viel darum geben, wenn ich wüsste, wo er gerade steckt und was er vorhat«, sagte Publius.

In diesem Moment erreichten sie eine leicht erhöhte Stelle im Gelände, eine Art Buckel, von dem aus man den Blick weit umherschweifen lassen konnte. Aber sie entdeckten nichts außer einer Karawane, ganz in der Ferne, die vermutlich zur Oase am Chaboras unterwegs war.

»Ich glaube, den sehen wir nicht wieder«, meinte Rufus. »Der ist bestimmt seiner Wege gezogen.«

»Schön wär's«, entgegnete Publius. »Aber mein Gefühl sagt mir, dass dem nicht so ist. Ich bleibe jedenfalls noch eine Weile hier. Wenn du ins Lager zurückwillst, geh ruhig.«

Da Rufus seinen Gefährten aber nicht allein zurücklassen wollte, blieb er bei ihm.

Es geschah nichts – der Reiter war nirgends in der unendlichen Weite zu sehen. Während sich die Sonne allmählich ihrem Zenit näherte, bildeten sich auf der glühenden Wüstenoberfläche Staubwirbel, und auch sonst entstanden allerlei seltsame Trugbilder, die flüchtigen Gestalten gleich über die schroffen Felsen strichen.

»Ich hab das Gefühl, wir warten auf ein Gespenst«, sagte Rufus, nachdem sie mehrere Stunden vergeblich Ausschau gehalten hatten. »Komm, lass uns zurückgehen. Den sehen wir nicht wieder.«

Publius willigte mit einem Seufzer ein. »Weißt du was?«, sagte er, während sie sich dem Kiesbett des Flusses näherten. »Ich bin mir fast sicher, dass dieser Hundesohn aus seinem Versteck gekrochen ist, kaum dass wir uns umgedreht haben. Er verbirgt sich irgendwo mitten in der Wüste.«

»Hör auf, dich verrückt zu machen«, entgegnete Rufus gelassen. »Ich denke einfach nicht an ihn. Von mir aus kann er kommen und gehen, wann er will. Das Einzige, was mich jetzt interessiert, ist, dass wir so schnell wie möglich eine Karawane finden, die uns zur Küste bringt, und dort nehmen wir das erstbeste Handelsschiff in den Westen, und in zwei, drei Monaten bin ich in meinem Landhaus auf Sizilien. Hättest du nicht Lust mitzukommen? Es ist ein hübsches Haus, aus Stein, mit eigenem Bach und Mühlrad, Schafweide, Obstbäumen und einem Olivenhain. Hühner haben wir auch – meine Frau sammelt jeden Morgen einen Korb Eier ein.«

»Ich wohne in der Nähe von Spoleto«, erzählte Publius, »also auch auf dem Land. Ich besitze ein paar Weizenfelder, einen schönen Weinberg und einen Eichenwald, in dem meine Schweine sich gütlich tun. Du kannst dir nicht vorstellen, was für leckere Schinken und Würste das gibt.«

»Hör auf«, bat Rufus. »Besser, wir machen uns nicht allzu viel Illusionen. Noch sind wir nicht außer Gefahr. Wenn du mich fragst, das Schlimmste kommt erst noch. Du hast den Kommandanten ja gehört – er meint, dass diese Oase der ideale Ort sei, um nach uns zu suchen.«

Bei diesen Worten wandte sich Publius ruckartig um, als wolle er jemanden ertappen, aber es war niemand da.

»Oh, Mann!«, rief Rufus und schüttelte den Kopf. »Du gibst es wirklich nicht auf, was?«

Rufus sagte nichts, bis sie ins Lager zurückkamen.

Der glühend heiße Nachmittag verging in einer seltsamen, angespannten Stille. Jeder hing seinen Gedanken nach und überlegte, was wohl passieren würde, wenn sie das belebte Dorf betraten und sich zum ersten Mal wieder zeigten.

Diejenigen unter ihnen, die besonders freiheitsliebend waren und am meisten unter der Gefangenschaft gelitten hatten – Quadratus und Balbus, aber auch Septimius und Antoninus –, fragten sich insgeheim, ob es nicht besser gewesen wäre, dem Dorf fernzubleiben und so lange wie möglich die Freiheit zu genießen, wenn auch an diesem unwirtlichen Ort. Der Gedanke, erneut gefangen genommen zu werden, war gerade für sie nahezu unterträglich, dennoch war ihnen klar, dass sie das Schicksal ihrer Gefährten teilen mussten, dass es – wenn überhaupt – nur Rettung für alle oder keinen gab.

Davon abgesehen hatte ihr kleines Heer einen erstklassigen Führer: Kommandant Marcus Metellus Aquila, Legat der Legio II Augusta, einer der tüchtigsten Generäle des Imperiums. Und einen besseren Anführer hätten sie sich wahrhaftig nicht wünschen können.

So saßen die römischen Soldaten im Schatten der Palmen, deren Blätter kein Windhauch bewegte, und schwitzten. Dann und wann schielten sie auf Metellus, um zu erraten, was ihm im Kopf umging, aber seine Miene war undurchdringlich.

Er dachte angestrengt darüber nach, wie es in den kommenden Tagen weitergehen sollte, welches der sicherste Weg in die Freiheit war und wie Fehler vermieden werden konnten, die ihnen erneut einen Strich durch die Rechnung gemacht hätten.

Uxal und Septimius kehrten erst in der Abenddämmerung des darauf folgenden Tages aus der Oase zurück und zeigten den Gefährten sofort, was sie in einer Strohtasche mit sich führten. »Brot! Wir haben euch Brot mitgebracht, tapfere Kämpfer. Was sagt ihr dazu?«

»Brot?«, wiederholte Lucianus. »Ich glaube, ich hab vergessen, wie das schmeckt.«

»Hier, bedien dich«, sagte Septimius und hielt ihm die Tasche voller Brotlaibe hin. »Es gibt, so viel ihr wollt!«

»Wie ist es euch ergangen?«, wollte Metellus wissen.

»Gut. Ich würde sogar sagen, sehr gut«, antwortete Uxal. »Wir haben Bekanntschaft mit einem indischen Händler gemacht, einem gewissen Daruma. Septimius hat sogar schon für ihn gearbeitet und sich damit diese Tasche voll frisch gebackener Brote verdient. Daruma bricht übermorgen mit seiner Karawane von hier auf. Er will ein, zwei Tage den Fluss hinunter, sich im ersten Hafen entlang des Ufers einschiffen und dann auf dem Wasserweg bis zum Ozean weiter.«

»Hast du ihm von uns erzählt?«

»Ich habe ihm gesagt, dass ich auf Freunde warte, die sich auch gern einschiffen würden, aber nicht genug Geld haben, um allein ein Schiff zu mieten. Einzelheiten hab ich ihm noch keine erzählt, aber ich hab schon mal das Terrain vorbereitet.«

Metellus wandte sich nach Septimius um. »Und was kannst du berichten?«, fragte er ihn. »Hast du dich ein wenig umgesehen?«

»Nicht viel, aber das kann ich sagen: In der Oase wimmelt es von Menschen, Händler, Arbeiter, Sklaven aus aller Herren Länder, Perser, Judäer, Armenier, Araber, Kommagener, Adiabener. Ich hab sogar einen getroffen, der Latein spricht, einen Syrer aus Emesa. Er hat mir interessante Dinge erzählt.«

Uxal begann, das Brot zu schneiden, während Lucianus mithilfe der Glut, die sie in einem Eimer aus Palmenholz und mit etwas Asche bedeckt immer mit sich führten, ein Feuer entfachte.

»Was für Dinge?«, fragte Metellus.

»An erster Stelle, dass Odaenathus mit seinen osrhoenischen Hilfstruppen und den Legionen von Palmyra auf dem Rückweg in die Heimat Schapur angegriffen hat. Angeblich hat er ihm dabei nicht nur schwere Verluste zugefügt, sondern ihm auch noch die gesamte Kriegsbeute abgenommen, die er auf dem Feldzug gegen uns gemacht hatte. Schapur selbst soll ihm nur ums Haar entwischt sein.«

Metellus sah Septimius mit besorgter Miene an. »Eine gute Nachricht, aber wie seid ihr auf dieses Thema zu sprechen gekommen?«

»Wir haben beide am Brunnen Wasser geschöpft, und da hab

ich ihn mit einem Diener Latein reden hören. Ich hab ihn gefragt, woher er kommt, er hat es mir gesagt und … na ja, du weißt ja, wie das ist. Ein Wort gab das andere, und schließlich hat er mir erzählt, dass er im persischen Tross war, als Odaenathus Schapur überfallen und ihm seine Beute abgejagt hat, noch bevor sie den Tigris überqueren konnten.«

Metellus schlug sich mit der Faust auf den Schenkel. »Gut gemacht, bei Herkules! Da wäre ich gern dabei gewesen und hätte diesem eingebildeten Gockel, diesem Großmaul, diesem feigen Hundesohn ordentlich eins übergezogen!«

»Das Gleiche hab ich auch gedacht«, meinte Septimius. »Und hätte dieser Überfall ein bisschen früher stattgefunden, dann wären wir befreit worden und der Kaiser vielleicht noch am Leben. Aber was soll's!«

»Was wusste dieser Syrer noch?«

»Eine ganze Menge. Beispielsweise dass sich Gallienus im Osten nicht mehr hat blicken lassen. Er umgebe sich jetzt mit christlichen Ministern, und südlich von Anatolien herrsche neuerdings sowieso Odaenathus, und zwar ganz uneingeschränkt.«

»Das wundert mich nicht«, brummte Metellus. »Odaenathus ist ein ausgezeichneter General, aber sehr ambitiös, und seine Frau noch mehr. Außerdem steht er völlig unter ihrer Fuchtel. – Was für eine Sprache spricht denn eigentlich dieser Daruma?«, wollte er wissen.

»Uxal hat sich auf Persisch mit ihm unterhalten, aber ich meine gehört zu haben, wie er mit einem Syrer auf Griechisch verhandelte.«

»Dann nichts wie hin. Bring uns auf der Stelle zu ihm!«

»Jetzt gleich?«

»Ja. Warum warten? Euer Brot könnt ihr auch unterwegs essen. Kommt schon!«

Also machten sie sich auf den Weg zur Oase, wo in diesem Augenblick ein Lagerfeuer nach dem anderen entfacht wurde. Die herabhängenden Palmenblätter reflektierten den rötlichen

Schein, und Metellus' Männer konnten im Vorübergehen sehen, wie die Mitglieder der verschiedenen Karawanen ihr Abendessen vorbereiteten.

Es waren arabische Frauen mit tätowierten Gesichtern darunter, junge syrische Sklaven, ganze Gruppen von Armeniern mit grauen Tuniken und langen hellblauen, ockerfarbenen oder schwarzen Umhängen, Inder mit glattem und Inder mit krausem Haar, Judäer mit ihren typischen Kopfbedeckungen aus weißem Leinen und sogar Äthiopier.

Die ganze Oase war erfüllt von buntem Stimmengewirr und geschäftigem Treiben. Man konnte sogar Kinder schreien und lachen hören; sie rannten zwischen den Palmenstämmen und den tausend kleinen Bewässerungskanälen umher und spielten Verstecken.

Doch Metellus und seine Männer ließen sich von der heiteren und höchst anheimelnden Atmosphäre nicht ablenken und blickten sich die ganze Zeit wachsam um, freilich ohne sich etwas anmerken zu lassen.

»Dort ist das Lager von Daruma«, sagte Uxal irgendwann. »Dort hinten, neben den Lehmziegelhäusern. Lasst mich vorgehen.«

Die anderen verlangsamten ihre Schritte, bis sie fast standen, und warteten, dass Uxal ihnen ein Zeichen gab, nachzukommen.

Daruma stand inmitten eines Lagerplatzes, auf dem seine Männer einen Hammel über dem Feuer rösteten. Er trug eine knöchellange ockerfarbene Tunika, die seinen massigen Körper und den dicken Bauch bedeckte, aber nicht verbergen konnte. Das Haar hatte er sich im Nacken zu einer Art Dutt aufgedreht, und in den Ohren trug er silberne Ringe. Den vielen grauen Haaren in seiner ansonsten pechschwarzen Mähne nach mochte er um die Fünfzig sein.

Als Metellus zu ihm kam, begrüßte er Daruma auf Griechisch: *»Chaire!«*

»Chaire«, erwiderte Daruma in derselben Sprache. »Willkommen in meinem bescheidenen Lager, Fremder.«

Er sprach Koiné – ein Koiné orientalischer Prägung, mit starkem, aber undefinierbarem Akzent, also die Art von Griechisch, die von Byzanz über Alexandreia bis zu den Gestaden des Persischen Golfs, des Roten Meers und der Südküste von Arabien jeder sprach. Auf Koiné verständigten sich vor allem die Nicht-Griechen; ein Grieche aus Athen wäre niemals imstande gewesen, so zu sprechen.

»Gehe ich recht in der Annahme, dass du der Anführer deiner kleinen Karawane bist?«, fragte Daruma.

»Ja, meine Gefährten setzten ihr Vertrauen in mich«, antwortete Metellus, bemüht, sich der Ausdrucksweise seines Gegenübers so gut wie möglich anzupassen.

Daruma ließ sich auf einer Matte nieder und forderte seine Gäste auf, es ihm nachzutun. Metellus und seine Männer hockten sich im Schneidersitz auf den Boden, was ihnen, da sie diese Stellung nicht gewohnt waren, nicht ganz leicht fiel.

»Leider führe ich keine Kissen mit«, bedauerte Daruma lächelnd. »Auf langen Reisen sind Matten leichter zu transportieren, außerdem nehmen sie weniger Platz ein.«

»Diese Matten sind wunderbar«, erwiderte Metellus eilig und etwas verlegen.

»Euer Gefährte hat mir gesagt, dass ihr Arbeit sucht.«

»Ja, das stimmt. Ich schildere dir kurz unsere Lage«, erbot sich Metellus. »Wir waren mit einer Ladung Stoffe und Leder zum Hafen von Hormuz unterwegs, als wir von einer Räuberbande überfallen wurden. Wir konnten nichts als unser nacktes Leben retten und diese drei Esel, die bei dem Angriff in die Wüste flohen und später zu uns zurückfanden. Dass wir es überhaupt bis hierher geschafft haben, ist ein Wunder. Die Räuber haben uns keinerlei Proviant gelassen – wir haben uns von dem ernährt, was wir unterwegs fanden. Jetzt stehen wir völlig mittellos da, müssen aber dringend irgendwie zur Küste gelangen, und dort wollen wir uns dann einschiffen. Wir suchen also jemanden, der uns ein Stück weit mitnimmt. Anbieten können wir nichts als unsere Dienste, aber wir verstehen uns auf alles Mögliche: Wir sind gute Handwerker,

Schmiede und Tischler, wir könnten auch als Träger arbeiten oder ...«

Ein Diener stellte eine Platte mit frisch geröstetem Fleisch vor seinen Herrn. »Ihr werdet hungrig sein«, sagte dieser mit seltsamem Gesichtsausdruck, halb neugierig, halb forschend.

»Ja«, antwortete Metellus, ohne zu zögern, »wir sind ziemlich hungrig.«

Der indische Händler gab seinem Diener ein Zeichen, worauf dieser das Tablett herumreichte. Doch bevor die Männer sich wie Halbverhungerte über das Fleisch hermachen konnten, warf Metellus ihnen einen strengen Blick zu und gebot ihnen ein Minimum an Zurückhaltung. Dann bediente auch er sich von dem Fleisch und begann es unter den aufmerksamen Blicken seines Gastgebers bedächtig zu kauen. Er spürte Darumas Blick auf sich gerichtet, er merkte, dass dieser ihn und seine Männer ganz genau, wenn auch wie nebenbei beobachtete, und er wusste, dass diesem Inder nichts entging, weder ihr seltsames Aussehen noch ihre besorgten Gesichter, noch die scheuen, misstrauischen Blicke, die sie immer wieder um sich warfen.

Später ließ Daruma auch noch eine Amphore Palmenwein kreisen, der erstaunlich frisch und spritzig war.

»Wie schaffst du es, den Wein so kühl zu halten?«, fragte Metellus, um die Unterhaltung wieder in Gang zu bringen.

»Indem ich das Gefäß unablässig befeuchte. Das verdunstende Wasser kühlt die Amphore und damit auch den Wein, den sie enthält. Diesen Kniff habe ich von den Nomaden der Wüste, die es gewohnt sind, unter Bedingungen zu leben, die kein Städter aushalten würde.«

»Wir danken dir für deine Gastfreundschaft«, sagte Metellus irgendwann. »Du bist wirklich sehr entgegenkommend, und ich hoffe, wir können uns irgendwie erkenntlich zeigen und ...«

»Wer bist du?«, fragte ihn Daruma plötzlich und sah ihm dabei direkt in die Augen.

Metellus zögerte.

»Du bist es nicht gewohnt zu lügen«, meinte der Händler,

»und auch nicht, in dieser Stellung auf dem Boden zu hocken. Du bist einer, der Befehle erteilt und dem man widerspruchslos gehorcht. Das heißt, du kommst aus dem Westen und bist ziemlich sicher ein Militär. Ein römischer Offizier, würde ich fast sagen ... Nein, ich würde sogar darauf wetten. Und das hier sind, bis auf den Alten, deine Untergebenen.«

Er sprach leise, sodass nur Metellus ihn hörte.

Marcus Metellus Aquila versuchte seine Verlegenheit zu verbergen, aber seine rechte Hand glitt vorsichtig unter die Tunika, zum Griff seines Schwerts.

»Deine Waffe brauchst du nicht«, sagte Daruma gelassen. »Auch hier zu Lande verrät man seine Gäste nicht. Solange ihr mein Brot teilt, seid ihr so sicher wie in einer Festung.«

Metellus legte beide Hände auf die Knie und seufzte.

»Ich könnte euch ja für römische Spitzel halten, die das Persische Reich auskundschaften sollen, aber dafür habt ihr zu viel durchgemacht«, fuhr Daruma fort, »das sehe ich an den Narben, die ihr unter euren Lumpen zu verstecken sucht, und an euren angsterfüllten Blicken. Nein, ihr flieht vor einer großen Bedrohung. Läge ich sehr falsch mit der Annahme, dass ihr die entflohenen Gefangenen aus dem Lager von Aus Daiwa seid, die von den Persern fieberhaft gesucht werden?«

»Was soll ich dir darauf antworten?«, fragte Metellus.

»Gar nichts, denn ich weiß schon, dass ich richtig geraten habe.«

»Warum hast du uns dann bei dir aufgenommen?«

»Aus purer Neugierde. Diese langen Wüstendurchquerungen sind von einer geradezu tödlichen Langeweile, und deshalb lasse ich mir keine Gelegenheit entgehen, die Nase in anderer Leute Angelegenheiten zu stecken. Jedenfalls habe ich kein Wort von dem geglaubt, was der Alte und du mir erzählt habt – obwohl er doch um einiges besser lügt als du.«

»Und was hast du jetzt, da du weißt, wer wir sind, mit uns vor?«

Daruma überhörte die Frage. »Hast du Kinder?«, fragte er Metellus.

Der sah ihn verblüfft an. »Ja«, antwortete er, »einen Sohn. Aber ich weiß nicht, wo er ist, noch was mit ihm geschehen ist.«

»Demnach hast du keine Frau.«

»Ich hatte eine. Aber sie wurde ermordet.«

»Von den Persern?«

»Nein, von den Römern.«

»Von den Römern? Hm, da drängt sich einem die Frage auf: Warum verrätst du sie dann nicht? Ich nehme an, du bist ein hoher Offizier, und als solcher hast du doch sicher Informationen, die sehr viel wert sind. Andererseits hättest du die, wenn dir daran gelegen wäre, natürlich schon längst verkauft, um aus der Gefangenschaft freizukommen ...« Er dachte kurz nach, dann glitt ein Lächeln über sein Gesicht. »Ich glaube, ich habe verstanden: Du bist einer von diesen Römern, die eure Bildhauer als Statuen auf Bögen und Säulen darstellen. Aufrechte Männer, unbeugsam, furchtlos – und auch ein kleines bisschen dumm.«

»Kann schon sein«, erwiderte Metellus trocken.

»Nimm es mir nicht übel, ich möchte dich nur etwas besser kennenlernen. Schließlich muss ich doch wissen, wen ich mitnehme, oder?«

»Soll das heißen ...?«

»Wie ist dein Name?«, fiel Daruma ihm ins Wort.

Seine Art, ständig das Thema zu wechseln und vom Hundertsten ins Tausendste zu kommen, machte Metellus wahnsinnig, aber er antwortete auch diesmal, ohne zu zögern: »Marcus Metellus Aquila.«

»In deiner Sprache ausgesprochen muss das ein Name sein, bei dessen bloßem Klang die Leute erzittern.«

»Es ist ein Name, der nie entehrt wurde.«

»Das dachte ich mir. So, und jetzt hör mir zu: Sag deinen Männern, dass sie in dem Zelt dort hinten, bei den Kamelen, schlafen können. Du dagegen bist mein Gast.«

Metellus senkte den Kopf. »Ich bin es gewohnt, alles mit meinen Männern zu teilen.«

»Diesmal machst du mir zuliebe eine Ausnahme. Ich denke, das habe ich verdient.«

»Das hast du zweifellos, aber ich fürchte, dass ich auf diese Weise kein Auge zu bekomme – ich muss die Nachtwachen persönlich einteilen und kontrollieren.«

»Heute gibt es für euch keine Nachtwachen. Die persischen Soldaten haben die Oase bereits drei Mal durchsucht und alles bis auf den letzten Stein umgedreht. Die kommen nicht noch mal. Außerdem habe ich meine eigenen Wachleute, und die mögen es überhaupt nicht, wenn andere ihnen die Arbeit wegnehmen wollen. Aber wenn dir das alles nicht passt, könnt ihr auch gehen, woher ihr gekommen seid.«

»Nein«, sagte Metellus schnell. »Ich nehme dein freundliches Angebot an und danke dir, auch im Namen meiner Männer.«

»Es ist mir ein Vergnügen«, sagte Daruma.

»Du willst uns also wirklich mitnehmen?«, fragte Metellus.

»Kommt darauf an.«

»Worauf?«

»Das wirst du gleich erfahren.«

Mit diesen Worten stand Daruma auf und ging zu seinem Zelt.

11

Uxal begleitete die Männer zu ihrer Unterkunft, während Metellus noch eine Weile am Feuer sitzen blieb. Es war eine herrliche Nacht: Er war Gast eines reichen Händlers, der ihm frisch gebackenes Brot, geröstetes Fleisch und kühlen Wein gereicht hatte, seine Männer hatten sich satt gegessen und waren anständig untergebracht, und obendrein bestand die begründete Hoffnung, dass Daruma sie mitnehmen würde, dass sie sich mit seiner Hilfe bis zum Ozean durchschlagen und dort in die Heimat einschiffen konnten. Fast wollte es ihm vorkommen, als wären die lange Gefangenschaft, der Tod des Kaisers und eines Gefährten, die schrecklichen Strapazen, die sie erlitten hatten, alles nur ein Albtraum gewesen, der sich mit dem ersten Sonnenlicht in Wohlgefallen auflösen würde.

Doch es gab eine Sache, die ihn immer wieder grausam auf den Boden der Wirklichkeit zurückholte: die Sehnsucht nach der toten Gemahlin und nach Titus, seinem Sohn, von dem er nicht wusste, wie es ihm ergangen war.

Er dachte an Aurelianus, alias »Eisenfaust«, und er vertraute auf diesen Freund, der immer zu ihm gestanden hatte. Bestimmt hatte er alles ihm Mögliche unternommen, um dem kleinen Titus beizustehen und ihn zu beschützen. Vielleicht hatte er ihn ja sogar bei sich aufgenommen und hielt in dem Kind die Erinnerung an den Vater wach, nährte in ihm die Hoffnung auf seine Wiederkehr.

Seit Metellus in Gefangenschaft geraten und hinterher aus dem Lager ausgebrochen war, hatte er sich nicht einen Abend schlafen gelegt, ohne seine Ahnen anzurufen, sie zu bitten, dass sie über Titus wachten, den Sohn, dem er versprochen hatte heimzukehren, bevor er zu einer Reise aufgebrochen war, die – nach Ansicht vieler – ohne Wiederkehr sein würde.

»Wo bist du, mein Sohn?«, fragte er sich tief in seinem Herzen. »Wo bist du, mein Junge?« Und vielleicht stellte Titus in diesem Augenblick ja die gleiche Frage: »Wo bist du, Papa?« Ja, vielleicht begegneten sich ihrer beiden Gedanken sogar, ohne dass sie es wussten, irgendwo hoch oben am Himmel, und lösten eine Sternschnuppe aus – genau wie die, die er in diesem Moment mit flammendem Schweif aus der Dunkelheit auf die Wipfel der Palmen herabfallen sah.

Er kam mit seinen Gedanken der Wahrheit sehr nahe. Hätten die Götter seinem väterlichen Flehen nachgegeben, so hätte er gesehen, dass Titus in diesem Moment auf dem Balkon des kaiserlichen Palasts in Mailand stand und den Himmel betrachtete.

Tillia, die Sklavin, sah ihn dabei an. Er war gewachsen, seit sie sich um ihn kümmerte, und er schien sich in gewisser Weise mit seiner Lage abgefunden zu haben. Er folgte brav dem Unterricht seiner Lehrer, lernte Griechisch, Mathematik, Grammatik, Kalligrafie. Man brachte ihm Respekt entgegen und umsorgte ihn von Sonnenauf- bis Sonnenuntergang, wenn er dann Tillias Obhut unterlag.

Gallienus sah er nur von Zeit zu Zeit bei irgendeiner Zeremonie und immer aus der Ferne. Er war überzeugt, dass der Kaiser ihm nicht unter die Augen zu treten wagte, weil er seine Fragen fürchtete, besonders die: »Wo ist mein Vater? Und wo ist deiner?«

Auch Aurelianus, den Freund seines Vaters, den Helden, den die Soldaten »Eisenfaust« nannten, hatte er nicht wiedergesehen. Allerdings war durchgesickert, dass Aurelianus seine Legion gegen die Sarmaten jenseits der Donau geführt und eigenhändig mehr als fünfzig von ihnen erschlagen hatte in einer Schlacht, in der insgesamt gut zwanzigtausend dieser Barbaren gefallen waren. Freilich hatte er seinen Triumph nicht feiern dürfen, obwohl ihm das eigentlich zugestanden hätte, angeblich, weil Gallienus neidisch auf ihn war. Ja, Aurelianus war danach sogar nach Moesia versetzt worden, in jene Provinz südlich der Donau, die von den Goten bedroht wurde.

Es war immer Tillia, die ihm diese Neuigkeiten überbrachte, denn als junge Sklavin konnte sie Unterhaltungen belauschen, ohne dass sich jemand an ihrer Anwesenheit störte, gerade so, als wäre sie eine Statue oder sonst ein Schmuckgegenstand im Raum.

»Warum haben die Barbaren etwas gegen uns?«, fragte Titus eines Tages seinen Lehrer, einen Rhetor aus Treviri mit blondem Bärtchen und strohigem Haar.

»Sie haben nichts gegen uns«, erwiderte dieser. »Sie wollen nur in unser Land, um ebenfalls in den Genuss der vielen schönen Dinge zu kommen, die es hier gibt. Wo würdest du wohl leben wollen, wenn du die Wahl hättest: sommers wie winters in einem Karren, schutzlos Kälte und Hitze ausgesetzt, ohne dich regelmäßig waschen zu können, ohne genug zu essen und zu trinken zu haben – oder in einem Haus, wo es Lebensmittel im Überfluss gibt, wo du baden, dich im Winter an einem Ofen wärmen und im Sommer an kühlen Brunnen erfrischen kannst und obendrein noch schöne Gärten und Bibliotheken zur Verfügung hast?

Weißt du, wie viele Aquädukte es in Rom gibt, Titus? Elf. Und in Mailand? Sieben. Weißt du, wie viele Zimmer dieser Palast hat? Dreihundert. Und wie viele Bibliotheken es im Reich gibt? Etwa fünftausend mit dreizehn Millionen Büchern. Und wie viele Straßen? Zweihunderttausend, mit einer Posthalterei alle fünfzehn Meilen.

Wir versuchen, die Barbaren aufzuhalten, wenn möglich durch Verhandlungen, andernfalls militärisch. Und genau das ist es, was unsere Generäle in diesem Augenblick in Pannonien und Moesien tun.«

»Einer von diesen Generälen ist ein guter Freund meines Vaters«, sagte Titus.

»Ach ja? Wie heißt er denn?«

»Aurelianus, genannt Eisenfaust. Das ist einer, der keinen Spaß kennt, und wenn mir einer wehtun sollte, würde er ihm sofort den Hals durchschneiden.«

»Dir möchte keiner wehtun.«

»Warum bin ich dann in diesem Gemäuer gefangen?«

»Du bist nicht gefangen. Du bist hier zu Gast. Und ›dieses

Gemäuer‹ ist der kaiserliche Palast, der schönste Ort, an dem sich ein Mensch nur wünschen kann zu leben.«

»Mir gefällt es hier trotzdem nicht. Ich will weg.«

»Dafür bist du noch zu klein.«

»Warum holt ihr meinen Vater dann nicht zurück?«

Auf diese Frage gab ihm sein Lehrer keine Antwort – und der Kaiser auch nicht.

Wenn Titus an seinen Vater dachte, ergriff ihn eine solche Wehmut, dass er glaubte, sein kleines Herz müsse davon zerspringen. Dann ging er weg, egal, was er gerade tat, versteckte sich irgendwo und weinte, aus Sehnsucht und aus Wut, bis ihm das Herz ein wenig leichter war.

»Woran denkst du?«

Metellus fuhr herum und sah Daruma. Er hätte nicht zu sagen gewusst, wie lange er schon in Gedanken versunken gewesen war. Er warf einen Blick auf die Feuerstelle, die nur noch Asche und Glut war; demnach musste einiges an Zeit vergangen sein.

»An meinen Sohn«, antwortete er endlich.

»Meinst du, er schwebt in Gefahr?«

»Alles ist möglich. Seit ich in Gefangenschaft geriet, habe ich nichts mehr von ihm gehört, und keine Nachrichten sind manchmal schlimmer als schlechte Nachrichten.«

»Gibt es denn niemanden, der sich seiner annehmen könnte?«

»Doch, ich habe einen Freund, Kommandant eines unserer größten Heere. Ich weiß, dass er alles tun würde, um ihn zu beschützen, aber er könnte irgendwo in der Ferne stationiert sein, wo ihm die Hände gebunden sind. Vielleicht ist er auch gestorben – so etwas kann einem Krieger leicht widerfahren.«

»Einem Krieger, aber nicht einem General.«

»Mein Freund kämpft grundsätzlich in vorderster Front und ist immer der Erste, der die Risiken auf sich nimmt, die er seinen Soldaten zumutet. Dasselbe habe ich getan. Wie du sagtest: Wir sind aufrechte Römer, nur ein bisschen dumm!«

»Keiner ist perfekt«, erwiderte Daruma, »wir haben alle unsere Schwächen.«

»Und was ist deine Schwäche? Ich vermute, die Perser haben ein Kopfgeld auf uns ausgesetzt. Möchtest du das nicht einstreichen?«

»Nein, ich handle mit Waren, nicht mit Menschen.«

»Aber es ist sehr gefährlich für dich, uns mitzunehmen, selbst wenn wir nur ein kleines Stück mit dir ziehen. Was bringt dich dazu, diese Gefahr auf dich zu nehmen?«

»Ich weiß ja noch gar nicht, ob ich es tun werde. Nach dem Abendessen habe dir schon einmal gesagt: Es kommt darauf an ...«

»Worauf?«

»Darauf, wie viel du und deine Männer zu riskieren bereit seid.«

»Für die Freiheit alles.«

»Dann können wir miteinander reden. Vorausgesetzt, du bist nicht zu müde.«

»Nein, keine Spur. Lass hören.«

»Also, ich würde gern ... ein Geschäft mit dir abschließen.«

»Dasselbe gilt für mich. Sprich weiter.«

»Ich war hier in der Oase mit einem Mann verabredet, der leider nicht gekommen ist. Ich sollte vierzehn Tage auf ihn warten und, wenn er innerhalb dieser Zeit nicht erschien, zum Chaboras-Hafen, zwei Tagesmärsche südlich von hier, weiterziehen, um ihn dort zu treffen.«

»Das heißt, du wirst demnächst aufbrechen.«

»Ja, vielleicht schon morgen, spätestens übermorgen. Dass diese Person nicht erschienen ist, gibt mir einigen Anlass zur Sorge, und da wäre es mir eine große Erleichterung, mich von einem Trupp bewaffneter und kampferprobter Soldaten begleitet zu wissen.«

»Du meinst uns?«

»Ja«, antwortete Daruma. »Ihr seht etwas elend aus, aber ihr vermittelt den Eindruck von Leuten, die durch die Hölle gegangen sind und selbst dies überlebt haben.«

»Das kann man wohl sagen«, erwiderte Metellus. »Achtzehn Monate Aus Daiwa ...«

Daruma schüttelte ungläubig den Kopf »Nicht zu fassen … Aber wie auch immer: Wenn ihr bereit seid, meine Karawane als Schutztrupp zu eskortieren, nehme ich euch mit, gebe euch zu essen und bezahle euch obendrein alle zehn Tage in silbernen Sigloi, bis wir am Ziel sind. Danach seid ihr frei und könnt eurer Wege ziehen. Mit dem verdienten Geld werdet ihr es nicht schwer haben, in eure Heimat zurückzukehren.«

Metellus sah ihn zweifelnd an.

»Was ist? Bist du nicht einverstanden?«

»Du sagtest vorher, du hättest eigene Wachleute. Was willst du also mit uns?«

»Ich habe gelogen. Meine Wachsoldaten sind nichts als tüchtige Diener. Ich wollte nicht, dass ihr das wisst und womöglich auf dumme Gedanken kommt. Vergiss nicht, du hast auch gelogen. In Notfällen ist das erlaubt. Also, was meinst du? Werden wir uns handelseinig?«

»Von mir aus gern. Ich kann nur noch nicht ganz fassen, dass du mir dieses Angebot machst.«

»Dann habe ich mich vielleicht nicht deutlich genug ausgedrückt. Ihr riskiert dabei euer Leben!«

»Das ist mir egal, ich habe nie etwas anderes getan.«

»Und deine Männer?«

»Die sind mit allem einverstanden, was ich für sie entscheide.«

»Gut, dann schlag ein«, sagte Daruma.

Sie gaben sich die Hand, und Metellus sagte: »Ich glaube, ich sollte meinen Dienst sofort antreten – so wie du mir die Lage geschildert hast.«

»Nein, lass diese Nacht noch meine Leute wachen, ich glaube, das genügt. Wir haben Vollmond, es ist fast taghell. Aber stell ruhig auch einen von deinen Männern auf, wenn du dann ruhiger schlafen kannst.« Daruma erhob sich. »In meinem Zelt steht ein Bett für dich bereit. Du kannst kommen, wann du möchtest. Gute Nacht, Kommandant Aquila.«

»Gute Nacht, Daruma«, erwiderte Metellus. »Und … danke.«

Daruma lächelte und verschwand in seinem Zelt.

Metellus zog sein Schwert unter der Tunika hervor, gürtete es sich um und ging auf die Zelte zu, in denen seine Männer schliefen. Balbus war wach.

»Ich dachte mir schon, dass du die erste Nachtwache selbst übernimmst«, sagte Metellus zu ihm. »Mach sie ruhig zu Ende, Zenturio – wir sind wieder im Dienst! Daruma hat uns als Begleitschutz für seine Karawane angeworben.«

»Das ist nicht dein Ernst, Kommandant!«

»Mein voller Ernst. Und als Lohn bekommen wir von ihm zu essen und einen festen Sold, bis wir am Ziel sind. Kein schlechtes Abkommen, oder?«

»Ein fabelhaftes Abkommen! Geh ruhig schlafen, Kommandant, ich organisiere die übrigen Nachtwachen.«

Metellus wünschte ihm eine gute Nacht, doch bevor er in Darumas Zelt ging, beschloss er, noch einen Kontrollgang ums Lager zu machen.

In die Oase war Stille eingekehrt. Die Lagerfeuer waren erloschen, und auch die Tiere schliefen – Esel, Maulesel, große baktrische Kamele und schlanke Dromedare. Ihre Treiber hatten sie angepflockt und mit Schabracken bedeckt, die mit roten und blauen Schleifen verziert waren. Man hörte nur das leise Gurgeln des Wassers in den Bewässerungskanälen, untermalt von der Stimme des majestätischen Chaboras. Der Mond ließ die dünnen Rinnsale silbern glänzen, und zwischen den Stämmen der uralten Palmen gewahrte man immer wieder den Schatten von Nachtvögeln, die mit ihren großen Schwingen nächtlichen Gedanken gleich durch die Dunkelheit segelten.

Metellus ging zu Darumas Zelt zurück und freute sich darauf, ein paar Stunden Schlaf auf einer ordentlichen Unterlage zu finden, doch just, als er die Plane anhob, um einzutreten, begann der Hund, der neben dem Zelteingang angebunden war, leise zu knurren.

Metellus sah sich um, aber es schien alles ruhig. Dann erinnerte er sich daran, dass Hunde angeblich in der Lage waren, Geräusche zu hören, die das menschliche Gehör gar nicht wahrnahm, und er blickte zu den kreideweißen Hügeln hinter den Palmen hinauf, von denen die Oase im Norden eingerahmt wurde. Dort glaubte er tatsächlich etwas zu erkennen, wie einen Nebelschleier. Nebel konnte es aber nicht sein …

Staub! Pferde!, schoss es ihm durch den Kopf. Eine Schwadron Reiter, die auf die Oase zugesprengt kommt!

Bei diesem Gedanken stockte ihm das Blut in den Adern. Es war aus, der Traum war zu Ende.

Aber wenn schon, würden sie wenigstens wie Männer sterben, mit dem Schwert in der Hand.

Er rannte zu den Zelten. Auch Balbus war bereits alarmiert.

»Da stimmt etwas nicht, Kommandant! Die Tiere sind unruhig, die Vögel verlassen ihre Nester …«

»Weck alle auf, schnell, und greift zu den Waffen. Reiter im Anzug!«

Von dem Zenturio brutal aus dem Schlaf gerissen, sprangen die Männer auf und scharten sich um ihren Kommandanten.

»Sie kommen bestimmt, um uns zu fangen, aber ich falle nicht lebend in ihre Hände!«, rief Metellus, um sie anzufeuern. »Ich kehre nicht in diese Kloake zurück. Und wer es hält wie ich, der nehme sein Schwert und folge mir!«

Im nächsten Moment hatte er alle an seiner Seite. In der Ferne war bereits leises Hufedonnern zu hören.

»Keiner tut einen Schritt ohne meinen Befehl. Seht ihr die Palmen dort hinter den Häusern? Hinter denen verstecken wir uns, dort sind wir noch am ehesten geschützt. Wenn sie uns umzingeln, ziehen wir uns geschlossen zwischen die beiden Häuserreihen dort drüben zurück und kämpfen, so lange wir können. Etwas anderes kann ich euch leider nicht vorschlagen. Wir haben die Wahl zwischen einem schnellen Tod und ewigen Qualen, und wir müssen froh sein, wenigstens das entscheiden zu können. Doch entscheidet euch jetzt, zögert nicht!

Nur eins will ich euch noch sagen: Ich bin stolz auf euch, ihr seid die besten Soldaten und Freunde, die man sich nur wünschen kann. Wenn in den Sternen geschrieben steht, dass wir uns morgen Abend im Hades wiedersehen, dann sei es so! Und jetzt los, Männer!«

Wenig später hatte jeder hinter einer Palme Stellung bezogen, ohne dabei den Kommandanten und die anderen Gefährten aus den Augen zu verlieren. Lucianus und Septimius spannten ihre Bögen, Rufus wog seinen Speer in der Hand, Publius und Antoninus umklammerten ihre Schwerter, Severus und Marzianus die Messer.

Die beiden Zenturionen, Balbus und Quadratus, hatten sowohl Schwert als auch Messer gezückt, starrten in die Dunkelheit und machten sich auf den ersten Ansturm gefasst.

Alle waren sie in Schweiß gebadet in Erwartung des Zusammenpralls, der kurzen, aber wilden Schlacht, die ihrem Tod vorausgehen würde.

In diesem spannungsgeladenen Moment ertönte plötzlich die Stimme Uxals: »Schaut mal, dort drüben!« Er deutete auf den Weg, der die Oase im Osten durchquerte. Dort erschien in diesem Augenblick ein Reiter, in einen schwarzen Umhang gehüllt, und stob in rasendem Galopp vorüber.

»Was, zum Teufel ...«, fluchte Metellus, brachte den Satz aber nicht zu Ende, denn aus Norden fiel auch schon die Reiterschwadron in die Oase ein und durchquerte sie in ähnlich rasantem Galopp wie der schwarze Reiter kurz zuvor.

Wenig später war der Spuk bereits wieder vorüber, und von den Reitern nur noch eine dichte Staubwolke im Süden zu sehen.

»Die hatten es gar nicht auf uns abgesehen!«, sagte Uxal.

»Nein, offensichtlich nicht«, bestätigte Metellus mit einem Seufzer der Erleichterung.

»Sie haben den Reiter verfolgt«, meinte Quadratus.

»Hat den einer von euch richtig gesehen?«, wollte Metellus wissen.

Publius trat vor. »Er ist sehr schnell vorbeigeritten und war außerdem im Schatten der Palmen, aber ich könnte schwören, dass es der geheimnisvolle Reiter war, der uns bis vor Kurzem gefolgt ist.«

»Hör nicht auf ihn, Kommandant«, widersprach Rufus. »Er ist wie besessen vom Gedanken an diesen Reiter. Nachts träumt er schon von ihm, und selbst tagsüber glaubt er, ihn überall zu sehen.«

Metellus wandte sich Publius zu. »Hast du den Mann denn wiedererkannt?«

»Na ja, direkt wiedererkannt nicht, aber der schwarze Umhang, die Art, wie er ritt, und dass er so klein war … Also, ich bin mir meiner Sache ziemlich sicher, Kommandant.«

»Ob er es nun war oder nicht, spielt doch gar keine Rolle«, meinte Uxal. »Hauptsache, sie hatten es nicht auf uns abgesehen und sind wieder verschwunden. Einen Moment lang habe ich wirklich gedacht, es ist aus.«

»Ich auch«, gab Metellus zu.

»Was ist denn hier los?«, fragte plötzlich eine Stimme hinter ihrem Rücken.

Metellus drehte sich um und sah Daruma in seinem Nachtgewand vor sich stehen.

»Eine Schwadron persischer Reiter ist gerade durch die Oase gejagt. Sie scheinen einen Reiter verfolgt zu haben, der kurz davor allein durchgeritten ist, ebenfalls in Höllentempo.«

Darumas Miene verdüsterte sich. »Ein Reiter? Habt ihr ihn gesehen?«

»Ich hab ihn gesehen«, sagte Publius und beschrieb noch einmal den Reiter.

Daruma runzelte die Stirn. »In welche Richtung ist er verschwunden?«

»Dort lang.« Publius deutete auf den Grünstreifen, der am Fluss entlang nach Süden verlief.

Daruma seufzte und gab Metellus ein Zeichen, ihm in sein Zelt zu folgen.

»Setz dich«, gebot er, als sie eingetreten waren.

»Danke, ich bleibe lieber stehen, das ist für mich bequemer.«

»Ich mache mir Sorgen …«, begann der Inder.

»Meinst du, das könnte der Mann gewesen sein, mit dem du verabredet bist?«

»Gut möglich.«

Von draußen drang aufgeregtes Stimmengewirr zu ihnen herein, Hundebellen und laute Zurufe in allen möglichen Sprachen. Die Leute der Karawanen waren durch den nächtlichen

Einfall der Reiter jäh aus dem Schlaf gerissen worden, aber keiner konnte die Sache erklären, und das stiftete große Verwirrung.

Daruma versank eine Weile in nachdenklichem Schweigen, dann sagte er: »Es hat keinen Sinn, dass ich mich jetzt verrückt mache. Ändern kann ich sowieso nichts. Allerdings müssen wir nach dieser Episode sofort aufbrechen, also bereits morgen Früh.«

»In Ordnung«, stimmte Metellus zu.

»Haltet euch im Morgengrauen bereit, fertig angezogen und bewaffnet. Ich habe deinen Männern übrigens neue Kleidung in ihre Zelte bringen lassen.«

Metellus nickte.

»Macht euch auf einen anstrengenden Marsch gefasst. Wir müssen die Schiffsanlagestelle am Chaboras so früh wie möglich erreichen, deshalb dürfen wir weder bei Tag noch bei Nacht lange rasten. Aber jetzt ruh dich erst einmal aus, Kommandant, wir haben eine lange Reise vor uns.«

Metellus ging hinaus, um sich mit Balbus abzusprechen, dann kam er zurück und legte sich auf die Pritsche, die man für ihn vorbereitet hatte.

Bevor ihm vor Müdigkeit die Augen zufielen, dachte er noch: Kaum ist ein Abenteuer zu Ende, beginnt schon das nächste, nur dass es diesmal vielleicht gar nicht meins ist, sondern das eines anderen, den ich noch nicht einmal kenne …

Die Oase lag noch im Dunkeln, als sie mit dem ersten Hahnenschrei aufbrachen, ohne auch nur zu frühstücken. Essen und Wasser wurden während des Marsches ausgeteilt.

Und sie marschierten den ganzen Tag unter der glühenden Sonne.

Daruma saß auf seinem großen Kamel unter einem Baldachin und tupfte sich unentwegt mit einem feuchten Tuch das Gesicht ab. Auf diese Bequemlichkeiten schien er bei aller Sorge nicht verzichten zu wollen.

Zu ihrer Rechten floss in geringer Entfernung der Chaboras

zwischen grünen Ufern dahin, auf denen Palmen, Feigen und Maulbeerfeigen sowie große Oleanderbüsche wuchsen.

Metellus ließ seine Männer rechts und links des Konvois marschieren, während Uxal auf einem der inzwischen völlig zahmen Esel reiten durfte. Je weiter sie kamen, desto häufiger sah man Boote auf dem Fluss. Bei den meisten handelte es sich um sehr schlichte Fahrzeuge, große runde Weidenkörbe, die mit gegerbten Ochsenhäuten bezogen und mit Bitumen abgedichtet waren, aber dann und wann tauchte auch ein richtiges Holzschiff mit großem trapezförmigem Segel und doppeltem Heckruder auf, das den Strom hinauffuhr. Manchmal kamen diese Schiffe so nah ans Ufer, dass sie die Matrosen beim Manövrieren beobachten konnten, besonders dort, wo der Fluss, der sich ein tiefes Bett in den kalkhaltigen Untergrund gegraben hatte, zur Abwechslung niedrige Ufer aufwies.

An diesen Stellen waren auch Dörfer entstanden mit Häusern aus luftgetrockneten Lehmziegeln. Man sah Frauen mit Tonkrügen auf den Köpfen, die hüftwiegend vom Fluss zurückkehrten, und im Wasser planschten schreiend nackte Kinder mit brauner Haut.

Die friedlich wirkenden, kleinen Dörfer unterschieden sich in nichts von irgendeinem beliebigen Dorf am Mittelmeer, in Mesopotamien oder Ägypten. Und doch sammelten die großen Imperien – in dieser Gegend ebenso wie am Mittelmeer – die jungen Männer dieser Ortschaften ein und schickten sie in den Krieg, nachdem sie zuvor Hass und Wut in ihnen geschürt und sie gegen den Feind aufgehetzt hatten, den es zu bekämpfen galt, egal, welchem Volk dieser auch angehörte. Jeder war überzeugt, im Recht zu sein, jeder hielt seine eigene Welt für die beste und war deshalb überzeugt, seine Lebensweise und Kultur den anderen Völkern aufzwingen zu müssen.

Derlei war Metellus auch früher schon durch den Kopf gegangen, daran erinnerte er sich noch gut. Aber je weiter er herumkam, desto mehr gelangte er zu der Einsicht, dass seine Welt tatsächlich die Einzige sei, in der es sich zu leben lohnte. Nirgendwo sonst gab es ein vergleichbares liberales Menschenbild, eine offene Weltanschauung wie die, welche aus dem Verschmelzen der griechischen mit der römischen Kultur hervorgegangen war. Die lange, grausame Gefangenschaft bei einem Feind, der dem Menschen keinerlei Rechte zugestand und selbst Männern, die unglaubliche Tapferkeit und überwältigende Treue bewiesen, nicht den geringsten Respekt zollte, hatten in ihm diese Überzeugung noch gefestigt.

Er konnte es hinnehmen, dass die andern, die Fremden, ebenso glaubten, im Recht zu sein, wie er. Aber dass Valerian, sein Kaiser, um Freiheit und Leben gebracht worden war, weil er an die Loyalität seines Gegners geglaubt hatte und weil ihm kein Risiko zu groß gewesen war, um den Frieden bis in den kleinsten Winkel der bekannten Welt, vom Atlantik bis an den Indus, zu tragen und dauerhaft zu festigen, das konnte er nicht vergessen.

In derlei Gedanken versunken marschierte er schweigend unter der glühenden Sonne …

12

Am ersten Tag des Marsches gab es keinerlei Zwischenfälle. Gegen Sonnenuntergang tauchte zwar eine Gruppe von Bewaffneten auf, bei denen es sich möglicherweise um Wegelagerer handelte, aber beim Anblick der Waffen, die Metellus und seine Männer unübersehbar zur Schau stellten, versuchten sie erst gar nicht, die Karawane zu überfallen, vorausgesetzt, dass dies ihre Absicht gewesen war; sie wandten ihre Dromedare und verschwanden hinter der nächsten Bodenwelle.

Am Abend des zweiten Tages erreichten Daruma und sein Begleitschutz ihr Ziel: ein staubiges Hafenstädtchen, das sich in eine Biegung des Flusses schmiegte. Palmen aller Art und dichte Oleanderbüsche in Rot und Weiß umgaben es. Hinter einem kleinen Damm aus gebrannten Ziegeln zog sich der Fluss dahin; der Damm diente auch als Anlegestelle für zahlreiche Schiffe.

Daruma empfahl Metellus und seinen Männern, auch ihre Gesichter mit den Tüchern zu verhüllen, die sie sich bisher nur um den Kopf gewickelt hatten. Er war sich nämlich sicher, dass es im Hafengebiet persische Soldaten gab oder Spitzel, die dort auf Opfer lauerten.

»Zerstreut euch«, ermahnte er die Römer, »aber verliert euch nicht aus den Augen.« Er zeigte ihnen eine grüne Fahne. »Sobald ihr diese hier auf einem der Masten seht, wisst ihr, dass ich ein Schiff für uns gefunden habe. Nach Einbruch der Dunkelheit könnt ihr dann an Bord kommen, aber bitte einzeln, nicht alle auf einmal. Eure Waffen versteckt ihr unter den Umhängen. Und fangt bloß mit niemandem Streit an! Auch im dichtesten Gedrängel dürft ihr auf keinen Fall miteinander reden – wenn ein Spitzel auch nur ein lateinisches Wort von euch hört, seid ihr verloren. Verständigt euch durch Zeichen, und auch das so unauffällig wie möglich. Denkt dran: Das ist das letzte Hindernis, das ihr überwinden müsst, danach seid ihr frei – dann habt ihr gewonnen, und die Gefangenschaft wird nur noch eine böse

Erinnerung sein. Aber Vorsicht: Genauso gut kann ein falscher Schritt alles bisher Erreichte zunichte machen.«

Er sah sie streng an. »Die letzten Stunden sind die gefährlichsten«, sagte er mit eindringlicher Stimme. »Schon eine winzige Bagatelle kann euch das Leben kosten: ein schiefer Blick, eine auffällige Bewegung, ein Wort, das euch im falschen Moment und am falschen Ort herausrutscht. Also passt gut auf! Und noch etwas: Wenn sie euch schnappen, habe ich euch nie gesehen, ist das klar? In diesem Fall kann ich nicht mehr das Geringste für euch tun.«

»Du hast schon sehr viel für uns getan«, erwiderte Metellus, »und keiner von uns erwartet, dass du dein Leben für uns wegwirfst, Daruma. Mach dir keine Sorgen, ich werde meine Männer entsprechend instruieren – es wird schon alles klappen.«

»Gut, dann lasst uns jetzt auseinandergehen.«

Metellus und seine Männer würden die Schenken am Hafen ebenso meiden wie die vielen Stände, an denen Lebensmittel verkauft wurden, um bloß keine Aufmerksamkeit zu erregen. Stattdessen aßen sie trockenes Brot, tranken Wasser aus ihren Feldflaschen und schlenderten so unauffällig wie möglich durch die belebten Straßen der kleinen Ortschaft.

Das Angebot der Straßenverkäufer war vielfältig: Datteln, Fladenbrot, das in Tonöfen gebacken wurde, getrockneter Salzfisch, frischer Flussfisch, persische Pfirsiche mit verlockendem Duft, außerdem Kürbisse, Melonen und kleine Wildbirnen, die ziemlich hart aussahen. An manchen Ständen wurden auch Tiere verkauft: Schlangen, Affen, unbekannte Vögel mit farbenfrohem Gefieder.

Die Männer waren fasziniert von dem bunten Spektakel, und die köstlichen Gerüche nach geröstetem Fleisch, exotischen Gewürzen und allerlei Kräutern stiegen ihnen in die Nasen. Es gab sogar Parfumverkäufer, die ihre Düfte in kleinen Fläschchen aus bunter Glaspaste oder Alabaster verkauften.

Die Preise waren schwer zu erraten, aber so viel war klar: Diese Parfüms waren etwas für reiche Leute! Händler, die Taschen voller Silber mit sich herumschleppten und in allen möglichen Sprachen lautstark feilschten, bevor sie schließlich bezahlten, erstanden sie. Am Ende schienen sowohl Käufer wie Verkäufer überzeugt, ein ausgezeichnetes Geschäft gemacht zu haben.

Für Metellus war es das erste Mal, dass er als freier Mann außerhalb der Grenzen des römischen Imperiums unterwegs war. Er hatte oft daran gedacht, einmal eine solche Reise zu unternehmen, aber das Reich war so unendlich groß, dass man, wenn man endlich seine Grenzen erreichte, meistens schon wieder zurückwollte.

Ganz wohl war ihm nicht, aber andererseits war das, was er erlebte, ungemein aufregend, ja, es verursachte ihm geradezu Schwindel. Jedenfalls war es ein ganz neues Gefühl. Asien dehnte sich, so wollte es ihm scheinen, bis ins Unendliche aus, und vermutlich wurde es auch von unendlich vielen Völkern bewohnt.

Er dachte an die riesigen eintönigen Hochebenen, die sie durchquert hatten, an die wüstenähnlichen Einöden, an den immer weißen, immer wolkenlosen Himmel. Geschichten von phantastischen Völkern und Tieren, wie er sie aus Plinius' *De Mirabilibus* kannte, fielen ihm ein, doch er begriff, dass all diese monströsen Auswüchse der Natur, vor denen sich der Mensch fürchtete, in Wirklichkeit nur Hirngespinste waren. Je weiter der Mensch vordrang, je mehr er erforschte und je mehr Kenntnisse er erwarb, desto weiter rückten diese Schreckgespenster in die Ferne.

Aber vielleicht hatten ja die alten Helden – Herkules, Theseus, Odysseus – vor langer, langer Zeit schon alle Ungeheuer getötet. Auch Alexander musste wohl enttäuscht gewesen sein, als er in Indien weder auf Hippogryphen noch Chimären noch auf Gold grabende Riesenameisen getroffen war.

Metellus ließ sich bei seinem Landgang von Uxal begleiten, der die Sprache beherrschte und somit kein Aufsehen erregte. Er hörte ihm aufmerksam zu, wenn er mit den Leuten sprach, aber er konnte natürlich nur raten, worum es ging. Plötzlich sah er auf dem Tisch eines Straßenverkäufers ein Spielzeug: einen kleinen, aus Akazienholz geschnitzten Elefanten mit beweglichem Rüssel, der hin und her schwang. »Kannst du mir den kaufen?«, flüsterte er Uxal ins Ohr. »Für meinen Jungen, meine ich.«

Uxal, der die Gemeinschaftskasse der Gruppe in Verwahr hatte, begann ausgiebig mit dem Händler zu feilschen, bis man sich endlich auf einen Preis einigte, den Uxal für angemessen hielt. Er bezahlte mit ein paar Münzen und nahm das Spielzeug in Empfang. »Du rechnest anscheinend damit, bald zu Hause zu sein«, sagte er, nachdem sie sich ein gutes Stück entfernt hatten.

»Warum?«

»Weil Kinder schnell groß werden und dann meistens keinen Gefallen mehr an solchen Spielsachen haben.«

Metellus seufzte. »Du hast recht. Für mich blieb die Zeit an dem Tag stehen, da ich in Gefangenschaft geriet. Für mich wird mein Sohn immer das Kind bleiben, das ich damals zurückgelassen habe, und sollten tausend Jahre vergehen.«

»Diese Geschichte kommt mir irgendwie bekannt vor«, meinte Uxal. »Ist das nicht ein altes Epos? Wenn ich mich recht entsinne, erzählt es von einem Mann, einem Seefahrer, glaube ich, der nach jahrelanger Abwesenheit auf seine Insel zurückkehrt und seinen Sohn wiedertrifft, der inzwischen ein erwachsener Mann ist.«

»Du meinst die *Odyssee*«, erwiderte Metellus. »Dieses Epos ist nach dem Helden Odysseus benannt, der seinen neugeborenen Sohn Telemachos auf Ithaka zurücklässt und ihn erst zwanzig Jahre später wieder in die Arme schließen kann.«

»Ja, das muss es gewesen sein. Aber du siehst deinen Sohn hoffentlich etwas früher wieder.«

»Das hoffe ich auch, Uxal. Wahrhaftig.«

Eine Weile gingen sie schweigend nebeneinander her, während sich die Dunkelheit immer mehr über die immer weniger belebten Straßen und auf die weißen Terrassen der Häuser senkte. Plötzlich stieß Metellus seinen Begleiter mit dem Ellbogen an und deutete mit dem Kinn in Richtung Hafen. »Die grüne Fahne«, sagte er. »Daruma hat ein Schiff gefunden!«

Metellus und Uxal warteten ab, bis alle Gefährten nacheinander den hölzernen Landungssteg mit dem Bambusrohrgeländer überquert hatten, erst dann gingen auch sie an Bord.

Daruma ließ die Laternen an Bug und Heck entzünden und stellte zwei Männer als Wachen auf: Saraganda – einen von seinen Indern – und Antoninus. Danach ließ er das Abendessen verteilen: eine breite Auswahl an scharf gewürzten Gerichten, die er an Land gekauft hatte, wie etwa gesalzenes Ziegenfleisch oder Bratfisch mit Thymian und Malve. Dazu gab es gesalzenes Fladenbrot, frisch aus dem Backsteinofen, und Palmenwein.

Von den anderen Schiffen, die rings um sie herum vor Anker lagen, drangen lärmende Stimmen zu ihnen herüber. Die Schiffsmannschaften erholten sich von einem anstrengenden Tag, den sie vorwiegend mit Wartungsarbeiten verbracht hatten, sprachen dem Alkohol zu, und der ein oder andere vergnügte sich wohl auch mit einem Freudenmädchen, das er mit aufs Schiff genommen hatte.

Unter den Römern herrschte jedoch immer noch eine ziemlich angespannte Stimmung, und zum Rest der Besatzung, die man ja gar nicht kannte, bestand kaum Kontakt. Metellus' Männer aßen und tranken schweigend, und ihre Blicke suchten dabei unablässig das Ufer ab, ob ihnen von dort eine Überraschung blühte.

»Die Schiffsbesatzung – was sind das für Leute?«, wollte Metellus von Daruma wissen.

»Männer aus Taprobane. Ihre Sprache versteht hier keiner, und deshalb können sie uns auch nicht gefährlich werden. Außerdem kennen sie niemanden, da sie selbst erst vor wenigen Tagen hier angekommen sind. Sie arbeiten seit Jahren für mich, und ich habe sie immer gut bezahlt. Du kannst also beruhigt sein.«

Metellus nickte. »Es läuft nur alles so glatt, dass ich es kaum glauben kann – fast zu schön, um wahr zu sein.«

»Gar nichts läuft hier glatt«, brummte Daruma. »Dieser Überfall auf die Oase – das war alles andere als normal. Und wenn jener Mann, den die Reiter verfolgten, wirklich der war, auf den ich gewartet habe – tja, dann könnte er inzwischen bereits tot sein.«

»Du hast recht«, gestand Metellus ein. »Wer viel gelitten hat, wird mit der Zeit egoistisch und denkt nur noch an sich selbst.«

Daruma nickte. »Wenn du mich fragst, sind wir noch lange nicht außer Gefahr«, erklärte er. »Auf dem Fluss gibt es Schiffe mit persischen Soldaten an Bord, im Hafen wimmelt es von Spitzeln, und entlang der Ufer sind mit Sicherheit immer wieder berittene Bogenschützen stationiert. Ihr wart Gefangene, an denen dem Großkönig sehr viel lag, wenn ich recht verstanden habe. Überhaupt finde ich, lieber Metellus, dass du endlich mit der ganzen Wahrheit herausrücken solltest, wenn du möchtest, dass wir diese Reise gemeinsam fortsetzen.«

»Wie meinst du das?«

»Na ja, in Aus Daiwa wart ihr noch zu zehnt. Wer waren die anderen? Wo sind sie geblieben? Und wie habt ihr es überhaupt geschafft, von dort zu entkommen? Das ist bisher noch keinem gelungen!«

»Wenn ich es dir erzähle, versprichst du mir dann, dass du es keinem weitererzählst?«

Daruma lächelte. »Das kann ich«, sagte er, »aber würdest du dich auf das Wort eines Händlers verlassen?«

»Wenn du uns verraten wolltest, hättest du es längst getan.«

»Das stimmt allerdings. Gut, dann raus mit der Sprache.«

»Habe ich dein Wort?«

»Wenn du dich dann besser fühlst, gebe ich es dir.«

Metellus zögerte noch einen Moment, kam dann jedoch mit sich überein, dass Daruma das Recht hatte zu erfahren, welches Risiko er einging. »Ich war Anführer der Leibgarde von Licinius Valerianus Augustus, dem letzten römischen Kaiser. Er ist durch einen gemeinen Hinterhalt Schapurs in Edessa in persische Gefangenschaft geraten und später in Aus Daiwa gestorben. Nach seinem Tod konnten wir mit Uxals Hilfe fliehen. Er führte uns zur Oase am Chaboras, und den Rest kennst du.«

»Gütiger Trimurti!«

»Wie bitte?«

»Ich habe unsere oberste Götterdreiheit angerufen – sie ähnelt der, die ihr auf dem Kapitol in Rom verehrt.«

»Du bist in Rom gewesen?«

»Ich selbst nicht, aber einer meiner Bekannten. Doch bleiben wir beim Thema.« Daruma kratzte sich nachdenklich am Kinn. »Ihr steckt ganz schön in der Patsche – und ich mit euch! Das hättet ihr mir auch früher sagen können.«

»Hättest du uns denn mitgenommen?«

»Nein.«

»Siehst du.«

»Wie lange ist es her, dass ihr aus dem Lager geflohen seid?«

»Ich habe die Tage nicht gezählt, aber ich würde sagen ein bis eineinhalb Monate.«

Daruma seufzte. »Ich will gar nicht daran denken – wenn sie uns in die Finger bekommen, ziehen sie uns bei lebendigem Leib das Fell über die Ohren.«

»Ich weiß.«

»Andererseits haben sie euch bis heute nicht geschnappt. Wie habt ihr das eigentlich geschafft? Ich meine, ohne Pferde, in einer Landschaft, die euch kaum Deckung bieten konnte?«

»Wir haben uns viele Tage lang in einer schmalen Schlucht versteckt, die die Lageraufseher für unzugänglich halten – sie werfen nur die Leichen der gestorbenen Gefangenen dort hinein.«

»Genial – und dann?«

»Als wir den Eindruck hatten, sie hätten die Suche nach uns endgültig aufgegeben, haben wir uns auf den Weg gemacht. Wir sind nur bei Nacht marschiert, immer unten in der Schlucht, bis wir auf einen Fluss stießen, und dann weiter an diesem Fluss entlang bis zu seiner Mündung in den Chaboras.«

Daruma nickte anerkennend. »Ich nehme meine Bemerkung über die Dummheit der Römer zurück. Aber jetzt müssen wir Acht geben, dass wir auf dem letzten Abschnitt der Reise nicht alles verderben.«

»Müssen wir noch lange hier vor Anker liegen?«

»Noch mindestens drei Tage. So lautet die Vereinbarung, und ich werde sicherheitshalber noch einen Tag hinzufügen. Während dieser Zeit werdet ihr nicht wieder an Land gehen. Wenn ihr etwas braucht, werde ich es euch beschaffen.«

Metellus nickte. »Einverstanden. Aber es gibt ein Problem.«

»Welches?«

»Auch wir haben eine Vereinbarung mit dir. Du bezahlst uns dafür, dass wir dich und deinen Konvoi beschützen, doch wie können wir diesen Auftrag erfüllen, wenn wir das Schiff nicht verlassen dürfen?«

»Keine Sorge, dazu wird es noch ausreichend Gelegenheit geben«, war Daruma überzeugt. »Das kannst du mir glauben.«

»Aber wo und wann?«

»Auch das werdet ihr noch früh genug erfahren. Für den Augenblick müsst ihr euch nur gedulden, so lange wie eben nötig.«

Drei weitere Tage vergingen auf diese Weise, in denen keiner der Römer mit sich etwas anzufangen wusste. Die Hitze war unerträglich, vor allem in den Mittagsstunden. Metellus und seine Männer lagen müßig zwischen dem Tauwerk an Deck herum, wobei ihnen nur das Segel, das man als Sonnenschutz aufgezogen hatte, ein wenig Schatten spendete. In der schwülen Hitze träumten sie von einem Bad im Fluss, aber auch das hatte ihr Gastgeber ihnen streng untersagt. Erst gegen Abend erhob sich für gewöhnlich eine laue Brise. Und zu dieser Stunde freute man sich auch auf das Abendessen, das ein wenig Abwechslung in den eintönigen Tagesablauf brachte.

Daruma verbrachte mit zwei oder drei von seinen Männern einen Großteil des Tages an Land, wohl in der Hoffnung, die Person zu treffen, mit der er verabredet war. Wenn es dunkel wurde, kehrte er mit Weidenkörben voller Lebensmittel aufs Schiff zurück. Metellus fragte ihn nie nach dem Mann, auf den er wartete, aber er merkte, dass Daruma sehr besorgt war. Mit jedem Tag, der verging, stieg das Risiko, dass man ihre Anwesenheit an Bord bemerkte, und gleichzeitig wurde es immer unwahrscheinlicher, dass der sehnlich erwartete Gast noch eintreffen würde.

Am Abend des vierten Tages traf Daruma seine Entscheidung. »Morgen Früh brechen wir auf«, verkündete er. »Wenn der Reiter, den ihr durch die Oase habt reiten sehen, mein Mann war, müsste er seit mindestens zwei Tagen hier sein, zumal er mit einem Pferd sowieso schneller hätte sein müssen als wir mit unseren Kamelen und Eseln. Nein, ich kann nicht länger warten. Und wir haben ja noch einen letzten Treffpunkt am Ozean vereinbart – vielleicht stößt er ja dort zu uns.«

»Wie du möchtest«, erwiderte Metellus. »Du weißt ja, wir brechen lieber heute als morgen auf. Obwohl es mir leidtut, dass es mit deiner Verabredung nicht geklappt hat.«

Am darauf folgenden Tag, kurz vor Sonnenaufgang, wurde der Anker gelichtet. Die Matrosen brachten das Schiff in die Mitte des Flusses, indem sie sich mit langen Stangen vom Boden des seichten Ufers abstießen, danach ließen sie sich von der Strömung treiben, und der Steuermann brauchte lediglich die Heckruder zu bedienen, um den Kurs zu halten. In gemächlichem, aber gleichmäßigem Tempo glitten sie dahin.

Die Uferlandschaft, die an ihnen vorüberzog, war abwechslungsreich und wunderschön. Hin und wieder sahen sie ganze Rudel winziger Gazellen, die zum Trinken an den Fluss gekommen waren und beim Erscheinen ihres Schiffs scheu aufblickten, aber nicht flohen – vermutlich waren sie an den Schiffsverkehr gewohnt. Auch Schwärme rosaroter Flamingos, die mit ihren langen gebogenen Schnäbeln im Uferschlamm nach Nahrung suchten, tauchten von Zeit zu Zeit auf.

Antoninus, Rufus, Publius und die andern kamen aus dem Staunen nicht heraus, und auch Metellus genoss den Anblick der herrlichen Landschaft, die mit jeder Biegung des Flusses, mit jedem Felsvorsprung vielfältiger und prächtiger wurde. Gelbes und ockerfarbenes Gestein wechselte sich mit Palmenhainen ab, die immer höher und immer grüner wurden, und mit immer zahlreicher werdenden Bauern- und Fischerdörfern.

»Irgendwie erinnert mich das an gewisse Gegenden in Unterägypten«, sagte Metellus gerade, als ein Matrose, der auf den Mast geklettert war und Ausschau hielt, plötzlich etwas rief; der

Mann, dessen schwarze Haut vor Schweiß glänzte, deutete aufgeregt zum Ufer.

»Bei allen Göttern!«, rief Publius aus. »Das ist er!«

Der Reiter mit dem schwarzen Tuch um den Kopf kam in gestrecktem Galopp einen Hügel herunter und auf den Fluss zugeritten, und kurz darauf erschienen auch seine Verfolger: rund zwanzig persische Soldaten, die ihm hinterherjagten. Sie mussten ihn gerade erst aufgestöbert haben, denn ihr Tempo war zu schnell, als dass ihre Pferde es über längere Strecken hinweg hätten durchhalten können.

Daruma stürzte zur Reling und schrie: »Ja, das ist er! Ans Ufer, schnell, ans Ufer!«

Der Steuermann warf sich auf die Verbindungsstange zwischen den beiden Heckrudern und drückte sie mit aller Kraft nach rechts, sodass das Schiff eine abrupte Wendung nach links vollführte. Das Ufer war an dieser Stelle niedrig, aber steil.

Der Reiter sprengte auf eine Flussschleife zu, die mit Grün überwuchert war, möglicherweise um sich in der Vegetation zu verstecken. Dennoch schien sein Schicksal besiegelt zu sein.

»Bogen anlegen und Speere bereithalten!«, schrie Metellus, worauf seine Männer die Waffen ergriffen und blitzschnell zur Reling auf der Backbordseite rannten.

Der Steuermann hatte unterdessen den Kurs korrigiert und sein Ruder so eingestellt, dass das Schiff in einem Abstand von lediglich zwanzig Fuß parallel zur Uferböschung dahinglitt. Der Reiter schien dieses Manöver bemerkt zu haben und näherte sich ebenfalls dem Ufer, ohne dabei jedoch seinen Ritt zu verlangsamen.

In diesem Moment schossen die Perser auf ihn mit ihren Bögen, und rings um ihn herum hagelte es Pfeile, aber keiner traf. Es war beinahe, als würde er sie von hinten auf sich zufliegen spüren und wiche ihnen im letzten Moment aus.

Metellus befahl seinen Männern zurückzuschießen, und sie trafen tatsächlich zwei der Perser, was die Übrigen einen Moment lang verunsicherte und langsamer werden ließ.

»Fahr ran ans Ufer!«, schrie Daruma noch einmal, aber der

Steuermann schrie etwas zurück und behielt seinen Kurs bei. Er hatte Angst, im seichten Ufergewässer auf Grund zu laufen, doch Daruma packte ihn am Kragen, mit einer Kraft, die ihm keiner zugetraut hätte, schleuderte ihn auf die Planken und warf sich selbst auf die Ruderstange, um das Schiff so nah wie möglich ans Ufer zu lenken. Zwei Mal hörte man ein Kratzen am unteren Rumpf des Schiffs, aber es fuhr weiter, bis es nur noch acht, höchstens zehn Fuß vom Ufer entfernt war.

Da schrie Daruma noch lauter, ein einziges Wort, in trockenem, schneidendem Ton, ein Befehl oder eine Aufforderung in einer fremden Sprache.

Der Reiter reagierte sofort, kletterte unter den verblüfften Blicken der Römer und der übrigen Schiffsmannschaft auf den Rücken seines Pferdes, richtete sich auf und vollführte einen akrobatischen Sprung, indem er wie schwerelos durch die Luft wirbelte und kurz darauf – Arme und Beine gespreizt, die Knie leicht gebeugt – auf dem Deck des Schiffs landete.

In dieser Stellung verharrte er, reglos, als wäre er auf den Schiffsplanken festgenagelt.

Daruma steuerte das Schiff sofort wieder in die Mitte des Flusses, und während die Perser eine Salve von Pfeilen abschossen, hielten Metellus und seine Männer die geflochtenen Abdeckungen der Schotten hoch, als wären es Schilde, und fingen damit die meisten Geschosse ab.

Sobald sie außer Schussweite waren, wandten sie sich um und blickten zur Mitte des Decks, als wollten sie sich vergewissern, ob sie nicht geträumt hatten. Aber die mysteriöse Person war noch da, immer noch reglos wie eine Statue. Die Römer und die Schiffsbesatzung bildeten einen Kreis um sie herum, um den Mann zu bestaunen.

Metellus sah Daruma verwundert an. »Ist das der Mann, auf den du gewartet hast?«

Daruma nickte.

»Was hast du ihm zugerufen?«

»Spring!«

»In welcher Sprache?«

Daruma gab ihm durch ein Zeichen zu verstehen, dass er ihm das später erklären würde, und trat auf den unerwarteten Neuankömmling zu. Metellus hatte plötzlich das Gefühl, diesen Mann mit den seltsamen geschlitzten Augen schon einmal gesehen zu haben. Und er spürte, dass auch der Fremde dieses Gefühl hatte. Wie ein Blitz zuckte in seinem Kopf noch einmal die schmerzliche Szene in Edessa auf, als man Valerian zum Kniefall vor Schapur gezwungen hatte. Er betrachtete noch einmal diese unglaublich schwarzen, funkelnden Augen.

Daruma ging auf den Mann zu, kreuzte die Arme vor der Brust und machte eine tiefe Verbeugung. Der Mysteriöse richtete sich daraufhin auf, drückte die zur Faust geballte Linke auf die Handfläche der Rechten und neigte ganz leicht den Kopf, worauf er zum Bug des Schiffs ging, dort Platz nahm und reglos auf den Horizont starrte.

Metellus' Männer sahen sich stumm vor Staunen an.

»Ich hatte euch ja gesagt, dass er es ist«, sagte Publius irgendwann.

»Wer?«

»Na, der Reiter, der uns in der Wüste gefolgt ist.«

»Schon möglich«, entgegnete Rufus, »aber wer ist er?«

»Ich würde eher fragen: ›Was ist er?‹«, sagte Lucianus, ohne den Blick von der reglosen Gestalt am Bug zu wenden.

»Ein Mensch, bei Herkules, was denn sonst?«, gab Antoninus zurück.

»Und wenn er ein Gott wäre?«, meinte Severus. »Ich habe noch nie einen Menschen gesehen, der Pfeilen ausweichen und … fliegen konnte.«

»Er ist nicht geflogen«, erwiderte Antoninus, »sondern gesprungen.«

»Ach ja? Das nennst du springen? Versuch's doch auch mal – vielleicht schaffst du es ja.«

Metellus unterbrach den Disput seiner Männer und ermahnte sie zur Ruhe, dann ging er wieder zu Daruma. »Er ist es also wirklich?«

»Ja, dem Himmel sei gedankt. Ich hatte die Hoffnung schon fast aufgegeben.«

»Aber wer ist er, wenn ich fragen darf?«

»Ein Prinz.«

»Aus welchem Land?«

»Aus China.«

Metellus sah ihn verblüfft an. »China? Was ist das denn?«

13

»China?«, wiederholte Daruma mit einem Lächeln. »China ist das Land der Seide. Das Land, das ihr auf euren primitiven Karten *Sera Maior* nennt.«

»Hm, wenn ich darüber nachdenke, glaube ich sogar, dass der ein oder andere Römer sogar schon dort war«, erwiderte Metellus. »Händler vor allem, vielleicht sogar eine offizielle Delegation. Als Marcus Aurelius Kaiser war, soll ein Magistrat des Ritterstandes mit ein paar Zenturionen sogar bis in die Hauptstadt dieses Reichs vorgedrungen sein. Aber soweit ich weiß, ging der Bericht über diese Reise verloren. Kennst du das Land?«

»Ja, sogar ziemlich gut. Ich reise alle zwei, drei Jahre einmal dorthin, um größere Mengen Seide einzukaufen, die ich dann auf den persischen und indischen Märkten weiterverkaufe. Wenn die Ware bei euch ankommt, hat sie schon viele Zwischenhändler passiert, und jeder von ihnen hat seinen Teil daran verdient.«

»Hast du den Prinzen dort kennengelernt?«, fragte Metellus mit einem Blick auf den Mann, der reglos am Bug des Schiffs hockte. Er trug einen gelb bestickten grauen Kasack mit Stehkragen und darunter eine Pumphose und eigentümliches Schuhwerk, wie Metellus es an einem Mann noch nie gesehen hatte; es erinnerte ihn nämlich ein wenig an die Schuhe der Frauen in Phrygien und Kappadokien. Das Gesicht des Mannes war nur zu erahnen, denn es war noch immer mit dem schwarzen Tuch verhüllt, das er um den Kopf trug.

»Ja«, erwiderte Daruma, »ich habe ihn vor ein paar Jahren dort unten getroffen.«

»Wer ist er?«, fragte Metellus noch einmal.

»Ein Prinz. Ein Prinz seines Volkes, der Sohn des dortigen Kaisers.«

Metellus dachte an Gallienus und bekam eine Gänsehaut. Er

spürte den Ruf des Schicksals, und es war ein seltsames Schicksal, eines, das er gern abgelehnt hätte, von dem er sich andererseits aber auch angezogen fühlte. »Und wie kommt es, dass ein einfacher Händler wie du zum Kaiser dieses Landes vorgelassen wurde?«

»Das ist eine lange Geschichte, die ich dir später einmal erzähle – wenn mir noch die Zeit dazu bleibt.«

»Und was hatte dieser Prinz bei Schapur zu suchen?«

Daruma zögerte mit seiner Antwort. Das Schiff glitt ruhig auf dem Fluss dahin, dessen Ufer sich immer weiter voneinander entfernten. Je breiter der Fluss wurde, desto geringer wurde die Strömung und desto langsamer wurde die Fahrt, zumal der Wind auch noch aus entgegengesetzter Richtung blies, nämlich aus Süden.

»Er war als Botschafter gesandt worden«, sagte der Inder schließlich, »und sollte als Gast ein paar Monate am Hof des persischen Großkönigs verbringen. Das hat es vorher noch nie gegeben, aber viele hielten es für klug. Sämtliche Karawanen, die Seide in den Westen bringen, müssen Persien durchqueren, und daher, so sagte man sich, könne es nur von Vorteil sein, einen direkten Kontakt zwischen den beiden Ländern herzustellen.«

»Du als Seidenhändler wirst diese Idee natürlich besonders unterstützt haben«, vermutete Metellus, den Blick noch immer auf den Prinzen gerichtet.

Auch seine Männer betrachteten ihn – die einen nur von der Seite, während sie leise miteinander sprachen, die anderen offen, ja, unverhohlen, so wie man ein exotisches Tier begafft. Aber der Fremdling starrte weiter auf den Horizont, scheinbar völlig in sich versunken und kein bisschen aufgeregt, obwohl er gerade erst dem Tode entronnen war und eine Tat vollbracht hatte, die kein anderes menschliches Wesen jemals hätte vollbringen können. Was für eine Art Mann war das bloß? Was für ein Blut rann durch seine Adern?

Daruma schwieg erneut, während der Wind immer stärker wurde und die Wanten des Schiffs wie die Saiten einer Harfe zum Vibrieren brachte. »Das Wetter schlägt um«, sagte er schließlich, kehrte dann jedoch zu ihrem vorigen Thema zurück. »Ja, ich habe diese Idee unterstützt, aber das hätte, glaube ich, jeder getan. Jedenfalls vergingen zwei Jahre, und von dem Prinzen hörte und sah man nichts mehr.«

Zwei Jahre, dachte Metellus. Also ungefähr so lange, wie ihre Gefangenschaft in Aus Daiwa gedauert hatte. »Wann waren diese zwei Jahre zu Ende?«

»Vor rund sechs Monaten. Und das war der Moment, da ich mich aufgemacht habe, um mich mit ihm zu treffen.«

Demzufolge war der Prinz an jenem Tag, da die Perser Valerian vor den Mauern Edessas gefangen genommen hatten, Schapurs Gast gewesen oder vielleicht sogar schon sein Gefangener, ohne es zu wissen.

Ein Mann der Schiffsbesatzung näherte sich Daruma und deutete auf die Anhöhen, die ein paar Meilen vom westlichen Ufer entfernt aufgetaucht waren. Dort konnte man Dromedare laufen sehen.

»Meinst du, sie folgen uns?«, fragte Metellus, der in die entsprechende Richtung schaute.

»Da bin ich überfragt. Ich kann dir nur sagen, dass die Boten des Großkönigs Dromedare benutzen, wenn sie eilige Nachrichten durch die Wüste bringen sollen, denn Dromedare sind viel ausdauernder als Pferde und kommen mit weniger Wasser aus. Sollten die Reiter dort oben tatsächlich mit Botschaften unterwegs sein, ist allerdings anzunehmen, dass sie uns betreffen, und in diesem Fall würde ich viel dafür geben, ihren Inhalt zu erfahren. Nur leider bin ich nicht bewandert in der Kunst der Hellseherei.«

Metellus drang nicht weiter in ihn, aber sein Herz zog sich zusammen bei dem Gedanken, dass es auf dem Weg in die Freiheit immer noch Hindernisse für ihn und seine Männer gab. Hoffentlich gab es an der Flussmündung einen Hafen, wo die Waren von Ozeanschiffen entladen wurden – Waren, die anschließend auf dem Fluss oder mit Karawanen auf dem Landweg in den Westen weiterbefördert wurden.

In den Westen – dieser Gedanken war sein ständiger Begleiter, war immer bei ihm, so auch in diesem Moment da sein Blick dem Lauf der untergehenden Sonne folgte.

Edessa, die Heimat – würde er je wieder seinen Fuß auf diesen Boden setzen? Würde er seinen Sohn je wiedersehen? Und in welchem Zustand würde er die Stadt bei seiner Rückkehr vorfinden? Er überlegte, was sich in den letzten zwei Jahren innerhalb der Stadtmauern abgespielt haben mochte, und kam zu dem Schluss, dass sein Leben in der Heimat wahrscheinlich ebenso in Gefahr gewesen wäre wie in der Fremde. Er hätte sich verstecken, in aller Heimlichkeit agieren und mit erbarmungsloser Härte zuschlagen müssen. Wenn er je zurückkehren würde, das war ihm klar, dann nur, um ein Versprechen einzulösen und einen begangenen Fehler wieder gutzumachen. Er hatte damals in bester Absicht gehandelt, und er war überzeugt davon gewesen, dass Aurelian seine Pflicht erfüllen und Silva seiner Aufgabe als Statthalter gerecht werden würde. Aber hätte er dem Kaiser gehorcht und wäre in Edessa geblieben, hätte er die Katastrophe möglicherweise abwenden können. Er wäre mit einem Trupp ausgerückt und Valerian zu Hilfe geeilt, oder er hätte ihn befreit, nachdem er in Gefangenschaft geraten war.

Alle nur erdenklichen Möglichkeiten gingen ihm durch den Kopf, und das schlechte Gewissen, das sich nicht rührte, solange er beschäftigt war, einem reglos im Schlamm lauernden Krokodil gleich, meldete sich lautstark zu Wort, kaum dass er ein wenig Ruhe fand, und plagte ihn fürchterlich.

Der sterbende Valerian hatte ihm eine Aufgabe übertragen, die eigentlich nicht zu bewältigen war: Zurückkehren und Ordnung im Staat schaffen. Und er hatte es ihm versprochen, hatte dem sterbenden Caesar sein Wort gegeben.

Wer allzu Kühnes wagt, bezahlt dafür meistens mit dem Leben, das wusste Metellus. Aber er war Soldat und starb lieber, als seine Ehre zu verlieren.

Die Strömung nahm weiter ab, und die nach Süden reitenden Männer auf ihren Dromedaren waren längst am Horizont verschwunden. Viele Schiffe fuhren auf diesem Teil des Flusses, große ebenso wie kleine, und es wurden immer noch mehr, je näher sie dem Ozean kamen. Einige ließen sich, wie sie, von der Strömung treiben, andere segelten im Südwind flussaufwärts.

Irgendwann – die Sonne war schon fast untergegangen – sah er den Prinzen aufstehen und die Glieder recken, was er auf höchst seltsame Art und Weise tat, indem er nämlich abwechselnd mal ein Bein, mal das andere, mal einen Arm, mal den anderen ausstreckte und dazu die Finger spreizte. Was waren das bloß für merkwürdige Übungen? Ein Tanz? Eine Methode, nach längerer Reglosigkeit die Muskeln zu dehnen? Aber warum war er überhaupt so lange reglos verharrt?

Metellus sah seine Männer an. Jeder war mit irgendetwas beschäftigt: Publius schnitzte irgendetwas, Uxal stellte aus einem Stück Akazienholz Löffel her, Lucianus flickte seine Kleidung mit einer Nadel, wie Fischer sie zum Netzflicken benützten, Severus und Marzianus hatten ihre Brustpanzer auseinandergenommen und die Metallplatten auf dem Schiffsboden ausgebreitet, um sie einzeln zu überprüfen und aufgegangene Ringe mit der Zange wieder zusammenzudrücken, damit sie nicht verloren gingen, Rufus war damit beschäftigt, die Spitze seines Speers zu schleifen, Antoninus und Septimius bastelten sich eine Angel, und Balbus zog mit rhythmischen Bewegungen den Wetzstein über seine Schwertklinge, wobei er sich leise mit Quadratus unterhielt.

Nichtstun bedeutete für diese Männer Langeweile und war für sie eine Strafe. Die starre Reglosigkeit des Fremdlings kam ihnen deshalb unnatürlich, ja, beinahe unfassbar vor. Metellus war sie ein weiterer Beweis dafür, dass die Welt unendlich viel größer war, als man es sich als Römer vorstellen konnte, so groß, dass das Reich der Caesaren, das immerhin sämtliche Länder rings ums Mittelmeer einschloss, wahrscheinlich nichts als ein kleiner Flecken dieser großen Welt war. Je weiter man vorstieß ins Grenzenlose, desto vielfältiger und wundersamer wurden die Völker, auf die man traf. Vielleicht herrschten in den entlegenen Regionen ja ganz andere Gesetze. Vielleicht galt das, was in Rom oder Alexandreia als gut angesehen wurde, im Land dieser kleinwüchsigen Menschen mit den geschlitzten Augen als schlecht. Vielleicht sahen sie die Welt tatsächlich mit *anderen Augen* und gelangten deshalb auch zu ganz anderen Einsichten.

Derlei Betrachtungen stellte Metellus an, ohne sich darüber allerdings allzu sehr den Kopf zu zerbrechen; viel mehr lag ihm daran, diese Dinge eines Tages, wenn alles vorbei war, seinem Sohn erzählen zu können.

Darumas Stimme riss ihn aus seinen Gedanken. »Es ist alles fertig, Kommandant.«

»Was ist fertig?«

»Riechst du es nicht? Das Abendessen.«

»Götter, ich hab gar nicht richtig mitgekriegt, dass es schon Abend wurde.«

»Du warst lange in Gedanken versunken, und ich wollte dich nicht stören. Wenn ein Mensch so lange gefangen war, muss sich sein Geist erst wieder entfalten, und das geschieht mithilfe von Vorstellung, Phantasie und Träumen. Die Unfreiheit unterdrückt die Intelligenz und nimmt einem die Möglichkeit, in die Zukunft zu schauen, geschweige denn, Zukunftspläne zu schmieden. Das Erste, was du dir zurückholst, ist deine Vergangenheit …«

»Das ist wahr«, erwiderte Metellus, »mit all ihren Gespenstern.«

»… aber auch die Zukunft mit ihren Hoffnungen«, beendete Daruma seinen Satz.

»Hoffnungen …«, murmelte Metellus. »Mir sind wenige geblieben, aber auch eine einzige bedeutet ein Ziel, und sei sie noch so schwach. Du kannst dir nicht vorstellen, wie wir uns jetzt fühlen, meine Männer und ich. Es ist, als wären wir aus einer Art Todesstarre erwacht. Nach und nach wird uns bewusst, wie es um uns steht, was uns geblieben ist und was sie uns genommen haben …«

»Iss jetzt lieber«, meinte Daruma. »Mit vollem Bauch sieht die Welt meist freundlicher aus.«

Auf sein Zeichen ließen sich alle im Kreis nieder, auch die Männer der Schiffsbesatzung und der junge Fremdling, der sich allerdings nicht setzte, sondern wie üblich nur auf die Fersen hockte. Endlich nahm er auch seinen schwarzen Schleier ab, unter dem ein bartloses Jünglingsgesicht zum Vorschein kam, lange, unglaublich schwarze Haare, die glatt waren und im Nacken von einem Lederband zusammengehalten wurden, und ein kleiner, schön geschwungener Mund. Sein Teint wirkte wächsern und bleich.

So ein Gesicht konnte nicht erröten. Metellus fragte sich, ob das wohl bedeutete, dass er nicht wütend werden oder sonst irgendwelche heftigen Gefühle empfinden konnte. Ob eine Art angeborene Unerschütterlichkeit in ihm war, die berühmte Ataraxie, mit der sich die Philosophen im Westen so ausführlich befasst hatten.

Uxal verteilte seine frisch geschnitzten Löffel aus Akazienholz, und kurz darauf ging der Schiffskoch mit Tellern und einer großen Schüssel herum und teilte einen Eintopf aus Fisch, Gemüse und Hülsenfrüchten aus, der mit Öl, Safran und Pfeffer abgeschmeckt war.

Die Männer machten sich mit großem Appetit darüber her, aber Metellus sah, dass der junge Mann mit den geschlitzten Augen nicht aß, und bot ihm deshalb mit einer leichten Verneigung seinen Löffel an. Der Prinz griff nicht danach, sprach aber leise ein paar Worte.

»Was hat er gesagt?«, wollte Metellus von Daruma wissen.

»Wenn du möchtest, kann ich ihn ja fragen, ob er bereit wäre, mit dir zu sprechen. Er kann Persisch.«

»Und wer sagt dir, dass ich es kann?«

»In der Oase am Chaboras habe ich dich ein paar Worte mit einem Maultiertreiber wechseln hören.«

»Und trotzdem hast du mich die ganze Zeit über Koiné reden lassen?«

»Ich dachte, du möchtest für dich behalten, dass du diese Sprache sprichst; der Grund dafür ging mich nichts an.«

»Und was ist mit mir?«, rief Uxal empört. »Ging es mich etwa auch nichts an? Ich kann es nicht fassen – du hast mich anderthalb Jahre lang wie blöd übersetzen lassen, dabei sprichst du Persisch!«

»Ja, stimmt, ich spreche Persisch«, sagte Metellus ruhig, »aber ich wollte es tatsächlich geheim halten. Wie leicht hätte uns in einem unbedachten Moment ein Wort herausrutschen können, das womöglich der Falsche hörte. Es war kein Misstrauen dir gegenüber, Uxal, aber wenn so viel auf dem Spiel steht wie für uns, kann man nicht vorsichtig genug sein.«

Uxal brummte vor sich hin und steckte seinen Kopf wieder in den Teller.

Daruma wechselte in ehrerbietigem Ton ein paar Worte mit seinem Gast, dann wandte er sich erneut an Metellus. »Ich habe ihn gefragt, ob er sich auf eine Unterhaltung mit dir einlassen möchte.«

»Ach ja?«, fragte Metellus. »Und wie lautet die gnädige Antwort?«

»Er möchte. Du kannst das Wort an ihn richten. Auf Persisch.«

Metellus dachte kurz nach, bevor er den Prinzen ansprach: »Es war ein bizarres Schicksal, das uns da zusammenführte, nicht wahr?«

»So bizarr nun auch wieder nicht«, entgegnete der Prinz. »Männer, die wie wir große Verantwortung tragen, begegnen sich nie aus Zufall.«

»Warum dann?«

»Weil sie denselben Weg gehen. Es ist wahrscheinlicher, dass sich zwei Könige treffen, die unendlich weit voneinander entfernt leben, als dass einer von ihnen dem Blick seines Latrinenputzers begegnet.« Die Stimme des Prinzen hörte sich kühl und distanziert an.

Metellus versuchte, die Unterhaltung mit einem etwas alltäglicheren Thema aufzulockern. »Möchtest du nicht mit uns essen?«, fragte er ihn.

»Die Menge Essen, die dieses Ding da fasst, ist für einen wohlerzogenen Menschen unschicklich«, antwortete der Fremdling mit einem Blick auf Metellus' Löffel. Daraufhin zog er zwei Stäbchen aus der Innentasche seines Wamses und begann zu essen, indem er immer nur winzige Mengen aus seiner Schüssel aufnahm, so winzig, dass man ihn kaum kauen sah.

»Bei den Göttern«, entfuhr es Uxal, »der pickt ja wie ein Vögelchen.«

»Er isst so viel wie nötig«, sagte Daruma. »Ihr habt ja gesehen, welche Energie in diesem Mann steckt.«

»Allerdings«, meinte Metellus, »und ich frage mich, woher er die nimmt.«

»Das wirst du noch erfahren«, erwiderte Daruma.

»Meinst du?«, sagte Metellus. »Viel Zeit bleibt uns nicht mehr. Mir scheint, bis zum Ozean ist es nicht mehr sehr weit.«

Daruma ging nicht weiter auf das Thema ein.

Uxal sagte auch nichts mehr, und eine Zeit lang herrschte Schweigen, während die Männer den Fremdling aus den Augenwinkeln beobachteten. Dabei fiel ihnen auf, dass ihr Kommandant es ihm nachtat und ebenfalls nur noch bescheidene Mengen des Eintopfs mit der Löffelspitze aufnahm. Irgendwann begannen sie wieder leise miteinander zu sprechen.

»Daruma hat mir gesagt, dass du aus einem großen Land im Osten kommst …«, begann Metellus erneut auf Persisch.

»Zhong Guo«, erwiderte der Prinz.

»Ist das der Name deines Landes?«

»Ja. Und wie heißt deins?«

Metellus zögerte einen Moment, bevor er auf Lateinisch antwortete: »Imperium Populi Romani.«

»Wo liegt das?«

»Im äußersten Westen, und es ist so groß, dass es ein ganzes Meer einschließt.«

»Das muss Da Qin Guo sein – so nennen wir es. Das Wort bedeutet so viel wie ›Westliches Land‹.«

Metellus verzeichnete im Geiste, dass *Guo* demnach »Land« oder »Reich« heißen musste, denn es war in beiden Wörtern enthalten.

»Ihr wisst also von uns«, fuhr er fort, »wie wir im Übrigen auch von euch wissen. Nicht zuletzt, weil wir eure Seide kaufen.« Er machte eine kurze Pause. »Daruma hat mir gesagt, dass du ein Prinz bist«, erklärte er dann. »Du solltest wissen, dass es für uns eine große Ehre ist, dich auf diesem Teil der Reise begleiten zu dürfen.«

Der Prinz neigte leicht den Kopf, um Metellus für die Artigkeit zu danken.

»Dürfte ich deinen Namen erfahren?«

»Dan Qing«, erwiderte der Prinz.

»Ich heiße Marcus Metellus Aquila.«

»In deiner Sprache klingt alles sehr kompliziert.«

»Und in deiner alles sehr einfach. Aber das sind bestimmt nur oberflächliche Eindrücke, die wir da haben.«

Metellus fiel auf, dass der Prinz ihn die ganze Zeit über ansah, während er mit ihm sprach, und das war ihm fast etwas unangenehm, denn sein Blick hatte etwas ausgesprochen Rätselhaftes, Unergründliches.

Eine heftige Windböe unterbrach ihr Gespräch.

»Der bläst aus Westen«, meinte Uxal.

»Ja«, erwiderte Metellus.

»Das gefällt mir überhaupt nicht«, setzte Septimius hinzu.

»Mir auch nicht«, sagte Metellus, »aber das bedeutet nicht viel. Der Wind ist wie das Schicksal des Menschen – er kann von einem Moment auf den andern die Richtung ändern.«

Daruma bedeutete dem Schiffskoch, die leeren Teller einzusammeln, und reichte einen Krug Palmenwein herum. Alle tranken daraus, bis auf Dan Qing, der nur ein paar Schlucke Wasser zu sich nahm. Wenig später stand er auf, verbeugte sich und verschwand unter Deck.

»Ihr und der Prinz habt euch so gut wie gar nicht miteinander unterhalten«, sagte Metellus zu Daruma. »Das wundert mich. Ich meine, zwei Männer, die sich für eine Flucht verabredet hatten …«

»Der Prinz und ich werden unter vier Augen miteinander reden, doch das ging bisher nicht«, erklärte Daruma. »Aber wenn ich gleich zu ihm runtergehe, werden wir uns ausführlich und in aller Ruhe besprechen.« Er schaute in die Runde. »Wer schlafen möchte, kann Matten und Decken bekommen; nachts ist es sehr feucht an Deck, auch wenn es heiß ist. Dass ihr die

Augen offen halten solltet, brauche ich euch wohl nicht extra zu sagen«, fuhr er fort. »Unser Schiff könnte im Dunkeln von kleinen Piratenbooten geentert werden, die sehr schnell und sehr gefährlich sind. Und die Gefahr, vor der ihr flieht, ist auch noch nicht vorüber.«

»Ich weiß«, bestätigte Metellus. »Wir sind auf Überraschungen gefasst.« Und während Daruma nach unten ging, trommelte er seine Männer zusammen und teilte sie für die Nachtwachen ein.

Ein großer, roter Mond stieg aus dem Fluss und vergoldete die Wasseroberfläche, während im Westen nur noch ein zartrosa Schimmer den Horizont färbte.

Dan Qing erschien gegen Mitternacht wieder an Deck und setzte sich erneut an die Bugspitze, genauso reglos wie vorher. In dieser Stellung verharrte er bis zum Morgengrauen.

Metellus warf ihm immer wieder einen Blick zu, aber er hätte nicht zu sagen gewusst, ob er wachte oder schlief. Sein leicht nach vorn und etwas zur Seite geneigter Kopf hätte beides erlaubt, aber selbst wenn er von Zeit zu Zeit einnickte, so war sein Schlaf mit Sicherheit ein wachsamer. Nichts entging ihm, keine Bewegung, kein Richtungswechsel, kein Windhauch.

Die Nacht verlief ruhig. Der Mond ging nach der zweiten Wachablösung unter und ließ einen sternenübersäten Himmel zurück, der unglaublich hell leuchtete und den die Milchstraße wie ein weißer Schleier überzog.

Als Metellus zusammen mit Quadratus gegen Morgen die letzte Wache übernahm, sah er, dass Dan Qing den Kopf auf ein zusammengerolltes Tau gelegt hatte und schlief. Er wirkte in diesem Moment wehrlos wie ein kleines Kind, aber Metellus wusste, dass sein gekrümmter Körper gespannt war wie ein Bogen, der jeden Augenblick losschnellen konnte, wie an dem Morgen, als er diesen phantastischen Sprung vollführt hatte.

Er hätte gern mit ihm gesprochen, gern mehr über das ferne Land erfahren, aus dem er bis an die Grenze des Römischen

Reichs vorgedrungen war, ihn über die Herkunft der Seide ausgefragt, über die im Westen die verrücktesten Geschichten erzählt wurden, beispielsweise, dass sie von Würmern gesponnen wurde. Aber er wollte ihn nicht stören, auch wenn dies vielleicht die letzte Gelegenheit für eine Unterhaltung war, weil jeder von ihnen in die eigene Welt zurückkehren würde, die er vor Jahren verlassen hatte.

Daruma erschien mit Sonnenaufgang in einem knöchellangen Gewand aus feinem hellem Tuch, das an Leinen erinnerte, aber noch viel leichter war. Der Fluss hatte sich noch mehr verbreitert, und seine niedrigen, sandigen Ufer waren noch weiter auseinandergewichen.

»In etwa zwei Stunden erreichen wir den Ozean«, sagte Daruma.

»Und dann trennen sich unsere Wege«, erwiderte Metellus. »Du weißt ja nicht, wie dankbar wir dir für alles sind.«

»Ich glaube nicht«, fiel Daruma ihm ins Wort.

»Was glaubst du nicht?«

»Dass sich unsere Wege trennen. Ihr kommt mit mir und dem Prinzen.«

»Das soll wohl ein Scherz sein! Wir können nicht ...«

»Hält ein Römer so sein Wort? Wir hatten eine Vereinbarung!«

»Aber du wirst doch nicht erwarten, dass wir dir bis in dieses Land folgen, dieses ...«

»China? Doch, genau!«

»Das war nicht abgemacht!«

»Natürlich war es das. Ich habe euch als Begleitschutz bis zum Ende der Reise verpflichtet.«

»Aber wir sind am Ende der Reise – am Ozean. Nicht einmal Alexander ist weiter vorgedrungen. Daruma, ich habe einen kleinen Sohn zurückgelassen, ohne seine Mutter, allein, in den Händen des Feindes. Begreifst du das nicht? Als ich mit dir über unseren Begleitungschutz verhandelte, habe ich an nichts anderes als an ihn gedacht. Ich bin guten Glaubens davon ausgegangen, dass unsere Reise am Ozean endet, und in diesem Sinne werde ich meinen Auftrag als erfüllt betrachten, sobald wir die Mündung des Flusses erreichen.«

Daruma senkte den Kopf und schien eine Weile nachzudenken, dann sagte er: »Ihr steht in meiner Schuld, Römer – ich habe euch das Leben gerettet. Und da es nichts Wertvolleres auf der Welt gibt als das Leben, müsst ihr wohl oder übel tun, worum ich euch bitte, wenn ihr wenigstens einen Teil dieser Schuld abtragen wollt. Aber ach, was philosophiere ich groß! Ihr wisst ja gar nicht, wohin ihr euch wenden könntet, ginget ihr in diesem Hafen an Land. Ausreichend Geld, damit euch eine Karawane mitnimmt, habt ihr jedenfalls noch nicht beisammen.«

»Wir nehmen den Seeweg.«

»Wie? Die Perser kontrollieren bestimmt alle Anlegestellen, außerdem …«

»Dieses Risiko müssen wir eingehen.«

»Wenn ihr dagegen mit mir kommt«, fuhr Daruma unbeirrt fort, »werdet ihr Dinge sehen, die ihr euch nicht einmal im Traum vorstellen könnt. Ich werde euch in eine Welt einführen, die kein Römer je gesehen hat und auch so schnell nicht wieder sehen wird. Außerdem werde ich euch so großzügig entlohnen, dass ihr für den Rest eurer Tage ausgesorgt habt. Und am Ende begleite ich oder ein verlässlicher Führer euch bis an die Grenze eures Reichs zurück.«

Metellus' Männer hatten sich unterdessen in ihrer Nähe versammelt und verfolgten besorgt, wie Daruma und ihr Kommandant miteinander diskutierten. Auch Dan Qing sah zu ihnen hinüber, wobei sein Blick zum ersten Mal eine Art Gefühl ausdrückte. Angst, vielleicht, oder Ärger.

Der Steuermann hatte unterdessen die Flussmitte verlassen und begonnen, das Schiff langsam ans Ufer zu lenken.

14

Als Metellus merkte, dass das Schiff aufs westliche Ufer zuglitt, war er beinahe erleichtert, obwohl Darumas Blick nichts Gutes verhieß, und aus dem Gesichtsausdruck Dan Qings wurde sowieso niemand schlau. Die Schwüle war mit einem Mal unerträglich geworden, vom Fluss stieg dichter Dunst auf, und von Westen her näherte sich eine tief hängende schwarze Wolkenwand.

Vor ihnen tauchte eine Hafenstadt auf, vor der unzählige Schiffe und Holzboote aller Art vor Anker lagen; Matrosen mit nackten Oberkörpern be- und entluden sie, andere Männer nähten oder flickten Segel, reparierten und überprüften Ruder und Steuerruder und unterhielten sich dabei in allen möglichen Sprachen. In ihre lauten Stimmen mischte sich das Kreischen der Möwen, die knapp über der Wasseroberfläche hin und her flogen und nach Abfällen suchten, die ihnen von den Booten aus zugeworfen wurden.

Metellus ließ den Blick über die vielen Schiffe schweifen und suchte nach vertrauten Formen, einem alexandrinischen Handelsschiff etwa, dessen Kapitän er unter Ausnützung seines militärischen Rangs vielleicht dazu überreden konnte, sie mitzunehmen; gut möglich, dass er sie mit offenen Armen an Bord genommen hätte, und sei es auch nur der Vorteile wegen, die er sich nach der Rückkehr in die Heimat davon versprach.

Balbus trat auf ihn zu und fragte: »Was machen wir, Kommandant?«

»Wir gehen nach Hause«, antwortete Metellus entschlossen.

»Aber unser Inder scheint mir damit nicht wirklich einverstanden zu sein«, meinte Balbus und schielte zu Daruma hinüber. »Oder irre ich mich?«

»Nein, du hast recht. Seiner Ansicht nach müssten wir ihn und den Prinzen mit den Schlitzaugen bis zur Sera Maior begleiten, also nach China, wie die Inder es nennen. Es hat offensichtlich ein Missverständnis zwischen uns gegeben, aber er muss jetzt einsehen, dass er uns nicht zwingen kann.«

»Und wenn er es nicht einsieht?«

»Wie meinst du das?«

»Na ja, er könnte uns doch verraten und an die Perser ausliefern. Was könnte ihn daran hindern?«

»Unser chinesischer Gast. Auch er wird von den Persern gesucht, und Daruma scheint für seine Unversehrtheit persönlich einzustehen. Solange er bei uns ist, haben wir nichts zu befürchten. Ein Problem könnte es nur für den Fall geben, dass wir uns trennen und …«

In diesem Moment ertönte die Stimme des Matrosen, der oben auf dem Mastbaum Ausschau hielt: »Kriegsschiff an Steuerbord!«

Daruma reagierte sofort. »Ruder ins Wasser, jeder an seinen Platz, Ruderpinne nach links!«, brüllte er.

Der Anführer der Schiffsbesatzung übersetzte die Kommandos, die Matrosen ließen die Ruder ins Wasser und legten sich mit aller Kraft in die Riemen. Andere machten sich bereit, das Segel zu hissen, sobald sie die Trichtermündung verlassen hatten und auf dem offenen Meer waren.

Metellus blickte in die Richtung, in die der Matrose auf dem Mast gedeutet hatte, und erkannte ein schmales, wendiges Schiff mit fünfzig Ruderern und mindestens noch einmal so vielen Kriegern an Bord, das in diesem Moment den Hafen verließ. Am Bug hatte es eine Figur, die an ein geflügeltes Fabelwesen erinnerte: Das Symbol Ahura Mazdas.

»Männer, kampfbereit machen und Aufstellung nehmen!«, brüllte er seinen Römern zu.

Seine Männer ergriffen ihre Waffen und gingen steuerbord entlang der Reling in Stellung. Uxal stellte sich mutig zu ihnen, als könne auch er im Kampf von Nutzen sein, aber Quadratus stieß ihn beinahe grob zur Seite.

Darumas Schiff war recht schnell, denn die Ruderer konnten mit der Strömung rudern, aber das persische Kriegsschiff war auch nicht viel langsamer, und es hatte geradewegs Kurs auf sie genommen.

»Da war wohl jemand vor uns da und möchte uns willkommen heißen«, sagte Daruma.

»Bist du sicher, dass sie es auf uns abgesehen haben?«, fragte Metellus.

»Auf wen sonst?«, brummte der Händler und betrachtete besorgt das persische Schiff, das immer schneller auf sie zuschoss.

Dan Qing trat zu ihnen. »Hisst das Segel. Es kommt Wind auf.«

»Wind? Was für ein Wind?«, fragte Metellus und sah sich um.

Dan Qing warf ihm einen seiner gefühlskalten Blicke zu und sagte: »Er ist gleich da.«

»Tut, was er sagt!«, befahl Daruma.

Die Matrosen zogen also das Segel auf, und wenig später baumelte das große Rechteck schlaff an seinem Mast. Metellus schüttelte den Kopf und ging zu seinen Männern. Das Kriegsschiff war nun fast in der Mitte der Trichtermündung angelangt, und Darumas Steuermann lenkte das Schiff noch stärker nach Backbord; wenn sie ganz dicht am gegenüberliegenden Ufer entlangfuhren, gelang es ihnen vielleicht noch durchzuschlüpfen, bevor die Perser ihnen den Weg abschnitten.

»Macht euch bereit!«, befahl Metellus seinen Männern. »Wir sind einer gegen fünf!«

»Das ist nicht das erste Mal«, erwiderte Quadratus, »wenn ich mich recht entsinne.«

»Wir lassen unser Schiff nicht entern!«, schrie Metellus den Gefährten zu und umklammerte sein Schwert. »Fertig machen!«

Er hatte seinen Satz gerade zu Ende gebracht, als eine gewaltige Böe das Schiff erfasste und so heftig das Segel blähte, dass der Mast sich bog und die Rahe knarrte. Der Steuermann schaffte es zwar dagegenzuhalten, aber das Schiff driftete ab und kam gefährlich nah ans Ufer. Hätte der Anführer der Besatzung nicht augenblicklich den Rudertakt auf der linken Seite erhöht, wären sie auf Grund gelaufen. So aber schaffte er es, den Kurs zu korrigieren und das Schiff aus der Flussmündung aufs offene Meer hinauszumanövrieren, wo es die Kraft des Windes nunmehr ungehindert zu spüren bekam und förmlich übers Wasser flog.

Das persische Kriegsschiff, das bereits Segel gesetzt hatte, verzichtete auf eine Verfolgungsjagd und kehrte wieder um.

»Wir sind gerettet«, sagte Daruma.

Metellus seufzte erleichtert, während seine Männer und die Schiffsbesatzung in wilden Jubel ausbrachen. Uxal begann sogar an Deck zu tanzen, was allgemeines Gelächter hervorrief.

Der römische Kommandant ging zu Daruma und sagte: »Jetzt seid ihr in Sicherheit, und du wirst bestimmt bald Gelegenheit haben, eine neue Eskorte anzuheuern, die genauso verlässlich ist wie wir. Unsere Wege trennen sich hier. Leg bitte an und lass uns an Land gehen.«

»Wie soll ich das machen?«, entgegnete Daruma. »Sieh dir das Ufer doch an, die schroffen Felsen – da kann man unmöglich anlegen. Und hör den Wind. Weißt du, was das ist?«

»Ich bin kein Seemann.«

»Das ist der Monsun, er bläst in Richtung Osten, unablässig, Tag und Nacht, eine ganze Jahreszeit lang, und das mit einer Kraft, gegen die keiner ankommt.«

»Leg an – oder wir springen ins Wasser und schwimmen an Land!«, befahl Metellus in einem Ton, der keine Widerrede zulassen wollte. »Monsun – was kann uns ein bisschen Wind schon anhaben? Wir sind Schlimmeres gewohnt.«

Aber der Wind wurde immer stärker und trieb die Wolkenbank in geradezu schwindelerregendem Tempo vor sich her – pechschwarze Haufenwolken, aus denen unentwegt Blitze herniederzuckten, begleitet von bedrohlichem Donnergrollen. Die fremde, feindlich gesinnte Natur war drauf und dran, ihr zerstörerisches Potenzial voll zu entfalten. Und sie tat es, auf einen Schlag. Metellus, der das ruhige Mittelmeer gewohnt war, betrachtete das Ungeheuer mit jähem Entsetzen. Ein Blitz zerriss den Himmel und teilte sich in grelle Feuerstrahlen, die unter grollendem Donner ins Meer zischten.

Der Anführer der Besatzung schrie: »Männer in Stellung, Segel bergen! Wellen aussteuern!«

Metellus erblasste bei dem Anblick.

Daruma betrachtete ihn mit einem sarkastischen Grinsen, während ein Windstoß ihm die Haare zerzauste. »Keine Angst, Kommandant, das ist nur ein bisschen Wind. Sag deinen Männern, sie sollen sich irgendwo anklammern und keinen Moment loslassen, wenn sie nicht im Meer ersaufen wollen.« Er umklammerte selbst mit beiden Händen die Bugreling.

Die Sonne wurde von der dunklen Wolkenbank verfinstert, und bevor sie ganz von ihr verschluckt wurde, sandte sie einen letzten Strahl zur Erde und beleuchtete die schäumende, blauviolette Wasseroberfläche.

»Das ist der Ozean, Kommandant!«, schrie Daruma. »Dem kann nichts und niemand widerstehen.«

Dan Qing war mit zwei Sprüngen am Bug und hielt sich am Vorstag fest, mit dem das Segel am Großmast befestigt war; in dieser Stellung erinnerte er Metellus an einen Reiter, der versucht, ein scheuendes Pferd zu zügeln. Uxal kauerte sich im Ankerluk wie eine Maus hinter eine Taurolle.

Den Wind im Rücken, begann das Schiff zu stampfen; bald ging es die riesigen Wogen, die sich bergeshoch vor ihnen auftürmten, hinauf, bald wieder hinunter, in schwindelerregendem Tempo.

Dann kam der Regen. Wolkenbruchartig, in Schwallen prasselte er hernieder und peitschte das Deck mit unerhörter Gewalt. Aber auch das war noch nicht genug. Zum Regen kamen noch die Brecher, die krachend über Bord schlugen und das Deck vom Bug bis zum Heck überschwemmten. Durch die einzige Luke an Deck drang Wasser in den Kielraum des Schiffs.

Daruma rückte, ohne die Reling loszulassen, ein wenig näher an Metellus heran.

»Ich brauche zwei starke Männer für die Lenzpumpe im Kielraum!«, brüllte er. »Die Männer der Schiffsbesatzung kann ich nicht von ihren Posten abziehen. Schnell – oder wir gehen unter!«

»Rufus, Septimius – an die Pumpe, schnell!«, schrie Metellus. Die beiden stürzten nach unten und begannen die Pumpe im

Kielraum zu bedienen – eine erstklassige Kolbenpumpe römischer Fabrikation, wie sie am Markenzeichen des Herstellers sehen konnten. Rufus brachte den Stoffschlauch nach draußen und übergab das Ende Publius, der vor Wasser triefte und sich ans Buggeländer klammerte. Dann kehrte Rufus in den Kielraum zurück und unterstützte Septimius beim Pumpen.

Bei den großen Wassermengen, die eindrangen, kamen sie mit dem Pumpen kaum nach. Wenn sich das Unwetter vorübergehend ein wenig beruhigte, legten sie sich doppelt ins Zeug, um ein wenig aufzuholen, und bald waren sie am Ende ihrer Kräfte.

Doch an diesem Punkt kommandierte Metellus zwei ihrer Gefährten zum Pumpen ab, die ihrerseits nach einer gewissen Zeit abgelöst wurden. Auf diese Weise stand die Pumpe im Kielraum keinen Moment still.

Das Unwetter hielt noch Stunden an; die gesamte Besatzung war am Rande der Erschöpfung, aber keiner hörte auf, um den Erhalt des Schiffs zu kämpfen. Bisweilen konnte Metellus trotz der Dunkelheit Dan Qing sehen, wie er die ganze Zeit über aufrecht am Bug stand; und wenn er ihn so dastehen sah, fest an die Reling geklammert, dann hatte er den Eindruck, dass er es war, der das Schiff über Wasser hielt, es mit mysteriösen Kräften durchs aufgewühlte Meer steuerte, mit Kräften, die er weder verstand noch spürte, von denen er aber das Gefühl hatte, dass sie das ganze Schiff durchdrangen, es zusammenhielten und seinen Mast vor dem Zerbrechen bewahrten.

Dabei war das Chaos, das ringsum herrschte, wirklich unbeschreiblich, und Metellus hätte nicht zu sagen gewusst, was für ihn schlimmer war: der Sturm, die Brecher oder das Gewitter. Außerdem war es an Bord fast völlig finster. Wohl baumelten an den Wanten des Großmasts zwei Laternen, aber ihr Schein war so schwach, dass man kaum die Umrisse der Männer erkennen konnte – gespenstisch anmutende Wesen, die versuchten, inmitten des schrecklichen Tosens die Stimme ihres Anführers zu hören.

Kurz nach Mitternacht überspülte plötzlich eine besonders hohe Welle das Deck bis hin zum Ankerluk, riss Uxal aus seinem Versteck und warf ihn gegen die Bordwand auf der Steuerbordseite. Diese hatte in regelmäßigen Abständen etwa zwei Fuß breite Lenzöffnungen, die das Entweichen des Wassers in Situationen wie dieser gewährleisten sollten, und genau zu einer von diesen riss die Strömung der abfließenden Welle den Alten, ja, sie spülte ihn sogar hinaus, und hätte er sich nicht im letzten Moment an einen Pfosten der Reling geklammert, wäre er ins Meer geworfen worden.

»Hilfe!«, schrie er, so laut er konnte, aber Metellus hörte ihn nicht sofort, und als er ihm endlich zu Hilfe eilte, hielt Uxal nur noch mit dem linken Arm den Pfosten umklammert, während seine Füße im Leeren baumelten.

Metellus packte die Hand des Alten einen Augenblick, bevor er ins Meer gestürzt wäre, doch eine weitere Welle spülte auch ihn durch dieselbe Öffnung nach draußen. Irgendwie gelang es ihm, den linken Arm um den Pfosten zu schlingen und Uxal weiterhin mit der Rechten festzuhalten.

»Hierher, hierher! Schnell!«, brüllte er, aber das Getöse und die Verwirrung auf dem Schiff waren so groß, dass ihn keiner hörte.

Da krachte auch schon eine Woge gegen die rechte Schiffswand und entriss ihm Uxal. Mit einem verzweifelten Aufschrei tauchte der Alte in der Gischt unter.

Metellus selbst hielt der Gewalt der Woge stand und versuchte mit aller Kraft, auch den anderen Arm um den Pfosten zu schlingen. Er schaukelte hin und her, wollte den Schwung ausnützen, um an Bord zu gelangen, aber ein Brecher nach dem andern rollte über ihn hinweg, und seine Kräfte schwanden. Er fühlte, dass er der kalten Umarmung des Ozeans nicht länger entrinnen konnte, schrie noch einmal, um sich den Wellen zu überlassen und dem Tod in die Arme zu sinken.

Doch im nächsten Moment umklammerte jemand mit eisernem Griff seine Handgelenke und hielt ihn kraftvoll über Wasser.

Dan Qing baumelte, den Kopf nach unten, am Geländer der Reling, an dem er sich mit den Füßen festhielt. Er wartete die nächste Welle ab, nützte sie aus und schleuderte den Körper des Römers so hoch hinauf, dass dieser mit beiden Händen das Geländer packen und sich an Bord ziehen konnte. Im nächsten Augenblick schnellte Dan Qings Oberkörper empor, und dann wirbelte er mit einem Salto rückwärts über die Reling und landete ebenfalls auf dem Deck.

Metellus war sprachlos vor Staunen und brachte nicht mehr als ein »Danke« hervor.

Dan Qing nickte leicht und nahm erneut seinen Platz am Bug ein.

Das Unwetter legte sich erst im Morgengrauen nach und nach. Daruma und der Anführer der Besatzung zählten im fahlen Licht, das durch die zerfetzte Wolkendecke drang, die Überlebenden.

Metellus versammelte seine Männer. »Uxal ist ertrunken«, sagte er. »Warum ist keiner gekommen, als ich um Hilfe gebrüllt habe?«

»Kommandant«, sagte Lucianus, »heute Nacht hat alles gebrüllt, und das Meer am allerlautesten. Es war unmöglich, in diesem Durcheinander einen Laut von all den anderen zu unterscheiden. Und wer nicht unten beim Pumpen war, hat sich irgendwo festgeklammert, um nicht über Bord gespült zu werden, starr vor Kälte, halb ohnmächtig vor Müdigkeit und Erschöpfung. Es tut uns leid, aber ...«

»Armer Uxal«, sagte Balbus, der gerade aus dem Kielraum hochkam.

»Ja, ihm haben wir unsere Rettung zu verdanken«, meinte Rufus. »Ohne ihn wären wir dieser Hölle nie entkommen.«

»Wenn ich je nach Spoleto zurückkehre«, sagte Publius, »baue ich ihm im Hof meines Hauses einen Altar und bringe jedes Jahr an seinem Todestag ein Brandopfer. Er war ein guter Kerl, und ich glaube, er hing sehr an uns.«

Daruma trat hinzu. »Ich habe vergangene Nacht zwei Männer verloren«, sagte er, »und ihr habt auch einen verloren, nicht wahr?«

»Ja. Ich habe alles versucht, ihn zu retten, und wäre dabei selbst fast ertrunken. Wenn er nicht gewesen wäre«, Metellus richtete den Blick auf Dan Qing, »stünde ich jetzt nicht mehr hier. Ich begreife immer noch nicht, wie er es fertiggebracht hat, dass er mich hörte und aus dem Wasser ziehen konnte – einen Moment später, und ich hätte losgelassen und wäre von den Wellen verschluckt worden.«

Daruma lächelte milde. »Männer wie er sind mit einer ganz besonderen Philosophie oder Lehre groß geworden; diese Lehre ermöglicht es ihnen, die Vibrationen einer in der Atmosphäre wirkenden Kraft wahrzunehmen und sie von tausend anderen zu unterscheiden. Dafür, dass er noch so jung ist, hat er es in dieser Kunst wirklich sehr weit gebracht.«

Metellus sah Daruma verwundert an und wusste nicht, was er ihm darauf antworten sollte; dann schaute er wieder zu Dan Qing hin, der inzwischen seine Kleidung ausgezogen hatte, um sie zu trocknen. Er saß mit untergeschlagenen Beinen auf dem Boden, mit nichts als einem kleinen Lendenschurz bekleidet.

Daruma ging zum Anführer der Schiffsbesatzung und sagte: »Der Wind hat sich so weit beruhigt, dass wir das Segel wieder setzen können. Jetzt müssen wir neue Kräfte sammeln, überprüfen, was das Salzwasser verschont hat, und alles, was nur geht, an der Sonne trocknen, sobald sie wieder zum Vorschein kommt.«

Mit diesen Worten stieg er die Treppe in den Laderaum hinunter, und Metellus folgte ihm. »Ohne diese Pumpe hätten wir es nicht geschafft«, meinte der Inder und deutete auf die bronzene Maschine, die auf dem Boden des Laderaums befestigt war.

»Eine Kolbenpumpe – das Prinzip ist simpel: ansaugen und verdrängen«, sagte Metellus. »Diese Pumpe wurde ursprünglich für Bergwerke entworfen, aber sie funktioniert überall. Wie bist du zu der gekommen?«

»Das war gar nicht so schwierig. Ich kann mir alles beschaffen, mein Lieber. Dieses Juwel stammt aus Alexandreia, aber gekauft habe ich es in Hormuz.« Daruma tätschelte liebevoll das wertvolle Stück. »Also, Kommandant, hast du jetzt begriffen, warum man nicht nach Westen kommt? Der Monsun bläst sechs Monate lang unablässig aus dieser Richtung. Kein Schiff kommt dagegen an, es sei denn, es wird gerudert, und auch dann schafft es nur sehr kurze Strecken. Um das zu verstehen, braucht man kein Seemann zu sein. In Kürze erreichen wir die Indus-Mündung. Wenn ihr an Land gehen wollt, kann ich euch nicht davon abhalten, aber macht euch darauf gefasst, sechs Monate oder noch länger in irgendeinem Loch auszuharren und darauf zu warten, dass der Wind dreht, und das, ohne die Landessprache zu sprechen, ohne Geld und damit auch ohne die Sicherheit, dass euch überhaupt jemand mitnimmt – du kannst dir gar nicht vorstellen, was das bedeutet. Von den Mücken, dem Sumpffieber und Ähnlichem will ich erst gar nicht anfangen. Aber ihr könntet beispielsweise versklavt werden oder in irgendeinem Dorf im Landesinnern enden, wo ihr euch für eine Handvoll Reis am Tag abrackern müsstet.«

»Reis? Was ist das?«, fragte Metellus.

»Sumpfweizen. Ihr werdet ihn schon bald zu essen bekommen … Wenn ihr dagegen mit mir kommt, werdet ihr ein wundervolles Land kennenlernen und das höchste Gebirge der Welt überqueren, den indischen Kaukasus, von dem schon die Geschichtsschreiber Alexanders berichteten – wir nennen es Hindukusch. Und sobald wir Dan Qing nach Hause begleitet haben, bringe ich euch persönlich wieder zurück, wie ich dir schon gesagt habe.«

»In sechs Monaten?«, fragte Metellus zweifelnd.

»Na ja, ganz reicht das vielleicht nicht, aber ich kann dir garantieren, dass ihr in jedem Fall schneller heimkommt als ohne mich. Wenn ihr alleine reist, müsst ihr euren Heimweg immer wieder unterbrechen, um zu arbeiten und das Geld für die nächste Etappe zu verdienen. Umsonst nimmt euch keiner mit – oder glaubst du, du findest ein Schiff, das dich auf direktem Wege nach Alexandreia bringt, während du faul an Deck liegst und dir die Sonne auf den Bauch scheinen lässt? Nein, Kommandant, du solltest dir meinen Vorschlag gut überlegen –

es ist das einzig Vernünftige, was ihr tun könnt, glaub mir. Also, wie lautet deine Antwort?«

Metellus seufzte und blickte nach oben; durch die Ritzen des Bretterbodens drang mit einem Mal mächtig die Sonne herein. »Ich muss mit meinen Männern sprechen«, sagte er, »aber wir geben dir noch vor heute Abend Bescheid.«

Daruma und Metellus kletterten durch die Luke erneut an Deck und wurden draußen von gleißendem Tageslicht empfangen. Wolken mit ausgefransten Rändern jagten über den ansonsten strahlend blauen Himmel, die Bohlen des Decks trockneten bereits, überall waren Kleidungsstücke aufgehängt, die den Eindruck einer bizarren Ersatztakelage vermittelten. Das Meer hatte sich beruhigt, es wogte zwar noch, aber weitaus gemächlicher als zuvor, und das Wasser glitzerte und funkelte in der Sonne. Um das Schiff herum tummelten sich Delfine knapp unterhalb der Wasseroberfläche, bisweilen sprangen sie auch übermütig heraus, um sich gleich wieder in den weiß schäumenden Ozean zurückfallen zu lassen.

Metellus dachte still nach. Ich muss zu meinem Sohn zurück. Ich muss zurück, um den Befehl des Kaisers auszuführen – aber ich muss lebend zurück, überlegte er sich. Dann dachte er an Uxal, der auf dem Grund des Ozeans ruhte, und verspürte einen Kloß in der Kehle.

Mit einem tiefen Seufzer ging er zu seinen Männern hinüber. »Ihr habt gesehen, dass nichts zu machen war: Der Sturm und das Unwetter haben uns nach Osten abgetrieben.«

»Wo sind wir jetzt, Kommandant?«, wollte Rufus wissen.

»Ich weiß es nicht genau«, antwortete Metellus, »aber ich glaube, wir können in einem Monat an der Indus-Mündung sein.«

»Indus?«, wiederholte Quadratus erschrocken. »Aber der liegt ja am Ende der Welt.«

»Nicht ganz. Ich glaube, die Welt ist viel größer, als wir es uns bisher vorgestellt haben. Allein der Ozean … Ihr habt selbst erlebt, wie unermesslich weit und gewaltig er ist.«

»Langer Rede, kurzer Sinn: Was tun wir?« Für diese Frage

und den Ton, in dem er sie stellte, wäre Lucianus unter anderen Umständen mit Sicherheit abgestraft worden.

Aber Metellus tat, als habe er die Bemerkung überhört, und berichtete ihnen, was Daruma ihm erzählt und vorgeschlagen hatte. »Ich möchte niemanden zwingen«, sagte er am Ende. »Jeder von euch ist frei, zu tun, was er möchte. Wenn wir in Indien an Land gehen, kann jeder selbst entscheiden, ob er mit Daruma weiterzieht oder auf eigene Faust den Heimweg antreten möchte. Wenn ihr mich fragt, ist Darumas Vorschlag aber gar nicht so schlecht – und offen gestanden die einzige Möglichkeit, irgendwann nach Hause zu gelangen, wenn auch später als gedacht.«

»Meinst du denn, man kann Daruma vertrauen, Kommandant?«, fragte Septimius mit besorgter Miene. »Im Grunde kennen wir ihn doch erst seit Kurzem. Außerdem ist er nur ein Händler, und auf das Wort eines Händlers ist bekanntlich wenig Verlass.«

»Ich glaube, dass Daruma etwas mehr ist als ein simpler Händler. Was genau er ist, weiß ich nicht, aber ansonsten bin ich mir meiner Sache ziemlich sicher. Allein die Tatsache, dass man ihn beauftragt hat, einen Prinzen der Sera Maior aus den Händen der Perser zu befreien und wohlbehalten in sein Vaterland zurückzubringen, scheint mir darauf hinzudeuten. Bedenkt, dass Dan Qing in etwa unserem Gallienus entspricht – nur dass sein Reich noch viel größer ist als unseres. Davon abgesehen hat Daruma bisher noch immer Wort gehalten.«

»Kein Wunder – wir sind zehn bewaffnete Soldaten«, entgegnete Publius.

»Als er uns aufgenommen hat, waren wir am Ende. Unsere Waffen hätten uns wenig genützt, hätte er uns loswerden wollen. Ich bin ihm dankbar, dass er das nicht getan hat, und ich bin bereit, ihm zu vertrauen. Aber ich sage es noch einmal: Jeder von euch muss selbst entscheiden. Ich erteile euch keinen Befehl – dafür ist mir die Verantwortung in diesem Fall zu groß. Fest steht nur, dass dieser Wind sechs Monate lang konstant in Richtung Osten bläst, und zwar immer in dieser Stärke – das heißt, es käme nur der Landweg infrage. Und ich möchte euch daran erinnern, dass Alexander genau den vor fünfhundert Jahren versucht und dabei zwanzigtausend Mann verloren hat, in einer Salzwüste, in der es keinen Tropfen Wasser und keinen einzigen Grashalm gab. Dabei standen Alexander für seine Armee Tausende von Lasttieren zur Verfügung, außerdem Karren für den Transport von Wasser und Proviant und einheimische Führer. Ich möchte nicht wissen, was den erwartet, der sich allein in diese öde Gegend wagt, die zudem von wilden Räuberbanden heimgesucht wird.

Die andere Möglichkeit wäre, an der Küste zu warten, bis der Wind sich dreht, aber auch das brächte viele Probleme mit sich. Entscheidet selbst, Zeit zum Nachdenken habt ihr genug. Wenn ihr beschließt, mir zu folgen, werdet ihr Länder kennenlernen, die bisher kein Römer betreten hat, und ein Abenteuer erleben, das ihr eines Tages euren Enkeln erzählen könnt. Dann wärt ihr die einzigen Soldaten, die die beiden größten Weltreiche bereist und Gegenden gesehen hätten, von denen Alexander der Große nur träumen konnte.«

Nach diesen Worten trat Stille ein. Die Männer hatten sich darauf eingestellt, nach Hause zurückzukehren, und plötzlich standen sie vor einer ganz neuen Situation, die unendlich viele Ungewissheiten barg. Was sie aber noch mehr beunruhigte, war, dass ihr Kommandant ihnen die Möglichkeit gab, selbst zu entscheiden. Das waren sie nicht gewohnt. Bisher hatten sie immer nur Befehle von ihm entgegengenommen und ausgeführt.

Quadratus brach als Erster das Schweigen. »Wenn du gehst, komme ich mit dir«, entschied er.

»Ich auch«, sagte Balbus, der andere Zenturio.

»Und ich auch, Kommandant«, fügte Antoninus hinzu. »Zähl auf mich.«

Lucianus und Septimius verkündeten nach einem raschen Blickwechsel einstimmig ihre Entscheidung: »Wir denken ja nicht daran, tatenlos abzuwarten, dass sich der Wind irgendwann dreht. Der Wind sind wir! Wir von der Secunda Augusta, bei Herkules!«

»Richtig!«, riefen die anderen aus.

Metellus lächelte. »Dann sind wir ja einer Meinung. Ich freue mich, dass ihr euch entschieden habt, mir zu folgen.« Er wollte schon zu Daruma gehen und ihm die Antwort seiner Männer überbringen, wandte sich aber noch einmal um. »Bevor ich's vergesse: Das war die letzte Entscheidung, die ich euch überlassen habe. Ab jetzt gilt wieder die gute alte Regel: Ich gebe die Befehle, ihr befolgt sie.«

15

Metellus ging mit lockeren Schritten zu dem chinesischen Prinzen, blieb aber in einiger Entfernung vor ihm stehen. »Bei uns zu Hause erzählt man sich eine Geschichte«, begann er. »Eine Geschichte, die mich ein wenig an das erinnert, was vergangene Nacht passiert ist.«

Dan Qing antwortete nicht, gab ihm aber mit einer leichten Kopfbewegung zu verstehen, dass er ihm zuhörte.

»Es passierte vor dreihundert Jahren«, fuhr Metellus fort. »Caesar, der Gründer unseres Reichs, ein großer Mann und Eroberer, überquerte eines Nachts in einem sehr kleinen Schiff das Adriatische Meer, einen Meeresarm unseres Binnenmeers. Dieser Meeresarm wurde von der Flotte seines Feindes kontrolliert, der am jenseitigen Ufer eine Armee versammelt hatte. Caesar musste um jeden Preis zu seinem Heer gelangen, das den Feind dort, am andern Ufer, in Schach hielt, um es zum Sieg zu führen. Deshalb wagte er die gefährliche Überfahrt in stockdunkler Nacht. Auf halber Strecke brach ein Sturm los, das kleine Schiff tanzte wie eine Nussschale auf den Wellen, und der Steuermann, dem die Angst in den Knochen saß, war bald so erschöpft, dass er den Kurs nicht mehr halten konnte. Aber Caesar ging zu ihm und sagte: ›Verzage nicht! Du beförderst Caesar und sein Schicksal!‹

Der Steuermann schöpfte nach diesen Worten neuen Mut, setzte seinen Kampf gegen das Element tapfer fort und schaffte es schließlich, seinen Passagier am andern Ufer abzusetzen. Caesar gewann die Schlacht gegen den Feind und gründete das Reich, das sich über alle Länder rings um das *Mare Nostrum* erstreckt, wie wir dieses Binnenmeer nennen, und alle Völker einschließt, die in seiner Nähe leben. Diese Geschichte bekommt bei uns jeder Junge in der Schule von seinem Lehrer erzählt ...«

»Wozu?«, fragte Dan Qing.

»Um von klein auf zu wissen, dass man sich niemals entmutigen lassen darf, und um ihn davon zu überzeugen, dass jeder seines Glückes Schmied ist, sprich, dass er sein Schicksal selbst bestimmen kann, wenn er genügend innere Särke, Entschlossenheit und Mut beweist. In dieser Nacht hast du mir das Leben gerettet, und ich bin gekommen, um dir dafür zu danken. Aber du hast auch dich selbst und möglicherweise das Schicksal deines Landes gerettet. Genau wie damals unser Caesar, als er das stürmische Meer überquerte.«

Dan Qing sah ihn an. »Was du da sagst, klingt wie ein gutes Omen«, erwiderte er, »aber mein Weg ist sehr weit und voller Gefahren, und ich habe nur sehr wenige Freunde. Wie viele Männer haben deinen Führer damals am andern Ufer des stürmischen Meers erwartet?«

»Fünfzigtausend«, antwortete Metellus.

»Viele sind das nicht, aber auch nicht wenige. Ich stehe allein da.«

Metellus sah ihn an und versuchte seinen undurchdringlichen Blick zu ergründen. »Allein?«

Dan Qing beschränkte sich darauf zu nicken.

Metellus hätte erwartet, dass er ihn an diesem Punkt um Hilfe bitten würde, aber Dan Qing wandte den Blick wieder ab und starrte erneut hinaus auf die funkelnde Meeresoberfläche.

Dieser Mann flößte ihm ein seltsames Gefühl der Hochachtung ein und wirkte zugleich unglaublich distanziert; wenn er sprach, war es Metellus, als steige seine Stimme aus tiefsten Abgründen empor, dennoch hatte seine Person etwas absolut Faszinierendes. Diese nahezu unerklärliche Energie, die seinen Körper durchdrang, diese außergewöhnliche Kraft, die es ihm erlaubt hatte, Metellus vor dem Ertrinken zu retten, all dies machte den Römer sehr neugierig.

»Daruma hat mich gebeten, dich mit meinen Männern bis ans Ziel deiner Reise zu begleiten.«

»Hat Daruma dir auch erklärt, was uns erwartet?«

»Nein, aber ich kann es mir vorstellen.«

»Und du hast angenommen?«

»Ja.«

»Warum?«

»Weil ich Soldat bin. Diese Dinge machen mir keine Angst. Außerdem hat Daruma mir versprochen, dass er uns danach heimbegleiten wird. Eine andere Möglichkeit haben wir nicht.«

»Ein guter Grund, wie mir scheint.«

»Darf ich dich etwas fragen?«

»Du darfst.«

»Warum hast du mich vergangene Nacht gerettet?«

»Weil du der Anführer meiner Eskorte bist.«

»Ein ausgezeichneter Grund, wie mir scheint«, erwiderte Metellus und zog sich zurück.

Die Fahrt ging in gemächlichem Tempo und ohne große Störungen weiter, und gegen Abend sahen sie in etwa zwei Meilen Entfernung sogar noch ein anderes Schiff, das in dieselbe Richtung segelte. Auch mit Einbruch der Nacht blieb alles ruhig und friedlich, gegen Mitternacht allerdings verfinsterte sich der Himmel, und es begann zu regnen – ein heftiger Wolkenbruch, der etwa eine Stunde andauerte, diesmal allerdings, ohne dass der Wind zunahm und das Meer anschwoll.

Die Laternen verbreiteten ein schwaches Licht an Deck, und Metellus, der dort auf einer Matte lag, öffnete dann und wann die Augen und warf einen Blick in die Runde. Daruma schlief unter Deck, seine Männer aber ebenfalls im Freien. Quadratus hatte für alle Fälle einen Wachtposten aufgestellt: Vielleicht, weil er der Gesellschaft noch immer nicht ganz traute, vielleicht auch, weil er seit zwanzig Jahren im Militärdienst war und sich in dieser Zeit stets als gewissenhafter, disziplinierter und aufmerksamer Unteroffizier hervorgetan hatte.

Wenn er wachlag, dachte Metellus an das Abenteuer, das ihm und seinen Soldaten bevorstand – in einem riesigen und zudem unbekannten Land, unter Leuten, von denen sie bis vor Kurzem noch nicht einmal gewusst hatten, dass es sie überhaupt gab. Manchmal kam es ihm völlig verrückt vor, dass er Darumas Vorschlag angenommen hatte, manchmal war er überzeugt, das

Richtige getan zu haben, das einzig Vernünftige unter den gegebenen Umständen. Was ihn jedoch am meisten bedrängte, war der Gedanke, sich jeden Moment weiter von seiner Welt, von seinem Sohn und von seinem Auftrag zu entfernen. Es war wie eine Art Schwindel, der ihm den Atem raubte. Er versuchte dann, die Sorgen im Schlaf zu vergessen, sich vom Geräusch der Wellen, die gegen den Kiel schwappten, und vom leisen Säuseln des Windes einlullen zu lassen.

Im Morgengrauen weckte ihn der Schrei eines der Matrosen aus Taprobane, der auf den Mast geklettert war und Ausschau hielt. Daruma suchte mit dem Blick den Horizont ab, dann schrie auch er: »Schaut! Dort, wo die Fontäne aufsteigt!«

Alle rannten zum Bug und sahen eine Art Dampfstrahl aus dem Meer aufsteigen, der so hoch war wie der Mast ihres Schiffs, danach den gewölbten Rücken eines Meeresgiganten und zuletzt eine riesige zweigeteilte Schwanzflosse, die kurz aus den Fluten ragte und wieder darin verschwand.

»Dort hinten!«, schrie Balbus. »Noch einer!«

»Und dort auch!«, brüllte Antoninus.

Metellus war ganz fasziniert von dem Anblick: Ungeheuer, größer als Darumas Schiff, deren Rücken wie die Rümpfe der Ozeanschiffe mit Ablagerungen aus dem Meer verkrustet waren, tauchten mit dem halben Körper aus dem Wasser, um sich mit dumpfem Aufprall in die schäumende Gischt zurückfallen zu lassen.

»Was sind das für Tiere, Kommandant?«, fragte Lucianus. »Glaubst du, sie greifen uns an?«

»Das sind Wale«, antwortete hinter ihrem Rücken die Stimme Darumas. »Riesige, aber völlig harmlose Säugetiere. Sie spielen wie kleine Fische und suchen nach Nahrung. Mit ihren großen Mäulern können sie ganze Sardinenschwärme verschlingen.«

»Stimmt, ich habe bei Onesikritos über diese Ungetüme gelesen«, erinnerte sich Metellus. »Er war der Admiral Alexanders des Großen und hat das königliche Schiff auf der Rückfahrt aus Indien bis zur Euphrat- und Tigris-Mündung gesteuert. Allerdings hätte ich mir niemals träumen lassen, dass ich diese … Wale eines Tages selbst zu Gesicht bekomme.«

»Wart's ab, Römer«, meinte Daruma lächelnd, »du wirst es nicht bereuen, diese Reise angetreten zu haben. So lernst du endlich einmal die Welt kennen und siehst vielleicht ein, wie verschwindend klein der Teich ist, um den ihr euer Reich errichtet habt – wenigstens im Vergleich zum Ozean, der grenzenlos ist und sich über die ganze Erde erstreckt. Auch sonst wirst du noch eine Menge lernen – umso mehr, als du ein wissbegieriger und einsichtiger Mensch bist, wie mir scheint.«

Metellus antwortete ihm nicht, sondern fuhr schweigend fort, die wundervollen Meeresgiganten zu betrachten, ihre glänzenden Rücken, ihre riesigen Schwänze, die die Wellen aufpeitschten, und die hohen Wasserstrahlen, die sie in die Luft spritzten. Einmal tauchte einer der Wale ganz nah an ihrem Schiff aus dem Wasser, sodass er das winzige Auge im Mundwinkel des Ungetüms sehen konnte – ein ausdrucksloser kleiner Punkt, der ihn einen Moment lang anzublicken schien, bevor das Tier wieder untertauchte.

»Dann gibt es also die Seeungeheuer, die angeblich Schiffe zertrümmern und ihre Besatzungen verschlingen, in Wirklichkeit gar nicht? Dann sind das alles nur Legenden?«, fragte Metellus, als die Wale außer Sicht waren.

»Legenden?«, wiederholte Daruma. »Jaibal!«, rief er dann einen seiner Taprobaner zu sich. Ein Schwarzer mit nacktem Oberkörper kam zu ihnen. Daruma griff nach einem Gegenstand, den er an einer Schnur um den Hals hängen hatte, und zeigte ihn Metellus. »Sieht das aus wie eine Legende?«

»Bei den Göttern! Was ist das?«

»Ein Zahn. Der Zahn eines Monstrums, das dreißig Fuß lang ist und gleich drei Reihen von diesen Zähnen im Maul hat – ein gefräßiger und blitzschneller Jäger. Er frisst alles, was sich bewegt. – Dreh dich mal um, Jaibal«, sagte er dann zu dem Matrosen.

Der Mann drehte sich um und zeigte Metellus eine riesige Narbe, die vom Gesäß bis zur rechten Kniekehle reichte.

»Siehst du? Das ist ein kleines Andenken an diesen Meerestiger. Jaibal hatte Glück, denn normalerweise zerreißt und frisst er seine Opfer. Dies grausige Schicksal widerfährt vor allem den Perlentauchern, denn sie müssen ihrer Tätigkeit in Gewässern nachgehen, in denen es von diesen Bestien nur so wimmelt. Und ihr beschwert euch darüber, dass unsere Perlen so teuer sind!« Daruma schnaubte. »Möchte wissen, was ihr sagen würdet, wenn euch in vierzig Fuß Tiefe eine von diesen Kreaturen begegnet.«

»Perlen …«, murmelte Metellus. »Ich hab nur einmal im Leben eine gekauft – für meine Frau Clelia, zur Geburt unseres Sohnes; das war im fünften Jahr unserer Ehe.«

Jaibal kehrte an seine Arbeit zurück, und Daruma ließ sich Tee bringen, von dem er auch Metellus anbot. »Ich habe gesehen, dass du vorher mit Dan Qing gesprochen hast.«

»Ja. Ich habe ihm dafür gedankt, dass er mir in der vergangenen Nacht das Leben gerettet hat.«

»Das hättest du nicht dürfen.«

»Warum?«

»Weil er ein chinesischer Prinz ist, der Sohn eines großen Herrschers, der seinerseits als Sohn des Himmels verehrt wird. Ein Mann seines Ranges spricht für gewöhnlich mit niemandem, der nicht ausdrücklich zu ihm vorgelassen wurde, und dazu bedarf es eines aufwendigen Zeremoniells. Du wirst gemerkt haben, dass er auch mir lediglich zugenickt hat, nachdem er auf meinem Schiff gelandet ist. Du hättest mich zuerst bitten sollen, bei ihm vorstellig zu werden und dich einzuführen.«

»Das hättest du mir früher sagen müssen!«

»Stimmt … Obwohl es vielleicht gar nicht so schlecht ist, dass die Dinge einfach ihren Lauf genommen haben. Und wenn er dir geantwortet hat, ist er ja offenbar bereit, unter den gegebenen Umständen auf das Protokoll zu verzichten.«

Metellus warf einen Blick zu Dan Qing hinüber. Er hockte auf den Fersen und schien wie üblich tief in Gedanken versunken.

»Was macht er da eigentlich, wenn er stundenlang in dieser

ungemütlichen Stellung verharrt? Jedem anderen würden irgendwann die Knie brechen.«

»Meditieren. Nachdenken.«

»Nachdenken? Worüber?«

»Seine Gedanken kreisen nicht um ein konkretes Problem. Er sucht das Dao, den Weg.«

»Den Weg wohin?«

»Es gibt kein Wohin.«

»Das heißt, er denkt über nichts nach und sucht einen Weg, der nirgendwohin führt.«

»Ja, mehr oder weniger. Obwohl die Sache nicht ganz so simpel ist, wie sie sich anhört. Dass der Prinz neulich diesen unglaublichen Sprung vollführen und absolut sicher auf dem Deck meines Schiffs landen konnte, hängt im Wesentlichen mit dieser Meditation zusammen. Auch dass er stundenlang wie schwerelos in dieser Hockstellung verharren kann, hat damit zu tun. Das Dao ist ein kompliziertes philosophisches Konzept, das einer der größten chinesischen Meister, ein Mann namens Kong Fuzi, entwickelt hat. Seiner Theorie nach verfolgt die Natur weder ein Ziel noch irgendwelche Absichten, sie wird vielmehr von einer ihr innewohnenden Kraft durchdrungen, die sie leitet und über sie selbst informiert. Das Dao ist das Weltgesetz, die Weltseele, die alles hervorbringt und alles erhält: den Kosmos, unsere Erde, die Menschen. Derjenige, der das Dao erfasst und sich zu seinem Mittler macht, verzichtet darauf, mit Gewalt auf den Lauf der Dinge einwirken zu wollen, sondern überlässt sich ihm stattdessen.«

Metellus lächelte. »Wir haben ein Sprichwort. Es lautet: *Faber quisque est suae fortunae*? Weißt du, was das bedeutet?«

Daruma schlürfte an seinem Kräuteraufguss. »Meine Lateinischkenntnisse sind zwar sehr dürftig, aber so weit komme ich noch: ›Jeder ist seines Glückes Schmied.‹«

»Genau. Und das ist die exakte Negation dessen, was du mir gerade erklärt hast.«

»Nein, denn sich vom Dao leiten zu lassen bedeutet nicht, jegliche Selbstbestimmung aufzugeben. Denk mal an den Sprung des Prinzen: Wäre er einen Moment früher gesprungen, wäre er ins Wasser gefallen, und wenn er einen Moment später gesprungen wäre, hätten ihn die Pfeile seiner Verfolger durchbohrt. Stattdessen sprang er genau in dem Moment, in dem er spürte, dass sich zwischen zwei entgegengesetzten Schicksalsströmungen sozusagen ein Mittelweg öffnete. Und in diesem Moment genügte sogar ein relativ geringer Kraftaufwand, um dieses unglaubliche Resultat zu erlangen. Ihr im Westen habt dagegen die Angewohnheit, immer gegen den Strom zu schwimmen.« Daruma schwitzte vor Anstrengung, so schwer fiel es ihm, diese komplizierten Dinge zu erklären – zumal in einer fremden Sprache. Mal sprach er Persisch, mal Koiné; Metellus versuchte, ihm entgegenzukommen, wo er nur konnte, indem er ihm bei der Suche nach dem richtigen Wort behilflich war.

»Dann muss man sich allerdings fragen, wie wir Römer es geschafft haben, ein Weltreich zu errichten und es über Jahrhunderte hinweg zu erhalten«, entgegnete er etwas säuerlich. »Und wie meine Männer und ich es fertiggebracht haben, uns gegen unser widriges Schicksal zu behaupten, die Schikanen des Feindes zu ertragen, in einem ebenso kurzen wie erbitterten Kampf eine überwältigende Mehrheit an Gegnern zu besiegen und hernach Dutzende von Meilen im Dunkeln zurückzulegen, wobei wir uns ausschließlich von dem ernährten, was wir unterwegs fanden.«

»Ein beachtliches Kunststück, in der Tat«, erwiderte Daruma, »aber das ändert nichts an der Tatsache, dass ihr ungeheuer viel Energie verschwendet und einen exorbitanten Preis in Form von Drangsal und Entbehrungen bezahlt für ein Ergebnis, das dennoch immer vom Zufall abhängig ist. Um aber auf Dan Qing zurückzukommen: Er hält zweifellos große Stücke von dir. Andernfalls hätte er niemals sein Leben für dich aufs Spiel gesetzt, zumal ihr euch erst seit Kurzem kennt.«

»So kurz auch wieder nicht. Ich bin mir fast sicher, dass er mich bereits in Edessa zum ersten Mal gesehen hat.«

»In welcher Situation?«, fragte Daruma, während ein Schiffsjunge ihm noch einmal Tee nachgoss.

Auch Metellus trank davon; er war für ihn etwas bitter, schmeckte aber dennoch, und er mochte den Duft. »Ich glaube, er hat mich kämpfen sehen, als ich meinen König verteidigte.«

»Das erklärt natürlich vieles«, meinte Daruma mit einem ernsten Kopfnicken.

Metellus nahm noch einen Schluck aus seiner Teeschale; er gewöhnte sich allmählich an den seltsamen Geschmack der duftenden Blätter. »Was hatte Dan Qing eigentlich in Edessa zu suchen? Und was du in der Oase am Chaboras?«, fragte er und sah seinem Gegenüber in die Augen. »Ich glaube, das sollte ich wissen, wenn ich euch schon begleite.«

In diesem Moment ertönte vorn am Bug lautes Geschrei, und Metellus wandte sich um. Die Schiffsmannschaft hatte Netze ausgeworfen und begann sie gerade einzuholen. Auch seine Römer waren hinzugeeilt, um Hand anzulegen, und bald wimmelte das ganze Deck von zuckenden kleinen Fischen, die eingesammelt und in Körbe geworfen wurden, um hinterher ausgenommen und fürs Abendessen vorbereitet zu werden.

Daruma seufzte wie jemand, der eine schwierige Aufgabe in Angriff nimmt, und begann zu erzählen: »China ist ein uraltes Reich, vielleicht sogar das älteste, das es auf der Erde gibt. Doch seit einigen Jahrzehnten wird es immer wieder von schweren Unruhen heimgesucht. Barbaren, die aus dem Norden eingedrungen sind, und interne Zwistigkeiten haben das gigantische Land in drei Einzelstaaten aufgelöst – einen im Norden, einen in der Mitte und einen im Süden. Jeder dieser Staaten wird von einem Militärführer regiert, der sich zum *Wang*, also Herrscher, hat ausrufen lassen. Und jeder dieser *Wangs* ist überzeugt, er habe das Recht und die Pflicht, das Reich wieder zu vereinen, indem er die andern beiden *Wangs* aus dem Weg räumt. Die Folge davon ist ein lange währender, schrecklicher Krieg, der ganze Landstriche entvölkert, blühende Städte zerstört und das einstige Handelsvolumen auf weniger als die Hälfte reduziert hat. Die Verarmung der vormals reichen Bauern und der vom Krieg verursachte Bevölkerungsrückgang führten irgendwann dazu, dass die Soldaten knapp wurden. So hat man im Norden –

und zwar diesseits der Großen Mauer – barbarische Steppennomaden, die Xiongnu, angesiedelt. Ihre Familien bekamen Ländereien dafür, dass ihre Männer und Söhne ins Heer eintraten.

Inmitten der allgemeinen Konfusion und Dekadenz bietet das Reich des Nordens – das größte und mächtigste unter den dreien – vielleicht noch am ehesten Sicherheit und Stabilität. Seine grandiose Hauptstadt hat die größte Bibliothek des ganzen Reichs und bietet zwanzigtausend Studierenden Gelegenheit, sich den unterschiedlichsten Disziplinen zu widmen.«

Metellus, der im Geiste verglich, war verblüfft über die vielen Übereinstimmungen mit dem *Imperium Populi Romani*: die Bedrohung durch die Barbaren aus dem Norden, die auch dort häufig vorgenommene Ansiedelung fremder Volksstämme diesseits der eigenen Verteidigungslinien, die zunehmende »Barbarisierung« des Heeres und nicht zuletzt die Bürgerkriege, die auch im Römischen Reich ständig das Überleben des Staates infrage stellten.

»Eine der schlimmsten Plagen im Reich des Nordens«, fuhr Daruma fort, »ist die enorme Macht der Palasteunuchen ...«

»Wenigstens *die* sind uns erspart geblieben.« Metellus konnte sich die Bemerkung einfach nicht verkneifen.

»Die Eunuchen? In China gibt es sie zuhauf. Die Chirurgen sind dort so gut, dass mehr als die Hälfte ihrer ›Patienten‹ die Operation überlebt. Wie auch immer – viele der letzten Kaiser waren zurzeit ihrer Thronbesteigung so jung, dass sie entweder ihre Mütter für sich regieren ließen oder aber sich auf den Rat von Eunuchen stützten, die es aufgrund ihrer Intelligenz und Durchtriebenheit nicht selten bis in die höchsten Machtzentren des Reichs schaffen.

In Dan Qings Fall ist es anders gelaufen. Da muss sich etwas ereignet haben, irgendein schwerwiegender Vorfall, über den ich allerdings auch nicht viel weiß.«

Der Wind frischte auf und blähte das Segel so heftig, dass der Mast knarrte. Im Westen zeichnete sich, knapp oberhalb der Wasseroberfläche, eine tief hängende Wolkenbank ab, und Metellus hörte, wie Antoninus zu Rufus sagte: »Wenn es so weitergeht, haben wir in der kommenden Nacht nichts zu lachen.«

»Erzähl weiter«, sagte Metellus an Daruma gewandt.

»Als Dan Qing seinerzeit zu der diplomatischen Mission am persischen Königshof aufbrach, ernannte er den treuesten Minister seines Vaters, einen gewissen Liu Bang, zu seinem Statthalter und vertraute ihm die Regierungsgeschäfte an. Als er aber drei Jahre später noch immer nicht zurückgekehrt war, begann sich manch einer ernsthafte Sorgen zu machen – insbesondere sein Meister Wangzi, ein weiser frommer Mann, der in einem Kloster in den Bergen lebt. Ich kenne ihn seit Jahren. Auf meinen Chinareisen steige ich immer bei ihm ab und erfahre große Gastfreundschaft.

Wangzi hat diese ganze Sache, also Dan Qings Flucht, eingefädelt. Er hat sich mit befreundeten Priestern in Persien in Verbindung gesetzt und Dan Qing die Nachricht zukommen lassen, dass ich ihn mit meiner Karawane an einem bestimmten Tag in der Oase am Chaboras und danach in der Hafenstadt am Fluss erwarten würde. Und jetzt …«

»… jetzt kehrt der Prinz in ein Reich zurück, das nicht mehr ihm gehört«, fuhr Metellus für Daruma fort, »muss einen verräterischen Minister beseitigen und die Macht zurückerobern. Und das alles ganz allein, wenn ich recht verstanden habe – von der Hilfe eines alten Mönchs einmal abgesehen. Etwas Ähnliches hätte meinem Kaiser bevorgestanden, wenn es mir gelungen wäre, ihn lebend nach Hause zurückzubringen.«

»Hat Dan Qing dir etwas gesagt?«, fragte Daruma.

»Er hat mir gesagt, dass er allein dasteht.«

»Dann wird es wohl stimmen.«

»Aber es gibt doch bestimmt Truppen, die ihm die Treue gehalten haben, Offiziere, die ihm einen Eid geschworen haben, Freunde, denen er Wohltaten erwiesen hat …«

»Wenn er dir gesagt hat, dass er allein dasteht, bedeutet das, dass er wirklich auf niemanden zählen kann. Oder auch will.«

»In diesem Zusammenhang würde ich gern etwas mit dir klären, Daruma. Einen Punkt, über den wir schon einmal gestritten haben.«

»Ich kann mir denken, was nun kommt.«

»Ich möchte wissen, wie weit wir Dan Qing begleiten müssen, wann wir unsere Mission als erfüllt betrachten können und ab wo unsere Rückreise beginnt, auf der du uns, wie versprochen, begleiten wirst.«

»Keine Sorge, Kommandant, ich bin weder ein Held noch ein Krieger. Wir dringen im Süden übers Gebirge nach China ein und begeben uns danach zu dem Kloster, von dem ich dir erzählt habe. Dort trennen sich unsere Wege. Dan Qing wird ab da allein zurechtkommen müssen. Wir bringen noch eine Ladung Gewürze in die Tiefebene, holen eine Ladung Seide ab und drehen um. Ab diesem Moment kannst du die Tage bis zu deiner Rückkehr nach Da Qin Guo zählen.«

»Da Qin Guo? Heißt so das Römische Reich bei den Chinesen?«

»Ja, so nennen sie es. Für sie ist es ein sagenumwobenes Land im äußersten Westen, von dem sie fast gar nichts wissen.«

»Kaum zu glauben«, meinte Metellus. »Wir kaufen riesige Mengen Ware in China und exportieren fast ebenso viele Güter dorthin, trotzdem hat sich keines der beiden Reiche je mit dem anderen in Verbindung gesetzt – als wären das zwei ganz verschiedene Welten.«

»Die Entfernungen, Kommandant, die Entfernungen …«, sagte Daruma. »Sie sind so ungeheuer groß, dass man Zwischenhändler und Vermittler einschalten muss, und kurioserweise sind das ausgerechnet eure Erzfeinde, die Perser – die sich im Übrigen auch mit der orientalischen Seite nicht immer gut vertragen.«

»Ja, das ist wahr. Unser Kaiser Tiberius hat schon vor zweihundert Jahren beklagt, dass die Perser den Krieg gegen uns mit dem Gold finanzieren, das unsere Seiden- und Edelsteinimporte ihnen einbringen.«

»Das wundert mich nicht«, entgegnete Daruma phlegmatisch. »Seide, Edelsteine – ihr Römer könnt nie genug davon kriegen. Deshalb heißt es ja auch, die Habgier sei einer eurer wesentlichen Charakterzüge.«

Metellus hätte gern gekontert, musste im selben Moment aber an einen Vers Vergils denken: »*Quo non mortalia pectora cogis, auri sacra fames!*« – »Wozu treibst du nicht die Herzen der Menschen, verfluchter Hunger nach Gold!«

16

Das Abendessen wurde bei Sonnenuntergang aufgetragen. Metellus und seine Gefährten sahen Fische auf dem Rost liegen, wie sie ihnen noch nie zu Gesicht gekommen waren, Fische in leuchtenden Farben, blau oder metallgrün schimmernd. Sie wurden mit einer unglaublichen Vielfalt an Gewürzen zubereitet, vor allem Pfeffer, den sich im Westen nur die Reichsten leisten konnten, und schmeckten vorzüglich.

Dan Qing setzte sich an diesem Abend zu ihnen, wenn auch ein wenig abseits, und bekam als Erster sein Essen, auch das Getränk, jenen bräunlichen Aufguss aus getrockneten Blättern, den Metellus nun bereits kannte; alle anderen bekamen Palmenwein.

Die Sonne versank in prächtig aussehenden, schwarzen Haufenwolken mit purpurfarbenem Saum; ihre letzten Strahlen spiegelten sich auf der Wasseroberfläche des Ozeans, sodass es aussah, als stünde das Wasser in Flammen.

Die Männer waren bester Laune und unterhielten sich angeregt, hauptsächlich über Frauen, was Metellus besonders freute. Er hatte sie seit Jahren nicht mehr über Frauen reden gehört, genau genommen seit den letzten Mahlzeiten, die sie auf ihren Erkundungsritten durch den Taurus rund um Edessa abends in den Zelten zu sich genommen hatten. Danach hatten sie weder Zeit noch Gelegenheit zu solchen Gesprächen gehabt und im Übrigen auch keine Lust.

Dass sie wieder über dieses Thema redeten, war ein gutes Zeichen, denn es hieß, dass ihre Lebensfreude zurückgekehrt war. Auch Metellus selbst fühlte sich von neuer Kraft und Energie durchdrungen, und manchmal wurde ihm davon ganz warm ums Herz. Umso mehr schmerzte ihn in diesen Momenten die nie verheilte Wunde: Sein ganzes, mit jedem Tag heftigeres Sehnen galt einer Frau, die es nicht mehr gab.

Clelias Bild übte, wenn er sich an sie erinnerte, nach wie vor eine unglaubliche Anziehungskraft auf ihn aus – ihre vollen Lippen, ihr üppiger Busen, ihre runden Hüften weckten Traumbilder und daneben sehr konkrete, immer noch lebendige Empfindungen. Er erinnerte sich an ihre letzte gemeinsame Reise, eine diplomatische Mission nach Sizilien, auf die er Clelia mitgenommen hatte.

Er sah sich mit ihr unter der Säulenhalle des großen Tempels von Segesta sitzen, Hand in Hand, und den Sonnenuntergang betrachten. Sie hatten darüber gesprochen, was sie machen würden, wenn er endgültig von der Ostgrenze zurückkehrte, hatten von dem Haus gesprochen, das sie sich kaufen würden, vielleicht sogar in der Nähe dieses herrlichen Orts, inmitten von Olivenhainen und Weinfeldern, mit einem Rosengarten und Jasminsträuchern, die mit ihrem Duft die Abendluft schwängern würden. Sie hatten sich vorgenommen, ihren Sohn nach Art der Vorfahren zu erziehen; Metellus selbst hatte ihm beibringen wollen, wie man Wein anbaute und Bienen züchtete. Und sie hatten dann noch mehr Kinder haben wollen, Kinder, die in Frieden aufwachsen und ein ruhiges Leben im Schatten der großen, einsamen Säulen hätten führen sollen. Sogar an das Zwitschern der Vögel in ihren Nestern auf dem Architrav des Tempels konnte er sich noch erinnern.

All diese Träume waren in einem einzigen schrecklichen Augenblick in Blut ertränkt worden.

»Isst du nicht?«, hörte er Daruma neben sich sagen.

Gewaltsam riss er sich von seinen Gedanken los, richtete den Blick auf die Speisen in seinem Napf und begann zu essen.

»Ich kann mir denken, wie dir zumute ist, aber wenn wir erst einmal an Land sind, wird alles anders. Du wirst immer wieder Neues sehen, Städte, Länder, Gebirge kennenlernen, Tiger und Elefanten brüllen hören. Indien!«, schwärmte Daruma. »Wart's ab, Kommandant, du wirst so viel sehen und erleben, dass der Strom deines Lebens ganz von selbst wieder zu fließen beginnt. Genau wie ein Fluss, der ein neues Bett gefunden hat, nachdem er von einer Naturkatastrophe in seinem Lauf unterbrochen wurde.

Das Meer dagegen … Das Meer spiegelt unsere Gedanken –

unglücklicherweise die tiefgründigsten und traurigsten unter ihnen. Es zeigt uns, was auf dem Grund unserer Seele schlummert. Weit hinten, am Horizont, der unerreichbar ist und immer weiter in die Ferne rückt, je näher wir ihm zu kommen glauben, schimmern unsere uneingestandenen Ängste durch seine fließende, ständig sich wandelnde Oberflächliche hindurch, ja, manchmal sogar das Antlitz des Todes.«

Metellus lächelte. »Du sprichst wie einer von uns, wie ein römischer Dichter. Ich dachte, eure Philosophen hätten eine Lösung für diese Ängste gefunden.«

»Unsere ja. Aber eure nicht. Ich kann mir unschwer vorstellen, was dir im Kopf umgeht.«

»Dann weißt du ja, dass du dir keine Sorgen zu machen brauchst: Ich überlebe. Und ich werde tun, was zu tun ist.«

Kurz darauf war das Abendessen auch schon beendet. Der Mond stieg aus dem Wasser empor und beleuchtete die unendlichen Weiten des Ozeans. Metellus blieb noch eine Weile sitzen und betrachtete die vom Wind gekräuselte, schuppige Wasseroberfläche, in der sich das Mondlicht tausendfach brach, dann stellte er sich gar an die Reling, um das wundervolle Spektakel zu genießen, das ihn an das heimatliche *Mare Nostrum* erinnerte. Er folgte in Gedanken der Route, die Nearchos, Alexanders Admiral, und Onesikritos mit ihren Schiffen zurückgelegt hatten, und machte sich klar, dass er in Kürze Gegenden sehen würde, von denen der große Feldherr nur hatte träumen können.

Gern hätte er sich ein wenig mit dem schlitzäugigen Prinzen unterhalten, doch die Kühle und der Dünkel, die dieser ausstrahlte, kamen ihm vor wie eine unüberwindliche Barriere. Der Mann faszinierte ihn, ja, er zog ihn geradezu an, doch gleichzeitig musste er immer wieder an die Warmherzigkeit Valerians denken, an den alten Kaiser, der im Kreis seiner Männer so kläglich verendet war, dabei aber eine innere Stärke und Würde bewiesen hatte, um die ihn wohl so mancher Philosoph beneidet hätte.

Nach einer Weile beschloss er, sich lieber wieder neben

Daruma zu setzen, der an seinem Tee nippte. »Unser Imperium ist den Chinesen also bekannt?«, sprach er ihn an.

»Ja, wie gesagt. So wie wir ja auch nicht viel über China wissen. Allerdings erzählt man sich dort eine Geschichte: Vor etwa einhundertfünfzig Jahren, zur Zeit des Kaisers Hedi, soll es einem chinesischen General namens Ban Chao gelungen sein, die großen Wüsten Zentralasiens zu durchqueren und mit seinem Heer bis ans Kaspische Meer vorzustoßen. Dort angekommen, schickte er seinen Statthalter Gan Ying auf die Suche nach dem Herrscher von Da Qin Guo, also nach dem römischen Kaiser.«

Metellus sah ihn verblüfft an. »Woher weißt du diese Dinge?«

»Von den Mönchen des Bergklosters. Sie bewahren Abschriften von Dokumenten und Werken auf, die beim Brand der Großen Bibliothek von Luoyang vernichtet wurden.«

»Erzähl weiter. Wie erging es Gan Ying bei seiner Suche?«

»Er gelangte bis ans Ufer eines Binnenmeers.«

»Das Schwarze Meer?«

»Möglich. Die Beschreibung in den Quellen ist nicht ganz eindeutig, aber ich glaube, es handelte sich tatsächlich um den Pontos. Jedenfalls soll Gan Ying sich Da Qin Guo, also der römischen Grenze, bis auf zwei Tagesmärsche genähert haben.«

»Unglaublich. Dann muss das bei Tigranakert oder Phasis, in Armenien, gewesen sein. Was weiter?«

»Nun, Gan Ying hatte persische Führer, und als denen klar wurde, was ihm vorschwebte, dass er also den römischen Kaiser treffen wollte, da entmutigten sie ihn und logen ihm vor, bis zur Grenze von Da Qin Guo wäre es noch sehr weit, noch einmal so weit wie von China bis dorthin, wo sie sich befanden. Gan Ying fiel darauf herein, verlor tatsächlich den Mut und kehrte unverrichteter Dinge zurück. Und die Perser freuten sich, denn sie hatten nicht das geringste Interesse daran, dass die beiden Reiche direkten Kontakt miteinander aufnahmen.«

»Kein Wunder. Die Zölle, die sie den Seidenkarawanen für die Durchreise durch ihr Land abverlangen, bringen ihnen riesige Summen ein. Aber möglicherweise war das nicht der einzige Grund. Die beiden Reiche sind zu weit voneinander entfernt, als dass sie sich gegenseitig hätten fürchten müssen, aber sie hätten ja ein Interesse daran haben können, zusammenzuarbeiten – oder sich gegen gemeinsame Feinde zu verbünden. Gegen die Perser, zum Beispiel.«

»Du hasst sie, nicht wahr?«

»Hass ist etwas sehr Persönliches. Man kann nicht ein ganzes Volk hassen. Ich hasse diejenigen, die meinen Kaiser und einen meiner Gefährten so elendig haben sterben lassen. In Aus Daiwa haben sie uns geplagt und gedemütigt, wie sie nur konnten, aber all das wäre vielleicht nicht passiert, hätten unsere eigenen Leute versucht, uns freizukaufen.« Metellus lächelte traurig, bevor er fortfuhr. »Es gibt einen großen griechischen Geschichtsschreiber, demzufolge die Geschichte überwiegend vom Zufall bestimmt wird. Und was du mir da erzählt hast, scheint diese Theorie zu bestätigen. Was wäre wohl geschehen, wären die Römer und die Chinesen vor einhundertfünfzig Jahren miteinander in Kontakt gekommen? Wie hätte sich das auf den Lauf der Geschichte und das Schicksal der Menschheit ausgewirkt? Was hätte das nach sich gezogen? Eine ungeheuerliche, eine epochale Veränderung, nehme ich an. Aber ein persischer Führer hat mit einer kleinen Lüge verhindert, dass es dazu kam. Und deshalb sind wir für China heute noch Da Qin Guo, ein mythisches Land im fernen Westen, und China ist für uns nichts weiter als Sera Maior, das Land, aus dem die Seide kommt.«

Metellus verstummte, aber Daruma ahnte, was ihm durch den Kopf ging. »Du denkst, dass du jetzt zu Wege bringen könntest, was der Perser damals verhindert hat, richtig? Und ich stimme dir zu.« Seine Augen leuchteten. »Stell dir bloß einmal die grandiosen Folgen vor, die eine Begegnung dieser beiden riesigen Reiche hätte – eine unglaubliche Wende in der Geschichte! Und diese Wende wäre keinem anderen als dir zu verdanken!« Daruma war zum ersten Mal, seit Metellus ihn kannte, richtig aufgeregt.

»Daran denke ich im Moment lieber nicht«, erwiderte er. »Alles, was ich möchte, ist so schnell wie möglich nach Hause zurückzukehren. Obwohl … wenn ich könnte … Sicher, die

Vorstellung ist faszinierend. Ich frage mich allerdings, wie man zu Männern wie Dan Qing überhaupt Zugang findet. Mein Kaiser hat jeden Tag mit seinen Soldaten gesprochen, auch mit denen untersten Ranges.«

»Weil sie dieselbe Sprache gesprochen haben«, sagte Daruma. »Um dich mit Dan Qing austauschen zu können, musst du seine Sprache lernen, und zwar nicht nur die gesprochene Sprache, sondern auch die, in der er denkt.«

Metellus sah ihn skeptisch an.

»Wenn du möchtest, kann ich dir dabei helfen«, bot Daruma an. Dann wünschte er ihm eine gute Nacht und ging unter Deck, um sich schlafen zu legen.

Metellus nahm einen Becher Palmenwein und schüttete ein wenig davon ins Meer, um dem Genius Uxals ein Trankopfer darzubringen, bevor der Mond hinter den Wolken verschwand.

Dreizehn Tage später erreichten sie die Indus-Mündung; ein ausgedehnter ockerfarbener Fleck, der sich im tiefen Blau des Ozeans ausbreitete, kündigte den mächtigen Strom an. In der großen Trichtermündung wimmelte es von Schiffen und an den Ufern von Händlern, Matrosen, Tagelöhnern und Bauern.

Einer nach dem andern gingen sie an Land, nur Dan Qing blieb an Bord. Offenbar interessierte er sich nicht im Geringsten für den Ort, und wenn, so zeigte er es nicht.

Metellus und seine Männer schwärmten über den Markt aus; für sie war es der erste Landgang als freie Männer. Denn auch die Angst ist ja eine Art von Sklaverei: das Wissen, dass man verfolgt, Tag und Nacht gesucht, gnadenlos gejagt wird.

Sie atmeten wirklich den Duft einer anderen Welt ein. Die Sitten, die Kleider, die Farben, die Hautfarbe der Menschen – alles war neu und ungewohnt, sogar die Tiere: Affen, Papageien, Elefanten… Und vor allem Kühe gab es, Hunderte von friedlich umherstreifenden Kühen. Es waren seltsam aussehende Tiere mit einer Art Höcker auf dem Rücken, unmittelbar hinterm Hals.

Daruma ging mit einer Gruppe Matrosen Proviant für die Weiterreise einkaufen. Soweit Metellus verstanden hatte, würde man unter Ausnützung der Monsunwinde noch ein Stück den Fluss hinaufsegeln, dann das Schiff in irgendeinem Hafen festmachen und den noch verbleibenden Weg bis ans Ziel als Karawane zurücklegen.

Am Rand des Marktes hatte sich – wie Balbus, Quadratus und den anderen auffiel – um einen Baum herum eine kleine Menschenansammlung gebildet. Der Baum war so riesig, dass eine ganze Legion darunter Platz gehabt hätte. Von seinen Ästen hingen regelrechte Pflanzensäulen herab – in Wahrheit Luftwurzeln, die zum Boden hinunterwuchsen und sich, auf der Erde angelangt, in Stützen für die weit nach außen ragenden Äste des Baums verwandelten.

Als Metellus sich behutsam durch die Menge gekämpft hatte und den Grund für den Menschenauflauf sah, wunderte er sich noch mehr. Auf der Erde saß mit untergeschlagenen Beinen, einen Turban auf dem Kopf, ein spindeldürrer Mann. Er hatte runzlige, graue Haut, einen langen Bart und war offenbar in tiefe Meditation versunken. Die Hände zwischen den Knien überkreuzt und die Innenflächen zum Himmel gerichtet, saß er reglos wie eine Statue da. Metellus musste bei seinem Anblick an eine berühmte Persönlichkeit aus dem alten Griechenland denken, an den Philosophen Diogenes, einen sogenannten Zyniker, der in einem Fass gelebt und aus einem Holznapf getrunken hatte. Bestimmt war dieser Mann einer der Gymnosophisten, von denen er in den Schriften über Alexanders Feldzüge gelesen hatte, einer wie der indische Meister Kalanos, der dem makedonischen Herrscher auf seiner Rückreise bis nach Persepolis gefolgt war und sich dann bei lebendigem Leibe auf einem Scheiterhaufen verbrannt hatte.

Auch dieser knochige Alte schien wie Kalanos den Tod nicht zu fürchten: In seinem Schoß ringelte sich eine hochgiftige Schlange, die sich bis in Höhe seines Halses aufrichtete und unmittelbar neben seinem Gesicht züngelte.

Auch Metellus' Soldaten standen mit offenen Mündern da. »Das ist ja wirklich ein seltsames Land«, murmelte Balbus staunend.

»Stimmt«, meinte Antoninus. »Wir werden zu Hause viel zu erzählen haben.«

»Ich sehe mich ein bisschen am Hafen um«, sagte Rufus. »Man kann ja nie wissen … Vielleicht entdecke ich eins von unseren Schiffen.«

»Vergiss es«, sagte Metellus. »Selbst wenn du eins findest, es würde noch mindestens sechs Monate hier vor Anker liegen, bis der Wind sich dreht. Außerdem haben wir Daruma unser Wort gegeben. Ich habe euch gefragt, ob jemand versuchen möchte, sich allein nach Hause durchzuschlagen. Ihr wart alle dagegen, wolltet alle bei mir bleiben. Und genau das werdet ihr jetzt auch tun, bei Herkules! So wahr ich hier stehe.«

»Ich möchte nicht kneifen, Kommandant«, erwiderte Rufus. »Ich wollte nur ein paar Worte Lateinisch reden und, wenn möglich, einen Gruß nach Hause schicken. Von Mund zu Mund, von einem Schiff zum andern. Manchmal erreicht so eine Botschaft ihr Ziel. Weißt du, es ist ja nicht gesagt, dass wir alle zurückkehren, immerhin steht uns noch einiges bevor – schwere Prüfungen, denke ich, Überfälle, Kämpfe, wer weiß. Ein Spaziergang wird es jedenfalls nicht werden. Und deshalb dachte ich, wenn es mir gelänge, eine Nachricht an meine Familie übermitteln zu lassen …«

»Wir kehren zurück, Rufus. Und zwar alle zusammen, das verspreche ich dir. Und dann werden wir feiern und uns gemeinsam an alles erinnern, was wir zusammen durchgemacht haben, an die Gefahren, die Schikanen, an alles. Du wirst sehen, eines Tages werden wir darüber lachen. Aber jetzt wollen wir zu Daruma zurück, er wartet bestimmt schon auf uns.«

Metellus warf einen letzten Blick auf den alten Asketen mit seiner Schlange und bahnte sich dann einen Weg zurück durch die Menge.

Sie segelten noch ein gutes Stück den Indus hinauf. Metellus versuchte die Orte wiederzuerkennen, die Alexander gesehen hatte, als er seinerzeit den Fluss hinuntergefahren war. Zu ihrer Rechten erstreckte sich Innerindien, in das der makedonische

Feldherr nie tiefer eingedrungen war, und er fragte sich, was Alexander wohl empfunden haben mochte, als er diese wundervolle Landschaft an sich vorüberziehen sah, an die Reling des königlichen Schiffs gelehnt, während am dunstigen Horizont die Sonne aufging und sich zusammen mit riesigen Vogelschwärmen über die mächtigen Kronen dieser gigantischen Bäume erhob. Bestimmt hatte seine wissbegierige Seele gelitten, während er den Horizont immer weiter in die Ferne rücken sah und begriff, dass er das Ende der Welt wohl nie erreichen würde.

Und er selbst? Würde er es wohl erreichen? Würde er mit seinem winzig kleinen Heer bis ans Ende der Welt, bis an den wellenlosen Ozean gelangen?

Je weiter sie vordrangen, desto mehr verdrängte die erlebte Natur die mythischen Bilder der *Naturalis Historia* und des *De Mirabilibus*, auf denen seine Kenntnisse vom fernen Orient beruhten, wobei die Wirklichkeit jedoch mindestens so wunderbar war wie die Legenden.

Nachts, wenn sie an irgendeinem sumpfigen Ufer anlegten, konnte Metellus die Laute unbekannter Tiere hören, manchmal sogar das dumpfe Grollen eines Tigers, der auf Beutejagd umherstreifte. Die taprobanischen Matrosen zitterten bei diesen unheilvollen Lauten und sahen sich mit schreckgeweiteten Augen an, und auch ihre anderen Mannschaftsgefährten blickten sich ängstlich um.

Nur Dan Qing schien keine Angst zu kennen. Manchmal ging er, mit nichts als einem Messer bewaffnet, an Land und drang allein in das grüne Dickicht am Ufer ein. Metellus hatte ihm mehrmals angeboten, ihn zu begleiten, aber der Prinz wollte nicht. Er empfand es offenbar gar nicht als gefährlich, den Urwald zu durchstreifen, oder es war nur wieder eine von seinen vielen merkwürdigen Allüren.

Fast überall begegneten sie Elefanten. Die herrlichen Kreaturen, über die man im Westen so staunte, ja, die man dort sogar bei Kämpfen im Amphitheater einsetzte, weil man sie als Raubtiere betrachtete, waren zahme Arbeitstiere. Sie hoben mit ihren

Rüsseln ganze Baumstämme hoch oder zogen riesige Lasten auf Schlitten und Karren.

Häufig brachen Unwetter aus, und dann war es, als öffneten sich die Schleusen des Himmels. Wände aus Wasser stürzten hernieder und bauten sich vor dem Bug des Schiffs auf, Blitze, denen entsetzliche Donnerschläge folgten, beleuchteten die Landschaft in weitem Umkreis mit ihrem grellen Licht. Noch nie in ihrem Leben hatten die Römer solche Gewitter erlebt.

Immer häufiger kamen sie auch durch Gegenden, in denen der Fluss über die Ufer getreten war und indische Krokodile träge durch den Uferschlamm patschten oder sich um das Aas irgendeines ertrunkenen Haustiers stritten. Dabei peitschten sie mit ihren schuppigen Schwänzen ins Wasser und klappten die mächtigen Kinnladen mit den riesigen Zähnen auf und zu.

Manchmal sahen sie auch gefleckte Schlangen. Sie wanden sich um die Äste der Bäume, die auf den Fluss hinausragten, oder schlängelten sich mit eleganten Bewegungen durch die trüben Sümpfe am Ufer. Daruma erklärte ihnen, dass diese Ungeheuer für den Menschen harmlos waren, dass es aber andere, kleinere Schlangen gab, die so giftig waren, dass man im Handumdrehen starb, wenn man von ihnen gebissen wurde.

Es war eine furchteinflößende, fast immer feindlich gesinnte Natur, der sie begegneten, aber sie war ungeheuer faszinierend. Metellus und seine Männer kamen aus dem Staunen gar nicht mehr heraus.

Irgendwann blies der Monsun so heftig von der Seite, dass man an Land gehen musste. Nun ging es zu Fuß weiter, während das Schiff zum Hafen an der Flussmündung zurückgeschickt wurde.

Über einen Monat lang legten die Männer mörderische Gewaltmärsche zurück, bis sie an jene Stelle anlangten, wo die drei großen Nebenflüsse des Indus – der Hyphasis, der Akesines und der Hydroatis – zusammenflossen. Dort hatte Alexander seinerzeit zwölf Altäre errichtet, die den olympischen Göttern geweiht waren und anzeigen sollten, wie weit er auf seinem Vormarsch nach Osten vorgestoßen war.

Metellus bat Daruma, sich nach den Altären zu erkundigen, denn er wollte sie sich anschauen, aber niemand wusste etwas davon. Das Abenteuer des jungen makedonischen Herrschers lag immerhin fast sechshundert Jahre zurück, und auch das griechische Königreich Baktrien war längst untergegangen – verschluckt von Völkern, die nach China hatten eindringen wollen und an dessen Grenzen abgewiesen worden waren.

In all der Zeit verbrachte Metellus so manche Stunde damit, von Daruma die Sprache Dan Qings zu erlernen. Daruma selbst hatte ihm zu verstehen gegeben, dass dies ihrer Beziehung ungemein zuträglich sein würde. Für den Prinzen sei es eine große Demütigung, sich in einer fremden Sprache unterhalten zu müssen, auch wenn er dieselbe beherrschte. Hinzu kam noch sein aristokratischer Dünkel, der an und für sich schon eine fast unüberwindliche Barriere war.

»Ich tue es nicht für ihn«, sagte Metellus. »Aber diese Sprache aus Einsilbern, die für unsere Ohren so andersartig und fremd klingt, hat meine Neugier geweckt. Außerdem habe ich schon immer gern neue Sprachen gelernt. In Edessa war ich der einzige höhere Offizier, der einigermaßen verständlich Persisch sprach.«

»Das kann ich mir denken«, meinte Daruma. »Du bist begabt und lernst im Handumdrehen.« Insgeheim vermutete er freilich, dass es in erster Linie das Land war, das Marcus Metellus' Neugier geweckt hatte, und dass er die Sprache lernen wollte, weil er sich darauf einstellte, längere Zeit, wenn nicht für immer dort verweilen zu müssen.

Eines Tages bat Metellus ihn, das große Gebirge zu beschreiben, über das ihm bisher nur vage Gerüchte und widersprüchliche Schilderungen zu Ohren gekommen waren.

»Der indische Kaukasus«, erwiderte Daruma, »so nennt ihr es, weil euer Alexander ihm diesen Namen gegeben hat. Tja, es ist das höchste Gebirge der Welt. Seine Gipfel ragen bis zur Wohnstatt der Götter empor, die Abhänge der Berge sind mit riesigen Eisfeldern bedeckt, und in dieser Jahreszeit lösen die lauen Monsunwinde verheerende Lawinen aus. Das sind Schneemassen, die eine ganze Stadt unter sich begraben können, sie rasen donnernd zu Tal und reißen alles mit, was ihnen im Weg steht – Bäume, ja, ganze Wälder und Felsblöcke, die größer sind als ein Haus. Je höher man kommt, desto dünner wird die Luft, und das Atmen fällt einem immer schwerer. Irgendwann kann man kaum noch einen Fuß vor den andern setzen. Ich habe von Leuten gehört, die gar in Höhen gelangt sind, in denen man nicht mehr als hundert Schritte am Tag zurücklegen kann.«

Metellus war froh, dass seine Männer nicht verstehen konnten, was Daruma sagte, denn sonst wäre ihnen wohl der Schreck in die Glieder gefahren. Sie waren ausgezeichnete Soldaten, hervorragende Kämpfer, aber sie waren es gewohnt, gegen Menschen zu kämpfen. Der Gedanke, die Natur herausfordern zu müssen, hätte sie mit Furcht erfüllt und bereitete im Übrigen auch ihm einige Sorge. Das Einzige, was ihn beruhigte, war Darumas Gelassenheit, die zweifellos Folge seiner langjährigen Erfahrung war.

»Erzählst du mir das alles, um mich zu erschrecken?«, fragte er ihn. »Normalerweise ist es andersherum: Man verbirgt die Schwierigkeiten vor seinen Leuten, um sie nicht zu verunsichern.«

»Wie du es deinen Männern beibringst, ist mir egal. Ich für meinen Teil möchte, dass du weißt, was uns erwartet, denn ich habe wenig Lust, mich in Notsituationen um eine Eskorte kümmern zu müssen, wenn deine Männer in Panik ausbrechen.«

»Ich nehme an, dass du dich bereits mehr als einmal in solchen Situationen befunden hast.«

»Allerdings.«

»Und dass du sie heil überstanden hast, sonst könntest du mir heute nicht davon erzählen.«

»Ganz richtig.«

»In diesem Fall werden auch wir es schaffen. Wir fürchten keine Schwierigkeit und keine Gefahr. Auch bei uns zu Hause gibt es ein hohes Gebirge, die Alpen, und das überqueren unsere Legionen zu jeder Jahreszeit und bei jedem Wetter.«

»Umso besser«, erwiderte Daruma. »Eine andere Antwort hätte ich mir von dir nicht erwartet.«

Der Marsch ging weiter, und sie legten etwa sieben Meilen am Tag zurück, wobei sie in den Dörfern entlang des Weges nach Bedarf Proviant einkauften und ihre Wasservorräte auffüllten. Auf diese Weise lernten sie auch den Sumpfweizen kennen: Seine Körner waren erheblich schmaler als die des normalen Weizens, hatten aber eine ganz ähnliche Farbe; er wurde gekocht verzehrt, zu Gemüse und Fisch, und war äußerst schmackhaft.

Irgendwann fragten die Männer Daruma, wie es eigentlich kam, dass man bei all den Kühen, die in der Gegend herumliefen, kein Stück Rindfleisch zwischen die Zähne bekam, und er musste ihnen erklären, dass die Kühe in diesem Land als heilig galten und man sie ebenso wenig töten durfte wie einen Menschen.

Auf Fleisch mussten die Römer also vorerst verzichten, die reiche Vielfalt an herrlich duftendem und ebenso schmeckendem Obst, von dem sie wahre Unmengen verschlangen, entschädigte sie dafür jedoch ein wenig.

Die Pferde und Kamele gingen im Trott. Dan Qing ritt auf seinem Rappen an der Spitze des Zugs, zumeist schweigsam, wie man es von ihm gewohnt war. Ihm zur Seite, wenn auch eine halbe Pferdelänge zurück, folgte Marcus Metellus auf seinem Fuchs. Dann kamen die beiden Zenturionen zu Fuß, ein jeder von ihnen gefolgt von drei Männern, die in einigem Abstand hintereinander gingen und Darumas Kamelen Seitendeckung gaben. Antoninus und Rufus mit dem nicht wegzudenkenden Speer bildeten den Abschluss der Karawane.

Man marschierte in zügigem Tempo, leicht bewaffnet, wie Sergius Balbus angeordnet hatte, aber im Gleichschritt. Die zerlegten Rüstungen befanden sich im Gepäck der Karawane, und die Männer fragten sich, wann sie diese wohl wieder zusammensetzen und anlegen mussten, um ihren Dienst zu erfüllen.

Der Himmel war fast unablässig mit dichten, tief hängenden Wolken bedeckt, aus denen immer wieder heftige Platzregen herniedergingen. Der Boden verwandelte sich dann augenblicklich in schlüpfrigen, gelblichen Matsch, den trübe Rinnsale durchzogen, die Kleidung der Männer saugte sich mit Wasser voll, und der Regen rann ihnen nur so über Rücken, Arme und Beine. Am Rand des Weges standen die Bewohner der Dörfer jedes Mal unter Unterständen aus Bambusrohr, sahen sie neugierig vorüberziehen und sagten sich, dass diese Leute es wohl sehr eilig haben mussten, wenn sie nicht einmal das Ende des Regens abwarten konnten.

Eines Tages dann wurde die flache Landschaft hügelig und der Weg immer steiler, bis sie das Gefühl hatten, geradewegs zu dem bleifarbenen Wolkendach über ihnen hinaufzuklettern. Die Vegetation änderte sich und wurde spärlicher. Der feuchte Wald wich nach und nach baumartigen Farngewächsen und später einer Art von immergrünen Bäumen, die absolut majestätisch wirkten und Metellus an die Libanonzedern in den östlichen Provinzen des Römischen Reichs erinnerten.

»Das sind ebenfalls Zedern«, erklärte Daruma ihm, darauf angesprochen. »In unserer Sprache heißen sie *Deodara.*«

»Was bedeutet das?«

»Baum Gottes«, antwortete Daruma feierlich.

»Seltsam«, meinte Metellus. »Das Wort klingt irgendwie griechisch.«

»So ist es«, erklärte Daruma. »Auf Koiné würde es *Diosdendron* heißen.«

»Wie ist das möglich?«

»Ja, du wunderst dich, aber unsere Sprache hat viele Gemeinsamkeiten mit dem Griechischen. Vielleicht waren unsere Völker vor langer, langer Zeit ja Nachbarn ...«

»Die Juden glauben, dass zu Anbeginn der Zeit alle Menschen dieselbe Sprache gesprochen haben, sich dann aber irgendwann gegen ihren strengen Gott versündigten und daraufhin von ihm in alle Windesrichtungen zerstreut wurden, was zur Folge hatte, dass sie bald auch unterschiedlich sprachen ...«

Metellus und Daruma waren so in ihre Unterhaltung vertieft, dass sie kaum merkten, wie sie in die Wolkenbank eintauchten, die sich ausnahm wie dichter Nebel. Erst als sie kaum noch die eigene Hand vor den Augen sahen, verstummten sie und schritten schweigend durch den undurchdringlichen Dunst, der auch alle Geräusche schluckte und ziemlich unheimlich war. Doch mit der Zeit lösten sich die Schwaden wieder auf, bis mit einem Mal die Berge im blendenden Licht der Sonne und des Schnees vor ihnen erstrahlten. Ihre vereisten Gipfel glitzerten wie Diamanten und schienen die Himmelsdecke zu durchstoßen.

17

Der Anblick der grandiosen Gebirgskette war faszinierend und furchterregend zugleich und verschlug Metellus die Sprache. Die Berge ragten am Rand einer immens weiten Hochebene empor, und ihre höchsten Gipfel wirkten wie riesige Zacken aus funkelndem Kristall. Einige von ihnen waren umwölkt, andere hoben sich scharf gegen den Himmel ab, der ein beinahe so tiefes Blau wie in der Nacht zeigte. Metellus dachte an den vergleichsweise geradezu bescheidenen Olymp, auf dem die Griechen den Sitz ihrer Götter vermutet hatten, und musste lächeln. Wie winzig klein kam ihm seine Welt vor im Angesicht dieses gigantischen Erscheinungsbildes der Natur!

Nun begriff er, weshalb Alexander in dem riesigen Gebirge den Kaukasus gesehen hatte, in dem der Sage nach Prometheus seine Qualen erlitten hatte. Er konnte den Blick nicht losreißen von den erhabenen Gipfeln, die so hoch waren, dass einem bei ihrem Anblick fast schwindelig wurde, und als er schließlich zu seinen Männern schaute, las er in ihren Gesichtern ein noch größeres Staunen.

»Eins weiß ich sicher«, hörte er Antoninus sagen. »Wer es schafft, auf einen von diesen Bergen zu steigen, der sieht von dort oben das Ende der Welt und ringsum den Ozean, der sie umgibt.«

»Diese Gipfel kann man nicht erklimmen«, erklärte ihm Daruma. »Diejenigen, die auch nur in die Nähe ihrer schroffen Felswände gelangten, haben Fürchterliches berichtet. Ab einer bestimmten Höhe kommt man einfach nicht weiter, schon allein aufgrund der Kälte, die so eisig ist, dass man es dort nicht einmal für kurze Zeit aushält. Und davon abgesehen ist dort die Luft so dünn, dass sie zum Atmen nicht mehr ausreicht.«

Die Unterhaltung brach gleich darauf ab, denn inzwischen benötigte man alle Energien für den Aufstieg; die Männer waren kurzatmig, und das Luftholen fiel ihnen mit jedem Schritt schwerer.

Metellus fiel auf, dass die Einheimischen ziemlich klein waren und eine sehr breite Brust hatten, was bestimmt auch damit zu tun hatte, dass man in dieser Höhe tiefere Atemzüge nehmen musste. Und noch etwas fiel ihm auf: die würfelförmigen Steingebilde entlang des Weges, die oben eine Kuppel und auf dieser manchmal noch eine Fiale hatten. Metellus schätzte, dass sie sehr alt waren. Während einer Marschpause fragte er Daruma, worum es sich dabei handelte.

»Das sind *Stupa* – so heißen sie bei uns«, antwortete der Händler. »Ursprünglich waren es Schreine für die Reliquien eines unserer Philosophen oder Propheten oder Wundertäter – ich weiß nicht, wie man es auf Koiné ausdrückt. Später baute man sie einfach zum Andenken an seine Lehren und Taten. Er hieß eigentlich Siddharta, wurde aber *Buddha* genannt, was so viel bedeutet wie ›Der Erleuchtete‹.

Sein Wort drang bis nach China vor; du wirst sein Bild überall dort antreffen. Er ist immer in Meditation dargestellt, denn durch die Meditation erlangte er Seelenfrieden und Erleuchtung.«

»Dann hat das Dao von Dan Qing also auch mit den Lehren dieses Philosophen zu tun?«

»Zum Teil. Der Meister des Prinzen ist Anhänger zweier Philosophien – der Buddhas und jener der beiden chinesischen Weisen Kong Fuzi und Laotse. Schau, ich will es dir erklären: Der Weg der Erleuchtung …«

Metellus unterbrach ihn mit einem ungeduldigen Seufzer. »Ich fürchte, auf diesem Terrain kann ich dir nicht folgen, Daruma. Das ist für einen einfachen Soldaten zu viel verlangt.«

Daruma lächelte. »Keine Sorge. Viel hätte ich dir nicht erzählen können. Schließlich bin auch ich nichts weiter als ein Kaufmann.«

»Da bin ich mir inzwischen gar nicht mehr so sicher«, erwiderte Metellus, »aber ich vermute, wir haben noch genügend Zeit, uns kennenzulernen. Doch was Philosophen und Propheten betrifft, so habe ich sie schon immer gemieden wie die Pest.«

»Warum?«, fragte Daruma. »Hast du etwa Angst, dich mit Männern zu messen, die es im Denken weiter gebracht haben als du?«

»Schon möglich«, gestand der Römer zu, »aber wie gesagt, ich bin Soldat. Von Männern wie mir wird verlangt, dass sie für ausreichend Sicherheit und Frieden im Innern des Staates sorgen – die Philosophen sollen ungestört ihrer Beschäftigung nachgehen, die Richter ihres Amtes walten, die Künstler und Dichter ihre Werke schaffen können. Das zu gewähren, dafür sind wir da.

Und zur Erfüllung dieser Aufgabe gehört es auch, diejenigen zu bekämpfen und zu vertreiben, die im Gegensatz zu uns noch nicht genug zu essen haben, die weder Häuser bauen noch Felder bestellen können. Ich spreche von den Barbaren – primitiven Menschen, die von ungestümem Eroberungswillen getrieben werden, genau wie unsere Vorfahren zu Beginn der ersten Republik.« Metellus überlegte kurz, bevor er weitersprach. »Sieh mal, Daruma, ich glaube, die Menschen wenden sich Propheten und Wundertätern zu, wenn sie nicht mehr sicher sind, dass wir Soldaten ihr Leben und ihre Besitztümer mit dem Schwert beschützen können.

Auch bei uns hat sich in letzter Zeit eine Religion ausgebreitet – die Lehre eines jüdischen Meisters namens Christus, den seine Anhänger für den Sohn eines Gottes halten. Dieser Prophet wurde vor über zweihundert Jahren von einem unserer Statthalter zum Tode verurteilt, weil er das Volk gegen die Römer aufgewiegelt hat, aber nun ist sein Wort auf dem besten Wege, unser Reich zu erobern. Und soll ich dir sagen, warum? Natürlich ist auch er nicht in der Lage, den Erhalt unseres Staates und unserer Kultur zu garantieren, aber er verspricht seinen Anhängern das Glück im Jenseits – einem Ort, den keiner je gesehen hat und aus dem noch keiner wiedergekehrt ist. Die Leute wenden sich an die Götter, wenn sie verzweifelt sind, wenn sie an niemand anderen mehr glauben können. Und wenn sie das Vertrauen in die alten Götter verloren haben, suchen sie sich neue.«

»Im Indischen gibt es ein Wort für Leute, die so kritisch denken wie du«, erwiderte Daruma.

»Im Lateinischen auch«, entgegnete Metellus. »Man nennt sie Skeptiker. Und leider entstammt auch dieses Wort einer philosophischen Schule. Aber denk dran, Daruma: Männer wie ich sind vielleicht keine brillanten Unterhalter, aber sie haben einen großen Vorzug – sie sind es gewohnt, ausschließlich auf sich selbst zu zählen und auf andere Männer ihres Schlages.«

»Meinst du sie?«, fragte Daruma mit Blick auf die römischen Soldaten, die gerade dabei waren, ihr Nachtlager aufzuschlagen.

»Ja, genau«, antwortete Metellus nickend.

»Trotzdem hat Dan Qings unglaublicher Sprung dich tief beeindruckt. Und der war keine philosophische Übung, sondern etwas ganz Konkretes, ausgeführt von einem leibhaftigen Menschen.«

»Das stimmt«, gab Metellus zu, »aber was nützt dem Prinzen seine Kunst, wenn er nicht einmal in der Lage ist, sich mit andern auszutauschen? Wenn er die meiste Zeit nur dumpf vor sich hinsinniert? Was unterscheidet ihn von einem Stein oder einem Baum oder – wenn dir das lieber ist – von einem Philosophen, der sich in seinem Lehrgebäude einschließt?«

Daruma wandte sich einen Moment lang nach Dan Qing um, der vor einem kleinen *Stupa* auf den Fersen hockte, dann antwortete er: »Man darf einen Menschen nicht allein danach beurteilen, wie er sich nach außen hin gibt. Schweigen und Isolation können bisweilen auch eine Strafe sein, die man sich selbst auferlegt hat.«

Am darauf folgenden Morgen setzten sie ihren Weg fort. Auf der Passhöhe angelangt, blickten sie auf den langen, serpentinenreichen Pfad zurück, den sie gegangen waren, und er kam ihnen von oben betrachtet noch viel steiler vor als während des Marsches.

Der Ort war ideal zum Übernachten: Es gab ein Gehege für die Tiere und sogar ein bescheidenes Gasthaus, das halb aus Stein, halb aus Baumstämmen errichtet war. Der Wirt, ein alter

Mann mit dünnem Bart und Augen wie denen Dan Qings, setzte ihnen geschmortes Hammelfleisch und gekochten Sumpfweizen vor, den er mit dem Fett des Tiers gewürzt war – für Metellus' Männer keine besonders appetitliche Mahlzeit, aber was blieb ihnen übrig? In einem so entlegenen Ort musste gegessen werden, was man vorgesetzt bekam.

Daruma ließ die Lasten auf baktrische Kamele umladen, die besser an diese Art von Gelände, an die rauen Temperaturen und die großen Höhen gewohnt waren.

Am nächsten Morgen ging es zunächst hinab zu einer weiten Hochebene, dann wieder bergauf. Nach einigen Marschtagen begannen die Männer über Augenschmerzen und Übelkeit zu klagen. Metellus hieß sie, sich die Augen zum Schutz gegen die grelle Gebirgssonne mit schwarzen Tüchern, die lediglich zwei schmale Sehschlitze hatten, zu verbinden. Gegen die Übelkeit teilte Daruma ganz einfach grobkörniges Salz aus, das sie kauen mussten.

Dan Qing hingegen schien der anstrengende Marsch durch die unwirtlichen Gegenden nicht das Geringste auszumachen, vielleicht, weil er sich wieder in seiner natürlichen Umgebung befand. Je weiter sie zogen, desto ähnlicher sahen ihm die Menschen, denen sie begegneten, obwohl die Gesichter der Gebirgler im Gegensatz zu seinem ausgemergelt waren und ihre Haut die Farbe von Tonerde hatte, was an der starken Sonneneinstrahlung und der extremen Trockenheit der Gegend liegen mochte.

Den Römern wurde zunehmend bewusst, dass nun sie diejenigen waren, die man mit Erstaunen beäugte, auch wenn man ihnen gegenüber nicht aufdringlich war.

Man merkte, dass die Einheimischen noch nie Leute ihrer Rasse zu Gesicht bekommen hatten. Die Kinder – neugierig, wie alle Kinder der Welt – näherten sich ihnen und berührten sie scheu. Vielleicht sahen sie in diesen seltsamen Wesen mit den stoppelbärtigen Gesichtern, den runden Augen und den behaarten Armen Affen. Vor allem Septimius mit seinen blauen Augen und dem strohblonden Haar erregte Aufsehen. Die Kinder gingen so dicht an ihn heran, dass sie seine Knie anfassen konnten, und dann rannten sie lachend wieder weg und versteckten sich hinter den Beinen ihrer Eltern.

Nach dem ersten Pass legten sie fünfzehn Etappen bis zum Fuße des zweiten Passes zurück, der sogar noch etwas höher war als der erste. Dort wurden auch die baktrischen Kamele stehen gelassen; die Lasten wurden erneut umgeladen, diesmal auf eigentümliche kleine Ochsen mit langem Fell, von denen Daruma behauptete, es seien die Einzigen, die es mit den bevorstehenden Höhen aufnehmen konnten.

Die Landschaft, die sie daraufhin durchquerten, war von wahrhaft atemberaubender und wilder Schönheit. Verschneite Gipfel ragten wie blau schimmernde Eispyramiden über der Karawane auf. Auf gewundenen und immer schmaler werdenden Pfaden, die an Steilwänden und schwindelerregenden Abgründen entlangführten, stieg man hoch und immer höher. Wenn einer von ihnen mit dem Fuß gegen einen Stein stieß und dieser den Abhang hinunterrollte, wurden Geröllawinen ausgelöst, die mit lautem Getöse zu Tal donnerten und jedem klarmachten, dass ein einziger falscher Schritt den sicheren Tod bedeutete.

Langsam stapften die Römer hinter den einheimischen Führern her, die die zottigen Ochsen an Stricken führten, und dabei gewöhnten sie sich ganz allmählich, Tag um Tag, ja, beinahe Stunde um Stunde, an die andersartige Luft, an das immer noch greller werdende Licht, an die kristallklare Gebirgsatmosphäre.

Je höher sie stiegen, desto schneidender wurde die Kälte und desto schmaler der Pfad, über den sie sich bewegten, bis sie auf die andere Seite hinüberwechseln und dazu eine hölzerne Hängebrücke überqueren mussten, unter der sich gähnend der Abgrund auftat. Die Männer sahen sich an, und Metellus las auf ihren Gesichtern blankes Entsetzen. Obwohl sie bereits tausend Abenteuer und Gefahren überstanden hatten, an die Schrecken dieser extremen Welt hatten sie sich noch immer nicht gewöhnt. Nur die Ruhe und Bestimmtheit ihres Anführers und das Vorbild der beiden Zenturionen konnten ihnen die nötige Sicherheit vermitteln, mit der sie sich seit jeher der Disziplin unterworfen hatten.

»Ihr dürft nur nach vorn sehen«, sagte Metellus, »nie nach unten. Im Grund sind es nur wenige Schritte. Ihr habt schon ganz andere Herausforderungen bewältigt.«

Das Schwierigste war, die Lasttiere über die Brücke zu schaffen. Balbus und einer der einheimischen Führer überquerten als Erste den schmalen Steg; sie hatten ein Seil dabei, das sie an der gegenüberliegenden Felswand befestigten, und an diesem Seil wurden nun die Ochsen angebunden, damit sie in der Mitte die Brücke überquerten und diese nicht einseitig rechts oder links belasteten, wodurch die gesamte Konstruktion aus dem Gleichgewicht geraten und womöglich zur Seite gekippt wäre. Dann kamen die anderen Männer an die Reihe. Dan Qing überquerte den Steg ohne Probleme, er hielt sich nicht einmal an dem Seil fest, Daruma war einer der Letzten und wurde rechts und links von Lucianus und Rufus gestützt.

Das Wetter verschlechterte sich zusehends, eisige Windböen pfiffen durch die schmale Klamm und brachten die Brücke immer mehr zum Schaukeln. Nur ein klein wenig später, und sie hätten sie nicht mehr passieren können.

Als auch Daruma auf der andern Seite angelangt war, begann der Abstieg. Die Abenddämmerung war bereits angebrochen, und das Tageslicht nahm sehr schnell ab. Deshalb folgten sie dem Pfad nur gerade so weit, bis das Klima nicht mehr ganz so rau, die Temperaturen erträglicher waren, und schlugen dann, erschöpft und vor Kälte zitternd, das Nachtlager auf.

Am nächsten Tag und auch an allen nachfolgenden ging es ohne Pause weiter, bis sie an die Kreuzung mit der Straße aus Osten gelangten, die auf halber Höhe in den Rücken des wild zerklüfteten Gebirges eingegraben war. Endlich wurde eine Rast eingelegt; außerdem tauschte Daruma die zottigen Ochsen erneut gegen baktrische Kamele sowie ein paar Pferde ein, die klein und struppig, aber sehr ausdauernd waren.

Metellus bewunderte das gut funktionierende System für den

Austausch der Lasttiere, das ihn ein wenig an die Poststationen entlang des *cursus publicus* erinnerte, jenes weit verzweigten römischen Straßennetzes, auf dem man bis in die entferntesten Winkel des Reichs gelangen konnte, egal, ob diese in Afrika oder Britannien lagen. Der einzige Unterschied war, dass dieses Tauschsystem im Gegensatz zu dem römischen nicht von einem Staat verwaltet und reguliert wurde, sondern ausschließlich von der Nachfrage der Reisenden und den Gewohnheiten der lokalen Bevölkerung.

»Etwas weiter im Norden gibt es Nomadenstämme, die züchten die besten Pferde der Welt«, erzählte ihm Daruma. »Die Chinesen nennen sie ›die Pferde, die Blut schwitzen‹ und zahlen horrende Summen dafür. Es hat sogar schon chinesische Kaiser gegeben, die ihre Töchter mit den Anführern dieser Stämme verheiratet haben, nur um an eine Herde dieser phantastischen Pferde zu gelangen. Wenn wir erst einmal im Reich der Drachen sind, wirst du bestimmt welche zu Gesicht bekommen.«

»Im Reich der Drachen?«, fragte Metellus. »Was ist das denn nun wieder?«

»Ach, auch das ist einer der vielen Namen Chinas«, antwortete ihm Daruma. »Der Drache ist ein mythologisches Wesen, das in diesem Land weit verbreitet ist, und zwar in verschiedenen Formen – als Dämon oder auch als Schutzgott.«

Daruma gebrauchte beim Sprechen viele chinesische Worte und Redewendungen, denn er wollte seinen Schüler zwingen, sich in dieser Sprache zu üben, obwohl ihm natürlich klar war, dass Metellus stets in erster Linie an die Heimkehr dachte.

Der römische Kommandant hatte in all dieser Zeit nur wenig mit Dan Qing gesprochen – ein paar Höflichkeitsfloskeln auf Persisch, wenn das Essen herumgereicht wurde, wenn man sich morgens zum ersten Mal sah oder vor dem Schlafengehen, mehr nicht. Aber er hatte nie aufgehört, mit Daruma Chinesisch zu lernen, besonders abends, nach dem Essen, und manchmal auch während einer Rast. So war es kein Wunder, dass er inzwischen beachtliche Fortschritte machte.

Während der letzten Hochgebirgsetappen verschlechterte sich erneut das Wetter, und irgendwann gerieten sie in einen Schneesturm – ein unerwartetes Ereignis, das sich als harte Probe erweisen sollte. Es begann mit einem schneidenden Wind, dessen Kälte einem bis in die Knochen drang und durch kein Kleidungsstück abzuwehren war. Heulend pfiff er durch die engen Klammen. Dann kam der Schnee – dicht fallende Flocken, die sich anfühlten wie spitze Kristallnadeln. Metellus und seine Männer mussten ihren ganzen Mut zusammennehmen und ihrem Durchhaltevermögen das Äußerste abverlangen, um nicht der Kälte und Erschöpfung zu erliegen.

Der Prinz beobachtete sie mehrmals aus seinen schrägen Augen, und hätte jemand seinen versteinerten Gesichtsausdruck deuten können, so hätte er Bewunderung darin gelesen. Ja, Dan Qing bewunderte diese Männer aus Da Qin Guo, die so viel aushielten und so wild entschlossen waren, sich nicht von der Natur bezwingen zu lassen.

Die Wetterverhältnisse wurden noch schlechter. Insbesondere die Temperaturen sanken so tief, dass die Reisenden ihre vor Kälte steifen Glieder kaum noch bewegen konnten.

Während sie sich mühsam durch das dichte Schneegestöber kämpften, wirbelte hinter einer Wegbiegung plötzlich etwas durch die Luft, und zwar genau vor Dan Qings Pferd, das sich wiehernd aufbäumte.

Der Prinz stürzte nach hinten, und das Pferd, an dessen Hals ein weißer Leopard hing, ging neben ihm nieder.

Dan Qing lag genau zwischen dem Tier und dem gähnenden Abgrund. Der Versuch, dieser misslichen Lage zu entfliehen, hätte ihn das Leben kosten können. Andererseits war der Leopard mittlerweile auf ihn aufmerksam geworden, wandte sich von dem sterbenden Pferd ab und der menschlichen Beute zu. Er bleckte die blutverschmierten Zähne und streckte eine seiner krallenbewehrten Tatzen nach ihm aus.

Publius, der dem Prinzen in kurzem Abstand gefolgt war, sprang nach vorn und wedelte mit seinem Umhang vor der Schnauze des Raubtiers herum, um es abzulenken. Aber der hungrige Leopard war kühn, knurrte drohend und schlug mit den Tatzen nach dem Römer, entschlossen, sich seine Beute nicht entreißen zu lassen.

Während Publius mit aller Kraft versuchte, das in der Scheide festgefrorene Schwert zu ziehen, gelang es Balbus und Antoninus, die inzwischen ebenfalls herbeigeeilt waren, den Prinzen in Sicherheit zu bringen.

Im selben Moment traf die Pranke des Leoparden Publius am Arm, sodass er den steilen Hang hinunterschlitterte.

»Helft ihm!«, brüllte Metellus.

Der Leopard blickte zu ihm herüber, setzte zum Sprung an. Metellus wandte sich um, riss Rufus, der hinter ihm stand, den Speer aus der Hand, schleuderte ihn mit einer blitzschnellen Drehung auf das Raubtier und durchbohrte es, just, als dieses auf ihn zusprang.

»Helft mir! Ich bin hier, helft mir!«, schrie Publius von unten herauf, und während sich Metellus vom leblosen Körper des Tiers befreite, bildeten Quadratus, Balbus und Septimius eine Menschenkette, und Letzterer packte Publius, der sich verzweifelt an einen Felsvorsprung klammerte, an der Hand. Septimius bekam sie im letzten Augenblick zu fassen, einen Moment später, und sein Gefährte wäre in den Abgrund gestürzt. So aber konnten sie ihn gemeinsam nach oben ziehen und retten.

Metellus, der inzwischen den Speer aus dem Leoparden gezogen hatte, betrachtete das sterbende Tier. Aus seiner Nase stiegen Dampfwolken, und sein Blut färbte die blütenweiße Schneedecke dunkelrot. Es war ein herrliches Tier, Metellus hatte nie ein schöneres gesehen. Das makellose Weiß seines Fells war nur durch die schwarzen Flecken vom Schnee zu unterscheiden.

Als sich Marcus Metellus umwandte, stand Dan Qing vor ihm. Reglos und stumm wie Statuen aus Eis blickten sie sich an. Dann trat Metellus auf Publius zu, der vor Kälte und Angst zitterte, und drückte ihn an sich wie einen Sohn, der soeben dem Tod entkommen ist.

Gegen den Schneesturm ankämpfend, setzten sie ihren Weg fort und erreichten mit Einbruch der Dunkelheit endlich ihren Rastplatz: Eine Blockhütte mit angrenzendem Stall.

Hungrig und halb verdurstet banden sie die Tiere unter dem Vordach fest und schleppten sich in die Hütte, in der in einem Kohlebecken in der Mitte des Raums ein Feuer brannte, während der Rauch durch eine Öffnung in der Zimmerdecke abzog. Auf dem Feuer brodelte in einem Kessel Suppe, und es gab sogar Licht: Von einem der Deckenbalken hing eine rauchende Öllampe, die mit dem Talg irgendeines Tiers genährt wurde.

Ein Mann und eine Frau in ziemlich fortgeschrittenem Alter saßen auf einem Schaffell, hielten jeder eine Suppenschüssel in der Hand und starrten auf den Kessel. Sie hatten Fellmützen auf auf den Köpfen, und auch die langen Kasacks, in die sie eingemummelt waren, bestanden aus Fell.

Daruma sagte etwas zu ihnen, worauf der Alte ihnen bedeutete, sich ans Feuer zu setzen. Dan Qing trat als Letzter ein und hockte sich in einer Ecke des Zimmers auf die Fersen.

Die Alte teilte Schüsselchen aus, dann gab sie jedem einen Schöpflöffel voll Brühe mit ein paar Stückchen Hammelfleisch. Das warme Essen weckte ein wenig die Lebensgeister der erschöpften Männer, machte sie aber auch sehr schläfrig. Keiner hatte Lust zu reden, sobald sie mit dem Essen fertig waren, nickten die Römer in der wohligen Wärme des Raums einer nach dem andern auf ihren Schaffellen ein.

Metellus machte mehr aus Gewohnheit, als weil er es wirklich für nötig befunden hätte, einen kleinen Kontrollgang ums Haus. Aus einer dichten Nebelbank stieg in diesem Augenblick der Mond empor und tauchte die umliegenden Berge in ein gespenstisch anmutendes Licht. Der Sturm tobte noch immer, aber die Pferde und Lasttiere schien das nicht zu stören, friedlich fraßen sie ihr Heu aus den Futterkrippen, und vom Ende des Tals drang das Klagen eines Nachtvogels herauf. Metellus kehrte beruhigt zum Eingang der Hütte zurück und traf dort auf Dan Qing.

»Warum hast du das getan?«, fragte der Prinz ihn auf Persisch.

»Weil ich dafür bezahlt werde«, erwiderte Metellus und betrat, ohne noch etwas hinzuzufügen, die Hütte.

Am nächsten Morgen erschien die Natur vollkommen verändert. Die aufgehende Sonne färbte die verschneiten Berggipfel rosarot und ließ die Wiesen im unteren Teil der Hänge in saftigem Grün erstrahlen. Der Wind hatte sich gelegt, und hoch oben am Himmel kreiste ein Adler in majestätischem Flug.

Quadratus verließ als Erster die Hütte, streckte sich ausgiebig, ging zu einer der Tränken, brach die Eisschicht, die sie bedeckte, und wusch sich das Gesicht mit dem eisigen Gebirgswasser. Kurz darauf kamen auch die anderen heraus, als Letzter Dan Qing gefolgt von Daruma. Die Karawanenführer bereiteten die Tiere vor, die beiden Alten teilten warme Milch aus, Daruma bezahlte sie mit indischen Münzen, und dann brach die Karawane erneut auf.

Sie marschierten den ganzen Tag und auch den darauf folgenden, bis sie in eine große Ebene kamen, in der sie anderen, mehr oder weniger großen Karawanen begegneten, die vollbepackt mit Waren in entgegengesetzte Richtung zogen. Die Menschen, die sie zu Gesicht bekamen, sahen inzwischen fast alle wie Dan Qing aus, woraus Metellus schloss, dass sie bald am Ziel anlangen mussten. Wenn er im Kopf überschlug, wie lange es her war, dass sie vom Indus aufgebrochen waren, dann mussten sie, seinen Berechnungen zufolge, in etwa einem Monat den Ort erreichen, von wo ihre Heimkehr beginnen würde.

Sie legten noch etwa zwanzig Tagesetappen zu je zwölf Meilen zurück, durchquerten eine steppenähnliche Landschaft und anschließend eine Wüste, in der sie sich ohne ortskundige Führer, die Routen und Wasserstellen für Mensch und Tier kannten, niemals zurechtgefunden hätten.

Metellus war sicher, dass diese Gegenden nicht einmal Alexander auf seinem langen Marsch nach Osten durchquert hatte, Gegenden, weit jenseits von Samarkand und Alexandreia Ultima. Er war überzeugt, dass sie sogar schon über die Länder hinaus waren, die Herodot den Issedones und den Hippomolgen zugeschrieben hatte, also jenen Völkern, die seiner Ansicht nach am Rande der Welt lebten. Selbst der Nachthimmel und die Sternbilder sahen anders aus.

Er erinnerte sich daran, dass Antoninus im Heer als *gromaticus*, also Feldmesser, gedient hatte, und fragte sich, ob er wohl eine Karte mit ihrer Marschroute zeichnen könnte. Doch dann fiel ihm ein, dass ihm dafür nicht nur die nötigen Messinstrumente, sondern auch jeglicher Bezugspunkt fehlten, ganz zu schweigen vom Schreib- und Zeichenmaterial. Aber vielleicht konnte er, wenn sie einmal am Ziel waren, ja selbst eine *groma* bauen und sich Schreibgerät besorgen, um während der Rückreise eine Karte entwerfen und ihre Marschroute einzeichnen zu können. Eine solche Karte wäre natürlich von unschätzbarem Wert gewesen und hätte eine detaillierte Darstellung des Territoriums geliefert, das seine Soldaten und er Schritt um Schritt geduldig erforschten.

Sowohl er als auch seine Männer wurden von dem Gefühl beherrscht, dass dieses Territorium grenzenlos war und dass ihre eigene Welt immer mehr schrumpfte, je weiter sie sich von ihr entfernten, gerade so, wie wenn man Menschen und Dinge von einem hohen Turm herab oder vom Rand eines Abgrunds aus betrachtet.

Die immensen Weiten Asiens, seine scheinbar endlosen Wüsten, die flachen, nur vom Horizont begrenzten Steppen waren im wahrsten Sinne des Wortes atemberaubend. Und über alledem herrschte eine abgrundtiefe Stille, die nur hier und da von den monotonen Klagelauten irgendeiner verborgenen, mysteriösen Kreatur unterbrochen wurde. Die raschen Sonnenuntergänge ließen den goldenen Wüstensand blutrot leuchten und wichen fast unvermittelt Billionen von blinkenden Sternen am nachtblauen Himmelszelt.

Manchmal hörte man mitten in der Nacht plötzlich ein leises Flattern, und dann zogen Schwärme von geflügelten Gespenstern, geheimen Weisungen folgend, über ihre Köpfe hinweg. Der Mond glich, wenn er aufging, einem riesigen silbernen Schild, das eine unheimlich anmutende Landschaft beleuchtete und die Schakale zu ihrem lang gezogenen Heulen animierte. Manchmal stand er auch als schmale Sichel unmittelbar über dem Saum der Dünen und ließ, wenn er unterging, den Morgenstern als einsamen Wächter des anbrechenden Tages zurück.

Andere Männer und andere Karawanen durchzogen das immense Gebiet in beiden Richtungen, hauptsächlich mit Kamelen, die schon von Weitem an ihrem schaukelnden Gang zu erkennen waren. Metellus fragte sich oft, warum diese Karawanen nicht angegriffen wurden, warum es keine Wegelagerer gab, die versuchten, in den Besitz ihrer kostbaren Güter zu gelangen, und er kam letztendlich zu dem Schluss, dass der Profit, den man aus ihrer Durchreise schlug, einfach zu groß war, als dass es jemandem eingefallen wäre, die Reisenden zu behelligen.

Die Beziehung zwischen Metellus und dem chinesischen Prinzen war während der endlosen Reise nicht enger geworden, sondern genauso geblieben wie zu Beginn, die allerersten Stunden und Tage, in denen sie sich auf Darumas Schiff kennengelernt hatten, einmal ausgenommen. Anfänglich hatte Metellus noch versucht, sich Dan Qings Distanziertheit zu erklären, war dann aber zu dem Schluss gekommen, dass sie einfach zu verschieden und die Mentalität und die Erziehung des Chinesen für ihn einfach zu fremdartig waren, als dass er ihn hätte verstehen können. Der Abstand zwischen ihnen schien nicht abzunehmen, sondern sich eher noch zu vergrößern, und Daruma schien das gar nicht so unrecht zu sein.

Eines Tages näherte sich ihm der Händler, während sie gerade einen Pass erklommen, auf dessen höchstem Punkt – einem Sattel zwischen zwei Bergen – sie ihr Lager aufschlagen wollten. »Es wird Zeit, dass ihr eure Rüstungen anlegt«, sagte er. »Je eher, desto besser.«

»Warum?«, fragte Metellus. »Bis jetzt hatten wir mit der leichten Ausrüstung doch keine Probleme.«

»Weil wir an der Grenze zu China angelangt sind und uns ab morgen auf alles gefasst machen müssen. Bei der ersten Rast werden wir die Möglichkeit haben, alles, was ihr noch benötigen solltet, einzukaufen.«

Metellus schüttelte den Kopf. »Ich glaube nicht, dass wir irgendetwas Zusätzliches benötigen. Meine Männer würden nie Waffen benützen, die sie nicht kennen. Sie sind unsere Kampfausrüstung gewohnt und verlassen sich blind auf sie. Keine Sorge, Daruma – wir haben alles. Unsere Kettenhemden und die in Segmente zerlegten Brustpanzer können wir problemlos wieder zusammensetzen. Nur Schilde und Helme müssten wir uns anfertigen, sobald wir eine Schmiedewerkstatt finden. Aber sag, woher weißt du, dass wir in China angekommen sind?«

»Siehst du die beiden Gebilde dort, rechts und links der Passstraße?«, fragte Daruma.

Metellus fand nicht die Zeit zu antworten. Er sah, wie Dan Qing sein Pferd antrieb und zu der von Daruma bezeichneten Stelle hinaufpreschte, dort aus dem Sattel sprang und sich mehrmals vor etwas verbeugte, was für Metellus noch nicht genau zu erkennen war.

Erst als auch er nah genug war, sah er, worum es sich handelte: um zwei gigantische Steinskulpturen nämlich, die zu beiden Seiten der Passstraße in den Felsen gehauen waren und welche die Gestalt von geflügelten Ungeheuern mit furchterregenden Fratzen hatten.

Daruma sah ihn an und sagte: »Willkommen im Reich der Drachen!«

18

Die erste Rast auf chinesischem Boden fand in einer Karawanserei statt, in der vor allem die Seidenhändler mit ihrem Gefolge abstiegen. Es war eine quadratisch gebaute Anlage mit vier kleinen Türmen an den Ecken und einem Säulengang in der Mitte. Auf dem freien Platz im Zentrum befand sich ein steinerner Brunnen, während unter den Arkaden eine Mühle, ein Bäcker, eine Schmiede und eine Sägerei untergebracht waren.

Die Mühle und die Sägerei wurden mit dem kristallklaren Wasser eines Gebirgsbachs betrieben, der aus großer Höhe herabstürzte und offensichtlich ausreichend Kraft hatte, um die Maschinen gleichmäßig in Gang zu halten. Severus und Antoninus waren von diesem System fasziniert und gingen hin, um es ausführlich zu studieren.

Metellus begab sich an Darumas Seite, der mit dem Oberaufseher der vier Werkstätten verhandelte, damit dieser den beiden römischen *fabri* gestattete, die Schmiede zu benützen. Danach kaufte er für alle Pferde.

Publius und Rufus wurden beauftragt, die zerlegten Brustpanzer zusammenzusetzen und die Kettenhemden zu überprüfen. Lucianus sollte die Speere wieder mit Griffen versehen, und als Antoninus und Severus von ihrem Erkundungsrundgang zurückkehrten, bat Metellus sie, aus Brettern aus der Sägerei Schilde anzufertigen und neue Helme zu schmieden. Später suchte er sie bei der Arbeit auf und unterhielt sich ein wenig mit Severus, der es übernommen hatte, aus Holz und Eisen die neuen Schilde zu machen, und zwar auf seine ganz persönliche Art und Weise.

In den Tagen, in denen sie sich in der Karawanserei aufhielten, um ihre Weiterreise vorzubereiten und neue Kräfte zu sammeln, hatten Metellus und seine Männer Gelegenheit, sich wenigstens eine ungefähre Vorstellung von der Welt zu machen, in der sie da gelandet waren, von den Zuständen, die hier herrschten, der landesüblichen Währung, den Sitten und Gebräuchen und auch von der Religion.

Ganz in der Nähe gab es einen kleinen Holztempel, der in lebhaften Farben angestrichen war – feuerrot, weiß, ocker, grün. Ein heiliger Mann, möglicherweise ein Priester oder Wahrsager, gab Orakel an die Reisenden aus, wenn sie ihn darum baten. In der typischen Haltung dieser Leute, nämlich auf den Fersen hockend, warf er eine Handvoll Knochen auf die Erde, auf denen seltsame Zeichen eingeritzt waren. Es handelte sich vor allem um Schulterblätter von Tieren, die besonders flach waren und sich daher gut für die Dekoration mit magischen Zeichen eigneten.

»Dieser Mann erstellt den Leuten Tierknochen-Orakel«, erklärte ihnen Daruma. »Je nachdem, wie die Knochen fallen, zeigt die eine oder andere Seite nach oben, und der Wahrsager deutet die Zeichen, die zu erkennen sind, und verkündet seinen Orakelspruch. Dan Qing ist übrigens ein Experte in dieser Kunst. Er hat sie von seinem Meister, dem ehrwürdigen Wangzi, gelernt.«

»Dan Qing …«, murmelte Metellus. »Es kommt mir vor, als wären hundert Jahre vergangen, seit er vom Ufer des Chaboras auf unser Schiff gesprungen ist, und doch weiß ich so gut wie nichts über ihn. Ich frage mich, was für ein Bild sich die Leute hier zu Lande von ihren Machthabern machen, wenn denen verboten ist, die harmloseste Unterhaltung mit einem normalen Menschen zu führen.«

Während er dies sagte, folgte sein Blick dem Prinzen, der in diesem Moment den gipsweißen Hügel hinter der Karawanserei hinaufritt.

»Ich kenne seine Geschichte auch nicht gut«, sagte Daruma, »aber es sind seltsame Gerüchte über ihn im Umlauf. Möglich, dass seine Vergangenheit unangenehme Geheimnisse birgt, Schandtaten, die er sich selbst nicht eingestehen möchte. Du musst wissen, dass man in China mit den Namen der Machthaber häufig Grausamkeiten verbindet, von denen du dir gar keine Vorstellung machst.«

»Ach, die Machthaber sind sich überall gleich«, erwiderte Metellus. »Obwohl in diesem Land tatsächlich vieles anders ist als bei uns, das habe ich inzwischen begriffen.«

Daruma lächelte nachsichtig. »Ich will dir ein Beispiel geben. Als der große Kaiser Huangdi die Gesetze für seine Regierungszeit festlegte, ordnete er unter anderem an, alle philosophischen Schulen zu schließen und sämtliche Bücher bis auf je ein Exemplar für die kaiserliche Bibliothek auf Scheiterhaufen zu verbrennen. Eine gewisse Anzahl an Weisen, Philosophen und Schriftstellern wagte es, sich kritisch zu dieser Anordnung zu äußern ...«

»Und? Was passierte?«

»Nun, Huangdi ließ vierhundertsechzig von ihnen lebend in einem Massengrab beerdigen.«

»Verstehe. Und dergleichen macht natürlich selbst den mitteilsamsten Herrscher zu einem düsteren Gesellen«, ereiferte sich Metellus. »Tut mir leid, aber ich begreife beim besten Willen nicht, wie eine so fortgeschrittene Philosophie wie die, von der du mir erzählst hast, mit einer derart grausamen Art der Machtausübung vereinbar sein könnte. Unser bester Kaiser war gleichzeitig auch ein Philosoph. Er hieß Marcus Aurelius Antoninus – ein weiser, tüchtiger und obendrein höchst bescheiden lebender Mann.«

»Ich glaube, sein Ruhm ist bis nach China vorgedrungen, wo man ihn allerdings unter dem Namen An Dong kennt«, eröffnete Daruma.

Metellus schaute erneut zum Hügel hinüber und sah hoch oben Dan Qing auf seinem Pferd, den Blick zum Horizont und auf die waldbedeckten Bergketten gerichtet, die wie Meereswogen auf ihn zuzurollen schienen, eine höher als die andere, und dazwischen immer noch eine Ebene, noch ein Flusstal, noch ein Berg – nein, diese Welt schien wahrhaftig kein Ende zu haben.

Daruma verpflichtete ein paar Träger, zwei Kameltreiber und einen chinesischen Arzt, dann setzten sie ihre Reise fort und marschierten mehrere Tage, bis sie einen abgelegenen und sehr einsamen Eichenwald erreichten, wo die Römer ihre Rüstungen anlegten.

Als sie damit fertig waren, präsentierte sich der ältere der beiden Zenturionen, Sergius Balbus, ihrem Kommandanten wie in alten Zeiten, als sie noch unter dem Adler Dienst geleistet hatten. Balbus trug sogar seine Rangabzeichen, den quer gestellten Helmbusch aus Pferdehaaren und den Kommandostab. »Die Truppe ist bereit, Kommandant«, verkündete er dem staunenden Metellus.

Metellus nickte und schritt danach die Reihe seiner Männer ab. Dabei musterte er einen nach dem andern vom Scheitel bis zur Sohle, nichts entging ihm, kein noch so kleines Detail ihrer Kampfausrüstung, von den Helmen bis hin zu den quadratischen Schilden, die Antoninus und Severus perfekt nachgebaut und sogar angemalt hatten, wie es vor großen Feldzügen üblich war. In den glänzenden Augen seiner Veteranen las Metellus einen Stolz und eine Ergriffenheit, die ihn zutiefst rührten.

Am Ende dieser kurzen Musterung blieb er vor den beiden *fabri* stehen und gratulierte ihnen. »Ihr habt euer Handwerk nicht verlernt, wie ich sehe.«

An diesem Punkt trat Antoninus einen Schritt vor und sagte: »Wir haben etwas für dich, Kommandant.« Mit diesen Worten enthüllte er einen bis zu diesem Moment unter einer Decke verborgenen Brustharnisch, wie ihn die höheren Offiziere der römischen Armee trugen: Eine anatomisch geformte Schale aus brüniertem Metall mit einem reliefartig hervortretenden Gorgonenhaupt in der Mitte. Daneben befand sich ein nagelneuer Helm, der in der Schmiede der Karawanserei nach Maß angefertigt worden war.

Metellus stockte der Atem. Eine schönere und perfektere Rüstung hätte der beste Waffenmeister von Rom nicht herstellen können. »Wie … wie habt ihr das geschafft?«, fragte er überwältigt.

»Wir haben die beiden Schalen unterm Packsattel der Esel mitgenommen, jeder eine, und dann haben wir sie in der Werkstatt der Karawanserei wieder zusammengebaut und aufpoliert. Diesen Barbaren sind fast die Augen aus dem Kopf gefallen.«

»Das glaube ich«, sagte Metellus lachend. »Kommt, helft mir, sie anzulegen!«

Antoninus hängte ihm die beiden Teile des Harnischs über die Schultern, und Severus war ihm dabei behilflich, die Lederriemen an den Seiten zu schließen. Metellus musste unwillkürlich an das letzte Mal denken, als ihm jemand geholfen hatte, seine Rüstung anzulegen. Das war in seinem Haus in Edessa gewesen, unter dem Säulengang des Peristyls, bevor er zur Generalstabsversammlung mit dem Kaiser gegangen war – in jenem Haus, in das er nie zurückgekehrt war und das er wohl leer und dunkel vorfinden würde oder auch von Fremden besetzt, sollte er je wieder einen Fuß hineinsetzen.

Er seufzte, dann setzte er den Helm auf, den Severus ihm reichte, und erschien seiner kleinen Armee daraufhin so imposant und würdig, wie es sich für seinen Rang gehörte. Die langen Märsche hatten seinen Körper gestählt, er hatte eine Figur wie in den besten Zeiten; seine Arm- und Beinmuskeln schwollen von den monatelangen harten Strapazen an und seine Haut war braun gebrannt von der Sonne des Ozeans und den Gipfeln des indischen Kaukasus.

Quadratus trat sichtlich gerührt auf ihn zu. »*Salve*, Kommandant«, sagte er und nahm Hab-Acht-Stellung ein. »Wir sind zu deinen Diensten, wie immer. Wenn wir nur unseren Adler hätten.«

»Den Adler haben wir hier drin, in unserer Brust«, erwiderte Metellus, »und er wird uns auch in Zukunft Mut geben, wie es immer war. Wir sind einer Gefangenschaft entronnen, die andere nicht überlebt hätten, wir haben es mit den Tücken des Ozeans, mit den Strudeln des Indus und mit den Schneestürmen des Parapamisos aufgenommen. Noch ein letzter Schritt, und unsere Mission ist erfüllt. Sobald wir den Prinzen Dan Qing wohlbehalten an sein Ziel gebracht haben, treten wir die Rückreise an. Ich bin mir sicher, dass wir alle geschlossen die Heimat wiedersehen werden, und ich bin mir sicher, dass dort viele bei unserer Rückkehr zittern, aber ebenso viele sich freuen werden.«

Er drehte sich um und ließ die Männer in Marschordnung an sich vorüberziehen, bis plötzlich Dan Qing vor ihm stand und ihn ansah.

»Ich bin zutiefst beeindruckt von dem, was ich da gerade gesehen habe«, sagte der Prinz.

»Was meinst du?«, fragte Metellus.

»Ich habe noch nie Soldaten erlebt, die ihre Rüstungen mit solchem Stolz tragen und ihrem Kommandanten so viel Zuneigung und zugleich so viel Respekt entgegenbringen.«

»Bei uns kann kein Offizier sein Kommando ausüben, ohne vorher die Wertschätzung und den Respekt seiner Männer gewonnen zu haben. Er kann nicht Dinge befehlen, die er selbst nicht fähig wäre zu tun, und er kann von seinen Soldaten keine Opfer verlangen, die er nachweislich nicht selbst schon auf sich genommen hat. Wie auch immer, Prinz, das sind die Männer, denen du dich anvertraut hast, und ich kann dir garantieren, dass es keine besseren gibt.«

Dan Qing nickte und drückte die zur Faust geballte linke Hand in den Handteller der Rechten, eine Geste des Grußes, die jedoch den Kontakt mit dem Gegenüber ausschloss und erst recht natürlich einen kräftigen Händedruck, wie Metellus ihn gewohnt war. Der Römer erwiderte den Gruß seinerseits mit einem Nicken und gab dann den Befehl zum Weitermarsch.

Einige Tage lang ging es auf einsamen Pfaden durch eine Landschaft, die mit allerlei Sträuchern, niedrigen Piniengewächsen und indischen Bambusbüschen übersät war; nur hier und dort, wo es in einer Felsenmulde eine etwas dickere Schicht an fruchtbarer Erde gab, wuchsen hohe, majestätisch anmutende Bäume.

Schließlich wurde die Vegetation immer dichter und üppiger, und kristallklare Bäche mit leuchtendem Kieselbett plätscherten zwischen gewaltigen Felsblöcken dahin. Auch Tiere sah man wieder, vor allem Affen in herrlichen bunten Farben. Einige von ihnen hatten ein fransiges, goldschimmerndes Fell, das bei jeder

Bewegung wogte und an den Beinen dunkelbraun wurde, sodass es aussah, als trügen sie Hosen. Ein großes Männchen näherte sich ihnen bis auf wenige Schritte und zeigte einen Moment lang sein Gesicht mit der Plattnase und den glänzenden kleinen Knopfaugen, die sie ansahen wie die eines greisen Philosophen.

In die Felswände entlang des Flusses, dem sie folgten, waren immer wieder Tiergestalten eingeritzt – Hirsche, Stiere, Steinböcke mit großen, nach hinten gebogenen Hörnern – und menschliche Figuren, vor allem Jäger, die ihre Beute mit Pfeil und Bogen verfolgten. Manchmal sahen sie auch auf magische Zeichen, die jedoch nicht einmal Daruma zu deuten wusste, so alt waren sie. Die Wurzeln dieser Zivilisation schienen bis in die Anfänge der Menschheitsgeschichte zurückzureichen.

Nach einer gewissen Zeit fiel Metellus auf, dass Daruma besorgter wirkte, sich andauernd umsah und manchmal sogar stehen blieb, um zu lauschen. Auch Dan Qing wandte oft ruckartig den Kopf, und dafür genügte schon das Flügelrauschen eines in die Luft aufsteigenden Vogels, den sie durch ihr Eindringen in den Wald aufscheuchten.

Aufgrund der Enge des Tals, das sie durchwanderten, hatte sich Darumas Karawane in einer einzigen langen Reihe angeordnet. Der Weg war holprig und beschwerlich und kaum benutzt, und irgendwie hatten alle das Gefühl, in feindliches Gebiet einzudringen und nicht in die Heimat ihres chinesischen Schutzbefohlenen.

Mit einem Mal hörte man Rufus und Publius, die von einem seltsamen Geräusch alarmiert etwas tiefer in den Wald hineingegangen waren, aufschreien. Zitternd standen sie vor einem Wesen, das sich jedoch als absolut harmlos erwies. Es war eine Art Bär mit schwarz-weißem Fell, und sein Gesicht sah aus, als trüge er eine Maske, denn es war weiß, aber um die Augen und die Nase herum schwarz.

»Beruhigt euch«, sagte Daruma, der auf ihre Schreie hin zu ihnen geeilt war. »Der frisst nur Bambussprösslinge.«

Und doch war es auch Metellus nicht ganz geheuer – als wäre

da noch jemand Unsichtbares. Sein Instinkt – der Instinkt eines Veteranen, der jahrelang in den Wäldern Germaniens und Pannoniens gekämpft hatte – versetzte ihn in höchste Alarmbereitschaft und verhinderte, dass er sich auch nur einen Moment entspannte, selbst wenn alles um sie herum ruhig schien. Das plötzliche Auffliegen eines Vogelschwarms, das Knacken von Ästen unter den Füßen eines fliehenden Tiers, das beständige, unheimlich klingende Fiepen eines Nachtvogels – dies alles erhöhte die Anspannung, und die Männer hatten fast immer Befehl, mit gezückten Waffen zu marschieren. Dan Qing wirkte zwar mit der Zeit wieder ruhiger, seine Gesten waren bedächtig und gemessen, verrieten jedoch, dass er ununterbrochen alle Sinne kontrollierte und notfalls blitzschnell reagieren konnte.

Auch er hatte sich ein Schwert umgegürtet, eine Waffe, die wie aus dem Nichts aufgetaucht war; niemand konnte sich erinnern, wann er sie zum ersten Mal am Gürtel des Prinzen gesehen hatte. Sie war länger als die Schwerter der Legionäre und ihr Griff kunstvoll ziseliert.

»Was war das?«, hörte man irgendwann Severus schreien, der zusammen mit Marzianus die Vorhut bildete und dem Rest der Kolonne etwa hundert Schritt voraus war. »Hast du das gesehen? Was war das?«

Metellus gab seinem Pferd die Sporen und ritt zu ihnen. »Was ist passiert?«

»Ein Vogel!«, schrie Severus und breitete die Arme aus, um die Flügelspanne des Tiers anzudeuten. »Zehnmal so groß wie ein Adler.«

»Ja, ein wahres Monstrum«, bekräftigte Marzianus.

»Unsinn!«, wies Metellus ihn zurecht. »So einen Vogel gibt es nicht.«

Er hatte noch nicht ausgesprochen, als man neuerlich eine Art Pfeifen hörte, wie von einem Windstoß, und ein riesiger Schatten über sie hinwegflog, so riesig, dass er der einer gigantischen Fledermaus hätte sein können. Metellus hob blitzschnell den Blick, aber er sah nicht mehr als eine verschwommene Gestalt, die über den dicht belaubten Kronen der Bäume davonflatterte.

Als Dan Qing eintraf, wirkte er leicht beunruhigt. »Was ist los? Was habt ihr gesehen?«, fragte er.

»Der Schatten eines riesigen Vogels hat unseren Weg gekreuzt«, erklärte Metellus. »Zwei Mal. Zuerst haben Severus und Marzianus ihn gesehen, danach auch ich.«

»Woher wollt ihr wissen, dass es ein Vogel war?«, hakte Dan Qing nach.

»Ja, woher?«, fragte Daruma, der sein Kamel zu großer Eile angetrieben hatte und keuchend daherkam.

»Am Himmel gibt es nun mal entweder Wolken oder Vögel«, entgegnete Severus. »Und da ich sicher bin, dass es nicht der Schatten einer vorüberziehenden Wolke war, denke ich, es war der eines Vogels. Das habe ich auch aus der Form des Schattens geschlossen. Unser Kommandant kann das bestätigen – er hat ihn auch gesehen.«

»Stimmt«, sagte Metellus. »Aber fliegen in diesem Land wirklich solche Ungeheuer am Himmel herum?«, fragte er an Daruma gerichtet.

Der Inder lächelte. »Hast du schon vergessen, dass wir im Reich der Drachen sind, Kommandant?«

»Wir haben auch eine Art Pfeifen gehört, ganz leise, wie von einer Windböe«, fügte Marzianus hinzu. »Das Ganze dauerte nur einen kurzen Augenblick. Als ich nach oben schaute, war dieses Wesen schon über dem Rand der Schlucht verschwunden.«

»Ich fürchte, unsere Ankunft ist nicht unbemerkt geblieben«, sagte Dan Qing. »Vielleicht hat uns jemand ausspioniert – vom Himmel aus.«

»Jemand?«, fragte Metellus verdattert. »Wen meinst du damit? Einen Gott? Einen Dämon? Einen geflügelten Drachen?«

»Einen Menschen«, antwortete Dan Qing düster. »Und jetzt weiß er, dass wir hier sind.«

Der Prinz wirkte ab diesem Moment unruhiger, er sah sich dauernd um, betrachtete misstrauisch jeden Zweig, jedes Blatt.

Plötzlich hörte man ein kaum wahrnehmbares Zischen, sein Schwert blitzte auf, und ein vom Baum gefallener Pinienzapfen fiel zweigeteilt zu Boden, während das Eichhörnchen, das dies alles ausgelöst hatte, quietschend davonhüpfte.

Alle starrten den Prinzen verblüfft an, während er seine Klinge mit einer unglaublich präzisen Geste wieder in die Scheide stieß.

»Ab sofort müssen wir größte Vorsicht walten lassen«, sagte Dan Qing, kletterte auf sein Pferd und ritt im Schritttempo weiter.

Antoninus, der neben Rufus marschierte, flüsterte: »Ich hab's doch gleich gewusst, das ist kein Mensch. Das muss ein Gott sein oder ein Dämon.«

Metellus ritt neben Daruma. »Was meinte der Prinz vorhin, als er sagte, das wäre ein Mensch? Ich meine diesen Schatten, der über unsere Köpfe hinweggeflogen ist. Er will uns doch nicht weismachen, dass es in diesem Land fliegende Menschen gibt, oder?«

»Ich weiß nicht genau, was er damit gemeint hat. In letzter Zeit sind seltsame Gerüchte im Umlauf. Sicher ist nur, dass dieses Volk sehr weit entwickelt ist. Die chinesische Zivilisation besteht seit über zweitausend Jahren.«

»Ich habe seine Geheimniskrämerei langsam satt. Und auch dieses Gebaren. Als wäre er ein Gott! Hoffentlich können wir bald die Rückreise antreten. Wie weit ist es noch bis ans Ziel?«

»Genau kann ich es dir nicht sagen. Wir haben nicht den üblichen Weg genommen, sondern den durch diese Schlucht, um nicht gesehen zu werden. Ich glaube, ich weiß, wohin sie führt, aber wart's ab, und mach dir nicht mehr Sorgen als nötig.«

Sie zogen noch vier Tage lang durch das von schroffen und dicht bewaldeten Steilwänden gesäumte Tal, ohne dass es weitere Zwischenfälle gegeben hätte. Die Männer entspannten sich allmählich, und keiner dachte mehr an den mysteriösen Schatten, der ihren Weg gekreuzt hatte.

Doch als am fünften Tag der Abend nahte und bereits alle die seltsame Episode vergessen hatten, ließ ein unterdrückter Aufschrei sie zusammenzucken.

Einer der Karawanenführer brach, von einem Pfeil durchbohrt, zusammen. Ein zweiter Pfeil zischte haarscharf an Antoninus' Gesicht vorbei und bohrte sich in den Stamm eines Baums.

»In Deckung, in Deckung! Schützt den Prinzen!«, schrie Metellus.

Er hatte noch nicht ausgesprochen, als eine Salve von Pfeilen vom Himmel hagelte; die Geschosse streckten mehrere Karawanenmitglieder nieder und bohrten sich in die zum Schutz erhobenen Schilde der Legionäre.

Im nächsten Augenblick sprang vor ihnen ein Schwarm schwarz gekleideter Krieger aus dem Wald und stürzte sich unter lautem Gebrüll und mit gezogenen Schwertern auf Dan Qing und seine Eskorte.

Die Römer befanden sich im Moment des Angriffs noch in Marschaufstellung und riskierten natürlich auf diese Weise, umzingelt und einzeln abgeschlachtet zu werden.

»Zu mir, schnell! Macht euch frei und zieht euch zurück!«, schrie Metellus. »Zusammenrücken!«

Aber in diesem Augenblick musste er sich auch schon eines Angreifers erwehren, der wie ein Wilder auf ihn eindrosch.

Die feindlichen Kämpfer waren unglaublich behände, ihre Bewegungen pfeilschnell. Metellus' Gegner schnellte immer wieder mit seinem Schwert nach vorn; der Römer wehrte ihn mit dem Schild und dem *gladius* ab und wich dabei zurück, um sich neben Dan Qing zu stellen, den er unmittelbarer hinter seinem Rücken wähnte.

Er hatte sich kaum an dessen Seite durchgekämpft, als er von zwei Feinden gleichzeitig angegriffen wurde. Die Männer ließen ihre blitzenden Schwerter wie Windmühlenflügel kreisen, aber Dan Qing war in dieser Fertigkeit nicht minder perfekt als sie.

Metellus musste brüllen, um das ohrenbetäubende Klirren ihrer Schwerter zu übertönen und von seinen Männern gehört zu werden. Diese wichen, wie befohlen, Schritt um Schritt zu ihm zurück, dabei schützten sie sich mit ihren Schilden und erwiderten die Schwertstreiche der Angreifer Hieb um Hieb.

Er sah, wie Rufus seinen Speer schleuderte und einen von den fliegenden Dämonen mitten im Sprung traf, sodass er mit durchbohrtem Leib auf dem felsigen Boden liegen blieb. Einem anderen brach Quadratus mit dem scharfen Rand seines Schildes das Rückgrat, und Publius und Severus kämpften Schulter an Schulter, um sich der erdrückenden Übermacht des Feindes zu erwehren.

Plötzlich schrie jemand: »Rufus ist verletzt! Rufus ist verletzt!«

Metellus wandte den Kopf und sah, wie sich Balbus und Severus dicht nebeneinanderstellten, um den am Boden Liegenden zu decken.

Im nächsten Moment nahm er aus den Augenwinkeln wahr, dass Dan Qing blutete, zuerst am Arm, dann auch noch aus der Seite.

Da packte ihn plötzlich eine unbändige Kampfeswut, wie er sie seit Langem nicht mehr verspürt hatte; er sah förmlich rot.

Blitzartig senkte er den Kopf, zerschmetterte mit dem Helm das Gesicht des Feindes, den er vor sich hatte, fuhr herum und stieß einem Krieger, der drauf und dran war, den angeschlagenen Dan Qing zu erledigen, seinen *gladius* in den Rücken.

»Männer, zu mir!«, schrie er noch einmal, bemüht, das Gebrüll der Feinde zu übertönen, das immer schriller und gellender wurde.

Tatsächlich gelang es den Legionären wie durch ein Wunder, sich Schritt um Schritt zurückzuziehen, bis sie Schulter an Schulter standen und eine geschlossene Front bildeten. Drei von den schwarzen Kriegern fochten zwar immer noch mit Metellus und Dan Qing, waren aber durch die Mauer aus römischen Soldaten von ihren Gefährten abgeschnitten.

Sechs Römer bildeten die Mauer, zwei – Quadratus und Balbus – wandten sich um und unterstützten ihren Kommandanten und den Prinzen aus Leibeskräften. Auf diese Weise schafften sie es, die drei Gegner niederzukämpfen, doch der verletzte Dan Qing wurde zusehends schwächer.

»Front schließen!«, brüllte Metellus, und die kleine Armee

scharte sich augenblicklich um den erschöpften Prinzen, schirmte ihn mit einem Wall aus Schilden ab.

Die Gegner reagierten und griffen nun zu anderen Waffen, langen, spitzen Harpunen. Mit diesen Waffen in den Händen vollführten sie spektakuläre Sprünge und versuchten, von oben auf die Gegner herabzustechen, aber die Römer schlossen auch diese Lücke, indem sie ihre schweren rechteckigen Schilde in Stirnhöhe hochhielten, die Geschosse damit abfingen und mit ihren *gladii* zurückschlugen. Solcherart bildeten sie ein Bollwerk, das wahrhaft undurchdringlich war.

Die Schlacht tobte weiter, aber die Römer waren nun im Vorteil. Jedes Mal, wenn ihr Kommandant befahl, den Wall aus Schilden zu öffnen, flogen ihre Speere nach draußen, und kaum einer verfehlte sein Ziel.

Als Metellus einmal kurz den Kopf hob, um durchzuatmen, sah er, dass die übrig gebliebenen Angreifer auf die umliegenden Bäume kletterten, um von oben auf sie herabzuspringen und so an Dan Qing heranzukommen.

»*Testudo!*«, schrie er, und im selben Moment traten die sechs Römer einen Schritt zurück und hielten sich schützend ihre Schilde über den Kopf.

Die Angreifer landeten auf einem undurchdringlichen Dach, aus dem zwischen einem Schild und dem nächsten Messer- und Schwertspitzen herausragten. Einige verletzten sich an Füßen und Beinen, rutschten nach außen ab und wurden dort niedergemacht. Zwei brachen in die *Testudo* ein und wurden von den Speeren der Römer durchbohrt.

Dann war es plötzlich still.

Die römische Formation löste sich zögerlich auf. Es zeigte sich, dass Rufus, den seine Gefährten ebenfalls in den Schutz der Schildkrötenformation gezerrt hatten, am Leben war, allerdings dringend verarztet werden musste.

Kurz darauf krochen Daruma und seine Diener, deren schwarze Gesichter vor Angst aschfahl geworden waren, aus ihren Schlupflöchern hervor. Vorsichtig schlichen sie zwischen den Leichen der gefallenen Feinde umher und beäugten sie.

»Hey, schnell, hierher!«, rief Daruma. »Hier ist einer, der noch lebt!«

Dan Qing, der sich Stofffetzen auf die blutenden Wunden drückte, ging zu ihm hin. »Er darf nicht sterben«, sagte er. »Wir werden ihn zum Sprechen bringen. Er wird uns alles erzählen.«

Daruma befahl seinen Dienern, sich um den Verletzten zu kümmern, aber kaum traten zwei von ihnen auf ihn zu, als der Mann einmal kurz die Zähne zusammenbiss und wenige Augenblicke später unter Krämpfen verendete, während ihm eine dunkle Flüssigkeit aus dem Mundwinkel rann.

Daruma öffnete ihm den Mund und förderte die zerbrochene Schale eines Wachteleis zutage. »Gift«, sagt er. »Dieser Mann wird uns nicht mehr viel erzählen können.«

19

»Gift?«, fragte Metellus.

»So ist es«, sagte Daruma. »Daran besteht nicht der geringste Zweifel.« Er ging zu einem anderen Gefallenen, zu dem, der von Rufus mit dem Speer aus der Luft geholt worden war, öffnete ihm den Mund und zog eine weitere schwarz gesprenkelte Eierschale heraus. »Sie haben die Eier im Mund«, sagte er, indem er den andern die zerbrochene Schale zeigte. »Die Schale wird mit Gift gefüllt und danach mit Wachs versiegelt. Ein leichter Druck mit der Zunge genügt, um sie zu zerbrechen. Das Gift wirkt sofort. Auf diese Weise ist sichergestellt, dass diese Männer keine Geheimnisse preisgeben, denn Tote reden bekanntlich nicht.«

»Fliegende Füchse«, sagte Dan Qing hinter ihrem Rücken.

»Was heißt das?«, fragte Metellus.

»Das erkläre ich dir später«, erwiderte der Prinz. »Hier ist nicht der richtige Ort für eine längere Unterhaltung. Wir müssen zusehen, dass wir so schnell wie möglich wegkommen.«

»Schon, aber du bist verletzt«, meinte Metellus. »Und auch einer von meinen Männern blutet stark.«

»Dann versorgt ihn«, erwiderte der Prinz, »aber lasst uns so wenig Zeit wie möglich verlieren. Ein paar andere können in der Zwischenzeit ja die Umgebung auskundschaften – für den Fall, dass wir nicht alle erwischt haben.«

Marzianus kümmerte sich um Rufus: Er begradigte mit einer Schere die Ränder der Wunde, wusch sie mit Palmenwein aus und nähte sie dann mit Nadel und Faden.

»Eure Heilkunst ist sehr primitiv«, meinte Dan Qing mit einem Blick auf Rufus' schmerzverzerrtes Gesicht.

»Wir tun, was wir können«, entgegnete Metellus trocken. »Mehr erlauben die Umstände nicht, und ein Lazarett scheint es mir in nächster Nähe nicht zu geben.«

Einer von Darumas Männern – der chinesische Arzt – hatte sich unterdessen unter tausend Verbeugungen dem Prinzen genähert und begann, dessen Wunden zu untersuchen. Es handelte sich um lange, aber nicht besonders tiefe Schnittwunden, die von den Schwertern der Angreifer herrührten.

Metellus hob eine dieser Waffen vom Boden auf und betrachtete sie ausgiebig: Es handelte sich um ein Schwert mit zweischneidiger Klinge, das um einiges länger war als sein *gladius* und eine mit Elfenbein und bunten Steinen verzierte Glocke hatte. In die Klinge waren jene seltsamen Zeichen eingeritzt, die wie magische Symbole aussahen, der Stahl war von ausgezeichneter Qualität – das bewiesen schon alleine die Zahnungen, die diese Schwerter auf der Klinge seines *gladius* hinterlassen hatten, und die Schrammen auf seinem Schild.

Als Metellus das Schwert interessehalber ausprobierte, spürte er, dass es ihn allein durch sein Gewicht zu einer erheblichen Drehung das Handgelenks zwang, und das gefiel ihm gar nicht. Nein, es war schon besser, man blieb bei den Waffen, die man kannte – für ihn war sein *gladius* so etwas wie eine metallene Verlängerung seines Arms.

Darumas Männer hatten inzwischen Dan Qing umringt und eine Art Sichtschutz gebildet, der Außenstehende daran hinderte, dem chinesischen Arzt bei seiner Arbeit zuzuschauen. Als Rufus mit verbundenem Arm auf sein Pferd gehoben wurde, war auch Dan Qing so weit, die Reise wieder fortsetzen zu können, dem Anschein nach ohne jede Behinderung. Er machte lediglich einen etwas müden und mitgenommenen Eindruck.

Es ging langsam, aber in voller Montur weiter, ja, die Römer trugen sogar noch ihre schweren rechteckigen Schilde bei sich.

Metellus näherte sich Severus. »Erstklassige Arbeit, *faber.*«

»Danke, Kommandant.«

»Die *testudo* hat funktioniert, die Schilde haben standgehalten. Diese Kampftechnik kannten die Burschen offensichtlich nicht.«

»Ja, und mir schwirrt da noch etwas im Kopf herum. Ich meine, wie wir die Schilde zusätzlich verbessern können. So früh hatte ich nicht mit einem Angriff gerechnet, aber beim ersten Halt mache ich mich an die Arbeit.«

Metellus klopfte ihm auf die Schulter und kehrte an die Seite des Prinzen zurück.

Je weiter sie vordrangen, desto zahlreicher und vielfältiger wurden die Stimmen des Urwaldes – Vögel, Affen, Tiere aller Art. Einmal sahen sie eine Schlange mit gefleckter Haut, die sich um einen Ast gewunden hatte, und in der ersten Nacht nach dem Überfall der Fliegenden Füchse hörten sie sogar das heißere Knurren eines Tigers.

Darumas Männer sahen sich mit schreckgeweiteten Augen an und zitterten wie Espenlaub.

»Wovor haben sie Angst?«, fragte Quadratus. »Ein Tiger ist nicht mehr als ein gestreifter Löwe.«

Daruma lächelte. »Noch nie was von Menschenfresser-Tigern gehört?«

Quadratus' Überheblichkeit bekam sichtlich einen Knick. »Ich könnte mir vorstellen, dass ein Tiger, wenn er Hunger hat, alles frisst, und wenn ihm in diesem Moment zufällig ein Mensch über den Weg läuft …«

»Du hast mich nicht verstanden: Menschenfresser-Tiger fressen Menschen und sonst nichts. Wenn sie einmal auf den Geschmack gekommen sind, wollen sie nichts anderes mehr. Auch weil der Mensch für sie eine leichte Beute ist.«

»Kommt darauf an«, meinte Quadratus und fuchtelte Daruma mit seinem Schwert vor der Nase herum.

»Meine Führer sind schon vielen Tigern begegnet«, meinte der Inder. »Und einen Menschenfresser erkennen sie an seinem dumpfen, lang gezogenen Knurren – genau wie jenes, das wir gerade gehört haben. Wäre ich du, würde ich meinen Männern raten, heute Nacht besonders wachsam zu sein, auch weil wir keine Feuer anzünden können, um nicht entdeckt zu werden, für den Fall, dass es noch mehr Fliegende Füchse in der Gegend gibt, die es auf uns abgesehen haben. Gut möglich, dass sie …«

Daruma stockte, weil er sah, dass der Prinz auf Metellus zutrat, um mit ihm zu reden. Er beobachtete die beiden sichtlich gerührt, so, als wäre das etwas ganz Außergewöhnliches.

»Ich schulde dir mein Leben«, sagte Dan Qing. »Diesmal hätte ich dran glauben müssen.«

»Auch du hast mein Leben gerettet«, erwiderte Metellus auf Chinesisch.

Dan Qing stutzte. »Wie ist das möglich?«, fragte er.

»Wie das möglich ist? Ich hab es dir doch gesagt: Meine Männer sind die besten Kämpfer, die es gibt …«

»Nein, ich meine etwas anderes. Ich meine, wie kommt es, dass du meine Sprache sprichst?«

»Daruma hat sie mir beigebracht. Außerdem habe ich fleißig mit den chinesischen Trägern geübt, die wir nach der Überquerung des Gebirges angeworben haben.«

»Und ich habe mich immer gewundert, was für endlose Gespräche ihr miteinander führt! Jetzt ist mir die Sache klar. Allerdings hätte ich einem Barbaren schwerlich zugetraut, dass er in so kurzer Zeit unsere Sprache erlernt.«

Metellus überging die provokante Äußerung, und Dan Qing fuhr fort: »Du und deine Männer – ich muss zugeben, ich hätte niemals geglaubt, dass ihr in der Lage seit, einen Angriff der Fliegenden Füchse abzuwehren.«

»Es waren ja nur wenige, außerdem kannten sie unsere Kampftechnik nicht«, erklärte Metellus. »Im Übrigen scheint es ziemlich viel zu geben, was du niemals geglaubt oder den andern zugetraut hättest. Das zeigt, wie sehr du dich in den Menschen täuschst, selbst in denen aus deiner unmittelbaren Umgebung …«

Auch Dan Qing überhörte die Provokation. »Als Daruma euch verpflichten wollte, war ich zunächst dagegen«, gestand er. »Ich dachte, dass ihr uns nur behindern würdet …«

»Vielleicht hattest du ja recht.«

»Nein, das hatte ich nicht.«

»Meinst du, die Fliegenden Füchse kehren zurück?«

»Ich fürchte, ja. Sie agieren in kleinen Gruppen, die völlig unabhängig voneinander sind. Niemand kann im Voraus sagen, wann sie das nächste Mal zuschlagen.«

Metellus sprach auf Persisch weiter, da er sich im Chinesischen noch nicht ausreichend sicher fühlte. »Wie haben sie uns entdeckt?«, fragte er. »Wir sind doch immer in einem engen, dicht bewaldeten Tal marschiert.«

»Vom Himmel aus. Kannst du dich noch an den Schatten erinnern, den deine Männer gesehen haben? Sie hielten ihn für den Schatten eines Vogels, und in gewisser Weise stimmt das auch – gerade deshalb nennt man diese Krieger ja die ›Fliegenden Füchse‹. Sie haben Flügel aus Seide, die mit Bambusrohren gespannt werden, und nützen zum Fliegen die Strömungen des Windes, genau wie ein Segelboot.«

»Unglaublich ...«, staunte Metellus. »Auch bei uns gibt es eine Geschichte über einen Menschen, der mit künstlichen Flügeln fliegt, doch die ist nur eine uralte Legende, die überdies schlimm ausgeht, weil er am Ende ins Meer stürzt ...« Er schwieg eine Weile, bevor er fortfuhr: »Ich habe noch nie Soldaten erlebt, die so geschickt im Umgang mit dem Schwert sind und dabei derart schwerelos durch die Luft wirbeln wie diese Krieger und wie du selbst. Wie schafft ihr das?«

»Ihr Barbaren im Westen seid dazu erzogen, euren Körper zu stählen, wir stählen unseren Geist, und der fliegt, wohin er will.«

»Schöne Worte, aber ich begreife trotzdem nicht, wie es möglich ist ...«

»Du hast diese Körper durch die Luft wirbeln sehen«, entgegnete Dan Qing und starrte dabei vor sich hin. »Während sie diese Bewegungen ausführen, wird das Oben im Handumdrehen zum Unten und das Unten zum Oben und dann wieder umgekehrt. Das ist das ganze Geheimnis: Nichts hat absolute Gültigkeit. Was rechts ist, ist zugleich auch links, und was links ist, ist zugleich auch rechts. Wer diese Wahrheit verinnerlicht, für den macht es keinen Unterschied, ob er sich in der Luft oder auf der Erde bewegt – er bringt das eine so mühelos fertig wie das andere.

Aber du hast schon recht: Das sind alles nur Worte. Um den Weg zu finden, bedarf es langer, intensiver Meditation.«

Metellus dachte schweigend nach und versuchte zu begreifen, wie sich die Erkenntnisse dieser Lehre auf die Körperbewegungen eines Menschen auswirken konnten, aber es gelang ihm beim besten Willen nicht. Er war ratlos und verwirrt und fühlte sich wie in eine andere Dimension versetzt.

»Auch ich würde dir gern eine Frage stellen«, sagte Dan Qing irgendwann. »Was treibt deine Männer und dich dazu, gegen Feinde zu kämpfen, die um einiges schneller und schlagkräftiger sind als ihr und zudem über viel höher entwickelte Kampftechniken verfügen? Ich meine, woher nehmt ihr die Energie dafür, warum verzagt ihr nicht oder geratet in Panik, wenn ihr doch das Dao nicht kennt und daher auch nicht in der Lage seid, die Kräfte der Natur in euch zum Ausgleich zu bringen, die einzigen, die einem zum Sieg verhelfen?«

»Ich will dir sagen, was uns dazu treibt«, erwiderte Metellus und sah ihm in die Augen. »Die *virtus* – so nennen wir es.«

Dan Qing versuchte nicht einmal, das Wort zu wiederholen. »Was ist das? Was bedeutet das?«

»Das bedeutet ›männliche Kraft‹, aber der eigentliche Sinn des Wortes ist schwer zu erklären. Es ist die Kraft, die uns treibt, notfalls unser Leben für unsere Familie und unser Vaterland zu geben, ohne anderen Lohn als die Hoffnung, dass unser ehrenhaftes Verhalten der Nachwelt in Erinnerung bleibt.«

»Heute habt ihr euer Leben für mich riskiert. Und ich gehöre weder eurer Familie an, noch stamme ich aus eurem Vaterland«, sagte Dan Qing.

»Nein, aber wir haben dir unser Wort gegeben, und das genügt. Auch das ist *virtus*.«

»Und das reicht aus, um so mutig zu kämpfen?«

»Die *virtus* ist eine innere Haltung, ein Selbstverständnis, das dir als Römer von klein auf anerzogen wird. Du übernimmst es von deinem Vater, der es seinerseits von seinem Vater übernommen hat. Wer dieses Selbstverständnis in sich hat, weiß, dass kein Hindernis unüberwindbar ist, keine Probe zu hart, kein Opfer zu groß, und koste es das Leben. Im Übrigen wäre man ohne diese *virtus* gar nicht in der Lage, die äußerst harte römische *Disziplin* zu ertragen. Sie ist der Geist, der unsere Soldaten zusammenhält und zu einem einzigen Block zusammenschweißt;

sie bewirkt, dass jeder einzelne Mann die Stärke seines ganzen Regiments in sich spürt – auch dann, wenn er allein und von allen Seiten umzingelt ist und jeder andere aufgeben würde.«

Dan Qing wandte den Blick keinen Moment lang von Metellus ab, während dieser sprach. als der Römer geendet hate, sagte er: »Ich brauche dich und deine Männer, um mein Reich zurückzuerobern und den Schwindler zu vertreiben, der die Macht widerrechtlich an sich gerissen hat.«

»Ich fürchte, für die Eroberung eines Reichs braucht es mehr als zehn Mann – auch wenn diese noch so tapfer sind.«

»Nein«, sagte Dan Qing, »ich weiß … ich *spüre*, dass wir es schaffen können. Und du musst mir dabei helfen; ich habe niemanden, dem ich sonst vertrauen könnte. Ich muss Recht und Ordnung wiederherstellen, Frieden schaffen und das dreigeteilte Land wieder einen. Überleg es dir, ich bitte dich, denk darüber nach, bis wir die Festung meines Meisters, das Kloster der Flüsternden Wasser, erreichen.«

Metellus war überrascht von den beinahe flehenden Worten des Prinzen, die er von ihm nie erwartet hätte.

»Wenn du meine Forderung annimmst, werde ich dich und deine Männer über alle Maßen dafür belohnen – denn wenn du beschließt, mir zu helfen, werden sie es auch tun, da bin ich mir sicher. Ein Zeichen von dir genügt, und sie folgen dir ans Ende der Welt.«

Metellus seufzte. »Gerade deshalb mache ich ja so selten Gebrauch von meiner Macht: Ich bin verantwortlich für ihr Leben und für ihre Zukunft. Glaub mir, manchmal ist diese Verantwortung eine unerträgliche Last für mich.«

»Warum?«, fragte Dan Qing. »Das sind doch nur Soldaten, und du bist ihr Anführer. Das Einzige, was zählt, ist dein Wille.«

»Nein, mein Prinz, da irrst du dich. Was zählt, ist *ihr Leben*. Für einen Kommandanten ist das Leben seiner Soldaten das Wertvollste, was es gibt.«

»Ich verstehe dich zwar nicht, aber ich respektiere deine Art zu denken«, erwiderte Dan Qing. »Wie auch immer: Sobald wir die Festung meines Meisters erreicht haben, werdet ihr frei sein, umzukehren. Und auch wenn du dich für die Umkehr entscheidest, werde ich mich bis ans Ende meiner Tage dankbar deiner erinnern. Ich werde euch verabschieden und versuchen, Kontakt zu jenen Truppen aufzunehmen, die mir treu geblieben sind. Für den Fall aber, dass du bleiben und mir helfen würdest, bekämst du ein neues Schicksal von mir geschenkt – so grandios, dass du es dir gar nicht vorstellen kannst.«

Metellus senkte nachdenklich den Kopf, dann richtete er den Blick seiner bernsteinfarbenen Augen erneut auf die pechschwarzen des Prinzen. »Wie weit ist es noch bis zum Kloster deines Meisters?«

»Acht Tagesmärsche. Aber es werden gefährliche Tage sein.«

»Wir begleiten dich bis dorthin. Und danach schließen wir uns mit deiner Erlaubnis Daruma an, denn er ist der Einzige, der den Rückweg kennt und uns nach Hause zurückbringen kann.«

Dan Qing seufzte. »Gut, wenn das dein Wunsch ist, werdet ihr mit meinem Segen und dem meiner Ahnen ziehen. Aber lass mich wenigstens noch acht Tage in der Hoffnung schwelgen, dass du es dir vielleicht anders überlegst.

Und jetzt möchte ich dich und deine Männer dafür, dass ihr den Angriff meiner Feinde abgewehrt und euch bereit erklärt habt, mich bis an mein Ziel zu begleiten, zu meiner persönlichen Leibwache ernennen. Ihr heißt ab sofort ›Die Roten Dämonen‹, und du, Kommandant, sollst auch einen neuen Namen in meiner Sprache erhalten; das wird dich zu einem Angehörigen meines Landes Zhong Guo, des Reichs der Mitte, und darüber hinaus auch meiner Familie machen.«

»So viel Ehre habe ich nicht verdient, Prinz«, sagte Metellus, »aber ich nehme sie dankend an, auch im Namen meiner Männer.«

»Sag mir noch einmal den Namen deines Geschlechts«, meinte Dan Qing.

»Aquila«, antwortete Metellus. »So lautet der Name meines Geschlechts.«

»Und was bedeutet das?«

»So heißt bei uns der größte und edelste aller Raubvögel, der Adler. Er ist das Symbol und Feldzeichen sämtlicher römischer Heereseinheiten und darüber hinaus das heilige Tier des obersten aller Götter.«

»So soll dein Name Xiong Ying, ›Heldenhafter Adler‹ sein«, sprach Dan Qing feierlich.

»Ich werde ihn mit Stolz tragen, solange ich in deinem Reich verweile. Und danach werde ich ihn bis ans Ende meiner Tage im Herzen bewahren.«

Dan Qing neigte den Kopf, und Metellus tat es ihm gleich.

Und so machten sie sich wieder auf den Weg. Metellus und Dan Qing ritten nebeneinander vorneweg, Severus und Marzianus marschierten rechts und links von ihnen und die anderen in einer Reihe hinterher, und Darumas Karawane bildete den Abschluss des Zugs.

Während der folgenden drei Tage ereignete sich nichts Ungewöhnliches. Rufus wurde jeden Abend von Marzianus neu verbunden, obwohl Daruma die Hilfe des chinesischen Arztes angeboten hatte, der sich auch weiterhin mit größter Diskretion und Sorgsamkeit um die Wunden des Prinzen kümmerte.

Am Abend des dritten Tages kamen sie zu einer Stelle, an der sich das schmale Tal fast unvermittelt öffnete und den Reisenden einen märchenhaft schönen Anblick bot. Die bewaldeten Seitenwände der Schlucht rückten auseinander und gingen sanft in eine weite Ebene über.

Unmittelbar vor ihnen lag ein Tal, eine Art Trichter, dessen Wände terrassenförmig anstiegen. Der Fluss, der sich in Dutzende von künstlich angelegten Wasserkanälen teilte, speiste große Becken, die in diese Terrassen eingelassen waren und wie Spiegel im Abendrot glänzten. Unten, in der Talsohle, befand sich ein Dorf aus Holzhäusern mit Ziegeldächern, und ringsum weideten große Büffel- und Schafherden.

Im Zentrum des Dorfes aber erhob sich ein Gebäude, das um einiges imposanter wirkte als der Rest, eine Art befestigter, mehrere Stockwerke hoher Wohnturm. Die einzelnen Stockwerke waren durch ziegelgedeckte Vordächer voneinander abgesetzt, und Metellus fiel auf, dass die letzten Ziegelreihen in verzierten Stirnziegeln endeten, genau wie bei den Tempeln in seiner Heimat.

Der Anblick war so zauberhaft, dass es der kleinen Gruppe von Fremden förmlich die Sprache verschlug. Auf ihre Schilde gestützt betrachteten sie das idyllische Bild, die schillernden Farben der Wasserbecken, in denen sich die untergehende Sonne spiegelte, und die grünen Bambuswälder ringsum, deren hohe Rohre sich im Wind bogen. Am Himmel zogen rosarote Zirruswolken vorüber, und von den Häuserdächern stieg schon der erste Rauch auf.

Dan Qing wandte sich an Metellus. »Das ist das Dorf, in dem ich zur Welt gekommen bin, Xiong Ying. Meine Mutter war unterwegs zu meinem Vater, der an der Nordgrenze Krieg führte, als sie plötzlich Wehen bekam und in diesem Dorf Zuflucht suchen musste, um mich zu gebären. Das turmähnliche Haus wurde später von den Dorfbewohnern als Geschenk für mich errichtet und darf von niemandem außer mir bewohnt werden. Die Leute hier sind mir treu ergeben, und ich denke, wir können uns dort sicher fühlen.«

Metellus hätte ihn zu gern gefragt, ob er ihn und seine Männer nicht schon an dieser Stelle entlassen und sich stattdessen von den Dorfbewohnern zum Kloster des Meisters Wangzi begleiten lassen könnte, aber das hätte der Prinz wahrscheinlich als Beleidigung aufgefasst, denn er hatte Metellus ja ausdrücklich gebeten, wenigstens noch acht Tage über seinen Vorschlag nachzudenken. Und um ehrlich zu sein, es hätte Metellus im Grunde auch ein wenig leidgetan, ihn zu verlassen.

Es war schon seltsam – an einem Ort, der so weit von daheim entfernt war, stand er plötzlich einer Situation gegenüber, die der in seinem Vaterland ungemein ähnelte – Institutionen im Chaos und ein von Unruhen und Wirren gebeutelter Staat, der nach einem fähigen Herrscher verlangte, um neu aufgebaut zu werden. In gewisser Weise und durch einen unglaublichen Zufall kam ihm erneut jene Aufgabe zu, die er bereits in der

Heimat lange Zeit erledigt hatte – Leibgardist des Kaisers zu sein und damit jener Mann, auf den sich der Herrscher blind verlassen konnte.

Dan Qing rief Daruma zu sich und riss Metellus aus seinen Gedanken. »Schick jemanden vor, der meine Ankunft ankündigt. Die Leute werden mir Ehre erweisen wollen.«

»Sofort, mein Prinz!«, antwortete Daruma und entsandte einen berittenen Boten, der Chinesisch sprach und den Bewohnern des Dorfes kurz darauf verkündete, ihr illusterster Gast schicke sich an, sie mit seinem Besuch zu beehren.

Dan Qing gab das Zeichen zum Weitermarsch, und Metellus leitete den Befehl an seine Männer weiter, die noch ganz überwältigt waren vom spektakulären Anblick des zauberhaften Tals.

Nicht minder staunten jedoch die Bewohner des Tals über ihren Anblick, wenigstens die, die noch auf den Feldern arbeiteten – oder besser gesagt, die auf den gefluteten Terrassen mithilfe von Büffeln mit langen, flachen Hörnern Sumpfweizen anbauten. Die Bauern trugen eigentümliche kegelförmige Hüte aus geflochtenem Weidenrohr oder Stroh. Beim Vorüberziehen der seltsamen Prozession hoben sie die Köpfe und beäugten neugierig die Rüstungen der römischen Soldaten, die völlig neu für sie waren: rote Tuniken und glänzende Panzer, metallene Beinschienen und Helme mit hahnenkammartigen Bürstenaufsätzen. Woher mochten diese Krieger mit ihrer imposanten Erscheinung kommen?

Aber der ein oder andere hatte bereits begriffen, wer da stocksteif neben einem der fremden Krieger einherritt – nämlich Prinz Dan Qing! –, und verneigte sich so tief, dass er mit der Stirn den Boden berührte. Metellus wunderte sich über die extreme Art der Respektbezeugung, die man seinem Herrscher hier zu Lande zuteil werden ließ. Es war fast eine Art Anbetung, und da war ihm auch klar, weshalb Dan Qing ihn bisher so herablassend behandelt hatte.

Je näher sie dem Dorf kamen, desto mehr Menschen drängten sich vor seinen Toren; es war ein einziges Gewimmel aus Männern, Frauen und lärmenden Kindern, die ihren Eltern entwischten und von allen Seiten herbeiströmten. Fähnchen knatterten im Wind, Waffen glänzten im letzten Abendrot, und bunte Festkleider schmückten die Würdenträger des Orts, die bis vor wenigen Augenblicken noch die schlichte Arbeitskleidung der Bauern getragen hatten.

Es war, als sei ein Gott vom Himmel herabgestiegen, um diesen Ort zu besuchen, und Metellus war tief beeindruckt von der Begeisterung und Ergriffenheit, mit der diese einfachen Leute die für sie heilige Person empfingen.

Am Ortseingang angekommen, stiegen sie von ihren Pferden. Dan Qing drückte seine Zügel einem herbeieilenden Pferdeknecht in die Hand und ging zu Fuß weiter. Metellus und seine Männer taten dasselbe und folgten ihm in respektvollem Abstand.

So überraschend der unerwartete und auch gänzlich unvorhersehbare Besuch des Prinzen war, die lokalen Würdenträger standen bereits alle in Reih und Glied auf dem Hauptplatz des Dorfes und erwarteten den hohen Gast in Tuniken aus grellbunter Seide, in die Blumenmotive oder Drachen eingestickt waren. Als Dan Qing vor ihnen stehen blieb, warfen sich alle auf den Boden und drückten die Stirn in den Staub, und Metellus war es fast etwas peinlich, an diesem Ritual teilzunehmen.

Auf ein kleines Handzeichen von Dan Qing erhoben sich die Leute wieder, und dann trat einer nach dem andern vor, um dem Prinzen persönlich die Ehre zu erweisen.

Die Zeremonie war noch in vollem Gange, als von links plötzlich das Geräusch galoppierender Pferde zu hören war, und im nächsten Moment tauchte auch schon eine Gruppe Bewaffneter auf, die in einer Wolke aus rotem Staub auf das Dorf zusprengte.

Metellus wollte bereits das Schwert ziehen, aber Daruma bedeutete ihm, es stecken zu lassen: Bei den Reitern handle es sich um örtliche Milizen, die dem Prinzen treu ergeben seien, andernfalls wäre ihm ihr Nahen längst gemeldet worden.

Die Reiter blieben in einer gewissen Entfernung stehen, dann sprang einer von ihnen vom Pferd; es handelte sich wohl um ihren Anführer, denn die anderen taten es ihm gleich.

Ihre Rüstungen unterschieden sich auf den ersten Blick nicht allzu sehr von denen der Römer: Auch sie trugen Helme mit Klappen im Nacken und an den Seiten und Panzer aus Bronzeplatten, die von Eisenringen zusammengehalten wurden. Dazu trugen sie knielange Ledertuniken, Hosen aus steifem Tuch und Lederstiefel mit nach oben gebogener Spitze. Außerdem hatten sie sich Tücher um den Hals gebunden, um zu verhindern, dass ihre Rüstungen sie dort scheuerten.

Wenige Schritte vor dem Prinzen angelangt, warfen sie sich nieder, und als Dan Qing ihnen bedeutete, dass sie wieder aufstehen konnten, blickte ihr Anführer sofort zu Metellus hinüber, machte ein ausgesprochen feindseliges Gesicht und sagte einen Satz, der sehr hart und trocken klang.

Der Römer verstand seine Worte zwar nicht, ahnte aber ihren Sinn.

»Was hat er gesagt?«, fragte er Daruma.

»Warum werfen sich die fremden Teufel nicht vor Seiner Majestät nieder?«

Dan Qing antwortete dem Offizier betont langsam und deutlich, sodass auch Metellus ihn verstehen konnte: »Jetzt, da sie sich in unserem Land aufhalten, werden auch sie es tun«, sagte er und sah Metellus dabei in die Augen, als erwarte er sich eine bejahende Antwort oder sonst eine Geste des Gehorsams von ihm.

Metellus erwiderte seinen Blick respektvoll, aber entschlossen und antwortete auf Persisch: »Ein römischer Soldat wirft sich vor niemandem in den Staub, mein Prinz …« Während er das sagte, blitzten seine Augen und auch die des Prinzen kurz auf, und beide erinnerten sich daran, wie sie sich damals in Edessa angeschaut hatten, als Valerian zum Kniefall vor Schapur gezwungen worden war. Ein Zucken in Metellus' Gesicht verriet, wie sehr ihn dieses Bild noch immer schmerzte. »… nicht einmal vor den Göttern«, vervollständigte er seinen Satz.

Dan Qing sagte nichts.

20

Die Würdenträger des Orts begleiteten den Prinzen in seine Residenz, wo sie ihm ein Festmahl zubereiten wollten, doch Dan Qing hielt sie davon ab.

»Meine werten Freunde«, sagte er, kaum dass sie das Gebäude betreten hatten, »ich möchte euch keine Unannehmlichkeiten bereiten und schon gar nicht von der Feldarbeit abhalten, mit der ihr, wie ich sah, voll und ganz beschäftigt wart. Ich möchte mich nur mit euch unterhalten, um zu erfahren, was während meiner Abwesenheit passiert ist, und gemeinsam mit euch beraten, was zu tun ist.«

Sie waren mittlerweile im Audienzsaal angekommen. Dan Qing ließ sich auf einem Seidenkissen an der Rückwand nieder, und die anderen setzten sich abwechselnd zu seiner Rechten und Linken, je höher der Rang und je größer der Grad an Vertrautheit mit dem Herrscher, desto dichter bei ihm. Der Offizier, der mit dem Reitertrupp gekommen war, blieb neben der Eingangstür stehen, bis der Prinz ihm bedeutete näher zu treten. »Komm zu mir, Baj Renjie.«

Der Offizier tat ein paar Schritte, warf sich erneut vor dem Prinzen nieder, stand dann auf, kam noch etwas näher und blieb etwa fünf Schritte von seinem Herrn entfernt stehen.

»Wie ihr wohl wisst«, begann Dan Qing, »war meine lange Abwesenheit die Folge eines Verrats. Wer ihn begangen hat, ist mir freilich unklar. Ich bin vor drei Jahren mit einer Gesandtschaft nach Persien aufgebrochen, um direkten Kontakt zum Großkönig Schapur aufzunehmen, doch als die Zeit der Rückkehr kam, wurde mein Aufbruch unter allen möglichen Vorwänden hinausgeschoben – Vorwände, die natürlich jeglicher Grundlage entbehrten und sich nicht anders erklären ließen als damit, dass in Luoyang ein Machtwechsel stattgefunden hatte.

So oft ich auch versuchte, vom Großkönig eine Erklärung zu

erhalten, es war, als redete ich in den Wind. Seine Antworten waren höflich, aber ausweichend. Zudem war ständig meine Anwesenheit erwünscht, ich musste jede Hofzeremonie, jeden Feldzug mitmachen. Dabei wurde ich immer mit allen Ehren behandelt – die Möglichkeit zu gehen aber war mir verwehrt …«

In diesem Moment kam eine Gruppe von Dienern herein. Sie trugen kleine Rosenholztabletts mit kalten und heißen Getränken, die sie vor den Prinzen und die Würdenträger auf den Boden stellten.

Dan Qing nahm einen Schluck von dem Blätteraufguss, den er auch auf Darumas Schiff immer getrunken hatte, und erzählte weiter: »Erst zu Beginn dieses Jahres erhielt ich eine Botschaft, aus der ich von einem Befreiungsplan erfuhr. Ich musste meine stark eingeschränkte Bewegungsfreiheit nutzen, um zu einer Karawane zu stoßen, die mich hierher bringen würde. Es war nicht einfach, und ich habe mehrmals mein Leben riskiert, aber am Ende ist mir die Flucht gelungen. Ich kann es noch kaum glauben, nach so langer Zeit endlich wieder unter euch zu sein, und das habe ich im Wesentlichen meinem treuen indischen Freund Daruma und den Soldaten zu verdanken, die ihr an meiner Seite gesehen habt.

Vor knapp drei Tagen wurden wir von den Fliegenden Füchsen überfallen, und hätten mich diese Leute nicht so tapfer verteidigt, wäre ich mit Sicherheit tot und könnte nicht hier sitzen und mit euch Zukunftspläne schmieden. Auch sie haben eine lange Gefangenschaft hinter sich, die unvergleichlich härter war als meine und die sie nur dank einer ungemein starken inneren Verfassung überleben konnten, von der vielleicht sogar wir noch etwas lernen können …«

Baj Renjie hatte sichtlich Mühe, eine verächtliche Grimasse zu unterdrücken, aber Dan Qing fuhr unerschütterlich fort: »Diese Männer kommen aus dem mächtigen Reich Da Qin Guo, das sich heute in ähnlich elendem Zustand befindet wie unser Land, und ich kann euch versichern, dass sie voll und ganz der Legende gerecht werden, die zu Zeiten Kaiser Yuandis entstand.«

»Meinst du etwa die Legende von den dreihundert Söldnerteufeln?«, fragte einer der Würdenträger.

»Genau die«, bestätigte Dan Qing.

»Bei allem Respekt«, warf an diesem Punkt Baj Renjie ein, »aber diese Geschichte ist wirklich nur eine Legende, die überdies fast dreihundert Jahre alt ist. Wenn du mir gnädigst gestatten möchtest, meine Meinung zu äußern, so finde ich es nicht gerecht, dass du deine treu ergebenen Diener demütigst und ihnen Fremde vorziehst, zumal Söldner, die du kaum kennst.«

»Der große Kaiser Yuandi hat es getan – ich sehe nicht ein, warum ich es nicht auch tun sollte. Ich möchte niemanden demütigen, sondern lediglich diese Männer ehren, die ihr Leben für mich riskiert und Wunden davongetragen haben, um mich zu beschützen. Auch du solltest ihnen dankbar sein, Baj Renjie. Aber vielleicht hat der Neid dich ja mit Blindheit geschlagen ...«

Der Offizier unterdrückte seine Entrüstung, was ihm nicht leichtfiel, und schwieg.

»Wie sehen deine Pläne aus, mein Herr?«, fragte ein anderer Würdenträger.

»Ich werde das Geheimversteck meines Meisters Wangzi aufsuchen und mich mit ihm beraten. Jetzt möchte ich aber erst einmal, dass ihr mir erzählt, was während meiner Abwesenheit im Land vorgefallen ist. Wer hat veranlasst, dass ich wie ein Gefangener in Persien festgehalten wurde? Das ein oder andere ist mir zwar zu Ohren gekommen, aber das genügt nicht. Vielleicht kennt ihr ja nähere Einzelheiten, die ich erfahren sollte.«

Die Dorfältesten und Würdenträger sahen einander an und machten den Eindruck, als würde es keiner wagen, als Erster das Wort zu ergreifen.

»Was ist? Was hindert euch daran, zu sprechen?«, wollte Dan Qing wissen.

Schließlich ergriff ein ehrwürdig aussehender Alter mit langem weißem Bart das Wort. Er trug eine blassgelbe Tunika, in die verschiedene Tierkreiszeichen eingestickt waren, und war der Hüter des Hauses. Die Kaiserin selbst hatte ihm nach der Geburt Dan Qings dieses Amt übertragen. Und er kannte viele

Geheimnisse der Natur und auch des menschlichen Herzens. »Kurz nach deiner Abreise hat sich der eh schon prekäre Gesundheitszustand deines Vaters weiter verschlechtert. Er lebte völlig zurückgezogen, empfing ausschließlich seine Ärzte und Diener und ließ sich so gut wie nie in der Öffentlichkeit blicken. Die Regierungsgeschäfte wurden von dem Weisen Liu Bang geführt, doch mit der Zeit trat auch der immer mehr in den Hintergrund, und so entstand das Gerücht, dass ein anderer die Macht ergriffen hätte, jemand, der mit Sicherheit das Vertrauen des Kaisers genoss, von ihm protegiert worden war und sich seines Wohlwollens gewiss sein konnte. Mehr kann ich dir nicht sagen. Dieses Dorf ist, wie du weißt, völlig aus der Welt; die Nachrichten treffen hier spät ein und sind dann häufig stark entstellt. Sicher scheint nur, dass sich dein Vater inzwischen bei seinen Ahnen in den himmlischen Gefilden befindet.«

Dan Qing senkte bei diesen Worten das Haupt und antwortete erst nach einer ganzen Weile: »Du kannst mir also nicht sagen, wer veranlasst hat, dass ich in Persien festgehalten wurde?«

»Was immer ich dir auch sagen würde«, erwiderte der Hüter des Hauses, »es könnte falsch sein, und wer zweifelt, sollte besser schweigen. Das Einzige, was wohl feststeht, ist, dass es sich um einen Feind von dir handelt.«

Dan Qing nickte. »Vor drei Tagen wurde ich, wie schon gesagt, von einer Gruppe Fliegender Füchse überfallen. Dieser Vorfall macht uns leider zweierlei klar: Erstens, dass der Usurpator mit den Fliegenden Füchsen verbündet, wenn nicht gar ihr Anführer ist; zweitens, dass er von meiner Rückkehr weiß.«

»Also hat dich einer von deinen Vertrauten verraten«, war Baj Renjie überzeugt.

»Das ist nicht gesagt«, warf der Alte ein. »Der Prinz kann während seiner langen Reise irgendeinem Späher aufgefallen sein. Oder der persische Kaiser hat den Hof von Luoyang über seine Flucht unterrichtet, und der hat daraufhin die Grenzposten alarmiert.«

»Deine Eifersucht ist lächerlich, Baj Renjie«, sagte der Prinz,

»und dein Versuch, Misstrauen gegen diejenigen zu säen, die mich befreit und hierher begleitet haben, ist ungerecht und niederträchtig. Ich werde jeden brauchen, der mir helfen will, und ganz besonders dich, der du stets zu mir gehalten hast. Aber ich bitte dich, die Männer mit den runden Augen zu respektieren, auch wenn sie Barbaren und deshalb ganz anders sind als wir. Hast du mich verstanden, Baj Renjie?«

Der Offizier machte eine tiefe Verbeugung.

»Ich gedenke mich hier nur sehr kurz aufzuhalten. Dieses Dorf liegt mir am Herzen, und ich möchte es nicht unnötig einer Gefahr aussetzen.«

»Für dich sind wir zu allem bereit, mein Herr«, sagte einer der Würdenträger.

»Ich weiß«, erwiderte der Prinz, »und gerade deshalb fühle ich mich besonders verantwortlich für euch.«

Die Versammelten sahen sich an, als trauten sie ihren Ohren nicht.

»Und jetzt lasst mich alleine, ich muss nachdenken.«

Nach und nach verließen alle den Raum, nur Baj Renjie trat noch einmal vor den Prinzen: »Hast du irgendeine Order für mich, mein Herr?«

»Nein, im Augenblick nicht.«

»Soll ich die Barbaren überwachen?«

»Ich glaube nicht, dass das nötig ist.«

»Und wenn sie sich entfernen sollten?«

»Das werden sie nicht tun. Sie wüssten ja gar nicht, wohin. Außerdem ist ihr einziger Gedanke der, in die Heimat zurückzukehren. Es gibt also nichts zu befürchten. Ich habe bereits verfügt, dass sie entsprechend verpflegt und untergebracht werden. Geh jetzt.«

Baj Renjie zog sich unter wiederholten Verbeugungen rückwärts gehend zur Tür zurück und schlüpfte hinaus.

Dan Qing wartete, bis er hörte, wie die Außentür geschlossen wurde, dann begab er sich zur Treppe und stieg sie langsam hinauf.

Mit jeder Stufe, die er erklomm, hatte er das Gefühl, ein Stückchen weiter in die Vergangenheit zurückzukehren. Er durchlebte noch einmal seine Jugend und dann seine Kindheit, die langen Zeiträume, die er nach dem Willen seines Vaters in diesem Dorf unter einfachen Menschen – zumeist Bauern und Hirten – zugebracht hatte. Und er erinnerte sich auch an die erste Begegnung mit seiner Schwester Yun Shan, einem himmlischen Wesen mit klarer Stirn und einem Gesicht wie aus Elfenbein. Sie war viele Jahre seine Spielgefährtin gewesen, seine intimste Vertraute, sein kostbares Jadebild.

Dann war etwas Schreckliches passiert, ein dramatischer Vorfall, der sie zutiefst verletzt und eine unüberwindliche Hürde des Grolls zwischen ihnen geschaffen hatte. Seit er weggegangen war, hatte er nichts mehr von ihr gehört, und er fragte sich, wo sie sich im Moment wohl befand und welche Art von Gefühlen sie in diesen Tagen für ihn hegte.

Unter derlei Gedanken erreichte er das oberste Stockwerk des Hauses und ließ den Blick umherschweifen, über das Tal, das mittlerweile die Schatten des Abends erreicht hatten, über die Gipfel der Berge und die geschwungene Linie der Hügel bis zu jener Stelle, die von einem riesigen Eichenbaum gekennzeichnet war und einer Felsklippe, die knapp daneben aufragte.

Dan Qing wartete nachdenklich, bis am Fuß der Klippe ein Feuer aufflackerte und eine dünne Rauchsäule zum immer dunkler werdenden Himmel emporstieg. Erst dann ging er die Treppe wieder hinunter, holte sich sein Pferd aus dem Stall und machte sich auf den Weg zu der Stelle, wo er das Feuer gesehen hatte.

Er durchquerte das Dorf unter den ebenso respektvollen wie diskreten Blicken seiner Bewohner und ritt über einen Pfad den Hügel hinauf. Im Schritttempo hielt er auf den Schein des Feuers zu, das immer wieder einen Moment lang zwischen den hellen Bambusrohren und den Stämmen der knorrigen Eichen aufleuchtete.

Als er endlich die hagere Gestalt des Schamanen erreichte, der mit überkreuzten Beinen vor dem Feuer hockte und auf einen Kupferkessel mit kochendem Wasser starrte, stieg er ab.

»Ich habe von deiner Ankunft gehört«, sagte der Alte, ohne den Blick vom Feuer zu nehmen.

»Dann muss dich jemand sofort benachrichtigt haben. Ich bin kaum ein paar Stunden hier.«

»Nichts von dem, was in diesem Dorf passiert, bleibt mir verborgen. Du warst lange weg.«

»Ja, und jetzt, da ich zurück bin, ist alles anders. Die Macht meines Vaters befindet sich in den Händen eines Usurpators. Weißt du, um wen es sich dabei handelt?«

»Nein. Aber vielleicht weißt du es.«

»Ich bin erst seit Kurzem wieder in meinem Land und völlig ahnungslos.«

»Und doch hast du eine Ahnung, ist es nicht so?«

Dan Qing antwortete nicht. Auch sein Blick war auf die Flammen des Feuers geheftet, von dem er das Gefühl hatte, es könne sich jeden Moment zu einem riesigen Brand ausweiten, der alles weit und breit verschlingen würde.

»Ist es nicht so?«, fragte der Schamane noch einmal.

»Was willst du damit sagen? Dass der Himmel meiner Sippe die Herrschaft entzogen hat, wie er sie vor dreißig Jahren den Han entzogen hat? Dass das, was geschah, Wille des Himmels, *geming*, ist?«

»Das hast du gesagt, nicht ich. Du hast also diese Ahnung, und das ist kein gutes Zeichen. Andererseits fließt in deinen Adern auch ein wenig vom Blut der Han, obwohl ihre Dynastie unterging.«

»Was muss ich tun?«

»In dich hineinschauen. Um zu erkennen, ob es einen Grund für all dies gibt. Vielleicht hat ja irgendeine verwerfliche Tat die Harmonie zerstört, den Fluss der Lebensenergie unterbrochen und damit Chaos und Verwirrung, Krieg und Gewalt über uns gebracht.«

»Ich habe geträumt, mein Volk zu Wohlstand und Ordnung zurückzuführen, das Land wiederzuvereinen.«

»Warum zweifelst du dann? Warum hattest du solche Eile, mich zu besuchen? Das will mir seltsam erscheinen.«

»Deute mein Schicksal, Schamane. Sag mir, wer der Usurpator ist. Wer oder was verbirgt sich hinter seiner Maske?«

Der Schamane warf eine Handvoll Blätter ins Feuer, sog tief den gelblichen Rauch ein, der sich umgehend bildete, holte dann die heiligen Knochen – alles Schulterblätter – aus seinem Quersack und warf sie drei Mal neben dem Feuer auf den Boden.

»Was siehst du?«, fragte Dan Qing gespannt.

»Ich sehe viele geopferte Leben und einen Hass, den nur der Tod auszulöschen vermag. Doch wo er zuschlägt, kann ich nicht erkennen – denn du bist derjenige, der die Vorzeichen in sich verbirgt. Du wagst nicht, in dich zu schauen, und deshalb wird der Befreiungsschlag auch nicht von dir ausgehen, und nicht du wirst den Feind bezwingen. Jemand anderes wird es für dich tun müssen. Jemand, der sich im Reich der Mitte nichts zuschulden hat kommen lassen. Und was deine ursprüngliche Frage betrifft: Wenn du den Mut findest, in deine Seele zu blicken, wirst du dort das Gesicht des Usurpators sehen. Leb wohl, Prinz.«

Mit diesen Worten schloss der Schamane die Augen und verfiel in einen Dämmerzustand, in dem er nicht mehr ansprechbar war.

Auch Dan Qing verharrte eine Zeit lang reglos und in Schweigen versunken neben dem Feuer und versuchte, die Botschaft des Schamanen zu entschlüsseln, aber er spürte, dass er für eine echte Offenbarung noch nicht bereit war und dass nur sein Meister, der ehrwürdige Wangzi, ihm bei der Suche nach der Wahrheit würde helfen können.

Irgendwann riss ihn das leise Wiehern seines Pferdes aus seinen Gedanken. Er nahm das Tier am Zügel und kehrte mit ihm ins Dorf zurück.

Der Wohnturm wurde von ein paar bunten Laternen beleuchtet, die man aufgehängt hatte, um seine Rückkehr zu feiern, aber sie waren auch der einzige Festschmuck. Vielleicht, weil die schlechten Nachrichten die guten in den Hintergrund drängten.

Er speiste allein zu Abend, wie es sich für einen Kaiser ziemte, aber er fühlte sich nicht besonders wohl dabei. Die Reisegefährten, mit denen er so viele Monate verbracht und so viele Widrigkeiten überstanden hatte, fehlten ihm. Er spürte, dass ihre Lebensweise Spuren in seiner Seele hinterlassen hatte, obwohl er immer eine gebührende Distanz gewahrt hatte. Sogar ihre eigentümliche Sprache vermisste er.

Nach dem Abendessen begab er sich in die Bibliothek und las bis tief in die Nacht einen alten Text, der den Brand der Bibliothek von Luoyang überlebt hatte. Er erzählte die Geschichte der »Söldnerteufel«, fremder Soldaten, die vor dreihundertvierzehn Jahren plötzlich an der Westgrenze des Landes aufgetaucht waren, ohne dass irgendjemand gewusst hätte, woher sie kamen.

Der zu dieser Zeit herrschende Kaiser Yuandi hatte Befehl gegeben, sie zu vertreiben und den Befestigungswall ihres Lagers zu schleifen, aber seine Truppen waren immer wieder von den unbezwingbaren Kriegern zurückgeschlagen worden, die ihnen auf offenem Feld entgegentraten und sich beim Kampf die Schilde über den Kopf hielten.

Überwältigt vom Mut der wie aus dem Nichts aufgetauchten Soldaten schlug der Kaiser ihnen schließlich vor, als Leibgarde in seine Dienste zu treten. Ab diesem Augenblick waren sie ihrer Tapferkeit und Treue wegen zur Legende geworden. Viele von ihnen starben im Verlauf ungezählter Kriegszüge, bis nur noch die Dreihundert übrig waren, die später in die Legende eingingen. Es hieß, sie würden sich – sollte die Dynastie eines Tages ernsthaft bedroht sein – aus den Gräbern erheben, um ihre letzte Schlacht zu schlagen.

Als er mit dem Lesen fertig war, begab sich Dan Qing wieder in sein Gemach und legte sich in das Bett, in dem er schon als Jugendlicher geschlafen hatte, in dem er seine ersten Frauenträume, seine ersten Liebesphantasien gehabt hatte. Inmitten der tiefen Stille, die ihn umgab, suchte er in Gedanken Verbindung zu den Seelen seiner verstorbenen Ahnen, in der Hoffnung, sie könnten ihm einen Weg weisen und ihm bei dem bevorstehenden Unterfangen helfen, das in jeglicher Hinsicht aussichtslos schien.

»Wie geht es Rufus?«, fragte Metellus, als er den Raum betrat. Der verletzte Soldat schlief.

»Heute schon viel besser, Kommandant«, antwortete Marzianus, der bei ihm war. »Gestern Abend ist einer von den chinesischen Ärzten hier aufgetaucht. Er sagte, der Prinz habe ihn geschickt, sich unserem Gefährten anzunehmen. Eigentlich wollte ich zuerst dich fragen, aber dann dachte ich, es wäre unhöflich, die Hilfe abzuweisen, und hab ihm erlaubt, Rufus zu untersuchen.«

»Gut gemacht. Ich verstehe zwar nicht viel davon, aber mir scheint, ihre Medizin ist um einiges weiter entwickelt als unsere.«

»Das kannst du wohl sagen, Kommandant. Dieser Mensch ist reingekommen und hat als Erstes eine Flüssigkeit auf Rufus' Wunde gegossen. Danach hat er sie mit einem Seidenfaden genäht, und das mit einer Fingerfertigkeit, wie ich sie wirklich noch nie erlebt habe. Ab und zu hab ich Rufus gefragt, ob er Schmerzen hätte, und er meinte, nein, fast gar nicht. Er spüre zwar die Einstiche der Nadel und wenn der Arzt den Faden anziehe, aber weh täte das nicht. Hätte ich bloß auch so ein Mittelchen zur Verfügung gehabt, wenn ich unsere verletzten Soldaten nach der Schlacht zusammenflicken musste. Ihr Schmerzgebrüll, ihr Stöhnen – daran gewöhnt man sich nie, Kommandant.«

Metellus nickte und legte die Hand auf Rufus' Stirn. »Er hat Fieber, wenn auch kein sehr hohes.«

»Ja«, meinte Marzianus, »aber Schlaf ist das beste Heilmittel bei Fieber, und Rufus schläft jetzt seit gut zehn Stunden. Das muss der Trank sein, den ihm der Chinese eingeflößt hat: eine dunkle, sehr bittere Flüssigkeit, erzählte Rufus, bevor er eingeschlafen ist, ähnlich wie Wermut. Du wirst sehen, Kommandant, er wacht mit einem Bärenhunger auf und ist in ein paar Tagen bereit zum Weitermarsch.«

»Das hoffe ich«, meinte Metellus und wollte gehen, doch Marzianus hielt ihn zurück.

»Kommandant«, sagte er, »darf ich dich was fragen?«

Metellus nickte.

»Wann machen wir kehrt? Ich meine, wann treten wir den Heimweg an?«

»Genau kann ich dir das nicht sagen, aber ich glaube, wir sind nicht mehr weit von unserem Ziel entfernt. Ein paar Tagesmärsche noch.«

»Und dann?«

»Na ja, dann wird Daruma zunächst seine Geschäfte erledigen müssen, Ware einkaufen und verkaufen; das wird seine Zeit dauern. Außerdem müssen wir sichergehen, dass der Prinz in guten Händen ist, bevor wir ihn verlassen.«

»Verstehe. Aber dann geht es doch zurück, oder?«

»Selbstverständlich, warum fragst du? Zweifelst du etwa daran?«

»Nein, aber ich und die andern haben ein wenig nachgerechnet ...«

»Und?«

»Wir befürchten, dass wir genau dann am Ozean ankommen, wenn sich der günstige Wind wieder dreht«, sagte Marzianus. »Das würde bedeuten, dass wir noch einmal sechs Monate warten müssten, bis sich dieser Monsun legt und wir weiterkommen.«

»Euer Schicksal liegt mir mehr am Herzen als mein eigenes, Soldat«, sagte Metellus. »Und das muss dir genügen.«

»Ja, Kommandant«, erwiderte Marzianus, worauf Metellus den Raum verließ.

Hinter den waldigen Hügeln östlich des Dorfes stieg gerade die Sonne auf; ihr unglaublich reines Licht spiegelte sich in den Wasserbecken, die terrassenförmig um die Talsohle herum angelegt waren. Große Graureiher flogen von den stillen Seen auf, Schwärme kleiner weißer Vögel erhoben sich aus den Kronen der Bäume, in denen sie die Nacht verbracht hatten, und zogen, als wollten sie den Tag mit einer festlichen Prozession begrüßen, übers Tal.

Die Bauern verließen ihre Häuser und stapften auf den Pfaden zwischen den Wasserbecken zu ihren Feldern, auf denen Sumpfweizen angebaut wurde, das Hauptnahrungsmittel dieser Gegend. Viele von ihnen hatten Hunde und Kinder dabei, die fröhlich im Wasser planschten, während ihre Eltern arbeiteten.

Plötzlich kamen Publius, Septimius und Antoninus aufgeregt zu Metellus gelaufen. »Kommandant, Kommandant!«

»Was gibt's?«

»Dieses Land ist wirklich unglaublich! Weißt du, dass es hier goldene Fische gibt?«

»Seid ihr sicher? Oder habt ihr heute Früh schon ein Gläschen zu viel getrunken?«

»Nein, komm und sieh selbst!«

Sie führten ihn zu einem Brunnen mit großem Steinbecken, in dessen Wasser prächtig aussehende rotgoldene Fische schwammen, wahre Wunderwesen mit langen, schleierartigen Schwänzen. Metellus betrachtete sie eine Weile verzückt, dann fragte er: »Wo ist Daruma?«

»Er unterhält sich mit Quadratus, dort hinten bei den Bäumen.«

»Ich muss mit ihm sprechen«, sagte Metellus und ging, gefolgt von seinen Männern, auf eine kleine Gruppe von Personen zu, die sich vor einem Hain herrlich aussehender Bäume scharte; diese trugen große, runde Früchte, die aussahen wie goldene Äpfel.

»Sind die essbar?«, wollte Antoninus wissen.

»Natürlich«, antwortete Daruma. »Versuch doch einen. Sie sind reif.«

Antoninus pflückte eine Frucht und biss hinein, spuckte den Bissen aber sofort wieder aus und machte ein angewidertes Gesicht. »Pfui! Wie bitter! Willst du mich vergiften?«

Daruma schüttelte den Kopf und lächelte spitzbübisch, dann pflückte auch er eine von den Früchten, schälte sie und zeigte den andern, wie sie innen aussah, nämlich wie eine große Beere, die in gleichmäßige Stücke unterteilt war. Daruma löste die einzelnen Stücke voneinander und verteilte sie an die Anwesenden.

Auch Metellus probierte. »Eine paradiesische Frucht«, sagte er begeistert, »die beste, die ich je gegessen habe. Was ist das?«

»Eine Orange. Sie ist übrigens ein Symbol für die Gleichheit, weil die Natur sie in absolut gleichgroße Stücke unterteilt hat, damit keiner kürzer ausgeht als der andere.«

»Und was sind das da?«, fragte Septimius und deutete auf Früchte, die ähnlich aussahen, jedoch oval und von leuchtendem Gelb waren. »Kann man die auch essen?«

»Aber sicher«, sagte Daruma. »Probier mal.«

»Noch einmal falle ich nicht rein«, meinte Septimius und begann die Frucht zu schälen.

»Schnell gelernt«, sagte Daruma zufrieden.

Septimius steckte sich zwei große Stücke in den Mund – und schnitt eine Grimasse. »Igitt! Das schmeckt ja grässlich!«, rief er und spuckte aus.

»Nein, nur anders«, widersprach Daruma. »Man muss sich daran gewöhnen.« Er nahm Septimius die Frucht ab und steckte sich genussvoll ein Stück in den Mund. »Das ist eine Zitrone«, erklärte er dann. »Ein bisschen sauer, ein bisschen bitter, aber sehr gesund wie fast alles Bittere.«

Metellus setzte seinen Rundgang fort und traf Severus bei der Arbeit in der Dorfschmiede an.

»Alles in Ordnung?«, fragte er ihn.

»Ja, Kommandant. Ich bin dabei, unsere Schilde ein klein wenig zu modifizieren. Mit dieser Veränderung werden wir sie noch viel besser einsetzen können.«

»Was für eine Veränderung?«

»Du wirst es noch rechtzeitig erfahren, Kommandant. Zuerst möchte ich mir sicher sein, dass es funktioniert ...«

Severus hatte seinen Satz noch nicht beendet, als ein Junge aus dem Dorf angerannt kam und Metellus meldete, dass Prinz Dan Qing ihn sprechen wolle.

21

»Du hast mich rufen lassen?« Metellus betrat in Begleitung eines Dieners die Schreibstube der Bibliothek.

Dan Qing wandte ihnen den Rücken zu; er saß auf einer Matte, hatte ein Täfelchen auf den Knien und schrieb etwas auf ein Blatt, das ähnlich aussah wie Papyrus, dem Anschein nach jedoch erheblich dünner und geschmeidiger war.

»Warum hast du mir gestern nicht gehuldigt wie meine übrigen Untergebenen? Ich bin der rechtmäßige Thronerbe dieses Landes, und alle Bewohner der Erde sind verpflichtet, mir den Akt der Ehre zu erweisen, den ein jahrtausendealtes Ritual vorschreibt. Mit deiner Weigerung hast du mich vor meinen Untertanen und Kommandant Baj Renjie blamiert.«

»Ich halte mich zwar in diesem Land auf«, erwiderte Metellus, »aber ich gehöre ihm nicht an. Meine Männer und ich sind nicht deine Untertanen.«

»Willst du mir etwa weismachen, dass man dem Herrscher in deiner Heimat nicht huldigt?«

»Wir bringen seinem Genius einmal im Jahr, an seinem Geburtstag, ein Brandopfer; das heißt, wir verbrennen Weihrauch zu seinen Ehren. Aber wenn wir mit ihm sprechen, stehen wir aufrecht vor ihm und nennen ihn beim Namen. Während eines Feldzugs isst er dasselbe wie wir, trinkt denselben sauren Wein und schläft auf der Erde wie der rangniederste seiner Soldaten. Das bedeutet nicht, dass wir nicht bereit wären, im Notfall für ihn zu sterben. Tut mir leid, Prinz: Das einzige Verhältnis, das wir beide zueinander haben können, ist ein Verhältnis der Gleichheit, von Mann zu Mann.«

Dan Qing stand auf und wandte sich zu ihm um. »Für uns wird das Verhältnis eines Menschen zu seinem Kaiser bestimmt von einer Tugend, die wir *yi* nennen, was so viel bedeutet wie ›das Rechte‹. Gleichheit kann es für uns nur unter Freunden geben; dieses Verhältnis heißt bei uns *xin*, also ›Treue‹. Wir können Freunde sein, Xiong Ying, vorausgesetzt, du bist zur Treue bereit. Bist du das?«

»Ich glaube, ja«, erwiderte Metellus, »wenn du es auch bist.«

Dan Qing nickte kurz, dann setzte er sich wieder hin und begann erneut zu schreiben. Metellus betrachtete neugierig die seltsamen Zeichen auf dem weißen Blatt.

»Sind das magische Zeichen?«, fragte er. »Auf den Knochen, die der Schamane in der Karawanserei für seine Orakel benützt hat, waren auch solche Zeichen eingeritzt.«

»Nein, das hat mit Magie nichts zu tun«, entgegnete der Prinz. »Das ist unsere Schrift.«

»Kompliziert«, fand Metellus. »Soweit ich sehe, ähnelt kein Zeichen dem andern. Da ist unser System einfacher: Mit dreiundzwanzig Zeichen kann ich alle Wörter schreiben, die ich will.«

»In welcher Sprache?«

»In unserer, Latein.«

»Wer verstehen will, was du schreibst, muss also deine Sprache lernen.«

»Ja, natürlich.«

»In China gibt es über hundert verschiedene Sprachen; trotzdem muss sich keiner damit herumquälen, eine andere Sprache zu erlernen, um lesen zu können. Jedes von diesen Schriftzeichen steht für einen gedanklichen Begriff wie ›Mensch‹, ›Haus‹, ›Baum‹ und kann von allen gelesen und verstanden werden, obwohl jeder das dazugehörige Wort anders ausspricht, nämlich in seiner Muttersprache. Diese Zeichen respektieren also die Freiheit des Geistes, die noch viel wichtiger ist als die des Körpers, die für euch eine so große Bedeutung hat. Warum ist es für dich eigentlich so schlimm, den Rücken vor einem Herrscher zu beugen?«

»Hast du je von einem jungen Eroberer namens Alexander – einem großen König aus dem Westen – gehört?«

»Ja, bei den Persern. Ich glaube, sie nennen ihn Iskandar und sehen in ihm einen Dämon. Aber er war früher auch bei uns bekannt.«

»Gut. Dieser Alexander also hat vor fünfhundert Jahren die persische Krone erobert und ist bis an die Grenzen Indiens vorgestoßen. Daraufhin wollte er an seinem Hof auch die im Orient üblichen Sitten einführen und verlangte selbst von seinen engsten Freunden, dass sie sich zur Begrüßung vor ihm verneigten. Doch die weigerten sich, entzweiten sich mit ihm und schmiedeten sogar Pläne, ihn zu ermorden. Das nur, um dir zu zeigen, wie wichtig für uns die Würde des Einzelnen ist, und sei er auch nur ein ganz bescheidener Mann.«

»Habt ihr Sklaven?«, fragte Dan Qing.

Diese Frage überraschte Metellus. Er schwieg einen Moment, bevor er antwortete: »Ja, die haben wir.«

»Bei uns ist die Sklaverei auf Erlass von Kaiser Wang Mang vor über zweihundert Jahren abgeschafft worden«, erklärte Dan Qing, ohne dem noch etwas hinzuzufügen.

Auch Metellus wusste nichts mehr zu sagen. Stattdessen beobachtete er den Prinzen beim Schreiben. »Woher nehmt ihr so weißen Papyrus?«, fragte er nach einer Weile.

»Papyrus? Was ist das? Ich kenne das Wort nicht …«, entgegnete Dan Qing. »Das hier ist Papier.«

»Papier?«, fragte Metellus verwundert.

»Ja, Papier«, wiederholte der Prinz. »Wir machen es aus aufgeweichten Lumpen, die wir mit Lauge bleichen und manchmal sogar parfümieren, mit Jasmin-, Rosen- oder auch Veilchenblüten.« Er zog einen Bogen Papier aus einer Schublade und hielt ihn Metellus unter die Nase.

Metellus sog den zarten Duft ein, dann nahm er das Blatt und hielt es gegen das Licht: Es wies eine absolut gleichmäßige Struktur auf und war wundervoll durchscheinend. »Duftende Blätter«, sagte er. »Wofür?«

»Für Liebesbriefe. Deine Geliebte erkennt dein Schreiben an dem Duft, den es verströmt, noch bevor sie es gelesen hat. Ist das nicht schön?«

Metellus nickte, während ihm vor Rührung die Tränen kamen.

»Du denkst an sie, Xiong Ying, nicht wahr?«

»Ja.«

»War sie deine Lieblingskonkubine?«

Metellus sah den Prinzen an; sein eigener Blick spiegelte sich in Dan Qings unergründlichen Augen und mit ihm das geheimnisvolle Sehnen, das diese Frage bei ihm ausgelöst hatte.

»Sie war meine Gemahlin, Prinz«, erwiderte er. »Wir Römer haben nur eine Frau, oft fürs ganze Leben.«

»Barbarische Sitte«, meinte Dan Qing. »Aber wenn es euch so gefällt ... Fehlt sie dir sehr?«

»Ganz entsetzlich.«

»Und du würdest ihr gern schreiben, nicht?«

Metellus senkte den Kopf. »Ich würde alles darum geben, wenn es nur möglich wäre. Aber keine Botschaft dringt bis ins Reich der Toten vor.«

»Ist dir sonst niemand geblieben?«, wollte Dan Qing wissen.

»Ein Sohn, ein Kind von sieben Jahren. Ich habe ihm nicht einmal Lebwohl sagen können. Und ich weiß nicht, was aus ihm geworden ist.«

Da war es Dan Qing, der den Kopf neigte. Hätten im Land des Römers dieselben Machtmechanismen geherrscht wie in China, wäre dieses Kind längst tot gewesen.

Metellus seufzte und schwieg ebenso wie Dan Qing, der aber wieder seinen winzigen Pinsel zur Hand nahm und damit komplizierte Zeichen sehr elegant aufs Papier malte.

»Was heißt eigentlich ›Fliegende Füchse‹?«, fragte Metellus irgendwann.

»So nennt man Tiere, die in den großen Wäldern des Südens leben. Sie sehen aus wie kleine Füchse, haben aber Häute zwischen den Zehen der Vorder- und Hinterpfoten, die sie beim Sprung von einem Ast zum andern spreizen, sodass sie wie Vögel durch die Luft gleiten.«

»Neulich meintest du aber keine Tiere, sondern Menschen – genauer gesagt die Männer, die uns im Tal überfallen haben.«

»Ja, diese schwarz gekleideten Männer werden auch ›Fliegende Füchse‹ genannt«, antwortete Dan Qing. »Sie sind unvergleichliche Kämpfer, die blitzschnell und gnadenlos zuschlagen und ihrem Anführer blind ergeben sind. Wer immer sie auf seiner Seite hat, kann sich des Sieges gewiss sein.«

Metellus ging zu der Wand aus Natursteinen, an der ein riesiger Schildkrötenpanzer hing – der größte, den er je gesehen hatte. Er ließ die Hand über seine glatte Oberfläche gleiten, die wie geschliffenes Ebenholz glänzte. »Gegen uns haben sie aber nicht gesiegt, ganz im Gegenteil.«

»Weil ihr sie mit eurer geschlossenen Formation überrascht habt«, erklärte Dan Qing. »Diese Art Gegenwehr war ihnen unbekannt.«

Metellus fuhr noch einmal über den großen, glatten Panzer. »Wir nennen diese geschlossene Formation *testudo* – Schildkröte. Man könnte also sagen, die Schildkröte hat die ›Fliegenden Füchse‹ besiegt – auch wenn unsere Taktik eigentlich eher der des Igels gleicht. Seltsam, wie oft der Mensch sein Verhalten mit dem der Tiere vergleicht …«

»Mach dir keine Illusionen, Xiong Ying, sobald sie die Sache durchschaut haben, werden sie einen Weg finden, diese Abwehrmaßnahme zu knacken.«

»Kann sein. Aber schau, wir haben ein Sprichwort, es stammt von einem unserer alten Dichter und lautet: ›Der Fuchs kennt viele Kniffe, der Igel nur einen einzigen, aber der ist gut.‹«

»Das ist ein gutes Sprichwort«, sagte Dan Qing, und sein Gesicht zeigte den Anflug eines Lächelns.

»Aber ich würde gern noch mehr über diese Füchse erfahren«, sagte Metellus. »Wer genau sind sie, woher kommen sie?«

Dan Qing erhob sich, geschmeidig wie eine Schlange, ging zu einem kleinen Wandschrank, öffnete ihn und holte ein Bündel Bambusrohre hervor, die untereinander mit dünnen Kordeln verbunden waren und zwischen denen Papier aufgerollt war. Nachdem er sie auf den Boden gelegt und das Papier zwischen den Bambusrohren aufgerollt hatte, konnte man einen in chinesischen Schriftzeichen verfassten Text darauf erkennen.

»Vor Hunderten von Jahren«, begann Dan Qing zu erzählen, während seine Augen über die uralte Schrift wanderten, »lebte im Reich der Mitte ein großer Meister namens Mo. Es war eine dunkle Zeit, die durch andauernde Kämpfe zwischen den mächtigsten Familien des Landes gekennzeichnet war. Meister Mo nun entwickelte eine Theorie, die gerade in der Familie als Institution die Wurzel allen Übels sah, den Grund für Günstlingswirtschaft und Egoismus. Dementsprechend forderte er eine Gesellschaft, in der es keine Familien, sondern nur noch eine einzige universale Gemeinschaft gab. Der Einzelne sollte sich als Teil dieser Gemeinschaft fühlen, in der jeder Vater der Vater aller war, jeder Sohn der Sohn aller, jede Stadt die Stadt aller und jeder Bürger ein Bürger aller Städte ...«

»Seltsam – bei uns gab es einen Meister, der eine ganz ähnliche Theorie entwickelt hat: das ›Weltbürgertum‹, wie unsere Philosophen diese Theorie nennen«, warf Metellus ein. »Doch verzeih, ich wollte dich nicht unterbrechen.«

Dan Qing nickte nur und fuhr fort: »Das Schlimmste, was es für Meister Mo gab, war der Krieg. Soldaten betrachtete er als Ausgeburten der Hölle. Es galt, diese Dinge mit allen Mitteln zu bekämpfen – und eins dieser Mittel war der Krieg!«

Metellus schüttelte verwundert den Kopf. »Das ist auch eine Sichtweise«, meinte er, »wenn auch eine absurde. Wir Römer sprechen in so einem Fall von einem *Paradoxon*.«

»Für Mo war nicht das menschliche Handeln, das Kriegführen an sich schlecht, sondern die Absicht, die dahinterstand«, erklärte der Prinz. »Er gründete mit seinen Anhängern eine Art Geheimsekte; diese war in zahlreiche, autonom agierende Untergruppen unterteilt, in denen eiserne Regeln herrschten. Mos Sekte spezialisierte sich auf Kampftechniken aller Art. Einige dienten lediglich der Verteidigung, andere dem Angriff, und zwar mit einem unvorstellbaren Gewaltpotenzial. Sie alle basierten auf der Kontrolle des menschlichen Geistes und seiner grenzenlosen Energien.

Wenn eine Familie Opfer eines Übergriffs wurde oder wenn einer Gemeinschaft Unrecht widerfuhr – egal, ob es sich um ein kleines Dorf oder eine ganze Stadt handelte –, traten diese Männer in Aktion. Sie bewegten sich im Dunkeln, wie Gespenster, schlugen blitzartig zu und verschwanden danach wieder in der

Finsternis. Manchmal fanden sie sich wie auf einen geheimen Befehl hin zusammen, und ihre Kampfeinheiten tauchten an den unvorstellbarsten Orten wie aus dem Nichts auf.

Sie schlugen mit unglaublicher Härte zu und hinterließen immer ihr Siegel, damit klar war, welchen Sinn die Strafe hatte und wem sie galt. Wenn einer von ihnen im Kampf verletzt wurde, ließ er sich nie bei lebendigem Leibe gefangen nehmen, um nicht die Geheimnisse der Sekte preisgeben zu müssen …«

»Wie die Männer, die uns überfallen haben«, erinnerte sich Metellus. »Aber wenn sie eine gerechtes Ziel haben, dann verstehe ich nicht, warum …«

»Es gibt keine größere Versuchung als die Macht«, unterbrach ihn Dan Qing. »Alles, was der Mensch geschaffen hat, läuft Gefahr, früher oder später zu entarten, und du selbst kannst ein Lied davon singen. Auch Mos außergewöhnliche Geheimsekte blieb von dieser Versuchung nicht verschont.«

Metellus dachte an seine Legionen, an die gewaltige römische Militärmaschinerie, die ursprünglich zur Verteidigung der Hauptstadt geschaffen worden war und sich im Lauf der Zeit – genau wie Mos Sekte – in ein grausames Machtinstrument verwandelt hatte, mit dem blutige Eroberungs- und Bürgerkriege geführt wurden.

»Nach dem Tod des Meisters«, fuhr Dan Qing fort, »führte die Sekte ein Schattendasein, ja, sie schien über lange Zeiträume hinweg gänzlich vom Erdboden verschwunden zu sein. In Wahrheit feilten ihre Anhänger während dieser Ruhephasen an ihren Kampftechniken und arbeiteten neue Kommunikationssysteme aus, die immer ausgeklügelter wurden.

Dass eine Sekte so perfekt funktionieren kann, setzt dreierlei voraus: eine absolut hierarchische Struktur, großen inneren Zusammenhalt und blinden Gehorsam. Mos Sekte war tatsächlich so geheim, dass bisweilen sogar behauptet wurde, es habe sie nie wirklich gegeben, sie existiere nur in der Phantasie der Leute, eine Legende wie viele andere in diesem grenzenlosen Land. Möglich, dass die Sektenmitglieder selbst dieses Gerücht in die Welt gesetzt und wesentlich zu seiner Verbreitung beigetragen haben. In kritischen Momenten aber waren sie plötzlich wieder da – und schlugen zu. Und das in den unterschiedlichsten Situationen und häufig an mehreren Orten zugleich, auch wenn diese weit voneinander entfernt lagen.

Soweit man weiß, kam es vor rund fünfzig Jahren zu einem schweren Verfall der Moral innerhalb der Sekte. Ihre Anführer begannen, ihre enorme Macht und die geheimen Kampfkünste ihrer Männer mehr und mehr dafür zu verwenden, diesen oder jenen Anwärter auf die oberste Staatsgewalt zu unterstützen oder ihn zu bekämpfen. Und das war möglicherweise auch einer der Gründe, die zum Niedergang der ruhmreichen Han-Dynastie führten, die das Land immerhin vier Jahrhunderte lang regierte. Die Folge war der Zerfall des Reichs in drei separate, untereinander verfeindete Reiche: Wei, Shu und Wu.«

Metellus wurde fast schwindelig, als er dies vernahm: vier Jahrhunderte! Eine einzige Dynastie hatte in diesem Land länger geherrscht als in Rom alle Kaiserdynastien zusammen.

»Die Krieger«, fuhr Dan Qing fort, »die wir heute unter dem Namen ›Fliegende Füchse‹ kennen, haben also ihre Wurzeln völlig vergessen und gänzlich aus den Augen verloren, zu welchem Zweck ihre Sekte einst von Meister Mo geschaffen wurde. Andere hingegen, eine Minderheit, hat sich von ihnen losgesagt und sich an einen geheimen Ort zurückgezogen, den bis heute niemand kennt. Dort haben sie eine Gemeinschaft gegründet, die nach den Regeln der Brüderlichkeit lebt; sie teilen Nahrung, Boden und Wasser, treiben Land- und Viehwirtschaft. Darüber hinaus haben sie es aber auch in der Kunst der Meditation zur Vollkommenheit gebracht.«

»Um noch einmal auf die ›Fliegenden Füchse‹ zurückzukommen«, sagte Metellus. »Jetzt scheinen sie es ja auf dich abgesehen zu haben. Sie wollen dich töten. Warum?«

Dan Qing rollte die Bambusstäbe wieder auf und verstaute sie sorgfältig im Wandschrank. »Die Antwort auf diese Frage könnte einfach lauten: Weil sie die Macht im Staat übernehmen wollen.«

»Oder aber?«

Dan Qing heftete seinen magnetischen Blick auf ihn. »Ich erzähle dir, ohne zu wissen, warum, Dinge, die ich sonst niemandem auf der Welt erzählen würde. Das beunruhigt mich.«

»Ich wäre nie auf die Idee gekommen, dass dich etwas beunruhigen könnte. Dein Gesicht ist wie eine wächserne Maske, die weder erröten noch erbleichen kann. Wir aus dem Westen dagegen können unsere Gefühle gar nicht verbergen, selbst wenn wir wollten – man liest sie uns an der Färbung des Gesichts ab.«

»Das kommt daher, dass eure Rasse noch nicht voll entwickelt ist«, sagte Dan Qing. »Der Stoff, aus dem ihr gemacht seid, hat noch nicht zu seiner endgültigen Form gefunden. Meine Rasse hingegen befindet sich schon seit Langem im Zustand der Perfektion. Doch nichtsdestotrotz unterliegen wir dem Willen des Himmels. Und der Himmel kann beschließen, einem Herrscher oder einer Dynastie die Macht zu entziehen, wenn sie sich der Tyrannei schuldig gemacht hat, Schande auf sich geladen hat oder einem katastrophalen Sittenverfall erlegen ist. In diesem Fall kommt es zu einem Widerruf des himmlischen Mandats, zu einem *geming*, wie wir es nennen. Das *geming* weckt den Geist der Revolte, der wie ein Orkan übers Land fegt und selbst einen *Huangdi*, einen Kaiser, mit sich hinfortreißt. Wirst du mir auch in so einem Falle treu bleiben, Xiong Ying?«

»Meinem Kaiser Valerian habe ich bei aller Treue nicht mehr helfen können; ich konnte nur noch machtlos mit ansehen, wie er elendig zugrunde ging. Wenn ich kann, werde ich dir helfen, Dan Qing – aber ich muss auch wissen, für wen ich kämpfe.« Metellus sah dem Prinzen unverwandt in die Augen. »Erzähl mir, was dich beunruhigt, Prinz.«

»Mein Vater war ein guter Mann, ein weiser Herrscher, dem das Glück seines Volkes am Herzen lag, und ich träume von nichts anderem als davon, das Reich der Mitte wieder zur Einheit zu führen«, beteuerte Dan Qing. »Warum also sollte der Himmel meiner Familie das Mandat entziehen wollen? Die Fliegenden Füchse gehorchen einer dunklen Macht, dessen bin ich mir sicher.«

»Und du hast nichts begangen, wofür du dich schämen müsstest? Nichts, was dein Gesicht unter dieser wächsernen Maske erröten oder erbleichen lässt?«

»Das geht zu weit! Niemand darf es wagen, mir solche Fragen zu stellen!«, rief Dan Qing aus. »Jeder andere würde diese Unverschämtheit teuer bezahlen!«

»Nichts, was gegen das Gesetz der Gerechtigkeit verstoßen hätte?«, fuhr Metellus erbarmungslos fort, indem er auf Dan Qing zutrat.

»Wie kommst du dazu, mir solche Fragen zu stellen?«, zischte Dan Qing. »Warum dringst du so unverfroren in mich?«

»Weil ich deine Unsicherheit spüre. Da ist etwas, das ich nicht begreife. Du verteidigst dich, als hättest du etwas zu verbergen.«

Dan Qing nagelte ihn mit seinem Blick fest, dann sagte er langsam und jedes einzelne Wort betonend: »Ich habe nichts getan, wozu ich nicht das Recht gehabt hätte.« Danach wandte er ihm den Rücken zu und schwieg.

Metellus schickte sich an zu gehen, drehte sich aber auf der Schwelle noch einmal um. »Im Lateinischen gibt es ein Sprichwort«, sagte er. »Es lautet: ›*Summum ius, summa iniuria.*‹ Soll ich dir sagen, was das bedeutet?«

Dan Qing brachte keine Silbe hervor.

»›Das höchste Recht ist zugleich das größte Unrecht‹«, übersetzte Metellus und ging hinaus.

22

Die Sonne war gerade aufgegangen, als sich Baj Renjie in voller Rüstung vor dem Wohnturm des Prinzen präsentierte und bat, vorgelassen zu werden.

»Mein Prinz«, begann er, »es wäre gefährlich, noch länger hier zu verweilen. Die Fliegenden Füchse wissen, dass du dich hier aufhältst, und könnten jeden Augenblick mit einem ganzen Heer erscheinen.«

»Ich bin bereit«, erwiderte der Prinz. »Versammle deine Männer.«

»Sie warten nur auf ein Zeichen von dir, um loszumarschieren, mein Prinz.«

Dan Qing breitete die Arme aus, worauf zwei Diener mit seiner Rüstung kamen und sie ihm anlegten. Danach gürteten sie ihm das prächtige Schwert um.

Baj Renjie räusperte sich. »Die Barbaren könntest du jetzt eigentlich verabschieden«, war er überzeugt. »Du brauchst sie nicht mehr. Lass sie mit dem indischen Händler weiterziehen.«

»Die Roten Dämonen werden uns bis an unser Ziel begleiten, sprich, bis zur Burg meines Meisters Wangzi«, entgegnete Dan Qing.

Baj Renjie wagte nicht, ihm zu widersprechen, aber seine Miene zeigte deutlich, wie er darüber dachte.

Vor dem Haus stieß er auf Metellus und seine Männer, die ebenfalls bereits gerüstet und bewaffnet waren; sie saßen auf einer Bank in der Nähe des Fischbeckens und verzehrten ihr Frühstück. Baj Renjie würdigte sie keines Blickes und ging zu seiner auf dem Platz versammelten Truppe hinüber: rund fünfzig Mann, von denen die Hälfte beritten war. Sie trugen jeder einen Harnisch aus Bronzeplatten und darunter eine Ledertunika, dazu Stiefel und ein Halstuch. Helme hatten sie nicht und präsentierten so eine ganz eigentümliche Frisur: Ihre Haare waren nämlich mit langen Elfenbeinnadeln am Hinterkopf aufgesteckt und wurden zusätzlich von einem Band gehalten, das ihnen in den Nacken hing, und darüber trugen sie runde Kopfbedeckungen aus dunklem Filz.

Die Reiter hatten Bogen und Köcher umgehängt, während die Fußsoldaten mit Schwert und Messer bewaffnet waren. Metellus fiel auf, dass auch sie weder Helme noch Schilde trugen, aber er hatte ja schon mitbekommen, dass man sich hier zu Lande ausschließlich durch den geschickten Gebrauch seiner Angriffswaffen verteidigte. Deshalb auch war Dan Qing so erstaunt darüber gewesen, wie sie bei dem Überfall im Wald ihre Schilde eingesetzt hatten.

Der Prinz war inzwischen auf dem Platz angekommen. Auf sein Handzeichen hin drückte Baj Renjie seinem Pferd die Absätze in die Weichen und ließ es im Schritttempo losreiten. Hinter ihm kamen seine fünfundzwanzig Reiter, denen sich der Prinz anschloss, gefolgt von Metellus, der ebenfalls zu Pferde war, und seinen Fußsoldaten. Die chinesischen Infanteristen bildeten die Nachhut, und den Abschluss des Zugs machte Daruma mit seiner Karawane, der sie jedoch nur noch ein kurzes Stück begleiten würde.

Am frühen Nachmittag gelangte der Konvoi an eine Weggabelung. Die Straße, die nach rechts führte, war ziemlich breit und gut begehbar, die nach links hingegen nur ein schmaler Pfad, der sich wenige Meilen weiter vorn – das konnte man bereits sehen – einen steilen Berg emporwand.

Daruma lenkte sein Kamel zu Dan Qing und rief: »Prinz, bitte warte einen Moment!« Dan Qing brachte sein Pferd zum Stehen. »Prinz, ich fürchte, unsere Wege trennen sich hier. Ich ahne schon, dass du den Weg nach rechts einschlagen wirst, und auf dem kann ich dir unmöglich folgen.«

»Warum?«, fragte Dan Qing. »Du bist ihn doch schon öfter geritten.«

»Nicht mit einer so großen Karawane und unter so gefährlichen Begleitumständen. Im Falle eines Angriffs wären wir euch nur hinderlich. Bitte überbringe Meister Wangzi meine herzlichen Grüße.«

»Ich bin mir sicher, dass er dich gern sehen und dich zum glücklichen Ausgang deiner Mission beglückwünschen würde.«

»Auch mir ist es ein großes Bedürfnis, ihn zu treffen. Sobald ich meinen Rückweg angetreten habe, werde ich einen Boten vorschicken, der für mich eine Begegnung mit ihm vereinbaren wird. Einstweilen jedoch bitte ich dich, ihn meiner Hochachtung und Wertschätzung zu versichern.«

»Habe ich das richtig verstanden?«, fragte Metellus, der bisher schweigend neben ihnen auf dem Pferd gesessen hatte. »Hast du gerade gesagt, dass sich unsere Wege trennen, Daruma?«

»Ja, Kommandant. Dein Chinesisch wird offenbar mit jedem Tag besser. Aber mach dir mal keine Sorgen: Auf dem Rückweg komme ich hier vorbei und hole euch wieder ab. Und dann machen wir uns gemeinsam auf die Rückreise in den Westen.«

Diesmal antwortete ihm Metellus auf Koiné: »Aber es ist doch unsinnig, dass wir uns trennen. Der Prinz hat jetzt seine chinesische Leibgarde, er braucht uns nicht mehr.«

Der Prinz wandte den Kopf, denn er ahnte, dass Metellus die fremde Sprache benützte, damit er nichts verstand. Und Metellus, der die Gedanken des Prinzen erriet, war auf einmal ziemlich verlegen, zumal sie nach ihrem letzten Gespräch nicht gerade in bestem Einvernehmen auseinandergegangen waren.

»Kein Grund, sich aufzuregen«, antwortete Daruma, ebenfalls auf Koiné.

»Ich bin nicht aufgeregt.«

»Doch, das bist du. Du denkst, wir verlieren uns in diesem grenzenlosen Land aus den Augen und finden uns nie wieder. Oder ich halte nicht Wort und nehme bewusst einen anderen Weg, um euch nicht zurückbegleiten zu müssen. Aber du irrst dich. Hör mir gut zu: Ich kann mich mit meiner Karawane unmöglich auf diesen Trampelpfad begeben, das verstehst du sicherlich. Ihr zieht erst einmal zum Kloster von Meister Wangzi – alles Weitere wird sich dort entscheiden. Ich nehme an, dass Wangzi für den Prinzen Kontakt zu Leuten herstellen wird, die ihn bei seinem Vorhaben unterstützen können. Sollte der Prinz beschließen, in die Hauptstadt, also nach Luoyang, zu ziehen, so könnt ihr entscheiden, ob ihr ihn dorthin begleiten wollt – ich für meinen Teil werde mindestens einen Monat in der Stadt zu tun haben. Wenn ihr dagegen im Kloster bleibt, was ich für das Wahrscheinlichere halte, wartet ihr einfach dort, bis ich aus Luoyang zurückkomme und euch abhole.«

»Und wenn dir etwas zustößt?«

»Das ist immer möglich – auch wenn wir zusammenbleiben. Aber du kannst dir sicher sein, dass der Prinz nicht undankbar ist. Er würde euch auf alle Fälle ortskundige Führer geben, die euch zurückbegleiten könnten. Hab Vertrauen, Kommandant. Du wirst sehen, auf das Wort eines indischen Kaufmanns ist ebenso Verlass wie auf das eines römischen Offiziers. In einem Monat sehen wir uns wieder – entweder an dieser Weggabelung oder in Luoyang. Der Prinz weiß jederzeit, wie er mir Botschaften zukommen lassen kann. Du wirst es nicht bereuen, ihn auch auf diesem letzten Abschnitt seines Weges begleitet zu haben. Er fühlt sich bedroht und setzt große Hoffnungen auf dich. Enttäusche ihn nicht, und du wirst es nicht bereuen.«

Nach diesen Worten wandte sich Daruma wieder Dan Qing zu, um sich respektvoll von ihm zu verabschieden: »Ich wünsche dir von Herzen eine gute Weiterreise, mein Prinz, und viel Glück für deine Zukunft.«

»Ich schulde dir großen Dank, Daruma«, erwiderte der Prinz. »Wie kann ich je wieder gutmachen, was du für mich getan hast?«

»Die Gelegenheit dafür wird sich sicherlich ergeben«, war Daruma überzeugt. »Eine Sonderkonzession für den Handel mit Seide beispielsweise wäre für mich ein wundervolles Zeichen deiner Dankbarkeit, aber darüber reden wir, wenn wir erst einmal die Gefahren und Abenteuer bestanden haben, die uns noch bevorstehen.«

Er verneigte sich tief, wandte sein Kamel und schlug die Straße nach rechts ein, gefolgt von seinen Dienern und Helfern.

»Du kannst mit ihm reiten, wenn du willst«, sagte Dan Qing zu Metellus. »Du bist frei.«

Metellus erwiderte nichts. Er fühlte die Blicke seiner Männer auf sich gerichtet und wusste, wie ihnen zumute war, dass sie sich im Herzen eines grenzenlosen Landes verloren glaubten. Aber er musste zu seinem Wort stehen. Er konnte und wollte den Prinzen nicht vor Erreichen seines Ziels verlassen, zumal er inzwischen überzeugt davon war, dass er für eine gerechte Sache kämpfte.

Ebenso wenig wollte er allerdings seine Männer den Entscheidungen anderer überlassen. Deshalb sagte er zu Dan Qing: »Ich werde dich bis an dein Ziel begleiten, unter einer Voraussetzung: Ich will das Kommando über die gesamte Eskorte – einschließlich der chinesischen Krieger.«

Dan Qing sah ihn zum ersten Mal richtiggehend verblüfft an. »Warum?«, stieß er hervor. »Es ist doch besser, jeder Kommandant hat die Verantwortung für seine eigenen Männer.«

»Ja, und so soll es auch sein. Aber jeder von uns wird unterschiedliche Aufgaben übernehmen – die ich festlegen werde.«

»Wie meinst du das?«

»Können wir kurz unter vier Augen miteinander reden?«

Dan Qing nickte, stieg vom Pferd und zog sich mit Metellus ein kleines Stück von den anderen zurück.

»Wenn es stimmt, dass uns die Fliegenden Füchse bereits auf den Fersen sind, wissen sie genau, wo wir sind. Womöglich befinden sie sich sogar in unmittelbarer Nähe und beobachten uns schon die ganze Zeit über. Dass sie noch nicht angegriffen haben, liegt wahrscheinlich nur daran, dass sie noch nicht zahlreich genug sind.«

Dan Qing nickte zustimmend.

»Aber sobald sie genügend Männer haben, um uns schlagen oder gefangen nehmen zu können, werden sie es versuchen«, fuhr Metellus fort. »Höre deshalb meinen Plan: Wir gehen jetzt alle zusammen noch ein Stück durch den Wald, aber wenn wir ihn verlassen, wird einer von unseren Lastenträgern deine Kleidung und Waffen tragen und auf deinem Pferd reiten. Und du wirst umgekehrt seine Kleidung tragen. Dein Doppelgänger wird mit Baj Renjie und den chinesischen Gardisten die Straße nach Luoyang nehmen, also das tun, was vermutlich auch die

Fliegenden Füchse für völlig logisch und natürlich halten, nämlich sich von den eigenen Landsleuten eskortieren zu lassen, denen man vertraut und deren Sprache man spricht.

In Wirklichkeit aber kommst du mit uns. Wir verkleiden uns alle als Bauern und folgen zu Fuß dem Gebirgspfad. Unsere Pferde führen wir mit, als wären es Lasttiere. Aufbrechen werden wir allerdings erst mit Einbruch der Nacht, und zwar in drei kleinen Gruppen, die einen gewissen Abstand zueinander halten. Tagsüber rasten wir und verstecken uns im Wald. Wenn mein Plan aufgeht, verfolgen die Fliegenden Füchse unterdessen Baj Renjie und den Mann, den sie für dich halten.«

»Baj Renjie wird glücklich sein, sich für mich zu opfern«, meinte der Prinz ironisch.

»Wenn es dir lieber ist, nehme ich seinen Platz ein. In diesem Fall würde ich mit meinen Männern und deinem Doppelgänger versuchen, Daruma einzuholen, während du als Diener verkleidet mit deinem chinesischen Kommandanten den Pfad ins Gebirge nimmst. Für mich macht das keinen großen Unterschied, aber ich bin mir sicher, dass mein Plan die einzige Möglichkeit ist, dich unversehrt an dein Ziel zu bringen. Was sagst du dazu?«

Dan Qing zog sich ein paar Schritte zurück und dachte eine Weile schweigend nach, dann kam er wieder zu Metellus zurück und erklärte: »Wir machen es, wie du sagst. Und du wirst derjenige sein, der mich begleitet.«

Er rief seinen chinesischen Kommandanten zu sich und eröffnete ihm Metellus' Plan. Baj Renjie sah ihn ungläubig an und wollte widersprechen, doch der Prinz schnitt ihm sofort das Wort ab: »Mein Beschluss steht fest, Baj Renjie. Gehorche, wenn du mir treu bist. Andernfalls geh.«

Der Offizier unterdrückte seine Entrüstung und verbeugte sich respektvoll. Dann befahl er einigen seiner Männer, tiefer in den Wald zu gehen und sich zu verkleiden.

Dan Qing verabschiedete seinen scheidenden Offizier mit den Worten: »Hör zu, Baj Renjie, ich weiß, dass diese Entscheidung bitter für dich ist, aber ich denke, sie ist der einzige Weg, wie ich den Fliegenden Füchsen entkommen und meine Rückkehr nach Luoyang vorbereiten kann. Möge der Himmel dir günstig gestimmt sein. Wenn alles gut geht, sehen wir uns in Luoyang in der Taverne zum Weißen Jasmin.«

Baj Renjie verneigte sich, dann stieg er aufs Pferd und lenkte es an die Spitze des Zugs. Zu seiner Linken ritt der Diener, der als Dan Qing verkleidet war.

»Sie reiten durch ungeschütztes Gelände«, erläuterte Metellus. »Wer sie ausspähen will, muss sich auf Distanz halten, wenn er selbst nicht gesehen werden will, und das hat den Vorteil, dass etwaige Verfolger deinen Doppelgänger tatsächlich für dich halten werden.«

Nachdem sich die chinesische Leibgarde auf den Weg gemacht hatte, zogen sich auch der Prinz und die Römer ins dichte Unterholz zurück und bereiteten ihren Weitermarsch vor. Metellus' Männer legten ihre Rüstungen ab und luden sie auf die Pferde, dann schlüpften sie in einheimische Bauernkleidung und legten sich unter eine große Eiche, um noch etwas auszuruhen, bevor es weiterging.

Die Tage der Gefangenschaft lagen weit zurück, sie waren alle wieder im Vollbesitz ihrer Kräfte und überdies gut gelaunt. An lange Feldzüge gewohnt, fühlten sie sich unter den gegebenen Umständen eigentlich recht wohl, zumal dieser Marsch, wenigstens bisher, nicht übermäßig gefährlich gewesen war.

Rufus' Wunde war gut verheilt und hatte kaum genässt – ein Beweis dafür, dass die chinesische Medizin der römischen wirklich weit überlegen war. Als sich Dan Qing mithilfe von zwei Dienern entkleidete, fiel Metellus auf, dass er noch Verbände an den Armen und am Oberkörper trug. Dass diese jedoch keine Flecken aufwiesen, sagte ihm, dass auch seine Wunden so gut wie abgeheilt waren.

Bevor es dunkel wurde, aßen sie zu Abend: gekochten Sumpfweizen mit Pinienkernen und Taubenfleisch, der in den Küchen des Prinzen im Dorf zubereitet worden war. Die Römer hatten noch ihre von Uxal geschnitzten Löffel, mit denen sie hungrig zulangten, wobei sie ab und zu kurz zu Dan Qing hinüberschielten, der sich mit seinen Stäbchen winzige Happen in den Mund schob. Metellus hatte ein paarmal versucht, mit Stäbchen zu essen, hatte dann aber jedes Mal wieder auf seinen guten alten Holzlöffel zurückgegriffen.

Eine Stunde nach Einbruch der Nacht schlich Quadratus auf den Pfad hinaus und sah sich ein wenig um, um sicherzugehen, dass keine unerwünschten Gäste in der Nähe waren. Er kehrte zurück und erstattete Bericht, dann gab Metellus das Zeichen zum Aufbruch.

Alle gingen zu Fuß und führten die Pferde wie einfache Lasttiere an den Zügeln hinter sich her.

Der Weg bestand größtenteils aus gestampfter Erde mit felsigen Abschnitten, die durch die jahrtausendelange Nutzung glatt geschliffen waren. Der Wald zu beiden Seiten des Weges wurde immer dichter und dunkler, und die üppig belaubten Kronen seiner Bäume rauschten leise im Wind. Da der Mond noch nicht aufgegangen war, mussten sie zunächst sehr langsam gehen, bis sich die Augen an die Finsternis gewöhnt hatten. Jeder Baum, jeder Felsvorsprung wirkte in dieser Landschaft gespenstisch und bedrohlich, und den Männern wurde es mit jedem Schritt unheimlicher. Um die Angst zu vertreiben und sich gegenseitig Gesellschaft zu leisten, unterhielten sie sich leise.

»Kommandant Metellus will anscheinend dieselbe Strategie anwenden wie bei unserer Flucht aus dem Gefangenenlager«, meinte Balbus. »Nachts marschieren und lieber nur kurze Wegstrecken zurücklegen, die dafür aber sicher sind.«

»Ja. In dieser Finsternis sehen uns die Fliegenden Füchse bestimmt nicht«, erwiderte Quadrato. »Dafür müssten sie ja Katzenaugen haben.«

»Wenn du mich fragst, fliegen die inzwischen längst den Chinesen und dem falschen Prinzen hinterher.«

»Das glaube ich auch, aber der Kommandant macht sich keine Illusionen. Er weiß, dass wir mit dieser List nur einen kleinen Vorsprung herausholen können, mehr nicht.«

»Das reicht«, war Balbus überzeugt. »Mensch, kannst du dir vorstellen, dass wir in fünf Tagen die Rückreise antreten? Ich kann es kaum erwarten und denke nur noch an Zuhause. Warst du schon mal in Spanien? In Saragossa?«

»Besser, du denkst nicht zu viel daran«, meinte Quadratus. »Bis wir daheim sind, kann noch viel passieren. Hast du eine Ahnung, wie weit weg wir sind? Da gibt es mit Sicherheit noch einige Abenteuer zu bestehen. Ist dir aufgefallen, wie besorgt der Kommandant aussah, als wir uns von Daruma trennten? Ich glaube, er fürchtet, dass der Inder nicht zurückkommt und wir in diesem endlosen Land plötzlich mutterseelenallein dastehen und nicht mehr aus noch ein wissen.«

»Unsinn. Der Prinz würde uns auf alle Fälle Leute geben, die uns zurückbegleiten, immerhin hat er es uns zu verdanken, dass er überhaupt so weit gekommen ist.«

»Hoffen wir das Beste. Ich hab jedenfalls noch nie im Leben solche Angst gehabt. Und den Kommandanten hab ich auch noch nie so besorgt erlebt.«

Von den Gipfeln der Berge hallte der lang gezogene Schrei eines Tiers herab. Es klang, als würde ein Wolf oder auch ein Schakal oder irgendein unbekanntes Tier dieses wundersamen Landes den Mond anheulen, der in diesem Augenblick hinter den Bergen auftauchte.

Danach war es wieder still, und man hörte nichts als die Geräusche des Waldes und das Rauschen der Bäume im Wind. In der Ferne, oberhalb der Gebirgskämme, sah man eine Zeit lang Blitze aufleuchten, die riesige schwarze Haufenwolken von innen heraus erleuchteten, eine gigantische Wolkenbank am sternenübersäten Himmel, die Gewitter verhieß, und von Zeit zu Zeit drang auch dumpfes Donnergrollen zu ihnen herüber, das sich anhörte wie die Brandung des aufgewühlten Ozeans.

An der Spitze des Zugs stapften Dan Qing und Metellus die ganze Nacht hindurch schweigend nebeneinander her; sie atmeten schwer, so wie alle andern, wegen des steilen Weges und schienen einzig auf das Geräusch ihrer Schritte und ihres Atems konzentriert.

Das Morgengrauen überraschte sie auf einer kleinen Lichtung, die mit getigerten Lilien und wunderhübschen blauen

Blümchen, dem Enzian ähnlich, übersät war. Metellus gab Befehl, sich in den Wald zurückzuziehen und zum Ausruhen im Schatten des dichten Unterholzes niederzulassen.

Auf diese Weise ging es noch vier Tage weiter. Mit Sonnenaufgang wurde gerastet und nachts im täglich heller werdenden Licht des zunehmenden Mondes marschiert. Dabei wurden sie ständig begleitet vom intensiven Duft wundervoller bunter Blumen mit fleischigen Blättern, die in diesem Wald prächtig gediehen.

Die Gegend, die sie durchquerten, war nahezu unbewohnt. Lediglich in den Stunden kurz vor Sonnenauf- und Sonnenuntergang begegneten sie dem ein oder anderen Passanten: Holzfällern mit gekrümmten Rücken, die riesige Bündel Brennholz schleppten, oder Hirten, die ihre Herden hinauf auf die Gebirgsweiden trieben.

Am Morgen des fünften Tages kam, jenseits einer steilen Schlucht, das Kloster in Sicht. Es war ein Felsenkloster, hoch, hoch oben, grau wie das umliegende Gestein, hatte vier Ecktürme und wirkte sehr solide. Der Berg, auf dem es stand, ging nach Osten in eine bewaldete Gebirgskette über, die gemächlich zu einer Ebene hin abfiel. Von unten betrachtet, nahm sich das Kloster aus wie eine friedliche Klause, ein Ort seliger Abgeschiedenheit.

Zunächst war der Himmel, gegen den es sich abhob, von milchigem Grau, aber schon bald breitete das Morgenrot einen rosa Schleier über ihm aus. Rings um das mächtige Gebäude herum erstreckten sich saftig grüne Wiesen, auf denen kolossale Pflanzen wuchsen, wahre Giganten von Bäumen, deren Kronen selbst aus dieser Entfernung gewaltig erschienen.

Metellus kam das Kloster vor wie ein himmlisches Schloss, ein Hort der Spiritualität, wie er ihn noch nie gesehen und sich auch gar nicht hätte vorstellen können. In der Welt, aus der er stammte, wäre ein Gebäude in so beherrschender Lage wahrscheinlich eine finstere Festung gewesen, die Soldaten und Kriegsmaschinen beherbergt hätte.

»Wer wohnt ort oben außer deinem Meister?«, fragte er den Prinzen, der in Gedanken versunken den herrlichen Anblick genoss.

»Eine Mönchsgemeinschaft, die sich der Meditation und dem Studium, der Erziehung von Körper und Geist und der Suche nach der Harmonie des Universums verschrieben hat. Meister Wangzi ist ihr geistiger Führer. Die Mönche verehren ihn wie einen Vater und bewundern seinen asketischen Lebenswandel, seine Sanftmut und Liebenswürdigkeit.«

»Was ist ein Mönch?«, wollte Metellus wissen.

»Ein Mönch ist jemand, der sich von der menschlichen Gesellschaft lossagt, um Mittler zwischen Erde und Himmel zu sein, jemand, der sein eigenes Inneres und die erhabenen Kräfte des Kosmos ergründen möchte und sich voll und ganz dieser Aufgabe widmet. Er ist ein bescheidener Mensch, der beileibe nicht glaubt, im Alleinbesitz der Wahrheit zu sein, sondern ausschließlich vom Wunsch getrieben wird, das Dao, den Weg zu finden und ihn mit denjenigen zu beschreiten, die ihm folgen möchten.

Das alles ist Meister Wangzi für mich und für viele andere. Ohne ihn wäre ich noch immer in persischer Gefangenschaft und weit davon entfernt, meine Bestimmung erfüllen zu können.«

»Woher wusste er eigentlich, dass du in Persien gefangen gehalten wirst?«

»Ich habe ihn vor meiner Abreise in aller Heimlichkeit besucht und ihm versprochen, im darauf folgenden Jahr wiederzukommen, um ihm von meiner Reise zu erzählen. Als ich zwei Jahre später noch nicht wieder aufgetaucht war und der Meister zudem merkte, dass in Luoyang ein Machtwechsel bevorstand, muss er alle Hebel in Bewegung gesetzt haben, um zu erfahren, was aus mir geworden war. Er hat viele Kontaktpersonen, nicht nur in China, sondern auch in Indien und sogar in Persien, und so ist es ihm wahrscheinlich gelungen, meinen Aufenthaltsort zu erfahren. Daraufhin verschickte er zwei Botschaften, eine an mich und eine an Daruma, um unser Treffen in die Wege zu leiten. Dass es geklappt hat, ist trotzdem ein Wunder. Aus diesem Grund bin ich auch überzeugt, dass der Himmel tatsächlich mich dazu auserkoren hat, das Reich der Mitte zum Frieden zurückzuführen und den Staat neu aufzubauen.«

Metellus sagte nichts dazu.

»Doch jetzt lass uns schnell weitergehen«, meinte Dan Qing. »Ich kann es kaum erwarten, Meister Wangzi wiederzusehen.«

»Gemach«, beschwichtigte ihn der Römer. »Wir sind wohlbehalten bis hierhin gekommen, weil wir uns rigoros an meinen Plan gehalten haben. Es wäre dumm, ausgerechnet jetzt, da wir fast am Ziel sind, ungeduldig zu werden und übereilt zu handeln. Ich kann mich nur über dich wundern, Prinz – war die Geduld nicht eine der grundlegenden Tugenden deiner Erziehung?«

»Doch, aber das hat nichts mit Geduld zu tun, Xiong Ying«, erwiderte der Prinz. »Die Klamm, die uns vom Kloster trennt, kann man nur auf einer schmalen Hängebrücke überqueren, und das ist schon bei Tageslicht kein einfaches Unterfangen – bei Nacht wäre es Selbstmord.«

»Wir haben Vollmond«, erwiderte Metellus.

»Das Mondlicht reicht nicht aus und dringt außerdem gar nicht bis in die Schlucht.«

Metellus sah ihn direkt an. »In Ordnung«, sagte er. »Wie weit ist es von der Brücke zum Kloster?«

»Zwei Stunden Marsch«, antwortete Dan Qing.

»Das ist ein Risiko, das wir in Kauf nehmen können«, meinte Metellus, »aber wir überqueren die Brücke morgen Früh, mit dem ersten Tageslicht. Heute steht die Sonne schon zu hoch am Himmel.«

»Wie du meinst«, entgegnete Dan Qing und zog sich in den Wald zurück.

Kurz darauf sah Metellus ihn mit überkreuzten Beinen, die Hände aufeinandergelegt, auf der Erde hocken und meditieren. In dieser Position verharrte er reglos den ganzen Tag, mit Einbruch der Dämmerung aber stand er plötzlich wieder vor ihm und sagte: »Ich bin bereit. Lass uns gehen.«

»Aufbruch!«, rief Metellus seinen Männern zu, die ebenfalls schon marschbereit waren.

Die beiden Zenturionen, Sergius Balbus und Helius Quadratus, stellten sich ihm zur Seite. Quadratus, der Ranghöhere der beiden, sprach ihn an: »Kommandant, ich schlage vor, wir legen unsere Rüstungen an. Diese Burg könnte sehr gut eine Falle sein. Aus so einer trutzigen Festung kommt man nicht so leicht wieder heraus.«

Metellus lächelte. »Diese Burg ist ein Zufluchtsort des Geistes, Zenturio, eine Oase des Friedens, in der fromme Menschen leben und meditieren. Wir dürfen unsere Waffen dort nicht zeigen. Aber wenn du dich mit Schwert wohler fühlst, kannst du es ja unterm Mantel tragen.«

»Die andern auch?«, fragte Quadratus.

»Ja, wenn ihr die Waffen gut versteckt.«

Quadratus nickte, aber er wirkte nicht sehr überzeugt. Es fiel ihm schwer zu glauben, dass eine scheinbar uneinnehmbare Burg ausschließlich der Meditation dienen sollte.

Sie marschierten los, während ein feuerroter Sonnenuntergang die Zirruswolken am weiten Himmel in ein einziges Flammenmeer verwandelte, und erreichten schließlich die Hängebrücke.

Metellus überprüfte, ob man sie nicht doch bei Dunkelheit überqueren konnte, und wäre dabei um ein Haar abgestürzt, sodass er rasch wieder zu seinen Männern zurückkehrte, um mit ihnen den Tagesanbruch abzuwarten.

23

Dan Qing war der Erste, der sich mit Sonnenaufgang auf die Brücke wagte – eine ebenso kühne wie zerbrechliche Konstruktion, die sich quer über die schmale Schlucht und ihren grün überwucherten Abgrund spannte. Ein intensiver Duft nach Blumen und Moos stieg von dort auf, und man hörte das Rauschen eines unsichtbaren Gebirgsbachs, der sich tief unten tosend seinen Weg zwischen den Felsen suchte.

Der Prinz zog rückwärtsgehend sein Pferd hinter sich her, dem er die Augen verbunden hatte. Auf diese Art gelang es ihm, das Tier in der Mitte der Brücke zu halten, sodass das Gewicht gleichmäßig verteilt war.

Balbus, der die Brücke als Zweiter überquerte, ging ebenso wie der Prinz vor. Es folgten Severus, Publius, Rufus und die Übrigen, einer nach dem andern und alle auf dieselbe Art und Weise.

Metellus wagte sich als Letzter mit seinem Pferd auf die Brücke. Obwohl er ihm die Augen verbunden hatte, reagierte es beim geringsten Schaukeln mit Angst und Nervosität. Er wusste, dass der kleinste Ausrutscher genügt hätte, die Brücke aus dem Gleichgewicht zu bringen, und dann würde er in den feuchten, duftenden Abgrund stürzten, der sich unter ihm auftat. Aber er vertraute auf den Schutz seiner Ahnen – sie hatten ihm bis zu diesem Augenblick beigestanden und würden ihn bestimmt nicht ausgerechnet in diesem Moment, da die Heimreise so nah war, noch verlassen.

Als er endlich wieder festen Boden unter den Füßen hatte, war er überzeugt, definitiv das letzte Hindernis überstanden zu haben. Dass sie auf dem Rückweg dieselben, wenn nicht noch größere Schwierigkeiten würden meistern müssen, daran dachte er noch nicht.

»Alles gut gegangen«, sagte er. »Und jetzt auf zum Kloster.«

Dan Qing nahm seinem Pferd die Augenbinde ab, und die

andern folgten seinem Beispiel. Danach stiegen alle auf, und es ging weiter.

Sie überquerten ein saftig grünes Hochplateau, übersät mit purpurfarbenen Krokussen und hochstieligen weißen Liliengewächsen. Zu ihrer Rechten weideten in einiger Entfernung einige Rehe unter den wachsamen Blicken eines alten Hirschs mit mächtigem Geweih. Schwärme von Vögeln flatterten bei ihrem Vorüberritt aus den gewaltigen Eichen auf, die am Rand des Graslandes majestätisch aus dem wabernden Frühnebel aufragten.

Metellus drückte seinem Fuchs die Fersen in die Weichen und ritt zum Prinzen vor. »Es scheint alles friedlich«, sagte er. »Besser hätte es nicht laufen können.«

»Ja«, erwiderte Dan Qing. »Inzwischen haben sie uns bestimmt schon gesehen. Ich bin sicher, dass Meister Wangzi uns in Kürze entgegenkommen wird.«

Die Sonne stand inzwischen hoch am Himmel. Sie beschien die Mauerzinnen des gewaltigen Bauwerks und die beiden Greifenskulpturen auf der Spitze des höchstens Turms. In diesem Moment begann sich das Burgtor langsam zu öffnen, und im Gegenlicht des breiter werdenden Spalts zeichnete sich eine hoch gewachsene, schlanke Männergestalt ab.

»Ist das dein Meister?«, fragte Metellus.

Dan Qing schüttelte den Kopf, ohne den Blick von der schwarzen Gestalt in der Toröffnung zu wenden. »Nein.«

»Weiß er denn, dass du kommst?«

»Ich glaube nicht. Es war keine Zeit, ihn zu benachrichtigen.«

»Meinst du, es droht Gefahr?«

»Ich weiß nicht«, antwortete Dan Qing. »Aber wir werden es bald erfahren.«

»Lass mich mit zwei meiner Männern vorreiten«, sagte Metellus. »Irgendwie mache ich mich schon verständlich.«

»Nein. Es gibt keinen Anlass zur Sorge. Meister Wangzi könnte sich zur Meditation zurückgezogen haben oder den Novizen Unterricht erteilen. Abgesehen davon würde das auch gar nicht viel nützen.«

Er hatte noch nicht ausgesprochen, als von einem der Türme herab der lang gezogene, düstere Ruf eines Horns erscholl und mehrmals von den umliegenden Bergen widerhallte.

»Was hat das nun wieder zu bedeuten?«, wollte Metellus wissen.

»Das ist nur der Aufruf zum Gebet. Der Alltag der Mönche ist streng geregelt, und dieses Horn gibt sozusagen den Takt an.«

»Kennst du den Mann dort im Torbogen?«

Dan Qing ritt noch ein Stück weiter, ohne etwas zu erwidern, dann sagte er: »Er kommt mir irgendwie bekannt vor, aber ich kann seine Gesichtszüge nicht richtig erkennen, weil er im Gegenlicht steht.« Seine für gewöhnlich ausdruckslose Miene verriet eine gewisse Nervosität.

Sie hatten sich dem Klostertor inzwischen bis auf hundert Schritt genähert, und Metellus bedeutete seinen Männern, wachsam zu sein, aber im selben Moment gab Dan Qing seinem Pferd die Sporen und sprengte auf das Tor zu. Metellus ritt ihm nach, gefolgt von den Seinen, und konnte gerade noch hören, wie der Prinz rief: »Ich bin ein Schüler von Meister Wangzi. Ich bitte dich, ihm meine Ankunft zu melden. Du kannst ihm sagen, die Person, auf die er lange gewartete habe, sei angekommen.«

Die große, schlanke Gestalt machte eine tiefe Verneigung. »Jeder Wanderer und jeder Pilger ist in diesen Mauern willkommen. Der Meister meditiert gerade, aber ich werde ihm deine Ankunft so bald wie möglich melden, damit er dich empfangen kann.«

Dan Qing sah den Mann einen Augenblick lang forschend an, als erinnere er ihn an jemanden, aber bevor er noch lange überlegen konnte, an wen, bat ihn der Mönch schon hinein.

Dan Qing kam seiner freundlichen Aufforderung nach, ebenso Metellus und seine Männer, aber von Zeit zu Zeit schielte Dan Qing den jungen Mann von der Seite an.

»Wie geht es ihm?«, fragte er irgendwann.

»Gut«, erwiderte der Mönch. »Dem Himmel sei es gedankt. Aber sag, wenn die Frage erlaubt ist, wer sind die Fremden, die dich begleiten?«

»Meine Diener. Ich komme von einer weiten Reise in den Westen zurück und habe sie von dort mitgebracht. Sie stammen aus Da Qin Guo, dem großen Reich des Westens.«

»Da Qin Guo!«, wiederholte der Mönch staunend. »So weit weg! Wenige können behaupten, dort gewesen und wiedergekehrt zu sein.«

Während sie den großen, schieferbedeckten Innenhof überquerten, sah Metellus sich um. Es ging ziemlich lebhaft zu im Kloster: Mönche in langen Tuniken mit weiten Ärmeln kamen und gingen. Sie hatten alle kahl rasierte Köpfe. Einige von ihnen trugen Musikinstrumente, andere Weidenkörbe voller Obst. Metellus fiel auf, dass Dan Qing den ein oder anderen im Vorübergehen anschaute und ihm danach eine Weile mit den Blicken folgte.

»Dort ist der Meister!«, sagte ihr Führer plötzlich und deutete zu einem der beiden hinteren Ecktürme des Klosters hinauf. Der Turm hatte ein Holzdach, und unter diesem war eine feierlich aussehende Gestalt in langer ockerfarbener Tunika zu sehen. »Ich gehe gleich zu ihm hinauf und melde ihm deine Ankunft und die deiner Diener mit den runden Augen.«

Metellus war nicht entgangen, dass der Mönch ihn und seine Gefährten aufmerksam, fast neugierig betrachtet hatte. Er hatte offenbar noch nie Menschen aus dem Westen gesehen und hätte Dan Qing bestimmt gern noch ein paar Fragen über sie gestellt, hielt sich aber zurück, um nicht aufdringlich oder unhöflich zu erscheinen.

Sie waren inzwischen auf der andern Seite des Innenhofes angelangt, wo sich mehrere Türen befanden, die ins Innere des Gebäudes führten. Dan Qing sah dem Mönch noch einmal in die Augen: »Ich bin mir sicher, dich schon einmal gesehen zu haben.«

»Das ist gut möglich«, antwortete der junge Mann. »Ich bin nicht das erste Mal in diesem Kloster, und wenn du ein Schüler von Meister Wangzi bist, liegt es nahe, dass wir uns schon einmal hier begegnet sind. Aber bitte, tritt doch ein, ich würde gern eine Tasse Tee mit dir trinken – ich lasse gleich welchen holen.«

»Danke, das ist sehr freundlich«, sagte Dan Qing. »Wenn ich mich recht entsinne, macht ihr hier im Kloster ganz vorzüglichen Tee.«

Der junge Mann bedankte sich mit einem Kopfnicken für das Kompliment und deutete auf eine Tür.

Dan Qing warf einen Blick in Metellus' Richtung und zögerte.

»Selbstverständlich werden wir auch deinen Dienern eine Erfrischung anbieten«, beeilte sich der Mönch zu versichern. »Mein Mitbruder begleitet sie in die Räumlichkeiten für die Dienerschaft.« Er nickte einem Mönch zu, der gerade vorbeikam.

Dan Qing bedeutete den Römern, dass sie dem Mann folgen konnten. Metellus verneigte sich und entfernte sich dann mit seinen Männern, die alle ihre Pferde am Zügel führten.

Der Prinz betrat das Besucherzimmer, das er bereits von früher kannte, und fühlte sich gleich viel wohler, als ihm der Sandelholzduft der Möbel in die Nase stieg und das herrliche Aroma des Tees, der in der angrenzenden Küche zubereitet wurde. Die Gastfreundschaft war in diesem Kloster heilig, und deshalb konnten Wanderer und Besucher vom frühen Morgen bis in die späte Nacht immer eine Tasse von dem warmen, stärkenden Getränk erhalten.

Der junge Mönch verließ das Zimmer und kam kurz darauf mit einem Tablett und zwei dampfenden Schälchen zurück, die er auf ein rot lackiertes Tischchen stellte. Er reichte Dan Qing eines der Schälchen, nahm selbst das andere in die Hand und führte es sich an die Lippen.

Dan Qing merkte, dass seine Augen ihn über den Rand der hauchdünnen blauen Porzellanschale hinweg beobachteten, ja, er fühlte sich förmlich von seinen Blicken durchbohrt. Er nippte an dem Tee, worauf er den Mönch seinerseits ansah und sagte: »Mein Name ist …«

»Dan Qing«, führte der andere seinen Satz mit einer tiefen Verbeugung zu Ende. »Mein Prinz.«

»Du weißt also, wer ich bin. Aber deinen Namen hast du mir noch nicht verraten.«

Der junge Mann starrte ihn weiterhin auf eine Art und Weise an, die unter anderen Umständen absolut unverfroren gewesen wäre, zumal einem Prinzen aus kaiserlichem Hause gegenüber, in diesem Kloster jedoch jedem erlaubt war, denn dieser durch und durch vergeistigte Ort stand ganz im Zeichen der Demut. »Erkennst du mich wirklich nicht?«, fragte er, und auf einmal verdüsterte sich seine Miene. »Oder ist dir die Erinnerung an deine Grausamkeit so unerträglich, dass du sie verdrängen musst?« Mit diesen Worten sprang er auf. »Muss ich mir die Kleider vom Leib reißen und dir meine Verstümmelung zeigen, damit du dich erinnerst?«, schrie er.

Dan Qing trafen diese Worte wie ein Blitzschlag. »Wei«, murmelte er. »Du musst Wei sein. Das … das ist nicht möglich …«

»Doch, ich bin es in der Tat. Und ich bin hier, um mich zu rächen.«

Metellus, Balbus und die andern folgten dem Mönch zum nördlichen Burgturm, einem imposanten Holzbauwerk, das reich mit Schnitzereien verziert und bunt angemalt war. Unter dem Turm befand sich ein Torbogen mit einem großen Eichentor, das sie hintereinander passierten.

Rufus, der am Ende des Zugs ging, spürte, dass ihm etwas auf den Kopf fiel. »Verdammte Vögel!«, schimpfte er und fasste sich mit der Hand an die Stirn. Als er sie wieder zurückzog, war sie rot. »Aber … das ist ja Blut! Kommandant, schau her!«, rief er.

Metellus blickte auf die Hand, und im selben Moment tauchte vor seinem inneren Auge die starre, reglose Gestalt Meister Wangzis wieder auf, wie er ihn vor Kurzem oben, auf dem Turm, gesehen hatte – dem Turm, unter dem sie sich im Augenblick befanden. Er hob den Kopf, blickte zur Decke des Turms, der nicht sonderlich hoch war, und sah, dass durch den Bretterboden des oberen Stockwerks Blut sickerte.

»Wir müssen sofort zum Prinzen zurück!«, schrie er. »Ergreift die Waffen!«

Im selben Augenblick erschien in der Hand des Mönchs, der

sie begleitete, ein Schwert und sauste wie ein Blitz auf Metellus zu. Die Klinge hätte ihn geköpft, wäre dieser nicht bereits alarmiert gewesen und hätte sich rasch geduckt.

Antoninus hatte unterdessen sein Messer aus dem Gürtel gezogen und schleuderte es mit mörderischer Treffsicherheit. Die Klinge nagelte sich in die Stirn des Feindes, der ohne einen Laut zusammensackte.

»Zurück zum Prinzen, schnell!«, schrie Metellus noch einmal und rannte mit gezücktem Schwert in Richtung des Gästequartiers, gefolgt von seinen Männern.

Vor dem Besucherzimmer angekommen, trat er mit einem kräftigen Fußtritt die Tür ein und stürzte hinein.

»Vorsicht, Prinz! Das ist eine Falle!«, schrie er, verstummte aber beim Anblick Dan Qings, der von bewaffneten Männern umringt war.

Der Mönch, der sie am Burgtor empfangen hatte, war offensichtlich ihr Anführer. Er gab einem von den Seinen ein Zeichen, worauf dieser dem Prinzen ein Messer an die Kehle setzte.

»Werft eure Waffen weg – oder ich lasse ihn abschlachten!«, sagte der junge Mann, und seine Stimme war nicht weniger schneidend als die Messerklinge am Hals des Prinzen.

Metellus ließ seinen *gladius* fallen, und seine Männer, die hinter ihm den Raum betreten hatten, taten es ihm gleich.

»Ganz schön wachsam, deine Diener«, meinte Wei sarkastisch. »Ich frage mich, wie sie herausbekommen haben, was hier vor sich geht.«

»Während wir den Torbogen des nördlichen Burgturms passierten, ist Blut von der Decke getropft«, sagte Metellus an den Prinzen gewandt. »Was du oben auf dem Turm gesehen hast, ist nur noch die Leiche deines Meisters.«

Dan Qing schrie verzweifelt auf und versuchte sich loszureißen, doch die Männer, die ihn festhielten, bogen ihm die Arme auf den Rücken und zwangen ihn in die Knie.

»Ich hatte keine andere Wahl«, sagte Wei ungerührt. »Der verrückte Alte wollte kein Einsehen haben. Womöglich hätte er sich noch zu unüberlegten Handlungen hinreißen lassen. Du weißt ja, dass er auch als Greis noch ziemlich gefährlich war. Ohne Schwert hätte ich seinen knochigen Klauen kaum etwas entgegensetzen können.«

»Räudiger Hund!«, brüllte Dan Qing. »Verfluchter! Für diese niederträchtige Untat wirst du zahlen!«

»Mehr, als ich schon gezahlt habe?«, entgegnete Wei. »Meinst du nicht, du übertreibst ein wenig, mein Prinz? Hast du eine Vorstellung davon, was es für einen Sechzehnjährigen bedeutet, entmannt zu werden? Hast du eine Vorstellung von den unerträglichen Schmerzen, der Verzweiflung, dem Entsetzen, die ich am Tag meiner Kastration empfunden habe?«

Metellus sah Dan Qing erschüttert und fragend zugleich an, doch dieser wandte den Blick ab.

»Einzig der Wunsch, mich zu rächen, hat mich am Leben gehalten«, fuhr Wei fort. »Und jetzt werde ich endlich bekommen, was ich so lange herbeigesehnt habe. Ich habe dir dein Reich genommen. Und ich werde dir auch noch alles andere rauben, bevor ich dich der ewigen Verdammnis preisgebe. Du weißt nicht, wie sehr ich auf diesen Augenblick gewartet habe.« Er wandte sich seinen Männern zu und sagte: »Führt sie ab! Und ihre Waffen schafft auch weg. Sie haben noch mehr unter den Satteldecken ihrer Pferde.«

Die Männer taten, wie ihnen geheißen.

Metellus und seine Römer wurden von ihren Bewachern in die Mitte des Hofes geführt und dort an der Futterraufe für die Lasttiere festgebunden. Dan Qing hingegen wurde ins Klosterinnere gebracht. Als sie ihn aus dem Raum schleppten, drehte er sich ein letztes Mal nach Wei um und sagte: »Wo ist Yun Shan?«

Wei antwortete ihm mit einem höhnischen Grinsen. »Sie ist hier. In Kürze werde ich auch sie in meiner Gewalt haben. Wer weiß, vielleicht liebt sie mich noch. Was meinst du?«

»Lass sie in Frieden«, erwiderte Dan Qing. »Sie hat nichts damit zu tun. Diese Geschichte geht nur dich und mich etwas an.«

Wei starrte ihn mit Augen an, aus denen unendlicher Hass und Verzweiflung sprachen: »O doch, mein Prinz, Yun Shan hat sehr wohl etwas damit zu tun: Schließlich war es ihretwegen, dass du mich auf so grausame Weise gedemütigt hast.« Seine helle Jungenstimme, die er vergeblich versuchte, kehlig und tiefer klingen zu lassen, bildete einen unheimlichen Kontrast zu seinem männlich wilden Blick.

Weis Gesichtszüge waren von außerordentlicher Schönheit. Seine Haut war glatt und durchscheinend wie Wachs, während die etwas markante Kinnlade ihm ein hartes, willenstarkes Aussehen verlieh. Der Hals war gerade und muskulös, die Schultern breit, die Hüfte schmal, die Beine lang, die Finger schlank wie die eines Mädchens, dabei aber kräftig und hart wie die Krallen eines Tigers.

Dan Qing spürte, wie ihm die Knie schwach wurden, während sie ihn wegschleppten.

Wei blieb alleine im Saal zurück. Eine Zeit lang ging er mit großen Schritten auf und ab, dann stützte er einen Unterarm gegen die Wand, legte die Stirn darauf und grübelte vor sich hin.

Die Stimme eines seiner Männer – eines großen, dürren Xin Bei mit schmalen Augenschlitzen – riss ihn aus seinen Gedanken: »Mein Herr, wir haben sie nicht gefunden, obwohl wir überall nach ihr gesucht haben.«

»Das ist nicht möglich!«, schrie Wei. »Dann habt ihr nicht richtig nachgeschaut. Findet sie, hast du mich verstanden? Findet sie, wenn euch euer Kopf lieb ist. Ich weiß, dass sie hier ist! Ich bin mir todsicher!«

Der Xin Bei zeigte keinerlei Reaktion. Sein gräuliches Gesicht glich einer steinernen Maske, während er sich verbeugte und dann hinausging. Kurz darauf war er wieder in den Kellergewölben des Klosters, um seinen Männern mitzuteilen, dass sie weitersuchen mussten. Er stieg eine Wendeltreppe nach unten, die in einen großen unterirdischen Saal führte, vorbei an den rücklings herumliegenden Leichen der Mönche, die den Angreifern hartnäckig Widerstand geleistet hatten. Sie waren über die ganze Treppe verteilt, und ihr geronnenes Blut hatte schwarze Rinnsale auf dem grauen Stein hinterlassen.

Der Xin Bei ging zu einer Bronzetür, die offen stand und in eine Art Halle führte. Sie wurde von Bronzelampen erhellt und hatte einen umlaufenden Säulengang aus schwarzem Stein. An der Rückwand befand sich eine Treppe, die von bronzenen Drachen flankiert wurde. Sie führte empor zu einer großen Statue, die den meditierenden Buddha darstellte. Ein riesiger Dreifuß aus kunstvoll getriebener Bronze hielt ein Becken, in dessen spiegelndem Wasser purpurrote Lotusblüten schwammen.

Fünf bewaffnete Männer kamen ihm entgegen.

»Wo wollt ihr hin?«, fragte der Xin Bei. »Unser Herr hat gesagt, wir sollen weitersuchen.«

»Hier ist nichts«, erwiderte der Anführer des Trupps. »Wir haben alles durchgekämmt.«

»Es könnte Geheimverstecke geben«, erwiderte der Xin Bei. »Sucht weiter. Ich gehe in den Ostflügel hinüber und durchsuche die Räume dort. Wir gehen nicht von hier weg, bevor wir diese verdammte Viper gefunden haben.«

Die fünf wandten sich schulterzuckend um und begannen mit ihren Lanzen den Boden und die Wände abzuklopfen, besonders die Rückwand des Tempels hinter der Statue, ja, sogar die Statue selbst. Jede Bodenfliese, jede Handbreit Mauer, jede Säule klopften sie von oben bis unten mit ihren Lanzenschäften ab – vergeblich.

»Das ist sinnlos«, sagte ihr Anführer schließlich. »Hier finden wir nichts, selbst wenn wir den ganzen Tag suchen. Lasst uns gehen.« Er hob ein letztes Mal seine Fackel, um die Deckenbalken abzuleuchten, schüttelte dann den Kopf und ging hinaus. Seine Männer folgten ihm im Gänsemarsch.

Im selben Augenblick beugte sich eine schlanke, schwarz gekleidete Gestalt aus dem hölzernen Hängewerk der Decke, hangelte sich zu einer der Säulen, glitt an ihrem glatten Schaft hinunter und setzte lautlos die Füße auf den Boden. Dann huschte sie den Soldaten hinterher, erreichte den letzten, noch bevor er die Schwelle übertreten hatte, schnitt ihm von hinten mit einem Messer die Kehle durch und hielt den zusammensackenden Körper mit dem andern Arm fest, sodass er nur langsam zu Boden rutschte, und tat dies mit der Behutsamkeit und Grazie einer Mutter, die ihren Säugling in die Wiege legt.

Im nächsten Augenblick hatte sie bereits das Wams und die Stiefel des Soldaten angezogen, stülpte sich den Helm über und klappte das Visier nach unten, sodass ihr Gesicht wie hinter einer Maske verborgen war. Dann ergriff sie Bogen und Köcher des Toten und rannte, Weis Männern hinterher, die mit Leichen übersäte Treppe hinauf.

Da schloss sich auf halber Höhe eine Hand um ihren linken Knöchel und hielt sie fest.

»Yun Shan …«

Das Mädchen beugte sich über den sterbenden Mönch und klappte das Helmvisier hoch. »Bao Deng! Mein armer Freund …«

»Flieh, rette dich … Geh … geh zu den Männern des Roten Lotu … Nur … nur sie können dich be… beschützen …«

»Aber sie kennen mich doch gar nicht. Ich habe sie nie getroffen. Der Meister wollte mich ihnen vorstellen, aber er hat es nicht mehr geschafft.«

»Geh in die Hauptstadt … ins Gasthaus zum Grünen Drachen. Zeig dem Wirt die … diesen Anhänger, den ich um … um den Hals trage … nimm ihn …« Ein leises Röcheln noch, dann war er tot.

Yun Shan wischte sich eine Träne ab und knüpfte das Lederband auf, das der Mönch um den Hals trug, um den Anhänger – ein Silbermedaillon mit einer Lotusblüte aus rotem Emaille – an sich zu nehmen. Dann schloss sie dem Mönch die Augen und klappte das Helmvisier wieder nach unten.

Mit wenigen geschmeidigen Sprüngen erreichte sie den Schluss des kleinen Zugs, der die Treppe hinaufstieg.

Der Offizier der Xin Bei, der im Ostflügel des Klosters nach ihr gesucht hatte und in diesem Moment zurückkam, entnahm den Blicken der Männer, dass ihre Suche fruchtlos gewesen war, und begab sich zu Wei, um ihm den neuerlichen Misserfolg seiner Mission zu melden.

»Wir haben überall gesucht, Herr. Sogar die Leichen haben

wir noch einmal einzeln untersucht – hätte ja sein können, dass sie jemand im Kampf der Schlacht getötet hat. Aber nichts. Sie ist unauffindbar. Vielleicht ist sie unmittelbar nach unserem Einfall in das Kloster geflohen; inmitten des ganzen Durcheinanders hätte sie keiner bemerkt. Oder aber man hat dich falsch unterrichtet, Herr, und …«

»Unmöglich, Kommandant Zhou! Auf meine Quellen ist Verlass, und was ich dir sage, ist immer richtig. Vergiss das nicht, wenn du unangenehme Folgen vermeiden möchtest.«

Wei verließ den Raum, trat auf den Innenhof hinaus und blieb kurz stehen, um die zehn Barbaren aus dem Westen, die an der Futterraufe festgebunden waren, mit unverhohlener Neugier zu betrachten. Wenige Schritte entfernt reichten sich seine Männer, nicht minder staunend, die Waffen der Barbaren weiter.

Der Himmel über dem Kloster verdüsterte sich, denn es war ein starker Nordwind aufgekommen, der dicke, schwarze Regenwolken vor sich hertrieb. In der Ferne hörte man Donnergrollen.

Wei wandte sich an den Kommandanten der Xin Bei: »Lass alle Dörfer der Umgebung durchsuchen, alle Straßen und Wege, Brücken und Furten bewachen. Ich will dieses Mädchen um jeden Preis.« Er drehte sich um und betrachtete erneut Metellus und die andern. »Bindet sie auf ihre Pferde! Wir nehmen sie mit.«

Einer der Bewacher band die Römer los, andere holten ihre Pferde, warteten, bis sie aufgestiegen waren, und fesselten ihre Hände an die Sattelknäufe.

Mit Dan Qing wurde ebenso verfahren, während Weis übrige Männer aus allen Richtungen auf dem Klosterhof zusammenströmten.

Der Prinz überlegte sich, dass bestimmt auch Fliegende Füchse unter ihnen waren, wie die, von denen sie überfallen worden waren. Er glaubte, diese exzellenten Kämpfer an ihren geschmeidigen Bewegungen zu erkennen, an der Eindringlichkeit ihres Blickes, an der Art, wie sie die Griffe ihrer Schwerter umklammerten.

Als kurz darauf Metellus an ihm vorüberritt, ohne auch nur ein Wort zu verlieren, fühlte er sich gedemütigt. »Du hast nicht das Recht, über mich zu urteilen«, sagte er zu ihm. »Du weißt nichts, gar nichts.«

»Vielleicht schon mehr als genug«, erwiderte Metellus. »Was ich gehört habe, reicht mir. Solche Grausamkeiten sind für einen Mann wie mich nicht nachvollziehbar. Nicht einmal der verrückteste unserer Kaiser hat je so etwas getan.«

Die Marschkolonne setzte sich in Bewegung. Wei ritt auf einem schwarzen Hengst an der Spitze, die Pferde von Dan Qing und Metellus waren an einem der letzten Karren angebunden, und dahinter folgten die Pferde der übrigen Römer.

Am Himmel hatten sich inzwischen riesige schwarze Haufenwolken mit ausgefransten grauen Rändern aufgetürmt, aus denen Blitze wie Feuerschlangen herniederzuckten. Das düstere Donnergrollen, das ihnen folgte, hallte tausendfach von den Felswänden des Tals wider. Es begann zu regnen.

Dan Qing beobachtete, wie Wei vom Pferd stieg und in den ersten Karren des Zugs kletterte, dann richtete der Prinz erneut das Wort an Metellus. »Die Stabilität eines Staates hängt auch von der abschreckenden Wirkung der Strafen ab, die er verhängt.«

»So etwas ist keine Strafe, sondern nackte Grausamkeit, und die lässt sich mit nichts rechtfertigen. Was kann ein junger Mann schon so Schlimmes angerichtet haben, dass er dies verdient?«

In diesem Moment ritt einer von den Xin Bei an Metellus vorbei und bedachte ihn mit einem eindringlichen Blick, der ihn an den Blick Dan Qings damals vor den Mauern von Edessa erinnerte, als er ihn zum ersten Mal gesehen hatte. Metellus hatte alle Mühe, die Augen abzuwenden und dem Prinzen zuzuhören.

»Der Befehl kam nicht von mir.«

»Ach nein? Von wem dann?«

Dan Qing demütigte es, dass er Rede und Antwort stehen musste. So etwas hatte er in seinem ganzen Leben noch nie getan. Aber er brachte es nicht fertig zu schweigen. »Wei wollte meine Schwester, Prinzessin Yun Shan, verführen. Ich kannte ihn nicht einmal; ein Minister meines Vaters berichtete mir von der Sache. Er sagte, Wei sei sehr ambitiös und würde sein gewinnendes Wesen dazu nutzen, die Prinzessin einzuwickeln, um durch sie Zugang zur Kaiserfamilie zu erhalten. Es sei auch möglich, dass irgendwer ihn dazu benutzte, fremdes Blut in die Han-Dynastie zu mischen.«

»Eine Liebesgeschichte unter Heranwachsenden also.« Metellus schüttelte den Kopf. »Bei den Göttern, er hatte sich in deine Schwester verliebt – ist das bei euch ein Verbrechen? Bei uns kommt das jeden Tag vor, und keiner nimmt daran Anstoß.«

In diesem Moment setzte sich auch der hintere Teil des Zugs in Bewegung. Metellus wandte sich um, um seinen Männern Mut zu machen. »Lasst bloß nicht die Köpfe hängen, Soldaten! Bei allem, was wir schon durchgemacht haben, kann uns nichts mehr schrecken. Die Reise ist lang, da kann viel passieren. Die chinesischen Truppen des Prinzen eilen uns bestimmt zu Hilfe!«

Dan Qing empfand diese Unterbrechung als neuerliche bewusste Respektlosigkeit, aber er hatte sich nun einmal darauf eingelassen, diesen Römer, den er Xiong Ying nannte, wie seinesgleichen zu behandeln. Eigentlich war ihm auch klar, dass Metellus mit seinem augenblicklichen Verhalten keinen anderen Zweck verfolgte als den, ihn auf die Probe zu stellen, ihn zu prüfen, bevor er entschied, ob er ihm weiterhin seine Freundschaft schenken wollte. Er durfte dieser Prüfung nicht ausweichen, und deshalb zwang er sich weiterzusprechen, als wäre nichts geschehen:

»Mein Vater hatte Yun Shan einem Prinzen aus dem Staat Wu versprochen – einem Königreich, das von uns abgefallen war und seine Unabhängigkeit erklärt hatte. Durch die Heirat meiner Schwester mit dem Prinzen hätten die beiden Reiche wiedervereint werden können, ohne einen Tropfen Blut zu vergießen. Ich bat den Minister, auf Wei einzuwirken, ihn von seinem Vorhaben abzubringen, aber umsonst. Der Minister war der Meinung, dass ein Exempel statuiert werden müsse, damit so etwas nicht wieder vorkomme, damit nie wieder jemand auf den Gedanken verfalle, derlei Pläne zu schmieden.«

»Und so hat er ihn entmannen lassen.«

Dan Qing nickte.

»Wie schändlich«, erwiderte Metellus, ohne ihn auch nur anzusehen.

»Der Befehl kam nicht von mir«, sagte Dan Qing noch einmal.

»Das ändert nichts an der Sache. Wer an der Macht ist, trägt auch die Verantwortung für das, was seine Untergebenen tun. Meine Männer wissen, dass sie selbst in der wildesten Schlacht und in der extremsten Ausnahmesituation die Regeln achten müssen, für die ich als ihr Kommandant bürge. Und umgekehrt muss ich für sie geradestehen – selbst dann, wenn sie Dinge getan haben, die meinen Prinzipien absolut widersprechen. Das nennen wir Disziplin.«

Dan Qing schwieg, und für längere Zeit war in dem dunstverhangenen Tal nichts zu hören als das Schnauben der Pferde und das ein oder andere Donnergrollen.

24

»Sie lebt.«

Dan Qing wandte den Kopf und sah Metellus an. »Was sagst du da?«

»Deine Schwester lebt.«

»Woher weißt du das?«

»Bis jetzt kann ich den Blick einer Frau noch von dem eines Mannes unterscheiden. Und eine als Xin Bei verkleidete Frau – wer könnte das anderes sein als deine Schwester?«

»Du … du hast recht! Wo ist sie?«

»Ich weiß es nicht. Sie ist an mir vorbeigeritten, hat mich einen Moment lang angesehen und ist verschwunden. Vielleicht hält sie sich irgendwo in der Nähe auf, oder aber sie hat sich in den Wald gestohlen und ist geflohen.«

Der Wind wurde stärker; heftige Böen peitschten die Äste der Bäume, bis die Wolken aufrissen und rauschender Platzregen niederging. In Kürze war alles überflutet und der Pfad, auf dem sie gingen, nur noch ein schlammiger Bach.

Die Römer beugten ihre Rücken unter der Gewalt des Unwetters, gewohnt, die Unbilden der Witterung ebenso schweigend zu ertragen wie die Feindseligkeiten der Menschen. Von Zeit zu Zeit wandte Metellus sich nach ihnen um und spürte, wie es ihm das Herz zusammenzog. Er selbst hatte sie dazu überredet, sich mit ihm in dieses neue Abenteuer zu stürzen, und wieder waren sie in Gefangenschaft – eine Gefangenschaft, die womöglich noch schlimmer werden würde als die, der sie entflohen waren.

Er fürchtete, dass ihnen das Schicksal nicht noch einmal mit einem rettenden Ausweg zu Hilfe kommen würde, warf sich vor, die wiedergewonnene Freiheit schlecht genutzt zu haben, und zerbrach sich den Kopf darüber, wie er sich und seine Männer vielleicht doch noch aus dieser misslichen Lage befreien konnte. Von Zeit zu Zeit warf er einen Seitenblick auf Dan Qing und spürte dessen Frustration, seine ohnmächtige Wut über die erlittene Demütigung, aber auch sein Bedürfnis, sich mitzuteilen, die Last seiner Bedrängnis mit jemandem zu teilen.

»Was glaubst du, wer dich verraten hat?«, fragte er ihn irgendwann und blickte dabei stur vor sich hin.

»Ich weiß es nicht. Aber es können viele gewesen sein. Im Dorf haben mich alle gesehen – und es ist nicht gesagt, dass wirklich alle Dorfbewohner treue Anhänger von mir sind.«

»Aber der Angriff der Fliegenden Füchse und der Überfall auf das Kloster wurden von derselben Stelle befohlen, meinst du nicht?«

»Gut möglich.«

»Demnach muss dein Feind gewusst haben, dass du wieder im Land bist«, sagte Metellus. Und dann fragte er: »Ob Daruma dich verraten hat?«

»Ausgeschlossen!«, erwiderte Dan Qing. »Warum hätte er mich denn zuvor befreien und tausend Gefahren in Kauf nehmen sollen, um mich hierher zu begleiten? Nein, das macht keinen Sinn. Außerdem hat mein Meister ihm vertraut, und keiner kannte die Menschen so gut wie Meister Wangzi.«

»Der jetzt leider tot ist ...«

»Ja. Das Unwetter wird inzwischen sein Blut fortgeschwemmt haben – aber sein Mörder muss sterben!«

»Du willst dich für einen Racheakt rächen? Absurd.«

»Wie oft soll ich es dir noch sagen? Ich bin nicht schuld an seinem Unglück.«

»Selbst wenn«, entgegnete Metellus, »das hilft uns auch nicht mehr viel. Wei ist für alle Zeiten verstümmelt worden, und das hat ihn zu einer mörderischen Kriegsmaschine gemacht. Er ist ein Ausbund an Hass und Zorn, und sein einziger Trost ist es, anderen Schmerzen zuzufügen und wenn sie noch mehr leiden als er dereinst.«

»Wenn du so redest, dann klingt es, als hegst du die gleichen Hassgefühle wie er, nur denjenigen gegenüber, die deine Frau umgebracht und dir deinen Sohn genommen haben. Habe ich recht, Xiong Ying?«

Metellus schwieg, und Dan Qing fuhr fort: »Jedenfalls ist genau das der Grund, weshalb ich ihn töten muss. Wei ist kein normaler Mensch mehr. Er ist eine blutrünstige Bestie, ein tollwütiger Hund, der erlegt werden muss.«

Das Unwetter ließ nach und tobte nicht mehr ganz so heftig wie zu Beginn. Die Wolken flogen, vom Wind getrieben, dem Tiefland zu und ließ nur einzelne graue Fetzen zurück. Dichter Nebel senkte sich über das Tal, der Regen wurde dünner, die einzelnen Tropfen jedoch schwerer.

Die Marschkolonne zog über eine große Waldlichtung, die mit saftigem Grün bewachsen war.

»Meinst du, wir können noch hoffen?«, fragte Metellus.

»Ein altes chinesisches Sprichwort sagt: Die Hoffnung stirbt zuletzt«, erwiderte der Prinz.

»Dieses Sprichwort gibt es bei uns auch. Aber wie beurteilst du die Situation?«

»Weißt du noch, wie ich dir von den Fliegenden Füchsen erzählt habe?«

»Als wäre es gerade erst gewesen.«

»Es gibt noch Anhänger des wahren Weges, den Meister Mo einst gewiesen hat. Sie sind die erbittertsten Gegner der Fliegenden Füchse – kriegerische Mönche, die einen Eid abgelegt haben und zu jeder Heldentat, zu jedem Opfer bereit sind. Man nennt sie die ›Männer des Roten Lotus‹. Nur sie brächten es fertig, uns aus dieser Lage zu befreien.«

Er hatte kaum ausgeredet, als ein Schrei durch das Tal hallte, schrill und kreischend wie der eines Adlers. Wei beugte sich aus seinem Wagen und suchte mit dem Blick mehrmals die Berghänge ab, und dabei wirkte er seltsam beunruhigt.

»Was war das?«, fragte Metellus.

»Ein Zeichen«, antwortete ihm Dan Qing. »Eine Botschaft, um uns mitzuteilen, dass wir nicht alleine sind. Vielleicht hattest du recht – Yun Shan könnte noch am Leben sein und vielleicht sogar einen Weg finden, wie sie uns befreien kann.«

»Yun Shan bedeutet ›Die Wolkenumhüllte‹, nicht?«, fragte Metellus, den chinesischen Namen ins Persische übersetzend.

»Ja, so ist es.«

»Haben alle eure Frauen so faszinierende Namen?«

»Fast alle. Wie hieß deine Frau?«

»Clelia.«

»Was bedeutet das?«

»Das ist der Namen einer antiken Heldin«, erwiderte Metellus und seufzte. »Clelia hat mir im Augenblick ihres Todes unseren kleinen Sohn anvertraut, und ich weiß noch nicht einmal, wo er ist, ja, ob er überhaupt noch lebt. Und der Weg, den ich eingeschlagen habe, führt mich immer noch weiter von ihm weg.«

»Nicht für immer …«

Metellus schwieg eine Weile. »Ich weiß nicht, was ich von dir denken soll«, sagte er schließlich, als wäre er nach längerem Nachdenken zu diesem Schluss gekommen.

»Du wirst dein Misstrauen überwinden müssen«, erwiderte Dan Qing. »Vorausgesetzt, du willst es überhaupt. Bedenke auch, dass ich im Moment der Einzige bin, auf den du zählen kannst, ob es dir gefällt oder nicht.«

Metellus schwieg erneut.

»Ich finde, wir sollten erst einmal unsere Kräfte vereinen, um überhaupt zu überleben«, fuhr Dan Qing fort. »An alles andere denken wir nachher. Du wirst schon noch Gelegenheit haben, mich besser kennenzulernen.«

Metellus wandte sich erneut nach seinen Männern um; er wollte sehen, wie ihre Stimmung war, ob überhaupt noch Lebenswillen in ihnen steckte. Aber er sah, dass sie scheinbar gelassen auf ihren Pferden saßen und sich leise miteinander unterhielten. Vielleicht unterschätzten sie die Gefahren dieser zweiten Gefangenschaft oder wollten einfach nicht darüber nachdenken, weil sie dachten, dass es sowieso nichts genützt hätte.

Gegen Abend rasteten sie am Rand eines Dorfes, das sich an einen grünen Hügel schmiegte. Die Gefangenen wurden losgebunden und alle in einem Zelt versammelt, das von bewaffneten Männern bewacht wurde. Lediglich Dan Qing wurde allein in ein anderes Zelt gebracht.

Metellus hielt eine kurze Ansprache an seine Männer: »Ich weiß, was ihr denkt. Ihr denkt, dass wir wahrscheinlich besser daran getan hätten, im Frühling in Indien zu bleiben und das Ende des Monsuns abzuwarten. Dass wir diesmal vielleicht nicht wieder freikommen. Aber ihr täuscht euch, wenn ihr so denkt. Die Entscheidung, die wir getroffen haben, war auf alle Fälle richtig – auch wenn unsere Lage im Moment aussichtslos erscheint.«

»Was wird hier eigentlich gespielt, Kommandant? Kannst du uns das erklären?«, fragte Balbus.

»Der junge Mann, der uns am Hoftor des Klosters empfangen hat, ist derjenige, der während Dan Qings Abwesenheit die Macht an sich gerissen hat. Die beiden hassen sich abgrundtief – wegen einer alten Geschichte, mit der wir nichts zu tun haben. Es wird einen Kampf auf Leben und Tod zwischen ihnen geben, aber egal, wie er ausgeht, ich denke, wir kommen davon. Eins muss euch allerdings klar sein: Solange keine endgültige Entscheidung gefallen ist, stehen wir auf der Seite des Prinzen, und koste es unser Leben. Wir haben ihm unser Wort gegeben, und das müssen wir halten.« Antoninus schüttelte den Kopf, aber Metellus gab vor, es nicht zu sehen. »Haltet euch jederzeit bereit«, fuhr er fort, »und verzagt nicht: Ich bringe euch nach Hause zurück, das schwöre ich euch bei meinem Leben.«

Am darauf folgenden Morgen ging es weiter. Drei Tage lang folgten sie dem Tal in Richtung Osten. Den Römern wurde weiterhin erlaubt zu reiten, doch ihre Hände waren am Sattelknauf, die Beine an den Steigbügeln festgebunden; außerdem ließen Weis Leibwächter – wild aussehende Xin Bei mit langen Krummsäbeln – sie natürlich keinen Moment aus den Augen.

An der Spitze des Zugs ritten die schwarz gekleideten Krieger; sie hatten Doppelbögen und schwere, lange Pfeile. Unter diesen Umständen eine Flucht zu wagen wäre Selbstmord gewesen.

Dan Qing wurde nach dem ersten Marschtag von ihnen getrennt; man band sein Pferd hinten an Weis Wagen fest, der fast schon eine Kutsche war und im oberen Teil an eine luxuriöse Sänfte mit reichen Ornamenten aus Lack und Bronze erinnerte.

Nach den ersten vier Reisetagen öffnete sich das Tal und ging in eine weite, leicht gewellte Ebene über, durch die sich ein breiter Fluss schlängelte. Auf seinen schlammigen Fluten glitten Boote mit trapezförmigen Segeln stromabwärts, die allerhand Waren mit sich führten. Rechts und links davon breiteten sich riesige geflutete Felder aus, auf denen die Bauern Reis anbauten.

Reis war auch ihr Hauptnahrungsmittel während des Marsches. Dazu gab es Gänsefleisch und Eier, sogar für die Römer, die sich nicht schlecht über diese Vorzugsbehandlung wunderten; mitunter bot man ihnen gar ein fermentiertes Getränk an, das ein wenig an Wein erinnerte.

»Der Kommandant hat recht«, meinte Quadratus. »Wir haben mit den Streitigkeiten dieser Leute nichts zu tun. Vielleicht will Wei sogar, dass wir in seinem Heer dienen, und er achtet deshalb darauf, dass wir bei Kräften bleiben.«

»Ja, das ist gut möglich«, erwiderte Antoninus, der Ranghöhere der beiden Zenturionen.

Angesichts der Ungewissheit ihrer Zukunft tendierten die römischen Soldaten dazu, unter mehreren Möglichkeiten immer die auszuwählen, die ihnen am günstigsten erschien und am beruhigendsten war. Nur Metellus hegte eher düstere Vorahnungen, die er jedoch für sich behielt.

Während der nächsten drei Marschtage änderte sich das Landschaftsbild erneut: Zu beiden Seiten des Weges waren endlose Reihen von Bäumen mit großen, dunkelgrünen Blättern zu sehen. Die Früchte der Bäume erinnerten Metellus' Männer ein wenig an Brombeeren, obwohl sie nicht schwarz, sondern gelb oder rot waren und auch nicht wild wuchsen, sondern in riesigen Plantagen angebaut wurden, was die Römer höchst verwunderlich fanden. Aber wahrscheinlich war das nur auch wieder eine von den vielen Absonderlichkeiten dieses grenzenlosen Landes, in dem alles so anders war als in der Heimat.

Je weiter sie vorrückten, desto zahlreicher und größer wurden die Dörfer entlang des Weges. Die Straßen waren gepflastert und längst nicht mehr so verlassen wie im Gebirge, ganz im Gegenteil. Es gab Rasthöfe, die jeweils einen Tagesritt voneinander entfernt waren und Reisenden Kost und Unterkunft boten, sowie die Möglichkeit, ihr Pferd zu wechseln. Wenn der Konvoi abends an einem dieser Rasthöfe anlangte, war etwas abseits immer schon ein Lagerplatz für sie gerichtet – einer, wie ihn nur sehr hohe Gäste bekamen. Metellus war sich inzwischen ziemlich sicher, dass ihr Ziel die Hauptstadt war. Immer häufiger hörte man ihren Namen: Luoyang.

Und nach vielen, vielen Marschtagen tauchte Luoyang eines Abends mit Sonnenuntergang vor ihnen auf. Die Stadt war für die Chinesen, was Rom für die Römer war. Metellus betrachtete voller Bewunderung die mächtige Mauer mit den gewaltigen Türmen aus großen, kunstvoll behauenen Steinblöcken. Innerhalb des Mauerrings ragten grandiose Gebäude der unterschiedlichsten Art auf, Tempel vielleicht oder Patrizierpaläste, und wohin man auch schaute, wuchsen Bäume mit dicht belaubten Kronen, in denen sich die letzten Strahlen der untergehenden Sonne verfingen.

Der Himmel war dunstig, die Sonne verhangen, aber die riesige rote Scheibe, die hinter den Gebirgskämmen in der Ferne verschwand, brachte Türme und Paläste, Fialen und Zinnen zum Glühen. Bemalte Hölzer, Bronzebeschläge, Keramikfliesen – alles schillerte in ihrem blutroten Licht.

Metellus und seine Männer vergaßen einen Moment lang ihre Sorgen und genossen staunend das prächtige Spektakel. Es war ihnen klar, dass kein anderer Römer vor ihnen diese Herrlichkeiten zu Gesicht bekommen hatte, und insgeheim fragten sie sich wohl auch, ob sie selbst je Gelegenheit haben würden, ihre Erlebnisse daheim zu berichten.

Die Isolation, das Fehlen jeglicher Nachrichten, die Trennung von Dan Qing, dem einzigen ihnen bekannten Menschen, der in der Lage gewesen wäre, die Geschehnisse zu interpretieren und Zeichen zu deuten, die ihnen nicht das Geringste sagten, hatte zu Beginn des Marsches bewirkt, dass sie sich völlig dem Zufall ausgeliefert fühlten. Doch seitdem waren so viele Tage und Stunden vergangen, ohne dass sich irgendetwas ereignet hätte, dass schließlich eine Art Gleichgültigkeit, ja, innere Ruhe über sie gekommen war, und das erfüllte sie sogar mit einem gewissen Optimismus.

Vor dem Einzug in die Stadt hielt der Konvoi an, und Metellus bemerkte, dass es bei Weis Wagen ein Handgemenge gab. Kurz darauf sah er, wie zwei bewaffnete Reiter einen dritten Reiter, dem man einen schwarzen Sack über den Kopf gezogen hatte, in ihre Mitte nahmen. Das musste Dan Qing sein. Wahrscheinlich wollte man dafür sorgen, dass ihn in der Stadt niemand erkannte.

Wenig später setzte sich die Kolonne erneut in Bewegung. Diesmal ging es ausgesprochen rasch voran, bis sie am Westtor von Luoyang anlangten. Es stand noch offen und wurde von Soldaten bewacht. Ein Spähtrupp musste die Torwache von Weis Ankunft unterrichtet haben, denn während sie sich näherten, kam bereits eine kaiserliche Reiterschwadron auf sie zugesprengt, um der Kutsche des jungen Eunuchen bei ihrem Einzug in die Stadt Geleitschutz zu geben.

Metellus wunderte sich über die Größe der Eskorte und dachte sich, dass der neue Kaiser seine Macht in der Hauptstadt wohl noch nicht ganz gefestigt hatte, wenn er eine so kampfstarke Leibgarde benötigte.

Die berittenen Soldaten – gut fünfzig Mann – bezogen mit gezückten Schwertern zu beiden Seiten der Kutsche Aufstellung, während andere Fackeln entzündeten, um die Straße, die mittlerweile völlig im Dunkeln lag, zu erhellen. Die Nachhut mit den Gefangenen schien niemanden zu interessieren.

Während sie vorüberzogen, erschienen pausbäckige Kindergesichter an den Fenstern der Häuser zu beiden Seiten der Straße. Mit großen Augen starrten die Kleinen auf den gewaltigen Zug aus Pferden und Reitern, aber die Stimmen ihrer Eltern, die sie aus dem Hintergrund zurückriefen, klangen besorgt. Die wenigen Passanten, denen sie begegneten, schienen es sehr eilig zu haben, und in der ganzen Stadt herrschte eine irreal anmutende Stille. Metellus warf seinen beiden Zenturionen einen warnenden Blick zu, und diese gaben die Botschaft an ihre Soldaten weiter: »Passt auf, es könnte jeden Augenblick etwas passieren.«

»Ich habe meine Stricke etwas lockern können«, flüsterte Antoninus. »Wenn ich es schaffe freizukommen, helfe ich den andern.«

»Ja«, sagte Quadratus, »aber unternimm nichts ohne einen Befehl des Kommandanten.«

Die Spitze des Zugs war inzwischen zu einer Stelle gelangt, wo die Straße sich verengte und unter einem Torbogen hindurchführte, der auf mächtigen Steinsäulen ruhte. Der Durchgang war so schmal, dass sich die Reiter in einer Reihe anordnen und die Kutsche allein durchfahren lassen mussten.

Doch unmittelbar bevor sie in den Torbogen eintauchte, glitt plötzlich eine Schar grau gekleideter Männer mit roten Binden am Oberarm von oben herab. Ihre Gesichter waren unter Tüchern verborgen. Blitzschnell waren sie auf dem Dach der Kutsche und versuchten dieses mit Schwertern und Äxten aufzuhacken.

Die Soldaten der Eskorte griffen natürlich sofort ein, ebenso Weis Reiter, die ihrerseits versuchten, aufs Dach der Kutsche zu gelangen. Binnen weniger Augenblicke war um die Kutsche herum ein heftiger Kampf entbrannt.

Metellus und seine Leute standen abseits und wurden von den Söldnern der Nachhut mit vorgehaltenen Waffen bedroht. Die Männer mussten sehr strenge Weisungen erhalten haben, denn sie verloren die Gefangenen keinen Moment aus den Augen, und wer sie so sah, hätte bestimmt nicht geglaubt, dass wenige Schritte entfernt ein blutiges Gefecht tobte, bei dem es offenbar um das Leben ihres Anführers ging.

Die grauen Angreifer handelten unglaublich schnell und schlugen dabei mit mörderischer Präzision zu; ihre Waffen zischten wie Pfeile durch die Luft, die schnellen Bewegungen ihrer Arme und Beine waren absolut unvorhersehbar und auch erst in dem Moment wahrnehmbar, in dem sie ihr Ziel trafen.

Inmitten des erbitterten Kampfes mit seinem ohrenbetäubenden Waffengeklirr erspähte Metellus den Prinzen mit der schwarzen Kapuze überm Kopf; er wand und drehte sich, als wäre ein Funke der Schlacht, die um ihn herum tobte, auf ihn übergesprungen, als wolle er unbedingt mitkämpfen, doch mit jeder Bewegung, die er machte, schnitten ihm seine Fesseln noch tiefer ins Fleisch.

Der Eunuch Wei hingegen, den Metellus nur einen Moment lang in seiner Kutsche sah, wirkte wie versteinert. Vielleicht war es Angst, die ihn lähmte, oder der plötzlich über ihn gekommene Wunsch zu sterben, vielleicht war es auch nur völlige Teilnahmslosigkeit – so als wäre er tief in Gedanken versunken.

Alles spielte sich in wenigen Augenblicken ab, auch wenn sie Metellus wie eine Ewigkeit vorkamen. Die Leibwächter, die an der Spitze geritten waren und den Bogen als Erste passiert hatten, waren inzwischen zurückgekehrt und katapultierten sich mit halsbrecherischen Saltos von ihren Sätteln auf den Schwibbogen hinauf, um von dort aufs Dach der Kutsche hinunterzuspringen.

Das müssen Fliegende Füchse sein, dachte Metellus.

Die ersten Verteidiger der Kutsche, zum Großteil Xin Bei, waren bereits getötet oder zurückgeschlagen, und ein Kampf unter Ebenbürtigen begann. Der Schlagabtausch wurde so schnell und präzise, das Kampfgeschehen so spannend, dass Metellus und seine Männer ihre Gefangenschaft völlig vergaßen. Da schienen sich keine Menschen, sondern wahrhaft infernalische Dämonen zu bekriegen.

Die Männer mit den roten Binden am Arm sprangen vom Kutschendach, um größere Bewegungsfreiheit zu haben, aber die Fliegenden Füchse waren ihnen zahlenmäßig bald haushoch überlegen. Zuerst töteten sie nur einen von ihnen, dann zwei, dann drei: Einer wurde mit dem Schwert durchbohrt, der zweite geköpft, der dritte so heftig gegen die Mauer geschleudert, dass ihm der Schädel barst. Ein vierter wurde gefangen genommen und entwaffnet, bevor er sich selbst das Leben nehmen konnte.

Erst in diesem Augenblick verließ Wei die Kutsche und sah

sich um. Die Xin Bei traten mit brennenden Fackeln hinzu und beleuchteten den Ort des Massakers, das blutiger nicht hätte ausgehen können. Derjenige unter den Fliegenden Füchsen, der wohl ihr Anführer war, machte einen Schritt auf den Gefangenen zu und riss ihm die Maske vom Gesicht; unter dem Tuch kamen die fast noch jungenhaften Züge eines knapp Zwanzigjährigen zum Vorschein.

»Es wird dir noch leidtun, nicht gestorben zu sein, denn ich werde dich eigenhändig foltern«, sagte Wei zu ihm.

»Wer sind diese Männer, Kommandant?«, wollte Publius von Metellus wissen.

Metellus versuchte die halb im Schatten, halb im blutroten Schein der Fackel liegende Szene vor ihnen zu deuten. »Ich glaube, Wei wurde von Leuten angegriffen, die seine Herrschaft nicht akzeptieren, aber der Kampf ist zu seinen Gunsten ausgegangen. Ihr habt es selbst gesehen: Die Fliegenden Füchse sind unbesiegbar.«

»Wir haben sie aber besiegt«, erwiderte Rufus.

»Weil sie unsere Art zu kämpfen nicht kannten und wegen der Schilde, die Severus für uns gemacht hat, aber ...«

Ein lauter Schrei und ein Chor von Flüchen unterbrach Metellus: Der gefangengenommene Rebell war von einem Pfeil, der irgendwo von oben herab abgeschossen worden war, mitten in die Stirn getroffen worden und sackte in sich zusammen. Rings um den Pfeilschaft herum spritzte Blut heraus, es tränkte die Kleider des jungen Mannes, der sich zuckend am Boden krümmte, als wolle er sich noch einmal gegen den Tod aufbäumen, der ihn doch längst in seinem Klauengriff hatte.

Metellus drehte den Kopf in die Richtung, aus welcher der Pfeil gekommen war, und entdeckte auf dem gegenüberliegenden Hausdach eine dunkle Gestalt mit Pfeil und Bogen. Noch zwei Pfeile pfiffen unmittelbar hintereinander durch die Luft und streckten zwei Leibwächter des Eunuchen nieder.

Erst in diesem Moment erwachte Wei aus seiner Lethargie. »Fasst ihn!«, schrie er. »Verdammt noch mal, fasst ihn!«

Der Bogenschütze schoss einen weiteren Pfeil ab, der Wei

knapp verfehlte und sich stattdessen ins Bein eines seiner Xin Bei bohrte. Der Mann stürzte stöhnend zu Boden und wand sich vor Schmerz. Der Bogenschütze hingegen floh, indem er mit unglaublichen Sätzen von einem Dach zum nächsten sprang.

In der Verwirrung, die Folge des Überfalls war, hatte man Dan Qing, der immer noch vermummt war, so weit zurückgedrängt, dass er sich nur noch wenige Schritte von den römischen Gefangenen entfernt befand. »Prinz, wir sind hier«, flüsterte Metellus in der Hoffnung, von diesem gehört zu werden.

»Bist du das, Xiong Ying? Was war los?«, fragte Dan Qing. »Was war dieser ganze Aufruhr? Seid ihr wohlauf? Wurde jemand verletzt?«

»Nein, uns geht es allen gut. Die Angreifer hatten es nicht auf uns, sondern auf Wei abgesehen.«

»Wie ist die Sache ausgegangen?«

»Der Angriff wurde zurückgeschlagen. Drei der Angreifer wurden getötet, zwei sind geflohen. Ein Überlebender ist von einem seiner Kameraden vom Dach des gegenüberliegenden Hauses aus mit einem Pfeil getötet worden. Die Fliegenden Füchse versuchen jetzt, den Schützen zu schnappen – sie zielen mit ihren Bögen auf das Dach ...«

Die Fliegenden Füchse hatten ihre Bögen in der Hand und legten die schweren Pfeile, regelrechte Harpunen, an die Sehnen der Bögen. Dann zielten sie auf die Balken der vorspringenden Dächer und schossen sie ab. Da wurde den Römern auch klar, wozu die seidenen Seile dienten, die an den Pfeilen befestigt waren. Kaum hatten sich die Pfeile nämlich ins Gebälk der Häuser gebohrt, kletterten die Kämpfer an den Seilen blitzschnell auf die Dächer und nahmen die Verfolgung des fliehenden Bogenschützen auf.

»Auch er hat eine rote Binde am Arm, genau wie die andern«, fuhr Metellus fort. »Jetzt flieht er in Windeseile, aber Weis Männer scheinen ihm hinterherzufliegen. Gütige Götter, was ist das für ein Land!«

»Der Rote Lotus ...«, murmelte Dan Qing. »Dann sind noch

nicht alle Hoffnungen verloren. Kannst du sonst noch etwas erkennen?«

Metellus sah in diesem Augenblick den fliehenden Krieger hinter einem Dachvorsprung verschwinden und wenig später auf einer Dachterrasse wieder auftauchen, dann verschwand er ganz.

Wei erteilte seiner Leibwache hektische Befehle, worauf ein halbes Dutzend Reiter in verschiedene Richtungen ausschwärmte. Danach ließ er die Leichen einsammeln und auf einen Karren legen, befahl der kaiserlichen Eskorte, sich wieder zu formieren, und zog sich erneut in seine Kutsche zurück. Kurz darauf setzte sich der Zug wieder in Bewegung.

Antoninus drehte das Gesicht Metellus zu. »Und was passiert jetzt, Kommandant?«, fragte er.

»Keine Ahnung«, antwortete dieser. »Aber sieh zu, dass du am Leben bleibst. Egal, was passiert, sieh zu, dass du am Leben bleibst.«

25

Der Vollmond stieg hinter den Bergen empor und beschien die Dächer von Luoyang, die im Abendtau glänzten. Dunkle Schatten huschten einer Gestalt hinterher, die katzenartig durch die Nacht jagte. Sie sprang von Dachterrasse zu Dachterrasse, erklomm geschmeidig die spitzesten Zinnen, ließ sich von dort in die Kronen mächtiger Bäume fallen, die aus versteckten Gärten aufragten, und kletterte dann erneut auf das Dach irgendeines Gebäudes.

Die Fliegenden Füchse hetzten den Fliehenden gnadenlos, bedrängten ihn von rechts und links, versuchten ihn zu einer Stelle unweit der Stadtmauer zu treiben, wo die Häuser aufgrund einer Senke etwas tiefer lagen. Doch der Fliehende tauchte bald auf, bald unter und nutzte jede Möglichkeit, sich kurz zu verstecken, um sodann die Flucht in eine andere Richtung fortzusetzen, sobald seine Verfolger an ihm vorübergelaufen waren. Irgendwann gelang es ihm sogar, einen kleinen Vorsprung zu gewinnen und auf ein Türmchen zu klettern, von dem aus er seine Verfolger unbemerkt beobachten konnte.

Als er sah, dass einer von ihnen zum Sprung von einem Dach zum nächsten ansetzte, schoss er einen Pfeil auf ihn ab, der ihn mitten im Flug durchbohrte, sodass er wie ein Sandsack auf die Straße stürzte.

Die Verfolger waren einen Moment lang irritiert, und das genügte dem Bogenschützen, um unter einer Dachluke zu verschwinden, eine Treppe hinabzueilen und über den Innenhof eines Hauses auf die Straße zu gelangen. Ein dunkler Torbogen bot ihm sicheren Schutz, bis die Fliegenden Füchse verschwunden waren – ein Rudel aufgeregter Spürhunde, die ihre Fährte verloren hatten.

Als alles ruhig war, nahm die mysteriöse Gestalt das Tuch ab, das sie sich als Maske umgebunden hatte; ein zartes Frauengesicht kam darunter zum Vorschein, und zwei pechschwarze

Augen blitzten einen Moment lang im Mondlicht auf wie die Augen eines jungen Tigers.

Auf leichten Druck ihrer Hand öffnete sich das Haustor hinter ihrem Rücken, und sie trat in einen kleinen Innenhof. Dort wartete ein Pferd auf sie, das mit den Zügeln an einem Eisenring in der Wand festgebunden war.

Sie band es los und führte es ins Freie hinaus. Dort spähte sie nach rechts und links, lauschte und vernahm vom Ende der Straße her gedämpftes Stimmengewirr: Dort befand sich irgendein viel besuchter Ort, und somit war es ein Ort, an dem sie sich verstecken konnte.

Das Pferd am Zügel führend, ging sie mutigen Schritts auf den schwachen Lichtschein am Ende der Straße zu. Wenig später stand sie am Rand eines kleinen Platzes, auf dessen gegenüberliegender Seite sich eine Karawanserei befand. Dort hörte sie nicht nur Männer wild durcheinanderreden, sondern auch das dumpfe Brummen von baktrischen Kamelen, den großen Tieren der Karawanen, die gewaltige Entfernungen überwinden konnten und Waren von einem Ende der Welt ans andere transportierten.

Die junge Frau wollte schon auf den Platz hinaustreten, zog sich aber sofort wieder in den Schutz der Dunkelheit zurück, weil im selben Moment eine Schar Reiter mit gezückten Schwertern vorüberjagte. Sie wartete, bis das Echo ihres wilden Galopps verklungen war, versicherte sich, dass niemand anderes im Anmarsch war, überquerte erst dann den Platz und betrat den Hof der Karawanserei.

Während sie ihr Pferd an einer Futterraufe anband, sah sie sich um: Das Innere der Anlage wurde von unzähligen, bunten Lampions erhellt, die alles in ein angenehmes warmes Licht tauchten – die umlaufenden Bogengänge, die großen Warenballen und auch die Menschen. Die Stallknechte versorgten die Tiere, und die Kaufleute, die aus aller Herren Länder kamen und in den kuriosesten Gewändern bekleidet waren, unterhielten sich mit ihresgleichen in allen nur erdenklichen Sprachen. Die meisten hatten wohl irgendwelche Geschäfte miteinander abgeschlossen, und nun schickten sie sich an, sich zum Abendessen an den Tischen niederzulassen.

Die junge Frau erinnerte sich in diesem Augenblick, dass sie noch die rote Binde am Arm trug, und streifte sie rasch ab. Gerade als sie das Tuch unter ihrer Schärpe verschwinden ließ, ertönte hinter ihr eine Stimme. Sie drehte den Kopf zur andern Seite, um unerwünschte Blickkontakte zu vermeiden.

»Geht bloß vorsichtig mit der Kiste um! Sie enthält zerbrechliche Dinge«, krächzte die Stimme, die einen stark ausländischen Akzent hatte.

Die junge Frau trat einen Schritt zur Seite, worauf ein dunkelhäutiger, sehr korpulenter Kaufmann und zwei seiner Diener an ihr vorübergingen, die ein wackeliges Wägelchen mit einer großen Holzkiste schoben.

Ein chinesischer Küchenjunge trat auf den Händler zu. »Ehrenwerter Daruma«, sagte er, »dein ehrenwerter Kollege Wu He erwartet dich zum Abendessen.«

»Ich komme sofort, mein Junge«, erwiderte Daruma und bugsierte seinen dicken Bauch zur Eingangstür der Taverne, die sich im hinteren Teil der Karawanserei befand.

Die junge Frau angelte sich unterdessen geschickt ein Stück Stoff, das oben auf einem Ballen Rohwolle lag, hängte es sich umhangartig über die Schulter, um ihre Kleidung zu verbergen, und begab sich dann ihrerseits in die Schenke. Dort ließ sie sich wie ein ganz gewöhnlicher Gast im hinteren Teil des rauchigen Lokals nieder, in einer schummrig beleuchteten Ecke am Ende des Tischs, an dem sich Daruma und der chinesische Händler niedergelassen hatten.

Unter einem Mauerbogen saß eine Gruppe mongolischer Musikanten, die ihren Saiteninstrumenten lang gezogene, düstere Töne entlockten und diese mit ebenso düsteren Stimmen begleiteten. Der Solist sang dabei so tief, dass die junge Frau das Gefühl hatte zu vibrieren.

»Wir hatten ein schlechtes Jahr …«, begann der chinesische Kaufmann.

»Ja, ja«, fuhr Daruma gelangweilt dazwischen. »Die Ernte

war karg, das Ungeziefer hat die Raupen aufgefressen … Die Geschichte kenne ich bereits zur Genüge, Wu He, und sie endet immer mit einer Preiserhöhung um zehn bis zwanzig Prozent. Solange ich dich kenne, hat es noch nie ein gutes Jahr gegeben, und die Preise steigen und steigen.«

»Ach, jammere nicht!«, gab der Mann, der Wu He hieß, zurück. »Wer weiß, wie viel du dort drüben, im Westen, verdienst, wenn du unsere Seide an die ausländischen Teufel verkaufst. Und da wir schon dabei sind: Hast du gehört, dass gerade heute welche in unsere Stadt gekommen sind? Seltsam aussehende Leute in komischer Kleidung, bestimmt Gefangene. Der Eunuch Wei, den die Götter uns erhalten mögen, führte sie mit sich.«

Bei diesen Worten horchte die junge Frau auf und rutschte auf der Bank so dicht wie möglich an die beiden Kaufleute heran, um ihrer Unterhaltung weiterhin folgen zu können.

So unauffällig sie dies tat, es entging Daruma nicht, doch er ließ sich nichts anmerken und redete weiter, als wäre nichts geschehen. »Ausländer, sagst du, Wu He? Wie sahen sie aus?«

»Runde Augen, dichte schwarze Bärte, die an Wildschweinborsten erinnern, Arme und Beine behaart wie die Affen. Außerdem tragen sie metallene Armbänder. So hat sie mir einer meiner Diener beschrieben. Und dann war da noch einer, der Kleidung nach ein Chinese, dem man eine Kapuze über den Kopf gezogen hatte.«

An diesem Punkt konnte die junge Frau nicht länger an sich halten. »Verzeiht, ehrenwerte Herren«, sagte sie, »aber ich habe ungewollt mitbekommen, was ihr miteinander gesprochen habt, und ich würde mir diese Ausländer zu gern einmal anschauen. Ich hab noch nie im Leben solche Menschen zu Gesicht bekommen. Angeblich sollen sie ja grässlich aussehen. Ihr wisst nicht zufällig, wohin man sie gebracht hat?«

Wu He sah sie etwas verwundert an, während Darumas Blick eher forschend war: Diese unerwartete Einmischung eines Fremden in ihr Gespräch kam beiden ziemlich seltsam vor.

Wu He wollte dennoch Antwort geben: »Soweit ich weiß, wurden sie nach …«

Noch bevor er seinen Satz zu Ende bringen konnte, betrat eine Schar Soldaten, die offensichtlich dem kaiserlichen Heer angehörten, den Raum. Die junge Frau senkte sofort den Blick und wandte den Kopf zur Wand, und auch das entging Daruma nicht, der sie am Handgelenk packte und sich weit zu ihr hinüberbeugte, um mit ihr sprechen zu können, ohne dass die andern es hörten. »Für einen jungen Mann ist dein Handgelenk fast ein wenig schmal, wenn auch sehr kräftig«, bemerkte er. »Und wenn du mir jetzt nicht sagst, wer du bist und warum du dich so für diese Fremden interessierst, rufe ich die Soldaten her und sage ihnen, sie sollen mal unter deine Schärpe gucken – vielleicht finden sie dort ja eine hübsche rote Binde …«

Die freie Hand der jungen Frau glitt zum Griff des Messers, das sie unter ihrer Kleidung trug, doch Darumas nächste Worte beruhigten sie wieder etwas.

»Unter diesen ausländischen Teufeln könnten sich nämlich ein paar Freunde von mir befinden, an deren Wohl mir sehr gelegen ist«, sagte er.

Die junge Frau legte ihre Hand wieder auf den Tisch. »Freunde?«, wiederholte sie.

»Jawohl, Freunde«, bestätigte Daruma und nickte. »Können wir miteinander reden?«

»Ja«, erwiderte die junge Frau.

»Wie heißt du?«

»Das kann ich dir im Augenblick nicht sagen.«

»Warum nicht?«

»Weil das nicht der richtige Moment ist und weil ich dich noch nicht gut genug kenne. Letzten Endes bist auch du ein Ausländer.«

»In Ordnung, aber jetzt tust du erst einmal, was ich dir sage, und danach gehst du nach draußen und wartest im Hof bei dem kleinen Brunnen auf mich.«

Die junge Frau nickte.

Daruma deutete auf einen großen Krug, den er vor sich stehen hatte, und rief mit lauter Stimme: »Biete diesen tapferen Soldaten etwas Granatwein an! Sie werden müde und durstig sein. Wirt, das geht auf meine Rechnung!«

Das Mädchen gehorchte, ließ sich vom Wirt Becher geben, füllte sie mit Granatwein und reichte sie den Soldaten, die sie augenblicklich leerten; dabei wurde die junge Frau selbst keines Blickes gewürdigt. Als die Männer ausgetrunken hatten, brachte sie ihre Krüge zurück, verließ unauffällig die Schenke und ging nach draußen.

Wenig später verließen auch die Soldaten das Lokal, schwangen sich in die Sättel ihrer Pferde und galoppierten davon.

Durch die offen gebliebene Taverntür sah man den behäbigen Daruma neben seinem Kollegen sitzen, der inzwischen seine Litanei wieder aufgenommen hatte: »Wie ich dir schon sagte, ehrenwerter Freund, wir hatten ein miserables Jahr, viele Maulbeeren sind wegen der Dürre vertrocknet ...«

»Schon gut, schon gut«, erwiderte Daruma. »Wie viel willst du für den ganzen Posten?«

»Siebentausendfünfhundert Dareiken«, antwortete Wu He trocken.

Daruma sah ihn zerknirscht an. »Abgemacht«, sagte er schließlich. »Alter Gauner und Blutsauger. Das ist der reinste Diebstahl, aber ich habe keine andere Wahl.«

»Ah, so darfst du nicht reden, ehrenwerter Freund. Ich bin mir sicher, du wirst die kleine Preiserhöhung an deine Kunden weitergeben, die dich ihrerseits Gauner und Blutsauger nennen. So ist das nun mal in unserem Beruf.«

»Lassen wir es gut sein. Und jetzt muss ich dich bitten, mich zu entschuldigen. Ich bin sehr müde und würde mich heute Abend gern zeitig schlafen legen.«

Wu He verbeugte sich respektvoll, ging hinaus und verließ die Karawanserei durch eine Seitentür. Die junge Frau beobachtete ihn aus den Augenwinkeln, während sie sich neben ihr Pferd stellte, als wolle sie es losbinden.

Im nächsten Moment vernahm sie Darumas Stimme, so nah, als stünde er neben ihr: »Das würde ich an deiner Stelle nicht tun.«

Das Mädchen drehte sich um und war wie vom Donner gerührt, als sie sah, dass sich Daruma mindestens dreißig Schritte von ihr entfernt auf der andern Seite der Karawanserei befand. Er lehnte an der Außenmauer der Taverne und schien nachzudenken.

Doch dann erklang seine Stimme erneut, wieder ganz nah und vollkommen natürlich: »Du hast schon richtig gehört. Wir wollten uns doch noch ein wenig unterhalten, hast du das vergessen?«

Das Mädchen ließ die Zügel ihres Pferdes los und überquerte den Platz. »Wie hast du das gemacht?«, fragte sie, als sie bei ihm ankam.

»Ein akustisches Spielchen. Siehst du, wenn du in die kleine Nische, hier neben dem Türpfosten, sprichst, hört man dich auf der andern Seite des Bogengangs.«

»Interessant. Und worüber wollen wir uns jetzt unterhalten?«

»Sag mir, warum du hier bist und warum du dich nach den Ausländern erkundigt hast.«

»Was geht dich das an? Wir kennen uns doch gar nicht.«

»Ganz einfach: Wu Hes Beschreibung lässt mich vermuten, dass es sich bei den Gefangenen, von denen er sprach, um keinen Geringeren als den Prinzen Dan Qing und seine Leibgardisten handelt – Männer, die aus dem fernen Reich Da Qin Guo kommen, einem Land im äußersten Westen. Als du dich nach ihnen erkundigt hast, kam mir der Gedanke, dass wir uns möglicherweise für dieselbe Person interessieren. Du bist eine Frau in Männerkleidung, hast die Armbinde des Roten Lotus getragen und fürchtest dich vor den kaiserlichen Soldaten.«

»Gesetzt den Fall, das würde stimmen«, fragte die junge Frau, »wer garantiert mir, dass ich dir vertrauen kann und dass du kein Spitzel bist?«

»Die Tatsache, dass ich dich vorher nicht an die Soldaten verraten habe. Du hättest ausweglos in der Falle gesessen, und ich hätte eine hübsche Belohnung eingestrichen – genug, um wenigstens einen Teil der Mehrausgaben auszugleichen, die Wu He mir für den Posten Seide abverlangt.«

Das Mädchen sah ihn von der Seite an, ohne etwas zu sagen. Sie schien ihren Gegenüber zu studieren, der dadurch seinerseits Gelegenheit hatte, sie in Ruhe zu betrachten: Die junge Frau hatte kleine, wundervoll geschwungene Lippen, ungewöhnlich große Augen und eine kleine Falte zwischen Stirn und Nasenbein.

»Traust du mir noch immer nicht?«, fragte Daruma.

»Mein Meister hat immer zu mir gesagt: Die leichteste Art, jemanden zu betrügen, ist, sein Vertrauen zu gewinnen.«

»Das stimmt, du bist eine kluge Frau. Dann sag mir, was ich tun muss, damit du mir glaubst.«

»Mich überzeugen – und zwar ziemlich schnell. Ich bin nämlich dabei zu gehen.«

»Gut, dann lass dir sagen, dass du deinem Bruder, dem Prinzen Dan Qing, sehr ähnlich siehst«, erklärte Daruma. »Ich bin jener Mann, der ihn aus Persien zurückgeholt hat.«

»Kannst du mir das beweisen?«

»Das kann dir nur dein Bruder beweisen, aber vorher müssen wir ihn finden. Wir waren schon vor etlichen Tagen in dieser Schenke verabredet, aber es ist nicht aufgetaucht. Nach dem, was Wu He erzählte, fürchte ich nun leider, dass er der Gefangene mit der Kapuze überm Kopf war. Und bei den Fremden mit den runden Augen und den borstigen Bärten handelt es sich zweifelsohne um seine Leibgardisten. Ich selbst habe die Männer in Persien für ihn angeworben. Es sind zehn, aber sie kämpfen für hundert, das kannst du mir glauben. Großartige Krieger! Ohne sie wäre dein Bruder niemals lebend nach China zurückgekehrt, Prinzessin Yun Shan.«

Yun Shan begriff, dass es keinen Sinn hatte, länger zu leugnen. »Ja, der Gefangene ist mein Bruder. Ich wurde Zeuge, als Wei ihn gefangen genommen hat, denn ich befand mich im Kloster des Meisters Wangzi, als es von Wei überfallen wurde. Woher wusstest du, dass ich seine Schwester bin?«

»Das wusste ich nicht, das habe ich aufgrund eurer Ähnlichkeit erraten. Aber komm, wir sollten uns in die Nische dort setzen.« Daruma deutete auf zwei wollene Kissen und einen Teppich, die unter einem Bogen der Karawanserei auf der Erde lagen. Danach blies er die Flamme der Laterne aus. Daraufhin wurde die Karawanserei nur noch vom Mond beschienen, und die beiden konnten ihr Gespräch im Schutz der Dunkelheit fortsetzen.

Daruma seufzte tief. »Was ist passiert? Erzähl«, bat er die junge Frau.

»Wei hat das Kloster der Flüsternden Wasser in seine Gewalt gebracht und Meister Wangzi ermordet.«

Daruma senkte den Kopf und griff sich mit der Hand an die Stirn.

»Kanntest du ihn?«, fragte Yun Shan.

»Ja. Mit ihm habe ich die Flucht deines Bruders aus Persien organisiert. Dan Qing und ich haben uns erst am Fuße des steilen Weges getrennt, der zum Kloster führt – mit meiner Karawane wäre ich unmöglich über die Hängebrücke gekommen. Er ist ab dort ohne mich weitergezogen, und ich war überzeugt, dass er mit seinem tüchtigen Geleitschutz völlig sicher wäre und bei dem gastfreundlichen Meister Wangzi in besten Händen. Du warst also dort, als es passierte?«

»Ja, das war ich.«

»Und jetzt gehörst du dem Roten Lotus an?«

Yun Shan nickte. »Einer der Mönche des Klosters hat mir geraten, ich solle mich an sie wenden.«

»Und wie kommt es, dass die Kaisergarde nach dir gesucht hat?«

»Wir haben versucht, meinen Bruder vor der Stadtmauer zu befreien.«

»Doch der Versuch ist gescheitert.«

»Ja, aber es hat nicht viel gefehlt. Konntest du von deinem Bekannten, dem Händler, noch mehr erfahren?«

»Nein, aber es gibt etwas, das wir trotzdem herausfinden können«, sagte Daruma. »Wann hat euer Überfall auf Wei stattgefunden?«

»Zwei Dan nach Sonnenuntergang.«

»Und du bist unmittelbar danach geflohen?«

»Ja. Wir mussten uns zurückziehen – die Überzahl der Feinde war erdrückend, und Fliegende Füchse waren auch unter ihnen. Ich bin noch nicht so weit, dass ich es mit ihnen aufnehmen könnte.«

»Lass mich überlegen. Wu He – oder besser sein Diener – behauptet, die Ausländer bereits in der Stadt gesehen zu haben – ich schätze, etwa einen halben bis einen Dan nach eurem Überfall vor der Stadtmauer. Das bedeutet, er muss sie irgendwo in der Nähe gesehen haben, und der einzige Ort im näheren Umkreis der Karawanserei, zu dem sie die Gefangenen gebracht haben könnten, ist der Palast der Goldenen Tripoden.«

»Möglich«, erwiderte Yun Shan. »Deine Schlussfolgerungen leuchten mir ein.«

»Ja, ich denke, sie befinden sich wirklich dort«, meinte Daruma. »Der Palast der Goldenen Tripoden ist, wie du weißt, ein altes Gebäude aus der Zeit des Kaisers Wudi. Dein Vater hat es restaurieren lassen, insbesondere die Ringmauer – ihre Ziegel wurden durch Quadersteine ersetzt, aber sie hat noch immer eine Schwachstelle. Das Schwierigste wird sein, den Prinzen wissen zu lassen, dass wir seine Befreiung vorbereiten, damit er sich bereithalten kann.«

»Dieses Problem lässt sich lösen«, war Yun Shan überzeugt. »Der Rote Lotus hat viele Informanten, auch an Orten, die normalerweise absolut unzugänglich sind.«

»Was kannst du mir vom ausländischen Geleitschutz deines Bruders berichten?«, fragte Daruma. »Mir liegt viel an diesen Leuten, es sind ganz außergewöhnliche Männer. Ich stehe in ihrer Schuld und habe ihnen ein Versprechen gegeben, das ich unbedingt einlösen möchte. Waren sie noch alle am Leben, als du sie das letzte Mal gesehen hast?«

»Ich habe sie nicht gezählt. Aber ich denke, es waren ungefähr zehn Männer.«

»Ihr Anführer ist ein überaus fähiger Mann, der das Vertrauen und vielleicht sogar die Wertschätzung deines Bruders genießt. Er ist ziemlich groß, dunkelhaarig, hat bernsteinfarbene Augen, einen durchdringenden Blick und gewaltige Muskeln. Hast du ihn gesehen? Ich meine, hast du ihn … lebend gesehen?«

»Ja, ich glaube, ich habe ihn gesehen …«

Daruma seufzte erleichtert. »Hoffentlich täuschst du dich nicht.«

Yun Shan zögerte einen Moment. »Ich erinnere mich an einen Blick«, sagte sie.

»Möge der Himmel geben, dass Xiong Ying noch am Leben ist. In seinem Land ist er ein berühmter Krieger, und er ist sehr ehrenhaft; wenn er dir einmal sein Wort gegeben hat, hält er es auch, und koste es ihn das Leben. Aber er hat auch viel gelitten, hat Menschen verloren, die ihm sehr am Herzen lagen. Trotzdem hat er nie verzagt.« Daruma schüttelte den Kopf. »Er hätte es nicht verdient, seine Tage unter qualvollen Torturen zu beenden. Und seine Männer hätten es auch nicht verdient.«

Yun Shan sah bei den Worten des Händlers wieder deutlich die tiefgründigen, bernsteinfarbenen Augen vor sich, die sie mit scharfem Adlerblick angeschaut und doch irgendwie melancholisch gewirkt hatten. Die Augen Xiong Yings … »Warum trägt er einen chinesischen Namen?«

»Den hat dein Bruder ihm gegeben, nachdem der Ausländer ihm bei einem Überfall der Fliegenden Füchse das Leben gerettet hat. Seinen richtigen Namen könntest du wahrscheinlich gar nicht aussprechen.«

»Wie willst du Dan Qing und diese Leute befreien?«, fragte Yun Shan.

»Wir müssen so viel wie möglich über ihren Verbleib in Erfahrung bringen, und zwar sehr schnell. Jeder Augenblick zählt. Ich bleibe in der Karawanserei; sie ist mein Hauptquartier. Wenn du Nachrichten für mich hast, kannst du sie mir hier zukommen lassen.«

Yun Shan erhob sich, um zu gehen.

»Warte noch einen Moment«, bat Daruma.

Das Mädchen blieb stehen.

»Ist etwas Wahres an der Geschichte, die man sich über dich und Wei erzählt?«

Yun Shan wollte etwas erwidern, aber die Worte blieben ihr im Hals stecken, und ihre Augen füllten sich mit Tränen. Sie ging zu ihrem Pferd, nahm es an den Zügeln und tauchte schweigend in die Dunkelheit ein.

Daruma blieb allein zurück. »Es stimmt also«, murmelte er leise vor sich hin. »Es ist alles wahr.«

26

Yun Shan ritt zuerst im Schritttempo und spähte dabei nach allen Seiten, doch als sie sah, dass der Weg frei war, vermummte sie erneut ihr Gesicht und stob davon. Wie ein Gespenst jagte sie durch die stillen Gassen von Luoyang, die nur vom Mondschein erhellt wurden. Ihr weißer Hengst schien kaum den Boden zu berühren, so, als trage er überhaupt kein Gewicht auf dem Rücken, als wären er und die Reiterin ein einziges Lebewesen.

Seine Muskeln zuckten unter dem glänzenden Fell, während er über verlassen Plätze sprengte, über brusthohe Mauern und Zäune sprang, versteckte Gärten, dunkle Innenhöfe und lang gestreckte Säulenhallen durchquerte, Straßen entlanggaloppierte, die von fahlen Laternen beschienen wurden und vom Feuer, das in den großen Tripoden am Straßenrand brannte.

Yun Shan floh. Sie floh vor ihren eigenen Gedanken, vor den schmerzhaften Erinnerungen an die Vergangenheit, vor den Ängsten der Gegenwart, vor den Schatten der Toten und vor den gespenstischen Wolken, die am Himmel dahinjagten und immer wieder den Mond verdunkelten.

Da, ein Schatten!

Der Schatten eines Reiters am Ende der Straße.

Yun Shan riss ihr Pferd herum und sprengte in die entgegengesetzte Richtung, ohne zu wissen, wohin sie der wilde Galopp ihres Pferdes führen würde.

Doch da war der Schatten schon wieder – ein regloser Reiter unter dem Torbogen der Stadtmauer, der sie am Verlassen der Stadt hinderte.

Yun Shan blickte um sich, überzeugt, Scharen von kaiserlichen Soldaten zu entdecken, die ihr von allen Seiten her den Weg versperrten. Aber es war niemand da.

Niemand außer diesem Reiter. Er forderte sie zum Zweikampf heraus! Yun Shan hatte keine Wahl, als sich darauf einzulassen.

Sie zügelte ihr Pferd, griff hinter sich und zog unter dem Sattel das wertvolle Futteral hervor, in dem »Eishart« steckte, das Schwert, das ein Yue-Meister vor dreihundert Jahren für ihren Vorfahren Xung Zhou geschmiedet hatte. Mit einem Satz war sie auf der Erde und zog das Schwert aus der Scheide. Bläulich blinkte die Klinge im Mondschein.

Auch der andere Reiter glitt vom Pferd und zog seine Klinge. Er war schwarz gekleidet und hatte ein dunkelblaues Seidentuch vor dem Gesicht.

Schritt für Schritt gingen sie aufeinander zu und blieben erst stehen, als sie einander so nah waren, dass der eine den andern mit einem Ausfall hätte töten können. Die glänzenden Klingen blitzten auf, als sie mit leisem Pfeifen durch die Luft sausten. Die beiden Kämpfer bewegten sich wie in einem Tanz, suchten mit angespannten Muskeln nach dem perfekten Gleichgewicht, bündelten in sich die Kraft, die dem andern den Tod bringen sollte.

Dann war es so weit: Klirrend prallten die Schwerter aufeinander, und dann folgte ein Streich dem andern, immer schneller, immer drängender. Die messerscharfen Schneiden glitten am Stahl des Gegners ab, schlugen nach seinen Augen, seiner Stirn, seinem Herz, bevor dieser die feindliche Klinge geistesgegenwärtig abwehrte und damit im letzten Moment verhinderte, dass sie in sein Fleisch eindrang.

Mit einem Mal hielten beide Kämpfer inne, die Schwertspitzen nach vorn gerichtet, um einen neuen, wohlbedachten Angriff vorzubereiten.

Yun Shan spürte, dass ihr Widersacher noch im Vollbesitz seiner Kräfte war, sie dagegen geschwächt von den vielen Anstrengungen, die hinter ihr lagen.

Sie musste dieses lähmende Gefühl überwinden, sie musste einen Adlerschrei ausstoßen und wie ein Tiger mit einem Satz nach vorn springen oder besser noch durch die Luft wirbeln und ihren Gegner von oben herab treffen, wie ein Blitz – ja, das war's: Ihre Klinge musste genau zwischen seinen Schulterblättern eindringen und sein Herz von oben herab treffen.

Sein Herz von oben herab treffen …

Sie spürte, dass diese Worte, noch während sie sie dachte, auch ihrem Feind durch den Kopf gegangen waren, denn er wich ihrem Stoß aus, drehte sich auf den Fußspitzen und trudelte wie der Kreisel eines Kindes davon. »Eishart« bohrte sich in die Erde, und Yun Shan fiel neben ihrer Waffe auf die Knie, die rechte Hand am Schwertgriff, die Linke auf den Boden gestützt.

Die Klinge des Gegners schlug zu, durchtrennte den Knoten des Tuches, mit dem sie sich maskiert hatte, und es fiel ab und enthüllte ihr wunderschönes, wie aus Wachs gegossenes Gesicht.

Bei diesem Anblick hielt der andere ergriffen inne, obwohl er sie mit einem einzigen Schwertstreich hätte töten können.

»Prinzessin Yun Shan …«, stammelte er und entblößte seinerseits sein Gesicht.

»Wei …«, erwiderte das Mädchen. »Worauf wartest du noch? Schlag zu!«

»Du warst es also, die mich töten wollte«, sagte Wei, als hätte er ihre Bemerkung überhört.

»Ich wollte meinen Bruder befreien.«

»Dein Bruder hat dich unglücklich gemacht und mich in die Verzweiflung getrieben«, sagte er, indem er langsam um sie herumging. »Er soll am eigenen Leib spüren, was es bedeutet, für immer verstümmelt zu sein. Ich will, dass er leidet, wie ein Mensch nur leiden kann.«

»Das wird dir nichts von dem zurückgeben, was du verloren hast.«

Yun Shan zog »Eishart« aus der Erde, ohne dass Wei sie daran zu hindern versuchte. Er hatte die Spitze seines Schwerts zu Boden gerichtet und umkreiste Yun Shan mit gesenktem Blick, wobei sie ihn unverwandt beobachtete.

Irgendwann tat sie einen Schritt auf ihn zu, verließ das Zentrum dieses gedachten Kreises und richtete ihr Schwert auf seinen Hals. »Du hast meinen Meister Wangzi getötet. Und ich muss ihn rächen.«

»Er war nicht dein Meister, er war der Meister deines Bruders, und damit hat er sich mitschuldig gemacht. Schlechte Lehrer müssen dafür einstehen, wenn sie schlechte Schüler in die Welt hinausschicken und sie Schaden anrichten lassen.«

»Eishart« war ganz nah an Weis Hals, der weiß und glatt war wie der Hals eines jungen Mädchens.

Der Eunuch hob den Kopf, den er bis zu diesem Moment gesenkt gehalten hatte, und zeigte seine Tränen. Klar wie Tautropfen rannen sie aus seinen ausdruckslosen Augen über die schönen Wangen. »Durch keine andere als deine Hand würde ich sterben wollen, nur du könntest mir den Frieden geben – denn deine Liebe hast du mir ja entzogen. Stich zu, Yun Shan, tu es jetzt. Eine zweite Gelegenheit wirst du nicht bekommen.«

Yun Shan schlug zu, aber »Eishart« streifte nur ganz leicht Weis Stirn und wurde sofort wieder zurückgezogen. Eine winzige rubinrote Perle zeigte die Stelle an, wo die Klinge Weis Haut berührt hatte.

»Betrachte dies als einen letzten Mitleidsakt«, sagte Yun Shan, indem sie ihr Schwert in die Scheide zurückstieß. »Der Weg, den du eingeschlagen hast, führt in den Abgrund. Nur böse Menschen können dir auf diesem Weg folgen. Lass meinen Bruder frei, und ich will vergessen, was du getan hast. Lass meinen Bruder und seine Leibwache frei. Zieh dich in irgendein Kloster zurück, und keiner wird dir etwas antun. Darauf gebe ich dir mein Wort.«

Wei trat so dicht an sie heran, dass sie seinen Atem im Gesicht spüren konnte. Seine tränennassen Augen berührten ihr Herz, aber seine Stimme klang kalt und schneidend.

»Ich werde dieses verfluchte Kaisergeschlecht, von dem sich der Himmel abgewandt hat, ausrotten und ein neues gründen. Und wenn mir das misslingt, will ich ohne Reue in den Tod gehen«, stieß er hervor, dann aber begann seine Stimme leicht zu zittern. »Mich begleitet eine Erinnerung, Yun Shan, die Erinnerung an ein Gefühl, das nicht einmal die grausamste aller Klingen aus meinem gefolterten Fleisch schneiden konnte. Auf Nimmerwiedersehen.«

Mit diesen Worten stieß er das Schwert in die Scheide und katapultierte sich mit einem unglaublichen Sprung, leicht wie eine Feder, auf den Rücken seines Pferdes. Dann gab er dem Tier die Sporen, galoppierte aufs offene Feld hinaus und war auch schon weg.

Yun Shan folgte ihm mit ihren Blicken, solange sie konnte, bevor sie schluchzend zusammenbrach.

Noch bevor sich die ersten Strahlen der Sonne am Horizont zeigten, sprengte ein Reiter durch das Haupttor des Kaiserpalasts, vor dem zwei Reihen Wachsoldaten Spalier standen. Am Fuß der majestätischen Freitreppe angelangt, die zum Hauptgebäude emporführte, überließ er sein Pferd den herbeieilenden Stallknechten und rannte mit wenigen Sätzen hinauf in die Empfangshalle, die von sechs riesigen Kohlebecken auf monumentalen Tripoden erhellt wurde.

Ein alter Palastbeamter trippelte ihm unterwürfig entgegen. »Vornehmer Herr …«

»Der heutige Vorfall ist unerhört – ich bin in meiner eigenen Stadt angegriffen worden, der Rote Lotus hätte mich um ein Haar getötet!«

Der Alte verbeugte sich ratlos. »Du hast ja recht, ehrenwerter Wei, andererseits tun wir doch alles, was in unserer Macht steht, um …«

»Das genügt nicht!«, brüllte Wei. »Diese Männer müssen vernichtet werden! Wo sind deine Informanten? Was tun deine Spitzel den ganzen Tag? Mein Leben ist in Gefahr – und das in meinem eigenen Palast!«

»Der Rote Lotus hat viele Sympathisanten im Volk; viele halten dem alten Kaiserhaus noch immer die Treue, mein Herr. Aber glücklicherweise ist es dir ja gelungen, den Prinzen Dan Qing gefangen zu nehmen …«

»Das hatte mit Glück rein gar nichts zu tun!«, herrschte der Eunuch ihn an. »Das ist allein meiner Geschicklichkeit zu verdanken und dem Umstand, dass ich mich persönlich um die Sache gekümmert habe. Ich kann mich auf niemanden außer mir selbst verlassen! Ich bin von Eseln und Nichtsnutzen umgeben!«

»Der Kaiser ist tot«, fuhr der alte Beamte unerschütterlich fort, »auch wenn niemand es weiß, und sein Sohn ist gefangen. Jetzt musst du nur noch eine einzige Aufgabe bewältigen: die Gunst des Volkes erwerben und damit zugleich die Gunst des Himmels.«

»Wie meinst du das?«, fragte Wei, der bei diesen Worten auf einmal ruhig geworden war.

»Nun, du musst das Volk davon überzeugen, dass du das Werkzeug bist, das der Himmel auserwählt hat, um eine unwürdige Dynastie zu bestrafen. Wenn du das schaffst, wird deine Macht keine Grenzen mehr kennen. Vielleicht gelingt es dir sogar, die drei Reiche wieder zusammenzuführen, unser ganzes Land wieder zu einen, wie es eigentlich sein sollte.«

»Und eine Dynastie zu gründen, die mit mir sterben wird«, meinte Wei mit einem sarkastischen Lächeln.

»Nicht unbedingt. Es gibt Mittel und Wege, wie auch du Nachkommen haben kannst. Weißt du, wie oft Kaiserinnen, die keine Kinder bekommen konnten, ihre Männer betrogen und ihnen das Kind einer Sklavin untergeschoben haben? Und wenn unfruchtbare Mütter Thronerben zeugen konnten, kann das auch ein Vater. Zunächst einmal musst du jedoch das Wohlwollen des Volkes gewinnen. Glaube mir, mächtiger Herr.«

»Wie? Das Volk liebt mich nicht, so viel steht fest.«

Die schwindende Nacht war so still, dass man das Knistern der Öllampen und den Hauch des Windes hören konnte. Einen Moment lang waren im äußeren Hof Schritte zu vernehmen, die jedoch sofort wieder verhallten.

Der Alte dachte eine Weile nach, bevor er eine passende Antwort gefunden hatte. »Die Leute machen sich eben ein falsches Bild von dir«, sagte er.

»Allerdings, denn in Wahrheit bin ich noch viel schlimmer, als sie es sich vorstellen, auch daran besteht nicht der geringste Zweifel. Was weiter?«

»In Kürze begehen wir das Neujahrsfest. Aufgrund der Unruhen, die unser Land heimsuchten, wurde es schon seit Jahren nicht mehr so gefeiert, wie das Volk es früher gewohnt war.«

»Du meinst mit Festlichkeiten, Lichterketten, kostenlosen Mahlzeiten, bunten Papierdrachen, die Rauch aus den Nüstern blasen ...«

»Und Kämpfen unter Gefangenen.«

»Sprich nicht in Rätseln, komm zur Sache!«

»Ich habe gehört, die Barbaren, die du zusammen mit dem Prinzen gefangen genommen hast, seien ausgezeichnete Kämpfer. Stimmt es, dass sie aus Da Qin Guo kommen?«

»Ja, scheint so. Ihr Aussehen deutet darauf hin.«

»Ich habe die geheimen Schriften studiert, die beim Brand der Großen Bibliothek von Luoyang aus dem Feuer gerettet werden konnten. Darin ist zu lesen, dass es in Da Qin Guo eine barbarische, aber höchst interessante Sitte gibt, ein öffentliches Schauspiel, das sich großer Beliebtheit erfreut. Wenn ich recht verstanden habe, handelt es sich um Kämpfe zwischen Gefangenen oder auch Berufskriegern, die in großen, terrassenförmig ansteigenden Gebäuden ausgetragen werden. Kurz, ich schlage vor, unsere Gefangenen im großen Hof des Palasts, am Fuß der Freitreppe, gegeneinander antreten zu lassen und den Hof fürs Volk zu öffnen.«

Wei reagierte nicht gleich, schien einen Moment lang geistig abwesend, so als zögen irgendwelche Schimären vor seinem inneren Auge vorbei.

»Gefällt dir mein Vorschlag nicht?«

»Doch, doch, er ist gut. Und diese wilden, grausamen Xiongnu, die wir kürzlich in der Nähe der Großen Mauer gefangen genommen haben, könnten würdige Gegner abgeben ...«

»Bei allem Respekt, mächtiger Herr, ich glaube, der Kampf wäre aufsehenerregender, wenn es noch gefährlichere Gegner wären.«

»Gefährlicher als die Xiongnu? Wen hast du im Sinn? Wer könnte es mit den Barbaren aus Da Qin Guo aufnehmen?«

Der Alte wurde sehr ernst und schlug die Augen nieder, bevor er antwortete: »Die Fliegenden Füchse.«

»Du weißt, dass das nicht geht«, erwiderte Wei nach kurzem Zögern.

»Warum nicht, mächtiger Herr? Was spricht dagegen?«

»Der gesunde Menschenverstand, den du in deinem Alter eigentlich haben solltest. Die Fliegenden Füchse müssen unbekannte, körper- und gesichtslose Wesen bleiben, wenn sie weiterhin Furcht und Schrecken verbreiten sollen. Sie in einem öffentlichen Kampf vorzuführen, hätte zur Folge, dass die Leute sie als ganz gewöhnliche und damit auch verwundbare Menschen aus Fleisch und Blut erleben.«

»Ich verstehe, was du meinst, und bewundere deine Weisheit, Herr, aber ich denke, wer sie gegen die gefürchteten Krieger aus dem Westen kämpfen sieht, würde schnell einsehen, dass es absolut aussichtslos ist, sich ihnen zu widersetzen.«

»Das Spektakel würde also vor allem den Kämpfern des Roten Lotus gelten …«

»Ja, Herr. Ich bin mir sicher, dass sie dem Spektakel zahlreich beiwohnen würden.«

Wei ging in der großen Halle auf und ab, wobei sich seine Gestalt immer wieder gespenstisch gegen den fahlen Mond abhob. »Und du meinst, auf diese Weise könnte ich die Gunst des Volkes gewinnen?«

»Zweifelsohne.«

Wei schüttelte unschlüssig den Kopf.

»Die Barbaren müssten ihre Rüstungen und Waffen tragen, damit der Kampf noch spannender wird«, fuhr der Alte fort, »und man müsste ihnen für den Fall eines Sieges die Freiheit in Aussicht stellen – auf diese Weise würden sie besonders erbittert kämpfen. Im Übrigen gibt es noch einen Grund, aus dem die Fliegenden Füchse die einzig würdigen Gegner für sie wären …«

»Noch einen Grund …?«

»Ja. Ich bin mir nicht sicher, ob du es weißt, aber diese Barbaren sind nicht die ersten Menschen aus Da Qin Guo, die es bis nach China geschafft haben.«

»Was sagst du da?«, fragte Wei überrascht.

»Hast du je von den dreihundert Söldnerteufeln gehört?«

»Natürlich, aber das ist eine Legende.«

»Die auf einer wahren Begebenheit beruht. Die dreihundert Söldnerteufel hat es wirklich gegeben. Sie sind vor über dreihundert Jahren plötzlich an unserer Westgrenze aufgetaucht, haben dort ein Stück Land besetzt und keine Anstalten gemacht, wieder zu verschwinden. Der Anführer unserer Grenzgarnison, ein tüchtiger Mann, der es mit seinen Pflichten sehr ernst nahm, griff sie mit seinem Heer an, aber die Barbaren erwiesen sich als furchtbare Gegner, die um nichts in der Welt zu vertreiben waren. Die Chroniken berichten, dass sie eine seltsame Kampftechnik hatten: Sie sollen sich geschlossen aufgestellt und sich dann ihre Schilde über den Kopf gehalten haben, derart, dass sie einander überlappten wie die Schuppen eines Fisches …«

Wei fiel ihm ins Wort: »Was erzählst du da für Märchen, Alter? Das ist blanker Unsinn! Wenn das wahr wäre, müsste ich davon wissen, denn ich habe viele der Schriften, die den Brand der Großen Bibliothek von Luoyang überstanden haben, gründlich studiert.«

»Das mag ja sein, aber diese Chroniken wurden geheim gehalten, und nur wer die Inschrift auf dem Felsen von Li Cheng gelesen hat, kennt die Geschichte.«

»Gut, dann erzähl weiter«, gebot Wei, und der Alte glaubte einen Moment lang, einen rätselhaften Anflug von Schwäche in seinen Augen auszumachen. Er nickte einem Diener zu, der reglos wie eine Statue im hinteren Teil des Saals stand und auf Order wartete. Der Diener verschwand und kam kurz darauf mit einer dampfenden Teekanne und zwei goldenen Tassen zurück, die er gefüllt vor ihnen abstellte.

Die beiden ließen sich auf den Fersen nieder, tranken etwas Tee, und dann setzte der Alte seine Erzählung fort: »Kaiser Yuandi erfuhr von dieser Episode und war sehr erzürnt darüber. Er ließ den Anführer der Garnison köpfen und schickte einen Jüngeren mit frischen Truppen und dem strikten Befehl, die Barbaren zu verjagen. Aber auch ihm sollte es nicht gelingen.

Die Feinde schoben Kriegsmaschinen aufs offene Feld hinaus, wie die Unseren sie noch nie zu Gesicht bekommen hatten, Maschinen, die mörderische Pfeile auf unsere Soldaten abschossen. Dann machten sie plötzlich einen Ausfall, griffen die Unseren mit ihrer geschlossenen Formation an und besiegten sie.

Diesmal fragte der Kaiser verblüfft nach, wie viele von diesen ausländischen Kriegern es denn gäbe und wie viel Mann nötig wären, um sie zu bezwingen. Man antwortete ihm, fünftausend Soldaten wären mehr als genug, um die Barbaren wie lästige Fliegen zu zerquetschen, aber dem war nicht so. Als das neue Kontingent angriff, stießen sie auf eine Befestigungsanlage von gänzlich ungewohnter Art, die den kläglichen Fetzen Land aus getrocknetem Lehm trotz aller Bemühungen uneinnehmbar machte. Mit Einsetzen der Herbstregen versank unser Heer im Schlamm, im Winter litt es unter Kälte und Eis, ohne dass die Barbaren in dem erbärmlichen Vorposten, der sich mittlerweile in eine gewaltige Festung verwandelt hatte, auch nur im Geringsten Anstalten gemacht hätten, sich zu ergeben. – Möchtest du noch mehr hören, mein Herr?«

»Ja, fahre fort«, erwiderte Wei.

»Irgendwann war es unser Anführer müde, darauf zu warten, dass die Barbaren sich aus Hunger ergäben. Er beschloss, alles auf eine Karte zu setzen, und befahl einen massiven Angriff auf die Mauer der Festungsanlage. Aber auch dieses Unterfangen endete in einer Katastrophe: Gräben, die es vorher nicht gegeben hatte, taten sich unter den Füßen seiner Krieger auf, Flammenwände erhoben sich vor ihnen, vom Himmel regnete es Felsbrocken, und ein Pfeilhagel dezimierte ihre Reihen. Als es den Unseren endlich gelang, eine Bresche in die Mauer zu legen, standen sie vor einer zweiten Mauer, die komplett aus Quadersteinen errichtet war. Sie hatte an den Ecken Türme, aus denen Schwärme von Pfeilen abgeschossen wurden. Kurz, der Angriff endete in einem Blutbad.

Der Kaiser sah ein, dass es einer Offensive von gewaltigem Ausmaß bedurft hätte, aber er brachte es nicht über sich, Männer, die sich so tapfer verteidigten, einfach niedermetzeln zu lassen, und deshalb sandte er kein neues Heer zu ihnen, sondern einen Lehrer.«

»Einen Lehrer?«

»Ja, mein Herr. Einen Chinesischlehrer, der von den Barbaren – die, wie sich im Übrigen zeigte, gar nicht so barbarisch waren – mit großem Respekt empfangen und äußerst zuvorkommend behandelt wurde. Ende des Winters hatten ihre Anführer so viel Chinesisch gelernt, dass sie wenigstens eine einfache Unterhaltung führen konnten, und an diesem Punkt stellte ihnen der Lehrer eine Reihe von Fragen, die der Kaiser selbst ihm vorgegeben hatte: Wer sie seien, woher sie kämen, warum sie sich an diesem Ort niedergelassen hätten und warum sie so hartnäckig kämpften.

Sie gaben zur Antwort, sie kämen aus einem fernen Land, das sie als das größte Reich der Erde bezeichneten. Ein Reich, das über zehntausend Städte hätte, von einer Million Kriegern verteidigt würde und ein riesiges Meer einschließe, auf dem Tausende von Schiffen verkehrten. Aus vielen Hinweisen ergab sich, dass es sich um das legendäre Da Qin Guo handeln musste.«

»Dieselben Leute also«, murmelte Wei, als rede er zu sich selbst.

»Ja, dieselben Leute«, bestätigte der Alte. »Sie erzählten, sie hätten an einer großen Schlacht gegen die Perser teilgenommen, seien in einen Hinterhalt geraten, und der Großteil ihrer Kameraden sei nach erbittertem Widerstand schließlich niedergemacht worden. Einzig ihr Verband habe es geschafft, die Blockade zu durchbrechen und sich freizukämpfen. Da ihnen aber alle Wege bis auf den nach Osten versperrt gewesen seien, hätten sie ebendiese Richtung eingeschlagen und seien so nach einem Jahr Marsch an unsere Grenze gelangt.

Und jetzt kommt das Beste: Nachdem unser Kaiser ihre Geschichte gehört hatte, bot er ihnen an, als persönliche Leibwache in seine Dienste zu treten. Die Barbaren gingen darauf ein und erwiesen sich bei der Ausführung der Missionen, mit denen sie in der Folgezeit betraut wurden, als derart tüchtig, dass man sie bald für unbesiegbar, ja, nahezu unsterblich hielt. Nachdem sie dem Kaiser viele Jahre treu gedient hatten, entließ er sie in Ehren und schenkte ihnen Land, das sie bebauen konnten, ganz in der Nähe eines Dorfes namens Li Cheng, wo ihre Nachfahren angeblich noch heute leben. Der Kaiser verfügte auch, dass nur sie ihn nach seinem Tod auf dem Weg in die Ewigkeit begleiten, sprich zu Grabe tragen durften.«

»Warum hast du mir diese Geschichte erzählt?«, fragte Wei schließlich.

»Weil diese Männer zur Legende wurden und es noch heute sind. Nur ein Mythos kann einen anderen Mythos schlagen: die Fliegenden Füchse gegen die Krieger aus Da Qin Guo.«

»Und du meinst wirklich, das würde mir die Gunst des Volkes einbringen?«

»Ich bin felsenfest davon überzeugt. Wer die Fliegenden Füchse kämpfen sieht und sich bewusst macht, dass du so überragende Kämpfer an deiner Seite hast, wird auch seine letzten Zweifel hinsichtlich der Rechtmäßigkeit deiner Macht begraben. Und dann wird deinem Aufstieg keine Grenze mehr gesetzt sein: Eines Tages könntest du sogar die drei Reiche wieder unter einem Zepter vereinen und als der Retter unseres Landes in die Geschichte eingehen.«

»Und du meinst, das interessiert mich wirklich?«, fragte Wei mit geistesabwesender Miene.

Der Alte beugte mit einem leisen Seufzer den Kopf und schwieg.

Wind kam auf. Irgendwo quietschte ein Fensterladen, und in der Ferne heulte ein Hund. Die Flammen in den Kohlebecken flackerten.

»Es ist spät geworden«, sagte Wei. »Ich möchte mich zur Ruhe begeben. Veranlasse, dass die Krieger aus Da Qin Guo ihre Waffen, ihre Rüstungen und alles Übrige zurückerhalten. Sie werden in sieben Tagen gegen die Fliegenden Füchse antreten.«

»Sehr wohl, mein Herr. Du wirst deine Entscheidung nicht bereuen.«

Nach diesen Worten trat erneut Stille zwischen den beiden Männern ein, die immer noch auf den Fersen hockten und sich nur ansahen.

Ein Lied klang durch die Nacht, vielleicht war es auch nur das Jammern des Windes. Das war das Letzte, was man hörte. Danach herrschte nur noch die rätselhafte Lautlosigkeit, die dem Morgengrauen vorangeht.

27

Marcus Metellus hatte die ersten Tage seiner Gefangenschaft unter großer Anspannung verbracht, hatte versucht sich vorzustellen, was ihn und seine Männer erwartete, welche Hilfe er sich von außen erhoffen konnte und ob diese Hilfe wohl je käme.

Obwohl er von den andern isoliert war und ganz allein in seiner Zelle hockte, versuchte er den Kontakt zu seinen Männern zu halten, indem er ihnen hin und wieder etwas zurief oder mit den Fingerknöcheln an die Tür klopfte, um ihnen zu zeigen, dass er noch da war, und um ihnen Hoffnung und Mut zu machen. Er wusste, was für einen Einfluss sein Verhalten auf sie hatte.

Da er ihnen versprochen hatte, sie nach Hause zurückzubringen, verbrachte er die langen Stunden der Gefangenschaft damit, sich zu überlegen, wie das zu schaffen sei. Aber die nackten Wände seiner Zelle, die nur von einem winzigen Fenster knapp unterhalb der Decke unterbrochen wurden, wollten jede Hoffnung zunichte machen.

Ja, es stimmte: Nichts auf der Welt war so schlimm, als dass es nicht noch schlimmer kommen konnte. Im Vergleich zu dieser schrecklichen Isolation, zu dieser absoluten Leere, war der Aufenthalt in Aus Daiwa beinahe angenehm gewesen. Dort hatte er wenigstens Kontakt zu seinen Gefährten gehabt, die Möglichkeit, ein Minimum an Unterstützung und Hilfe zu leisten, wenn einer von ihnen es brauchte. Er erinnerte sich auch an Uxal, seine ruppigen Freundschaftsbezeugungen, und er fragte sich, was Uxal wohl gesagt und getan hätte, wenn er mit ihnen in diesem Gefängnis gelandet wäre.

Abends vor dem Einschlafen gedachte er immer noch der Vorfahren und Clelias; er versuchte sich im Dunkeln ihr Gesicht auszumalen, ihre leuchtenden schwarzen Augen, ihre weichen, wohlgeformten Lippen. Wehmütig sah er sie vor sich und zugleich mit ihr den Sohn, der so weit weg war, so verloren für ihn. Vielleicht war er noch am Leben, vielleicht schon längst tot, unkontrollierbaren Mächten wehrlos zum Opfer gefallen. Er dachte an Aurelianus, den tapferen, treuen Freund, und betete, er möge das Vaterland und seinen Sohn verteidigen.

Manchmal schob sich über all diese Erinnerungen und Empfindungen unerwartet ein störendes Bild: die fiebrig glänzenden, rätselhaften Augen Yun Shans, des Mädchens, dessen Blick er im Kloster flüchtig begegnet war, bevor man ihn zusammen mit Dan Qing weggeschleppt hatte. Er hatte in diesen Momenten ein seltsames Gefühl, war irgendwie fasziniert von diesem Mädchen, ja, er fühlte sich auf mysteriöse Weise zu der jungen Frau hingezogen.

Dann aber merkte er wieder, dass sich seine Gedanken an diesem trostlosen, stillen Ort im Kreise drehten, und er versuchte, seinen Geist mit etwas anderem zu beschäftigen, mit Worten und Zahlen. Manchmal ließ er seine Schulzeit wieder aufleben und versuchte, Virgils *Äneis* auswendig aufzusagen oder das Anfangskapitel von Xenophons *Anabasis*, das er während der ersten Schuljahre so oft auf Griechisch gelesen hatte, um diese Sprache zu lernen.

Der einzige Kontakt mit der Außenwelt erfolgte zu den Essenszeiten, wenn ihm durch eine kleine Klappe seine Mahlzeit und etwas Wasser zugeschoben wurden. Dann bekam er auch jedes Mal das Gesicht des Kerkermeisters zu sehen, eines alten Mannes mit langem weißem Bart.

Eines Tages merkte er, dass ihm seine Gefährten nicht mehr antworteten. Daraus schloss er, dass sie verlegt worden waren, und das erfüllte ihn mit tiefem Kummer. Auf einmal war er wirklich nur noch von Stille umgeben. Das gesamte Gebäude schien ausgestorben, und seine Stimme, die nach den andern rief, verhallte im Dunkeln.

Nachdem er einige Tage in diesem elenden Zustand verbracht hatte, begann er wahrhaftig den Mut zu verlieren. Womöglich musste er Monate oder Jahre in diesem Zustand verbringen oder gar den Rest seines Lebens, ein Gedanke, der ihm unerträglich war. Er versuchte auch, sich vorzustellen, was er selbst anstelle des Mannes getan hätte, der ihn gefangen hielt, aber das führte zu nichts, denn er brachte es beim besten Willen nicht fertig, sich in dessen fremde Seele hineinzuversetzen.

Schließlich beschloss er, sich auf ehrenhafte Weise, als Römer, das Leben zu nehmen, sobald er diese schreckliche Leere nicht mehr aushielt. Bis zu diesem Moment aber würde er Körper und Geist trainieren, um sie perfekt in Form zu halten. Das einzig Seltsame an dieser Gefangenschaft war die relative Üppigkeit und Vielfältigkeit des Essens, das man ihm brachte, und die ausgezeichnete Qualität des Wassers; hin und wieder bekam er sogar eine Tasse von dem bernsteinfarbenen Aufguss zu den Mahlzeiten gereicht.

Eines Nachts, kurz vor Sonnenaufgang, hörte er plötzlich Geräusche, das Quietschen von Türangeln, Riegel, die zurückgeschoben wurden, und dann wieder nichts.

Er suchte nach der Tür, merkte aber, dass sie nicht mehr dort war, wo sie immer gewesen war. Sich im Dunkeln vorantastend, entdeckte er sie kurz darauf an einer anderen Wand.

Wie war das möglich? Er fühlte sich desorientiert und fragte sich bang, ob er womöglich verrückt wurde.

Dann hörte er wieder Geräusche. Er presste das Ohr an die Tür, um zu lauschen, doch zu seiner großen Überraschung gab die Tür nach und öffnete sich.

Metellus fand sich in einem Korridor wieder, der im dämmrigen Schein einer Öllampe lag. Vorsichtig um sich blickend, ging er ihn entlang. Er war kurz und führte in einen großen Raum, von dem weitere Zellen abgingen. Einen Ausgang gab es nicht. Was, um alles in der Welt, hatte dies alles zu bedeuten?

Er trat an eine der Türen und bewegte leicht den Riegel.

»*Quis est?*«, fragte jemand auf Lateinisch.

Metellus erkannte die Stimme. »Marzianus, bist du das?«

»Ja, Kommandant. Aber was machst du da draußen? Und wo hast du die ganze Zeit gesteckt? Wir haben deine Stimme seit Tagen nicht mehr gehört.«

»Ich weiß selbst nicht, wie das zuging«, gestand Metellus. »Aber heute war meine Zellentür plötzlich offen.« Mit diesen Worten schob er den Riegel ganz zurück, und kurz darauf starrten Marzianus und er sich ungläubig an.

»Was geht hier vor?«

Metellus zuckte mit den Schultern. »Ich habe nicht die geringste Ahnung.«

»Hey!«, erklang es plötzlich von nebenan. Diesmal war es Quadratus. »Kommandant, bist du das?«

»Wir sind hier!«, riefen andere Stimmen.

Metellus öffnete die Türen eine nach der anderen und befreite seine Männer. Sie umarmten sich und konnten kaum glauben, dass sie nach der langen, quälenden Isolation wieder alle zusammen waren.

Balbus legte ihm die Hand auf die Schulter. »Wie ich mich freue, dich wiederzusehen. Und was passiert jetzt? Hier kommen wir nicht raus, wie mir scheint.«

»Nein, ich glaube nicht«, entgegnete Metellus. »Aber irgendetwas wird auf alle Fälle passieren. Sie haben uns bestimmt nicht ohne Grund hier versammelt.«

Lucianus begann sorgfältig die Wände abzutasten und fluchte auf Griechisch, als er merkte, dass das Gebäude eine Art Schachtel aus Stein ohne Eingang und Ausgang war. »Erinnert sich einer von euch daran, wie wir hier reingekommen sind?«, fragte er.

Rufus raufte sich den roten Schopf. »Verdamm mich, aber ich erkenne in diesem Loch kein Staubkorn wieder.«

»Es war dunkel, als wir hier hereinkamen«, meinte Septimius.

Publius trat vor Metellus. »Kommandant, kannst du dir einen Reim auf das alles machen? Keiner von uns erkennt den Ort wieder, an dem wir uns befinden. Keiner erinnert sich, wie wir hier reingekommen sind. Und wie wir wieder rauskommen sollen, ist uns allen ebenso schleierhaft. Und doch hat jemand die Tür deiner Zelle offen gelassen. Irgendwo muss dieser Mensch doch reingekommen und wieder rausgegangen sein!«

Metellus dachte eine Weile schweigend nach, dann sagte er:

»Es gibt nur eine Erklärung für diese eigentümliche Situation: Man hat uns im Schlaf aus unserem ursprünglichen Gefängnis und hierher geschafft.«

»Kommandant«, widersprach Antoninus, »ich wach schon auf, wenn eine Küchenschabe über den Boden krabbelt.«

»Nicht, wenn du betäubt wurdest«, gab Metellus zu bedenken. »Mit Sicherheit hat man irgendein Schlafmittel in unser Essen oder ins Trinkwasser gemischt.«

Er hatte noch nicht ausgesprochen, als aus einer der Zellen ein knirschendes Geräusch zu ihnen herüberdrang, so als reibe Stein auf Stein.

Kurz darauf erschien ein Mann in bodenlanger, grüner Tunika vor ihnen. Wie aus dem Boden gewachsen stand er plötzlich da.

»Wer von euch ist der Kommandant Xiong Ying?«, fragte er.

»Das bin ich«, antwortete Metellus und trat vor. »Woher kennst du meinen chinesischen Namen? Wurdest du etwa vom Prinzen geschickt? Bist du gekommen, um uns zu befreien?«

Der Mann in der grünen Tunika antwortete nicht auf seine Fragen, bedeutete ihnen aber, ihm in die Zelle zu folgen, aus der er gekommen war.

Metellus und die anderen gingen ihm nach und entdeckten, dass die Rückwand der Zelle, in der Septimius und Rufus gefangen gehalten worden waren, plötzlich offen stand: Sie hing wie eine Tür in Angeln und war als Ganzes gedreht worden.

Dahinter befand sich ein weiterer Raum, den sie betraten – und dann verschlug es ihnen fast die Sprache:

Auf Holzständern, säuberlich nebeneinander aufgereiht, hingen dort ihre Rüstungen, in perfektem Zustand! Marcus Metellus' Helm war aufgrund des roten Helmbuschs und weil er aus besonders glänzendem Metall war, am deutlichsten im Halbdunkel zu erkennen.

»Was hat das zu bedeuten?«, fragte Metellus auf Chinesisch.

»Dass ich gekommen bin, um euch die Freiheit anzubieten«, erwiderte der Mann; er sprach betont langsam und deutlich, um sicherzugehen, dass er verstanden wurde.

»Erkläre dich näher«, forderte Metellus. »Soll das heißen, wir können gehen?«

»Die Freiheit ist ein kostbares Gut, das man sich hart verdienen muss«, entgegnete der Mann, und Metellus erkannte sogleich, dass weder diese Antwort noch die eigentümliche Situation, in der sie sich befanden, besonders vielversprechend waren.

»Morgen begehen wir Chinesen das Neujahrsfest«, fuhr der Mann fort. »Unser Herr, der ehrenwerte Wei, hat beschlossen, einen alten Brauch aus den ersten Jahren der Dynastie wieder aufleben zu lassen: Ausländische Gefangene messen sich mit unseren besten Kämpfern. Wenn sie gewinnen, gibt man ihnen die Freiheit zurück. Wenn sie verlieren, werden sie mit ihren Rüstungen und Waffen auf dem Friedhof der Ausländer begraben.«

Metellus seufzte tief.

»Was sagt er?«, wollte Antoninus wissen.

»Er sagt, dass wir gegen ihre besten Krieger kämpfen müssen, wenn wir freikommen wollen. Eine Art Gladiatorenkampf.«

»Sag ihm, dass wir zu allem bereit sind«, erklärte Quadratus. »Wir fürchten nichts und niemanden!«

»Ja, besser durch einen ordentlichen Schwertstreich sterben als in diesem Loch verfaulen!«, bekräftigte Publius, und alle anderen nickten.

»Gut«, sagte Metellus zu dem Mann in der grünen Tunika, »wir nehmen an. Wie lauten die Regeln?«

»Es gibt keine Regeln. Es wird ein Kampf auf Leben und Tod. Er ist zu Ende, wenn der Letzte von euch oder euren Gegnern tot ist.«

Metellus übersetze seinen Gefährten die Antwort des Chinesen, dann sah er sie einen nach dem andern an. Es waren die besten Kämpfer, die ihm je unterstanden hatten. Er musterte sie einzeln, so als wären sie zum ersten Mal vor ihm zum Appell angetreten: den älteren der beiden Zenturionen, Helius Quadratus, den jüngeren, Sergius Balbus, den *optio* Antoninus Salustio, die Legionäre Marzianus, Publius, Septimius, Lucianus, Rufus und Severus; alles hervorragende Schwertkämpfer und Speerwerfer, die wochenlang marschieren konnten, den Wein und die Frauen liebten und unglaublich hart im Nehmen waren. Soldaten eben.

Als er sich wieder dem Mann in der grünen Tunika zuwandte, um ihm zu antworten, hatte er keinen Zweifel: »Wir sind bereit.«

Der Chinese nickte und verließ den Raum durch eine schwere Bronzetür an der hinteren Wand.

»Jetzt wissen wir, warum sie uns so gut ernährt haben«, sagte Marzianus. »Ich weiß nicht, ob ihr es auch gemerkt habt, aber was uns da in letzter Zeit vorgesetzt wurde, war die reinste Kampfdiät: Sumpfweizen, Fleisch, Gemüse, Fisch, Eier.«

»Ich hab nur gemerkt, dass alles gut schmeckte«, meinte Rufus, »aber froh war ich nicht darüber: Es soll Fälle geben, in denen man zum Tode verurteilte Gefangene derart verköstigt.«

»Zur Sache«, fiel Septimius ihnen ins Wort. »Was tun wir jetzt?«

»Wir bereiten uns auf den Kampf vor«, erwiderte Metellus. »Machen wir uns keine Illusionen: Sie werden ihre Besten gegen uns antreten lassen, und eine Geschmacksprobe davon, wie gefährlich die sind, haben wir ja schon bekommen.«

»Sprichst du von den Fliegenden Füchsen, Kommandant?«, fragte Balbus.

»Ja, ich fürchte, mit ihnen werden wir es zu tun kriegen. Hört zu, Männer: Wenn sie uns gegen ihre Eliteeinheit kämpfen lassen, dann nur, weil sie überzeugt sind, dass wir nicht die geringste Chance gegen sie haben. Ich sehe das etwas anders. Sicher, unsere Gegner werden in der Überzahl sein, und vielleicht haben sie auch die besseren Kampftechniken, aber wir sind Soldaten, und ein Soldat fürchtet sich nicht vor dem Tod. Eins steht jedenfalls fest: Den Kampf abzulehnen wäre keine Lösung, das würde uns auch nicht retten. Davon abgesehen kann keiner ausschließen, dass es nicht doch eine Hoffnung für uns gibt. Wie auch immer, wir haben keine andere Wahl, als zu kämpfen, und genau das werden wir tun – mit aller Kraft und vollem Einsatz. Schlimmstenfalls werden wir uns einen ehrenhaften Soldatentod verdienen, indem wir unsere Haut teuer verkaufen. Günstigstenfalls erlangen wir die Freiheit. Unmöglich ist nichts. Möchte noch jemand etwas sagen?«

Balbus und Quadratus schauten ihre Männer an und erwiderten: »Ich glaube, wir sind alle deiner Meinung, Kommandant.«

»Ausgezeichnet. Zenturionen, dann liegt es jetzt an euch, eure Männer auf den Kampf vorzubereiten.«

Quadratus nickte und wandte sich an die Gefährten: »Als Erstes überprüft ihr eure Ausrüstungen – den *gladius*, die Wurfwaffe, alles. Könnte schließlich sein, dass sie daran herumgefummelt haben und uns übers Ohr hauen wollen. Danach entwerfen wir einen Schlachtplan. Ich fürchte, das wird die härteste Probe unseres Lebens.«

Severus und Antoninus, die beiden *fabri*, nahmen sich die Schilde vor und untersuchten sie genau. »Prima«, sagte Severus, »sie haben anscheinend nichts gemerkt.«

»Was meinst du damit?«, fragte Metellus.

»Weißt du noch? Wir sagten dir doch, wir hätten eine Überraschung vorbereitet, als wir unsere Rüstungen in der Karawanserei an der Grenze wieder instand gesetzt haben. Wir haben in der Karawanserei damit begonnen und den Rest später im Dorf des Prinzen erledigt.« Er zeigte seinen Gefährten die Rückseite des Schilds: »Seht ihr den kleinen Hebel, hier hinter dem Griff? Sobald ihr den betätigt, stoßen acht Eisensporne durch die lederne Außenverkleidung der Schilde, und zwar über die ganze Vorderseite verteilt.« Severus grinste triumphierend. »Mit unserer Kampftechnik haben die Fliegenden Füchse schon Bekanntschaft gemacht, aber diese kleine Variante dürfte sie überraschen.«

Balbus wollte die Sache schon ausprobieren und den Hebel nach unten drücken, aber Antoninus hielt ihn zurück. »Nein, Zenturio, tu das nicht. Das Ganze basiert auf einem Schnappmechanismus, der nur einmal funktioniert. Wenn du ihn betätigst, durchlöchern die Sporne die Lederhaut, und dann ist es mit der Überraschung vorbei – es sei denn, wir würden die Schilde auseinanderbauen und erneut mit Leder beziehen, aber das geht hier nicht. Wir können also nur hoffen, dass es im richtigen Moment funktioniert.«

»Verstehe«, meinte Balbus, dann sagte er: »Sobald ihr eure Waffen überprüft habt, kommt alle her, damit wir uns systematisch auf den Kampf vorbereiten können. Wir bilden zwei Mannschaften, die gegeneinander kämpfen. Es gilt vor allem, sich auf die unglaubliche Schnelligkeit unserer Gegner einzustellen, und dafür brauchen wir eine eiserne Abwehr. Denkt an die Worte des Dichters, dessen Namen mir jetzt gerade nicht einfällt: ›Der Fuchs kennt viele Kniffe. Der Igel nur einen einzigen, aber der ist gut.‹«

»Archilochos«, sagte Metellus.

»Ja, genau«, brummte Balbus. »Es ist gar nicht so wichtig, immer ins Schwarze zu treffen«, fuhr er dann fort. »Jede Wunde, die ihr zufügt, ist ein Vorteil für uns, weil sie die Schnelligkeit des Feindes und sein Reaktionsvermögen beeinträchtigt und ihn schwächt. Wir haben keine Bögen, und ich glaube kaum, dass wir in der Lage wären, sie einzusetzen, aber unsere Speerwerfer werden zu verhindern wissen, dass der Feind seine tollkühnen Sprünge dazu nutzen kann, uns von oben anzugreifen. Rufus, das gilt besonders für dich, denn du bist im Speerwurf der Beste von uns: Jeder Wurf muss sitzen.«

Metellus zog sich in eine Ecke des Raums zurück und verfolgte den ganzen Tag über die Kampfübungen seiner Männer. Gegen Abend öffnete sich erneut die Bronzetür im hinteren Teil des Raums, und zwei Diener brachten das Essen herein. Erst in diesem Moment gab er das Zeichen, die Übungen zu unterbrechen und sich zum Essen niederzulassen.

»Was meinst du, warum sie uns zuerst betäubt und dann heimlich hierhergeschafft haben – angenommen, es ist wirklich so gelaufen?«, fragte Marzianus.

»Weil niemand etwas von unserer Verlegung mitbekommen sollte«, vermutete Metellus. »Durch unser Aussehen erregen wir überall Aufsehen, und mir scheint fast, sie fürchten, dass wir befreit werden könnten. Wer weiß, vielleicht denkt ja doch noch jemand an uns; ich gebe die Hoffnung jedenfalls nicht auf.« Er lächelte seine Soldaten aufmunternd an. »Kopf hoch, Männer, im Grunde müssen wir nur machen, was wir ein Leben lang trainiert und getan haben – kämpfen!«

Der Mann in der grünen Tunika kam etwas später zurück und führte sie in einen anderen Raum hinter der Bronzetür, wo man Betten für sie aufgestellt hatte.

Die Männer legten oder setzten sich darauf, und Metellus lauschte noch lange ihren leisen Unterhaltungen, sah zu, wie Marzianus und Antoninus, fast ohne ein Wort zu wechseln, *morra* spielten, Quadratus an der Wand entlang auf- und abging, die Hände im Rücken verschränkt, und Balbus langsam den Wetzstein über die Klinge seines *gladius* zog; er trug den Stein an einer dünnen Eisenkette um den Hals, wie ein Medaillon, und hatte ihn immer bei sich.

Der Kommandant dachte lange an die Höhen und Tiefen, die sie in den letzten Jahren durchlebt hatten, daran, was das Schicksal ihnen alles zugemutet hatte: zuerst die Niederlage vor Edessa und die Gefangenschaft in Aus Daiwa, danach die Freiheit, dann eine neuerliche Gefangenschaft und schließlich, sozusagen *in extremis*, diese unglaubliche und wahrscheinlich letzte Möglichkeit, doch noch die Freiheit zu erlangen.

Die Erinnerung an jene Menschen, die er liebte und geliebt hatte, würde ihn in den Kampf begleiten, und er war der Meinung, dass es keine besseren Wegbegleiter geben konnte. Er würde seinem Schicksal unter dem Schutz der Vorfahren entgegentreten, der *Aquila*, die sich allesamt durch Ehrenhaftigkeit und Hingabe an ihre Ideale ausgezeichnet hatten. Sie wollte er um Beistand und Schutz bitten, nicht die Götter, zu denen er schon seit seiner Jugend nicht mehr betete; von ihnen gab es einfach zu viele, fast so viele wie Menschen, und wenn Gott es nötig hatte, sich hinter so vielen Gesichtern zu verbergen, dann hatte er es seiner Ansicht nach nicht verdient, von ihm angerufen zu werden.

Am Ende fielen ihm über derlei Gedanken die Augen zu, und er schlief tief und ruhig bis zum Sonnenaufgang.

Ein Diener brachte ihnen das Frühstück. Sie nahmen es auf dem Boden sitzend ein, unterhielten sich dabei in aller Ruhe und dachten nicht daran, dass es womöglich ihre letzte Mahlzeit war.

Metellus stand als Erster auf, um seine Rüstung anzulegen, aber Antoninus erhob sich fast gleichzeitig, half ihm in den Harnisch und schloss ihm die Schulterriemen. Dann legte er ihm das Wehrgehänge quer über die Schulter und hakte die Scheide daran fest. Zuletzt reichte er ihm seinen *gladius*, das Familienstück, das schon seit sieben Generationen immer vom Vater an den Sohn vererbt worden war; die Klinge war aus bestem Stahl, der Griff aus Eichenholz.

Metellus ließ es mit einem dumpfen metallenen Geräusch in die Scheide gleiten. Abschließend setzte er seinen Helm auf und zog die Riemen der Wangenklappen unterm Kinn fest.

Auch die andern zogen ihre Rüstungen an, wobei sie sich gegenseitig halfen, und als sie damit fertig waren, nahmen sie ihre schweren rechteckigen Schilde. Marzianus und Rufus packten sich noch die Speere auf die Schultern, dann waren alle bereit.

Septimius küsste das Amulett, das er um den Hals trug, Severus, der einmal Christ gewesen war, bekreuzigte sich rasch und beinahe verlegen, Antoninus lehnte die Stirn an die Mauer und murmelte leise irgendwelche Beschwörungsformeln.

Wenig später ging die Bronzetür auf und der Mann in Grün bedeutete ihnen, ihm zu folgen.

In einer Reihe, immer zwei nebeneinander, marschierten sie hinter ihrem Kommandanten und den beiden Zenturionen einen langen Korridor entlang. Das Geräusch ihrer genagelten Schuhe auf dem Steinboden flößte ihnen Mut ein. Römische Soldaten, die im Gleichschritt marschierten – wer hätte sie aufhalten können?

Plötzlich öffnete sich am Ende des Korridors eine weitere Tür, und einen Moment lang waren sie von der Sonne geblendet. Dann sahen sie einen vom Sonnenlicht überfluteten Platz voller Bewaffneter, darunter berittene Soldaten, die Rüstungen trugen und Bögen umhängen hatten. Metellus erkannte in ihnen die Söldner, die sie nach Luoyang eskortiert hatten.

Die Reiter bildeten eine Gasse, die sie durchschreiten mussten, einem gewaltigen, dreiflügeligen Portal entgegen. Vor dem Portal drängten sich lärmende Menschen, die offensichtlich alle noch in die Arena wollten, aber anscheinend war diese bereits überfüllt.

Als Metellus den Eingang erreichte, spürte er, wie ihm eine Gänsehaut über den Rücken rieselte. So war es gewesen, als er das erste Mal ein Schlachtfeld betreten hatte, doch warum in diesem Moment? Als er den Blick ein wenig umherschweifen ließ, begriff er, was die seltsame Empfindung ausgelöst hatte: zwei glänzende schwarze Augen, mitten in der Menschenmenge, die ihn mit rätselhafter Eindringlichkeit anschauten. Es war der gleiche Blick, dem er schon im Kloster begegnet war, bevor sie den Weg in die Gefangenschaft angetreten hatten. Und er gehörte Yun Shan!

Metellus sah die junge Frau ebenso eindringlich, wenn auch gramerfüllt an, ohne zu wissen, was sie ihm mit ihrem Blick eigentlich sagen wollte, ohne zu wissen, ob ihre Anwesenheit für ihn eine Hoffnung darstellte oder im Gegenteil sein Ende besiegelte. Einen Moment lang hatte er den Eindruck, das Mädchen versuche sich ihnen zu nähern, aber dann verlor er es wieder aus den Augen.

Entgegen seiner Erwartungen wurden sie nicht in die große Arena gebracht, die hinter dem dreiflügeligen Tor zu erkennen war, sondern durch einen kleinen Seiteneingang in eine Art Loge, von der aus man durch einige Fenster den ganzen Platz überschauen konnte.

Metellus und seine Männer sahen Tänzer in prächtigen Seidenkostümen einziehen. Sie schwenkten lange farbige Tücher, die an Stangen befestigt waren, und zeichneten damit wundervolle Gemälde in die Luft. Dann kamen große Stoffdrachen herein, die sich bewegten, als wären sie lebendig, und bliesen Dampf aus ihren Nüstern.

Der Platz kam Metellus riesig vor. Auf seiner gesamten Langseite waren stufenförmig ansteigende Tribünen aufgestellt und an der unteren Breitseite ein großes Podium. Auf dem Podium konnte man eine schwarz gekleidete Gestalt ausmachen, die unter einem roten Baldachin saß. Rechts und links davon stand ein Spalier Männer, die ebenfalls schwarz gekleidet waren. Alle trugen knöchellange Gewänder und darüber kurze Tuniken mit langen Ärmeln.

Als die Vorführungen der Tänzer und Drachen beendet waren, kam eine Gruppe von Kämpfern herein, die das Publikum mit spektakulären Figuren und Schaukämpfen unterhielten. Zuletzt wurden noch Schwertduelle zwischen chinesischen Kriegern und Barbaren aus dem Norden, den berüchtigten Xiongnu, geboten. Die Duelle endeten fast alle mit dem Tod der barbarischen Kämpfer, und Metellus und die Seinen hatten Gelegenheit, genau zu beobachten, wie die Chinesen mit dem Schwert umgingen, wie sie durch Finten täuschten, zustießen oder den Waffen ihrer Gegner auswichen.

Als der letzte Kampf zu Ende war, ergriff ein hünenhafter Mongole einen Knüppel und schlug damit auf eine Art Bronzeglocke, deren Ton so mächtig war, dass man ihn bestimmt in der ganzen Stadt hörte. Auf dieses Zeichen hin drängte der Offizier, von dem sie bewacht wurden, Metellus zu einer Tür, die auf den Platz hinausführte. Metellus begriff, dass die Zeit gekommen war, und bedeutete seinen Männern, ihm zu folgen.

Und dann standen sie plötzlich in dem riesengroßen, mit Menschen überfüllten Innenhof des Kaiserpalasts. Metellus blickte sich staunend um, während sich das Stimmengewirr allmählich legte und schließlich völlig verstummte, um einer irrealen, beängstigenden Stille zu weichen.

Erst Sergius Balbus' Stimme riss ihn aus seinen Gedanken. »Die haben auf uns gewartet, Kommandant«, sagte der Zenturio.

»Das glaube ich auch«, erwiderte Metellus. »Jetzt kann das Fest wirklich beginnen.«

28

Sie schritten ins Zentrum des großen rechteckigen Platzes und sahen sich dabei um: Die Blicke der Menge waren auf sie gerichtet. Metellus ging in der Mitte, rechts von ihm Quadratus, Severus, Lucianus und Antoninus, links Balbus, Publius, Septimius und Rufus. Die beiden Zenturionen marschierten außen, als hätten sie Scharen von Männern zu befehligen. Sie waren die Außenposten der winzigen Armee, die Anker dieses kleinen Schiffs. Antoninus, der einzige *optio*, Balbus' Statthalter, überwachte sozusagen den Innenraum.

Bis auf Metellus, der nur seine beiden Kurzschwerter trug, hatten alle ihre schweren Schilde in der Linken, jedoch dicht an die Schulter herangezogen, sodass sie von der Seite aussahen wie ein einziges riesengroßes Schild; von vorn dagegen waren sie kaum sichtbar.

Die Luft war frisch, das Licht klar und die Stille so tief, dass es den Römern absurd vorkam. Sie hatten einen wilden Aufschrei der Menge erwartet, und ihr Schweigen verwirrte sie.

Plötzlich erklang, hell und klar, die Stimme des Ansagers: »Unser großer Wohltäter, der ehrenwerte Wei, möchte euch jetzt ein Schauspiel darbieten, wie ihr es noch nie erlebt habt. Es handelt sich um einen alten, seit Langem vergessenen Brauch, mit dem man das neue Jahr günstig stimmen wollte. Was ihr gleich sehen werdet, ist ein ritueller Kampf zwischen den Söhnen des Himmels und wilden Barbaren, die Feinde der Höchsten Ordnung unseres Landes sind. Ihr habt gesehen, wie die wilden Xiongnu von unseren Kriegern der Kaisergarde ausgelöscht wurden. Jetzt werdet ihr zehn ausländische Teufel erleben aus dem fernen Da Qin Guo, das so mächtig ist, dass es sämtliche Länder des Westens unterworfen hat. Diese Barbaren – grässlich anzusehen, dicht behaart und mit runden Augen, ausgestattet mit den fürchterlichsten Waffen – werden gegen die Kühnsten unter unseren Kriegern antreten, gegen die Helden, die über unseren Schlaf und unseren Frieden wachen: Die Fliegenden Füchse!«

Metellus sah sich um und suchte den Blick Yun Shans als Abschiedsgruß, bevor er seine letzte Reise antrat, sah aber nur aufgeregtes Menschengewimmel. »Wir haben die Sonne im Gesicht«, sagte er zu seinen Männern, »aber sie steht schon ziemlich hoch und wird uns kaum blenden. Haltet euch bereit.«

Yun Shan verlor ihn keinen Moment aus den Augen, bestaunte die prächtige Rüstung des römischen Kommandanten, seinen im Sonnenschein glänzenden Helm mit dem roten Helmbusch und sah seine angespannten Gesichtszüge.

Eine Stimme dicht an ihrem Ohr riss sie aus ihren Betrachtungen. »Prinzessin.«

»Daruma.«

Der indische Kaufmann stand hinter ihr. »Es ist alles bereit, Prinzessin Yun Shan. Baj Renjie, der Anführer der Garde, ist zum Glück auf unserer Seite. Er hat fünf Pferde-die-Blutschwitzen besorgt, die schnellsten, die es gibt, um deinen Bruder in Sicherheit zu bringen. Für dich wird ein Boot in der Flussschleife des Guandong, gleich hinter der Furt, versteckt liegen. Auch mein gutes Eselchen steht schon bereit, um seine Pflicht zu erfüllen. Sag deinen Freunden vom Roten Lotus, dass wir aufbrechen müssen: Dieser Kampf, den alle gebannt verfolgen werden, wird nicht lange dauern.«

Yun Shan konnte den Blick nicht von dem römischen Kommandanten losreißen, wie Daruma sehr wohl bemerkte. »Den musst du vergessen, Prinzessin«, sagte er zu ihr. »Er ist ein toter Mann, den kannst du nicht mehr retten.«

Yun Shan senkte den Blick und gestikulierte in Brusthöhe mit den Händen, machte Zeichen, die jene Person, für die sie bestimmt waren, auf der andern Seite des Platzes, ihr genau gegenüber, zu entziffern in der Lage war. Einen Moment lang flatterte ein rotes Band in der Luft, danach wandte Yun Shan sich an Daruma: »Die Gruppe ist bereit. Sie werden noch vor dir am vereinbarten Ort sein. Du kannst dich auf den Weg machen.«

»Kommst du denn nicht mit?«

»Später«, antwortete Yun Shan.

Daruma erwiderte nichts und begab sich zum Ausgang, während sich Yun Shan einen Weg durch die Menge bahnte, um so nahe wie möglich an die zehn Kämpfer heranzukommen, die Schulter an Schulter langsam vorrückten. Eine Trommel wurde gerührt – rhythmisches Donnergrollen, das sich zu einem Wirbel steigerte und dann jäh verstummte.

Balbus lief der Schweiß unter seinem Helm über die Wangen. »Wie oft habe ich mir Gladiatorenkämpfe angeschaut. Aber ich habe mich nie gefragt, was diese Männer im Anblick des Todes wohl dachten. Jetzt weiß ich es.«

»Ach ja?«, stieß Rufus mit zusammengebissenen Zähnen hervor. »Und was dachten sie?«

»Dass alles sinnlos ist.«

»Wir haben dem Tod schon oft ins Gesicht geschaut.«

»Das war anders. Da haben wir um unser Leben gekämpft. Jetzt kämpfen wir um unseren Tod.«

»Vielleicht wollen sie sich nur ein wenig mit uns vergnügen und lassen uns am Ende laufen«, meinte Septimius.

»Warum sollten sie?«, fragte ihn Publius. »Ein aufregenderes Schauspiel als den Tod gibt es nicht, das gilt überall auf der Welt. Und der schwarz Gekleidete dort drüben scheint mir keine besonders sonnigen Gedanken zu hegen.«

»Jetzt gilt es«, sagte Metellus. »Wenn wir sterben müssen, dann als Soldaten. Im Augenblick dürfen wir nur an eins denken, nämlich wie wir unsere Kräfte bestmöglichst einsetzen. Was das Schicksal mit uns vorhat, weiß keiner. Leider haben wir keine Wurfwaffen, und unsere Schwerter sind kurz. Wir können uns also ausschließlich verteidigen.«

Septimius zog unter seinem Gürtel eine Steinschleuder hervor. »Ich hab das gerettet«, sagte er. »Und die hier habe ich auch«, fügte er hinzu, indem er die Faust öffnete und seinen Gefährten ein paar Eicheln zeigte. »Die können zu mörderischen Geschossen werden.«

»Besser als nichts«, meinte Metellus.

Publius zog aus seinem Gürtel zwei Wurfmesser, die er sich

offenbar aus großen Zimmermannsnägeln geschmiedet hatte. »Und ich hab die hier.«

Metellus lächelte angesichts des wunderbaren, beinahe naiven Überlebenswillens seiner Männer. »Ausgezeichnet. Und jetzt bereithalten! Sobald ich das Kommando gebe, bilden wir eine geschlossene Ordnung.«

Er hatte noch nicht ausgesprochen, als aus dem Maul eines der Bronzedrachen unterhalb des Podiums ein gellender Schrei drang und ein mit einem Schwert bewaffneter Krieger der Fliegenden Füchse daraus hervorsprang.

Mit einem tiefen Seufzer zog Metellus sein eigenes Schwert. Das Zischen, das der Stahl beim Herausgleiten verursachte, hörte sich an wie ein Schnitt durch die reglose Luft.

»Geschlossene Ordnung!«, befahl er seinen Männern, die daraufhin zu einem Karree zusammentraten, ebenfalls die Kurzschwerter zogen und ihre Schilde nach vorn beziehungsweise nach außen hielten, sodass sie eine Art Wand um das Karree bildeten, aus der nur die Spitzen der *gladii* herausragten. »Und bereithalten zur *testudo*, falls die Füchse wieder fliegen sollten.«

Ein weiterer Schrei gellte durch die Luft, und auch aus dem Maul des zweiten Drachens sprang ein Krieger. Kurz darauf folgte ein dritter, dann ein vierter, ein fünfter und so weiter, bis die Anzahl der Kämpfer auf beiden Seiten gleich war: zehn gegen zehn.

»Genau, wie ich erwartet habe«, sagte Metellus. »Ein ausgeglichener Kampf, anders wäre es nicht gegangen.«

Die Gegner waren ihnen ganz nahe und hieben mit ihren Schwertern in die Luft, so schnell, dass man sie kaum sah. Dann vollführte einer von ihnen plötzlich einen unglaublich hohen Luftsprung und trat, während er wieder herunterkam, mit den Füßen gegen eine der Fahnenstangen, an denen das kaiserliche Banner flatterte.

Die Stange brach, und Metellus, der ahnte, was gleich passieren würde, schrie: *»Testudo!«*, und die Männer rissen ihre Schilde hoch und schafften es gerade noch rechtzeitig, ein

Schutzdach gegen die herabstürzende Stange zu bilden, die sie andernfalls zweifellos erschlagen hätte.

»Passt auf!«, schrie Metellus. »Sie setzen ihre Füße, ihre Hände und ihren ganzen Körper als Waffe ein. – Septimius, bereit sein zum Einsatz, sobald wieder einer springt!«

Septimius zog sich ein Stück weit ins Innere der Schildkrötenformation zurück, und sobald Metellus den Befehl erteilte, legte er den Schild auf den Boden und ließ die Schleuder kreisen.

Immer enger wurden sie von den Feinden umzingelt. Deren Schläge und Tritte kamen von allen Seiten, unerwartet, unvorhersehbar, und nur die absolute Geschlossenheit des römischen Karrees bot ihnen Schutz.

»Gleich werden sie versuchen, unser Karree zu knacken!«, brüllte Metellus. »Achtung, Achtung!«

Er schrie noch, als einer der Fliegenden Füchse in die Höhe schnellte, einen Gefährten als Sprungbrett benützte und hoch durch die Luft wirbelte.

»Öffnen!«, schrie Metellus im selben Moment.

Septimius' Geschoss pfiff durch die Luft und traf den chinesischen Krieger mitten auf die Stirn, sodass er leblos zu Boden fiel. Einen Augenblick später bot die römische Formation wieder das Bild eines stacheligen Igelrückens.

Die Fliegenden Füchse reagierten umgehend und rabiat: Auf einmal wirbelten gleich zwei mit kreisenden Schwertern durch die Luft, um von oben in die römische Formation einzudringen. Doch diese war bereits wieder zur *testudo* geschlossen, und nun war es Severus, der einen Befehl brüllte.

Im nächsten Moment bohrten sich acht Eisensporne durch die lederne Außenverkleidung der römischen Schilde – und in die Fußsohlen der chinesischen Krieger, als die darauf landeten. Vor Schmerzen brüllend wälzten sie sich am Boden, bevor Lucianus und Septimius ihnen mit ihren Schwertern den Todesstoß versetzten.

Sogleich rückten die Römer erneut zu einem hermetisch geschlossenen Karree zusammen.

»Wir können es schaffen, Männer!«, rief Metellus. »Jetzt sind wir schon zehn gegen sieben. Bleibt dicht beieinander, Schulter an Schulter! Stemmt die Füße auf den Boden!«

Wei, der rot vor Wut auf seinem Thron saß, wandte sich an seinen Hofrat: »Wenn es so weitergeht, wird es bald eine neue Legende von den unbesiegbaren ausländischen Teufeln geben. Sie müssen sofort sterben – aber nicht alle!«

Auf einen Wink von ihm entstiegen den Drachenmäulern vier weitere Krieger mit Waffen, wie die Römer sie noch nie gesehen hatten: gekrümmten Äxten, die mit lautem Pfeifen durch die Luft sausten. Die neu Erschienenen gesellten sich im Nu zu ihren Gefährten.

»Sie haben ihre Niederlage bereits eingestanden!«, brüllte Metellus, um seine erschöpften Männer aufzurichten. »Vierzehn von ihnen gegen zehn von uns. Haltet durch! Noch können wir sie schlagen!«

Die Fliegenden Füchse wechselten einen vielsagenden Blick, riefen sich ein paar knappe, kehlige Laute zu, und eh die Römer es sich versahen, hatten sich die vier neu erschienenen Krieger auch schon auf den »Rücken« der Schildkröte katapultiert und hieben mit ihren Äxten auf das Dach aus Schilden ein. Andere sprangen ihnen nach, ins Innere der Formation, wobei sie ihre Schwerter wie die Flügel von Windmühlen kreisen ließen und es schließlich schafften, den erbitterten Widerstand des kleinen gegnerischen Kontingents zu brechen, das geschlossene Karree zu sprengen und die Römer zu Einzelkämpfen zu zwingen.

Diejenigen von den Fliegenden Füchsen, die am Rand stehen geblieben waren, rückten daraufhin im Halbkreis vor, wobei auch sie die Schwerter immer schneller wirbeln ließen, bis deren Pfeifen in der gespenstisch anmutenden Stille der riesigen Arena zu einem dumpfen Dröhnen wurde.

Doch als sie die Römer fast erreicht hatten, hallte ein spitzer Schrei, ähnlich dem eines Falken, durch die Luft, und der schwarz gekleidete Mann, der zwischen den beiden Drachen auf dem Podium saß, stand auf, ließ seinen langen Umhang fallen und flog mit nichts als einem dünnen Anzug aus schwarzer Seide bekleidet hinunter in die Arena, wobei er ein Schwert mit scharfer, bläulich schimmernder Klinge schwang.

Yun Shan auf ihrem Aussichtsposten erschauerte. Wei hatte sich höchstpersönlich in die Arena begeben, um den Angriff der Fliegenden Füchse anzuführen!

Ihre Hand umklammerte den Griff ihres Schwerts »Eishart«, das sie unter dem Umhang verborgen hatte. Aber sie beherrschte sich, denn sie wusste nur zu gut: Wenn sie sich zu erkennen gab, war es aus.

Weis Erscheinen war, als würde sich ein Gewitter entladen: Wie Hagelkörner prasselten die Schläge der Chinesen hernieder, die römischen Schilde barsten einer nach dem andern unter den Hieben der mörderischen Waffen, die Rüstungen zerfielen Stück für Stück.

Die Fliegenden Füchse koordinierten ihre blitzartigen Bewegungen, als würde ein einziges Gehirn sie lenken; ein einziger Geist ließ ihre Glieder zucken, sich dehnen und wieder zusammenziehen, veranlasste sie zu übermenschlichen Sprüngen und lenkte ihre Hände, während ihre Klingen, die so schnell geführt wurden, dass sie unsichtbar waren, Stich- und Hiebwunden verteilten.

Diesmal brach die Menge in wildes Gebrüll aus, ja, sie tobte, als wäre unvermittelt eine lange unterdrückte Energie freigesetzt worden, als wären die Leute bis zu diesem Augenblick von einer alten Angst besessen gewesen, einer seltsamen Unentschlossenheit, die sie mit einem Mal abschütteln konnten.

Metellus kämpfte wie ein Löwe, am ganzen Körper blutend, Seite an Seite mit seinen Männern. Er parierte und konterte Schlag auf Schlag, aber es war, als kämpfe er gegen eine monströse Hydra mit tausend Armen und tausend Schwertern. Er sah Septimius fallen, den erfinderischen *faber*, und Publius, nachdem er einem Fliegenden Fuchs mit einem großartigen Wurf eins seiner Messer in den Rücken geschleudert hatte. Er sah Rufus, den Sizilianer mit den roten Haaren, von einem Schwert aufgeschlitzt in die Knie gehen, während er versuchte, mit den Händen seine Eingeweide im Leib zu halten, während Antoninus beim vergeblichen Versuch, ihn zu verteidigen, gleichfalls mit einem Schwertstreich niedergestreckt wurde.

Neben ihnen kämpfte Septimius, der blonde Septimius, der große Jäger, der kühne Schleuderer. Obwohl sie ihm bereits einen Arm abgeschlagen hatten, gab er nicht auf. Brüllend wie ein verletztes Tier warf er sich auf seinen Angreifer und besudelte sein Gesicht mit dem Blut aus seinem Armstumpf, bevor er von drei Klingen gleichzeitig durchbohrt wurde.

Lucianus, der keine Waffe mehr hatte, stürzte sich wie ein Wolf auf einen der Feinde und biss ihm in die Schulter, bevor man auch ihn mit Stichen in Hals und Bauch niederstreckte.

Marzianus ließ sein gebrochenes Schwert fallen und wollte sein Messer zücken, doch es kam nicht dazu – Hände und Füße, hart wie Granit, trafen ihn am ganzen Körper, und sein Todesröcheln wurde vom Geräusch splitternder Knochen begleitet.

Quadratus und Balbus fielen als Letzte: Zuerst Balbus durch einen fürchterlichen Tritt gegen die Brust, dem obendrein ein Dolchstoß folgte, dann Quadratus; er versuchte, den am Boden liegenden Gefährten abzuschirmen, und wurde dabei gleich von vier Gegnern auf einmal traktiert, die von beiden Seiten und von hinten kamen. Schwer wie ein abgeschlachteter Stier stürzte er zu Boden.

Dann trat Stille ein.

Metellus war am Ende seiner Kräfte; er schwankte. Sein mit blutenden Wunden übersäter Körper war ein einziger roter Fleck. Er spürte, dass der Tod nur noch wenige Momente entfernt war, aber in seiner schmerzlichen Einsamkeit war ihm, als zögen sich diese ewig hin. Ja, er würde sterben, und er begriff nicht, warum der Todesstoß noch nicht kam.

Er löste die Riemen seines Helms, warf ihn weg, dann zog er sich den Harnisch aus und ließ ihn neben sich zu Boden gleiten.

Auch Wei ließ sein Schwert fallen.

Metellus keuchte. Er wischte sich das Blut aus den Augen und erkannte ihn, den schwarzen Tod, der sich vor ihm aufgebaut hatte: Es war der schöne junge Mann mit den pechschwarzen

Haaren und den grausamen Augen. Er begann ihn zu umkreisen, erst rechts herum, dann links herum, als wolle er ihn allein mit der Kraft seines Blickes zur Strecke bringen.

Yun Shan, die in nächster Nähe stand, ahnte, wie der Krieger aus Da Qin Guo sterben sollte: durch den Hieb des Tigers, ein geheimer Schlag, der seit Generationen weitergegeben wurde und in direkter Linie auf Meister Mo zurückging. Ein Schlag, der so schnell war, dass man ihn mit bloßem Auge nicht sehen konnte.

Sie musste den Schlag abmildern, sein zerstörerisches Potenzial wenigstens teilweise abschwächen.

Yun Shan konzentrierte ihre ganze Energie auf die Brust des verwundeten Kriegers, der weiterhin sein Schwert umklammerte und es plötzlich mit einem Ruck emporriss, um zuzustoßen.

Doch Wei kam ihm zuvor, seine linke Hand raste wie ein Beil auf den Arm seines Widersachers nieder, der stöhnend sein Schwert fallen ließ, und im selben Augenblick vollführte seine Rechte den unsichtbaren Schlag des Tigers.

Yun Shan erstarrte schmerzverzerrt und verdrehte die Augen, sodass man einen Moment lang nur noch das Weiße darin erkennen konnte.

Als ihr Herzschlag wieder einsetzte und sich der Nebel vor ihren Augen lichtete, sah sie Metellus leblos am Boden liegen, während die tobende Menge den Sieger bejubelte, der zwischen Bronzedrachen mit aufgerissenen Mäulern die Freitreppe hinaufschritt.

Kurz nur wandte sich Wei um und suchte etwas mit seinen Blicken, und Yun Shan merkte, dass er exakt in ihre Richtung sah, auch wenn es unmöglich war, dass er aus dieser Entfernung einzelne Gesichter unterscheiden konnte. Sie spürte einen starken Schmerz in der Brust, aber sie nahm sich zusammen und bahnte sich mühsam einen Weg durch die dicht gedrängte Menge.

Wei, der inzwischen wieder auf dem Podium thronte, genoss seinen Triumph, während eine Schar Diener die Leichen auf dem Platz einsammelte und auf einen Karren lud.

»Wie du siehst, mein Herr, habe ich mich nicht getäuscht«, sagte der alte Ratsherr zu Wei. »Jetzt hast du das Volk auf deiner Seite.«

Wei nickte. »Wohl denn«, erwiderte er. »Du weißt, was zu tun ist.«

Der Ratsherr bedeutete einem Offizier der Xin Bei näher zu treten und flüsterte ihm etwas ins Ohr, worauf dieser sich in aller Eile entfernte.

Hinter einer Hausecke hervor beobachtete Daruma, wie der riesige Elefant, von einem indischen *mahut* angetrieben, losstürmte und kurz darauf mit seinem Kopf und den eisengepanzerten Stoßzähnen gegen eine Backsteinmauer rammte.

Durch die breite Bresche, die er geschlagen hatte, drangen sofort ein paar Krieger des Roten Lotus in die dahinter liegende Zelle ein, wo Dan Qing sie völlig überrascht und ziemlich verwirrt empfing.

Die Männer befestigten zwei Seile an den Eisenringen, an die der Prinz gekettet war, dann trieben sie erneut den Elefanten an, der daraufhin rückwärtsging und die Ringe aus der Wand riss.

Einen Augenblick später saß Dan Qing auch schon im Sattel eines Pferdes und stob – gefolgt von den Männern, die ihn befreit hatten – in Windeseile davon. Baj Renjie und seine Soldaten hielten unterdessen die Kaisergardisten auf, die schreiend herbeiliefen und Alarm schlugen.

Im nächsten Moment erspähte Daruma von seinem Beobachtungsposten aus eine Schar berittener Xin Bei, die aus der entgegengesetzten Richtung kamen, in die Dan Qing davongeprescht war, also von ihrem Quartier im Kaiserpalast, wo auch der Kampf der Römer gegen die Fliegenden Füchse stattgefunden hatte.

Der Inder zweifelte keinen Augenblick daran, dass sie Dan Qing gesehen hatten und die Verfolgung aufnehmen würden. Er musste sie um jeden Preis aufhalten, auch wenn er Baj Renjie und seinen Leuten damit den Fluchtweg abschnitt.

Er steckte zwei Finger in den Mund und pfiff. Augenblicklich strömte eine Riesenherde Kamele, Esel und Maultiere auf die Straße und hatte sie im Nu vollständig blockiert. Die Xin Bei versuchten zwar auf jede nur erdenkliche Art und Weise ihre Pferde durchzutreiben, aber es kamen immer noch mehr Tiere hinzu, sodass es für die Soldaten kein Durchkommen gab.

Dan Qing und die ihn begleitenden Krieger vom Roten Lotus verschwanden am Ende der Straße, und Baj Renjie wurde mit einigen seiner Soldaten schließlich von den Gardisten eingekesselt, entwaffnet und gefangen genommen.

Daruma, der sich an die Hauswand drückte und sich so dünn wie möglich machte, seufzte. Er hatte keine andere Wahl gehabt und im letzten Moment eingegriffen. Hätte er nur einen Augenblick gezögert, wäre der Plan zur Befreiung des Prinzen schiefgegangen.

Ein nachtjagender Raubvogel hockte auf einem kahlen Baum und fiepte klagend. Als er den heranholpernden Karren bemerkte, flatterte er erschrocken auf und verschwand mit lautlosem Flügelschlag in der Dunkelheit.

Die beiden Männer auf dem Kutschbock zügelten das Mauleselgespann, sprangen ab und öffneten das rostige Tor zum Ausländerfriedhof, wo eine breite, frisch ausgehobene Grube auf die Leichen der ausländischen Teufel wartete. Die Männer hängten ihre Laternen an einen Ast des dürren Baums, packten die Toten an Schultern und Beinen, trugen sie zu der Grube und warfen sie hinein, einen über den andern. Danach legten sie eine Verschnaufpause ein und streckten die müden Glieder.

Aber plötzlich sahen sie etwas, was ihnen den Atem verschlug. Ein gespenstisch aussehender Krieger mit maskiertem Gesicht und einer roten Binde am Arm stand auf einmal vor ihnen. Er hatte ein Schwert in der Hand.

Die beiden Männer wechselten einen Blick, drehten sich um und wollten wegrennen, aber ihre vom Rumpf abgetrennten Köpfe rollten in das offene Grab, während ihre Körper, dem

Trägheitsgesetz gehorchend, noch ein paar Schritte weiterstolperten.

Der Krieger zog sich die Maske vom Gesicht – feine, weibliche Züge kamen darunter zum Vorschein – und stieß einen tiefen Seufzer aus. Dann beugte er – oder besser sie – sich über die leblosen Körper der Römer und drehte sie einen nach dem andern auf den Rücken, bis sie den entdeckte, der bei dem schrecklichen Kampf in der Arena angeführt hatte. Sie betrachtete sein Gesicht, legte ihre Hand auf sein Herz, dann an die Halsschlagader, bevor sie verzweifelt den Kopf sinken ließ.

Einen Moment lang verharrte sie reglos in dieser Stellung, doch dann hörte sie neben ihrem eigenen Atem noch einen zweiten und eine Stimme, die kaum vernehmbar einen Namen hauchte: »Yun Shan …«

Die junge Frau hob ruckartig den Kopf und sah, wie der Totgeglaubte den Blick über die geschundenen Körper seiner gefallenen Gefährten schweifen ließ.

»Meine Soldaten, meine Brüder …«, brachte er mit schwacher Stimme hervor. »Ich hatte geschworen, sie nach Hause zurückzubringen: Stattdessen habe ich sie in den Tod geführt …«

Yun Shans Augen füllten sich mit Tränen. »Du lebst«, flüsterte sie und strich ihm mit der Hand über das geschwollene Gesicht. »Du lebst …«

Metellus umarmte sie und ließ sich einen Moment lang von der Wärme ihres Körpers einhüllen. Dann sah ihm Yun Shan direkt an. »Wir dürfen keinen Augenblick verlieren. Komm, versuch aufzustehen. Wir müssen so schnell wie möglich von hier weg.«

Sie zog Metellus hoch, legte seinen Arm um ihre Schultern und schleppte ihn zu dem Karren, der wenige Schritte entfernt war. Dort setzte sie ihn auf die Pritsche ab, bat ihn, sich auszustrecken, und verbarg ihn unter dem blutigen Tuch, mit dem vorher die Leichen bedeckt gewesen waren.

Im selben Moment kam der Totengräber, den man damit beauftragt hatte, das Grab zuzuschaufeln, aber obwohl er fürchterlich erschrak und am ganzen Leib zitterte, konnte er sich unbemerkt hinter einem Busch verstecken.

Yun Shan nahm zwar ihr Schwert in die Hand, hob die Laterne hoch und sah sich um, als spürte sie die Gegenwart des Mannes, doch als sie nichts entdeckte, ließ sie es gut sein, hob den Hut eines der Kutscher vom Boden auf, hängte sich seinen Umhang über die Schultern, stieg auf den Kutschbock und trieb die Maultiere an.

Als der Totengräber endlich wieder atmen konnte, holte er einmal tief Luft, dann rannte er los, so schnell er konnte, um allen zu erzählen, dass ein Mädchen mit Schwert zwei Lebende umgebracht habe, um einen Toten mitzunehmen. Die meisten hielten ihn für verrückt.

Aber es gab auch jemanden, der ihm durchaus glaubte.

29

Baj Renjie wurde gegen Abend von rund einem Dutzend Xin Bei dem Regenten Wei vorgeführt. Das Erste, was er sah, waren die Folterwerkzeuge, und der Gedanke an die unsäglichen Schmerzen, die man einem Gefangenen damit zufügen konnte, ließ ihn erbeben. Er wusste sich einem Feind ausgeliefert, der ebenso intelligent wie grausam war, einem Mann, der fürchterlich gelitten hatte und deshalb die ganze Welt hasste, und allein dieses Wissen erfüllte Baj Renjie mit Panik. Hätte er es nicht immer wieder geschafft, sie gewaltsam zu unterdrücken, er wäre auf die Knie gefallen und hätte lauthals um Gnade gefleht.

»Wohin sind sie geflohen?«, fragte der Eunuch.

Baj Renjie seufzte tief und erwiderte dann in einem Atemzug: »Ich kann dir nichts sagen, was du nicht bereits weißt.«

»Dann sind sie also nach Li Cheng unterwegs.«

Baj Renjie antwortete nicht.

»Wie kommt man nach Li Cheng?«, bohrte der Eunuch weiter, ohne sich aus der Ruhe bringen zu lassen.

Baj Renjie konnte sich gut vorstellen, welche Ungeheuer auf dem Grund dessen Seele hausten, so gelassen er sich nach außen auch gab. Er musste seinen ganzen Mut zusammennehmen, um ihm eine Antwort zu geben: »Das weiß ich nicht, und selbst wenn du mich foltern lässt, ich kann dir nicht sagen, was ich nicht weiß. Nur die Eingeweihten des Roten Lotus wissen, wo sich Li Cheng befindet.«

»Mach dich nicht über mich lustig«, entgegnete Wei. »Auch wenn du nicht weißt, wo Li Cheng liegt, kennst du Leute vom Roten Lotus, da bin ich mir sicher.«

»Gewiss. Aber keiner von ihnen hat je über ihr Versteck gesprochen. Genauso wenig wie deine Fliegenden Füchse sprechen, wenn sie in Gefangenschaft geraten.«

Wei senkte den Kopf, und allein die Tatsache, dass er sein Gesicht verbarg, beunruhigte Baj Renjie zutiefst. Er fragte sich, welchen Ausdruck es wohl haben würde, wenn er den Kopf wieder hob. Aber in diesem Moment kam einer von Weis Dienern herein, warf sich vor ihm nieder, stand wieder auf und flüsterte ihm etwas ins Ohr.

Schließlich starrte der Eunuch Baj Renjie aus eiskalten Augen an. »Die Leiche des Ausländers, den ich in der Arena geschlagen habe, wurde gestohlen und zwei treue Diener unseres Reichs wurden schändlich geköpft, während sie dabei waren, die tapferen Barbaren zu bestatten. Kannst du mir verraten, was das bedeutet?«

Baj Renjie sah ihn bekümmert an, während der Folterknecht mit jedem Satz, den Wei sagte, einen Schritt näher kam. »Das kann leider nur bedeuten, dass der Kerl …« Er berichtigte sich: »Dass der Ausländer noch nicht ganz tot war. Warum hätten sie ihn sonst mitgenommen?« Seine Stimme klang fast ärgerlich.

»Ich verstehe dein Bedauern«, sagte Wei. »Dan Qing zieht dir einen Fremden vor, einen dahergereisten Barbaren. Das ist bitter. Du sollst ihn ziemlich neidisch angesehen haben, als er zur Rechten deines Prinzen ritt, gewissermaßen auf dem Ehrenplatz. Kein Wunder, angeblich hat er sich nicht mal vor dem Prinzen verneigen müssen.«

»Du irrst dich. Das sind nur Gerüchte. Ich …«

»Keine Sorge, ich kann mir gut vorstellen, wie du dich fühlst. Du warst einer seiner treuesten Anhänger, und wer weiß, vielleicht hast du ja insgeheim einen Traum gehegt, tief in deinem treuen alten Soldatenherzen. Den Traum, dass er dir Yun Shan zur Frau geben könnte. Sicher, warum nicht? Wer würde sie nicht begehren, diese duftende Rose, diesen Morgenstern? Und du hattest allen Grund, dir Hoffnungen zu machen, schließlich warst du der Einzige, auf den Dan Qing in China wirklich noch zählen konnte. Tja, und dann kommt dieser ausländische Dämon daher und nimmt dir einfach deinen Platz weg. War es nicht so?« Wei lächelte mitleidig. »Und Yun Shan – denn niemand anderes als sie kann es gewesen sein, die sich unter Lebensgefahr auf den Friedhof begab, um seinen geschundenen Körper zu suchen und ihn womöglich dem Tod zu entreißen.«

Der Folterknecht war inzwischen stehen geblieben und sah seinen Herrn mit den ausdruckslosen Augen eines Automaten an.

»Und jetzt schau mich an, Baj Renjie, und sag mir, wenn du kannst, dass dich das alles völlig kaltlässt. Diese Undankbarkeit.« Wei schüttelte den Kopf. »Ich dagegen wüsste deine Hilfe sehr wohl zu schätzen …«

Baj Renjie sah ihn an, und er hatte dabei das Gefühl, einer Kobra in die Augen zu schauen, denn dieser Blick schien ihn völlig seiner Willenskraft zu berauben.

»Wie kommt man nach Li Cheng?«, wiederholte der Eunuch.

Baj Renjie zögerte noch einen Moment, dann sagte er: »Ich kann nur Gerüchte wiedergeben: Li Cheng soll an einem unzugänglichen Ort liegen, doch es heißt, man gelange dorthin, wenn man dem Flusslauf des Liao Ho folgt. Aber alle Schiffe, die das Abenteuer wagten, sind irgendwann, mitten in der Nacht, verschwunden, so als hätten sie sich in Luft aufgelöst. Manche behaupten, nur die Vögel können sich auf den Dächern von Li Cheng niederlassen.«

Wei kniff die Augen zusammen. »Nur die Vögel. Ja, vielleicht hast du recht. Vielleicht ist das der Weg.«

Auf einen Wink von ihm zogen sich der Folterknecht und seine Handlanger in eine Ecke des Saals zurück. Der Eunuch erstarrte, wie von einem jähen Schmerz oder einem Gedanken durchzuckt. Als wäre ein Dämon in ihn gefahren, dachte Baj Renjie.

Der große, im Dämmerlicht liegende Saal begann irgendwie zu vibrieren, und diese Vibration steigerte sich zu einem leisen, silberhellen Klingeln, schwach, kaum vernehmbar, dann wieder stärker, als hätte es mit den Windböen zu tun, die vom Westen her durch die Bögen des Säulengangs im Hof pfiffen.

Yun Shan betrachtete die kleinen Bronzeamulette, die an einer Schnur über der Eingangstür hingen. Sie klingelten bei jedem Lufthauch, und der Wind nahm ihre Stimmen mit und trug sie in die Ferne.

»Komm rein, mein Kind«, sagte jemand zu Yun Shan. »Stell dich unter, es regnet.«

»Aber was sagst du denn da, Amme?«, entgegnete Yun Shan, die auf den Eingangsstufen saß. »Der Mond scheint, und der Himmel ist völlig klar.«

Die Alte trat vor die Tür. Ihre Augen waren schmale Schlitze, ihr Gesicht hatte die Farbe von Tonerde, und das graue Haar trug sie zu einem Knoten im Nacken aufgesteckt. »Es regnet eine böse Aura«, sagte sie. »Das spüre ich ganz deutlich. Schnell, komm rein!«

Yun Shan ging unter den Amuletten hindurch und setzte sich neben das kupferne Kohlebecken, das wohlige Wärme und einen zarten Lichtschein verbreitete. Sie ließ sich auf den Fersen nieder und sah der Alten in die Augen. »Wird er überleben?«, fragte sie.

»Ich habe getan, was ich konnte.«

»Hilf mir, Shi Wanli. Ich will nicht, dass er stirbt.«

»Er hat gegen die Fliegenden Füchse und gegen den Eunuchen Wei in der Arena gekämpft, und das ohne jede Erfahrung«, entgegnete die alte Frau, und ihre Worte klangen wie ein Todesurteil. »Eine so harte Probe übersteht man nicht so leicht. Er hat viele Knochen gebrochen. Selbst wenn er durchkommt, er würde kein Mann mehr sein, sondern ein Wrack.«

Yun Shans Augen schwammen in Tränen. »Ich habe ihn so mutig, so verzweifelt kämpfen und seine Gefährten beschützen gesehen. Ich … ich habe einen Teil der Schläge, die ihm galten, auf mich genommen.« Und während sie sprach, entblößte sie den Oberkörper und zeigte der Alten einen großen blauen Fleck zwischen ihren makellosen Brüsten.

Die Alte riss erschrocken die Augen auf. »Du hast die Energie des verborgenen Herzens benutzt, um ihn zu retten?«

Yun Shan nickte.

»Das hättest du nicht tun dürfen«, sagte Shi Wanli. »Diese Energie wurde dir nur gegeben, um im Notfall dein eigenes Leben zu schützen. Es werden Jahre vergehen, bis du sie wieder angesammelt hast, begreifst du? Jahre langer Meditationen und harter Disziplin.«

»Das macht mir nichts aus. Ich konnte ihn nicht sterben lassen.«

»Er ist ein ausländischer Barbar. Hüte dich.«

»Warum?«

»Weil er gehen und dir das Herz brechen wird. Sollte er je wieder genesen, wird er zurückkehren in seine Heimat.«

»Vielleicht, vielleicht auch nicht. Du hast mich gesehen, Amme. Bin ich etwa hässlich?«

Die Alte seufzte. »Weißt du, meine Tochter, wie viele Verehrer all ihren Reichtum dafür geben würden, dich unverhüllt betrachten zu dürfen, und sei es auch nur heimlich? Aber die Vergangenheit eines Mannes, den du nicht kennst, kann ein bodenloser Abgrund sein.«

Die beiden Frauen hörten ein Stöhnen, und Yun Shan stand auf und eilte in das angrenzende Zimmer, wo Metellus auf einer Matte auf dem Fußboden lag. Er atmete schwer und rasselnd, war nackt, und ein Arm und ein Bein waren mit Bambusrohr geschient worden. Sein Körper war mit Wunden übersät, die Shi Wanli eine nach der andern mit Seidenfäden genäht hatte. Seine geplatzten Lippen waren mit dicken Blutkrusten bedeckt, die Augenlider so stark geschwollen, dass er kaum etwas sah, und auf dem rechten Wangenknochen hatte er einen riesigen Bluterguss. Alle seine Glieder wirkten wie ausgerenkt. Er war nur noch ein Klumpen schmerzenden Fleisches, bis zur Unkenntlichkeit entstellt.

»Bist … du das?«, murmelte er.

Das Mädchen näherte sich seinem Gesicht und suchte seinen Blick. »Ja, schau, das bin ich«, sagte sie. »Yun Shan. Ich bin bei dir.«

»Die Wolkenumhüllte … *sicut luna*«, hauchte Metellus.

»Was hast du gesagt?«

»Ich habe deinen Namen in meine Sprache übersetzt«, erklärte er.

»Und du? Wie heißt du?«

»Marcus … Metellus … Aquila. Von deinem Volk werde ich Xiong Ying genannt«, brachte er mühsam hervor, dann versank er erneut in einer Art Dämmerzustand.

»Heldenhafter Adler …«, seufzte Yun Shan und strich mit der Hand über seinen Arm. »Aber ein Adler mit gebrochenen Flügeln.«

Je mehr Tage vergingen, desto unruhiger und besorgter wurde Shi Wanli. Von Zeit zu Zeit stieg sie ins Dorf hinab, um Vorräte einzukaufen, und sah sich dabei immer auch nach einer Botschaft oder sonst irgendeinem Zeichen um, freilich erst nach Einbruch der Dämmerung, um kein Aufsehen zu erregen. Eines Nachts kam sie früher als gewohnt und ganz aufgeregt zurück. »Endlich«, sagte sie, sobald sie das Haus betreten hatte. »Die Person, auf die du gewartet hast, ist angekommen. Ihr werdet noch heute Nacht aufbrechen. Lass uns schnell machen. Die böse Aura nimmt zu, das spüre ich.«

Yun Shan schwieg einen Augenblick, dann sagte sie: »Hilf mir, ihn auf den Wagen zu laden. Wir ziehen die Matte bis zum Eingang und von dort auf die Pritsche des Karrens. Du lenkst ihn bis zur Furt. Ich reite euch voraus, um sicherzugehen, dass der Weg frei ist, und um einen Freund zu treffen, für den Fall, dass er schon dort ist.«

»Gut, aber machen wir es sofort«, entgegnete Shi Wanli. »Jeder verlorene Augenblick könnte uns zum Verhängnis werden.«

Yun Shan nickte. Sie gingen zu dem Verwundeten und schleiften die Matte, auf der er lag, bis zur Haustür. Dann spannte Yun Shan den Maulesel vor den Karren und trieb ihn zurück, bis die Pritsche des Wagens auf einer Höhe mit dem Treppenabsatz vor dem Eingang war. Daraufhin zogen sie die Matte auf die Pritsche und hüllten Metellus, der immer noch bewusstlos war, in eine Wolldecke. Zuletzt kletterte Shi Wanli auf den Kutschbock, Yun Shan auf ihr Pferd, und dann ging es los.

Die Prinzessin durchquerte in raschem Galopp den Eichenwald vor dem Haus der Alten und den Hain aus Trauerweiden, der sich daran anschloss und bis ans Ufer des Flusses reichte. Als sie zwischen den Blättern der Weiden die Wasseroberfläche glitzern sah, zügelte sie ihr Pferd, stieg ab und spähte zum andern Ufer hinüber.

Nicht lange, und sie hörte dort Laub rascheln und den Schrei einer Waldohreule. Einmal, zweimal, dreimal. Yun Shan schwang sich wieder in den Sattel und ritt durch die Furt, wobei die Hufe ihres Pferdes silberne Wassertropfen versprühten.

»Yun Shan …«, empfing sie eine vertraute Stimme.

»Daruma!«

»Dem Himmel sei gedankt, dass es dir gut geht. Was ist mit dem Ausländer?«

»Er lebt. Mehr kann ich dir nicht sagen.«

»Das ist schon viel. Bisher hat noch keiner Weis Fausthiebe überlebt.«

»Hast du mir besorgt, worum ich dich gebeten hatte?«

»Ja. Das Boot müsste bereits dort drüben, hinter der Flussbiegung, vertäut liegen; verlässliche Freunde haben diese Aufgabe für mich übernommen. Ich warte eine Weile hier. Wenn du nicht zurückkommst, heißt das, es ist alles gut gegangen und du fährst bereits den Fluss hinunter.«

»Gut. Ich danke dir, Daruma. Vielleicht wird er auf diese Weise doch noch gesunden. Die Erschütterungen einer Überlandreise hätte er mit Sicherheit nicht überlebt.«

»Du brauchst mir nicht zu danken. Ich kenne Xiong Ying schon viel länger als du.«

»Wie kann ich meine Schuld bei dir begleichen?«

»Indem du ihm das Leben rettest.«

»Das werde ich tun. Sonst noch etwas?«

»Ja. Überbringe dem Prinzen Dan Qing einen herzlichen Gruß von mir.«

»Das wird mir nicht leichtfallen. Mein Bruder hat mir schweres Leid zugefügt. Und nicht nur mir.«

»Dann ist das vielleicht eine Gelegenheit zur Wiederannäherung zwischen euch beiden. Es ist viel Zeit vergangen; dein Bruder war selbst in Gefangenschaft und hat sehr darunter gelitten, nicht in sein Land zurückkehren zu können. Er braucht dich, und er braucht Freunde. Aber jetzt beeilt euch, bevor sie euch noch entdecken. Weis Männer sind euch bereits auf den Fersen.«

In diesem Moment traf auch die alte Shi Wanli mit Metellus ein. Yun Shan band ihr Pferd an eine Trauerweide und kletterte zu der Amme auf die Kutsche. Das Tier wieherte und bockte.

»Verzeih mir, Feuriger Atem«, sagte Yun Shan und trieb das Maultier, das den Karren zog, mit der Peitsche an.

Sie durchquerten die Furt, und als sie um die Flussbiegung kamen, sahen sie bereits das Boot am Ufer liegen. Nachdem sie Metellus vorsichtig auf den Bretterboden gelegt hatten, verstauten sie noch einen Krug frisches Quellwasser und einen Sack mit Proviant unter der Ruderbank.

Yun Shan gab Daruma ein Zeichen, dass alles in Ordnung sei, und umarmte ihre Amme. »Kümmre dich um Feuriger Atem«, sagte sie zu ihr.

»Das werde ich, sei unbesorgt«, versprach Shi Wanli, wandte den Karren und fuhr davon.

Yun Shan wollte gerade den Strick lösen, mit dem das Boot am Ufer vertäut war, als sie hinter sich Schritte vernahm. Blitzartig zog sie ihr Schwert und fuhr herum.

Vor ihr stand ein unbewaffneter Mann mit einem Vogelkäfig in der Hand. »Daruma hat vergessen, dir das hier zu geben«, sagte er. »Ein Geschenk für den Prinzen.« Mit diesen Worten reichte er ihr den Käfig, in dem eine Taube saß.

Yun Shan nahm ihn entgegen, kletterte in das Boot und begann zu rudern.

Von seinem Beobachtungsposten aus konnte Daruma sehen, wie das Boot zuerst die versteckte Bucht verließ und dann in die Mitte des breiten Stroms hinausglitt, wo es im silbernen Mondschein langsam von der Strömung davongetragen wurde.

Er sah ihm nach, bis es hinter der nächsten Flussbiegung verschwunden war. Dann stieß er einen tiefen Seufzer aus und ging zurück.

Mit Anbruch des Tages hatte Yun Shan Gelegenheit, ihren zweiten Passagier, die Taube in dem wundervoll gearbeiteten Silberkäfig, etwas näher zu betrachten. Ein Kärtchen, das am Griff des Käfigs befestigt war, wies sie als Geschenk für Dan Qing aus. Sie lächelte. Das Tierchen würde sie wenigstens etwas von ihren Sorgen ablenken.

Vor ihr tat sich eine herrliche Landschaft auf. Sie überquerte gerade einen See mit unzähligen kleinen Inselchen. Einige von ihnen ragten nur knapp über die Wasseroberfläche hinaus, andere waren ziemlich hoch, felsig und ganz mit üppigem Grün bedeckt. Sie spiegelten sich alle im klaren Wasser des Sees, und ihre Spiegelbilder wandelten sich kontinuierlich, zerfielen in tausend Facetten, während das Boot von der trägen Strömung über die reglose Wasseroberfläche getrieben wurde. Dann stieg ein feiner Dunst vom See auf und hüllte jede Insel, jeden Felsen in einen dünnen Schleier.

Das Boot glitt lautlos dahin, und wenn sie an einer Insel vorbeifuhr, wurde sie vom Geschrei der Kormorane begrüßt, die aufflogen, um sich auf Nahrungssuche begeben.

Yun Shan unterstützte die Strömung mit den Rudern und wandte sich dann und wann nach ihrem Reisegefährten um, der fiebernd und immer noch bewusstlos auf den Planken lag. Immer wieder machte sie ein Taschentuch nass und benetzte ihm damit Stirn und Schläfen. Manchmal öffnete Metellus die Augen und brachte das ein oder andere Wort heraus, dann wieder war lange gar nichts zu hören als das leises Plätschern beim Eintauchen der Ruder und das Gurren der Taube in ihrem silbernen Käfig.

Auf diese Weise verbrachte Yun Shan drei Tage, überquerte zuerst den See und fuhr dann weiter den Fluss hinunter, der aufgrund mehrerer Zuflüsse noch etwas breiter wurde. Eine Zeit lang begegnete sie noch dem ein oder anderen Fischer- oder Frachtboot, aber irgendwann hörte auch das auf. Der Fluss wirkte ab diesem Moment seltsam verlassen, doch Yun Shan hatte mehrmals das deutliche Gefühl, aus dem Dickicht entlang der Ufer heimlich beobachtet zu werden.

Metellus wachte nur selten auf und verlangte dann immer nach Wasser.

Am Abend des vierten Tages hielt sie am Fuß eines hohen Felsens, der von oben bis unten mit Hängepflanzen bewachsen war. Dünne Rinnsale Wasser suchten sich dazwischen ihren Weg, liefen über das zerfurchte Gestein nach unten und plätscherten in den Fluss, wobei sie ein mehrstimmiges Konzert erzeugten, denn jeder Bach hatte seinen eigenen Klang: Der eine murmelte leise, der andere rauschte, der dritte gurgelte, und dazu tropfte es überall von Blättern und Ästen.

Im Westen, wo der Fluss mit dem Horizont verschmolz, ging gerade die Sonne unter und brachte Wasser und Wolken, die träge dahinzogen, zum Glühen. Yun Shan ruderte ganz dicht an den Felsen heran, wo es kaum noch Strömung gab, und zog unter ihrem Hemd ein langes rotes Seidenband hervor, das um einen Stab gewickelt war und das sie im Wasser aufrollte, sodass sich eine blutrote Spur auf der Wasseroberfläche bildete.

Metellus schlug die Augen auf und beobachtete sie bei dieser seltsamen Handlung. »Was machen wir jetzt?«, fand er die Kraft, sie zu fragen.

»Nichts«, erwiderte Yun Shan. »Wir warten.«

Und sie warteten, bis sie inmitten bläulicher Dunstschaden den Vollmond aufgehen sahen; langsam, einer riesigen Zauberlaterne gleich, erhob er sich über der unwirklich anmutenden Landschaft. Dann zog von Osten eine Wolke heran und schob sich vor ihn, während sich die Wasseroberfläche des Flusses bleiern färbte.

Plötzlich ertönte über ihnen der Schrei eines Raubvogels, und die Taube schlug erschrocken mit den Flügeln. Im selben Augenblick hörte man ein Schwappen, und vier Gespenster stiegen aus dem Wasser und hievten sich an Bord, zwei vorn und zwei hinten.

Metellus erkannte nicht mehr als triefende Gestalten, stählerne Arme und Beine, die sich mit unglaublicher Leichtigkeit bewegten, schwerelose Körper, die förmlich zu schweben schienen. Sie trugen blutrote Schärpen um die Hüften und in den

Händen messerscharfe, silbrig blitzende Klingen, auf denen sich das Glitzern des Wassers spiegelte.

Yun Shan vereinte ihre Handflächen vor der Brust und verneigte sich zum Zeichen des Respekts vor ihnen. Keiner sprach.

Metellus vernahm Geräusche: Eisen, das auf Stein reibt, dann ein Rasseln. Er spürte, wie das Boot zu schwanken begann, und kurz darauf hörte er ein unverwechselbares Tropfen: Das Boot war aus dem Wasser gezogen worden, es hing an Seilen, die an der Bordwand befestigt worden waren und zu einem Metallgerüst oben auf dem Felsen führten, und schaukelte in der Luft. Der Mond war inzwischen wieder zum Vorschein gekommen und beleuchtete die Szene, und so konnte Metellus, während das Boot langsam in die Höhe gezogen wurde, die mit Büschen und Kletterpflanzen überwucherte Felswand sehen und auch die Bäume, die aus ihr hervorragten und ihre Äste hinaus ins Leere reckten. Er sah oder hörte Vögel, die aufgescheucht ihre Nester verließen, während das seltsame Ding, das so gar nicht an diesen Ort passte, an ihnen vorüberschwebte.

Mit einem Mal hielt das Boot inne, wurde zur Seite gezogen und oben auf dem Felsen abgesetzt. Die vier Krieger sprangen aus dem Boot, andere eilten mit einer Bahre aus Bambusrohren herbei und legten den verwundeten Ausländer im Schein brennender Fackeln darauf. Wenig später trat auch Prinz Dan Qing hinzu.

»Schwester«, sagte er, kaum dass er Yun Shan erblickte.

Das Mädchen senkte den Kopf und blieb stumm vor ihm stehen.

»Ich habe mich so nach diesem Augenblick gesehnt. In all diesen Jahren habe ich davon geträumt, dass du mir … dass du mir im Moment unseres Wiedersehens um den Hals fallen würdest. Aber ich verstehe dich. Ich bitte dich nur, nicht dein Herz zu verschließen und dir etwas Zeit zu nehmen, um mich zu verstehen. Dann wirst du einsehen, dass ich damals überzeugt war, die richtige Entscheidung zu treffen, auch wenn ich mich letzten Endes geirrt habe. Es muss doch etwas zu bedeuten haben, dass der Himmel uns nach Jahren der Trennung ausgerechnet an diesem Ort wieder zusammenführt ...« Sein Blick glitt zu Metellus. »Xiong Ying!«, rief er aus.

»Prinz«, stieß Metellus hervor und versuchte instinktiv, sich auf den Ellbogen aufzustützen, sank aber mit schmerzverzerrtem Gesicht wieder nieder.

Yun Shan nahm den Vogelkäfig und reichte ihn ihrem Bruder. »Ein Geschenk von Daruma.«

»Ein Geschenk ...« Dan Qing lächelte. »Als hätte er nicht schon genug für mich getan. Dieser Mann hat mich aus der Gefangenschaft befreit, als ich schon jede Hoffnung aufgegeben hatte.«

»Um den Preis vieler Menschenleben«, stellte Yun Shan fest.

Ihr Bruder erwiderte nichts darauf. Stattdessen befahl er den Bahrenträgern, den Verwundeten sofort in die Krankenstube zu bringen, wo man ihn versorgen würde. Während sie ihn wegtrugen, sah er den Blutfleck, den Metellus auf dem Boden des Boots hinterlassen hatte, und dann auch den Blick, mit dem seine Schwester ihm folgte, bis er in der Dunkelheit verschwunden war.

Als er kurz darauf selbst die Krankenstube betrat, hatten sich mehrere Mönche um den Kranken geschart. Einer erhitzte Wasser, ein anderer rührte in einem Bronzegefäß, das auf dem Feuer stand und eine dunkle Substanz enthielt. Wieder andere legten Binden, chirurgisches Besteck und Bambusrohre bereit.

Als sie Metellus aus seiner Wolldecke wickelten, begannen einige der Wunden wieder zu bluten, weil die Decke an manchen Stellen mit den Blutkrusten verklebt gewesen war. Auf Dan Qings Gesicht machte sich Bestürzung breit, so schlimm war der Römer zugerichtet. Er warf den Chirurgen einen fragenden Blick zu.

»Dass seine Wunden bereits genäht wurden, hat seine Aussicht zu überleben mit Sicherheit erhöht«, erklärte einer von ihnen, »aber wir müssen ihn, gleich heute Nacht, noch einmal sehr hart auf die Probe stellen, auch wenn er extrem geschwächt ist. Etwas anderes bleibt uns leider nicht übrig. Noch länger abzuwarten würde seinen sicheren Tod bedeuten.«

»Dann macht euch ans Werk«, gebot Dan Qing.

Einer der Chirurgen ging zu einem Schrank und entnahm ihm ein silbernes Etui, das, wie sich zeigte, unzählige hauchdünne Nadeln enthielt. Metellus biss die Zähne zusammen und machte sich auf neue Schmerzen gefasst. Er wusste aus eigener Erfahrung, wie die Chirurgen beim Militär zu Werke gingen. Aber Dan Qing lächelte ihn aufmunternd an, wie ein guter Freund.

»Lasst uns beginnen«, sagte der Chirurg. »Als Erstes müssen wir die Schmerzzentren isolieren.«

Er nahm die Nadeln eine nach der andern zur Hand und bohrte sie an verschiedenen Stellen in Metellus' übel zugerichteten Leib; sie drangen aber nicht tief ein, sondern nur knapp unter die Haut. Die Handgriffe des Arztes wirkten sicher und geübt. Bald war auf Metellus' Haut ein Wald aus Nadeln entstanden, die mysteriöse Muster bildeten.

Irgendwann gab der Chirurg einem Assistenten unbemerkt zu verstehen, er möge die Flamme einer Öllampe an Metellus' Fuß halten, und als der Patient keine Reaktion zeigte, nickte der Chirurg, ließ sich von einem anderen Helfer das bronzene Gefäß reichen und setzte es Metellus an die Lippen.

»Trink«, sagte Dan Qing. »Diese Arznei schmeckt entsetzlich bitter, aber sie wird dich in einen Zustand der Bewusstlosigkeit versetzen, in dem du keinen Schmerz mehr spürst.«

Metellus trank langsam den Aufguss, der so bitter wie Galle schmeckte, und sank dann auf die Matte zurück. Einen Moment lang sah er noch die Gesichter der über ihn gebeugten Männer, dann wurde es schwarz um ihn her.

30

Ab diesem Augenblick verfiel Metellus in einen Geisteszustand, wie er ihn noch nie erlebt hatte. Es war eine Art Schwebezustand, undefinierbar, ähnlich dem Schlaf, aber tiefer; bisweilen hatte er das Gefühl, bei Bewusstsein zu sein, dann wieder war er völlig der Realität entrückt. Er glaubte, gestorben zu sein und dass sich das, was er noch von sich selbst empfand, diese zerfließende Seele, im Jenseits befände, dem Ort, den die Dichter beschrieben hatten: einem Hades ohne Götter, in dem es von Schattengestalten wimmelte.

Die Ersten, die ihm erschienen, waren seine im Kampf gegen die unbesiegbaren Fliegenden Füchse gefallenen Gefährten. Entstellt und verstümmelt, mit blutüberströmten Gesichtern und heraushängenden Eingeweiden taumelten sie ihm entgegen und entschwanden wieder, wie Nebelschwaden im Wind, ohne etwas zu sagen, ohne auf seine Zurufe zu reagieren. Er begriff jedoch, dass sie Rache von ihm verlangten und dass sie ihn in diesem Dämmerzustand besuchten, damit er sie nicht vergaß. Es waren die rastlosen Schatten von Männern, denen die versprochene Rückkehr in die Heimat verwehrt geblieben war, ja, die noch nicht einmal ein ehrenhaftes Soldatenbegräbnis erhalten hatten.

Dann war es die Seele Clelias, die an ihm vorüberwandelte: ein zarter Schatten, kleiner, als Clelia in Wirklichkeit gewesen war, fast noch ein Kind. Ihr Blick streichelte ihn, während sie ihn mit den liebevollen Augen einer ergebenen Gattin ansah. Sie schien ihm etwas sagen zu wollen, bewegte ein paarmal die Lippen, brachte aber keinen Ton heraus. Und Metellus schrie, rief weinend ihren Namen. Umsonst.

Auch sie entschwand.

Manchmal hatte er das Gefühl, kurz vor einer Offenbarung zu stehen, jeden Moment alles zu begreifen. Doch was? Den Sinn des Lebens vielleicht oder den Sinn des Todes? Aber dieses Gefühl bestätigte sich nicht, und seine Gedanken drehten sich im Kreis wie eine Spirale; eine Spirale, die immer schneller und schließlich zum Wirbelsturm wurde und ihn in die Höhe riss wie ein Blatt im Herbstwind.

Er sehnte sich danach, Töne zu hören, die er bitter vermisste, vor allem die Stimme seines Sohnes, die sich in dieser langen Zeit bestimmt verändert hatte. Aber es gelang ihm nicht. Es gelang ihm nicht! Er hoffte, dass es ein gutes Zeichen sei, ein Zeichen dafür, dass Titus noch am Leben war und ihm deshalb nicht im Hades erscheinen konnte. Metellus vermisste ihn dennoch sehr, und selbst in diesem Dämmerzustand wurde ihm klar, dass er ihn nie mehr so sehen und hören würde, wie er es gewohnt gewesen war. Dass diese intensiven, tiefen Empfindungen, die ihm das Gefühl des Vaterseins vermittelt hatten, ein für alle Mal vorbei waren.

Natürlich war ihm auch jedes Zeitgefühl abhandengekommen, gab es in diesem seltsamen Bewusstseinszustand doch weder Licht noch Schatten, weder Tag noch Nacht noch sonst irgendetwas, das ihm erlaubt hätte, eine Abfolge von Ereignissen zu verzeichnen, die Dauer, das Ende oder die Unterbrechung von irgendetwas. Das Einzige, was ihn in all dieser Zeit ans Dasein erinnerte, war ein zarter Duft; er begleitete ihn fast ständig, und wenn er sich bisweilen kurz verflüchtigte, kehrte er sofort wieder zurück. Da er ihn aber weder einem Wesen noch einer Vorstellung oder einem Bild zuordnen konnte, gelangte er schließlich zu der Einsicht, dass es sich um den Duft des Jenseits handeln musste.

Der mythische Asphodeliengrund? Er glaubte, die herrlichen Blumen mit ihren langen, schlanken Stängeln und den ährenförmigen weißen Blüten vor sich zu sehen; sie breiteten sich in alle Richtungen aus, grenzenlos, ohne Horizont, so weit das Auge reichte. Ein mysteriöses Beben erfüllte die lilienartigen Gewächse, so als streiche der Wind über sie hinweg oder als flackere in ihren Blütenkelchen ein Licht, das so gar nicht zur Unterwelt mit ihrer düsteren Atmosphäre passen wollte.

Auf diese Weise wurde sein Dasein zu Duft, und mit der Zeit gesellte sich zu diesem Duft ein Gefühl der Wärme. Er hatte den

Eindruck zu schweben, verspürte Empfindungen, die ihn an das Leben erinnerten, und war sich bewusst, Erinnerungen zu haben …

Und dann war da plötzlich etwas, das er deutlich und vor allem auch körperlich spürte: Ein Streicheln.

Jawohl, ein Streicheln.

Er hatte noch nie eine Empfindung gehabt, die ihm so konkret, so real vorgekommen war. Und der nächste Eindruck war Helligkeit.

Ein zarter Lichtschimmer.

Farblos. Ohne Umrisse, aber in steter Ausdehnung. Und dann begann plötzlich etwas rhythmisch zu klopfen, immer lauter. Bis er merkte, dass es Tränen waren, die von oben auf sein Gesicht fielen.

»Xiong Ying …«

Die Tränen rollten ihm über die Wangen und auf die Lippen, sodass er sie schmecken konnte. Er öffnete die Lider, sah zwei glänzende schwarze Augen und nahm den Duft wieder wahr, nun aber in Verbindung mit einem Blick, einem Körper, einem Gesicht.

»Yun Shan …«

»Du bist wiedergekehrt.«

»Und … ich lebe.«

»Ja, aber …«

»Wie lange?«

»Viele Tage und viele Nächte.«

»Und du warst immer bei mir?«

»Sprich nicht.«

»Warum?«

»Weil du keine Kraft hast.«

Sie brachte ihm ein seltsam schmeckendes, leicht bitteres Getränk und nahezu flüssige Nahrung. Und allmählich kehrten seine Kräfte zurück, Tag um Tag, und mit ihnen die Schmerzen. Heftige Schmerzen, in den Armen, in den Beinen, in der Brust.

»Du wirst Schmerzen haben«, hatte Yun Shan zu ihm gesagt.

»Schmerzen bedeuten wenigstens Leben. Ein Leben … das ich dir verdanke.«

»Den Ärzten.«

»Mag sein. Und doch fühle ich, dass du es gewesen bist, die mich vor dem sicheren Tod gerettet hat – obgleich ich nicht weiß, warum.«

»Wir fühlen, was das Herz uns eingibt.«

»Was haben sie mit mir gemacht? Warum erinnere ich mich an nichts?«

»Sie haben den Schmerz daran gehindert, in deinen Geist durchzudringen, während sie dich aufgeschnitten und deine Knochen wieder zusammengefügt haben. Sie haben deinen Geist in einem Käfig aus hauchdünnen Nadeln gesperrt, denn Schmerzen empfinden wir nur im Geist, nicht in den Armen oder Beinen.«

»Das verstehe ich nicht.«

»Und danach haben sie dich betäubt.«

»Werde ich wieder zu dem werden, der ich einmal war?«

»Ja. Aber das wird noch dauern.«

»Wie lange? Tage? Monate?«

»So lange wie nötig.«

Metellus schwieg und versank erneut in Gedanken.

»Was wirst du tun, wenn du wieder gesund bist, Xiong Ying? Wirst du in dein Land zurückkehren, zu deiner Familie?«

»Mein Land, Da Qin Guo … Wer weiß, was aus ihm geworden ist. Ich habe meinen Kaiser wie einen Sklaven in Gefangenschaft sterben sehen. Meine Stadt wurde von den Persern belagert, als ich sie verließ. Meine Frau wurde vor meinen Augen von einem Pfeil durchbohrt – sie ist tot –, und mein Sohn … Der ist meinen Gegnern ausgeliefert.«

»Und deshalb möchtest du nach Hause zurück. Eine richtige Entscheidung.«

»Ich weiß nicht mehr, was richtig ist. Ich kann nicht mehr sagen, was mich dort erwartet … Und meine so grausam niedergemetzelten Gefährten … Ihre Schatten verlangen, dass ich sie räche und ein Versprechen einlöse.«

»Ist es das, was deine Gedanken beschäftigt?«

Metellus suchte den Blick ihrer Augen. »Nein … Wenn ich dich anschaue, sind meine Gedanken woanders. Und es ist, als würde mein Leben vom Takt deines Herzens bestimmt.«

Yun Shan senkte den Kopf.

»In letzter Zeit habe ich einen immer wiederkehrenden Traum: Ich träume, ich wäre im großen Hof des Kaiserpalasts. Die Leichen meiner Gefährten liegen um mich herum auf dem Boden, und vor mir steht mein Gegner, der zum entscheidenden Schlag ausholt. Aber während seine Hand hochfliegt, stellst du dich zwischen ihn und mich und bekommst an meiner Statt den Schlag ab – genau hier, aufs Herz.«

»Xiong Ying«, murmelte das Mädchen, »Träume sind Träume.«

»Genau hier«, wiederholte er und streckte seine Hand nach ihrer Brust aus. »Es ist, als hättest du einen Teil deines Lebens gegeben, um meins zu retten. Habe ich recht? Ich weiß nicht, wie das geht, aber ich spüre, dass es so war.«

Yun Shan erwiderte nichts und hielt weiterhin den Blick gesenkt.

»Warum hast du das getan? Ich werde dir bis ans Ende meiner Tage dafür dankbar sein. Aber ich bitte dich, sag mir, warum du es getan hast?«

Sie hob den Kopf und sah ihn an. In keiner Sprache der Welt hätte sich ausdrücken lassen, was dieser Blick in einem einzigen Moment sagte. Es war eine Antwort, die Metellus mitten ins Herz traf, und das Gefühl, das diese Antwort vermittelte, kündete von einer geheimnisvollen Urgewalt und glühender Leidenschaft.

Yun Shans Augen glitzerten vor Tränen, ihr Gesicht jedoch blieb gefasst – höchste Würde und sublime Harmonie standen darauf geschrieben.

Dies alles dauerte nicht länger als einen winzigen Augenblick. Dann stand Yun Shan auf, neigte leicht den Kopf und ging hinaus.

Metellus sank auf seine Matte zurück und schloss die Augen,

wie um diesen Blick einzufangen und in seinem Herzen zu verschließen.

Danach sah er Yun Shan viele Tage nicht wieder, bekam dafür aber Besuch von ihrem Bruder, der ihm Darumas Geschenk vorführte. Der obere Teil des Vogelkäfigs war mit einem Mechanismus versehen und konnte sich drehen wie ein Miniatur-Firmament, während unten, auf der Bodenplatte, die Namen der Monate, der Jahreszeiten und der chinesischen Tierkreiszeichen erschienen: Affe, Maus, Hase. Aufgezogen wurde der Mechanismus durch das Hin- und Herschwingen der Taube auf ihrer Schaukel.

Irgendwann war es dann so weit, dass Metellus sein Krankenlager verlassen, umherlaufen und nach einigen Tagen sogar schon etwas spazieren gehen konnte. Er wusste nicht genau, wo er sich befand, nur dass es irgendwo in der Zitadelle von Li Cheng war. Der Raum, in dem seine Rehabilitation stattfand, war ein großer Saal, dessen Dachgebälk aus mächtigen Eichenstämmen bestand; er hatte einen Boden aus glatt geschmirgeltem Fichtenholz, die Backsteinwände waren weiß getüncht.

Hin und wieder wurde ihm gestattet, ein wenig im Garten umherzuspazieren, der von wahrhaft göttlicher Perfektion war. Man musste dort der vorgegebenen Wegführung folgen und jede brüske Bewegung vermeiden, um ja keinen Ast abzubrechen oder das Herunterfallen eines Blattes zu verursachen. Ausgefallene Pflanzen wuchsen in diesem Garten, die traumhafte Farben und die phantasievollsten Formen aufwiesen. Eine hatte es Metellus besonders angetan; sie spiegelte sich in dem künstlich angelegten Teich und war über und über mit großen, fleischigen Blüten bedeckt, deren zartes Rosa an den Rändern in Weiß überging. Ein himmlisches Gewächs, das geradewegs dem Elysium zu entstammen schien, harmonisch, edel und atemberaubend schön. Die Blüten waren so zahlreich, dass sie förmlich eine Wolke bildeten, und das Grün brach erst durch, wenn das letzte Blütenblatt abgefallen war.

In dem Teich selbst wuchs der Rote Lotus – Wappen und

Symbol der Mönchsgemeinschaft, die diesen Ort bewohnte –, und auf seinem Grund, knapp über dem Kieselbett aus kunstvoll gemischten weißen und grauen Steinchen, schwammen Fische in den wundervollsten Farben: rot, blau und schillernd grün.

Diese natürlich wirkende Perfektion war in Wirklichkeit Ausdruck höchster menschlicher Kunst und flößte ihm auf der einen Seite tiefen Frieden ein, auf der andern aber auch eine seltsame Erregung, eine Art Energie, die sich dadurch bemerkbar machte, dass es ihn manchmal am ganzen Körper kribbelte.

Die Felsenterrasse, auf der dieser Garten angelegt war, lag am Rande des Abgrunds, hoch über dem Fluss. Von dort konnte er nicht nur die große Flussschleife überblicken, sondern auch die daran angrenzenden Wälder und Sümpfe, aus deren Dunstschwaden im Morgengrauen Schwärme von Vögeln aufstiegen, um die leuchtende Sonnenscheibe zu durchqueren.

Manchmal sah er, wenn er am Fenster seines Zimmers stand, Yun Shan in diesem Zaubergarten wandeln, in einen himmelblauen Seidenmantel gehüllt, der ihrem Körper eine wundervolle Anmut und Eleganz verlieh. Leicht und duftig wie eine Wolke schwebte sie zwischen den blühenden Zweigen umher.

Er hätte sie zu gerne angerufen, ihr in die Augen geschaut, um zu sehen, ob dort noch das Feuer glühte, das ihm das Herz geraubt hatte, an dem Tag, an dem er sich ihr so unglaublich nah gefühlt hatte. Aber es war ihm klar, dass dieser Garten ein spiritueller Ort war, der nur dem gehörte, der einsam in ihm umherging, ganz in ihn versunken war. Er war wie ein begrenztes Jenseits, in dem diese außergewöhnlichen Wesen ihre Seelen im ungestörten Glücklichsein übten und auf das Leben ohne Ende vorbereiteten.

Und dann kam der Tag, an dem er begann, die Geheimnisse der alten Kampfkunst zu erlernen, die Meister Mo seine Adepten gelehrt hatte, und zwar sowohl denjenigen, die auf dem rechten Weg geblieben waren, als auch jenen, die davon abgekommen waren.

»Du wirst lernen, dich zu bewegen, wie du es schon oft an mir gesehen hast«, sagte Dan Qing, »wie die Fliegenden Füchse und noch besser, wenn du überzeugt und dir deines Weges sicher bist.«

»Der Weg, das Dao …«, sagte Metellus.

»Es handelt sich weniger um eine Kampfdisziplin, als um eine Philosophie, eine tiefinnerste Überzeugung, eine aktive Geisteshaltung. Wir nennen es Go Ti.

Du musst dich im Einklang mit der Natur bewegen, ihren Atem spüren und dich ganz von ihm durchdringen lassen. Es gibt nichts, was du nicht erreichen könntest. Aber du darfst dein Ziel nicht verbissen verfolgen, du musst dich vom Strom des Lebens tragen lassen, von der kosmischen Energie, die ebenso in einem Grashalm steckt wie in deinem Körper, in einem Sandkorn wie in den Sternen, die am ewigen Himmel funkeln. Du wirst in die Kunst der Meditation eingeführt, wie Meister Wangzi sie mir beigebracht hat, und alles vergessen müssen, was du in deinem Land gelernt hast, denn das hat nur zu deiner Niederlage und zum Tod deiner Männer geführt.«

»Ich kann alles bis auf eins vergessen«, erwiderte Metellus, »die *virtus*: die innere Kraft, die meine Männern angespornt und ihnen geradezu übermenschliche Tapferkeit verliehen hat; das innere Gleichgewicht, das einen dazu bringen kann, sein Leben zu opfern – allein aus Treue zu den überlieferten Werten. Das wäre sozusagen mein Beitrag zur Sache.«

»Einverstanden. Ich denke, mit dem Opfer deiner Gefährten vor Augen kannst du es mit dem Dämon aufnehmen, der sie getötet hat, und darfst hoffen, ihn zu besiegen. Verbinde dein Geschick mit unserem, Xiong Ying, und du wirst ein neues Leben kennenlernen, eine Welt, die du dir vorher nicht einmal vorzustellen imstande bist, und eine Kultur, die auf unglaublich intensivem Denken basiert. Dies alles dient wohlgemerkt nicht, um die Wahrheit zu finden – die Wahrheit entfernt sich von uns wie der Horizont vom Wanderer –, sondern um das Leben so intensiv zu leben, wie es einem Menschen nur möglich ist. Willst du das alles lernen, Xiong Ying? Willst du dich uns und unserem Kampf anschließen?«

»Ja, das will ich«, erwiderte Marcus Metellus.

»So sei es denn. Aber unter einer Bedingung: Du musst mir bei deiner Ehre versprechen, dass all dieses Wissen niemals unser Land verlassen wird.«

»Ich verspreche es«, antwortete Metellus. »Aber wie willst du mich davon überzeugen, dass du weniger Schuld trägst als dein Feind? Dass Weis Grausamkeit nicht eine Folge deiner Grausamkeit ist, deiner maßlosen Machtgier? Bei deiner Suche nach der perfekten Harmonie zwischen Körper und Seele hast du eins vergessen, nämlich dass dies alles keinen Sinn hat, wenn die Tugend fehlt. Gib mir eine Erklärung für dein Verhalten von damals, und ich will sie annehmen, weil ich dein Freund bin und weil die Freundschaft, genau wie die Liebe, keinerlei Nutzen verfolgt.«

Dan Qing sah ihm tief in die Augen und lächelte. »Du denkst und redest schon wie ein Chinese, Xiong Ying. Aber leider gibt es nichts, was ich dir in diesem Moment sagen könnte, um dich zu überzeugen. Ich war damals zu jung, um mich dem verderblichen Einfluss der Macht widersetzen zu können. Ich empfand eine Bedrohung und reagierte auf eine Art und Weise, die mir heute unangemessen und übertrieben erscheint, seinerzeit aus Sicht der obersten Autoritäten aber völlig normal war – eine weise Maßnahme, um die Dynastie vor dem Verfall zu bewahren und zersetzende Kräfte auszuschalten.

Erst heute ist mir bewusst, wie verwerflich es war, die Liebe eines Jünglings zu einem Mädchen auf so brutale Weise zu zerstören und mit Gewalt gegen die Harmonie eines kosmischen Gefühls vorzugehen. Manchmal frage ich mich, ob das nicht der Grund dafür ist, dass es unser Land so hart getroffen hat; du weißt ja, dass es in drei Teile zerstückelt wurde, drei Körper, die völlig getrennt voneinander leben, ja, mehr noch, miteinander verfeindet sind. Aber alles, was ich heute tun kann, ist, zu versuchen, den Schaden wieder gutzumachen, das Reich erneut zu einen. Dafür will ich kämpfen, mit vollem Einsatz und ohne jedwede Gefahr zu scheuen. Und noch etwas will ich versuchen: die Wunde zu heilen, die ich Yun Shans Herzen zugefügt habe. Ich glaube übrigens, dass sie dich liebt.«

»Aber was sagst du da, Dan Qing?«

»Ja, ich bin fest davon überzeugt. Das ist auch der Grund, warum sie dich meidet: Sie fürchtet dich. Sie fürchtet, sich erneut einem Gefühl hinzugeben, das ihr versagt werden könnte. Yun Shan wird deine Lehrerin sein, deine unerbittliche Gegnerin im Kampf mit und ohne Schwert. Pass gut auf, denn sie könnte dich härter anfassen als nötig, um ihren eigenen Gefühlen für dich zu entgehen. Doch wir haben keine andere Wahl. Weder ich noch Yun Shan können Wei schlagen, weil keiner von uns beiden ihn wirklich hasst. Du hast es selbst gesagt: Ich bin schuld daran, dass er so grausam, so niederträchtig und wild geworden ist – wenigstens teilweise. Und was Yun Shan betrifft: Sie hat ihn geliebt, und selbst wenn es nur eine unschuldige, vielleicht sogar unbewusste Jugendliebe war, wäre sie nicht in der Lage, ihn mit sicherem Herzen und fester Hand zu töten. Nur du kannst das tun und die Harmonie in unserem Land wiederherstellen.«

»Auch im Westen, in meinem Land Da Qin Guo, wurde die Harmonie durch eine ganze Reihe abscheulicher Gewalttaten erschüttert, die mir das Herz schwer machen. Wer wird mein fernes Land retten?«

»Daran darfst du jetzt nicht denken, Xiong Ying, jetzt musst du an das Versprechen denken, das du mir und deinen Gefährten gegeben hast, die dieses Ungeheuer so gnadenlos niedermetzeln ließ. Ich werde unterdessen versuchen, Neuigkeiten aus deiner Heimat zu erfahren. Das schwöre ich dir. Erst wenn du weißt, wie es dort aussieht, kannst du eine Entscheidung fällen.«

»Einverstanden, Dan Qing«, sagte Metellus. »Dann lass uns sofort beginnen. Ich kann nicht länger warten.«

Und so vergingen Frühling und Sommer für Metellus mit kontinuierlichen, zermürbenden Leibesübungen, wobei ein Lehrer den anderen ablöste und er es mit immer schnelleren und erfahreneren Gegnern zu tun hatte. Mit Gegnern, die immer härter zuschlugen. Erst als sie ihn völlig umgekrempelt hatten und er fähig war, die Absichten seines Gegners zu erkennen, noch bevor dieser mit den Armen – oder Beinen – ausholte, wurde er eines Tages in den großen Duellsaal geführt. Es war der erste Wintermorgen jenes Drachenjahres, der dritte Tag des zweiten Monats.

Dumpfes Trommeln füllte den riesigen, im Halbdunkel liegenden Saal. Mit einem Mal verstummte es. Ein gellender Schrei kam von oben herab, und ein Fuß traf ihn so heftig an der linken Schulter, dass er stürzte und sich ein paarmal überschlug.

»Verteidige dich!«, schrie Yun Shan. »Ich hätte dich töten können, wenn ich gewollt hätte. Verteidige dich!«, schrie sie noch einmal, während ihr Fuß durch die Luft sauste und ihn erneut zu Fall brachte.

Metellus rollte über den Boden und blieb vor Dan Qings Füßen liegen.

»Du musst vergessen, dass sie eine Frau ist«, sagte dieser zu ihm. »Sie ist keine Frau – sie ist ein Gegner, der dich töten will. Weißt du noch, wie du mit zwei Schwertern gleichzeitig gekämpft hast? So, wie diese Schwerter musst du jetzt deine Hände einsetzen, begreifst du? Wenn du das schaffst, kannst du sie schlagen.«

»Jetzt machen wir Ernst«, sagte Yun Shan und stürmte mit starr ausgestreckten Armen auf Metellus zu.

Aber der war bereits aufgesprungen und hatte begriffen: Er musste die von einem heiligen Mönch erfundene Selbstverteidigungskunst anwenden, die darauf basierte, die bloßen Hände so zu benützen, als wären es Schwerter. Und da sausten auch seine Hände immer rasanter durch die Luft, parierten, konterten, führten Hiebe und Stöße aus.

Aber Yun Shan hielt andere Überraschungen für ihn bereit. Einmal duckte sie sich unversehens und mähte ihn mit den Beinen um, und wieder lag Metellus auf dem Boden.

Dan Qing trat an ihn heran. »Du kämpfst immer noch wie ein Barbar. Sieh endlich ein, dass dein Geist stärker ist als dein Körper, viel stärker. Schau her!«

Mit diesen Worten ging Dan Qing unter den erstaunten Blicken von Metellus in den Handstand. Sein Körper war schnurgerade. Doch nicht genug, er löste eine Hand vom Boden und verlagerte sein ganzes Gewicht auf die andere, und dann – Metellus wollte seinen Augen nicht trauen – begann er auch noch die Finger der Hand, auf der er stand, vom Boden zu lösen, einen nach dem andern, bis nur noch der Zeigefinger übrig blieb, stocksteif und hart wie eine Eisenstange.

»Lehre mich das Go Ti«, sagte Metellus überwältigt.

Dan Qing sprang wieder auf die Füße. »Diese Disziplin ist unsere stärkste Waffe, unser kostbarstes Geheimnis. Kein Barbar ist je in dieses Wissen eingeweiht worden, bis zu dieser Stufe vorgedrungen. Nenne mir einen Grund, warum ich diese Kenntnisse an dich weitergeben sollte.«

»Weil ich dein Freund bin«, erwiderte Metellus. »Weil ich alle Gefährten verloren habe, indem ich dir auf deinem Weg gefolgt bin. Weil ich sie rächen und ihren Seelen Frieden schenken möchte, indem ich Wei eigenhändig töte.«

»Und du wirst nie wieder den Stab über mich brechen?«, fragte Dan Qing.

»Nein.«

»Und du auch nicht, Schwester?«

Yun Shan senkte keuchend das Haupt und sagte: »Nein, ich auch nicht, Bruder.«

»Denk dran«, meinte Metellus, »im Moment sieht es aus, als hätte nur ich etwas von dir zu lernen, aber wenn die Zeit reif ist und wir daran gehen, deinen Thron zurückzuerobern, dann werden auch du und deine Männer einiges von mir lernen können – Dinge, von denen ihr euch keine Vorstellung macht und die möglicherweise sogar den Ausgang der Schlacht bestimmen könnten.«

Dan Qing lächelte. »Warum hast du dann nicht deinen Kaiser gerettet? Ich habe ihn vor seinem Feind im Staub knien sehen. Weißt du das nicht mehr?«

»Die Perser haben uns nicht besiegt!«, schrie Metellus außer sich. »Sie haben uns betrogen, hinterhältig in eine Falle gelockt! Und damit du es weißt: Ich brauche dich und deine Geheimnisse nicht. Sobald ich wieder bei Kräften bin, werde ich mich diesem Dämon stellen und ihn umbringen wie einen räudigen Hund. Und wenn ich sterben muss, dann sterbe ich eben!« In seinen Augen glomm eine unbezähmbare Leidenschaft.

Yun Shan stellte sich neben ihn. Ihr Bruder sah ihn schweigend an. Metellus' Blick strahlte eine Kraft aus, die ihm zu verstehen gab, was dieser Barbar mit seiner *virtus* meinte.

»Folge mir«, sagte er.

31

Ihre Profile zeichneten sich in einem schmalen Lichtstreifen ab, während sie einander auf den Fersen gegenüberhockten. Metellus hatte sich inzwischen an diese Haltung, die ihm in Darumas Zelt in der Oase am Chaboras noch sehr unbequem gewesen war, gewöhnt. Er hätte nicht zu sagen vermocht, wie lange sie auf diese Weise reglos verharrten, nur dass das Licht irgendwann schwächer zu werden begann, bis es schließlich völlig finster um sie war.

Und auch dann standen sie noch nicht auf, sondern blieben weiter auf den Fersen hocken, ohne das Geringste zu sehen oder zu hören. Aber Metellus brauchte gar keine Orientierungshilfen mehr, er hatte das Gefühl, völlig sich selbst zu genügen. Er wusste auch, dass er auf einmal allein war, und brauchte nicht erst die Hand auszustrecken, um festzustellen, dass der Raum vor ihm leer war.

Dan Qings Stimme drang von anderswoher an sein Ohr: »Wo ist dein Geist, Xiong Ying?«

»Er ist hier, in mir«, antwortete er.

»Wo?«, fragte die Stimme erneut. Es war auf einmal eine andere Stimme; sie hörte sich an, als gehöre sie Yun Shan. Im selben Augenblick fiel ein Lichtstrahl von oben herab und traf einen schwarz gekleideten Mönch mit der roten Binde am Arm; er sprang blitzschnell auf ihn zu und rammte ihm den Fuß in die Seite.

»Nein!«, sagte Dan Qing. »Er ist in deiner Seite, dort, wo dich der Schlag traf. Vorsicht! Pass auf!«

Der Lichtstrahl erlosch. Die Gestalt verschwand.

»Wo ist dein Geist, Xiong Ying?«, schrie Dan Qing noch einmal.

»Du hattest mir gesagt, Yun Shan wäre meine Lehrerin«, schrie Metellus zurück.

»Das ist sie auch! Sie ist es, die hier die Fäden zieht. Du siehst sie nicht, aber sie ist diejenige, die deine Angreifer auf dich loslässt. Oder vielleicht war sie selbst die Angreiferin. Vorsicht!«

Metellus streckte die Arme aus, um die Gefahr abzuwehren, egal, aus welcher Richtung sie kam. Schon wieder blitzte ein Lichtstrahl im Dunkeln auf, und noch eine Gestalt tauchte wie aus dem Nichts auf und versetzte ihm einen heftigen Schlag in den Rücken.

Metellus ging zu Boden.

Der Lichtstrahl erlosch.

»Vergiss nicht, Xiong Ying: Es ist Nacht, du bist ein junger Rekrut, der Wache hält. Aus welcher Richtung kommt der Pfeil des Feindes? Achtung! Aufgepasst! Dein Instinkt sagt es dir. Folge deinem Dao – jetzt!«

In einem dritten Lichtstrahl zeichneten sich die Umrisse eines weiteren Angreifers ab.

Und noch einmal ertönte die Stimme Dan Qings: »Denk dran, Xiong Ying! Man formt den Ton, sodass ein Gefäß daraus wird, aber nur ein leeres Gefäß erfüllt seinen Zweck!«

Die Hände des unbekannten Angreifers schnellten wie Raubtierpranken vor, doch diesmal blockten Metellus' Arme den Schlag blitzschnell ab. Der Angreifer verschwand.

Ein Pfeifen, zwei dumpfe Aufschläge, und dann steckten, knapp vor ihm, zwei Kurzschwerter im Boden. Metellus konnte sie aufgrund ihrer blitzenden Klingen in der Finsternis erahnen. Er schafft es gerade noch, sie zu packen, als auch schon zwei Gegner vor ihm auftauchten. Ein Lichtschimmer, dessen Quelle Metellus unklar war, beleuchtete schwach das Kampfareal. Es war nicht groß. Die beiden Gegner hatten Schwerter, lange, reich verzierte chinesische Schwerter.

Während irgendjemand erneut die Trommel rührte, hagelten die Schläge auf Metellus nieder.

Er fuhr herum wie ein Tiger, seine *gladii* parierten und stachen zu, ihre rohe Zerstörungskraft kontrastierte mit der schlanken Flexibilität der chinesischen Schwerter, die geschmeidig und biegsam waren wie Stahlschlangen.

Und dann überkreuzten sich mit einem Mal alle vier Klingen über den Köpfen der Kämpfer, völlig ineinander verkantet; die Hände, die sie umklammerten, und die Arme, die sie gegeneinander drückten, waren alle gleich stark, alle unbezwingbar. Ein etwas hellerer Lichtstrahl ließ ihre Klingen aufblitzen. Lange gab keiner nach.

Dann plötzlich zogen die beiden Angreifer ihre Schwerter klirrend zurück und tauchten in die Dunkelheit ein.

Das Licht erlosch und flammte gleich darauf in einer anderen Ecke wieder auf. Und da trat Yun Shan in den weißen Lichtkegel. Sie hatte »Eishart« in den Händen. Das Licht begann zu blinken, als würde seine Quelle durch irgendeinen Mechanismus zu- und wieder aufgedeckt, immer schneller, bis Metellus den Eindruck hatte, die junge Frau verlöre ihre festen Umrisse und zerspringe in tausend Splitter.

Aber da trat Yun Shan auch schon aus dem Splitterregen, streckte ihr Schwert nach vorn und sprang mit einem Satz vor ihn.

Der Kampf entbrannte. Ihre Schwerter nahmen sich aus wie Feuerzungen, klirrend krachten sie gegeneinander – Stahl, der auf Stahl biss. Blitze zuckten auf den Klingen und in den Augen der beiden Kämpfenden – Blitze, in denen eine unbändige Energie aufleuchtete. Die Schwerter selbst nahmen sich im Dämmerlicht des Saales aus wie glühende Meteoriten. Ehernes Kreischen erfüllte den riesigen, kahlen Raum, in dem erneut Lichter zu blinken begannen.

Mit einem Mal sprang Yun Shan nach hinten, stieß sich vom Boden ab und flog erneut auf ihren Gegner zu. Ihr Schwert sauste mit unerhörter Gewalt auf ihn herab, aber Metellus riss seine beiden *gladii* hoch, kreuzte sie blitzschnell über dem Kopf und nahm »Eishart« in die Zange.

Dann sahen sie sich keuchend an.

»Hättest du mich getötet?«, fragte Metellus.

Yun Shan antwortete nicht.

Metellus sah ihr noch tiefer in die Augen. »Hättest du mich getötet?«

»Ja«, antwortete Yun Shan. »Denn durch Weis Hand zu sterben wird noch tausendmal schmerzlicher für dich sein.«

Metellus zog seine beiden Schwerter zurück.

»Eishart« fiel dadurch unweigerlich nach unten, verharrte jedoch eine Haarbreit über seinem Kopf.

Metellus drückte Yun Shans Arm zur Seite und trat noch dichter an sie heran. So nah, dass er ihren heißen Atem auf seinem Gesicht spüren konnte. »Aber du konntest es nicht tun.«

Yun Shan steckte »Eishart« in die Scheide zurück.

Und während der letzte Lichtschimmer erlosch, zog Metellus sie an sich und küsste sie leidenschaftlich.

Sie hatten den ganzen Tag, bis Sonnenuntergang, miteinander gekämpft.

Zur gleichen Zeit betrat Dan Qing seine Unterkunft und schloss die Tür hinter sich. Er hörte ein Geräusch, das ihm inzwischen vertraut war: Das Ticken des Mechanismus, der den oberen Teil von Darumas Silberkäfig drehte. Dann vernahm er ein Klicken, das so laut war, dass er sich umdrehte.

Er sah noch, wie das Türchen des Käfigs aufsprang, dann flog die Taube auch schon durchs geöffnete Fenster davon. Sie überquerte den Innenhof und stieg in den dunkel werdenden Himmel hinauf, wo sie scheinbar orientierungslos zu kreisen begann.

Dan Qing hoffte, dass sie zurückkehrte, wie es Haustiere bei Einbruch der Nacht häufig tun, denn er hatte das kleine Wesen lieb gewonnen, aber die Taube flog zum Wald, der die umliegenden Hügel bedeckte, und war schon bald nicht mehr zu sehen.

Am darauf folgenden Tag wurde Metellus von einem der Mönche geweckt, der ihm sagte, Prinzessin Yun Shan erwarte ihn im Hof der Anlage und er möge sich in Reiterkleidung dort einfinden.

Metellus stand auf, wusch sich und eilte in den Hof. Er war ziemlich gespannt. Wenn Yun Shan mit ihm ausreiten wollte, wäre dies das erste Mal seit seiner Ankunft in Li Cheng, dass er die Festung verließ.

Die Prinzessin wartete nicht einmal ab, dass er sie begrüßte, sondern sprang sofort auf ihr Pferd und gab ihm die Sporen. Metellus tat es ihr nach, und dann galoppierten beide durch das geöffnete Tor der Zitadelle auf das Dorf zu.

Es war ein ziemlich kleines Dorf, das sich an den Hang eines Hügels schmiegte; seine Häuser waren alle entlang der grau gepflasterten Hauptstraße angeordnet.

Während sie es rasch durchquerten, fiel Metellus auf, dass keine Mönche im Dorf herumliefen – offensichtlich wohnten diese alle innerhalb der Festung. Und noch etwas fiel ihm auf: Die Leute, denen sie auf der Straße begegneten, hatten ein etwas seltsames Aussehen, ganz anders als die Menschen mit den schräg geschnittenen Augen.

Wenig später hatten sie das Tor der Ortschaft passiert und befanden sich in einem hohen und ausgesprochen dichten Bambuswald. Der Wald bedeckte die Abhänge einer nach Süden hin abfallenden Hügelkette. Wenn man aus dem Wald trat, lag eine weite, sanft gewellte Landschaft vor einem, zwischen deren grün bewachsenen Höhen sich ein schmaler Fluss dahinschlängelte, und gigantische Bäume, die mit Sicherheit sehr alt waren, säumten seine Ufer. Nach Westen hin ragte eine Ansammlung imposanter grauer Felsbrocken aus der grünen Landschaft empor, die sich aufgrund ihrer Farbe und Form so stark von der übrigen Umgebung abhoben, dass man sie für ein Denkmal hätte halten können.

Metellus erkannte, dass Yun Shan genau auf diese Felsen zuritt. Ohne zu fragen, ritt er neben ihr her, bis sie irgendwann anhielt, vom Pferd stieg und das Tier frei grasen ließ.

Metellus tat es ihr gleich, band jedoch sein Pferd, das ihn ja kaum kannte, lieber an einem Busch fest. Als er sich umdrehte, lehnte Yun Shan an einem großen Baum, der in einer Spalte zwischen den riesigen Felsen gewachsen war. Er ging zu ihr und suchte den Blick ihrer Augen.

»Wie fühlst du dich?«, fragte sie ihn.

»Wie einer, der von den Toten auferstanden ist. Wie ein neuer Mensch«, antwortete Metellus.

»Das muss eine angenehme Empfindung sein.«

»Ja, in gewisser Weise, aber es fällt mir schwer, mein vorheriges Leben zu vergessen. – Warum hast du mich so lange gemieden?«

»Ich wollte, dass du dich deinen Erinnerungen stellst, während ich mit meinen kämpfte. Jetzt können wir uns, glaube ich, in die Augen sehen, ohne uns dabei jedes Mal wehzutun.«

»Meinst du immer noch, dass mein Feind mich vernichten wird?«

»Er kennt die Geheimnisse einer uralten Kampfkunst ...«

»... in die ich erst seit wenigen Monaten eingeweiht bin.«

»Ja, aber du bist in dem Saal ausgebildet worden, den Meister Mo höchstpersönlich entworfen hat. Dieses Privileg ist nur wenigen zuteil geworden.«

»Wie wurden eigentlich die Lichtstrahlen dort erzeugt, und wie kam es, dass meine Angreifer so unversehens vor mir auftauchen konnten?«

»Ich weiß es selbst nicht genau. Nur, dass es dafür eine Maschine gibt.«

»Wer weiß es dann? Dan Qing?«

»Nein, das glaube nicht. Das weiß nur der oberste dieser Mönche, ein steinalter Mann. Schon Wangzi, mein Meister, war sein Schüler.«

»Ich werde die Kunst anwenden müssen, die du mir beigebracht hast, um Wei zu besiegen. Und doch ist auch er nur ein Opfer.«

Yun Shan senkte den Blick. »Das stimmt«, hauchte sie. »Aber Wei hat einen Weg eingeschlagen, der nur in die Zerstörung führen kann. Seine Macht ist keine gerechte, sondern eine grausame Macht, die keine Grenzen kennt. Die Fliegenden Füchse sind eine Bruderschaft aus blutrünstigen Fanatikern, Automaten, die ihm blind gehorchen. Und vielleicht steckt noch etwas viel Unheimlicheres dahinter.«

»Ich kann mir denken, was du meinst«, sagte Metellus. »Während des Kampfes in der Arena gab es einen Moment, in dem ich ganz deutlich den Eindruck hatte, die Fliegenden Füchse würden sich wie die Glieder ein und desselben Körpers bewegen. Es war, als gehorchten sie alle einem einzigen Gehirn.«

»Ja, ich glaube, dieser Eindruck war richtig. Ja, so muss es sein. Aber um dahin zu kommen, muss man jede menschliche Regung abgelegt haben.«

»Es gibt Wunden, die nie heilen«, sagte Metellus.

Yun Shan sah ihn an, und Metellus las in ihren Augen eine herzzerreißende, unergründliche Wehmut. Er strich ihr sanft übers Haar.

Yun Shan wandte sich ab, ging auf eine Höhle zu, die sich am Fuß eines der großen Felsen öffnete, und betrat sie.

Metellus überlegte sich, ob er ihr folgen sollte; er wusste, dass sich sein Leben von Grund auf ändern würde, wenn er es tat, und dass danach nichts mehr so sein würde, wie es vorher gewesen war. Aber er begehrte Yun Shan mehr als alles andere, mehr als sein Leben. Ihr Duft, der ihn aus dem Jenseits zurückgeholt hatte, war in diesem Augenblick stärker als jede andere Erinnerung und beherrschte ihn völlig.

Er ging mit langsamen Schritten in die Höhle und sah sich um. Es war eine große, natürliche Höhle, doch ihre Wände waren mit weißem Kalk besprenkelt und mit Malereien bedeckt: Jagdszenen, fliehende Tierherden, galoppierende Reiter, die Pfeile abschossen – uralte Bilder einer an sich schon alten Zivilisation.

Der Boden der Höhle war mit sauberem goldfarbenem Sand bedeckt, und in dem Sand waren die Abdrücke nackter Füße zu erkennen.

Als er aufschaute, stand sie vor ihm, das schulterlange pechschwarze Haar gelöst, und sah ihn mit fiebrig glänzenden Augen an. Ihr Blick war so heiß, dass er das Gefühl hatte, er verbrenne ihm Körper und Seele.

Als sie ihn jedoch mit den Armen umfing und ihr weiches Haar seinen Hals und seine Schultern berührte, vergaß er alles. Eng umschlungen sanken sie auf das Bett aus Sand, streckten sich auf ihren Kleidern aus, umarmten sich wieder, diesmal voller Ungeduld, während ihre bebenden Finger sich gegenseitig suchten. Metellus nahm erneut den intensiven Duft wahr, saugte ihn aus ihren Haaren, von ihren Lippen und von ihrem weichen Bauch. Er küsste sie überall, während sie sich seinem heißen, keuchenden Atem hingab und ihren wohlgeformten Körper seiner Leidenschaft öffnete, seinem spasmodischen, stürmischen Begehren.

Sie liebten sich lange, zuerst hitzig, später sanfter und voller Hingebung. Am Ende ließen sie erschöpft voneinander ab, um der Stimme des Windes zu lauschen, der leise über die Bambuswälder strich.

»Wirst du bei mir bleiben, Xiong Ying?«

»Ja, ich bleibe bei dir«, versprach Metellus. Und er meinte es in diesem Moment ehrlich. Tiefer Frieden war über ihn gekommen, der Aufruhr seiner Sinne und Gefühle abgelöst worden von der wehmütigen Gewissheit, dass sein Schicksal in diesem grenzenlosen Land vorgezeichnet war, in diesem von unsichtbaren Drachen beherrschten Reich, vor denen er nicht fliehen durfte.

»Du wirst vergessen«, sagte Yun Shan. »Wenn du gesiegt hast, wirst du vergessen und lernen, jeden Morgen mit der Sonne neu aufzugehen.«

Sie kehrten bei Anbruch der Dämmerung zurück und verweilten am Eingang der Ortschaft, um die im Abendrot leuchtenden Mauern der Zitadelle zu betrachten. Die gepflasterte Straße war an dieser Stelle glatt wie Marmor und ziemlich rutschig. Aus diesem Grund setzen sie ihren Weg zu Fuß fort und führten die Pferde an den Zügeln.

»Li Cheng ist der einzige Ort, der Wei Widerstand leistet«, erklärte Yun Shan. »Und dass es bis heute nicht eingenommen wurde, liegt daran, dass keiner den Weg hierher kennt. Zum Fluss hin gibt es nur eine steile Felswand, und auf der andern Seite ist der dichte Bambuswald, der es vor ungebetenen Gästen schützt; wer von dort kommt, kann es erst sehen, wenn er unmittelbar davor steht.«

Metellus beobachtete eine Taube, die am leuchtenden Abendhimmel kreiste. »Nur der Vogel dort oben kann den ganzen Ort überblicken, vom ersten bis zum letzten Haus.«

»Ja«, erwiderte Yun Shan, »aber der kann nicht reden. Und es deshalb niemandem weitersagen.«

In diesem Augenblick kam ein Junge, der zwei Wassereimer an einer Stange über der Schulter trug, an ihnen vorüber. Er blieb stehen und linste den Fremden neugierig an.

Metellus sah ihn seinerseits an und war verblüfft: Der Junge hatte eine schmale, kerzengerade Nase und große schwarze Augen.

Er trat auf ihn zu, um ihn näher zu betrachten, aber der Junge ließ erschrocken seine Eimer fallen und rannte weg.

»Warte!«, rief der Römer ihm nach. »Warte, bitte, ich will dir nichts tun!«

Das Kind drehte sich um, sah Yun Shan, die ihm aufmunternd zulächelte, und kam daraufhin langsam zurückgetrottet. Metellus ging vor ihm in die Hocke, sodass ihre Augen auf einer Höhe waren, und blickte es freundlich an.

Der Junge hatte nicht die Gesichtszüge eines orientalischen Kindes! Eine seltsame Ergriffenheit befiel beide, während sie einander in die Augen sahen und eine rätselhafte Ähnlichkeit, ja, Verwandtschaft entdeckten.

Metellus streichelte die Wange des Jungen.

»Er erinnert dich an jemanden, nicht?«, fragte Yun Shan.

»Ja«, entgegnete Metellus mit feuchten Augen. »Ja …«

Das Kind wich etwas verschüchtert zurück, lud sich erneut sein Joch mit den Wassereimern auf die Schultern und ging weiter.

»Wie ist das möglich?«, fragte Metellus. »Wie ist das möglich? Diese Gesichtszüge, diese Augen …«

Er hatte noch nicht ausgeredet, als er einen Mann auf das Kind zugehen und ihm die Wassereimer abnehmen sah – vermutlich der Vater, ein überdurchschnittlich großer Mann mit dichtem Stoppelbart, rechteckigem Kinn und Adlernase. Er erinnerte Metellus an Sergius Balbus, seinen treuen Zenturio.

Metellus folgte den beiden mit den Blicken und stammelte unentwegt: »Wie ist das möglich? Dieser Mann hat ja auch …«

»… diese Gesichtszüge? Diese Augen und diesen Bart?«

Als sie kurz darauf wieder auf ihre Pferde gestiegen waren und im Schritttempo nebeneinander herritten, begann Yun Shan zu erzählen: »Es geht hier in der Gegend eine alte Geschichte.«

»Was für eine Geschichte?«, hakte Metellus nach.

»Die von den dreihundert Söldnerteufeln. Zur Zeit Kaiser Yuandis trug sich an der Westgrenze unseres Reichs etwas Seltsames zu. In jener Zeit, also vor rund dreihundert Jahren, häuften sich dort die Einfälle der Nomaden aus dem Norden, die wir Xiongnu nennen. Dem Kaiser gelang es, mit ihnen fertig zu werden, indem er Zwietracht unter ihnen säte und einen Stamm gegen den anderen unterstützte.«

»*Divide et impera*«, murmelte Metellus vor sich hin.

»Was hast du gesagt?«

»Teile und herrsche«, antwortete er. »Das machen wir auch. Offenbar greifen alle Imperien auf dieselben Mittel zurück. Aber erzähl bitte weiter.«

»Irgendwann schickte der Kaiser einen seiner Marschälle in den Westen, um die Seidenstraße sicherer zu machen, und dieser Mann erfuhr eines schönen Tages von Spähern, die er auf Erkundung ausgeschickt hatte, eine Gruppe ausländischer Soldaten hätte eine Festung nahe der Grenze besetzt.

Der Marschall beschloss augenblicklich, die Eindringlinge zu vertreiben, und entsandte zu diesem Zweck eine beträchtliche Anzahl Fußsoldaten und Reiter, die jedoch alle übel zugerichtet wiederkehrten und obendrein erhebliche Verluste erlitten hatten. Was tat der Marschall? Er ließ ihren Anführer hinrichten, der offenbar nichts taugte, wenn er sich von einer Handvoll Barbaren besiegen ließ. Daraufhin entsandte er einen noch größeren und besser ausgerüsteten Trupp mit dem Auftrag, die Barbarenfestung zu stürmen und nicht eher wiederzukehren, bevor die Mission erfüllt war.

Doch auch der zweite Trupp wurde von den unbeugsamen Barbaren zurückgeschlagen. Die heimkehrenden Kundschafter beschrieben die ausländischen Teufel ausführlich: Sie wären am ganzen Körper behaart, hätten runde Augen und eckige Kinnladen. Mithin die reinsten Scheusale!«

Metellus betrachtete lächelnd die schwarzen Haare auf seinen Armen und fuhr sich mit der anderen Hand übers Kinn.

»Ihre Kampfformation erinnere an die Schuppen eines Fischs, und manchmal hielten sie sich ihre Schilde über den Kopf.« Yun Shan sprach den letzten Satz mit besonderem Nachdruck und nicht ohne eine gewisse Rührung aus, denn sie hatte in diesem Moment den verzweifelten Widerstand Metellus' und seiner Männer im Kampf gegen die Fliegenden Füchse vor Augen.

Metellus ging das gleiche Bild durch den Sinn, aber er verdrängte es sofort wieder, so schmerzlich war es für ihn. »Sprich weiter«, sagte er.

»Der große Marschall beschloss wutentbrannt, die Barbaren durch Belagerung zur Aufgabe zu zwingen. Doch über die Mauern der belagerten Festung flogen Felsbrocken und Eisenpfeile, die so groß waren, dass man hätte meinen können, sie würden von unsichtbaren Riesen geworfen und abgeschossen.«

Ballisten und Katapulte, dachte Metellus, der sich zunehmend für die Geschichte interessierte.

»Unter den Truppen breitete sich Panik aus«, fuhr Yun Shan fort. »Ihr gewohnter Kampfgeist ließ sie im Stich, und irgendwann kam die Sache dem Kaiser zu Ohren, der daraufhin beschloss, den Vorposten aufzusuchen und sich der Sache persönlich anzunehmen.

Als er vor Ort erlebte, wie tapfer diese Ausländer um ihr Leben kämpften, war er so beeindruckt und auch gerührt, dass er darauf bestand, ihren Anführer zu treffen. Die beiden fanden aber keine gemeinsame Sprache, in der sie sich hätten verständigen können. Also schickte Yuandi den verschanzten Soldaten einen Lehrer, der ihnen Chinesisch beibrachte, und als sie in der Lage waren, sich zu verstehen, wurde verhandelt.

Yuandi gestattete ihnen, in der eroberten Festung zu bleiben, und verlangte im Gegenzug dafür, dass sie den dazugehörigen Grenzabschnitt vor Einfällen schützten. Und so geschah es. Darüber hinaus erklärten sich dreihundert der ausländischen Soldaten bereit, dem Kaiser als Leibwache zu dienen, eine Aufgabe, die sie viele Jahre lang treu erfüllten. Kurz vor seinem Tod erteilte der Kaiser seinen Leibwächtern die ausdrückliche Erlaubnis, hier in Li Cheng ein *tituan* zu gründen, also eine Kolonie, in der sie fortan als freie Menschen leben konnten. Das ist der Grund, weshalb die Leute von Li Cheng anders aussehen als wir. Eigentlich sehen sie dir ähnlich, wenn ich es mir recht überlege.«

Metellus standen die Tränen in den Augen.

»Was hast du, Xiong Ying?«, fragte die junge Frau.

»Wann soll sich diese Episode ereignet haben?«

»Im zweiundzwanzigsten Regierungsjahr Yuandis, wenn ich mich recht entsinne, also vor mehr oder weniger dreihundertfünfzehn, dreihundertsechzehn Jahren.«

»Und diese Soldaten kamen aus Da Qin Guo wie ich?«

»Könnte sein«, meinte Yun Shan. »Als ich über ihre Art, sich im Kampf die Schilde über den Kopf zu halten, sprach, musste ich an euch denken, an den Kampf in der Arena.«

»Dreihundertfünfzehn Jahre ... Wenn ich das in unsere Zeit umrechne, war das ... war das etwa siebenhundert Jahre nach der Gründung unserer Stadt, ich meine, der Hauptstadt von Da Qin Guo. Oh, gütiger Himmel – das muss die Verschollene Legion gewesen sein!«

»Was meinst du damit?«, fragte Yun Shan, die nicht ganz mitkam.

»Zwei Jahre vor den Vorkommnissen, die du mir erzählt hast, unterlag eins unserer Heere den Persern in einer großen Schlacht. Ein einziger Verband, eine einzige Legion schaffte es, die Umzingelung zu durchbrechen und sich zu retten, aber sie verschwand spurlos. Man hat nie erfahren, was aus ihr wurde.«

Die Sonne war inzwischen hinter den Ziegeldächern von Li Cheng untergegangen, und die Farben der Wolken reichten von Feuerrot über Orange bis Blaugrau. Der Klang der Hörner, die zur Meditation aufriefen, hallte durch das tiefer gelegene Flusstal.

»Hier in China sind diese Männer zur Legende geworden«, fuhr Yun Shan fort. »Man erzählt sich, sie seien unbesiegbar gewesen. Und sie würden aus ihren Gräbern auferstehen und zurückkehren, sollte auch nur ein einziges Mitglied der Han-Dynastie bedroht sein.«

Metellus sah sie an. »Haben diese Leute irgendetwas hinterlassen? Ich meine, weist heute noch irgendetwas darauf hin, dass sie einmal hier gelebt haben? Ist dir in dem Dorf selbst oder in der näheren Umgebung vielleicht einmal etwas aufgefallen?«

Yun Shan senkte getroffen den Kopf, als wäre ihr bei diesen Worten plötzlich etwas eingefallen, dann sagte sie: »Vielleicht der große grüne Stein ...«

»Was ist das?«

»Komm mit«, sagte sie. »Wenn ich mit meiner Vermutung recht habe, kannst du das Rätsel vielleicht lösen.«

Sie bog nach rechts ab und trieb ihr Pferd einen steilen Pflasterweg empor, der zum höher gelegenen Teil des Dorfes führte. Metellus ritt ihr nach.

Kurz darauf erreichten sie eine breite Treppe, die in eine Felswand gehauen war. Am Fuß der Treppe schien etwas in den Stein gemeißelt worden zu sein. Yun Shan stieg ab und ging zu einer Stelle, die mit einem dichten Vorhang aus Hängepflanzen bedeckt war, sodass man die Wand dahinter kaum sehen konnte. Die junge Frau drehte sich kurz um, um sicher zu sein, dass Metellus ihr gefolgt war, dann schob sie den Pflanzenvorhang beiseite und enthüllte eine offensichtlich uralte Inschrift.

Sie war auf Latein!

Metellus konnte kaum die Tränen zurückhalten. Er näherte das Gesicht der Felswand, ließ die Finger über die verwitterten Buchstaben gleiten und hatte dabei das Gefühl, noch immer die Wärme der Hände zu spüren, die sie in den Stein gemeißelt hatten – die Hände der Männer, die dem Massaker von Karrhai entronnen waren, die Männer der legendären Verschollenen Legion.

»Sind sie das?«, fragte Yun Shan gespannt. »Sind diese Leute wirklich aus demselben Land gekommen wie du?«

Metellus nickte ernst, ohne die Hand von der Felswand zurückzuziehen. »Dreihundertfünfzehn Jahre. Keiner von ihnen ist zurückgekehrt. Keiner von ihnen hat seine Frau und seine

Kinder wiedergesehen. Sie haben diese Worte in den Stein gemeißelt und danach beschlossen, nie wieder in ihrer Muttersprache zu sprechen, nicht einmal untereinander, um zu vergessen, um nicht zu leiden. So steht es hier geschrieben.«

Und er strich mit dem Finger über die letzten Zeilen der Inschrift:

ITAQUE LINGVAE MAIORVM ELEGIMVS OBLIVISCI
NE POENA AMISSAE PATRIAE INTOLERABILIS FIERET

»›Und so haben wir beschlossen, die Sprache unserer Vorfahren zu vergessen, damit das Heimweh nach dem verlorenen Vaterland nicht unerträglich wird.‹ Sie haben diese Worte für mich geschrieben«, sagte er und lehnte den Kopf an die Wand. »Kein anderer vor mir hätte sie lesen können.«

32

Die Taube flog durch das Fenster des schlanken Türmchens, das im östlichen Teil des Kaiserpalasts von Luoyang aufragte, und ließ sich auf einem Gestell nieder, auf dem sauberes Wasser und Futter für sie bereitstanden. Der Diener, der für die Taube zuständig war, bemerkte sie sofort, rührte sich aber nicht. Erst nachdem sie getrunken und gegessen hatte und er sie zufrieden gurren hörte, näherte er sich ihr und nahm sie behutsam in die Hand.

Dann eilte er hinunter ins Erdgeschoss, lief zum Eingang des Audienzsaals und redete mit den Wachsoldaten. Einer von ihnen verschwand daraufhin hinter der Tür und kehrte kurz darauf zurück, um den Diener mit der Taube zum Eunuchen Wei vorzulassen.

Wei nahm dem Mann die Taube sofort ab, drückte sie an die Wange und flüsterte ihr sanfte Worte ins Ohr: »Endlich bist du wieder zurück. Und bald führst du uns dorthin, wo du so lange warst. Bald bringst du uns nach Li Cheng, nicht wahr, meine Süße?«

Der Diener zog sich rückwärtsgehend zurück, überzeugt, dieser Mann könne wirklich mit den Tieren reden und seinerseits ihre Sprache verstehen.

Wei schlug einmal auf die bronzene Scheibe, die zwischen zwei Säulen hing, und in Kürze erschien einer seiner Gefolgsleute: ein Anführer der Fliegenden Füchse.

»Mein Herr«, sagte er und verneigte sich.

»Siehst du diese Taube? Sie ist gerade von einer langen Reise zurückgekehrt und sehr müde. Aber sobald sie sich erholt hat und wieder bei Kräften ist, wird sie uns zur Festung des Roten Lotus führen, nach Li Cheng. Wir werden diese verdammten Mönche vernichten, wie wir bereits die Schüler Wangzis im Kloster der Flüsternden Wasser vernichtet haben. Versammle auf der Stelle deine Gefährten im großen Innenhof, und zwar alle, die du kurzfristig zusammenbekommst. Ich bin in Kürze bei euch unten. Und wenn du gleich rausgehst, schick mir den Aufseher der Palastwache herein.«

Der Mann verließ den Saal.

Als Wei allein war, neigte er den Kopf und betrachtete die Taube in seinem Schoß. Seine wachsweißen Hände streichelten sie behutsam, anmutig, ja, liebevoll und wehmütig zugleich glitten sie über ihr Gefieder. Dann näherte er sie seinem Gesicht. Ihr Bauch ruhte in seiner hohlen Hand, wobei er Zeige- und Mittelfinger zwischen ihre Füßchen geschoben hatte. Mit Daumen und Zeigefinger der Linken hielt er ihren Kopf fest, sodass das Auge des Tierchens nur eine Handbreit von seiner Nasenspitze entfernt war.

Als der Wachaufseher Zhong Wu eintrat, blieb er zwanzig Schritte vor Weis Sitz stehen und verneigte sich bis fast zum Boden.

»Endlich ist es uns möglich, den Weg nach Li Cheng zu finden und das Rebellennest des Roten Lotus auszuheben«, sagte der Eunuch, während er seine Taube streichelte, und seine Stimme klang dabei so gelassen, als handle es sich um eine ganz normale Mitteilung.

Zhong Wu neigte den Kopf, wie um seine Hochachtung zum Ausdruck zu bringen, in Wahrheit jedoch wollte er eine ärgerliche Grimasse verbergen, denn jede wichtige Entdeckung, die sein Herr vor ihm machte, bedeutete für ihn eine Schmach.

»Ab diesem Moment müssen alle Personen, denen du nicht traust, überwacht und beim geringsten Verdacht festgenommen, eingekerkert oder schlichtweg beseitigt werden. Wenn es sich um Spitzel handelt, kannst du sie natürlich auch heimlich beschatten lassen, um mögliche Verbindungen zu anderen Rebellen aufzudecken. Aber was rede ich, das weißt du ja alles selbst.«

Der Aufseher verneigte sich erneut. »Deine Ratschläge sind immer wertvoll für mich, und ich bemühe mich, das Beste daraus zu machen, mein Herr.«

Wei nickte, ohne auf die unterwürfige Schmeichelei einzugehen, und fuhr fort, seine Taube zu streicheln. Er hatte sie so geschickt und fest in der Hand, dass sie lediglich den Kopf hin und her bewegen konnte, was sie allerdings unentwegt tat, als wäre sie sehr aufgeregt.

»Wenn das korrupte Kaisergeschlecht erst einmal ausgelöscht und sein letzter Erbe beseitigt ist«, fuhr Zhong Wu fort, »kannst du die regierende Dynastie für überwunden erklären und dich selbst zum Sohn des Himmels ausrufen lassen.«

Wei seufzte. »Ich hatte dir in dieser Hinsicht einen Auftrag erteilt«, sagte er.

»Ich weiß, mein Herr.«

»Und?«

»Ich habe die Zahl der infrage kommenden Subjekte inzwischen auf eine Handvoll sehr kleiner Kinder reduziert, die entweder Waisen sind oder aber Eltern haben, die sie für ein hübsches Sümmchen Geld oder im Gegenzug für Vergünstigungen jederzeit abgeben würden. Bei meiner Auswahl habe ich neben natürlichen Begabungen und Neigungen auch Intelligenz, Scharfsinn, Kühnheit und Ähnliches berücksichtigt – alles Eigenschaften, die bei so kleinen Kindern, wie du sie gerne möchtest, nicht leicht festzustellen sind.«

»Ich weiß, aber der Auserwählte wird mich in jeglicher Hinsicht als seinen Vater betrachten und anerkennen müssen. Und wenn wir erst einmal Li Cheng eingenommen haben, wird der Kleine auch eine Mutter bekommen. Geh jetzt und tu, was ich dir aufgetragen habe.«

Der Wachaufseher zog sich buckelnd zurück und verschwand.

Wei erhob sich von seinem Sitz neben dem Kaiserthron, auf den zu setzen er sich bislang noch scheute, und begab sich – die Taube eng an seine Brust gedrückt – zur Tür, die in den Innenhof führte.

Bei seinem Erscheinen eilte der Anführer des diensthabenden Wachtkorps herbei, um Befehle entgegenzunehmen.

»Schaff mir eine Staffel Reiter her«, sagte Wei, »die schnellsten, die wir haben. Und zwar augenblicklich.«

Der Offizier rannte zu den Wachtposten und erteilte ihnen ein paar trockene Befehle. Wenig später präsentierte sich eine

Schar Reiter, die Hilfstruppen aus den Regionen im Nordosten angehörten. Ihre Reittiere waren unermüdliche Steppenpferde, die aufgrund ihrer Schnelligkeit und ihres unglaublichen Durchhaltevermögens die »Pferde-die-Blut-schwitzen« genannt wurden und noch kostbarer waren als die Tigerjungen aus Siam, mit denen die Nomaden befreundete Herrscher beschenkten.

»Ihr müsst dieser Taube folgen, wenn ich sie gleich fliegen lasse«, sagte Wei zu ihnen. »Mit keinem anderen Tier wäre dies je möglich gewesen, doch dieses hier wurde darauf dressiert, an jeden beliebigen Ort zurückzukehren, an dem es sich mindestens sechs Monate lang aufgehalten hat. Wehe euch, wenn ihr die Taube aus den Augen verliert. Eure Bestrafung wäre allen anderen ein mahnendes Beispiel. Und ihr wisst, was ich damit meine.«

Die Reiter hörten ihm zu, während sie reglos auf ihren struppigen Pferden saßen; ihre dicken Lederwämser waren vor der Brust überkreuzt.

»Jeden Abend«, fuhr Wei fort, »wird einer von euch zum Stützpunkt von Luoyang zurückkehren und melden, wie weit ihr gekommen seid und wo genau ihr euch befindet. Der letzte Bote wird uns die Lage von Li Cheng verraten und das Aufbruchsignal für den Feldzug zur Eroberung der Stadt und ihrer Festung geben. Habt keine Sorge: Es wird keine schwierige Mission werden. Diese Taube wird euch eine gute Führerin sein, und ich bin mir sicher, dass ihr den Kontakt zu ihr nicht werdet abreißen lassen.«

Mit diesen Worten öffnete er die Hände und ließ die Taube in die Luft aufsteigen. Sie flatterte zuerst unsicher, dann in immer weiteren Bahnen zum leuchtenden Mittagshimmel hinauf. Die Reiter galoppierten einer hinter dem andern durch das geöffnete Hoftor und folgten ihrer geflügelten Führerin.

Wei kehrte in den großen, stillen Saal zurück und versenkte sich in tiefe Meditation. Er suchte den entlegenen Ort, an dem sich sein Erzfeind aufhielt und an dem sich – davon war er felsenfest überzeugt – auch Yun Shan und der ausländische Barbar befanden, von dem er fühlte, dass er noch am Leben war, dass er seine Schläge und das Massaker, dem alle seine Gefährten zum Opfer gefallen waren, überlebt hatte.

Ob Yun Shan ihn liebte? Dieser Gedanke war so intensiv, dass er Wei unerträgliche Schmerzen bereitete und wie eine Ratte an seiner Seele nagte. Tief in seinem Innern spürte er, dass Yun Shan ihre Zuneigung zu ihm ebenso vergessen hatte wie seine grausame Verstümmelung, die er ihretwegen erlitten hatte. Er erinnerte sich an ihre letzten Worte nach dem Duell, das sie in jener Nacht vor den Mauern von Luoyang ausgefochten hatten.

Dennoch waren seine Gedanken und der Hass, den er versprühte wie Gift, nicht stark genug, um ihm zu enthüllen, was an jenem Ort geschah, an dem sich Yun Shan in diesem Augenblick einem anderen Mann hingab und diesem vielleicht sogar ihr Herz öffnete. Er hatte das Gefühl, Szenen zu sehen, Bilderfetzen, in denen sich ein Mann und eine Frau ansahen und liebkosten, Bilder von heimlichem Sehnen.

Er wünschte sich aus ganzem Herzen und so intensiv er nur konnte den Tod seines Widersachers und konnte nicht begreifen, wie es möglich war, dass er ihm mit seinem mörderischen Handkantenschlag nicht das Herz zertrümmert hatte.

In diesem Zustand verharrte er tagelang, ohne etwas anderes als einen bitteren Kräuteraufguss zu sich zu nehmen. Manchmal war er so ermattet, dass sein Geist ihm idyllische Bilder vorgaukelte: den Traum von einer Familie, einen Sohn, den Yun Shan und er hatten, ein Kind, das er ausgewählt hatte und im Palast aufziehen ließ, um eine neue Dynastie zu begründen. Er sah sich selbst, wie er dem Jungen die Grundlagen des Wissens beibrachte, während er von seiner Mutter in die Riten eingeführt wurde, die den Menschen dem Himmel näherbringen. Aber am Ende hinterließen diese Szenen nichts als brennende Frustration und eine unbändige Wut, die sich nur mit Blut würde löschen lassen.

Er unterbrach seine Meditation lediglich, wenn ein Meldereiter im Palast eintraf und über den Flug der Taube berichtete, über die Wegetappen, die sie würden zurücklegen müssen, um nach Li Cheng zu gelangen, und dieser Gedanke erfüllte ihn jedes Mal mit einer fast kindlichen Vorfreude.

Manchmal übte er sich, um seinen quälenden Hass vorübergehend zu vergessen, im Schönschreiben und bemalte hauchdünne elfenbeinfarbene Seidenstoffe, solche, auf denen auch die klassischen Texte niedergeschrieben waren, die den Brand der Großen Bibliothek von Louyang überstanden hatten.

Wenn Wei die Ideogramme einer uralten Version des *I Ging*, des berühmten Orakelbuchs, nachzeichnete, zog es seine Hand wie magisch immer wieder zu den verschlungenen Linien der sie illustrierenden Hexagramme, die ihn jedoch ein ums andere Mal zu einer Grabstele führten. Wie kam das? Es war zum Verrücktwerden. In seiner Rastlosigkeit suchte er Antwort bei den Orakeln, die in die Schulterblätter von Stieren und Widdern eingeritzt waren. Immer wieder warf er sie wütend auf den Boden des Thronsaals.

Die Grabstele. Ein Vorzeichen des Todes. Aber für wen?

Eines Abends betrat einer seiner Diener die Gemächer, in denen er wohnte, und Wei sah ihm sofort an, dass er eine schlechte Nachricht brachte.

»Mein Herr, im Audienzsaal wartet ein Mann auf dich«, sagte er und zog sich geradezu überstürzt wieder zurück.

Wei stand auf und begab sich in den Audienzsaal, wo sich seine Befürchtung bestätigte. Der Mann war einer der Meldereiter der kaiserlichen Reiterei, und er wirkte ziemlich verstört.

»Wir haben die Taube verloren, mein Herr«, sagte er mit angsterfüllter Stimme. Wei schnitt eine zornige Grimasse. »Wir haben sie überall gesucht, wir haben uns sogar aufgeteilt und sind in alle Richtungen ausgeschwärmt, aber das Gelände, über dem wir sie zuletzt gesehen haben, ist so unwegsam, dass wir ihr mit unseren Pferden nicht folgen konnten. Damit ist leider ein Fall eingetreten, mit dem keiner von uns gerechnet hatte, ein Fall, der …«

Er brachte seinen Satz nicht zu Ende, denn Weis Arm sauste durch die Luft, und seine Handkante traf genau den Halsansatz.

Der Mann sackte ohne einen Laut in sich zusammen, worauf

sich der Eunuch umdrehte und in seine Gemächer zurückging. Dort setzte er sich, nahm einen Pinsel in die Hand und begann erneut, ein uraltes Orakel auf Seide zu malen.

Seine Hand bewegte sich mit höchster Anmut, seine Gesten wirkten gemessen und elegant, und die Ideogramme nahmen wie magisch Form an, sprossen wie Blumen auf einer Wiese. Sein Arm schwebte fast reglos in der Luft, nur sein Handgelenk bewegte sich und lenkte die Hand und den Pinsel. Die Tinte schien direkt aus seinem Leib auf die Seide zu fließen, wie ein schwarzer Ausfluss aus bösen Körpersäften.

Am Ende stellte er den Pinsel in einen Halter aus Rosenholz und kehrte in sich, als wäre er eingeschlafen. Seine Gesichtszüge entspannten sich, seine Arme und Beine wurden locker, seine Lider senkten sich herab, bis die Augen fast geschlossen waren.

In diesem schlafähnlichen Zustand verharrte er lange, ohne sich zu rühren, und der ganze Palast schien in dieser Zeit in tiefer Stille versunken zu sein.

Eine der Mägde, die sich um sein leibliches Wohl kümmerten, betrat hin und wieder seine Gemächer mit einem Tablett, auf dem eine dampfende Tasse stand: der Aufguss, den er am Vormittag und am Nachmittag zu sich zu nehmen pflegte. Sie verharrte einen Moment lang in respektvollem Abstand und beäugte ihn dabei, furchtsam und bewundernd zugleich, möglicherweise entzückt von der wilden Schönheit seines Gesichts. Dann stellte sie das Tablett auf einen Tisch und huschte lautlos wieder hinaus, verflüchtigte sich zwischen den indigoblauen Seidenvorhängen, die von der leisen Brise bewegt wurden, die im Palast stets wehte – ein ausgeklügeltes architektonisches Spiel aus geheimen Schächten und spiegelglatten Flächen.

Dann wurde eines Tages ein neuer Bote gemeldet. Wei stand auf, streckte sich kurz und ging in den Audienzsaal, wo er in dem Mann sofort einen der Fliegenden Füchse erkannte.

»Mein Herr«, sagte er, »unser Anführer hat mir aufgetragen, dir zu sagen, er habe es gewagt, sich die Freiheit zu nehmen, den Reitern und der Taube einige von unseren Fliegenden Füchsen nachzuschicken, Männer, die entsprechend ausgerüstet waren, um sich notfalls auch über unwegsamem Gelände bewegen zu können. Er hofft, du wirst ihm nachsehen, dass er diese Initiative auf eigene Faust ergriffen hat – vor allem, da sie erfolgreich war. Unsere Kämpfer sind der Taube nämlich auch dorthin gefolgt, wo die Reiter mit ihren Pferden nicht mehr hinkamen, und inzwischen wissen wir genau, wo sich Li Cheng befindet. Die Reiter, die die Taube aus den Augen verloren hatten, wurden ebenfalls von uns unterrichtet und haben sich in nächster Nähe der Festung versteckt. Von dort aus halten sie uns auf dem Laufenden, damit wir alles Nötige in die Wege leiten und entsprechend agieren können.«

Wei jubelte innerlich, gab es jedoch nach außen nicht zu erkennen. »Richte deinen Brüdern aus, sie möchten sich bereithalten. Wir brechen so bald wie möglich in Kampfrüstung auf. Die besten Verbände der kaiserlichen Armee werden uns begleiten, und zwar in ausreichender Zahl, um einen erfolgreichen Ausgang der Mission zu gewährleisten.«

Innerhalb von drei Tagen war das Heer aufbruchbereit. Wei höchstpersönlich führte es an der Spitze der Fliegenden Füchse an. Er ritt auf einem Xixia-Pferd mit glänzendem rabenschwarzem Fell, das er von einem seiner Marschälle aus dem Südwesten geschenkt bekommen hatte.

Der lange Zug aus Reitern, Fußsoldaten, Karren und Lasttieren schlängelte sich im ersten Morgengrauen durch die stillen Straßen der Stadt, doch er blieb nicht unbemerkt.

Auch Daruma, der sich nun schon seit geraumer Zeit in der Karawanserei eingerichtet hatte, riss der Hufschlag der Pferde auf dem Pflaster aus unruhigem Schlaf. Er zog sich eilends an, stieg in den Hof hinunter, überquerte ihn und begab sich in den Trakt der Anlage, wo er sein Warenlager und die Lasttiere hatte.

Plötzlich ertönte eine Stimme hinter ihm: »Nanu, schon so früh auf den Beinen, Daruma?«

33

Die letzten Strahlen der Sonne beschienen die Felsen, die im Osten das Dorf Li Cheng überragten, und auf der gegenüberliegenden Seite die Dächer des Klosters der Kriegermönche vom Roten Lotus, das sich an die Hochebene über der Flussbiegung schmiegte.

Dan Qing betrachtete die Fassade des Kaisergrabs, in dem sein Vorfahre Yuandi ruhte. Zu dem Grab führte eine majestätische Freitreppe hinauf, und es wurde von geflügelten Drachen mit weit aufgerissenen Mäulern bewacht. Als sich Dan Qing am Fuße der Treppe umdrehte, konnte er den Weg überblicken, der sich zur Rampe vor dem Südtor emporschlängelte, so weit oben lag das Grab.

Mit einem Mal gewahrte er dort eine kleine Staubwolke, die sich rasch der Zitadelle näherte, und wenig später konnte er einen einzelnen Reiter ausmachen, der mit hängenden Zügeln auf das Tor zusprengte.

Er sah, wie der Mann das Tor passierte, aus dem Sattel sprang und ein paar Worte mit den Wachtposten wechselte. Diese deuteten auf die gepflasterte Straße, die zum großen Kaisergrab führte, und kurz darauf stand der Mann auch schon vor Dan Qing. Er war staub- und schweißbedeckt.

»Mein Prinz, unsere Späher haben uns gemeldet, dass Wei auf Li Cheng zumarschiert.«

»Wie können sie von der Lage des geheimen Klosters erfahren haben?« Dan Qings Miene verdüsterte sich. »Wie weit ist er denn noch von hier entfernt?«

»Etwa vierzehn Tagesmärsche, aber die berittenen Spähtrupps, die er vorausgeschickt hat, sind schon fast am Fuß der Hochebene angelangt. Wir halten es für nahezu ausgeschlossen, dass er ein anderes Ziel haben könnte. Wenn wir uns geirrt haben, dann ist es gut, aber ich hielt es für meine Pflicht, dich zu benachrichtigen.«

»Das hast du gut gemacht. Wisst ihr, wie viele es sind?«

»Rund dreitausend Mann und dazu noch mindestens zweihundert Fliegende Füchse. Wei reitet persönlich an ihrer Spitze.«

»Dann fürchte ich, sie haben es wirklich auf uns abgesehen. Lass dir einen Platz im Stall für dein Pferd geben und ein Zimmer, in dem du heute Nacht schlafen kannst.«

Kurz darauf trafen auch Metellus und Yun Shan ein; sie hatten bereits von den Wachtposten erfahren, dass die Lage kritisch war.

»Schlechte Nachrichten?«, fragte Metellus.

»Der Usurpator marschiert auf Li Cheng zu. Er ist nur noch vierzehn Tagesmärsche von hier entfernt und hat viele Soldaten und die Fliegenden Füchse bei sich. Unsere Aussichten zu überleben sind diesmal sehr gering. Vielleicht solltest du gehen, Xiong Ying.«

»Gehen?«, fragte Metellus mit einem bitteren Lächeln. »Wohin denn?«

Dan Qing wandte sich nach der monumentalen Treppe um und fragte: »Bist du bereit?«

Metellus nickte und bedeutete Yun Shan, ihm zu folgen.

»Nein«, erwiderte die Prinzessin. »Du allein.«

Dan Qing zog eine Fackel aus ihrer Halterung an der Umfassungsmauer und stieg dann die Stufen zum Grab des Kaisers empor. »Yun Shan hat mir gesagt, dass du die Inschrift auf dem grünen Stein gelesen hast.«

»Ja, das habe ich«, erwiderte Metellus.

»Und diese Leute kamen wirklich aus deinem Land?«

»Daran besteht nicht der geringste Zweifel. Die Inschrift ist in meiner Sprache abgefasst.«

»Hat meine Schwester dir auch die Legende erzählt?«

»Ja.«

Dan Qing blieb stehen und sah ihm in die Augen. »Würdest du sie gern … sehen?«

Metellus sah ihn verwirrt an. »Machst du dich über mich lustig?«

»Keineswegs«, sagte Dan Qing. »Der Kaiser Yuandi wollte

hier, in Li Cheng, bestattet werden, und die dreihundert Söldnerteufel sollten bis in alle Ewigkeit an seinem Grab wachen. Daraus ist dann wohl die Legende entstanden.«

»Ich ... verstehe nicht.«

»Dann folge mir. Wenn du dich dafür entscheidest, an diesem Ort zu verweilen und dein Leben zu riskieren, ist es nur recht und billig, dass du auch deine Vorläufer zu Gesicht bekommst.«

Sie waren inzwischen am Ende der Treppe angekommen, und Dan Qing entzündete die Fackel an einem der Tripoden, die vor dem Eingang brannten, dann deutete er auf einen der geflügelten Drachen neben dem Eingang des Mausoleums und sagte zu Metellus: »Dreh diese Statue nach links, während ich die andere hier nach rechts drehe.«

Metellus tat, wie ihm geheißen, worauf ein Teil der glatten Felswand zur Seite glitt und den Blick auf einen langen Gang freigab.

Die Sonne war inzwischen hinter den Bergen versunken. Dan Qing hob kurz die Augen zum Abendhimmel, dann betrat er, von Metellus gefolgt, einen Gang.

Sie gingen etwa dreißig Schritte weit zwischen massiven Felswänden, in die alte Orakelsprüche eingemeißelt waren, dann tauchte zu ihrer Linken eine Öffnung auf, von der rund zwanzig Stufen hinabführten in eine Krypta. Dan Qing hob die brennende Fackel weit nach oben, um das große Höhlengrab auszuleuchten, und dem staunenden Metellus bot sich ein wahrhaft phantasmagorischer Anblick.

Der Sarkophag des Kaisers war aus einem einzigen Jadeblock gehauen, der bald grün, bald goldgelb schimmerte, und wurde von dreihundert Statuen bewacht. Obwohl diese nach chinesischer Art gestaltet waren, stellten sie eindeutig römische Legionäre aus der Zeit der römischen Republik dar, zumal sie echte römische Rüstungen trugen. Helme und Harnische waren immer noch in gutem Zustand, ihr Metall reflektierte sogar den Schein der brennenden Fackel.

»Götter ... Gütige Götter ... Ich kann es nicht fassen ...«, stammelte Metellus, während er zwischen den Scharen von Kriegern umherwanderte und das Gefühl hatte, in dem riesigen Hypogäum wäre die Zeit stehen geblieben.

An der Brust eines jeden baumelte der *titulus*, ein Bleitäfelchen, auf dem Metellus mit ergriffener Stimme den Namen des jeweiligen Soldaten ablas, seinen Dienstgrad, die Abteilung, der er angehört hatte, und seine Ehrenauszeichnungen. Er ging durch die Reihen dieser unheimlichen Standbilder, als schreite er ein Heer von Gespenstern ab.

Plötzlich zeichnete sich im Schein der Fackel eine Figur ab, die sich von allen anderen unterschied. Kein Soldat, sondern eine Person, die mit einer langen Tunika und einem Umhang angetan war und auf einem Hocker saß. Sie hatte eine Schachtel auf den Knien, eine Art Etui, und zwar ein echtes; es war nicht wie die Statue selbst aus Ton nachgebildet. Auf dem Deckel des Etuis las Metellus folgende Inschrift:

CORNELIUS AGRICOLA, PRAEFECTUS FABRORUM

»Vielleicht verstehst du, was das bedeutet«, sagte Dan Qing und öffnete die Schachtel, in der sich mehrere Rollen befanden. »Viele unserer gelehrtesten Mönche haben vergeblich versucht, diese Rollen hier zu entziffern ...«

Metellus rollte eine davon behutsam auf, und als er sie im Schein der Fackel betrachtete, erkannte er Zeichen, Formeln, Skizzen, Baupläne und -anleitungen auf Griechisch und Lateinisch.

»Ich ... ich kann es nicht fassen«, murmelte er erneut, während er staunend ein Schriftstück nach dem anderen entrollte.

»Was ist das?«, fragte Dan Qing. »Was sind diese Zeichnungen? Eigentlich könnte man ja denken, es wären Baupläne für Maschinen, aber unsere Techniker sind nicht schlau daraus geworden ...«

»Weil die Anleitungen in einem alten militärischen Geheimkode verfasst und die Zeichnungen in umgekehrter Reihenfolge angeordnet sind«, erklärte Metellus. »Dieser Mann – Cornelius

Agricola – war der größte Erfinder von Kriegsmaschinen seiner Zeit. Er ist plötzlich spurlos verschwunden und mit ihm sein gesamtes Werk. Wer weiß, vielleicht können uns diese Schriftrollen ja einen Weg weisen, wie wir die Schlacht gegen Wei gewinnen können, auch wenn wir zahlenmäßig weit unterlegen sind. Du wirst sehen, dass jede Zivilisation, selbst die fortgeschrittenste, immer noch etwas von den anderen lernen kann. Aber jetzt sag mir: Hat dieses Grab noch andere Ausgänge, die nach draußen führen?«

»Ja, mehr als einen.«

»Ich muss genau wissen, wo sie liegen und wohin sie führen.«

»Was hast du vor?«

Metellus ließ den Blick über die eisernen Rüstungen und über die Schwerter schweifen, die in den Wehrgehängen der römischen Tonsoldaten steckten. »Das wirst du bald erfahren«, sagte er. »Und jetzt lass uns gehen – wir dürfen keinen Augenblick verlieren.«

Als sie wieder ins Freie hinaustraten und den sternenübersäten Himmel über sich hatten, sagte Metellus: »Du musst mich dazu ermächtigen, hier in Li Cheng und bei den Bauern im Umland Männer anzuwerben und auszubilden.«

Dan Qing nickte, denn Xiong Yings Augen blitzten und hatten wieder den gebieterischen Ausdruck eines Heerführers. Er war bereit für einen neuen Kampf.

»In Ordnung«, stimmte Dan Qing zu, »ich stelle dir einen von meinen Feldadjutanten zur Seite. Aber denk auch an deine eigene Kampfausbildung – du darfst sie nicht unterbrechen, nicht einmal für einen Tag. Yun Shan wartet in der Übungshalle auf dich, auch jetzt.«

»Ich weiß«, erwiderte Metellus. »Leb wohl.«

»Xiong Ying ...«

»Ja, Prinz?«

»Hör zu – was da auf uns zukommt, war nicht vorhergesehen, und ich bin ehrlich: Unsere Aussichten zu überleben sind leider sehr gering. Weis Streitkräfte kommen in erdrückender Überzahl, und unsere Mauer wird ihnen nicht lange standhalten können. Außerdem hat er die Fliegenden Füchse bei sich. Du weißt, was das bedeutet, nicht?«

»Ja, das weiß ich sehr wohl«, beteuerte Metellus.

»Dann überleg es dir gut, solange noch Zeit dazu ist. Dies ist nicht dein Krieg. Du hast bereits getan, was du konntest, und einen sehr hohen Preis dafür bezahlt. Du bist frei zu gehen, wenn du möchtest. Das Einzige, worum ich dich bitte, ist, dass du mir dein Soldatenehrenwort darauf gibst, niemandem zu verraten, was du hier gelernt hast. Ich verlasse mich auf dich.«

Metellus lächelte. »Ich dagegen glaube, dass es für mich bereits zu spät ist zu gehen. Ein Teil meines Herzens gehört sowieso hierher, nach Li Cheng, meinst du nicht? Und warum sorgst du dich überhaupt? Die Legende sagt für den Fall einer Bedrohung der Dynastie doch voraus, dass die dreihundert Söldnerteufel aus dem Grab auferstehen und den Feind in die Flucht schlagen, oder? Ich wünsche dir eine geruhsame Nacht, mein Prinz.«

»Ich dir auch, Xiong Ying.«

Metellus verschwand in der Dunkelheit.

Zwei Wochen lang hallte der südliche Teil von Li Cheng Tag und Nacht von seltsamen Geräuschen wider: Schläge von Schmiedehämmern, das Keuchen von großen Blasebalgen, rhythmische Anfeuerungsrufe, offenbar bestimmt für eine große Schar Männer, die mit vereinten Kräften und genau aufeinander abgestimmt an etwas arbeiteten.

Aber nichts war zu sehen. Dem Ausländer, den alle Xiong Ying nannten, war die Benutzung einer großen Halle gestattet worden, in der sonst Reis gedroschen wurde. Er hatte dort seine Basis eingerichtet, und die Männer, die sich seinem Befehl unterstellt hatten, verließen die Halle nie und ließen sich den ganzen Tag über nicht blicken; erst wenn es stockdunkel war, gingen sie nach Hause, und morgens waren sie schon vor Sonnenaufgang wieder bei der Arbeit.

Und dann kam der Tag, an dem sich die Tore der alten Dreschhalle öffneten und seltsame Maschinen auf Rädern hinausgeschoben wurden. Sie waren mit Tüchern bedeckt, sodass man ihre Form nur erahnen konnte.

Dan Qing und Yun Shan eilten hinzu. Nur sie durften unter die Tücher schauen und betrachteten die riesengroßen, komplizierten Gebilde staunend und voller Bewunderung.

»Das sind wundervolle Maschinen«, sagte Dan Qing. »Aber was kann man damit machen?«

»Pfeile abschießen«, antwortete Metellus, »und Steine und Gefäße mit brennendem Pech schleudern.«

»Brennendes Pech? Ich glaube, unsere Mönche kennen etwas, das noch besser ist. Ich werde sie bitten, Munition für dich vorzubereiten.«

Auf beiden Seiten der Straße drängten sich die Menschen, während Metellus die Maschinen zu dem Abschnitt der Mauer schieben ließ, der die Stadt im Süden, zur Hochebene hin, abschirmte – dem einzigen Punkt, an dem die Zitadelle überhaupt zugänglich war.

Auf bereits vorbereiteten Holzrampen wurden die Maschinen hinauf auf die Mauergalerie geschoben und gezogen und hinter hölzernen Schutzschirmen versteckt. Die einst futuristischen Entwürfe des *praefectus fabrorum* Cornelius Agricola hatten in Holz und Eisen Gestalt angenommen und waren voll funktionsfähig.

Aber Marcus Metellus hatte eine noch viel geheimere Geheimwaffe, an der er jeden Abend nach Sonnenuntergang mit seinen Leuten feilte, und zwar auf einer Lichtung westlich von Li Cheng, hinter den großen grauen Felsblöcken, die einsam aus der Hochebene emporragten. Zu diesen Vorbereitungen waren keine Zuschauer zugelassen, nicht einmal Dan Qing und Yun Shan, aber es gab niemanden, der sich daran gestört hätte, und die von Metellus höchstpersönlich angeworbenen Männer hatten sich mit einem feierlichen Schwur zur Geheimhaltung verpflichtet.

Eines Nachts, wenige Stunden vor Sonnenaufgang, stieg Yun

Shan auf den Wehrgang der Mauer hinauf, wo Metellus stand und mit den Augen die Dunkelheit zu durchdringen versuchte.

»Adler können nachts nichts sehen«, sagte sie zu ihm.

»Nein, das können sie leider nicht, aber ich habe in unzähligen Nächten, in denen ich auf der großen Mauer an der Grenze unseres Reichs Wache stand, eine Art sechsten Sinn entwickelt. Ich habe gelernt, den Feind zu spüren, wenn er sich nähert, noch bevor ich ihn sehe.«

»Was? Euer Reich ist auch durch eine Mauer begrenzt?«

»Ja, natürlich. Im Norden kontrollieren wir eine große Insel, die Britannia heißt. An ihrer gefährdetsten Stelle haben wir einen Grenzwall errichtet, der quer über die ganze Insel verläuft, von einem Meeresufer zum andern. Er ist neun Tagesmärsche lang.«

Yun Shan lächelte. »Unsere Mauer schützt unsere gesamte Grenzlinie, und um von einem Ende zum andern zu gelangen, muss man volle sechs Monate marschieren. Sie ist so breit, dass sie oben Platz für eine Straße bietet, auf der in beiden Richtungen Karren rollen, ja, ganze Heere marschieren können.«

»Phantastisch! Das würde ich mir gern einmal ansehen«, erwiderte Metellus.

»Dazu wirst du schon noch Gelegenheit haben … Wir werden überleben, Xiong Ying.«

»Das hoffe ich. Für dich …«

Es folgt ein langes Schweigen, dann fragte Metellus: »Was raten eure Weisen, um die Angst vor dem Tod zu vertreiben?«

»Sie raten: Nimm den Tod an, wenn er kommt, und lass dich von ihm ins Mysterium einweihen«, sagte Yun Shan. »Und eure?«

»Einer unserer Kaiser hat geschrieben: ›Geh in Frieden, wenn deine Stunde gekommen ist, denn bei dem, der dich erwartet, ist Frieden.‹ Also zwei ganz ähnliche Vorstellungen, wie du siehst. Einer unserer Dichter dagegen schrieb: ›Vertreibe die Angst vor dem Tod mit der Liebe.‹«

Yun Shan schmiegte sich an seine Brust. Metellus roch ihren Duft, der ihm während seiner langen Bewusstlosigkeit immer das Gefühl gegeben hatte, am Leben zu sein, und er spürte eine Welle der Zuneigung in sich aufsteigen. Er küsste sie, und ihre Lippen waren so weich und warm, dass er eine Göttin zu küssen glaubte.

Er nahm ihre Hände und hielt sie an sein Gesicht. »Kaum zu glauben, dass Hände wie diese mit derselben wundervollen Leichtigkeit streicheln und töten können.«

Yun Shan löste sich von ihm und suchte in der Dunkelheit seinen Blick. »Ich werde es nicht so weit kommen lassen, dass sie mich lebend fassen, Xiong Ying, das weißt du, nicht wahr?«

»Ja, Yun Shan, und allein bei dem Gedanken gefriert mir das Blut in den Adern. Aber hast du mich nur aus dem Jenseits zurückgerufen, um dann selbst dem Tod entgegenzugehen? Warum will der Rote Lotus diese Festung um jeden Preis verteidigen? Gibt es denn keinen anderen Ort, der Sicherheit böte?«

»Wei würde uns überall aufstöbern. Wir haben keine andere Wahl, als ihm die Stirn zu bieten. Er will sein eigenes Leid dadurch mildern, dass er andern Leid und Tod zufügt, und es gibt nichts, was ihn von diesem Weg abbringen könnte.«

»Nicht einmal du?«

»Ich habe darüber nachgedacht. Wenn ich Li Cheng dadurch retten könnte, dass ich mich ihm hingebe, würde ich es tun, aber ich bin mir sicher, das würde ihm nicht genügen. Er sehnt sich nach etwas, das unmöglich in Erfüllung gehen kann, er leidet unter einer Liebe, die nie vollzogen worden ist und nie vollzogen werden kann. Und eine solche Liebe ist quälender als jede andere, weil sie nur in der Einbildung lebt und blutige Gespenster gebiert, Ungeheuer, die seine Nächte verseuchen und an seiner Seele nagen, wenn er meditiert.

Für Wei gibt es keinen Frieden. Er möchte selbst zu einem Albtraum werden, zu einem der Ungeheuer, die ihm jede Nacht erscheinen, kaum dass er die Augen schließt.«

Metellus drückte sie an sich, bis ihr Herzschlag mit dem seinen verschmolz.

Sie schlang ihm die Arme um den Hals und küsste ihn noch einmal. »Ich wünschte, diese Nacht hätte kein Ende. Ich wünschte, die Dunkelheit würde uns bedecken und verbergen. Ich wünschte, die Zeit bliebe stehen und nähme uns alle Erinnerungen bis auf die an die gemeinsam verbrachten Stunden.«

»In meinen Erinnerungen ist nur noch die Liebe und Leidenschaft, die ich für dich empfinde, Yun Shan ...« Er unterbrach sich. »Hörst du? Sie kommen.«

Yun Shan spitzte die Ohren.

»Pferde und Fußsoldaten. Viele. Tausende und Abertausende.«

Der Wind trug ein kaum vernehmbares Stimmengewirr zu ihnen, das verstummte, sobald der Wind nachließ.

»Du hörst wie ein Fuchs«, flüsterte sie.

»Ich habe dir doch gesagt, dass ich viele Nächte an der Grenze meines Landes gewacht habe, und ich habe viele Gefährten fallen sehen, weil sie den Feind, der mit einem Messer zwischen den Zähnen durch die Dunkelheit kroch, nicht bemerkten. Schau mal ...« Er deutete zum Horizont.

Dort wimmelte es auf einmal förmlich von Lichtern, Tausenden von Flämmchen, die in der Finsternis flackerten, hin und her wogten, als würden sie von derselben Windböe bewegt, die durch die stillen Gassen von Li Cheng fegte. Zuerst war es eine schmale Front, die nach und nach immer breiter wurde, bis die ganze Hochebene von flackernden Lichtern erfüllt war.

Die Soldaten wurden sichtbar, als das Morgenrot den Himmel färbte und nur noch ein paar Sterne funkelten, wie Diamanten, die in eine kobaltblaue Kuppel eingelassen waren. Wenig später brachen die Sonnenstrahlen wie Schwertklingen zwischen den Hügeln und der darüber hängenden dünnen Wolkenschicht hindurch.

Und das Licht enthüllte Weis Armee: Fußsoldaten mit langen gelben Fahnen an den Schäften ihrer Piken, Steppenkrieger mit Lederhelmen und Helmbüschen aus Rosshaar, berittene Xin Bei in Bronzerüstungen und mit Lanzen, die mit Onagerhaaren geschmückt waren, und schließlich die kaiserliche Kavallerie mit ihren Harnischen aus Leder und Bronze, den glänzenden Bronzehelmen und den langen roten Seidenbändern, in die noch das goldene Monogramm der Han eingestickt war.

Und im Zentrum das schwarze Herz der Armee: die Fliegenden Füchse. Schwarz gekleidet und auf schwarzen Pferden hockend flößten sie selbst auf diese Entfernung Angst ein.

Metellus hörte den Flügelschlag eines Vogels, und als er den Kopf hob, sah er eine Taube über die Dächer von Li Cheng zum Kloster segeln und dort in eins der Fenster schlüpfen – das von Dan Qings Gemach.

»Seltsam«, meinte er. »Hast du gesehen? Die Taube, die deinem Bruder entflogen war, ist zurückgekehrt. Aber dass eine entflogene Taube freiwillig zurückkommt, habe ich noch nie gehört. – Doch jetzt gib deinem Bruder Bescheid, dass sie kommen. Ich bleibe hier.«

Yun Shan rannte zum Kloster und kam kurz darauf mit ihrem Bruder zurück, der bereits mit Pfeil und Bogen, Knüppel und Schwert bewaffnet war.

Dan Qings Blick schweifte über das riesige Heer, das in voller Kriegsausrüstung reglos in der Ebene stand. Lediglich die Banner flatterten rauschend im Morgenwind und kräuselten sich im Sonnenschein.

»Worauf warten sie?«, fragte Metellus.

»Keine Ahnung. Vielleicht darauf, dass ihnen jemand die Tür öffnet.«

»Unmöglich.«

»So unmöglich, wie es schien, dass ein Heer den Weg hierher findet. Das hat es noch nie gegeben.«

»Vielleicht hat uns jemand verraten«, sagte Yun Shan.

»Habt ihr eigentlich je wieder etwas von Baj Renjie gehört?«, fragte Metellus.

»Er war an meiner Befreiung beteiligt«, antwortete Dan Qing, »ist aber dann nicht am vereinbarten Treffpunkt erschienen. Ich fürchte, er wurde gefangen genommen. Vermutlich ist er schon tot.«

»Wusste er, wie man hierher gelangt?«, fragte Metellus.

Im Hintergrund war zu hören, wie Bewaffnete auf die Laufgänge der Mauer gerannt kamen, um die Verteidigung der Stadt vorzubereiten, und wie die Kriegsmaschinen quietschend in Stellung gebracht wurden. Unter den Tüchern, die von den Waffenmeistern entfernt wurden, kamen mächtige Wurfgeschütze und riesige Armbrüste zum Vorschein, die mehrfach mit Pfeilen bestückt werden konnten.

»Nein«, antwortete Dan Qing. »Keiner, der nicht Mitglied des Roten Lotus ist, weiß, wo diese Festung liegt. Und keiner, der dem Roten Lotus angehört, hat je Verrat begangen.«

»Und wenn deine Taube die Verräterin gewesen wäre?«, meinte Metellus. Yun Shan sah ihn verblüfft an. »Ihr Käfig hatte einen Mechanismus, der dafür gesorgt hat, dass die Käfigtür nach einer bestimmten Anzahl von Zyklen aufsprang. Dafür muss es doch einen Grund geben. – Woher hattest du eigentlich den Käfig, Yun Shan?«

»Von Daruma. Er war ein Geschenk für meinen Bruder.«

»Von Daruma also«, murmelte Metellus. »Ob Daruma etwa …?«

»Daruma hat meine Befreiung organisiert«, sagte Dan Qing. »Warum sollte er …?«

»Achtung!«, schrie eine Stimme. »Achtung, sie kommen!«

Eine Abteilung feindlicher Bogenschützen kam auf die Mauer zugerannt, ging am Fuß der Rampe in Stellung und legte an.

»In Deckung!«, brüllte Metellus. »Alles in Deckung! Sie schießen!«

Ein Schwarm Pfeile stieg in den Himmel auf, beschrieb einen weiten Bogen und ging im Innern des Mauerrings nieder.

Ein Krieger, dem es nicht rechtzeitig gelungen war, sich unterzustellen, sank von Pfeilen durchbohrt zu Boden, ebenso die Haustiere, die auf dem Platz umhergestreunt waren: drei Hunde und ein dressierter Affe.

Metellus wandte sich an Dan Qing. »Keiner greift eine Festung mit Bogenschützen an. Bestimmt wollen sie uns nur ablenken, um an einer anderen Seite zu stürmen. – Vorsicht!«, schrie er. »Vorsicht!«

Eine zweite Salve Pfeile hagelte auf Dächer, Türme und den Laufgang der Mauer herab.

Danach trat Stille ein, eine tiefe Stille, die Metellus ewig vorkam, auch wenn sie nur wenige Augenblicke dauerte.

Dann hörte er ein Zischen am Himmel.

34

»Fliegende Füchse!«, schrie jemand. »Alarm, Alarm!«

Metellus hob die Augen zum Himmel und sah voller Erstaunen, was ihm zu sehen bisher nie ganz gelungen war: einen Schwarm fliegender Männer, die an großen Seidenflügeln hingen und sich vom Wind über die Baumkronen hinwegtragen ließen.

»Bogenschützen!«, schrie Dan Qing. »Schießen!«

Die über die Mauer zielenden Bogenschützen drehten sich und schossen auf die Fliegenden Füchse, trafen aber keinen, da sie noch zu weit entfernt und zudem ständig in Bewegung waren. Auch die Pfeile einer zweiten Salve verfingen sich zum größten Teil in den Ästen der Bäume, ohne irgendwelchen Schaden anzurichten; lediglich vier der fliegenden Angreifer wurden getroffen. Zwei davon stürzten ab und blieben zerschmettert am Boden liegen, die beiden anderen trugen nur Wunden davon. Der Rest aber – und das waren sehr viele – landete sicher im Innenhof der Festung und begann augenblicklich blindwütig mit den Mönchen zu fechten, die herbeigeeilt waren und sie umringten.

Metellus sah, wie auch draußen vor der Mauer das versammelte Heer vorrückte. Das war der Moment, um die Maschinen zu bestücken, eine hervorragende Auswahl an Feldgeschützen: mehrarmige Katapulte, Armbrüste, die ebenfalls mit mehreren Bögen ausgestattet waren und regelrechte Harpunen aus Eisen abschießen konnten, Ballisten, mit denen sich brennende Pechtöpfe schleudern ließen, und Kübel voll von jenem mysteriösen Gemisch, das die Mönche zubereiteten und dessen Rezept zu den am strengsten gehüteten Geheimnissen des Klosters gehörte.

»Schießen!«, schrie er. »Jetzt!«

Die Ballisten schleuderten in kurzen Intervallen jeweils vier riesige Felsbrocken über die Mauer und lichteten damit die Reihen der berittenen Xin Bei. Salve um Salve wurden Pfeile abgeschossen, Schlag auf Schlag Töpfe mit brennendem Pech nach draußen geschleudert. Wie Funken sprühende Sternschnuppen flogen sie über die Mauer und explodierten zu Metellus' eigenem Erstaunen auf halbem Wege in der Luft, mit lautem Knall, und Feuer regnete auf die Truppen am Boden herab. Viele versuchten zu fliehen, aber die am Rand aufgestellten Fliegenden Füchse bestraften die Feiglinge, indem sie sie mit ihren Bögen gnadenlos niederschossen.

Plötzlich ertönte Weis Schrei, schrill wie der eines Falken: Die Truppen nahmen wieder Aufstellung und griffen erneut an. Grölend stürmten sie nach vorn und schossen dabei Tausende von Pfeilen auf die Belagerten und ihre Kriegsmaschinen auf der Mauer ab. Nicht alle, aber doch einige der Waffenmeister auf der Galerie wurden getroffen und außer Gefecht gesetzt.

Die Überlebenden luden nach und schleuderten erneut ihre mörderischen Geschosse ab, Posten um Posten. Pfeifend flogen die Pfeile auf die Ebene hinunter und streckten viele der feindlichen Infanteristen und Bogenschützen nieder. Und wieder zogen Sternschnuppen über den Himmel. Diesmal verstreuten sie jedoch Feuerkugeln, die erst auf dem Boden explodierten, mitten unter den Fußsoldaten, und jede Explosion tötete Dutzende von ihnen.

Wei aber ritt auf den Feind zu, als wäre er durch nichts aufzuhalten, als würde die Aura der Wildheit, die ihn umgab, alle Pfeile von ihm ablenken. Er schrie mit seiner schrillen, durchdringenden, fast unmenschlich klingenden Stimme, und daraufhin versuchte keiner mehr zu türmen.

Unter dem Geschosshagel der Belagerten rannten die Feinde die Rampe zum südlichen Tor der Zitadelle hinauf. Metellus hörte hinter sich das Tosen der Schlacht im Hof, die Schreie der Kämpfenden, stellte sich vor, dass Yun Shan, da er sie nicht mehr an seiner Seite sah, inzwischen mitten im Getümmel war, und dieser Gedanke quälte ihn sehr, aber er hielt die Stellung und befehligte weiterhin die Waffenmeister an den Kriegsmaschinen.

Wei, dem klar wurde, dass seine Männer das Tor nie erreichen würden, solange diese Maschinen in Aktion waren, ließ seine Bogenschützen Salven von Brandpfeilen darauf abschießen. Und es funktionierte: Die Holzgerüste, auf denen die Maschinen montiert waren, begannen zu brennen; viele der Waffenmeister mussten ihre Posten verlassen, um die Brände zu löschen.

Unterdessen kam ein zweiter und dritter Schwung Fliegender Füchse vom Himmel herab und landete im Innern der Zitadelle, um an der Seite der umzingelten Gefährten in die Schlacht einzugreifen. Doch auch Dan Qing und Yun Shan stürzten sich, von ihren besten Kämpfern begleitet, mitten ins Getümmel und widersetzten sich ihnen erbittert.

Als Metellus von der Mauergalerie aus sah, dass die Fliegenden Füchse das Tor von innen öffnen wollten, befahl er einigen Bogenschützen, sie unter Beschuss zu nehmen und so viele wie möglich niederzustrecken. Einige stürzten von Pfeilen durchbohrt zu Boden, aber vielen anderen gelang es, dem Beschuss wie durch ein Wunder auszuweichen und weiter vorzudringen, indem sie ihre Schwerter blitzschnell kreisen ließen, Schwindel erregende Sprünge vollführten und eine geradezu raubtierhafte Behändigkeit und Energie bewiesen.

Ein unauslöschlicher Eifer beseelte sie, und wieder war es, als gehorchten sie alle einem einzigen Gehirn.

Metellus hatte diese Art zu kämpfen schon einmal im großen Hof des Kaiserpalasts von Luoyang erlebt und wurde von Panik befallen: Kalter Schweiß rann ihm von der Stirn. Eine große Gruppe von Angreifern kam die Treppen zur Galerie der Mauer heraufgerannt und schwärmte, oben angelangt, nach beiden Seiten aus. Metellus zog seine beiden Kurzschwerter, rannte los und stürzte sich mit voller Wucht ins erstbeste Gefecht.

Er hatte seine neu erlernten Kampfkünste bisher noch nie in einer echten Kriegssituation ausprobiert; das prasselnde Geräusch der Hiebe und Schläge, das Klirren der Schwertklingen eine Viertelspanne über seinem Kopf, vor dem Gesicht oder vor dem Herzen versetzte ihn in höchste Erregung, ja, geradezu in eine Art Delirium, wie er es früher selbst auf dem Höhepunkt der heißesten Schlacht noch nie empfunden hatte. Er konzentrierte sich mit solcher Intensität auf die Bewegungen seiner Gegner, dass er sie räumlich und zeitlich zerlegen und dadurch ihre Zielrichtung vorhersehen konnte, so, als wären sie dreimal langsamer, als sie in wirklich waren.

Seine beiden *gladii* sausten durch die Luft und trafen mit enormer Gewalt, sie überkreuzten sich, oben und unten, parierten einen Angriff nach dem andern und vollführten die fürchterlichsten Streiche, Hiebe und Stiche.

Inmitten des Chaos suchte sich dennoch jeder einen einzelnen Gegner, und so zerfiel die Schlacht in tausend Nahkämpfe, Mann gegen Mann, und es gab fast jeden Augenblick einen Gewinner und einen Verlierer.

Irgendwann schrie Metellus, so laut er konnte: »Yun Shan! Yun Shan, wo bist du?« Dabei warf er ganze Scharen von Angreifern rückwärts die Treppe hinunter. Er selbst wirkte wie eine nicht aufzuhaltende Kriegsmaschine.

Eine Klinge streifte seine rechte Schulter, eine andere seinen linken Schenkel, aber er spürte den Schmerz gar nicht. Ein weiteres Geschwader Fliegender Füchse segelte vom Himmel herab, landete wenige Schritte vom Tor entfernt und schaffte es, dasselbe von innen zu öffnen, bevor die Kämpfer des Roten Lotus auch nur reagieren konnten.

Wei und die Seinen stürmten vor, aber die Artillerie auf der Mauergalerie änderte auf Befehl Metellus' ebenfalls die Schussrichtung und bedachte sie mit einem Hagel von Geschossen: Eiserne Harpunen, Felsbrocken und Töpfe voll brennendem Pech hagelten auf die Angreifer herab und richteten ein Blutbad unter ihnen an.

Doch Wei war ihre Seele, und unbeirrt ritt der düstere Eunuch auf seinem schwarzen Pferd weiter und riss jeden, der noch am Leben war, mit. Wie besessen rannten die Männer ihm hinterher und trampelten achtlos über die Leichen am Boden. Und hinter ihnen drängten mehr und immer noch mehr Krieger durchs Tor der Zitadelle; wie ein reißender Strom ergossen sie sich in den Innenhof der Anlage.

Von seinem Beobachtungsposten auf der Treppe aus konnte Metellus sehen, dass es keinen Ausweg mehr gab. »Widersteht um jeden Preis!«, schrie er seinen Männern zu. »Deckt mir den Rücken!«

Und mit diesen Worten rannte er auf der Mauergalerie in Richtung der Treppe, die zum Mausoleum des Kaisers Yuandi hinaufführte. Dann war er mit einem Mal weg, wie vom Erdboden verschluckt.

Im großen Hof bildeten Weis Krieger einen immer enger werdenden Ring um die Mönche des Roten Lotus, die von Dan Qing und Yun Shan angeführt wurden und mit dem Mut der Verzweiflung kämpften. Wei, der inzwischen vom Pferd gestiegen war, schwang das Schwert und mähte jeden nieder, der ihn daran hindern wollte, sich ins Zentrum der gegnerischen Formation durchzukämpfen. Er hatte Yun Shan erblickt, und nichts konnte ihn mehr aufhalten.

Doch als für den Roten Lotus bereits alles verloren schien, ertönte ein bronzener Gongschlag, dem ein zweiter und ein dritter folgten. Hoch oben auf der großen Terrasse vor dem Mausoleum, das hinter ihrem Rücken lag, gab es einen Knall, wie von einer Explosion, dann noch einen und noch einen. Viele drehten sich verwirrt um und starrten hinauf, zumal dort oben auch noch das Geräusch unsichtbarer Füße zu hören war, die im Takt einer Trommel marschierten.

Es gab eine weitere Explosion, und dann breitete sich ein dichter Rauchvorhang vor dem Mausoleum aus und wallte langsam die Treppe hinab. Das Trommeln wurde lauter und eindringlicher, während die Rauchwolke dünner wurde und sich den Untenstehenden ein gespenstischer Anblick bot:

Einhundertfünfzig Tonkrieger in römischen Rüstungen kamen im Gleichschritt die Treppe hinunter, Schulter an Schulter, Schild an Schild, eine undurchdringliche Mauer aus Eisen. Marcus Metellus Aquila in Person, Xiong Ying, der Heldenhafte Adler, führte sie an!

»Die Söldnerteufel! Sie sind von den Toten auferstanden!«, verkündete eine Stimme, die aus dem Erdinnern zu dringen schien.

Panik verbreitete sich unter Weis Truppen aus, die zurückzuweichen begannen. Das Gespensterheer hielt inne. Wieder ertönte ein Gongschlag, und dann stieg eine Salve von Pfeilen aus der Schildmauer empor und ging wie tödlicher Hagel auf Weis Krieger unten im Hof nieder.

Das Heer schritt weiter die Treppe hinab, schoss eine zweite und dritte Pfeilsalve ab, und jede davon lichtete die Reihen der feindlichen Krieger.

»Die Söldnerteufel sind aus dem Grab zurückgekehrt, um uns zu helfen!«, schrie Dan Qing. »Die Prophezeiung hat sich erfüllt! Vorwärts, vorwärts! Der Sieg gehört uns!«

Bei diesen Worten und bei diesem Anblick fühlten die Mönchskrieger ihre Kräfte, die bereits hatten schwinden wollen, mächtig zurückkehren, und sie stürzten sich mit Feuereifer auf Weis erschrockene und ratlose Truppen, um sie nach unten abzudrängen.

Der Lärm der Trommel war ohrenbetäubend, der Anblick der tönernen Gespenster, die sich seltsam starr, fast wie Automaten bewegten, verbreitete Panik, und selbst die Fliegenden Füchse schienen nicht mehr auf Wei zu hören, der sie brüllend zum Weiterkämpfen aufforderte.

Plötzlich erbebte die Erde unter einem weiteren Knall, dem augenblicklich ein zweiter folgte, und wieder hüllte eine Rauchwolke die Fassade des Mausoleums ein. Dann erschienen die nächsten hundert Tonkrieger, selbstbewegliche eisenummantelte Statuen, die aus dem Jenseits kamen und mit gezogenen Waffen auf den rechten, ungeschützten Flügel der Truppen des Eunuchen zumarschierten.

»Die Söldnerteufel!«, schrie einer der Feinde. »Sie kommen uns holen! Sie wollen uns in die Erde hinabziehen!«

Wei schlug ihm mit einem Schwerthieb den Kopf ab, aber die Truppen der Xin Bei ergriffen bereits die Flucht; Hals über Kopf rannten sie durch das offene Tor, gefolgt von vielen Fußsoldaten, die Metellus' Gespensterheer ebenfalls in Angst und Schreck versetzt hatte.

Wieder hörte man einen Donnerschlag, und dann breitete sich

auch auf dem Hang des Hügels ein dichter Dunstschleier aus, und eine weitere Schar Tonkrieger entstieg der Erde. Der Boden dröhnte unter ihren schweren Schritten. In ihre undurchdringlichen Rüstungen gehüllt, furchterregend anzusehen, rückten sie vor.

Als Weis Männer – stark dezimiert und von panischer Angst ergriffen – sahen, dass sie auch von dieser Seite angegriffen wurden, stürzten sie ihren Kameraden hinterher die Rampe hinunter.

Nur Wei und eine Handvoll Fliegender Füchse machten weiter und führten den Kampf fort; Dan Qing und seine Mönche hatten alle Mühe, mit ihnen fertig zu werden.

Metellus sah plötzlich Yun Shan in Gefahr und rief ihren Namen. Wei drehte sich bei diesen Worten um, sah ihn, und Erkenntnis flammte in ihm auf. Dann stürmte er mit kreisendem Schwert, dessen Klinge blutverschmiert war, auf ihn zu.

Metellus verteidigte sich, blockte Schlag um Schlag, vereinte die Kunst, mit zwei Schwertern gleichzeitig zu fechten, mit den Geheimnissen jener Kampfkunst, die er in Li Cheng erlernt hatte. Aber sein Widersacher reagierte nach anfänglicher Überraschung mit geradezu erschreckender Gewalt.

Mit einem spektakulären Satz sprang er über Metellus hinweg, landete hinter ihm auf dem Boden und stieß sogleich mit dem Schwert zu. Metellus drehte sich blitzschnell um und konnte dem tödlichen Stich im letzten Moment ausweichen, jedoch nicht verhindern, dass die Spitze ihn trotzdem streifte und ihm eine lange Schnittwunde beibrachte. Wei versetzte ihm einen Tritt in die Kniekehlen, sodass er zusammensackte.

In diesem Augenblick sah Metellus wieder seine Gefährten vor sich, wie sie einer nach dem andern gefallen waren, und Wei, der ihn wie damals von oben herab höhnisch angrinste.

»Deine Freunde sind von den Hunden gefressen worden«, schrie er, »und dir wird es genauso ergehen.«

Bei diesen Worten durchfuhr es Metellus wie mit einer glühenden Klinge. Er sprang mit einem Satz auf und warf sich auf Wei. Der Eunuch geriet ins Wanken, zog sich angesichts dieses unerwarteten Angriffs ein paar Schritte zurück und stand plötzlich am Rande der Öffnung, aus der die letzte Schar Söldnerteufel emporgestiegen war.

Metellus versuchte, ihn rücklings in das Loch – einen Karstbrunnen – zu stürzen, fiel aber selbst hinein, da Wei einen Schritt zur Seite tat.

Yun Shan, die das mörderische Duell die ganze Zeit über beobachtet hatte, glaubte, dass Metelleus beim Sturz ums Leben gekommen wäre. Sie schrie auf und rannte, so schnell sie konnte, dorthin, wo sie ihn zuletzt gesehen hatte.

Wei hatte in der Zwischenzeit nicht gezögert und war Metellus gefolgt: Mit wenigen Sprüngen erreichte er das Ende einer Treppe, die ihn tief in die Erde geführt hatte, rannte wie der Blitz einen langen Korridor entlang, stieg eine weitere Treppe hinab, und dann lag vor ihm die riesige Grabkammer des Kaisers Yuandi, von einem Volk stummer Geister bewacht.

Metellus, der sich hinter dem Sarkophag versteckt hatte, sah Weis Gestalt, die sich im schwarzen Gewand unter dem Portal abzeichnete, das bluttriefende Schwert umklammert. Dann kam er näher, und Metellus wich zurück, in den dunkleren Teil des Mausoleums, wo er ihm besser auflauern konnte. Vorsichtig huschte er zwischen den Gespenstern der Verschollenen Legion mit ihrem steinernen Lächeln umher, das irgendwie verblüfft wirkte.

Yun Shan traf wenig später ein; sie schlich lautlos die Treppe hinunter, bis auch sie den Eingangsbogen des nahezu völlig im Dunkeln liegenden Mausoleums erreichte. Sie atmete einmal tief durch, dann glitt sie in den Raum, wo sie umgehend den dunkelsten Winkel aufsuchte. Von den vielen Hängelampen entlang der Wand verbreitete nur noch die eine oder andere ein flackerndes Dämmerlicht, während die meisten ihr Öl bereits aufgebraucht hatten und nur mehr rauchten.

Dann ging auch noch eine der wenigen brennenden aus, dann noch eine, und Metellus begriff, dass Wei es war, der sie eine nach der anderen löschte. Er ging an der Wand entlang und blies die Flammen aus, und der große Raum versank in Finsternis. Nur ein blasser Lichtschimmer drang noch aufgrund eines komplizierten Lichtbrechungsspiels durch das Eingangsportal.

Metellus huschte mit wild klopfendem Herzen, die Sinne bis aufs Äußerste geschärft, zwischen den Statuen umher. Er spürte, dass die Gefahr aus jeder Richtung kommen konnte.

In Gedanken hörte er die Stimme Dan Qings, der zu ihm sagte: »Vorsicht, Xiong Ying! Du bist ein Wachsoldat im Dunkeln! Aus welcher Richtung kommt der Pfeil des Feindes? Aus welcher Richtung kommt sein Messer?«

Diese Worte ließen seinen Arm blitzartig zu dem Schatten vorschnellen, der plötzlich vor ihm aufgetaucht war. Die Spitze seines *gladius* blitzte auf und saß an der Gurgel von …

»Yun Shan!«

Aber im selben Moment war hinter ihm Wei in der Dunkelheit losgesprungen, das Schwert erbarmungslos nach vorn gerichtet.

»Xiong Ying, nein …!«, stieß Yun Shan noch hervor.

Doch der Römer drehte sich nur langsam zu seinem Feind um. Denn der hatte bereits die Klinge seines zweiten *gladius* bis zum Heft in der Brust stecken und rührte sich nicht mehr.

Metellus zog sein Schwert zurück, während Wei das seine entglitt und mit silbernem Klirren auf den Boden fiel, bevor er selbst, die Augen noch immer ungläubig aufgerissen, zusammensackte.

Yun Shan kniete sich neben ihm nieder und nahm in der Dunkelheit seinen letzten Blick in sich auf. Dann schloss sie ihm die Augen und murmelte: »Ruhe in Frieden, junger Wei. Möge sich der Schleier des Vergessens über deine Seele senken …«

Metellus ging in die Hocke, hob den leblosen Körper hoch und trug ihn ins Freie hinaus.

Und so sahen ihn die Kämpfenden ihm Hof die Treppe zum Grab des Kaisers Yuandi hinabschreiten: die Leiche des jungen Eunuchen auf den Armen, dessen Gesicht kreideweiß war und dessen Hände mit den langen, schlanken Fingern bei jedem Schritt leblos hin und her baumelten.

Der Kampf brach augenblicklich ab, die überlebenden Feinde flohen durch das Tor und rannten in Richtung ihres Lagers.

Metellus legte Weis Körper am Fuß der Treppe nieder, nahm Yun Shan an der Hand und ging zu Dan Qing. Es gab weder Hochrufe noch Siegesjubel. Der ganze Hof war mit Leichen übersät, von denen sich viele selbst im Tod noch krampfhaft wie im Kampf umklammerten. Die Überlebenden suchten nach verwundeten Gefährten unter ihnen, und wenn sie einen entdeckten, befreiten sie ihn bedächtig von seinem Gegner.

Dan Qing ließ sich ein Pferd bringen und ritt an der Spitze seiner Krieger den Fliehenden hinterher bis in deren Lager. Auch Metellus und Yun Shan schwangen sich in die Sättel und kamen mit.

Das Lager war lückenlos umstellt, und die Soldaten des kaiserlichen Heeres knieten zum Zeichen ihrer Unterwerfung vor dem Prinzen nieder und flehten um Schonung.

Die Tonsoldaten verschwanden nach ihrem Sieg so plötzlich, wie sie aufgetaucht waren.

Yun Shan ruhte keinen Moment aus, sie ritt wie der Wind das ganze Lager ab, als suche sie jemanden, bis sie zum Tiergehege gelangte und dort Daruma entdeckte, der gerade auf ein Kamel steigen wollte. Sie packte ihn am Arm und zerrte ihn, ungeachtet seiner Proteste, vor Dan Qing.

»Das ist der Verräter!«, sagte sie. »Er hat mir die Taube zum Boot gebracht!«

Daruma blickte sie verständnislos an. »Taube? Welche Taube?«

»Tu nicht, als wüsstest du von nichts! Ich rede von der Taube, die Wei bis vor die Mauern von Li Cheng geführt hat und die du mir als Geschenk für meinen Bruder zum Boot hast bringen lassen, als wir aus Luoyang geflohen sind.«

Daruma riss die Augen erstaunt auf, aber Yun Shan fuhr unbeirrt fort: »Ich hätte wissen müssen, dass das eine Falle war. Nur du kanntest das Ziel meiner Flucht.«

Metellus trat vor den persischen Händler und sah ihn ruhig an, aber seine Stimme klang hart, als er fragte: »Warum?«

Darumas Augen schwammen in Tränen, sein Gesichtsausdruck war von geradezu pathetischer Unschuld. »Ich bin Kaufmann, Metellus, und zur Natur eines Kaufmanns gehört es nun mal, dass er kauft und verkauft, alles, manchmal … manchmal sogar sich selbst. Aber … ich habe dich nicht verraten. Das hätte ich nie über mich gebracht. Ich weiß wirklich nicht, wovon ihr redet. Doch es war ja auch nicht ich, sondern Baj Renjie, der das Boot bereitgestellt hat.«

»Warum hast du mir das nicht gesagt?«, fuhr Yun Shan ihn an.

»Die Zeit reichte nicht für große Erklärungen. Ich habe von verlässlichen Freunden gesprochen, weißt du noch? Baj Renjie kam eines Nachts zu mir in die Karawanserei. Seine Kleidung war zerrissen, und er war ganz aufgeregt. Er sagte, es wäre ihm gelungen zu fliehen. Er fragte nach dir, und ich antwortete ihm, dass ich unbedingt ein Boot finden müsse, um dich und Metellus an einen sicheren Ort zu bringen, aber nicht wisse, wo und wie. Er bot an, mir zu helfen, versprach, er würde ein Boot mit allem Nötigen zur Furt an der Flussbiegung des Liao Ho schaffen lassen. Ich habe ihm gedankt – was hätte ich anderes tun sollen?«

»Aber es war einer deiner Männer, der mir den Käfig mit der Taube übergab«, sagte Yun Shan.

»Unmöglich«, behauptete Daruma. »Ich war allein.«

Yun Shan zögerte einen Moment, dann drang sie wieder in ihn: »Als ich dich soeben entdeckte, wolltest du gerade auf ein Kamel steigen und fliehen. Warum, wenn du doch mit dieser ganzen Sache nichts zu tun hast?«

»Weil ich nicht wollte, dass man mich im falschen Moment am falschen Ort findet und womöglich unschuldig verdächtigt. Dass diese Angst nicht unbegründet war, hat sich nun ja leider gezeigt. Aber es ist nicht, wie du denkst, glaub mir. Ich bin gegen meinen Willen hier. Vor vierzehn Tagen – ich wollte gerade die Karawanserei verlassen – wurde ich von Weis Wachen festgenommen, und da wusste ich, dass Baj Renjie mich verraten hat, denn er war der Einzige, der Bescheid wusste, der Einzige, den ich in unsere Fluchtpläne eingeweiht hatte. Und was den Vogelkäfig betrifft – den hätte ich, selbst wenn ich ihn gesehen hätte, wahrscheinlich für völlig harmlos gehalten. Wer wäre auch auf die Idee gekommen, dass eine Taube Li Cheng erobern könnte?

Angeblich soll ja keiner, der versucht hat, Li Cheng mit dem Boot zu erreichen, je wieder zurückgekehrt sein. Vielleicht hat Wei deshalb die Taube benützt. Denn selbst wenn er dem Boot gefolgt wäre, so hätte er doch nur Yun Shan und Metellus zu fassen bekommen, nicht aber in Erfahrung gebracht, wo Li Cheng liegt – und darauf war es ihm ja gerade angekommen.«

Dan Qing neigte zweifelnd den Kopf.

»Ich glaube ihm«, sagte Metellus.

»Ich würde ihm gern glauben, aber ich kann es nicht«, entgegnete der Prinz. »Wer hat Wei von meiner Rückkehr ins Vaterland unterrichtet? Wie kam es, dass die Fliegenden Füchse uns überfielen, kaum dass wir über der Grenze waren? Nur Daruma kannte unser Ziel.«

Daruma hatte bis zu diesem Moment eher verwirrt als besorgt gewirkt, doch das änderte sich nun. »Du wirst doch nicht ernsthaft glauben …? Prinz, warum sollte ich dich denn zuerst befreien und hinterher an deinen Feind ausliefern? Das … das macht doch überhaupt keinen Sinn!«

»Doch, das macht Sinn!«, widersprach Dan Qing. »Und ich glaube, hinter der ganzen Sache steckt ein ausgeklügelter und ganz teuflischer Plan. Wei war klar: Wenn ich aus der Gefangenschaft zurückkehrte, würde ich alle seine Widersacher um mich scharen, all jene Männer, die sich seiner Tyrannei aktiv widersetzten, jedoch übers ganze Land zerstreut waren. Aber waren wir erst einmal alle versammelt, konnte er uns auf einen Streich erledigen. Und genau das wäre beinahe passiert, durch dein Mitwirken, Daruma, das Mitwirken einer über jeden Verdacht erhabenen Person. Nur du wusstest, wann wir die Grenze überqueren würden, und als ich den Weg zum Kloster der Flüsternden Wasser einschlug, hast du dich von uns getrennt, weil du wusstest, was uns dort erwartete. Später, in Luoyang, hast du mich wieder befreit und dadurch erneut mein Vertrauen gewonnen. Danach hast du meine Schwester benutzt, um unser Versteck ausfindig zu machen und Weis Heer hierherzuführen. Und deine Anwesenheit in diesem Lager ist der beste Beweis für meine Theorie!«

»Aber … aber das ist alles purer Zufall!«, widersprach Daruma.

»Schon möglich«, erwiderte Dan Qing, »aber ich kann nichts riskieren.« Er wandte sich ein paar von seinen Männern zu und sagte: »Bringt ihn weg!«

Metellus trat auf ihn zu. »Ich bitte dich, denk erst nach, lass dein Handeln nicht vom Dämon des Verdachts diktieren. Du hast schon mal ein großes Unrecht begangen, das du hinterher bereuen musstest.«

Dan Qing wandte ihm wortlos den Rücken zu und ging zu seinem Pferd.

»Hilf mir!«, schrie Daruma Metellus zu.

Yun Shan trat zu dem Römer. »Ich fürchte, mein Bruder hat recht. Als ich Daruma entdeckte, wollte er gerade auf ein Kamel steigen, um zu fliehen.«

»Das hat er ja selbst zugegeben«, sagte Metellus. »Und ich hätte an seiner Stelle dasselbe getan. Er wusste, was passiert, wenn wir ihn hier finden.«

In diesem Augenblick kam, ganz aufgelöst, einer der Mönche angerannt. »Kommt, schnell!«, rief er.

Metellus und Yun Shan folgten ihm in ein Zelt. An der mittleren Zeltstange baumelte – Baj Renjie!

Er hatte sich erhängt. Metellus betrachtete ihn konsterniert.

»Das dürfte wohl genügen, um Daruma zu entlasten«, sagte er. »Lass uns deinen Bruder benachrichtigen.«

»Ja«, stimmte Yun Shan zu. »Ich eile zu ihm, bevor es zu spät ist.«

»Herr!«, sagte eine andere Stimme, nicht weit von ihm entfernt. »Schau, diesen hier haben wir gefangen, als er gerade fliehen wollte.« Vier Mönche zerrten einen Mann vor ihn, der Kleidung nach ein Perser.

»Wer bist du?«, fragte Metellus ihn auf Persisch.

Der Mann antwortete nicht.

»Ich bin der römische Kommandant, der mit neun seiner Männer aus dem Lager von Aus Daiwa floh«, erklärte Metellus. »Kannst du dir vorstellen, was ich mit dir mache, wenn du nicht sprichst?« Und diese Worte sagte er in einem Ton, der nicht den geringsten Zweifel an seinen Absichten ließ.

»Der Großkönig, Schapur, hat mich hierhergesandt, um Wei von der Flucht des Mannes mit den stechenden Augen zu benachrichtigen. Ich hätte niemals gedacht, dass ihr zusammen geflohen seid.«

»Das sind wir auch nicht!«, sagte mit lauter Stimme Dan Qing, der hinter ihnen aufgetaucht war. »Der Zufall hat uns zusammengeführt.«

»Aha, hast du es jetzt eingesehen«, sagte Metellus.

Dan Qing senkte den Kopf.

»Wo ist Daruma?«

»Gerettet«, antwortete Yun Shan, die in diesem Moment ins Zelt gelaufen kam. »Im allerletzten Moment.«

»Im allerletzten Moment …«, wiederholte Metellus. »Man muss sich Zeit nehmen, bevor man jemanden für schuldig erklärt und ihm das Leben nimmt!«

Dan Qing trat auf ihn zu. »Komm, lass uns nach Li Cheng zurückgehen. Das war ein langer und schwieriger Tag. Morgen wird uns alles in einem anderen Licht erscheinen.«

Sie stiegen auf ihre Pferde und trotteten gemächlich zum Dorf zurück, wobei lange keiner etwas sagte.

Als sie das Tor der Zitadelle passierten, wanderte Dan Qings Blick hinauf zum Mausoleum des Kaisers Yuandi und richtete sich dann auf Metellus. »Wie hast du das geschafft?«, fragte er.

»Nichts flößt mehr Angst ein als das Unbekannte«, erwiderte Metellus. »Selbst die mutigsten Männer haben Angst vor dem, was sie nicht kennen. Ich habe eine alte Legende wieder aufleben lassen. In diesem Ort gibt es viele Menschen, die uns Römern ähnlich sehen. Ich habe die Männer ausgewählt, die am westlichsten von allen aussahen, und sie in unserer Kampftechnik unterwiesen. Und im entscheidenden Moment habe ich sie dann in Erscheinung treten lassen, in den Rüstungen der Statuen, Gesicht und Hände mit Lehm beschmiert. Als sie ihren Zweck erfüllt hatten, habe ich sie wieder verschwinden lassen. Für kurze Zeit ist die Legende zur Wirklichkeit geworden, zur Geschichte, und dann ist aus der Geschichte wieder Mythos geworden. Dieser Tag wird in Erinnerung bleiben.«

35

Metellus stand auf einem Balkon des Klosters und genoss das herrliche Spektakel, als die Sonne hinter den bewaldeten Bergen unterging, den Anblick der feuerrot glühenden Wolken, die nach Westen hin blassrosa und schließlich hellblau wurden, bevor sie ins tiefe Kobaltblau des Nachthimmels übergingen, an dem bereits der Abendstern funkelte. Aus dem Garten, in dem er während seiner langen Rekonvaleszenz Yun Shan hatte umherwandeln sehen, drang das Zwitschern einer Nachtigall zu ihm herauf. Ihr wehmütiges Lied rührte ihn, weckte alte Erinnerungen und Gefühle der Gegenwart, die nicht minder intensiv waren. Er griff sich mit der Hand automatisch an den Gürtel, wo er den kleinen Holzelefanten mit dem beweglichen Rüssel wiederentdeckte, das Spielzeug, das er seinem Sohn aus der Gefangenschaft mitzubringen gehofft hatte.

Er hörte leise Schritte, wandte sich um und erblickte Yun Shan. »Weißt du, was in der Grabkammer von Kaiser Yuandi die Spitze meines Schwerts aufhielt, einen Fingerbreit vor deinem Hals?«, fragte er sie. »Dein Duft … Der Duft deines Haars. Das Einzige, an das ich mich aus der langen Bewusstlosigkeit, in die mich die Ärzte versetzten, erinnern kann. Dieser Duft ist jetzt Teil meiner Seele und meiner Sinne.«

»Und dein Herz ist Teil meines Herzens, Xiong Ying.«

»Ich weiß – das heimliche Herz der unbesiegbaren Macht, die mich in der Arena gerettet hat und vielleicht auch dort unten, im Mausoleum Yuandis, als Wei mir sein Schwert in den Rücken stoßen wollte.«

»Nein, das nicht«, widersprach Yun Shan. »Meine Energie hätte niemals ausgereicht, um ihn davon abzuhalten.«

»Dann war es deine Gegenwart. Ich hätte nicht schneller sein können als er, das weiß ich. Er hat dich gespürt, er hat selbst in der stocktiefen Finsternis, die dort unten herrschte, gespürt, dass du da warst, und dies hat ihn zögern lassen …«

Das Mädchen senkte den Kopf, um seine Tränen zu verbergen. Es folgte ein langes Schweigen, und als Yun Shan schließlich wieder aufblickte, sah sie, dass Metellus einen kleinen Gegenstand in der Hand hielt. »Darf ich dich fragen, woran du denkst, Xiong Ying?«

Metellus sah sie aus tieftraurigen Augen an.

»Woran denkst du, Xiong Ying?«, wiederholte sie leise.

Metellus öffnete die Hand und zeigte ihr den kleinen Holzelefanten. »Der war schon so lange in meinem Gürtel versteckt, dass ich ihn ganz vergessen hatte. Ich hatte ihn für meinen Sohn gekauft. Ich … muss zurück, Yun Shan.«

»Zurück? Aber warum denn? Hier hast du die Liebe – die Liebe aller.«

»Ich liebe dich, Prinzessin«, beteuerte Metellus, »mehr als mein Leben. Aber ich muss gehen. Die Inschrift auf dem grünen Stein, die du mir gezeigt hast, hat mich tief berührt; seit ich sie gelesen habe, spüre ich, dass ich zurück muss. Sie stammt von Männern, die sogar darauf verzichten wollten, ihre Muttersprache zu sprechen, um ihre Heimat und ihre Lieben dort vergessen zu können. Aber es hat ihnen nichts genützt. Und noch etwas: Ich habe meinem sterbenden Kaiser versprochen, dass ich zurückkehren werde, um den Untergang unserer Welt zu verhindern, und meinem Sohn habe ich versprochen, dass ich ihn nicht allein lasse. Ich könnte so nicht weiterleben, Yun Shan, begreifst du das? Irgendwann würdest du mich unter der Last meiner nicht erfüllten Versprechen zusammenbrechen sehen. Der Gedanke, dass mein Sohn an meine Wiederkehr glaubt, ohne dass ich auch nur den Versuch unternehme heimzukehren, ist mir unerträglich. Verzeih mir, meine über alles Geliebte, mein Traum, mein Herz …«

Yun Shan entfernte sich unter Tränen. Vor der Tür begegnete sie ihrem Bruder, ging aber rasch weiter. Metellus empfing den Prinzen mit betrübter Miene.

»Ein altes chinesisches Sprichwort sagt: Wenn eine Frau weint, bricht einem Mann ein Stück aus seinem Herzen«, sagte Dan Qing.

»Das ist die Wahrheit, Prinz«, erwiderte Metellus.

»Die Liebe zu dir hat meine Schwester vergessen lassen, was ich ihr angetan habe – wenigstens teilweise. Es würde mich traurig stimmen zu hören, dass diese Liebe ein Ende gefunden hat.«

»Sie wird nie ein Ende finden, Prinz. Ich werde Yun Shan lieben, solange ein Funke Leben in mir steckt, und keine andere Frau wird sie je aus meinem Herzen verdrängen können.«

»Du redest wie einer, der Abschied nimmt.«

»So ist es auch. Ich muss abreisen. Bevor es endgültig zu spät ist. Ich habe meinem Kaiser auf dem Sterbebett versprochen, dass ich zurückkehren und das Reich vor dem Untergang bewahren werde …«

Dan Qing bedachte ihn mit einem bitteren Lächeln. »Weißt du noch, ich hatte gesagt, dass ich Nachrichten aus Da Qin Guo zu bekommen versuchen will.« Metellus nickte. »Nun, sie sind eingetroffen. Und es sind leider sehr schlechte Nachrichten. Die Boten haben auf dem Weg quer durch Asien ihre Pferde zuschanden geritten, um uns mitzuteilen, dass Da Qin Guo nicht mehr existiert. Die Heerführer haben es mit ihren Rivalitäten förmlich in Stücke gerissen, und die einzelnen Teile driften auseinander wie die Planken eines Schiffs, das im Sturm untergegangen ist. Genau wie es mit unserem Land passiert ist. Du würdest ins Nichts zurückkehren, Xiong Ying. Hier dagegen hast du alles, was sich ein Mensch nur wünschen kann: Ich würde dich zum Oberbefehlshaber über mein Heer machen und dich mit Titeln und Ehrungen überhäufen; wenn du Yun Shan heiratest, würdest du sogar zu meinem Bruder werden. Gemeinsam würden wir die Einheit dieses Reichs wiederherstellen und es zu Frieden und Wohlstand führen.«

Metellus antwortete ihm mit einem wehmütigen Lächeln: »Der Himmel weiß, wie gern ich Teil der Zukunft wäre, die dir vorschwebt, aber ich kann nicht. Ich kann einfach nicht. Ich habe es versucht. Ich dachte, die Liebe zu Yun Shan würde mich alles andere vergessen lassen, auch meinen Sohn …« Tränen rannen über sein Gesicht. »Aber es ist mir nicht gelungen, Dan Qing. Ich habe es versucht, aber es ist mir nicht gelungen.«

Dan Qing betrachtete ihn ergriffen. »Geh nicht fort, Xiong Ying. Wir haben dich ins Herz geschlossen. Geh nicht fort, ich bitte dich.«

Der Prinz mit dem kaiserlichen Blut der Han-Dynastie, der legitime Herrscher über das Reich der Mitte, flehte ihn weinend an.

Metellus senkte stumm den Kopf.

Über der Steppe ging die Sonne unter, eine riesige, rot glühende Scheibe, die ferne Wolken zart verschleierten. Dan Qing und Yun Shan saßen, von Leibwächtern umringt, auf ihren Pferden und schauten kummervoll in die Ebene hinab, wo sich Daruma und sein Gefolge als schwarze Schatten gegen den Abendhimmel abzeichneten. Die Karawane zog davon und mit ihr – hoch zu Ross und deutlich zu erkennen – Metellus.

Irgendwann konnte Dan Qing nicht mehr an sich halten. »Vergiss uns nicht, Xiong Ying!«, rief er aus vollem Halse. »Wir werden dich immer im Herzen tragen!«

Der Wind trug seine Worte an Metellus' Ohr. »Ich vergesse euch nicht!«, rief er zurück und winkte mit dem Arm.

Dan Qing wandte den Kopf und betrachtete das tränenüberströmte Gesicht seiner Schwester. »Ich glaube nicht, dass du je einen Mann aus meinem oder einem der benachbarten Reiche glücklich machen könntest«, sagte er. »Tu, was dein Herz dir befiehlt!«

Yun Shan neigte respektvoll das Haupt, dann hob sie den Blick und sah ihren Bruder an, wie sie ihn schon lange nicht mehr angesehen hatte, voller Liebe und betrübt zugleich. »Wenn es so ist, leb wohl, Bruder, und möge der Himmel, dass alle deine Wünsche in Erfüllung gehen. Ich werde dich immer im Herzen tragen.«

»Und ich dich, Schwester. Und jetzt reite, bevor ich weine wie ein Kind.«

Yun Shan stieß ihrem Pferd die Fersen in die Flanken und preschte den Abhang hinunter auf die Karawanenstraße zu.

»Schau mal«, sagte Daruma. »Dort oben!«

Metellus drehte sich um, sah die kleine Reiterin in einer Wolke aus rosarotem Staub den Hügel heruntergaloppieren und fühlte, wie sein Herz vor Freude einen Sprung machte. Im nächsten Moment riss er sein Pferd herum und stob ihr entgegen.

Als sie nah genug waren, sprangen die beiden Liebenden ab, liefen aufeinander zu und fielen sich in die Arme, während der Steppenwind ihre Haare und Kleider zerzauste und miteinander verflocht, als gehörten sie zu ein und derselben Person.

»Weißt du, was uns erwartet, Prinzessin?«, flüsterte Metellus ihr ins Ohr. »Mühsal, Schmerzen und tödliche Gefahren. Bitte, überleg es dir gut – noch ist es nicht zu spät.«

Yun Shan löste sich von ihm und tippte ihm mit dem Finger auf die Brust. »Hier drin steckt die Hälfte meiner Lebensenergie, hast du das vergessen? Fern von dir würde die andere Hälfte erlöschen. Ist es das, was du willst? Nimm mich mit, Xiong Ying, wenn du mich liebst.«

Metellus drückte sie lange und fest an sich, dann schwangen sich beide wieder in die Sättel.

Dan Qing war noch immer in der Ferne auszumachen. Sein Pferd bäumte sich hoch auf, während er ihnen zum Abschied zuwinkte.

Viele Monate lang reisten sie in der Gluthitze der Sonne und im gleißenden Licht des Gebirgsschnees, folgten verschlungenen Flüssen, durchquerten trostlose Steppenlandschaften, zogen an den Ufern riesiger Salzseen entlang, die von kargen, blendend weißen Ebenen umrahmt wurden, bis endlich der Moment kam, sich auch von Daruma zu trennen: Seine Karawane musste nach links weiterziehen, dem Gebirgspass zu, den bereits Alexander der Große überquert hatte, als er fünfhundert Jahre zuvor in Indien eingefallen war.

»Mir ist es lieber, euch verlässlichen Führern anzuvertrauen, als einem Schiff namenloser Hundesöhne, die euch womöglich auf dem erstbesten Markt entlang der Piratenküste verkaufen. Aber ich will dem ersten Schiff, das nach Westen fährt, Nachrichten von euch mitgeben, die mit Sicherheit auch ankommen –

ich habe überall Geschäftsfreunde, bis nach Alexandreia und Antiocheia, die mir gern einen Gefallen tun, wenn ich sie darum bitte.« Er legte Metellus die Hände auf die Schultern und sah ihm tief in die Augen. »Du hast ein großes Reich gerettet, vor allem aber einen Mann vor dem moralischen Verfall, indem du ihm Achtung vor den Menschen und Tugendhaftigkeit beigebracht hast«, sagte er. »Weißt du noch? Ich habe dich einmal einen von diesen aufrechten, aber auch ein wenig dummen Römern genannt …«

»Und ob ich das noch weiß«, entgegnete Metellus lächelnd.

»Nun gut, ich habe mich getäuscht. Mögen dich deine Götter beschützen, Kommandant Aquila.«

»Mögen sie auch dich beschützen, Daruma, mein Freund. Ich werde bei jedem Seidengewand, das ich rascheln höre, an dich denken.«

Daruma umarmte ihn, drückte ihm auf jede Wange einen Kuss und zog von dannen.

Metellus und Yun Shan saßen aufrecht in den Sätteln ihrer Pferde und schauten der Karawane nach, die sich inmitten der grandiosen Gebirgslandschaft des Hindukusch mit seinen verschneiten Gipfeln den Weg in Richtung Passhöhe hinaufschlängelte und irgendwann hinter einer der kolossalen Falten dieses wahrhaft titanischen Szenariums verschwand.

Die nächste Etappe war, drei Monate später, Aus Daiwa. Metellus ließ die Zelte absichtlich ganz in der Nähe des Lagers und weithin sichtbar aufschlagen, um weder Verdacht noch übermäßige Neugier zu erregen; man sollte sie für ganz normale Kaufleute halten, die mit ihrer Karawane nach Westen, zur Oase am Chaboras zogen.

Als sich ihnen am zweiten Tag gegen Abend ein Grüppchen persischer Soldaten bis auf zehn Schritte näherte, hob er zum Gruß den Arm und schickte sogar einen Diener mit Wasser zu ihnen. Die Perser winkten ihm dankend zu und galoppierten dann zum Lager, wo sie von der kleinen Karawane eines friedlichen Händlers berichteten.

In dieser Nacht erzählte Metellus Yun Shan, was er in diesem

Lager alles durchgemacht hatte und von der Freude, die ihn bei dem Gedanken erfüllte, frei und nur so wenige Schritte von seinen ehemaligen Peinigern entfernt zu sein, die bestimmt alles darum gegeben hätten, ihn in die Klauen zu bekommen.

Sie blieben mehrere Tage, bis Metellus sicher war, dass sich niemand mehr um sie scherte, dann ging er zu der Stelle – sie war mit einem Stein markiert –, an der er Valerians Asche vergraben hatte. Er schaffte es mühelos, den mit wenigen Spannen Sand bedeckten Tonkrug auszugraben, und versteckte ihn zwischen dem Hausrat, den sie mitführten. Nachts dachte er an ihre abenteuerliche Flucht zurück, an die Hoffnung, die sie sich gemacht hatten, eines Tages gemeinsam heimzukehren.

Doch er kehrte nur mit einer Handvoll Asche und immerhin einem eingelösten Versprechen zurück. Vielleicht konnte er ja auch die anderen irgendwann noch einlösen, und wenn er von Zeit zu Zeit Yun Shan betrachtete, dann hatte er sogar das Gefühl, einen sehr wertvollen Schatz gefunden zu haben.

Sechs Monate später erreichten sie Nisibis in Ober-Syrien. Ihre Haut war von der Sonne verbrannt und ausgetrocknet von endlosen Wüstendurchquerungen, ihre Lippen spröde und rissig, aber in Metellus' Augen stand ein magisches Leuchten, das direkt aus seiner Seele zu kommen schien.

»Das ist mein Land, meine Erde, Yun Shan«, sagte er. »Das ist das Römische Reich, das ihr Da Qin Guo nennt.«

»Ich freue mich für dich, Xiong Ying. Die eigene Erde enttäuscht einen nie – sie vergeht nicht wie die Gebäude von Menschenhand. Meinst du, Da Qin Guo besteht noch als Reich?«

»Wir werden es bald erfahren, schon morgen, wenn wir vor den Toren meiner Stadt stehen. Das Oberkommando der Heere des Ostens hat dort seinen Sitz.«

»Und was, wenn du auf Ausländer stößt oder – schlimmer noch – auf Feinde?«

»Dann sehen wir weiter. Jeder Tag hat seine Sorgen.«

Sie entließen ihre Führer und zogen bis zum Abend allein

weiter und auch den ganzen nächsten Tag, bis sie bei Sonnenuntergang Edessa vor sich liegen hatten.

Metellus zügelte sein Pferd und betrachtete die gewaltige Stadtmauer mit ihren wundervollen Türmen, und er dachte an Clelia, seine liebevolle Gemahlin, die möglicherweise im Schatten dieser Mauer ruhte. Dann preschte er auf den großen Steinbogen zu, über dem eine Inschrift von Trajan prangte. Dort war das Wachtkorps der Garnison stationiert.

Zwei Legionäre überkreuzten die Lanzen und versperrten ihnen den Zugang.

»*Consiste!*«, sagte der Jüngere der beiden und gebot dem Unbekannten, stehen zu bleiben.

Erst da wurde Metellus richtig bewusst, wie er aussah: ziemlich heruntergekommen wahrscheinlich, von Kopf bis Fuß mit Staub bedeckt und mit einem Turban um den Kopf gewickelt, der lediglich seine Augen freiließ; zudem hatte er diese mysteriös aussehende Begleiterin dabei. Er stieg vom Pferd, entblößte sein Gesicht und trat auf die beiden Soldaten zu, um dann nach all der langen Zeit wieder Lateinisch zu reden. »Wer hat die Herrschaft über dieses Land, Soldaten?«

»Lucius Domitius Aurelianus, Imperator der Römer.«

»Lucius Domitius … Der war ein ausgezeichneter Offizier und ein großer Soldat, als ich vor … vielen Jahren von hier aufgebrochen bin.« Wie viele es genau waren, wusste er gar nicht mehr. »Und was ist aus Gallienus geworden?«

»Du musst ja wirklich sehr lange weg gewesen sein, mein Freund. Lucius Domitius hat ihn mit dem Tode bestraft, weil er keinen Finger rührte, um seinen Vater aus der Hand der Barbaren zu befreien. Aurelian möchte das Reich ein für alle Mal wieder vereinen – im Augenblick marschiert er auf die letzte Rebellenhochburg in Palmyra zu. Aber sprich, wer bist du, dass du diese Dinge nicht weißt?«

Metellus schlug seinen Umhang zurück und zeigte den beiden Soldaten eine kleine Urne aus Ton; dabei kam auch der *titulus* mit seinem Namen, Rang und der Abeilung, der er angehörte, zum Vorschein. »Ich habe Valerians bittere Gefangenschaft bis zu seinem Tod geteilt und bringe heute seine Asche in die Heimat zurück, wie ich geschworen habe. Ich bin Marcus Metellus Aquila, Legat der Legio II Augusta und Anführer des Syrienheeres.«

Die beiden Legionäre rissen die Augen auf, traten zur Seite und standen stramm.

»Herzlich willkommen zu Hause, Kommandant Aquila«, sagte der Ältere der beiden. »Wir haben dich nie vergessen. Der Kaiser wird glücklich sein, dich in die Arme schließen zu können und dir den Oberbefehl zurückzugeben, damit du die Einigung des Reichs vollenden kannst. Und noch glücklicher wird dein Sohn sein.«

Metellus erwiderte den militärischen Gruß, stieg auf sein Pferd und setzte den Weg in die Stadt fort. Yun Shan lenkte ihr Tier neben das seine.

Metellus lächelte sie an, dann richtete er den Blick zur Sonne, die über dem Steppenhochland unterging.

»Beeilen wir uns. Ich habe meinem Sohn versprochen, dass ich bis zum Abend zurück bin«, sagte er.

Und preschte los.

Nachwort des Verfassers

Dieser Roman und alle wichtigen Romanfiguren sind – bis auf Kaiser Licinius Valerianus, Schapur I. von Persien und Gallienus, also die großen geschichtlichen Persönlichkeiten jener Epoche – meiner Phantasie entsprungen. Dazu inspiriert hat mich jedoch eine Hypothese, die in letzter Zeit wiederholt diskutiert wurde: Die Hypothese nämlich, dass römische Soldaten bis nach China gelangt sein könnten.

Erstmals wurde diese These von Homer Dubs aufgestellt, und zwar in einer Schrift aus dem Jahr 1942, in der er einen Passus aus den Annalen der Han-Dynastie kommentiert. In diesem Passus ist die Rede von einer Schlacht zwischen chinesischen Truppen und dem Heer eines aufständischen Nomadenführers, die am Fluss Talas, in der Provinz Gansu (nahe dem heutigen Duschanbe in Tadschikistan), stattgefunden haben soll. Auf Seiten der Rebellen sollen auch ausländische Soldaten, vermutlich Söldner, gekämpft haben, und zwar mit einer ganz eigenen Kampftechnik, nämlich mit ovalen Schilden, die sie so hielten, dass sie sich schuppenartig überlappten. Dubs vertritt die Ansicht, dabei habe es sich um Römer und ihre traditionelle *testudo*-Taktik gehandelt, zumal sich diese Soldaten anfänglich hinter einem Schutzwall aus dicken Holzpfählen, also einer Art *castrum*, verschanzt hätten.

Die Han-Truppen gewannen die Schlacht, die gefangengenommenen ausländischen Soldaten aber wurden von Kaiser Yuandi nach China, in den Verwaltungsbezirk Fanmu (dem heutigen Yongchang) deportiert, in eine Stadt, die vom Kaiser den Namen Liqian erhielt, was in der damaligen Zeit der Begriff für die Länder des Westens im Allgemeinen, aber auch für Rom gewesen sein soll. Die Fachwelt nimmt allerdings an, dass der Ortsname Liqian in Wirklichkeit von Alexandreia abgeleitet ist, dem Namen, den Alexander der Große seinen Neugründungen in Baktrien und Zentralasien gab, und die allgemeine Bezeichnung für westliche Ansiedlungen war. Dennoch soll aus den chinesischen Quellen hervorgehen, dass dieses Lijiang sechshundertzwölf Jahre lang unabhängig war – ein höchst seltsames und absolut einzigartiges Phänomen.

Nehmen wir einmal an, die Geschichte stimmt: Wer waren diese Römer? Einige Wissenschaftler vermuten aufgrund zeitlicher Übereinstimmungen, es könne sich um römische Gefangene gehandelt haben, die das Massaker während der Schlacht von Edessa/Karrhai im Jahr 53 v. Chr. überlebten und von den Parthern in den äußersten Osten ihres Reichs verschleppt wurden. Diese Männer sollen dann den Mythos von der legendären Verschollenen Legion begründet haben. Tatsächlich ist bekannt, dass Augustus, als er 20 v. Chr. mit den Parthern den Frieden aushandelte, die Rückgabe der Insignien und der Kriegsgefangenen verlangte, Ersteres auch erreichte, von Letzteren allerdings hat man nie wieder etwas erfahren. Wo sind sie geblieben?

Homer Dubs und eine ganze Anzahl weiterer Wissenschaftler aus China und anderen Ländern vertreten die Ansicht, dass diese Leute nach langer Wanderschaft bis an die chinesische Grenze gelangten und dort eine Siedlung gründeten.

Neuere Feldforschungen in der Gegend um Zhelaizhai und archäologische Grabungen haben die Wissenschaftler überzeugt, es tatsächlich mit der mythischen römischen Stadt in China zu tun zu haben, ja, sie wollen in den Gesichtszügen der örtlichen Bevölkerung sogar Ähnlichkeiten mit den alten Römern erkennen.

Wie auch immer, die Argumente, die zur Stützung dieser Theorie angeführt werden, stehen auf wackeligen Beinen, und obwohl nicht grundsätzlich ausgeschlossen werden kann, dass römische Soldaten bis in so entlegene Gegenden vorgedrungen sind, so wäre doch weit ausführlicheres Beweismaterial vonnöten, um die These wirklich glaubhaft zu machen.

Dass die Römer von den Chinesen wussten und auch umgekehrt, ist hingegen gesichert: Das belegen nicht nur Horaz, Plinius und andere Autoren in ihren Werken, sondern auch das bedeutendste kartografische Werk der Antike, die Tabula Peutingeriana, welche die Sera Maior, also das Land der Seide – China – im Fernen Osten der damals bekannten Welt ansiedelt. An dieser Stelle sei an ein ungewöhnliches Ereignis erinnert, das sich zwischen 97 und 98 n. Chr. zutrug, zur Zeit Kaiser Hedis, als der chinesische Marschall Ban Chao, der ausgeschickt worden war, entlang der Seidenstraße für Sicherheit und Ordnung zu sorgen, bis ans Kaspische Meer vordrang. Ban Chaos Bruder war der berühmte Geschichtsschreiber Ban Gu, und möglicherweise ist es dessen Initiative zu verdanken, dass der Marschall beschloss, eine Delegation unter Führung seines Adjutanten Gan Ying auszusenden, um den Herrscher von Da Gin Guo zu besuchen, des mythischen Reichs im Fernen Westen, also Rom. Gan Ying gelangte bis fast an die Grenze des Reichs, obwohl wir nicht genau wissen, wo, ob in Mesopotamien, Syrien oder im Kaukasus. Tatsache ist, dass die parthischen Führer, als sie seine Absichten erkannten, mit allen Mitteln versuchten, ihn von seinem Vorhaben abzubringen und ihm so viele und so unüberwindliche Schwierigkeiten in Aussicht stellten, dass er seine Mission letzten Endes tatsächlich abbrach. Kein Wunder: Die Parther nahmen mit den Zöllen, die sie den Seidenhändlern für die Durchreise durch ihr Land abverlangten, enorme Summen ein und konnten deshalb nicht zulassen, dass es zu direkten Handelsbeziehungen zwischen den Römern und dem Han-Reich kam, bei denen sie womöglich außen vor geblieben wären. Sicher, kaum auszudenken, welche Folgen es gehabt hätte, wäre Gan Ying mit seiner Mission erfolgreich gewesen: Die beiden größten Reiche der Erde hätten wertvolle Kenntnisse austauschen, vielleicht sogar ein Bündnis schließen können, zumal in Rom zu dieser Zeit ein weiser, gebildeter und rechtschaffener Mann am Ruder war, der Imperator Nerva. Davon abgesehen war die geografische Distanz zwischen den beiden Reichen so groß, dass sie kaum gegeneinander konkurriert, sondern lediglich zusammengearbeitet hätten. Wer weiß, vielleicht hätte die Geschichte wirklich einen völlig anderen Verlauf genommen, wenn Rom und Luoyang damals miteinander gesprochen hätten.

Es mag daran liegen, dass sich alle großen Imperien ähneln, sodass auch das Römische und das Chinesische Reich viele Gemeinsamkeiten hatten: Heeresaufbau; Straßennetz; den Brauch, Soldatenkolonien zu gründen; die Art und Weise, wie Land vermessen und aufgeteilt wurde; die Sicherung der eigenen Grenzen, beispielsweise die Gepflogenheit, Grenzwälle zu errichten und unmittelbar hinter ihnen Barbaren anzusiedeln, die man dazu verpflichtete, das Land vor weiteren Barbareneinfällen zu schützen. Ja, Römer und Chinesen hatten sogar gemeinsame Feinde, wenn es stimmt, dass die aus chinesischen Schriftstücken bekannten Xiongnu mit den in lateinischen Quellen erwähnten Hunnen identisch sind.

China hat am Ende überlebt und mit ihm seine mittlerweile viertausend Jahre alten Traditionen, seine Zivilisation und sein Staatsgefüge, das Römische Reich hingegen ist längst untergegangen. Beim Schreiben dieses Buches habe ich mich von einem Traum leiten lassen: Ich wollte erzählen, was einem Menschen aus dem Westen hätte widerfahren können, wenn er damals bis in die entlegene Sera Maior vorgedrungen wäre. Die phantastischen Abenteuer unseres Kommandanten Marcus Metellus Aquila haben sich nicht wirklich zugetragen – aber sie hätten sich zutragen können, so oder ähnlich. Metellus' Reise in den Fernen Osten könnte eins von den unendlich vielen Ereignissen sein, die im wilden Auf und Ab der Menschheitsgeschichte vergessen wurden oder untergegangen sind.

Valerio Massimo Manfredi